感謝の言葉

この本の執筆は多くの人の激励と助言によって進められたが、知性と、出版業の知識と優しさを兼ね備えた私のエージェント、ニック・エリソンの絶えざる協力がなければ、このような壮大な作品は完成されなかったであろう。また、執筆中時間を割いて率直な意見を数多く聞かせてくれた、彼の助手、フェイ・ベンダーに負うところも多い。

考えてみろ。
歴史には、巧妙にしつらえた通路と回廊と出口がたくさんあって、
囁き声でこちらの野心をかき立て、迷わせる。
そして虚栄心につけ込むのだ。
考えてみろ。
歴史はこちらがわき見をしているときに、色々なことをしてくれるが、
それがしなやかな混乱と一緒に来るものだから、もっと欲しくなる。
信じてはいないものにせよ、まだ信じているものにせよ、
来るのが遅過ぎる。
今となっては、過去の情熱の思い出に過ぎない。

「ゲロンチョン」(老いの記)　T・S・エリオット

著者の覚え書き

この小説は、それぞれ別個に起こりながら、やがてアメリカ合衆国と日本が第二次大戦中の敵対関係から協力・相互依存という新しい時代へと移って行く過程で起きた一連の出来事の全体像を明らかにしようというものである。ここで述べられる歴史的な出来事、例えば日本軍による南京やマニラでの虐殺、日本の統治者としての自らの地位を確立するためのマッカーサーの策略、戦争犯罪責任と新しい日本国憲法の草案作成をめぐるマッカーサーと帝国政府との間の激しい駆け引き、早急に作られた米軍事委員会による山下奉文大将の裁判などは事実起こったことであって、著者はそれらを正確に描くように努めた。この小説中の主な歴史的人物は現実に存在した。そして著者は彼らが歴史的な出来事の中で果たした役割を正確に語るように努力した。

けれども著者は、この作品がなによりもフィクションであることを強調しておきたい。ある一連の歴史的事実が他の事実に与えた影響について著者自身の推量が入っている場合もある。この作品中の創作上の人物の会話や、歴史上知られている意思決定をもたらした個人的な動機の多くは著者の想像力によるものである。そして、歴史的な有名人を除けば、この作品に登場する人物はすべて架空のものである。第二次大戦中、そしてその後も多くの人々が米国陸軍に勤務した。物故者であろうと現存者であろうと、作品中の人物との類似は全くの偶然によるものである。

天皇の将軍・目次

第二部――一九四五年九月～一九四六年二月　121

装幀・阪田　啓

序章——一九九七年二月二十三日　午前

私にとって、戦争中のマニラは、ダグラス・マッカーサー将軍抜きには考えられない。そして彼の思い出や戦争の思い出を語るとき、私はまずマニラ湾を訪れねばならない。

それが日曜日の朝、私が最初にやることだった。私は前の晩空港に着き、旧マニラ市街から六マイル離れたマカティ地区の新しいホテルに向かった。私の旅行代理店は中国人や日本人による投資で豪華な新興地区となったマカティをほめそやして、そこにあるホテルに泊まるように薦めてくれた。彼女は間違っていなかった。私は数年前にもマニラに来ていたが、マカティの灯りの明るさは意外だった。エスメラルダ・ホテルの馬蹄型の通路には輝きながら流れる水の池があり、その中央にある照明された噴水は二〇フィートも空高く舞い上がっていた。白い上着を着た従業員の笑顔に迎えられて大理石の敷きつめられたロビーに入ると、またまた出迎えの挨拶をする人たち、ポーターたち、クレジットカードの手続きをする人たちが待ち構えていた。

彼らは気持ちがよく、またよく訓練されていた。私はまるでラスベガスか、もしかすると香港から輸入したオアシスに辿り着いたような気分だった。夕食は手がこんでいた。エスメラルダは素晴らしいホテルだったが、私にとってはフィリピンとは言い難かった。

翌朝私はハイヤーを雇って出掛けたが、日曜日の朝だというのに、渋滞や建築現場の間を通ってマニラ中心街に着くのに一時間以上かかってしまった。渋滞の中で私の心に昔のことが甦ってきた。

一九四五年二月、我が軍は今はこの道になっている所を通ってマニラに進攻して来た。我々の行く先では、続々と退却する日本軍が敗け戦の最後の大暴れとして、放火・強姦・殺人を犯し、残されたのは、かつては家屋であった物の中で燃えている腐ったゴミのような何万という死体だった。あの光景は私を憎悪の塊とした。しかし、その市民たちと同様に回復力の強いマニラは復活し、その先頭に立ったのは日本のビジネスだった。首都圏の郊外は成長して一つの巨大都市となった。一〇〇〇万の人が表通りや横道に溢れていた。

やっと私は中心街に入り、アメリカ大使館に着いた。その白い壁と広い芝生と四角い建物を見た瞬間、私の中であの時代が甦った。少し前まで大使館はオアシスであり、外の社会とは一線を画した豪華な存在だったが、そのようなものは今ではヒルトン流・日航流・エスメラルダ流のガラス張りに取って代わられた。少し交渉した結果、私は平坦な横庭を通って、低い壁からマニラ湾が見渡せる場所まで行く許可を得た。

青々とした芝生の上を大股で歩いて、建物の横からヘリ・ポート、最後に大きな湾が見渡せる裏庭へ出た。私の顎は猟犬のように上を向き、心臓は興奮でふるえた。それほど私はこの湾に近づきたかったのだ。私に同行するように命じられた若い外交官は私の元気な足どりに驚いたようだった。しかし私はかつてはいい運動選手だったし、その後も今日まで壮健だ。それはどうでもいい。私は彼には関心がなかったし、現代の観光案内にも興味がなかった。私の心ははるか昔にあった。

彼はしつこく話しかけてきた。

「マーシュ大使、これは競走ですか。湾はなくなりませんよ」

確かに彼はアジア通ではなかった。私は湾の上空を指差した。

「君、ここに何年いるんだ。まだ東アジアの天気が判らないのかね」

本当に雨は近づいていた。歩いているうちに空気が重く私にまとわりついてきた。長く横たわる灰色の雲のへりがゆっくりと沈む太陽の光でピンク色になる。熱い風が、目に見えない龍の息のように水平に吹いてきた。過去の経験から私は急いだ方がいいと思った。今にも豪雨となり、道路は川のようになり、湾は真夜中になったように姿を消すからだ。

私はまだ新任の大使に会っていなかった。頭の切れる親切な女性で、私が初めてここを見たときにはまだ生まれてもなかったのだが、休日だというのにオフィスで挨拶してくれて、大使館をひと廻りしなさいと言ってきかなかった。私はもう引退しているし、このような気遣いには値しないのだが、現役・退役を問わず多くの外交官の間には、口には出さないが連帯感があって、このようなちょっとした特別待遇が提供されることがあるのだ。私はこれまでにアジア三カ国の大使を務めたことがあるので、彼女は親切にも私の突然の訪問を許してくれた上、このイライラするほど熱心な案内役をつけてくれたのだ。彼と塀の方に歩きながら、彼の任務は、もしかすると、私が熱中症で倒れたときに私の死体を拾い上げて助けを呼ぶことではないかと思った。しかし熱気の中でへたばったのは彼の方で、私ではなかった。塀まで来たときには彼は汗だくで、エアコンから引き離されたことへの不満を隠すのに苦労していた。何か役に立つことはないかと、イライラしながら立っていたが、そのうち、ホテルやビル街、湾内の船など指差し、マニラの輝かしい未来について話し出した。ついに私は我慢できなくなった。

「君、」と私は腕を組み、海の方へ顔を向けて言った。「よかったら独りで静かにしておいてほしいんだがね」

彼は突然幽霊のように大使館の方へ消えて行ったが、納得のいかない任務から解放されて嬉しかったに違いない。私は彼の後ろ姿も見なかったし、さようならも言わなかった。ただ、今目の前にあるものだけでなく、初めてこの風景を見たとき以来見たもの、失ったもののすべてによって憔悴し、立ちすくんでいた。私は湾の沖を眺めてはいたが、聖書に出て来る預言者ヨナが海中の大魚に呑まれたように、異なった時代、異なった世界、そして自分と同じ名前の異なった人間の腹に呑み込まれていたのだ。

沖合はるか、水平線上かすかに小さな突起物が見えたが、それがコレヒドール島だった。その右、近づきつつある雨煙の中に姿を消しかけているのがバターン半島だ。この二つの目標物は今でも私にとっては神聖なものであり、一人の老兵の嘆きの壁だった。日本軍のフィリピン進攻後の残酷な数カ月間、圧倒され続けたアメリカ軍とフィリピン軍はこの半島沿いに後衛の役を果たし、コレヒドール島防衛のために必死に戦いながら援軍と補給が来て全滅から救ってくれるのを待っていたのだ。確かに援軍は来たのだが、二年以上遅かった。彼らは降伏を余儀なくされ、日本軍の銃剣でこづき廻されながら半島を戻らされ、その後は疫病の蔓延する捕虜収容所で飢えと虐待に耐えながら待ち続けた。援軍の来るのは遅かったが、ダグラス・マッカーサー将軍は哨戒水雷艇でコレヒドールを脱出するときにこれらの防衛者つまり自分の部下に約束した通り戻って来たのであって、彼はオーストラリアに渡って連合国の南方軍の指揮をとるようになった後も彼らのことを忘れなかったことは付言しておくべきだろう。フィリピンを取り戻した後、マッカーサーは群島のすべてを解放すべきだと主張し、「ミンダナオ島を取り、それを基地として台湾に向かって北上せよ」という上司たちとの議論に勝ったのだ。

私はバターンでもコレヒドールでも戦闘には加わらなかったし、彼らの苦しみも経験しなかった。しかしマニラ解放後、米軍が不潔で悪臭のするモンテンルパやサント・トマスの収容所まで行き、マッカーサーが自分が置き去りにした将兵の生存者に会って以来、私は彼のそばにいた。彼らは半ば人間とは見えないほど目はくぼみやせこけていて、かつての司令官がまるで自分たちをその苦しみを哀れんで聖者とするためにあの世から戻って来たかのようにうつろな眼で眺めていた。彼はこういう場所を訪れるとき最も見端がよく、感情的で雄弁だった。マッカーサーの見端が最高のときは、同じ時代に生きていた誰よりも立派だった。サント・トマスで彼のために整列した兵士たちはみすぼらしく、その不揃いな歓声が聞こえたとき、私は彼の執念の少なくとも一部を理解したと思った。

湾を眺めている私の右一マイルばかりの所に、戦前長年にわたりマッカーサーの住居であった優雅なマニラ・ホテルがあった。海岸線を眺めていると、もう一つの記憶が甦ってきた。マニラ奪回の戦闘が続く中、彼は機関銃隊と一緒になってかつての自分のペントハウスに向かってホテルの階段を駆け上がったのだ。彼の目は恐怖感で火に釘づけになっていた。それは死への恐怖感ではなかった。私は何カ月もの間彼と共にいたが、彼が敵の砲声や銃声にたじろぐのを見たことは一度もなかった。それは誰もが自分の生命の象徴が破壊されようとするときに感じる恐怖感だった。

日本軍は彼のペントハウスを接収して司令部として使っていたが退却するときに火をつけていったのだ。我々が階段を上って行くと上から煙が吹き下りてきた。銃は警告なしに間断なく火を吹いた。撃たれた敵兵の死体が踊り場にころげ落ちてきた。マッカーサーはひるまず突進した。かつての自宅の居間で、死んだばかりの日本軍の大佐がまだ血を流して焼け焦げたカーペットを汚している上を跨いで、彼は自分が宝物としていた品々の残骸を調べた。彼は三年間それらの品々を救うことで悩んでいたのだが、わずか数分の差で間に合わなかったのだ。一冊の本も残っていない、まだくすぶっている書斎を指差して、場違いだが予言めいたことを口にした。

「ジェイ、私たちの人生の宝物がすべて破壊されたんだ。判るか。戦争が終わった後、世の中は変わっているぞ」

私にはそのとき彼の言う意味が判らなかったが、今は判る。今後一〇〇〇年の世界の歴史はアジアで書かれるだろうと言ったのはマッカーサーだったから。焼けた本の山を眺めながら彼は人類の行く末を見ていたのだ。

もう一度向きを変えて、大使館やその先を見るとサンパロック地区、キャポ地区、それにケソン市がある。そのとき初めて私は自分の過去の重さを感じた。もっと賢明であれば夢は実現したのだ。私は若かった。そして恋をしていた。処理もまずかった。自分で経験しなければ何でもない話だ。

そしてこの旅行には五〇年以上もの間実現したいと思い続けた一つの使命があった。私の体も衰え、残された人生も少なくなったこの時、とうとう再び彼女に会うことになったのだ。この旅では、かつての純真な自分に一目でも会えれば、それでよかった。

彼女のことを考えていると自分が腹立たしくなっていくのが判った。そしてその腹立たしさは自分に対するものだということも判っていた。私は近頃自分自身の人生に幻滅を感じることが多くなった。誤解しないでほしい。私は第二次大戦後大いに成功した人生を送ってきた。しかし、そのために支払わねばならない代償もあった。そしてその代償をこれからケソン市で支払うことになるのだ。

そして私はロス・バニョスでも支払った。南の方、三〇マイルほどにあるその町の収容所で、終戦五カ月後の深夜、私は山下奉文大将の絞首刑を見届けさせられたのだ。それは私がマッカーサーの全能の判断力と動機に疑問をはさんだことに対する代償だった。絞首台の床が落とされたとき私は憤激した。しかし、あれは確かに、マッカーサーのすることはすべて正しいということを印象づけるためには素晴らしい方法だった。私は目撃したことの詳細を報告するよう命令されたのだが、それというのも私があえてそれに疑問を唱えたからである。しかし、その後は黙従し沈黙を守ることに対して報酬を受けることにもなるのだ。

五一年間、今日に至るまで。

そう、私はダグラス・マッカーサー将軍から象徴と周年記念事業の重要性を学んだ。そして傲慢と威嚇が役に立つことも。

ロス・バニョスの方を見ているとあの付き添いの外交官が戻って来て、白い大使館の軒下で私を待っているのに気づいた。その若造は私の視線を感じると呼ばれたかのように走って来た。そばに来ると彼の表情には新しい尊敬の念、少なくとも好奇心があった。

「今大使とお話ししていたところですが」と彼は息を切らせながら言った。「あなたは本当にマッカーサーをご存じだったそうですね」

「彼に仕えていたんだ」。私は向きを変えて、近づいて来る雨を見ながら言った。

「どんな人でしたか?」

「今一滴かかったぞ」。私は彼の質問を遮って言った。この質問に答える気になることは滅多になかった。私が答えないのは小さな自負心からだった。多くの人がマッカーサーを知っている、と言ったが、その誰よりも私の方がよく知っていたのだから、彼らは間違っていると言わざるを得ない。実際私は彼のことを全く知らなかったからだ。

将軍(と彼は呼ばせていた)に友人はいなかった。一時代前の、同様に有力な将軍の御曹司として生まれた瞬間から、彼は厳格な軍隊構造の創造物だった。そこでは人々は分類されていた。まず上官がいる。彼らはお世辞でごまかし、感心させ、適切な時期に反抗しなければならない。その下に同僚がいる。彼らは脅かし、秘かに監視し、地位と栄誉を争って勝たねばならない。その下に部下がいる。彼らは御大将のために完全な仕事をし、絶対的な忠誠心をもち、しょっちゅうお世辞を言わねばならない。

そして、衛兵が立つ兵営の門の外に異質の「外界」がある。彼は生涯そこに住むことはなかったが、それに我慢できなかったわけではない。彼ら外界の人間以外の誰がこの国の歴史に彼の栄光を描こうとするだろうか。彼の頭の中では、彼らは彼の物資か軍事力を求める不幸な人々であり、無知で無規律な民間人、策略は練るが豹変もする政治家どもであり、絶望的に空の飯茶碗を差し伸べる抑圧された人々だった。

そして、彼の敵の中でも最も尊敬すべきものは武器を構えて泥の中を攻めて来る連中で、最も唾棄すべきものは、ヤラセ写真を撮るためのカメラ、嘘を書くための取材ノートしか身につけていない連中だった。

そして、最後になったが、暖かい夏の太陽のようにいつも彼の心の中にあったのが母親、ピンキーだった。ピンキーはマッカーサーを本当に知っていた唯一の人物だった。事実、彼女は肉体的に彼を創造しただけでなく、その飽くなき欲望と傲慢さも創造したのだ。彼女は二人の息子を、一人は病気で、もう一人を戦争で失っていた。その埋め合わせでもするかのように、三人分の夢をかなえさせるほど偉大な人物になることを生涯強制し続けたのだった。

そして彼は確かに単なる一人の男ではなかったが、それはピンキーが想像していた姿でもなかったかもしれない。ダグラス・マッカーサーは私が初めて六二歳の彼に会ったときでも、立派だが苦悩の多い人物だった。それは二〇年後、彼が死ぬ何週間か前、最後に会ったときも同じだった。私は彼と同じ車、同じ飛行機に乗り、彼の格好つけた長演説につき合い、彼にほめられたくて働き、熱意に満ちた若きポロニアス（訳注・ハムレットの恋人オフィリアの父。処世術の達人）であるかのように彼の仕打ちに耐えた。毎日がジェットコースターに乗っているようだった。あらゆる感情を体験した。大人物のそばにいられることは嬉しかったし、その心の優しさに恵まれることもあったし、雨に流された水田を眺めているときの彼の頭の中にある何千年もの歴史が理解できなくて悲しかったし、まれに彼が私の背中を叩いて、私のやった小さなことが戦争の遂行、ひいては世界のためにいかに重要だったか、などと言ってくれたときには感激したし……。

　そう、若きポロニアスだ。燃えさかる前線ではなく、ジープの中で、飛行機の上で、この大人物から五番目の場所で、彼の郵便物を読み、命令を受け、秘密の走り使いをし、たまには言葉遣いに注意しながら助言することさえあった。

　我々二人にはいくつか共通点があった。二人ともアーカンソー州生まれだ。彼の場合はたまたま父親がリトルロックの近くのドッジ砦勤務の将校だったからで、私の場合は四世代にわたる当てもない放浪の必然的結果として、その北方五〇マイルにある借家で生まれた。そこで父は蛇のいる森を開墾して作った荒くれたトウモロコシ畑で小作人をしていた。我々は二人とも若いときに東アジアに魅了され、その騒々しいエネルギー、暑苦しく奇妙なリズムの虜となり、その誘惑を断ち切ろうとすればできなくはなかったのにしなかった。二人とも女についてはうかつな選択をし、ロマンスについては痛みを感じながら幼稚で、やるべきことをやろうとしなかったために一生その代償を払わねばならなかった。そしてそこには言うまでもなく軍隊があった。それが、偶然のことで私は素晴らしく、また、恐ろしい三年間を彼の下で過ごすことになったのだ。

　そして二人を引き離す事柄もあった。ただ、それは後で起こることだ。

　湾の沖合から急に雨が近づいて来て、海面は白波を立て始めた。私の顔に雨が数滴かかった。急がなければズブ濡れになってしまう。私は大使館に向かって駆け出した。付き添いもあとを追って来た。建物に辿り着いたとき猛烈な雨が庭を吹き抜け、それに続いて嵐が旧マニラ市街を襲うかのように大使館の塀を越えて行った。すんでのところで嵐につかまらずに軒下に入ったとき、私は笑い出さずにいられなかった。このタイミングは完璧だった。理想的な歓迎の瞬間だった。

「私はもう行くよ。大使にお礼を言っといてくれないかね」

　しかし、彼には新しい任務があった。私につき合うために日曜日の昼寝を中断させられた代償を現物で欲しいといった感じだった。

「世間では彼は天才だったと言いますが」

　私は彼の期待に満ちた顔つきを見て、とても彼には理解できないとは思ったが、小さなご褒美を一つ口に出してやった。「彼は戦争や歴史を語るときは素晴らしかったが、彼の自尊心を利用する連中に対しては愚かだったこともある。親切ではあったが、最後には残酷な人だと思った。誰よりも私のことを助けてくれたが、結局それも自分のためだったのだ」

青年は私がスフィンクスの謎を口にしたかのように私の顔を見た。彼の好奇心を無視して建物に入り、廊下を通って車寄せに着くとハイヤーがまだ待っていた。

歩きながら考え直して、私は車の所で彼を驚かせた。彼の手を強く握って話し始めると、丸い眼が一層丸くなった。

「彼はある男を殺したんだ。謀殺と言っていい。何のために？　嫉妬と自己満足のためだ」

「誰のことですか」。握りしめた私の手を密かにときほぐそうとしながら彼が言った。

「マッカーサーだ」

「いえ、誰を殺したんですか」

「山下奉文大将だ」と私は答えた。「マッカーサーが山下を殺したのだ。しかも日本帝国政府の絶大な協力を得て、やったのだ。彼らがあることを望み、彼はもう一つのことを望んだ。山下はその両方の生け贄になったのだ。私はこの眼で見たのだ。それに加わったのだ」

彼は私を別の人物、ウォール街で巨万の富を得、大使としても有名だった者ではなく、復讐の妄想に駆られて嵐をもたらした老人として見ているようだった。

「それについては読んだことがあります。軍事法廷が山下を有罪にしたんです。日本人は彼を死なせたくなかったのです。英雄の一人でしたから。どちらにしてもマッカーサーが占領を始めたとき、帝国政府は解体したんですから」

「法廷だって？　あれは法廷なんかじゃない。帝国政府？　解体などしなかった。ほら、君は何も知らないんだ」。私はやっと彼の手を離した。「山下か。宮中は彼を憎んでいたんだぞ。別の連中を救いたかったんだ。判るだろ」

彼は笑いを隠そうとして首を振って含み笑いをした。彼の目には私は馬鹿老人として映ったに違いない。彼は外交的に話題を変えて私の右頬を醜い稲妻のように走っている深い傷跡を指して言った。

「大変失礼ですが、その傷は戦争で受けたのですか」

全く失礼な話だ。私は車のドアを開けながら言った。

「ここで、フィリピンでだ」。私は車に乗った。「さようなら、君。もう本当に行かなくちゃならないんだ」

彼は不思議そうな顔をして無言で立っていたが、車がまだ降りしきる雨の中を動き出すと、かすかに手を振った。今日私はいつものようにできるだけ話さなかったが、いつものように誤解された。そんなことはどうでもよかった。説明するには余計なエネルギーが要るし、彼の受けた官僚的な訓練では理解できなかっただろう。

私は運転手を促した。雨は間もなく止むだろうが、交通は既に水浸しの道路で立ち往生していた。私はケソン市で面会の約束があったのだが、それを作るのに三〇年以上かかったのだ。そして私は、山下奉文がロス・バニョスで縄にぶら下がることになるまでに何が起こったのかを、聞く気もない者に二度と話すつもりはなかった。

第一部

――一九四四年十月〜一九四五年八月

第一章　レイテ島へ

二カ月間我々は北と西に向かって長さ一〇〇マイルの艦隊で蛇行を続けた。海は荒れていた。二組の艦隊――空母・戦艦・巡洋艦・駆逐艦・油槽船・貨物船・兵員輸送船・掃海艇・上陸用舟艇など七〇〇隻が煙を上げスクリューを全回転させながら、史上最大になるかもしれない海戦に向かっていた。二〇万の兵士が船倉や甲板で緊張し、もどしながら、上陸して、むし暑いジャングルに放り込まれる準備をしていた。夜は、武器の手入れをしたり、お祈りをしたり、故郷に手紙を書いた。我々はレイテ島に向かっていたのだ。

私はマッカーサー将軍の下級幕僚として巡洋艦「ナッシュビル」に乗り込んだ。この航海は理屈抜きに恐ろしかった。私は軍艦が嫌いだったし、それに近づきたくなかったから陸軍を志願したのだ。軍艦はあまりにも頻繁に沈没し、冷たい鋼鉄の、フジツボのついた棺となり、乗組員を道づれにして、海底火山の噴き出す太平洋の底深く沈んで行った。軍人としてやって行く気のない者にとって、こういう楽しくない結論は真珠湾攻撃以後の不安定な日々、格好の話題だった。選択肢を考えても、戦争とはどういう風に死ぬか、ということだけだった。撃沈されて溺れるのと、ツグミのように撃ち落とされるのと、銃弾や砲弾でやられて草むらに倒れるのと、どれがまだましかということだ。

一九四二年一月、私はこれらの選択肢の中から、不本意ながら土の上で死ぬ方を採った。幸運にも陸軍は私がそこそこの日本語を話せることに注目した。そういう人材に飢えていた軍は私を歩兵訓練部隊ではなく語学学校へ入れた。それが終わると直ちに太平洋戦線に送られ、そこで五カ月間捕虜尋問通訳をやらされたあとマッカーサーの参謀を命じられた。私は出来のいい参謀で、生まれつき外交的だったし、積極的に服従したし、常に完璧な仕事をした。ついその前までは一流大学のスポーツ選手だったので自信はあったし、それがまた私の礼儀正しさを際立たせたようだった。マッカーサーや他の将軍たちも私を完全に気に入り、信頼してくれるようになった。

しかし、私の微笑の裏には己れが無用な存在であるという思いが隠されていた。毎朝指示を受けに司令部に出頭するたびに、もし私が幸運にも日本語ができるようになっていなければ、戦争でどういうことになるか、はるかに危険なことになっていたはずだということを自分に言い聞かせた。事実、弟はうちの家系通りに育ち、八年の学校教育と間抜けなアーカンソー弁のため陸軍の一兵卒になってしまった。父や祖父のように勇敢で有能な兵士だったが、一九四四年六月、フランス進攻中に私が聞いたこともない小さな町で死んだ。

私は違った。一四歳になるまで私は都会を見たことがなかった。ある冷たい雨の降る日の朝、母親が目を覚まし、夢にお父さんが現れて、アーカンソーからカリフォルニアに行けと言った、と我々に話した。私が目をこすると、トウモロコシの皮を詰めたおざなりのマットレスが音を立てた。彼女は急いで木綿の袋四つに物を詰め始めた。彼女の怒ったような顔を見れば、父親が今日にでも出発しろ、と言ったのは明らかだった。

父の墓は木の多い牧場のすぐ上にある小さな墓場にあって、生前気に入っていた石だけが目印だった。出発する前にお参りをした。母はお祈りを唱え、あなたをこんな寂しい野原に置いてはいかない、うまく行くようになればカリフォルニアに移してあげると父に約束した。父が死んでから一年足らずだった。松材の棺が穴に下ろされるとき、私は父の存在、ウールのセーターのような暖かさ、二度と戻って来ない優しさを感じた。

もしかするとこれが最後になるかもしれない。墓の横に立っていると父が生き返ったような気がした。二〇〇ヤード先で何頭かの牛が冬草を食っていた。遠くでリスを撃つ音がした。誰か幸運な人の夕食になるのだろう。私は父の声を聴こうとした。私には父が、こんなひどい田舎にいたのは大間違いだった、ここで醜い現実と闘わずにどこかへ行っていればこの年で死ぬこともなかったのだ、と言っているようだった。私は、父とは無縁のものになるであろう、変哲のない墓石を見ながら、彼は前の晩母に同じことを言ったに違いない、と思った。

　私はそれまでカリフォルニアの海岸のように美しいものは絵でも見たことがなかった。我々のバスがサンタモニカに着いた翌朝、私は大きな桟橋に立って潮風やシーフードを作っている匂いを嗅ぎ、のんびりと歩いたり釣りをする人を眺めた。反対側では岸壁に波が砕け、ヒョロ長いシュロの並木が北の方、マリブまで連なっている。そして私は涙をこぼした。このような美しさと満足感は想像することもできなかった。私は身なりも悪く、髪は伸び放題で笑いものだった。しかし父の暖かさに包まれているようで、絶対母をここから離れさせないと誓った。

　学校のこともあった。私は利口だった。少なくとも私にとって同じように重要だったのは、あのフットボールと呼ばれる、ほとんど重さのない革の物体を運んだり、相手がこっちを倒そうとすれば殴り倒す術にたけていたことだ。母は怒って反対した。働けというのだ。しかし私にはこれほど面白いことはなかった。三年後、州中の有名大学が競って私に奨学金を出そうと言って来たとき、母は驚いてしまった。私はただ放課後他の男の子とちょっとプレイして、週末には観客の前で同じことをするだけなのだから。

　私は南カリフォルニア大学を選んだ。母の所に近かったし、週末には手伝うこともできたから。母は軍需工場で職を見つけた。動員令が下ってからは一二時間労働となった。リベット打ちをしていたが、彼女の小さな体は軍用機の狭い機首部分に入り込むのに理想的だった。弟は電気工になるための勉強をしていたが、間もなく徴兵されることは判っていた。

　カリフォルニアの生活はよかったし、近づきつつある戦争は我々には助けにさえなった。

　大学のすぐそば、エクスポジション・パークの近くの横丁で日本人の一家が食料品店をやっていて、他のアジア系の移民が盆地で作った果物や野菜を専門に売っていた。私が初めてカズコに会ったのは一九歳で南カリフォルニア大学二年生の時だった。彼女は父親の店の前で、表に出した果物や野菜を並べ直したりしていた。胸から膝まである白いエプロンは小さな腰の後ろで結ばれていた。髪の毛は赤いバンダナで顔にかからないように結んであり、背中に垂れていた。うつむき加減で、考えごとをしているように顔をしかめていた。彼女はまるで巨大な花瓶に豪華な異国の花を生けているかのようにキメ細かな仕事をしていた。顔を上げて私を見ると彼女は微笑んだ。

私は自分の、母音の多いアーカンソー訛りと未熟な作法が気になるのでやたらに内気だった。南カリフォルニア大学に入ると、フットボールのグラウンドではすぐ有名になったが、内気な性格はさらにひどくなった。この学校は授業料も高く、洗練されているので、私にはまだ自分の過去をパーティで笑って話すようなことはできなかった。私もやっと微笑んだ。何か言うとすれば彼女がきれいだということしかなかったが、口ごもりながら、日本語を習いたいんですが、と言った。彼女は英語をもっとうまく話せるようになりたいと言った。二人で教え合うことにした。そして二週間もしないうちに、両方の親の反対にもかかわらず我々は離れられないものになった。

我々は自然に一緒になった。恋人同士というよりも遊び仲間で、お互いに、異なった種類のものとは言え、遠くからの移住者だった。私が一生懸命カズコの気に入られようとする一方、彼女はアジアとその多様な文化の魅力に私の目を向けてくれた。週末には二人でサンタモニカで、闇に包まれた巨大な太平洋を見渡しながら日本語を使ったり、彼女の祖国の奥深い文化について話したりした。私はときにはアジアの歴史や、進行中の日本の軍事支配について読むようになった。

そして真珠湾が攻撃された。カズコと一家はテキサスの収容所に送られた。私は陸軍に志願した。日本は憎むべき敵国となった。事実その軍隊と指導者は彼らが征服した人々に対し、残虐で容赦なかった。しかし私は日本の古くからの偉大さに対する憧れをなくすことはなかったし、カズコの優しさと一家の力強さを知った今、日本人全体を憎むことはできなくなっていた。

私にはフィリピン作戦が長く、すさまじいものになることが判っていた。太平洋に二年もいると私は精神的に疲れ切っていて、陸軍を辞めたくなっていた。そこでレイテに向かいながら、私は自分だけの小さな隠れ場所を考え出した。ナッシュビル号が輝く紺青の海を進んで行く間、私は自由時間には、よく磨かれた木製の主甲板の、八インチ砲の長い砲身の下に立ち、動き続ける波を眺めて、甲板長の笛が聞こえないふりをするのだ。そうしながら私は自分が観光客で豪華客船の行き先は弟が死んだフランスではなく、まだ彼が生きているかもしれない輝ける古都パリだという想像をした。

しかし海を騙すことはできなかった。それはまさしくアジアの太平洋だった。波は高く、巨大な軍艦を玩具のように揺り動かした。艦に並んでトビウオが跳ねた。我々はドロドロした沼地のニューギニアから転戦して来たのだ。マッカーサーはそこで敵を牽制し、攻撃し、爆撃し、包囲し、そのあとは挫折した敵の大軍を迂回したのだ。彼らの最大の望みは天皇のために死ぬことだったが、今や無用の存在となった。彼はこれらの戦闘で自分のもつ最大の能力を発揮した。敵の航路を切断し、補給を困難にした。これはニミッツ提督と海兵隊が中央太平洋で行っていた犠牲の多い血みどろの戦いとは異なるやり方だった。彼の表現によれば、敵を「つるに下がったまま枯れさせる」ことだった。

特派員たちはよく多くの軍人が彼の傲慢さと芝居っ気を憎んでいると書いたし、事実彼には我慢できない点も時々あった。しかし彼の否定し得ない天才がなければ、彼らの多くは生き残って文句を言うこともできなかっただろう。

我々の行く手には彼が長年抱えていた情熱と、新しく抱いた情熱の対象があった。長く伸びたフィリピン群島は確かに困難な作戦の対象で、四〇万の日本軍が防衛していた。しかしそれ以上にマッカーサーはこの群島に強大な執念をもっていた。アメリカ国内でさえ、これほど彼の感情をかき立てる場所はなかった。彼は四〇年以上前ここで軍歴を始めた。彼の父もここで軍務に服した。彼は将官として再びここに勤務したが、その前に結婚し、その後で陸軍参謀長となっている。現役を早期に引退して、世間から忘れ去られようというとき、一九三六年フィリピン独立準備政府軍の元帥となった。赴任するための船の中で今の夫人に会い、ここで結婚した。母親はここで亡くなった。彼はここの大小さまざまな島の人々の中で特異な地位にあった。そして必ず戻って来ると個人的に彼らに約束したのだ。

他の問題もあった。既に我々には戦局が変わり、数カ月以内とはいかなくても、いずれいつか必ず勝つことが判っていた。その日が来ればいやでも忠実に闘ってきた我々軍人は喜んで家に帰るだろう。しかし我々の将軍はどうするのか。フランクリン・D・ルーズベルトを含め、彼が大統領に立候補するのではないかという人もいたが、彼は真の民主主義などという侮辱的なものには耐えられないことを我々は知っていた。彼は一九三七年以来本国の土を踏んだこともないのだ。ある妙な予測し得ない宿命が彼を待っていた。それは間もなく海岸で展開されようとしていた。それは彼にとって最高の時だった。引退でなく即位の前夜だった。個人的には不毛な三年間夢見て来た、その日が来るのだ。

しかし彼には作戦に勝つこと以上にやらねばならないことがあった。汚辱に耐えることなくして彼は偉大にはなれない。そしてフィリピンは既に彼をひどく辱めていた。彼は、常に自分の欲望を満たしてくれてきたこの土地で人生最大の侮辱を味わわされたのだ。

我々は、ときには彼の呆け役となり、売春婦役をやったが、彼が一九四二年日本軍にやられて敗走したという単純な事実を正当化したり、同情したり、婉曲に説明することは誰にもできなかった。単に敗れただけでなく潰走したのだ。ワシントン政府にも責任はあったろうが、マッカーサーの方も四年の準備期間があったのにそれをしていなかったのだ。真珠湾の敗北後一二時間後には彼の空軍は地上で無用化していた。操縦士も地上員も適切な警告を受けていなかったし、最初は攻撃して来る編隊が日本軍だということも、本当の戦争が始まったということも信じられなかった。彼の陸軍はバターン半島をジワジワと後退し、そしてコレヒドールの岩窟に追い込まれた。彼自身は部下たちが受けた捕獲・拷問・投獄などの辱しめは受けなかったが、それは小さな哨戒水雷艇で脱出し、はるか離れた滑走路から妻子と共にオーストラリアに逃げたからだ。

彼は敗北した。さらに悪いことに、必死に戦っている部下を砲火の中に置き去りにしたのだ。

しかし、彼はオーストラリアから個人的な復讐を計画し、実行した。彼の兵士たちはジャングルからジャングルへ、常にフィリピンを目指して北上した。自分を史上最高の人物と見做す将軍にとって、勝つだけでは報復にならない。あり余る天才を見せなければならなかったからだ。そしてその後数カ月、日本軍は怒り狂った報復を味わうことになる。ニューギニアからレイテまで進軍する間、彼は単なる名声ではなく過去のいかなる将軍も夢見たことのない歴史的な地位を入手しようという決心をしたのだ。

　ナポレオンが何だ。凍てついたツンドラで大軍を無駄にした、痔もちのフランス人に過ぎないではないか。シーザーが何だ。虚栄心に溺れ自分の幕僚さえ支配できず、逆に殺されたではないか。そして、特に、山下が何だ。マッカーサーが不滅へ向かって進む道路の一つのコブに過ぎない。このいわゆる「マレーの虎」はシンガポールでパーシバルを辱しめ、西洋の兵士の弱さを見せびらかすために英軍捕虜を占領したアジアの町で行進させた。

　そしてマッカーサーだ。冷静で才能に溢れ、自制心に満ちている。そして今や偉人の域に手が掛かっている。

　レイテはフィリピン群島の中心地で、群島とスールー海の間にひしめき合うサマール、パナオン、デナガットといった中ぐらいの大きさの島の一つだ。それは南のミンダナオ本島、北のルソン本島に比べてはるかに小さいのでその戦略的な価値を疑う者が多かった。統合参謀本部は、マッカーサーがミンダナオに基地を確保し、フィリピンの他の部分は「つるに下がったまま枯れさせて」しまって、台湾と中国東部に海岸堡を設け、最終目的である日本を攻撃すべきだ、と主張した。もっと慎重なやり方、つまり十一月にミンダナオを取り、島づたいに攻め、最後に最重要な獲物、マニラがあるルソンに向かって北上すべし、という意見もあった。

　しかしマッカーサーはレイテを、しかも十月に手に入れたかった。彼が我々に言ったのは、まずここを取り、戦略的に日本の輸送路を二つに切断して、ボルネオから、あるいはシンガポール経由で来る石油などの資源の補給を困難にさせる。そうすればフィリピンにいる日本の地上軍も分断することができる、というのだ。そうかもしれない。海軍も同意した。大統領と統合参謀本部も結局この理論を受け入れ、しかし私は一年以上続けて彼と一緒にいたので、他にも理由があることを知っていた。

　レイテは個人的なものだった。それには彼の青春の喜びと悲しみがあった。

　だからマッカーサーは自分の作戦を立て、政府を困らせ、荒波を蹴立てて全艦隊と陸軍をこの誰も知らない小さな島に突入させたのだ。これらの海岸こそが彼の再臨を一層輝かしいものにするからだ。そんなことは私にはハッキリしていたので、なぜ政府が議論を複雑にして何週間も浪費したのか、不思議でならなかった。後世何千年もの間忘れられないごく少数の大人物は必ず栄光の瞬間に運命の不吉な偶然とも思える神秘的な出来事に遭遇するのではないか。

進攻の前夜、彼は我々九名の参謀を「ナッシュビル」の上級士官室に召集した。艦は水兵が「地うねり」と呼ぶもので静かに揺れていて、磯波の音で我々が海岸に近づいていることが判った。私が赤いライトのついた暗い通路を下りて行くと、絶え間なく日本軍の海岸防禦陣を叩く護衛艦の砲撃の音が遠くから聞こえて来た。前日陸軍の奇襲部隊がレイテ湾の入り口を守る二つの小さな島を占拠し、続くべき進攻の両側面を確保していた。同時に掃海艇と水中爆破隊もレイテ湾内に入り、海岸堡の障害物を除去していた。数日前から連合軍の空軍が、北は台湾と中国、東はマーシャル・カロリン諸島、南はミンダナオと東インド諸島を叩き、レイテを敵の空襲から守った。

「ナッシュビル」は臨戦態勢にあった。乗組員は緊張し切っていた。数時間後には戦闘配置につくのだ。そして夜明けと共に湾に突入し攻撃を開始するのだ。

士官室でマッカーサーは布を張った大きな食卓の上座に坐っていた。海軍の司厨下士官が静かに出入りして、艦内で作ったクッキーや熱いコーヒーを持って来た。彼らは盆を音を立てずにテーブルに置いては厨房へ消えて行った。我々も音を立てずに席についた。幕僚中最下位の私はいつものようにテーブルの端、将軍から一番遠い椅子に腰掛けた。

マッカーサーはお気に入りのコーン・パイプに火をつけて我々を見廻した。少年のように微笑んでいた。彼は興奮を抑えられずに椅子の中で神経質に体を動かした。彼は男前で堂々としていたからそんなに注意深くカリスマ性を出そうとする必要はなかったのだ。六四歳でも髪は濃く、顔に少ししわはあったが、気力が感じられた。オーストラリアには彼よりかなり若い夫人と、幼い男の子がいた。彼は決して同僚と同じ世界に住もうとはせず、そのお陰で彼らと一緒に老い込むこともなかったのだ。

私はこれで一年以上も彼と毎日会っていたが、彼が話すのを聞くといつもスリルを感じた。彼の態度や言葉遣いは聞き手が一人でも何千人でも同じだった。彼の住む世界は格式高く、硬直していて、古典的であり、それは私生活においても変わることはなかった。二三歳の青年にとって彼と同席することは魔法の幕の後ろの、時代を超越した宮廷に連れて行かれるようなものだった。私は彼を限りなく尊敬した。他の人と違って私は彼の自己中心主義を妬んだことはなかった。とても追いつかないことは判っていたから。私はジェイ・マーシュ。この大人物のそばにいるだけで幸せで、早く戦争が終わればいいとだけ考えていた。神とピンキーだけがマッカーサーを創造し得たのだ。

「ジェイ、コーヒーをくれないかね」

「かしこまりました」

私はいつもながら、歴戦の勇将たちのいる所でファーストネームで呼ばれたことが嬉しくて、静かに起立してテーブル中央に手を伸ばし湯気の立つコーヒーを注いだ。そして両手でコップを注意深く持って、宝物を差し出すように彼の前に置いた。

彼は微笑みながら、急いで席に戻る私にほめるように頷いた。

「素晴らしいコーヒーだ」と、彼は自分がそう言うからそうなるんだというふうに言った。

彼はご高説を待ち構えて居並ぶ上級将校を見廻した。

「さて諸君、我々が夢見ていた時がついに到来した」

彼はこまごまとした事柄を一大事のように説明して行った。攻撃開始と共に鉄帽を被れ。マラリア予防薬を飲むのを忘れるな。彼は上陸したときに通信隊のマイクに向かって話す演説の原稿を見せて我々の意見を聞いた。我々は一言ごとに頷き、注意深くメモし、コーヒーをすすり、クッキーを食べ、シガレットの一、二本に火をつけ、メイン・イベントを待った。

彼は突然立ち上がり、顎を引いて歩き出した。いよいよマッカーサーの瞬間が来たのだ。歩きながら彼はズボンのポケットから小さなデリンジャー拳銃を取り出した。拳銃は古くて傷がついていて、彼の手のひらに納まりそうなほど小さかった。彼は芝居がかった様子でそれを点検し、弾丸を二発取り出してゆっくりと装填した。彼は話しながら拳銃を我々に見せた。

「諸君の多くは私の父が南北戦争の時、ミッショナリー・リッジの戦いで名誉勲章を授かったことや、退役前は大将だったことで覚えているだろう。しかし私は、彼の最高の時代はここフィリピンで、四五年前、実戦の勇士、あるいは総督として過ごした時にあったと思う。彼はこれらの島々の重要性を確信を持って説いた最初のアメリカ高官であった。彼は何度も危険にさらされ、首に懸賞金がかかったこともある。そして常に、町なかでも、フィリピンの反乱軍に対する戦いにおいても、このデリンジャーを身につけていた。万一捕まるようなことになれば、その前に自らの命を断つことを誓っていたのである」

マッカーサーは歩くのをやめ、我々の方を向いた。

「日本軍は我々がいつどこに上陸するかを知っている。東京ローズ（訳注・太平洋戦中、東京から行われた米軍向け宣伝放送に従事した米国籍の日系女性の仇名）は既に私がこの艦におり、明日上陸すると全世界に向けて放送した。敵は私が戻って来たことを知っている。そしてこれが、何年もの間苦しみながら私の帰還を待ち望んでいたフィリピンの人々にとって何を意味するかも知っている。もし山下大将が賢明であれば、海岸に決死隊を出して私を捕らえるか、殺すかするであろう。考えてもみたまえ。日本の目的のためには、マッカーサーを生けどりにし、マニラ市内を引き廻す以上に大きな勝利はないであろう。しかしながら、それは起こり得ないのである。なぜならば、私は父と同じ誓いを君たちに立てたからである。私が最初に死ぬ！」

彼は何秒か拳銃を軽く握っていたが、それを静かにポケットにしまうとまた歩き始めた。私は坐ったまま不思議な思いで、彼が湿って煙草くさい士官室の空気から新しい霊感を吸い込むかのように、また、顎を引いて行ったり来たりするのを眺めていた。私の論理で言えば、日本軍は既に叩かれているし、我々の先に海岸を攻める友軍の武力を考えると彼の言うことにはほとんど現実性がなかった。しかし、万一マッカーサーが本当に明日海岸で殺されたり捕虜になったりすればフィリピン作戦が取り返しのつかないことになるだろうことは誰の目にも明らかだった。

そしてこれこそ彼の主眼だった。彼はたった二分で、もし、彼がこれほどまでに頑固に主張しなければこの作戦はなかっただろうし、また彼がいなければ成功しないだろうということを我々に思い出させたのだ。そして、自分自身を父親の英雄伝説に結びつける勇気と挑戦の象徴をポケットから取り出したのだ。

この仕草そのものが、親子で名誉勲章を受けたのは歴史上彼らだけであること、そして同時に一家のフィリピンとの長い結びつきを何げなく思い出させるためのものだった。

ここで彼は歩くのをやめ、顔を上げて再び我々の方を見た。彼の声は、ハーフタイムにロッカールームで話すフットボールのコーチの声のように力強く緊迫していた。

「明日、我々は出撃する。タクロバンに上陸する。私にとって最高の瞬間になるのだ。タクロバンこそ私が士官学校卒業後最初に赴任した所である。そして運命の致すところ、私が今戻って来たタクロバンに着任したのは、四一年前のまさしく本日であった。この象徴的な兆しをフィリピンの人々は理解するであろう。彼らは自分たちの人生でもこういう兆しを求めるのだ。私が戻ってきたことを知れば彼らは市中で蜂起するであろう。ゲリラはジャングルから出て来るであろう。そして我々は日本軍に対し、今まで経験したことのないほどの、迅速かつ徹底的な報復を加えるのである」

彼はまた歩き始め、我々と一体になりたいかのように一人一人の顔を眺めた。「諸君、戦闘だけが問題なのではない。我々の未来は、日本を別として、太平洋で最も重要な国にかかっているのだ。そして、そのあと、私は日本を手なずけてみせる。しかし、未来は戦闘で始まるのである。戦闘においては、いかに発想がすぐれていても、そしてそれがいかに瑕疵《かし》なく遂行されても、勇敢な者は死ぬのである。したがって私は部屋に戻り、聖書の好きな数節を読み、我が勇敢な兵士たちにご加護あらんことを神に祈るつもりである。おやすみ」

彼が突然部屋を出て行こうとしたので我々は直立した。それからゆっくりと席について部屋に残ったまま、コーヒーとクッキーを食べながら少ししゃべっていた。下位の将官や上位の佐官たちの、いつものように小馬鹿にしたような皮肉な雰囲気が士官室に流れた。というのも、彼の虚栄心にはもう慣れっこになっていたし、仲間うちだけになって気楽になったからだ。

「どうぞ、どうぞ、閣下」

「待てよ。ハッキリさせようじゃないか。彼が神に祈るのか、神が彼に祈るのかだ」

「彼一人でこの戦争をしているんなら、彼以外の奴が撃たれるわけがないじゃないか」

しかしこういう皮肉も長くは続かなかった。彼らは、内緒話をしながらも、戦争を眺めるには、後部座席ほどいい場所はないことを承知していたからだ。軍を率いているのはマッカーサーなのだから。

私が「我々」と言わずに「彼ら」と言うのは、これら将官・佐官のいる所で、私はメモを取ったり、使い走りをしたり、コーヒーを注いだりするだけの下級将校だったからだ。私は、彼らが感情をあらわにする場合、黙っていることに努めていた。これら上官の一部から見れば、会議が終わったあとも私が残っていること自体、僭越な行為だった。だから私もすぐ部屋を出た。

私は母にまた手紙を書かねばならなかった。弟が死んでからというもの、母は必要以上に私の安全を気遣ってくれていたからだ。私は翌日には殺し合っている歩兵ほど危険な立場にはなかったが、それでも若く、神経質で戦闘のことを考えると吐き気がした。

夜明けと共に、荘厳で雄大な水平線が姿を現した。そしてすぐ、殺戮の音と臭いで彩られた。我々は湾内に入った。その穏やかなエメラルド色の海に我が大艦隊が殺到した。私は早く起きて、自分の部屋から主甲板まで走って、八インチ砲の下の気に入りの場所まで行った。そこに近づいた途端、大砲が黒煙と醜い火を吹き出し、燃えている海岸に砲弾を浴びせかけた。爆発音が私の耳をつんざき、私はバランスを保つのがやっとだった。砲撃は続き、私は主甲板沿いに歩いて士官室に引き下がった。何十隻もの艦船が砲撃に加わり、ついにレイテは爆発しながら煙ともやの中に姿を消して行った。

朝食のあと私は何時間も艦橋に立っていた。「ナッシュビル」は停止していたが海岸に対する砲撃は続いた。樹々は丸裸になって倒れ、何百という建物が焔を上げていた。傍らの兵員輸送船が舷側に網を垂らすと重装備した兵士たちが次から次へと水面まで降りて行った。彼らは網状の縄梯子で、静かな海面で横づけにした矩形の上陸用舟艇に乗り移った。小さな上陸用舟艇は客待ちしているタクシーのように縦横に並んでいた。突撃隊員を乗せると一隻ずつ水面の広い方へ向かって行った。そして集合場所に着くと何度も回りながら他の艇が集まるのを待った。最後に母船から突撃信号旗が掲揚され、進攻が開始された。艇は横並びになって、白波を立てて海岸に向かった。それらの半分はタクロバン近くの「赤」・「白」海岸へ向かい、他の半分は数マイル離れたデュラグ近くの「紫」と「黄」に近づいた。

海岸では砲弾が絶え間なく降りそそぎ、小高い樹木や草葺きの小屋を爆破し、敵陣を破壊するに伴い、硝煙が次々と雲のように流れて行った。海岸のすぐ背後には険しいジャングルの丘があった。今度は砲弾が岩や木立ちやつる草の塊を爆破した。兵士たちが上陸用舟艇から飛び出し海岸の敵陣を確保する間、艦船は砲撃を中止した。今や我々には、日本軍が海岸から後退し、我が軍を丘やジャングルに引きつけ、砲弾よりも小銃や手榴弾がものをいう場所で、彼ら一人一人の命と引き換えに我々を一人一人殺すつもりでいることが判っていた。

上空も混雑していた。午前中、凧が舞い狂うような空中戦が続けられた。敵の戦闘機が遠くの丘の陰から突然現れ、湾内の艦船に攻撃をかけても近くの空母から発進した米軍機に迎撃されるだけだった。日本軍はマッカーサーが最後の行動を開始するまで戦力を温存し、米軍を釘づけにするつもりだったのだ。多くの米軍艦船が停泊したところで我が軍を混乱させ、海岸に対する砲撃の向きを変えさせようとしたのだ。そのときはまだ知らなかったが、日本海軍はこの戦いで最も大胆な行動をとろうとしていたのだ。それは我が海軍を動けなくして、上陸した米軍に対する補給線を断つことだった。

午前中ほとんどの時間、マッカーサーは数名の上級将校と艦橋に立っていた。彼の心の中では穏やかな自信と子供じみた期待感が交錯していた。しかし燃えさかる橋頭堡の上に太陽が昇り、ついに小さなタクロバンの町が見えたとき、彼の顔は明らかに恍惚感に輝いた。彼は私の所まで来て私の肩をつかみ、周囲の残忍な世界とは無縁の観光客のように町の方を向かせた。

「タクロバンだぞ、ジェイ！　あれがそうだ。四一年前の今日の朝見たときと全く変わっていない！」

私には明らかに変わっていると思えたので、言葉を選んで答えた。「閣下、燃えておりますが」

彼は蚊を叩くように私の見当はずれの見方を追い払った。「もちろんそうだ。火事は自由の代償だ。やがて消える。灯火がつく。そしてタクロバンは自由になるのだ」

彼は意気揚々と、短時間の昼食をとりに部屋に戻って行った。

艦橋に戻って来たとき彼は、アイロンをかけたばかりのカーキ色の軍服を着、トレードマークのサングラスをかけていた。彼には再びフィリピンの土を踏む準備ができていた。それを、まだ大砲が火を吹き、燃えさかる丘から煙が流れているところを、ピシッとした軍服でやりたかったのだ。

一隻の上陸用舟艇が我々の艦の舷側に垂らされた梯子につながれ、揺れていた。少数の幕僚のあとから何人かの特派員がそれに乗り込み、輝くばかりに上機嫌なマッカーサーが後に続いた。サングラスをかけ、糊のきいた軍服を着て、彼は完璧だった。しかも我々には鉄帽を被れと命じたのに、本人は柔らかい軍帽を被っていた。我々の艇が近くの艦に向かって走る間、私は彼のそばに立っていたが、興奮のあまり彼の手が震えているのに気がついた。

友軍機が頭上を哨戒していた。我々の艇は輸送船「ジョン・ランド」号の梯子の下部に繋がれた。そのデッキで、マッカーサーがタクロバンで再建するはずのフィリピン亡命政府の指導者たちが待っていた。その大統領であるセルジオ・オスメナ、国防長官のバジリオ・バルデス、幕僚長カルロス・ロムロ准将らは、艇長がこちらに乗り移るのに手を貸すと複雑な表情を見せた。オスメナはゆっくりと我々の艇に移って来たが、神経質そうに今後の自分の任務を苦にしているのは明らかだった。彼は、数カ月前結核で死んだ亡命政府の大統領として人気のあったマニュエル・ケソンの思い出と、今後何カ月も自分のやることのすべてに影を落とすであろう、神聖ともいえるマッカーサーの存在との間に挟まれていたのだ。マッカーサーが乗船して来たオスメナを抱こうとすると、彼はしかめっ面を抑えた。そして我々はまだ戦況の不明な「赤」海岸へ向かって出発した。

我々の前方の海岸では、既に攻撃部隊が島の奥、燃えている丘へ進軍していたので、もはや戦闘はなかった。しかし砲撃によってほとんどのドックや桟橋が破壊されていたので、使えるものは負傷兵を収容する舟艇でごった返していた。マッカーサーもこれに気づいて、どこに上陸するのか、と艇長に尋ねた。艇長は私ぐらいの年の下士官だったが、慌てて海岸に適当な場所を探し始めた。

すると突然艇が停止したが、大したことではなかった。海岸から五〇ヤードの所で座礁したのだ。「水兵、どうしたんだ」

艇長は、どうしようもない、と詫びるように両手を上げた。マッカーサーはすさまじい顔で艇長を睨みつけた。そしてこの下士官を責めるように舳先の方へ進んで行き、上陸用の前面扉を降ろすように命じた。鉄板がゆっくり前に降りて行くと、マッカーサーが決然とその上を歩いて行って海水に足を踏み入れ、我々数名の解放者たちが後に続いた。マッカーサーは長い間この瞬間を夢見、そのために苦労してきたのだ。阿呆な艇長やフニャフニャした砂州などに、その完璧さを損なわれるわけにはいかない。

海岸にいた一人の報道カメラマンが幸運にもこの瞬間のすべてを撮った。完璧な救世主の厳かな顔つき、サングラスの下の突き出した顎、少し水の中を歩いたためにグショグショになった、アイロン掛けたてのズボン。この一枚の写真が、演説や作戦図などでは表現できないほど劇的にマッカーサーの帰還を物語った。世界は、将軍の恐ろしいしかめ面が主として、彼が予告し、振り付けまで考えてきた帰還の、この瞬間に彼を水に放り込んだ不注意な艇長に対する不快感を示すものであることを知らなかった。

しかし事実、これは彼にとって偉大な瞬間だった。彼はそれを冷酷な意図でとらえた。この島、記念日、亡命中のフィリピン要人や、今なお続いている戦闘さえ、第一波の攻撃部隊が舟艇から飛び出したわずか数時間後、彼が海岸に立つことによって世界に伝えようとしたメッセージの背景に過ぎなかった。メッセージは世界中に伝わった。しかし彼が刻々と積み重ねてきた象徴的な出来事はアジア人に判らせねばならなかったのだ。東アジアでは、神話と虚勢が力を構築するブロックなのだ。マッカーサーは彼らに自分の帰還によってすべてが解決することを示していたのだ。彼は駆逐されたのではない、援軍を求めそれを強化するために撤退したのだ。彼は解放軍を送り込んだのではない、自分で率いてきたのだ。彼は戦死を恐れていなかった。父同様に戦闘を恐れなくなるよう育てられたのだ。

その日の午後を通して、彼は世界に独り芝居を提供した。狙撃銃の音が聞こえる中、彼は新しくできた戦場を歩き廻った。それほど遠くない所から日本兵が片言の英語で悪態をつくのが聞こえた。彼が先頭に立って銃声を聞きながら、炎にもめげず歩いて行くと、大勢の歩兵が彼の突然の姿に驚いた。

あるタコツボ壕のそばで彼は殺されたばかりの二人の日本兵の死体を爪先でひっくり返してその連隊章を確かめた。「よし」と、彼は兵士たちにも記者たちにも聞こえるように言った。「こいつらはバターンで酷いことをした連隊の所属だ」。レイテ島で、この先頭の真っ最中でもあの作戦の屈辱は決して彼の心を離れることはなかったのだ。

夕方になり、我々はだいぶ静かになった「赤」海岸に戻った。マッカーサーは倒れたばかりの椰子の木に腰を下ろした。そこで初めて憂鬱さをあらわにして、長い間、煙の立つジャングルの方を眺めていた。

「ジェイ」と、彼は私を呼んだ。

「はい、閣下」と、任務の強烈さに疲れ切っていた私は走り寄った。

「通信用紙をくれ」

私は自分の背嚢から用紙とペンを取り出して彼に渡した。狙撃兵の弾丸はまだ海岸のあたりに飛んで来た。遠くで激しい銃撃戦の音がした。彼は戦闘は気にせずに、手紙を二通なぐり書きにした。書き終わると立ち上がった。傍らで、トラックから降りたばかりのフィリピンの亡命者や兵士たちが彼を待っていた。彼らは既に通信隊のマイクロフォンをつないでいた。間もなく彼がフィリピン全国に向けて、アメリカ軍が再びフィリピンの土を踏んだことを放送するのだ。彼はマイクの方に歩きながら、私に手紙を渡した。「投函しておけ」

「かしこまりました」

私は好奇心を押さえ切れなかった。彼について歩きながら、彼の手紙を素早く読んだ。一つ目は長年彼の友人でもあり、敵でもあったルーズベルト大統領宛てだった。それは微妙に得意気でありながら、抜け目なく迎合しているようで、まるで戦士であった彼の父親が草案を書き、それを抜け目なく、賢明だった母親が編集したようだった。それには、これをタクロバンの近くで書いていること、これが解放されたフィリピンからの第一報であること、つけ加えて、これが大統領の切手コレクションに適切ではないかということ、また、これが戦場から無事お手許に届くことを祈る、と書いてあった。それから彼はこの進攻の戦略価値を再強調して批評家からの自己弁護をしていた。この手紙が必ず外部に漏れることを意識して、彼は大統領に対し、直ちにフィリピンに独立を許すことを考慮してほしい、と書いた。さらに自分自身に祝辞を送るかのように、筆記用具についての詫び「戦場にあってはこの野戦用通信箋以外に使える物がない」ということで締めくくった。

二つ目のものはオーストラリアにいる妻、ジーンに宛てたものだった。彼は自分が戻ったこと、そして間もなく二人でかつての住居であったマニラで一緒になれるだろう、と書いた。彼は手紙に「愛を込めて、マッカーサー」と書いていた。

「愛を込めて、マッカーサー」

私はこの偉人に対し畏敬の念を持っていたが、そっと笑わずにいられなかった。何か彼らの寝室を覗き見したような気がした。彼女は愛を交わしている最中に夫をマッカーサーと呼ぶのだろうか。彼は頭が痛くなると妻に、マッカーサーにアスピリンを持って来てくれ、と頼むのだろうか。それとも彼は「愛を込めて、ダグ」と書いただけでは妻が自分の手書きの字が判読できないと思ったのだろうか。

待たせてあった通信隊のマイクに彼が近づいたとき、雨が降り出した。これがこの日彼にとって最も重要な瞬間だった。マイクを取った手は震えていた。彼は話し始める前に一歩下がり、俯いて、声を試したが、この日初めて自信がなさそうだった。雨が我々を襲って来た。東アジア特有の激しく、しつこい雨だった。麓の塹壕は今夜水びたしになるだろう。マッカーサーは技師に頷くとマイクに向かって話し出した。私は雨に打たれながら遠くの銃撃や艦艇からの砲撃の音の中から彼の声を聴きとろうとした。

「フィリピンの諸君」と彼は語り始めた。「私は帰って来た。全能の神のご加護により我が軍は再びフィリピンの地に立っているのである」。彼の声は鉄帽を被った私の耳にはよく聞こえたり聞こえなかったりしたが、彼の声は話を続けるに従い、力強くなった。「私に続け！　蜂起して戦え！　バターンとコレヒドールの不屈の精神に続け！　諸君の家族のために戦え！　あらゆる機会をとらえて戦え！　諸君の家族のために戦え！　子供たち、将来の世代のために戦え！

容赦するな！」

オスメナ大統領とロムロ将軍がマッカーサーのあとマイクに向かい、数分後、雨の中で式は終わった。我々は雨の中を、「ナッシュビル」に連れ戻してくれる艇を探しに海岸へ向かった。我々は知らなかったが、日本艦隊は雨の彼方から近づいていたのだ。数日後日本軍は我々を海岸から駆逐し太平洋から追い出すべく、その海軍の大部分を投入してくるのだ。レイテ湾の戦いは恐怖の中に始まり、敵艦隊の事実上の潰滅で終わるのだ。

「ナッシュビル」に戻る艇の中で、マッカーサーは雨の中いまだに煙を上げているタクロバンに憧れるような眼差しを向けた。彼は微笑んでいた。顔は平静で自信に満ちていた。マッカーサーは忙しかった。今日は彼にとって完璧な日だった。彼は自分の過去の栄光を取り戻しただけでなく、戦後の振る舞いをどうするかを考えていたのだ。マッカーサーは常に自分自身をフィリピンの偉大な精神的後援者として見せかけることにこだわってきたが、私には、彼が自分の知識はこの広大なフィリピン群島を超越していると信じていることは明らかだった。彼の貪欲で狡猾な知性は今や全アジアを抱き込もうとしているのだ。上陸用舟艇の中で、雨雲の切れ目から月が一瞬現れ、我々に青白く不気味な光を投げかけた。それがマッカーサーの濡れた顔に映った時、その表情から、彼が一つの秘密の誓いを立てていたことが私には判った。

第二章　若き日々

レイテ島で我が軍は海岸に突進し、雨に浸かったジャングルに入り込んだ。我々も艦を離れて海岸線で彼らと合流した。いつものようにマッカーサーはタクロバンで最も美しい邸を本部として選んだが、それは日本軍が将校クラブとして使っていたものだった。持ち主のウォルター・プライスというアメリカ人実業家はマニラ郊外サント・トマス刑務所に入っていた。フィリピン人の奥さんは以前日本軍に拷問されたが今はジャングルの中で子供たちと住んでいた。

マッカーサーが自分の家を使いたいと言っているということを聞くと彼女は喜んで、いつまででもいいから使ってほしいと言ったそうだ。マッカーサーはいつも通り、優雅に、騎士的に礼儀正しく彼女をほめ称え、彼女の家を接収して、彼女と子供たちの身の振り方は勝手に考えさせた。そして我々はタクロバンで、三カ月彼女の邸に留まった。

海ではかつての偉大な海軍が滅亡した。我々の進攻後、日本軍は、我が艦隊を駆逐し、補給路を断ってレイテの支配権を再確保すべく大胆な、しかし結果的に無残な海上攻撃を仕掛けてきた。

三日間、何百という艦船が遠方の各地から集まって来て、海は砲撃や群がる航空機の音で溢れた。力を使い果たした日本軍は、航空母艦四隻、戦艦三隻、重巡六隻、軽巡三隻と駆逐艦八隻を海底に残して退却した。レイテ湾は帝国海軍の心臓に突き刺さる大釘となったのだ。彼らは闘い続けるだろうが、大した脅威には二度となるまい。

ジャングルの中はすべて泥だった。雨の中で兵士たちは地震に一回、台風に二度襲われた。海岸を越えた兵士たちは雨の浸み込む合羽をまとい前進し、日本軍は虫の充満する壕の中でねばっていた。そして両軍とも死ぬまで闘った。将軍は滑走路の建設を命じたが、泥でヌルヌルした山には歯が立たなかった。輸送隊のトラックは道を見失い、滑って道端の泥にドアまで浸かってしまった。

毎日午後になると、前線に食糧・弾薬を届け、引き換えに戦死者の遺体や負傷兵を運んで来る、泥にまみれたトラックがプライス邸の前を通って行った。まだ立ち上がって見ることのできる兵隊はトラックの上から、清潔でアイロンの利いた軍服を着、泥のついていない靴をはいた我々を弱々しく覗き見したが、山の向こう側で何が起こっているのか、彼らを見れば我々にはよく判った。

そこで私は、血やガラクタから数マイル離れていられることに感謝しながら雑用に励んだ。我々、この海辺の本部にいる者はその幸運を口に出さずに伝え合った。口に出すとこの美しい保護区から引き出されて死地に放り出されるような気がしたからだ。浮橋を組み立てたり捕獲した弾薬を爆破しているはずの工兵たちは、しめし合わせたような笑顔で、壁の漆喰の弾の跡を見端よくふさいだり、マッカーサーの命令に従って彼の見晴らしがよくなるように芝生を刈り揃えたりした。彼はここの景色が気に入っていて、広いベランダを歩いては、海や山を眺めた。敵兵はまだこれらの山中に隠れていたが、山の景色は彼の青春時代の温かい思い出でもあった。

何週間も過ぎた。我々はダガミとブラウエンを占拠し、バイバイ、カリガラという主要な町を取って日本軍を中部山岳地帯に追い込んだ。しかし日本軍はさらにやって来た。自分の意志に反して山下将軍は東京の参謀本部の命令によって、はるか遠くのルソン島からレイテを増援させられた。ここを決戦場にさせようとしたのだ。増援の半分は我が海軍が輸送船を撃沈したので溺死してしまった。しかし三個師団は既にオルモック港から入り込み戦闘に加わっていた。そこで我が軍は港を攻撃し封鎖した。

私はその頃既にこういう細かいことを知っていた。マッカーサーは聴く気のある者なら誰にでもしゃべったからだ。橋頭堡が確保されると報道陣や要人たちがタクロバンに来はじめた。彼らを案内するのが私の主な任務の一つだった。将軍は彼らに地図を使って綿密に説明するのが好きだった。将軍は天井に届くほどの戦況図の前を歩きながら大きく手を振って、実際は小さな個々の泥まみれの戦闘をいかにも大きな戦局の展開のように説明するとき、彼は絶好調だった。彼はまた、このお気に入りの場所で、自分の才能と、ヨーロッパ戦線におけるアイゼンハワーの苦戦や、中部太平洋を攻撃中の海兵隊の損耗人員とを比較して見せた。マッカーサーにとって、アイゼンハワーは今でも、かつて参謀の一人として詰まらない仕事をしながら自分に気を遣っていた、静かな口調の子供っぽい顔をした男に過ぎなかったし、海兵隊は、彼ほどの明敏さがないために正面攻撃をかけて部下を無駄死にさせ、お陰で必要以上に昇進した愚かな軍曹どもに過ぎなかった。

彼は訪問客に幾つかの質問をさせるようにそれとなく誘導し、それに対し突然逆襲する特技を持っていた。レイテ島奪回は彼自身のスケジュールから遅れていたが、その質問が出ると彼はキッとなって言った。「私はレイテを二週間で奪回できる。しかし母国にいる兵たちの母親や細君に対する私の責任ははるかに大きい。戦略で実現できることを犠牲を払ってまでやるつもりはない！」

我が軍の成功にもかかわらずマッカーサーは孤独で不機嫌で憂鬱そうだった。レイテ作戦中、議会から五つ目の星を授与されて彼は数少ない元帥の一人となったが、それでも嬉しくなさそうだった。何か別のこと、極めて個人的なことが彼を悩ましていた。それは彼の超人的な才能をもってしても隠し切れなかった。私には本能的に、それが何であるか、判っていたが、あえて他の参謀の誰にも言わなかった。レイテに戻って以来、将軍は自分の青春時代という遠い所にある鏡を見ていたのだ。それからの四〇年間、ある喪失感が彼を悩ませていたのだ。

徐々に私は、尊敬と恐怖の念をもちながらも、ダグラス・マッカーサーに同情するようになっていった。彼の寵愛を得ようと、お追従者が彼に群がった。ある者はお世辞を使い、彼の身振りを真似しようとした。多くの者は彼に物事の解決を求めていた。しかし彼らは秘かに彼の高位を羨みながら、彼をそこに到達させた原動力である虚栄心を中傷した。

そして部分的には彼自身にも責任があった。マッカーサーのもつような名声には悲劇がつきものである。人生を、その人が作った友人の数でなく、征服した敵の数で判断するのであれば、決して戦いをやめないことが重要である。そうすれば平和は彼にとっては致命的な空しさ以外の何ものでもなくなる。

　しかしそれだけではなかった。一体何なのか、と私は自分に問い続けた。この大人物が、自分の青春を形成した山々をプライス邸のベランダから眺めながらそれほど望んでいることは一体何なのか。そして十一月初旬のある夜、それが判った。

　夕食後私は一人の憲兵から邸の外へ呼び出された。フィリピン人の青年が将軍に会いたいと言っているというのだ。私は五〇ヤードほど離れた一軒の家の前で待っていた青年に声をかけた。家からの光が青年の澄んだ目を照らした真剣な顔を照らした。彼が私と同じ年頃で、その引き締まった皮膚と筋肉、短く刈った髪から、よく訓練されたゲリラだと判った。彼の後ろ、香りのする紫色の夾竹桃の下に、もっと年上の女性が何か期待するような目で我々を見ていた。彼女は美しい黄色のドレスを着ていた。ドレスは遠くからの光でゆらめくようだった。私はその光景から目を離すことができなかった。我々の周囲の雨や泥や戦争にはあまりにも不似合いで、美しかった。彼は瞬きもせず私の目を見つめ、肩をいからせていたが、明らかに私を対等の者と見做していた。「あんた誰？」

「ジェイ・マーシュ中尉だ」と私は言った。「将軍に仕えている」

「信用しろと言うのか」

　彼の無遠慮さに私は驚いたが、不愉快でもあった。私の方がよほど背が高かったし、薄闇の中でも軍服から私の位は判るはずだ。しかし彼は私の大きさにも、たった今将軍の私邸から出て来たということにも怯まなかった。そこで私は、彼には任務があり、失敗するとひどく面目を失うのだ、ということに気づいた。

「そこは僕を信用するしかないんじゃないか」と私はやっと答えた。彼は少し考えていたが、私を見てから夾竹桃の下にいる女性を見た。

　女性が承認するように頷いてみせた。

「オーライ」と言ったあと一瞬彼は黙ってしまった。

「マッカーサーはあんたを信用してるのか」

「今までのところはね。でなきゃ、僕はここにいないだろ」

　彼は真剣な目つきで私を見続けた。どうやら私の冗談が通じなかったらしい。というのは、マッカーサーの幕僚の間でよく知られた話だったが、彼の信頼を失った若い将校はその日のうちに泥の中に放り出され、携帯糧食を食い、蚊を叩きながら死を待つことになったからだ。それから私は彼女が落ち着いていると感じたので近寄って行った。

「こう言えばいいだろう」。横について歩き出した青年に言った。「君に僕よりうまくやれるわけがない。だから僕に頼むか、もと来た道を帰るしかないな」

我々が歩いて行くと女性がこちらへ動きかけ、すぐに我々三人はいい香りのする花を咲かせた木の下で一緒になった。彼女は髪を頭の後ろに引きつめていた。耳に小さな金の輪のイヤリングをつけていた。皮膚の色は薄くて顔は細長く、多分この国に昔いたスペイン人の司祭か軍人の血をひいた大勢の混血の一人なのだろう。彼女はしっかりした顔立ちをしていて、その目に窺える自信は、苦しみ、耐え、やり抜いた歴史上の偉大な女性たちを思わせた。彼女はマッカーサーに近い年齢に見えたが、彼と同じように若さを保っているようだった。そして彼女は全く恐れていなかった。

「これは甥のポンセです」と青年の無礼さを弁解するように言った。「この子はここでもサマールでも、とても有名な闘士なんですよ。彼に侮辱されたとは思わないで下さい。忠実過ぎることがあるんですよ」

「これは伯母です」とポンセはお返しのように言った。「コンスエロ・トラニといいます。マッカーサーが会いたがっているんだ」

「信用しろと言うのかい」と私が聞いた。

彼女はゆっくり微笑んで言った。「ダグラスに聞いてみたら？」

「ダグラス？」。私は一人で邸の方へ歩きながら考えた。彼女は「ダグラス」と呼んだのだ。大統領や王族は別として、今は細君だってマッカーサーのことをダグラスとは呼ばないのに。

彼はベランダでゆっくりと歩きながらパイプを吸い、海の方を眺めていた。その日の午後、ニューヨーク・タイムズの発行人を含め五人の記者が彼を訪れた。常時同じ場所にある地図を指しながら彼は記者たちにフィリピン作戦を事細かに説明した。それから彼は日本とドイツに対する戦いの将来、増大しつつあるソ連の大戦終結後の脅威について滔々としゃべり出し、記者たちを驚かせた。彼は、戦後のアジアの安定は平和で繁栄する日本にかかっていること、日本と米国の強力な関係だけがソ連の拡大を阻止できる、と宣言して記者たちを仰天させた。彼はまた、自分が既に日本降伏後実施すべき七項目の計画を作成中だと言って記者たちをからかった。ここ、若き中尉として軍務に服した未開の土地レイテにいても、彼には殺戮の先に、次はどこで祖国が脅かされるかを予知していたのだ。

私が彼らを部屋の外へ案内しているとき、ある記者が、もう一人に、深く考えもしないで口にした。「彼は今までに会った中で最も傲慢な男だな」

「そうだな」と彼が答えた。「そして最も優秀だ」

こういうのが、よくある見方だった。マッカーサーの陰と陽だった。

遠く離れた権力の中枢で大物たちが戦略を論じている最中に、彼は自分の傲慢さと優秀さのせいでこのジャングルに覆われた土地に戻って来て、一人でベランダに立っているのだ。

しかし彼は妙に平静でもの思いにふけっていたので私が近寄る音も聞こえなかった。

「閣下」と、私は彼を眠りから覚ますように静かに声をかけた。私はまだ彼の邪魔をしていいのか迷っていたし、知らない間に近づいたことを気まずく思っていた。

「何だ、ジェイ」。彼は見向きもしないで私の声が判ったのだ。

「閣下にお会いしたいという人物がおります。コンスエロ・トラニと言っておりますが」

我々の後方、遠い所からかすかに戦闘の音が聞こえて来た。またまた泥の中で兵士たちが死に、明日は前線からトラックで運ばれてきて、道路のすぐ先に作ったばかりの墓地に埋められるのだ。湾の方からは海軍機の飛ぶ音が聞こえた。マッカーサーは相変わらず海を眺めながら静かにパイプを吸っていた。私の声が聞こえたのだろうか。やっと彼が口を開いた。

「古い友人だ」と言うと彼は私の方を向いたが、何かもっともらしい言葉を探すかのように一瞬黙った。「大変いい家の出だ。彼女の父親はバラング・イガの虐殺のあと、私を手伝ってくれたのだ」。彼は私がバラング・イガなど知らないのを見て微笑んだ。

「四〇年前だ、ジェイ。昔の話だ。どこにいる？」

「お連れ致します、閣下」

彼女がベランダに上って来ると、彼は黙ったまま、辛そうできまりの悪そうな目で彼女を見つめた。彼女の眼差しには、彼が自分のためだけに義務を果たしに来た、という長年の確信が感じられた。ポンセも私も、この二人の黙ったままの挨拶の意味合いを理解するには若過ぎたし、そんな話ができるほど親しくもなかった。

しかし、マッカーサーがコンスエロの手を取って仮住居に歓迎するのを見たとき、この二人の間に何か力強い、しかし絶望的なものが流れたことは、年や通訳の助けがなくても判った。

無言の命令を受けたようにポンセと私は二人をベランダに残して、邸の前の道路の方に戻って行った。ポンセはまだ二人が見えると思ったのか振り返った。そして私を見上げた。

「彼はたくさん手紙を書いた」と彼が言った。「俺は全部読んだ」

私は黙って道路に向かって歩いたが気が重かった。真実、私の中でのマッカーサーは単純で、軍人らしくあってほしかった。ポンセが明らかに私に共有させようとしていることなど知りたくなかった。

「彼女のお母さんが結婚に反対したんだ」とポンセは相変わらず私の反応を探るように私の顔を見た。「アメリカ軍の将校がフィリピンの女と結婚すると将来はどうなる。言ってみろ。頭がおかしくなったと思われるだけだろう。そいつは大統領になりたいと思うかもしれない。女房がフィリピン人でそんなことできるか。どう思う」

フィリピン人を女房にしたマッカーサー？　私にはどう考えればいいのか判らなかった。ポンセが正しかったからだ。陸軍では秘かに彼のことが噂されただろう。この優秀な将校が取り返しのつかないほど「アジア化」してしまった、と言って。将軍にまで昇進すること、まして陸軍参謀総長になることなど不可能だったろう。そうなると彼は「マッカーサー」になることもなかったのだ。私はこういう考えを振り払って、歩きながら胸のポケットからシガレットを取り出し、火をつけた。

「ラッキー・ストライクだ」。歩き続けながらポンセは私の煙草の箱を指して言った。「ラッキー・ストライクは闘っているって、言わなかったかな。ライフで見た。広告だ。二年前だったかな、三年かな。まだやってるのかな。一本もらえる？」

私は彼に自分のを渡して、もう一本火をつけた。我々が道路に着いたとき、山の向こう側でまた戦闘が始まった。ポンセはアメリカ製のシガレットの香りを楽しむように深く息を吸った。しばらくして彼が言った。「嘘じゃない。うちの一族は出がいいんだ」

「将軍もそう言ってた」

「じゃ知ってるんじゃないか」

「いや」と私は言った。彼の話で気が重くなっただけでなく、自分がこんなことを知っていると判ると、マッカーサーが怒ったり、もしかすると警戒するかもしれないと思ったからだ。「僕は将軍に聞いたことしか知らない。それだけ聞かされた」

「彼女は一度も結婚しなかった。これからもしない。それが我々の生き方だ。少なくともここ、ビサヤではね。彼は彼女を取った。彼のものだ」

「彼は結婚してるんだぜ」。私はようやく答えた。「二回もだ」

「結婚していようといまいと、関係ない」。彼は遠くの闇の中のベランダを守るような目つきで見ながら言った。「スペイン人がここに三〇〇年いたのは知ってるだろ。そう、知ってるはずだ。神父は一生結婚できないんだ。だけど、神父がここの女を取り、両方が愛し合っていれば、女は彼のものになる。他の者のものにはならない、判るか？　誰が神父の愛人と結婚するか。神様がどう思う？　マッカーサーがやって来た。神父より力があった。彼の父親は総督だったんだぞ。マッカーサーと一緒だったのに誰と結婚できる？　彼女は四〇年間彼を愛してきたんだ。息を引き取るときまで。最後の血の一滴まで。それが我々の闘い方だ。ワライ・ワライというんだ。それが我々の愛し方だ」

「理解できないね」と私が言った。

「できなくてもいい」。放心したようにポンセが言った。「あんたの問題じゃない」。通りの反対側の家の、もう暗くなったポーチから何人かの人が我々を眺めていた。我々の話を聞いているのかな、と私は思った。

「どっちにしても、」とポンセが言った。「彼は奥さんを連れて来なかった」

「オーストラリアにいるんだ」と私が言った。「ここは戦争中なんだぜ」

「戦争中でもマニラなら連れてくさ」。ポンセは証拠を提出するかのように言った。「伯母は戦争中なのにピンニャ（訳注・パイナップルの繊維で作ったフィリピンの高級民族衣装）のドレスで来たんだ」

「何の証明にもならないね」

「俺は何も証明する必要がない」とポンセは突然ずるそうな目つきで言った。「あんた何者なんだ。どうしてジャングルで戦わないでこんなタクロバンの本部にいるんだ」

「マッカーサーに信頼されてるからさ」

「今までのところはね」と、さっきの私の軽口の意味が判った、というようにウインクして言った。

「今までのところはだ」と私は同意した。私には、彼が口に出さなくてもその趣旨は判った。そしてポンセとコンスエロ、その他どんなことも口外するまいと決めた。同時にこの出来事を見てしまっただけで、自分の将来が危うくなるのか、考え始めた。

ポンセはしばらく黙って立っていたが、私の胸のポケットを見て言った。「もう一本もらえるかな」。私はラッキー・ストライクを箱ごと渡した。彼は一本だけ取って急に箱を私の手に押し返した。私は彼の自尊心を傷つけたのだ。私がライターで火をつけてやると、彼はジャングルの中で狙撃兵を警戒するかのように、両手で煙草を覆った。彼は体を離すと、またベランダの方を向いて言った。

「マッカーサーは彼女のために帰って来たんだ」。多くの会話から身につけたのだろう、島々では今や誰でも知っていることのように、確信ありげにポンセが言った。

「ポンセ、言っただろ。彼は結婚してるんだ」

「彼女と結婚するためじゃない。そばに居続けさせるためでもない」。彼は、私が幼稚で理解できないとでも言うふうにいら立っていた。「彼女の名誉のためだ。皆知ってる」

「戦争に勝つためだ」

「判ってるさ」とポンセは煙草を吸い続け、プライス邸の方に煙を吐いた。「彼は我々にはキリストみたいなものだ」

彼は話すのをやめ、私の知性のカケラでも探すように顔を見つめた。そしてまた遠くを見た。

「この国には島が六〇〇〇あるんだ。彼はレイテを選んだ。ミンダナオか、違う。ルソンか、違う。まだだ。レイテなんだ。全アメリカ陸軍がここに来たんだ。戦争に勝つために。そして伯母の名誉のために。彼はいつまでも彼女を愛するだろう。しかし自分のものにすることはできない。だから、まずここに来て彼女を解放することが彼の贈り物だったんだ」

ポンセの話で私はなぜか当惑したが、同時に本当のような気もし出した。私はポンセと道に立ったまま、自分と同い年、二三歳のマッカーサーが、ウエストポイント士官学校の厳しい束縛から放たれ、このジャングルに覆われ、しかも誘惑的な辺境に配置され、常に支配的な母親の許から離れて、初めて暮らすことになり、美しい混血児と恋に落ちるのを想像した。そしてその女性が一人で訪ねて来て今プライス邸のベランダに彼と立っている。本当の恋だ。彼が四三歳で結婚した最初の妻は派手な毛皮のコートで新聞の社交欄を賑わせ、間もなく、人目をはばからぬ逢い引きや常軌を逸した振る舞いで彼を傷つけた。そういう恋愛ではない。また、彼が陸軍参謀長としてマイヤー基地に勤務、母親と暮らしているとき、ワシントン中心街の秘密のアパートに囲い、リムジンをあてがい、黒いレースの下着を着せていた、欧亜混血の映画女優とのポルノ的ともいえる恋とも違う。彼が、マニラで母が亡くなったあと、五七歳で結婚したジーンとの、「愛を込めて、マッカーサー」ふうの大人の恋でもない。

本当の恋だ。これは、現存するアメリカ最高の俳優として、マッカーサーの単なる人生を描くのではなく、歴史に記憶されるマッカーサーを描くのに真剣になっている人物の、もう一つの秘密なのだろうか。むし暑い闇の中で、やさしい海風が吹いて来て二人の結ばれた裸体を愛撫する。夾竹桃の甘い香りとジャスミンの豪勢な香りが運ばれて来る。その中で、喘ぎながら彼女をわが身にきつく抱きしめている、この彫りの深い顔をした、身だしなみのいいハンニバル将軍は、それまでこのような愛を感じたことがあるのだろうか。彼女の腕で、空が青くなり、鶏が鳴き、水牛が動き始める頃目を覚まし、日の出と共に幸福感に満ち足りて村の井戸へ行く。石鹸を使い、キャンキャン吠える小犬や、嬉しそうな目で見る子供たちを見下ろす。こういうことをしたことがあるのだろうか。新鮮な水をバケツに二杯汲んで来ると彼女も自分の体を洗って、朝食を作ってくれる。お互いにジャックフルーツやマカプーノ（訳注・ヤシの実の果肉）や、黄金色に熟したパパイアを食べさせ、汁が顎から裸の胸にたれて来るのを笑ったり、お互いの目を見つめ、そして再びお互いの腕の中に入ることだけを考えている。こういうことをしたことがあるのだろうか。彼と一緒にいるとき、彼女はこの世にはレイテとサマールしかない、と思わせたのだろうか。

こういう種類の恋愛だ。彼を、素晴らしくも、禁じられた世界に引き入れるような愛だ。最後には、彼が母親と恋人のどちらかを、父親と死んだ兄弟からもらった宿命と、自分で勝ち取る幸福のどちらかを選ばざるを得なくなるような愛だ。一度失えば二度と人を本当に愛することができなくなるような愛だ。

そのとき私は、マッカーサーがそういう種類の愛に溺れ、それを無残にも母親に引き裂かれ——いや、もしかすると、もっと賢明でよく判っているコンスエロ・トラニに押しのけられて、その結果、愛を失ってからは出世を追い求め、宿命の道を歩くしかなかった姿を思い浮かべた。しかも彼は彼女のことを思うときその情熱を失わず、それが何十年かの間に風化することを許さなかった。そしてこの愛が決して手に入れることができないことを知っていたからこそ、それは一層強く、エキゾチックになったのだ。その結果、彼が持ち続けることを許されなかった愛と、彼が選ばなかった人生に対する最後の意思表示が、自分の軍隊をレイテに連れ戻し、コンスエロとその家族を最初に解放することだった。そうすることによって、二人がお互いを諦めざるを得なかったのにはそれなりの理由があったからで、また、二人は別々の島や大陸で年を取らなければならなかったが、そういう犠牲には意味があったのだ、ということを彼女に納得させることだった。

『私はあなたを手に入れることができなかった。そしてあなたを手に入れられなかったあと、私に残されたのは自分の軍隊を持つことだけだった。今私はフィリピンに戻るだけでなく、私の人生を偉大でありながら半ば満たされないものにしたすべての事の原点に戻るのだ。私は自分の軍隊をレイテやタクロバンやあなたの許へもたらし、あなたを救い、理性と宿命によって妨げられた愛のシンボルとして、あなたをフィリピン人の頭上高く掲げるのだ。』

そうか、と私は思った。それが真実かどうかは判らなかったが、マッカーサーの場合、それは可能だったろう。これで彼の憂鬱が理解できた。彼はレイテでは、若きファウストのように輝かしい出世と引き替えに捨てた夢に囲まれていた。そのとき彼は妻と幼い息子と離れていたが、彼らがコンスエロ一家に取って代わっていたのだ。

ポンセと私はさらに一時間、路上で待っていた。そして、また無言の指示を受けたかのように二人で邸の方へ歩いて行き、ゆっくりとベランダに近づいた。マッカーサーとコンスエロはそこにいなかった。私はためらいながら家の中を覗いたが、暗闇には何もなかった。すると背後でポンセが囁いた。

「あそこだ」

振り向くと彼は広い芝生の先の海岸を指差していた。指の先をたどると、打ち寄せる波の近く、椰子の木陰に背の高い人影が見えた。しかし彼女は見えなかった。

「彼女はどこだ」

ポンセは自慢げにニヤリとして言った。「一緒だよ」

もっとよく見ると彼の言う通りだった。彼らは抱き合っていた。我々が眺めていると、マッカーサーが突然こちらを向き、それからコンスエロの手を取って波打ち際へ歩いて行った。

彼らが遠ざかるのを見ながら私は自分が覗き見をしたようで嫌だった。自分の行為が恥ずかしくなり、彼の権力や偉大さにもかかわらず、気の毒になった。ポンセの言ったことが信じられたからだ。

「もう寝るよ」と私は言った。そしてポンセをベランダに残して去った。

翌日朝食後、マッカーサーが私を部屋に呼び入れた。彼は、書類の束、ワシントンからの電報や前線からの報告書などをつかんだまま歩いていた。私が入ると、文句があるのか、と言わんばかりの目つきで私を睨んだ。

「彼女は父親が死んだことを言いに来たのだ」

「はい、閣下」

「私はあの一家とは親しかったのだ」

「ポンセもそう申しておりました」。私はこの話はやめてもらいたいと思いながら言った。

「ああ、ポンセか」マッカーサーは私の顔を詮索するように見ながら、口に出さなくても目を見れば判ることを言った。「なかなか勇敢な兵士だ。ゲリラの中でも名が通っておる。非常に有力な一家だ。ここでもサマールでもな。ここではいつも歓迎するのだ。ジェイ、面倒見てやれ」

私はその通りにした、週に何回も。

第三章　出会い

十二月十五日、我が軍はミンドロ島に進攻し、マニラの南西わずか二〇〇マイルに空軍基地を確保した。クリスマスの翌日マッカーサーはレイテ作戦が終了し、あとは、彼の言葉で言えば「わずかな掃討作業」が残っているだけだ、と発表した。その発表の中で彼は「山下将軍は日本軍史上最大の敗北を喫した」と宣言した。この二つの見方が両方とも奇態で時期尚早であることは明らかだった。彼自身、いまだにレイテ島にいる三〇万の日本軍を壊滅するにはさらに数カ月の激戦を覚悟しなければならないことを知っていたからだ。そして山下と対決しなければならないのだ。

一九四五年一月九日、我が軍は、三年前日本軍が攻略した、まさしくその地点で、リンガエン湾に上陸した。しかし今回は両軍ともにはるかに大規模な戦いだった。ルソンに向かう我が軍は艦船一〇〇〇、兵員二八万。これはシシリー島に上陸したもの、あるいは後に硫黄島・沖縄の両方で戦う兵士の数よりも多かった。山下は二六万二〇〇〇の兵と共に待機していた。これは沖縄防衛軍の二倍以上、硫黄島守備軍の一〇倍以上で、全太平洋作戦中、米軍が対戦する最大の敵軍だった。

しかもルソンはアイルランドと同じ大きさで、山とジャングルの多い巨大な戦場だ。山下はバターン半島の袋小路に閉じ込められることを避け、軍の大部分をクラーク空軍基地の西、サンバレス山脈と、はるか北方バギオ近辺の山中に撤退させた。少数の兵力、主として海軍がマニラに残った。

我が軍の上陸地点から見れば、山下は北、マニラは南にあった。実戦部隊の指揮官、ウォルター・クルーガー将軍は注意深くその両方面に兵力を配置していた。しかしマッカーサーはマニラを要求した。彼は毎日、時には一時間ごとにクルーガーに前進を命じた。マッカーサーは特別慎重な方ではないにしても普段は賢明だったが、このときは感情に流され、欲求不満で爆発しそうだった。彼は、一月二十六日、不機嫌の中に六五回目の誕生日を迎えたが、クルーガーの考えを変えることも、マニラに進入することもできていなかった。

「マニラに行け、マニラに行け！」

しかしプロシア生まれのクルーガーは考えを変えなかった。彼は今や四ツ星の大将だが、最初は一兵卒としてマッカーサーの父親の下、フィリピンにいた。彼はフィリピンの地形を誰よりもよく知っていたし、マッカーサーの移り気も知っていた。彼はもし攻撃がうまくいかなければ自分が責められることをよく知っていた。

一月二十九日、ある連中がふざけて「マッカーサーのドイツ人」と呼んだ指揮官たちの一人、ロバート・アイケルバーガーがマニラの南に上陸し、直ちに市に猛攻撃をかけた。同じ日、クルーガーはついに、到着したばかりの第一騎兵師団に対し、南へ急行し、首都に二重の包囲網をかけるよう命令した。その途中、クルーガーの軍隊はカバナツアン、モンテンルパとサント・トマスの捕虜収容所を解放した。そして二月三日、我が軍はマニラに突入した。

マッカーサーはマニラが無防備だと思っていた。ところが、山下に取り残された帝国海軍の守備隊の、最後の一兵まで闘うという自滅的な抵抗によって、この大戦中最も破壊的な戦闘となった。日本軍は道路に地雷を埋め、家屋を塹壕とした。海軍の武器を持ってきて、それで直射した。そして一カ月間、進攻するアメリカ軍に対し彼らは最後の一兵が死ぬまで闘った。

もっと酷かったのは戦いの最中に日本軍が胸クソ悪くなるような殺戮行為に出たことだった。港湾設備とすべての商業地区が計画的に破壊され、工場、施設、住宅地の多くも同じ目に遭った。最後の日本兵が、かつてはマニラの中心街であった瓦礫の山から根絶されるまでに、一〇万人のフィリピン人が殺された。病院は、ベッドに結わえつけられた患者と一緒に放火された。男たちは通常作業のように肢体を切り取られた。女は少女まで強姦された。子供や赤ん坊は殺され冒瀆された。凱旋行進も、陽気なお祝いもなければ、感謝をこめてサンパギータの花輪を行進する兵士たちの首につける、にこやかな柳腰のフィリピン女性もいない。レイテと違って、マッカーサーのマニラ帰還ほど無残なものはなかった。個人的には、戦前住居にしていたマニラ・ホテルにあった宝物はほとんど失った。戦略的には、この国の政治と経済の中核は荒廃してしまった。そして軍の指導者として彼は、大戦中のいかなる都市攻撃よりも大きな損害を出すような攻撃を仕掛けたことに対し道義的な責任を取らねばならなかった。

それは単に、ある都市があるアメリカ人によって攻撃された、ということではなかった。それは彼が人生の多くの年を過ごした都市であり、世界中どこよりも彼を崇敬する人々の住む都市だった。いろいろな意味で、マッカーサーは自分の故郷を攻撃し、その破壊を自らの目で見たのだ。

同じことを繰り返すのは気がひけるが、前に言ったように、私自身の戦いは異なっていた。この殺戮のさなか、死に覆われた道路で、私は恋に落ちたのだ。彼女の名は、デビナ・クララ・ラミレスだった。彼女に会ったのは二月上旬、第一騎兵師団がマニラに向かって進撃中のことだった。

レイテではタクロバンの邸をほとんど離れなかったマッカーサーが、リンガエン湾上陸後は、常にかき立てられたように動き廻った。彼は戦闘中の歩兵部隊まで視察した。B–17に乗って空挺隊の降下を観察した。あるときは、日本軍の戦車攻撃を受けて怖じ気づく前線基地の連隊を激励しに行った。彼は一度にどこへでも行きたがった。我々は常に、凧のシッポのように彼とついたり離れたりしながら現場にいた。

その日マッカーサーが帰ってしまったので、私はサン・ミゲル近くの臨時営舎にジープを返しに行くところだった。道路は爆撃で壊され、月面のように穴だらけで、最近絶え間なく降った雨で溝になっていた。交通は絶え間なく、そのほとんどが騒音を立てながら押し寄せる戦車と軍用トラックだった。道の両側では友軍機が繰り返し爆弾を投下していた。上空では日本軍と我が軍の戦闘機が空中戦を行っていた。私の周囲にあるのは、すさまじい破壊の跡だったが、どこにでもある光景であると同時に、妙に当たり前のような光景でもあった。椰子の葉葺きの小舎や市場が炎を上げ、教会や学校が粉々になり、車やトラックが引き裂かれ燃えている。どこもかしこも爆撃と砲撃が終わりそうになかった。私の行く手に、さらに激しい爆弾の音が聞こえ、灰色の地平線の夜明け前の曙光のように、オレンジ色の炎が起き、マニラが振動し、燃え始めるのが判った。

彼女は道端で、派手な色の「カラテラ」の中に坐っていた。この二輪馬車を引いていた小馬は通りがかった戦車に驚いて泥穴に滑り落ちて脚を折ってしまったのだ。小馬は横たわり、鼻を鳴らしながら立ち上がろうと、もがいていた。眼は恐怖で突き出していた。まだ馬車に繋がれたままだ。小馬が身をよじらせていなくと、馬車が揺れて危なっかしかった。私がジープで彼女の方に行くと、フィリピン人の少年が馬に近づき、まるでこれから起こることを馬が知っているかのように申し訳なさそうに首を振ってから、馬の眉間を撃った。

私は道からはずれ、馬車の後ろにジープを停めて彼女の所まで歩いて行った。彼女はまだ馬車の中に坐ったまま、両膝を合わせて、木の箱を大事そうに抱きしめていた。箱は彼女の肩幅ほどあり、高さは彼女の胸まであった。それはフィリピンで最も珍重されるナラ材でできていて、複雑で美しい彫刻が施されていた。彼女は絶望というより怒りで泣きながらタガログ語で少年に怒鳴っていたが、少年は、自分の責任ではない、どうしようもない、という風に両手を上げていた。

私には、彼女が美しいだけでなく、自分の美しさを隠すのに大変苦労したのが判った。化粧もイヤリングもしていなかった。茶色の木綿のドレスの下で、大きさを隠すために胸を縛っているようだった。髪の毛は後ろにして、首の付け根で丸めてあった。そしてアメリカ人が自分の馬車を覗き込むのを喜んでいるようでもなかった。

「大丈夫ですか」と私が聞いた。

「あなた目が見えないの？」と彼女は顔を死んだ小馬の方に向けて言ったが、眉毛は非難するかのように曲がっていた。

「何かしましょうか」

「もしあなたがキリストだったら馬を生き返らせてもらいたいところだわ」と彼女が言った。

彼女は、ちょっと少年を見てから視線を下げて箱を見た。少年が彼女の召使いであることは私にも判った。そして彼女は冒瀆を詫びるように十字を切ると私を見上げて言った。

「ご免なさい。こんなことを言うべきじゃなかったわ。だけど私たちの最後の馬なの。パンパンガまで連れてっていただけるかしら?」

「僕はパンパンガには行かないんだけど」と私は言った。「サン・ミゲルに行くとこなんだ」

「私、パンパンガのあとサン・ミゲルに行くの」と彼女が言った。

私は時計を見た。彼女はそれに気づくと顎を上げて私から目をそむけた。「もういいわ」

「よくないよ」と私が言った。「大丈夫だよ、時間はあるよ」

「お願いなんかしたくないわ」と彼女は死んだ小馬を見据え、箱を引き寄せながら言った。彼女が目をそらしているので、私は初めて彼女の顔立ちをよく見た。彼女はこれまで見た中で最も、飾らなくても美しい女性だった。それだけでなく、一種の豪胆さが彼女の繊細な横顔と決然とした眼差しとの差異を浮かび上がらせていた。

「僕と来た方がいいよ」と私が言った。「ここにいると怪我するよ」

「ここでも、あそこでも同じことよ」と彼女は私の次の質問を先取りするように言った。「誰かに家を盗まれると嫌なんでサン・ミゲルにいるだけよ」

「じゃどうして……」

「パンパンガでしょ」と彼女は私の言葉を引き取って言った。「あそこには食料があるの。この箱とお米一キャバンと替えるのよ」

「キャバンて、どのくらい?」

「二ブッシェルよ」

「米二ブッシェルとその箱と? そんなきれいな箱、見たことないよ。骨董品でしょ」

「そう。一〇〇年以上家宝だったの。だけど食べられないわ。うちには七人もいるのよ」

私は感嘆して微笑んでいた。この混乱の中にありながら、強く、自信に満ちている。私はそばにいてやりたかった。それだけだった。ここで別れたら二度と会えない、と思うと悲しかった。「おいでよ」と私が言った。「ジープに乗って。パンバンガからサン・ミゲルに行こう」

「いいわ」と彼女は私の嘆願を聞き入れるかのように言った。「だけど、あとでお金払うわよ。あなたの名前と認識番号をあの子にやって」

「僕の何だって？」

「あなた軍人でしょ。認識番号あるはずよ」

「何でそんな言い方するんだ。僕は命を賭けて君をパンパンガに連れてってやるって言ってるんだぜ」

彼女は馬車の中でこちらに寄って、丁寧に、しかし力強く言った。「気を悪くしたんならご免なさい。だけど今はいつもと違うのよ。私はあなたのこと知らないの。もし私が帰って来なかったら、両親が探すのをあの子が手伝うわ。それとも、あなたを探すわ。それでいいんじゃないの？」

道路の半マイル先で、日本軍の飛行機が突然降下して来て、トラック目がけて爆弾を落とした。ものすごい爆発でトラックは横に吹っ飛び、二度転がると近くの野原に逆さになって落ちた。六、七人が荷台から空中に投げ出された。トラックはほとんど骨組みだけになったまま燃え続けた。私は一瞬馬車の陰に隠れたが、首を振りながら出た。彼女は座席に坐ったまま身動きもしてなかった。

「僕が何をするって言うんだ」と私が言った。「君には何も起こりゃしないよ」

「何かあったら家族があなたを殺すわよ」

私はとてつもなく彼女に惹かれた。彼女の強情さが魅力を増していた。それにしても生意気過ぎるのではないか。

「侮辱だな」と言って私はジープの方へ戻りかけた。

「他の人に頼んだら」

「待って」と彼女は叫んだ。私は立ち止まって彼女の方を見た。彼女は試すようにちょっと微笑んだ。

「どうしてあの子に名前を言うのが怖いの？」

「怖くなんかないさ」と私は言った。「だけど、僕が助けてやろうというのに、君は僕を殺させると言うんだぜ」

「あの子に名前を教えなさい」。彼女は決着がついたように言った。「そうすれば殺させないわ」

「君、強い女だね」と私は諦めて言った。

「名前を教えなさい」と彼女が答えた。今度は明るい呼びかけのような声だった。

私は自分の名前と認識番号を紙に書いて少年に渡した。私がジープに戻りかけると、彼女は彼に小馬の死体を外して、自分で馬車をサン・ミゲルまで運ぶよう指示した。彼は箱を運んで、ジープの私の運転席の後ろに積んだ。そしてジープに乗ると彼女は初めて本当の微笑を見せた。

「あなた、行ってしまいかけたのがよかったわ」。私が泥んこの溝でタイヤを滑らせながらジープを道路に戻そうとしていると、彼女が言った。「あなた、自尊心がある証拠だわ。自尊心のない慇懃さは単なる卑屈よ。そう思わない？　私考えていたの。立派な男は皆、守るべき一線を持っているの」

「それ、僕のテスト？」

「いいえ」と彼女は微笑んだ。「本当のテストはそうあからさまじゃないわ」

これが彼女のしゃべり方で、彼女の考え方だった。半マイルも行かないうちに、私は彼女が私より教育も高く、知的で、はっきりした原則を持っていると思った。何事も考え抜くようだった。何にも驚いたり、怖じ気づいたりしなさそうだった。二二歳だというのに、彼女は賢明さという天性、もしかすると不幸を身につけていた。

パンバンガでは戦いが遠いもののように思えた。彼女の言う通りに狭い脇道を行くと大きな倉庫があった。近づくと小さな犬が何匹か、狂ったように吠えかかった。倉庫の端から大きな鼠が二匹、中に走り込むのが見えた。ゲリラ兵らしい武装したフィリピン人が一〇人ほど、倉庫を警備していた。

私がブレーキをかけると、よく太った、年を取った男が出て来た。彼は戦争のドサクサ紛れで手に入れたかなりの物、四個の金の指輪、立派な腕時計をしていて、首には太い金のネックレスをしていた。彼がデビナ・クララのナラ製の箱に目をやると、二人は早口のタガログ語で値段の交渉を始めた。私には彼女が腹を立てているのが判った。とうとう男は彼女に手を振って立ち去りかけた。彼女が何か、明らかに侮辱と思われることを叫んだが、男は見向きもしないでまた手を振って歩いて行った。

「どうしたの？」と私が聞いた。

「半キャバンしかくれないと言うのよ。わざわざサン・ミゲルから来て、しかも馬も死んだというのに。さもしい嘘つきだわ」

私は男の方に歩きながら声をかけた。「あんた！」

彼はこちらを向くと、勝ち誇ったようにニヤッとして私に英語で声をかけた。「俺を嘘つきだと言ったんだぞ。

チャンと聞こえた。いやなら正直者を見つけて、そいつから米買ったらどうだ」

「話があるんだがね」と私が言うと、彼が躊躇したので私は彼の肩をつかんで二人で倉庫の方に向かった。私が彼に触った途端、近くにいた五、六人のボディガードが銃を私に向けたが、私は無視して言った。

「こっちだ。提案があるんだ」

「そんな奴と話さないで！」とジープのそばからデビナ・クララが叫んだ。

「そこにいて！」と私が命令すると、彼女は言うことを聞いた。その日の午後、彼女が尊敬の眼差しを向けたのはこれが二度目だった。

老人と私は倉庫の入り口まで行った。中には何トンもの米を入れた大箱が隠匿してあった。私は札入れを出して自分の身分証を見せた。

私は穏やかに話した。「私はジェイ・マーシュだ。マッカーサー将軍に直接仕えている」

彼の疑い深そうな顔を見て、私は身振りでジープを指した。「専用のジープがあるだろ。あんた、仲間に調べさせてもいいよ。ジェイ・マーシュだ。覚えておいてくれ。今夜マッカーサー将軍に会い、明日は一日中一緒だ。将軍に、あんたがサン・ミゲルの人たちを助けるのを手伝ってるって報告できるといいんだがね。将軍のルソン島解放のお礼として、あんたがあの人に一キャバンあげたっていうことを話したいんだ」

私が話している間、彼は倉庫の内部と私の身分証と、イライラしながら相変わらずジープのそばに立っているデビナ・クララを見比べていた。彼は計算していた。もし私が嘘をついているのであれば、彼はいささか面子を失い、米一キャバンがなくなってしまう。もし私の言うことが本当なのに米を寄越さなければ、どうなる。多分マッカーサーは倉庫を押収し、その上、彼を逮捕するかもしれない。

「あんたの言うことが本当かどうか、どうして判るのかね」と彼はやっと言った。

「あんたはとても賢い人だから。もし僕が嘘をついているんなら、目を見れば判るだろう」

「ただでやるわけにはいかん」と彼は断言した。

「商売だからな」

私は五ドルの米ドル札を取り出した。「そうだ。金はもらわなくちゃね」

こんな金は闇市では大した額ではなかったが、彼の面子は少しは保たれるだろう。彼はちょっと考えたあと、倉庫の中に早口のタガログ語で何か言った。すぐに二人の男が駆け出してきて、ジープの後部座席に重そうな米袋を一つずつ積んだ。デビナ・クララが箱を渡そうとしたので私は言った。

「渡さないで！　話はついたんだから」

そしてこのとき初めて私は彼女の繊細で知的なアジア風の目が驚きで輝くのを見た。

市に向かって車を走らせながら、私は何があったのかを彼女に話した。彼女はまたお説教を始めた。

「この箱、あなたの物よ」

「僕の物じゃない」。私は彼女の真剣さがおかしくて笑った。

「あなたのよ。たった五ドルで買ったのよ」

「デビナ・クララ、僕は君の箱を買ったんじゃない。米を買ったんだ」

「箱受け取らないのならお米はもらえないわ」

いい考えが浮かんだ。「君の馬、どうやって脚を折ったんだっけ？」

「戦車に驚いたの」

「その通り。米軍の戦車だ。君の馬は五ドルしたんだろ」

彼女は私を見て微笑んだ。その輝きが私を和ませてくれた。私も微笑して彼女を見た。彼女はもうくつろいで座席に坐っていた。声は快活になっていた。

「ありがとう、ジェイ。ありがとう」

暗くなってきた。マニラの戦闘で地平線が煌々と、鼓動するように光った。彼女は運転している私を見つめていたが、私が好きになったのだと私は感じた。我々がさっきトラックが吹き飛ばされた場所、それから、馬が死んだ所に差し掛かると彼女はふさぎ込んだ。

「私の国は呪われているわ」と、彼女は荒涼とした光景を見つめて言った。「どうして私たちが死ななくちゃならないの？」

「自分だけのことと思わない方がいいよ」と私は彼女の方を向いて言った。

「人が死んでいるのはここだけじゃないんだ」

「酷いこと言うわね。あなた軍人だから心の一部が死んでるのね」

「人は戦争だけで死ぬわけじゃない。君は家宝を米と換えたことを言ってるだけだ。僕の家には何もなかった。妹は七つで死んだ。医者がいなかったからだ。親父は黒人が契約書を読むのを手伝ったために死んだ」

「どこの話?」

「アーカンソー。アメリカだよ」

「じゃ、アメリカって酷い所ね」

「いいや。酷いことも起こる。だけどいい所だ。おふくろはカリフォルニアへ逃げ出した。だから僕は大学に行けた。そして今は将校だ」

我々の前方でまたマニラが爆発で振動した。「それでフィリピンで爆弾落としてるってわけね」と彼女は私が戦争そのものに責任があるかのように言い返した。「もしアメリカが私たちの国を植民地にしなければ日本軍も来なかったわ」

「へえ、なるほど。すると奴らは中国に行かなかったかもね。朝鮮もそう、マレーも、ボルネオも、ジャワも、ニューギニアもか」

やっと彼女は気を落ち着かせて、ジープの中でまた私を見つめた。「そうね、ご免なさい。私、馬のことでどうかしてるのよ。日本軍は酷かった。アメリカ軍が戻って来てよかった。早く終わってほしいわ。それに、あなたの、アーカンソー。悪いけど私の問題じゃないわ」

「じゃあ、どうしてフランスが弟の問題なんだろう」

「私、フランスのこと何も知らないの」

「弟も知らなかった。それでもそこに埋められたんだ」

「戦死?」

「そう」と私は言った。「アメリカ軍は至る所で死んだんだよ。太平洋、隅から隅まで。北アフリカ、フランス、ベルギー、イタリア、ドイツ……」。私は彼女を見て言った。「レイテ。マニラ」

「そうね」と彼女は恥じたように言った。「そういうつもりで言ったんじゃないの。ご免なさい。私、勝手だったわ」

「勝手じゃないよ。僕がきつかったんだ」。私は運転しながら彼女を見た。「飛行機がトラックをぶっとばしたとき君を見てたけど、あんなに勇敢な人はあまり見たことがない」

私は運転しながら彼女の熱い視線を感じた。それから彼女は私の肩に触った。「お米買ってくれたから」と彼女は話のキリをつけるように言った。「晩ご飯ご馳走させて」

「だって七人いるんだろ」

「そう」と彼女が言った。「あなたの分もちゃんとあるわ。野菜好き？　私お米とカンコン（訳注・フィリピンの水生植物）を混ぜるの。量が増えるのよ」

「君の家族の食料、取るわけにはいかないよ」

彼女はやさしく笑って私の肩を突っついた。「ジェイ、あなたのお米よ」

彼女にジェイと呼ばれて私は嬉しくなった。「ジープの後ろにスパムが二つあるよ」

「大宴会になるわ！」

ニヤニヤしている彼女を見て、彼女が私を楽しんでいるのが判った。

「僕、家族の人に気に入ってもらえるかな」

「私が気に入れば、他の人もね」

「君、僕が気に入ってる？」

彼女はちょっと考えていたが、「いいえ」と笑いながら言った。「もうちょっと複雑よ」


彼女の家は大きな二階建てで、高い塀に囲まれ、古い鉄の門で守られていた。家の中には、一族をはるか昔のスペイン時代と結びつけるような美術館の雰囲気があった。私は広くて暗くて天井の高い幾つもの部屋で、骨董品の家具の間を歩いて行った。軍靴の踵が、厚いマホガニー材で縁取りされた、凝ったモザイク風の板張りの床で音を立てた。それで私には家族に会う前から、あの血の飛び散った道路で初めて会ったときの彼女の慎重さが理解できた。彼女の父、カルロスは今でもゲリラ部隊とジャングルの中にいたが、戦前は名の通った実業家だった。彼女の二人の兄は父と共にジャングルにいた。一緒に暮らしているのは母親と叔母二人と妹二人と一五歳の弟だった。

召使いの少年はまだ馬車とともに戻っていなかったので、彼らは彼女が死んだものとばかり思っていた。我々が居間に入って行くと彼らは大喜びで彼女を取り囲み、抱きついたり、おしゃべりをしたりした。遠くの川の向こうから爆撃や砲撃の音が谺してきた。彼らの習慣で私は賓客として扱われた。デビナ・クララの母は、食事を作っている間に私にひと風呂浴びるように言ってくれた。私が食堂に入って行くと、彼らは私を上座に坐らせ、皆の中で最年長の男として食前の感謝の祈りを捧げるよう、決めてしまった。私は、アーカンソーの片田舎のプロテスタントの祈りを口ごもりながら唱えたが、それでも皆は満足したようだった。

デビナ・クララは食事中私のことを自分のものだという目つきで見ていた。胸を締めつけていたのをやめ、金の輪のイヤリングをつけ、髪はといてあった。すべての束縛から解かれた彼女は、熱い風呂に入っている間に蕾から華麗な花になったようだった。私がそれまでに会った誰よりも彼女は美しく、聡明だった。食事が終わったときには、私は完全に恋に陥っていた。そして一生彼女との恋から抜け出すことはないと思った。

そう、これがいささかロマンチック過ぎることは判っている。そう、私は若かった。ニューギニア、ホランディア、レイテと続いた暗黒の何カ月もの間、私は寂しかった。そう、戦争の白熱したドラマは我々の情熱の糧となり、感情を浮き彫りにし、ときに失敗に導く。これを信じるかどうかは人の勝手だ。しかしマッカーサーは問題なく私を信じた。私が翌朝マッカーサーにおずおずと昨日の出来事を話すと、彼の目は羨望に光り、そのあと個人的な思い出がよぎったようだった。彼は優しく笑いながら私をからかった。

「ジェイ、まじめな話だぞ。これは気をつけろ。お前は世界最高の秘密の一つを発見したのだ」

「閣下、秘密とおっしゃいますと?」

私は彼が自分の父親であるかのように、無邪気な目つきで見た。彼は私をじらしていた。私はもっと知りたかった。この大人物が世の中の秘密について知っていることとは何だ。恋のことか。フィリピンのことか。あるいは単に戦争そのものか。彼が突然目をそむけたとき、私には彼がはるかに個人的なことを考えていたことが判った。そして心の中で「コンスエロ!」と叫びたかった。

しかし、どうした。彼は口をつぐんだがその顔はすぐ、愛する都市が今なお破壊され続けているという現実に戻った。

そして、その後何週間も彼が微笑むのを見ることはなかった。

二月二十七日、将軍はフィリピン政府を復活させ、オスメナ大統領に引き渡した。マニラ中心部では孤立した日本兵がまだ抵抗していた。我々がマラカニアン宮殿へ向かう途中、古いスペイン時代の城砦、イントラムロスの高い壁の中から散発的な狙撃の音が聞こえた。車の中で私は彼が周囲の廃墟を調べる様子を見ていた。彼に仕えるようになって以来、これほど疲れ切り、打ちひしがれ、そして老けて見えたことはなかった。

かつてスペインの総督の住居だったマラカニアン宮殿はほとんど戦禍を受けていなかった。中に入ると、彫刻を施したナラ材の木工品や、豪華な家具や絨毯、シャンデリア、歴史的な絵画などが戦前のマニラの優雅さを感じさせた。クルーガー将軍と部下の指揮官たちが直立し、その後ろに大勢のフィリピン要人と報道陣がいた。彼らと混ざって、パイナップルの繊維で作った、蝶の羽のような形の袖の伝統衣装を着た女性たちがうろうろしていた。

マッカーサーは姿勢を正して一同の前に立った。皆静まり返って彼を見た。彼が話し始めるとその唇は震えた。彼はマニラを戦火から守るためそこから撤退してからの年月について語り、「戦争法規さえ守られれば助かったであろう、教会や記念物や文化施設」を残忍に冒瀆した日本人が迎えるであろう最後の審判を予言した。

この破壊に対する復讐を誓ったあと、彼はオスメナ大統領と議会に統治権を改めて与えるという、法律用語を用いた短い文章を読んだ。そして、大勢の人が見守る中、彼は両手で顔を覆って、泣いた。

第四章　終　戦

ガーベイ神父は私の寝室に入って来ると、電灯をつけて、歌いだした。彼の声は震えるような、いいテノールだったが、今は朝の一時だ。彼が歌っているのは、いらいらするほど陽気で弾むような、戦前の流行歌で、とてもいい朝、とても大きな笑顔でベッドから這い出すと太陽が差し込む、とか何とかいうものだった。彼は陽気過ぎた。私には彼が酒を飲んでいるのが判った。絞め殺してやりたかった。とうとう私は寝返りを打ったあと体を起こし、ぼんやり彼の顔を見た。

「あんた神父でなきゃ殴り倒すとこですよ」

彼は明るく笑った。「ジェイ、君がもっと寝覚めがよければ、耳元に囁くだけでいいんだがね」

「僕が一時間前ベッドに入ったことは、考えてくれたんですか?」

「考えたよ」と彼はまた笑った。「だけど、重要な任務を仰せ付かったんだぞ、君と私とでだ」

ガーベイ神父は金の、印章入りの指輪をかざした。彼は小柄で筋肉質で、青い眼と、四角い、ケルト族の顔をしていた。濃い茶色の髪はもう白くなりかけていた。彼が笑うと歯が煙草と茶で汚れているのが判った。彼の声は若々しく滑らかだった。彼の言葉は皮肉に溢れていたので、それを聞くと私は気が安らいだ。それだけの理由で彼の話を聞いてやることもあった。

「この指輪はマウントバッテン卿の物なんだ」。自分がアイルランド系で王制には向かないことを思い出して、彼は言い直した。今度は丁寧だが棘があった。「失礼。これはルイス・フランシス・アルバート・ビクター・ニコラス・マウントバッテン提督卿、東南アジア方面連合軍最高司令官、ビクトリア女王の曾孫、美男のクソ野郎の物なんだ」

私はベッドの端に腰掛けたまま、目をこすって覚まそうとした。「神父さん、じゃどうして持ってるんです？」

「我々労働者が将軍のレセプションから帰った後、お偉いさん方はマッカーサーのプールに泳ぎに行ったんだ。そこで何とかかんとか提督卿、判るな、マウントバッテンが指輪をなくしたんだ。皆で一時間探した。召使いどもにプールの底まで潜らせたんだぞ。結局何とか提督卿はクラーク基地に戻って、今朝ビルマに戻るはめになった。いや、インドだったかな。よく覚えてない。ウイスキーのせいだ」

私は当てつけがましく腕時計を見て、ガーベイ神父に言った。「今朝？」

「その通り」と神父が言った。「今朝だ。その後召使いたちが更衣室からタオルを運び出しているとタオルの下からこれが見つかったんだ。だから、ジェイ、おめでとう。貴殿、すなわち青年大尉、幕僚中の最若手がこの指輪を提督卿に返しに行く役に選ばれたわけだ。私も一緒に行く。と言うのは……」

「飲んでるからでしょ」

ガーベイ神父は小さい分厚い手を振った。「まあ、その話はやめとこう。しかし私は聖なる任務を遂行せねばならん。ジェイ、行こう。軍服を着ろ。靴磨いてあるか？　下で運転手が待ってるぞ。早く出かければそれだけ早く戻れるんだ」

五分で我々は表に出て、暗くて何もない道を行くと市外へ出て、そのままクラーク基地に通じる狭いハイウエイに出る。目が覚めてしまえばこのドライブも内心嫌でなくなっていた。クラーク基地まで往復するとほとんど一日つぶれてしまうから、私は他のつまらない仕事をしなくて済むのだ。そしてこの六カ月で、不思議なことにガーベイ神父は私の一番の親友になっていた。だからこの任務も面白半分やることになったのだ。

我々は同じ家に住んでいるみたいなものだった。三月、マニラ攻略戦が終わった後、私はガーベイ神父と、他のマッカーサー直属の参謀将校何人かと共に、パシッグ川から数区画離れて、マラカニアン宮殿のすぐ東にある美しい邸に移った。任務にふさわしく、我々の場所は将軍自身の臨時の住居のすぐそばだったが、彼の住居はもちろんマニラで焼け残ったものの中で最も素晴らしいものだった。

あれは五カ月前だった。今は八月上旬、この恐ろしい冒険が間もなく終わることは誰にも判っていた。ヨーロッパでは戦争は終わっていた。山下の軍隊はまだ高くつく消耗戦を続けていたが、既にバギオ近辺の山岳地帯に追いつめられていた。他の地域でも日本帝国は崩壊しつつあった。その軍隊は打ち砕かれ、アジア全域で「つるに下がったまま枯れ」ていた。日本の大都市は何カ月にもわたる激しい空襲で焼けてしまった。日本本土で最初に攻撃された沖縄は今や連合軍の手中にあった。そこで私の日常任務は、何というか、楽になっていた。いや、当惑するほど楽と言った方がいい。

午前中通常私はマッカーサーの上級将校が住んでいる豪華な邸宅や異国的な館を廻って伝言や命令を集めて将軍の執務所に戻った。またあるときは逆の道順でマッカーサーの配達夫をやった。時々、米軍が生け捕りにした日本兵捕虜の中で本部の役に立ちそうな情報をもっていると思われる者をさらに尋問する仕事をさせられた。しかし、他のどんな役目にも増して、我々がマニラの邸宅に落ち着いてからというもの、私は他の将校がからかって呼んだ「将軍のＳＬＪＯ」つまりShitty Little Jobs Officer「クソ雑役将校」になっていた。

言わざる、聞かざる、見ざる、この役割の中で私は、奇妙で、時には当惑するような秘密が次々と生まれるのを目撃することになる。マッカーサーの周囲にいる十数人の将軍たちは私を信頼するようになったが、それは軍事機密だけでなく、自分たちの無思慮をさらけ出すような事柄にまで及んでいた。それは、もしかすると、何年もの戦争が彼らにもたらした絶対権力の意識かもしれなかったし、あるいは単に蓄積された軽率さのせいだったかもしれなかった。私は不平は言わなかったし、絶対口外しないことにした。信頼されて嬉しかったし、信頼によって手に入る快適な生活も楽しかった。私は簡単な仕事の報酬として得られたデビナ・クララとの自由な夜を楽しんだ。タクロバンでの生活がいいものだったとすれば、マニラは天国だった。デビナ・クララと完全に恋に陥ったように、私は徹底的に、情熱的に、この傷ついた町、マニラと恋に陥った。マニラは、数世紀のスペイン統治、数十年のアメリカとのつき合いで、もはや完全なアジアではなく、かといって、全く西洋でもなかった。それは完全に独特なものだった。私はそれまで全く知らなかったこの町の調和を発見したような気がした。

しかし、夜になるとそれは戦争による破壊から生き返った。カーベイ神父と私は何マイルも、電気のついていない瓦礫の道を、何千もの人が道端や、二月の戦いまでは家のあった跡に小屋掛けして生活している横を通った。人々は瓦礫の上や、折れた木に吊るしハンモックで寝ていた。空気は花の香りや炊事の匂いで重苦しかった。ガーベイ神父は車の中から、一つ一つの傷を自分のものにするかのように静かに町を見ていた。

やっと彼が、馬鹿にしたような思い出し笑いをしながら話し出した。「マウントバッテンのためのレセプションみたいなもの、見たことがないよ。君、あるか？　まるで最後のばか騒ぎだ。大将どもが皆、めかし込んだり、コッコ鳴いたり、すねたり、マッカーサーが誰かをほめるたびに焼き餅やいたり。この戦争が終わったら連中どうするんだ。どう思う？」

私はレセプションを想像しながら笑った。今や世界的に有名な将軍連中が小さな一室に集まってワインを飲んだり、ちょっとした冗談を言っている。戦争が終わりかけている何よりの証拠だ。「神父さん、ケニー将軍はいましたか。彼はこの戦争が終わればいいと思っているのかな。何をやるのかな。トレドでも爆撃するのかな、彼には平和がどういうものか判っているんだ。第一次大戦後彼は一七年間大尉だったんですよ。もっともその間一年降格されて中尉だったけど。この戦争のおかげで一晩で中佐から少将に跳び上がったんだ。それが夕べは専用の邸を持った大将閣下で、ビクトリア女王の曾孫にゴマすってたんだ」

「それにクルーガーとアイケルバーガー。今でも焼き餅やき合ってて、磁石の針みたいに反対側をグルグル廻ってるんだ」ガーベイは自分の冗談に笑った。「クルーガーはアイケルバーガーが新聞記者に、マニラ攻略戦でノロマだったと言ったんで我慢できないんだ。アイケルバーガーの方は、新聞がクルーガーのことばかり書くんで、我慢できない」

「マッカーサーはそういうのが好きなんですよ」と私が言った。

「連中がお互いに喧嘩してる間はそれぞれが自分にだけ忠節だから。サザランド将軍を使って、他の連中に喧嘩させたりするんだ」

ガーベイ神父はマッカーサーの、有名だが傲慢な参謀長の名を聞くといら立ったように首を振って、あざ笑った。「いつも思うんだが、マッカーサーがサザランドをそばに置いてるのは、彼が自分より不愉快で傲慢な唯一の将校だからだろう」。彼は私のマッカーサーに対する忠誠心を思い出し、皮肉な薄笑いを浮かべると言い訳がましく言った。「私の率直さを許してもらえるなら、ね」

「神父さん、半分当たってますよ。将軍は彼らがサザランドを憎むのに精力を使い果たすのがいいんですよ。そうすれば喧嘩を治められるのは彼一人ということで、いっそう偉大になる」

「君、思ったより利口だな」とガーベイ神父が感心したように言った。

「それが彼のやり方なんですよ。車輪のスポークですよ。中心がマッカーサーだ」

「それで彼は君が何でも見てるのを知ってるのかね」

私は軽く笑った。「それ、どういう意味です？ 僕は単なる小僧ですよ、早く戦争が終わればいいんだ」

「ジェイ、普通なら、もっと正直になれ、というのが私の義務なんだろうがね。しかし、マッカーサーは普通の男じゃないからな」

ジープはマニラから出ていた。クラーク基地に続く暗いまっすぐな道路には我々以外あまり人影はなかった。

「彼はもうすぐ戦争が終わると信じてますよ」と私が言った。

「そうなんだろうな」とガーベイ神父が言った。「十一月として計画しているこの進攻をまだ続けているとは思えないものな。日本はそれまでに降伏するよ。私は日本軍が確かに勇敢だったことは認める。しかし指導者はもう負けたことを認識すべきだ。彼らだって国民に向かって、国中の町から町、家から家へと、皆が死ぬまで戦えなどと命令するほど馬鹿じゃないだろう。つまり、帝国政府は理論的とは思えないが、自分の国民が大量虐殺されるようなことはしないだろう」

「そうあってほしいですね。傍受した通信だと、日本は終戦交渉を手伝ってくれって、ソ連を説得してるそうですよ。だけど、マッカーサーは日本本土に進攻する必要が出て来たときのためにソ連をこっちにつけておこうとしてるんです。本土に進攻すると一〇〇万人は死傷者が出ると踏んでるんです」

「彼らだってそれほど馬鹿じゃあるまい！」と神父はちょっと考えた。「彼らはそれが馬鹿なことだと思ってないのかもしれない。今晩マッカーサーの話聞いたろ。彼らを素晴らしい野蛮人と呼んだんだ。高度の技をもち、綿密に組織され、ひどく迷信的な、野蛮人だとね。私は自分でも彼らの宗教について読んだ。他の宗教を理解することはジェスイット派としての義務の一つなんだよ。考えてみろよ。彼らは天皇を神として崇めるんだ。天皇は、彼らが太陽の女神と呼ぶ神秘的な人物の直系の子孫だと言うんだ。ほぼキリストの時代だ。ジェイ、彼らは天皇のために死ぬんだぞ！」

「というわけで」と私はからかい半分ゆっくりと話した。「キリストの時代、天から神が降りてきて、生身の人間であるマリアという名の人と何かやった結果、この合体から救世主キリストが生まれた。しかし日本ではキリストの時代に太陽の女神という精霊との合体があり、その結果万世一系の天皇家ができた。あんた、それでも二〇〇〇年以上続いた力を野蛮の一言で片づけるんですか」

「君は何を信じるのかね、ジェイ」とガーベイ神父は言い返した。

「判りませんね」と私は答えた。「向こうに着いてから言いますよ。だけど僕には野蛮とは思えませんね」

「ちょっと寝るぞ」と彼は突然言った。「いささか飲み過ぎたんだな」。これは私が彼の信仰を追求し過ぎたときに、彼がとる常套手段だったが、喧嘩するよりはよかった。

ガーベイ神父はすぐ熟睡してしまったので、私はクラーク基地に向かいながら、一人で思いにふけった。戦争は確かに間もなく終わる。それは誰にも判っていた。我々の間ではこういう期待が圧倒的だった。それで、と私はまた考えた。自分はどうするのだ。この三年間考えていたのは明日どうするか、だったが、今度は、残りの人生をどうするか、だった。直ちに故郷に帰るかもしれないが、そこには私を待っているものはあまりない。そして私にはアジアが気持ちよくなっていた。匂いもよかったし、感じもよかった。そして私は将軍の役にも立っていた。噂では彼は日本占領の指揮を取ることになるだろうとのことだった。私はそうなればいいと思うようになった。私は日本語が話せるから連れて行ってくれるかもしれない。

もしかすると、尋問したり復員させる日本兵がいる限り、私をマニラに残すかもしれない。もし日本に行っても、いずれここに戻って来ることは判っていた。私は既にデビナ・クララに結婚を申し込んでいたし、除隊後仕事が見つかれば彼女とフィリピンに住む気もあった。こういうことを考えていると、自分で自分がおかしくなった。何年もの間私はなるべく早く陸軍から逃げ出したいと思っていたのに、今は残る理由を探しているのだ。

ガーベイ神父は私の横でうたた寝していた。全く素面でもなかったが、二日酔いで苦しむ様子もなかった。彼は自分がどうしてクラークに行かされるのか私に話していなかったが、いったん目が覚めればサッパリして、またまた宇宙のあらゆる様相を探求し、何でもかんでも私に話そうとするだろう。実際、彼は私が聞きたくないこと、私が理解できない歴史や、自分でデッチ上げたのではないかと思われるような聖書の引用などを混ぜ合わせて話しまくるのだろう。彼は人に与える印象の強いブルドッグで、半ば天才、半ば詐欺師だった。私は彼が大好きだった。

私は彼の酒浸りにも同情した。ガーベイ神父は明らかに女が好きで、マニラには世界級の美人が溢れていたからだ。そしてマニラでは、いくら神に仕える気持ちが強くても、精力的で人づき合いのいい、三〇代の神父にとって美人は問題になり得た。そして彼らがスペイン人から教わった伝統から言えば、神父がフィリピン女性を愛人にすることはある種の罪ではあったが、大変な恥ではなく、事実女性の視点から言えば名誉でさえあった。だから、毎日、ときには一時間ごとにガーベイ神父は、神に押しつけられた最も残酷な運命に素面では耐えられないほどの誘惑にさらされた。だから誘惑が強まったときは、激しく祈り、強い酒を大量に飲んで感覚を鈍らせるしか逃げ場がなかったのだ。

我々は市街からだいぶ離れていた。何マイルも、野原やよく繁った森の横を走った。夜の空気は重苦しく、いい香りがした。跳ねたり揺れたりするジープの中で私は少し寝ようとしたが、カラチュチの花の匂いがどこまでもまとわりついてきた。私はデビナ・クララに会いたくなった。私はこの匂いが好きだった。それは、父が幸せに感じた唯一の家の横庭にあったライラックを思い出させた。デビナ・クララはこの匂いが嫌いだった。この花は葬式に使われるので彼女は死を連想したのだ。

やっとジープは速度を落とした。運転手が曲がり角を探していたのだ。隣でガーベイ神父が身動きして、伸びをしたので私の夢想は中断された。空は白み始めていて、もう私には西の方、サンバレス山脈の険しい峰々が判った。クラーク基地はあと数マイルだ。

「サッパリした」と神父が言った。

「あんた、二時間ですよ。ジープでそんなに寝られる人、他にはいませんよ」

「そうだ」と彼は寝違いを直すように首をねじりながら答えた。「本当に恵まれているな」。これがガーベイ神父の偉大な特性だった。他の人が単なる幸運と思うことを、彼は神の恵みと考えるのだ。

クラークに着くと我々はただちに憲兵に案内されて滑走路脇の本部ビルに行き、中に通された。そこではマウントバッテン提督卿と参謀たちが高官用の小さな控え室で早い朝食を終えようとしていた。一人の副官がガーベイ神父を外に連れ出すと、マウントバッテン自身が私にテーブルに着くように手を振って、トーストとコーヒーを勧めてくれた。

「提督卿、殿下の指輪であります」

「素晴らしい」とマウントバッテンはニヤリとしてそれを受け取ると指にはめた。私は腹ペコでトーストを呑み込んだ。「君には、私にとってこれがどのくらい大切か判らないだろうな。二十三歳の誕生日に、プリンス・オブ・ウェールズご自身から頂いたのだ。大変感謝していると、マッカーサー将軍に伝えてほしい」

マウントバッテンは背が高く、角ばった顔の美男子で真っすぐな鼻をしていた。私はまた、彼とマッカーサーが、立ち居振る舞い、話し方でも非常によく似ていると思った。そしてマッカーサーは自分の部下よりマウントバッテンといる方が気楽そうだと思った。ダグラス・マッカーサーは本当は純粋で単純な王制主義者なのだ。

「かしこまりました」と私はコーヒーでトーストを流し込みながら言った。

「閣下がお喜びになったと伝えます」

マウントバッテンの顔つきが一瞬変わった。「それから、私にはシンガポールのことが判った、と伝えてもらいたい」

私は二枚目のトーストをつかんでいたが、卵とできればベーコンも少しあればいいな、と思っていた。

「シンガポールのこととおっしゃいますと？」

「さよう」とマウントバッテンが言った。彼は私と大変な秘密を共有しているかのような話し方をした。「彼は昨夜私に、ご自身でシンガポールの解放などお考えになる必要はありません、と言われた。私は率直に言って、彼がいつになく謎めいていると思ったたし、もしかすると米軍が先にやる、と言って、からかっておられるのかと思った。しかし閣下に伝えてもらいたい。昨夜到着した特使の説明で、彼の言うシンガポールが何なのか理解した」

「かしこまりました」。私には全くわけが判らなかった。マウントバッテンは少し言い訳がましく微笑した。

「私が知らなかったたと思われたくないのだ」

「かしこまりました」。私は三枚目のトーストを食べ終わるところだった。

ガーベイ神父が姿を現した。退去の時間だ。マウントバッテンは我々をドアの所まで送ってくれて、私に小さな段ボール箱をくれた。リボンのつもりか、紐が巻きつけてあった。

「大尉、指輪を見つけてくれたのに勲章をやれないのは残念だが、夜中にはるばる来てくれたことには感謝しておる。これ以上うまいスコッチは君には二度と飲めないことは保証する」

「提督卿、誠にありがとうございます」。私は、神父とドアに向かいながら言った。「ご帰還の安全をお祈りいたします」

「オムレツもありがとうございました」と、ドアが我々の後で閉まり、車の方に向かおうとするときガーベイ神父が言った。

箱の中には瓶が二本入っていた。車の中で私は、一晩無駄にした伍長の運転手に一本やった。我々は軍基地を出てマニラへ戻る道に向かったが、まだ午前だった。遠くの海からいやらしい大雨がやって来て、道路は泥沼と化し、交通は渋滞した。トラック、ジープ、馬車、筋肉質の小男に引かれた車などで道は溢れ返り、泥んこになった老若男女が歩いていた。彼らは豪雨も気にしない。慣れているのだ。女たちは我々に手を振り、子供たちは陽気に呼びかけて、シガレットやガムをねだった。私はこの無秩序が気にならず、むしろ居心地がいいくらいだった。

「着くのは午後になるな」と神父が嘆いた。

「いいや」と私が言った。「この雨だと夜ですよ」

私は煙草を吸いながら雨水に浸かった景色を見ていた。ジープは泥を掻き回したり、跳び上がったりしながら進んだ。雨は横の通気孔から飛び込んで来るし、屋根からも漏ってきた。とうとう私はスコッチの栓を開けた。

「神父さん、飲みましょうよ」

「いいね」とガーベイ神父が言った。

我々は二人で廻し飲みをした。私は寝不足で、もうろうとしていた。マウントバッテンのジャムも塗ってないトーストが少々、胃の底にあるだけだ。ウイスキーは暖かく、口当たりがよかった。すぐに半分なくなった。間もなく私は、ジープが雨や泥と苦闘しているさなか、自分が好きになったこういう人々、手を振りながら耐えている人々の横を通ることが、自分にとっての凱旋行進だという思いで高揚してきた。

「神父さん、僕はここに残りたいんですがね」

「馬鹿なことを言うな、ジェイ。ここは君にはふさわしくない」

「じゃ、どこが僕にふさわしいんです？　親父も妹もアーカンソーで死んだ。弟はフランスで死んだ。おふくろはカリフォルニアでイタリア野郎と住んでいる。バキオリとか何とかという名前ですよ」

「君は自分の感情を抑えることを覚えないとな」と神父が言った。

「しかもですよ。おふくろは絶対デビナ・クララを認めませんよ。学生時代、日本人の女の子とつき合っていた。カズコっていうんです。きれいな、優しい子でした。おふくろが何て言ったと思います？　わたしゃ吊り目の孫など欲しくないってね」

「母親にあたるものじゃない。人種ごとに情念が異なるのは自然な現象だ。民族の誇り、信仰。戦争好きもそうだ」

「とすると、イタリア人にはどの人種がふさわしいんです？　彼らがフィリピン人よりいいって言うんなら」

ガーベイ神父は腹を抱えて笑い出したが、そのうち頭をのけぞらして、もっと笑った。青い目から涙が出るほど激しく笑った。私はニヤニヤしたくなるのを抑えて、しかめっ面をした。彼には混乱させられた。

「そんなにおかしくはないでしょ」

彼はもっと笑った。「これは現実じゃないんだ、ジェイ。君の今までの人生と違って、実際に起こってるんじゃない。終わってしまえば過去のことだ。判るかね。意識して選べるものじゃない。君がここにいるのはマッカーサーが陸軍を上陸させたからで、彼が去れば君もいなくなる。君が残っても同じじゃないぞ。陸軍はいない、君は独りぼっちで、周りにいるのは昔からここにいた人たちだけだ。君を見る目も変わってくるぞ。君は解放者じゃなくて、侵入者だ」

私は彼の言うことを信じなかった。「どうして判るんです？」

彼は笑うのをやめ、しっかり五秒間私の目を睨んでいたが、肩をすぼめた。

「本当はね、よく判らなんのだ」と神父が考え込むように言った。「しかし、君は頭に入れといたほうがいい」

「神父さん」と私が言った。「あんた本当に正直で馬鹿げてますね」

我々は一緒に長いこと笑った。ガーベイ神父は私から瓶を取り上げてまた飲み、私は全部飲まれてしまわないように、取り戻した。雨が上がり、霧が煙のように低く地面を覆った。それからまた雨が降りだした。われわれの周りの人々は歩いたり、笑ったり、手を振ったりした。

「神父さん、どうしてマウントバッテンはあんたを呼んだんです？」

「さてと、君は今や聖職の最も重要な問題に立ち入ってきたわけだ」と彼は震えるような声で言った。

「もし君に話すと、私は天職の定めを逸脱することにならないかな」

「そんなこと判りませんよ」と私は答えた。「僕は教会のことを聞いたわけじゃなし、だいいち、カトリックでもないんだから」

「心の底ではそうだぞ」と神父が言った。「君、前に、お母さんの実家はマーフィー（訳注・アイルランド系の姓。カトリック教徒が多い）だって言ってたぞ。それが証拠だ」。彼はさらに笑って、そのうち改宗させてやるぞ、というような目つきをした。「まあいいじゃないか、ジェイ。提督卿の参謀の一人が私に用があったんだ。インドへ帰る途中墜落したときのために懺悔しておきたかったんだ」

「重い苦しみがあったんですか？」

「それは言えない」

「僕はあんたに懺悔するのが好きなんです。する義務もないのに」

「それは別の話だ。しかしもちろん君はするべきだ。世の中、自分に懺悔するほど難しいことはないだろ？」

「彼は何をしたって言うんです？」

「ジェイ、君は我々の友情を台なしにする気か？」

「やめて下さいよ、神父さん。僕は酔っ払ってて、二日寝てないし、忘れちゃいますよ」

「だめだ」とガーベイ神父が言った。「限度というものがある。話すわけにはいかん」。すると、彼の目がいたずらっぽく光った。また別の抜け穴を見つけ、神とまた話し合いをつけたようだった。「しかし君はその男を知らないし、彼に会ってもいないんだから、我々の宗教上の義務として学究的に議論することはできるな」

「僕もそう思ってたんですよ」と私は嘘をついた。

「じゃあ君にはまだ見込みがあるな」と神父がからかった。「そこでだ、自分に聞いてみたまえ。聞いてるのがアイルランド人の神父だというのにイギリス人が懺悔したいこととは何かな。この島の美しい女たちのことか。もしかすると私は聖職者として許されないことしか考えていないのかもしれない。いや違う。神が私をからかっておられるのかもしれない」

彼は口をつぐんで、終わりまで話そうとしなかった。

「何なんです？」

「私のジレンマを理解して、人間として考えてくれ」と、ガーベイ神父は戦争で破壊された町の方を気弱そうに眺めながら言った。「幅広く考えよう。私は幾つも天恵を授かってきた。そうだろ。しかし君は私がときには泣くこともあるのを知ってるか。決して自分の子供を持てない、本当に愛してくれる人がいないからだ。もちろん神以外に、だ。神の愛は何ものよりも大きい。しかしある女たちが私を見る目を見ると、自分の手に入らないものといった思いが信仰を超えて私を苦しめるのだ。子供が持てない、ということだ。これは私だけじゃない。あちこちで起きている混乱だ。こういうことは、それまで聞いたこともない土地で、一人ぼっちでいるときに起きるんだ」

「何のことです?」

「言うわけにはいかん」とガーベイ神父が言った。「神父としてはな。しかし友人として言えば、私は君が思っているより人間的なんだ。そうだとも。個人的な失敗も十二分に理解している」

「いったい何のことです?」

「これ以上言うことはない!」と、ガーベイ神父は突然怒ったように言った。「理屈に合わなくてもいいんだ、ジェイ。私は酔っ払ってるんだ」

ガーベイ神父はこのはぐらかすような、気の利いた自分の言葉に大笑いした。そして二人とも黙ってしまった。黙ったまま私はスコッチの瓶を空けてしまった。スコッチで二人ともぼんやりして居眠りを始めた。マニラに着いたのは晩かった。私はすぐベッドに入って、寝不足を取り返すために翌朝遅くまで眠った。前夜は全く寝なかったのだ。

午前の巡回のため私がマッカーサーの司令部に着くと、司令本部は興奮に沸き返っていた。何か大きな、素晴らしいと同時に恐ろしい、戦争だけでなく、国家の在り方さえ永久に変えてしまうようなことが起きたのだ。

深夜、B−29爆撃機一機がマリアナ諸島のテニアンを発進した。翌朝八時一六分、そのB−29が一発の原子爆弾を投下し、広島市の大部分を焼き払った。一機。一発。一都市。何万人もの人が死んだ。世界中がニュースで沸き返った。今や間違いなかった。戦争は数週以内に終わるだろう。

そして、どうしてマッカーサーはシンガポールがすぐ陥落することを確信していたのか、なぜマウントバッテンは自分が予告を受けていたことをマッカーサーに伝えるよう、あれほどしつこく私に言ったのか、やっと判った。

今や確実となった事柄に私は驚き、その現実性が突然私を怯えさせた。マッカーサーが占領の先頭に立つ。我々は日本に行く。すぐだ。

第五章　祖　母

その後の二週間は大騒ぎで、混沌となることもあった。原子爆弾が広島に落とされた三日後、ソビエトが日本との条約を無視し、マッカーサーにとっては嬉しいことに、満州に侵攻した。同じ八月九日、二発目の核爆弾が長崎に落とされた。その三日後、トルーマン大統領は日本に対する爆撃を中止し、その代わりに、東京中にビラを撒いて、日本人が死んでいくというのに日本政府は秘かに降伏を申し出ている、立ち上がれ、と迫った。八月十四日、英国、ソ連、中国の同意を得て、トルーマンはマッカーサーを太平洋方面連合軍の最高司令官に任命した。これは将軍が、戦争が終わった場合、日本占領をすべて監督することを示唆していた。

八月十五日、日本の首都が混乱と反乱の噂で切り裂かれている中、天皇は録音放送で、自ら日本の降伏を発表した。天皇の放送自体が、それまで天皇の声を聞くことのなかった普通の日本人にとっては驚くべきニュースだった。信じがたく、また尚早とも思えたが、我々は二週間以内に日本に上陸することが判った。

マニラでは日本へ行く準備が、大わらわに、二四時間体制で行われた。数千の先遣隊が、数日前までは降伏するより、むしろ最後の一人まで闘うと誓っていた八〇〇〇万人の中に放り出されるのだ。高官たちのエゴを満足させた後は、一人で気楽に夜を過ごす、といった私の怠惰な日々は終わった。マッカーサー将軍自身は一年以上準備していたのだ。彼は既に日本の文化と社会の基本構造を劇的に変える七項目の計画を持っていた。しかし我々同様、彼にも核爆弾は意外だった。常に歴史の中における自分の位置を気にしていた彼にとって、自分の到着の瞬間が、日本の将来だけでなく、自分自身の遺産としてもいかに重要であるか、判っていた。

私は、ルソン作戦の間でさえ、これほど活発で興奮しているマッカーサーを見たことがなかった。ついに自分の才能にふさわしい役割が来たのだ。彼は米軍の日本進攻の指揮を取り、そして戦後の復興にも一役買いたいと思っていた。しかし八月十四日トルーマンが彼に与えた権力は、二〇〇〇年の間、いかなる植民地総督に与えられたものにも優った。彼が成功している限り、その日本人に対する統治は絶対的なものになるだろう。

ところで自分は？　私には一つの単純な問題があった。それはニュース映画にはならないだろうが、私自身の人生をひっくり返す恐れもあった。日本へ出発する日が近づいたとき、私はついに勇気をふるって将軍に持ち込むことにした。五〇〇〇万以上の生命を奪った戦争が終わり、かつて一度も征服されたことのない奇妙な閉ざされた国を占領するという壮大な出来事の中で、将軍の部屋のドアをノックし、聞き慣れた「入れ」という声を聞いてから彼のデスクの方に歩きながら、私は屈辱に近いものを感じた。

ここ数週間いつもそうだったが、マッカーサーの最大の側近である二人の将軍も室内にいた。彼の左側の椅子にチャールス・ウィロビー将軍。ドイツで生まれたときの名前はカール・ワイデンバッハ、大柄で訛りの強い情報専門家だった。無口で内省的で将軍に対する忠誠心は強く、六年以上将軍に仕えていた。彼は将軍を成功させるのが自分の一生の仕事だと明言していた。ウィロビーは私の言うことには耳を傾けたが、それについて自分の考えを言うことはめったになく、言ったとしても、それは私が退出した後のことだった。

マッカーサーの机の右には、コートニー・ホイットニー准将が坐っていた。彼は温和で、話し方のうまい法律家で、戦前ビジネスで財をなしたマニラで、初めてマッカーサーに会った。彼はマッカーサーの政治折衝の責任者として日本に行くことになっていた。彼は小さな会議ではしばしばマッカーサーの代わりにあえて反論し、訪問者や参謀たちの意見を引き出そうとした。マッカーサーが最も適切な答えを選べるようにだ。

三人ともいつものように温かい目で私を見た。私は特別プロジェクト担当将校として彼らと日本に行くことになっていた。私は戦時中毎日のようにホイットニーとウィロビーの仕事をしており、がさつなサザランド将軍と違って二人とも私を気に入っていた。私は若くて下位にあったから、日常業務に加えて、参謀たちの心理的な重荷を和らげる役目も果たした。緊迫感が高まったとき、私ははまり役の宮廷道化師となり、将軍たちの馬鹿馬鹿しいからかいの対象となり、嘲笑の的となった。しかし彼らはマッカーサーと同様、私の将軍に対する忠誠心と日本語会話能力とで、日本占領が始まれば私が非常に価値のある存在であることを明言していた。

「こっちへ来い、デブ公」。私が部屋に入るとホイットニーがふざけて言った。「今体重どのくらいあるんだ」

私は体重が増えていた。筋肉の塊だったが、確かにマニラは良かった。「多分二〇〇ポンドくらいに戻ったかと思います」

「フィリピン料理はやめさせなきゃいかんな」

「それは問題ないと聞いております」

ホイットニーがクスッと笑った。一瞬心を開いたのだ。マッカーサーは椅子の中でそり返った。彼はホイットニーが私をからかっている間、私を注意深く見ていた。彼の顔を子供っぽい微笑がよぎったので、私はまた、デビナ・クララのことを聞くな、と思った。

「ジェイ、お前が行ってしまうので彼女はあまり嬉しくないのではないかな」

私は一瞬彼の視線を受け止めた。我々はお互いの視線に秘密を感じた。そして、私は彼の場合こういうふうに終わったのか、と思った。

「閣下、さようであります」と私が言った。「事実、私は、えー、かなりの危機に面しているのであります」

ホイットニーがクスリと笑った。彼は以前私に、デビナ・クララの父のことを戦前から知っている、と言ったことがある。「ラミレス一家に核爆発があった、という噂だが」

「えー」私は口ごもった。「それはまだでありますが、遠くはありません。終戦があまり突然でしたので二人とも何というか、驚いたのであります。任務の日程もありますし、彼女の家族に全部説明できなかったのであります」

マッカーサーがホイットニーの次の軽口を遮り、鋭い目つきで私を見ると、分別くさそうに腕を組んで言った。

「ジェイ、問題は何だ」

「閣下、彼女の祖母が」と私は言い訳がましく答えかけたが、一つの国家を新しい時代に導こうとしている三人の将軍の前で、一老女のためらいなど議論するのが空しい気になった。「申し訳ありません、閣下。このようなことでお時間を頂戴するつもりはありません。しかし、何とかしなければならないと思いまして」

マッカーサーは、またゆっくりと秘密めいた微笑を浮かべた。「彼女はお前が戻って来るとは思わないんだな、そうだろ」

私は微笑み返したが、この偉大な人物の口から出る言葉としてはあまりにも馬鹿げて聞こえたので当惑した。

「さようであります」

「それでお前は？」

信じるものか、というように聞こえた。我々二人ともマッカーサーが何のことを言っているのか判っていたし、この簡単な一言にどういう感情が込められているのかも判っていた。

「戻ってまいります」と私は答えた。また、二人の視線が合った。「閣下、私は彼女と結婚致します」

マッカーサーはドアを指した。「それなら時間を無駄にするな、ジェイ。おばあさんに言いに行け」

我々がマニラから車でスービックに向かって行くと道は突然、波立った幅の広い川でなくなってしまった。橋は一月、退却する日本軍によって破壊されたがすぐ我が軍の工兵隊によって修理され、クルーガー将軍の軍隊はリンガエンとスービックからマニラに進攻することができた。しかし修理は当座しのぎのものだったので、ここ数日ルソン西部を襲った豪雨で全体がゆるみ、一部が落下していた。私は橋のたもとでジープを止め、イライラしながら壊れた橋を見ていた。工兵隊員が橋によじ登って再修復していた。どろどろの水際ではフィリピン人たちが立ったまま静かに見物しながら待っていた。私はジープから泥の中に降り立った。悪態をつきながらフェンダーを殴ってから時計を見た。

「あなた、しょっちゅう時計見るのね」とデビナ・クララが言った。「私たちが初めて会ったとき、私がパンパンガに連れてってって頼んだら、あなたが最初にやったのもそれよ。ジェイ、覚えてる？」

「これで片道少なくとも一時間は損するんだ。そんな時間ないよ」

「フィリピン時間よ」と明るく笑いながら彼女はジープから降りて来て私のそばに立った。「おばあちゃん、気がつきもしないわ」

「マッカーサーは気がつくさ、僕の帰りが遅くなれば。伝言が置いてあるよ」

「じゃあマッカーサーの所へ帰ったら?」。マッカーサーの名を聞くと彼女の顔が曇った。そして顎を上げて私を睨んだ。「行きなさいよ。廻れ右して。帰りなさいよ」

私は彼女に、彼女と違って私には自分の時間が自由にならないこと、私の時間は本当はマッカーサーの時間であること、何よりも、彼女の祖母を訪ねるのに一日近く時間を使えるのは、想像できないほど幸運なことであること、を言いたかった。そう怒らないでほしい、マッカーサーを尊敬しているからといって僕が彼を愛しているとか、特に好きなわけじゃない、まして、好き好んで彼の栄光の跡を追うために彼女を置いて行くわけじゃない、と言いたかった。

しかし、そんなことを言えば、私が去ってしまうという気持ちが強くなり、事態が悪くなるだけだ。彼女の頭の中では、私を連れ去るのはマッカーサーであって、任務でもなければ陸軍でもなければ、日本占領という現実でもなかった。確かに、一緒に来いと私に命令したのは彼だが、彼は軍隊そのものだった。私にはどうすることもできないのだ。

「デビナ・クララ、彼は元帥なんだよ。僕は大きな池の中の小さなオタマジャクシだ」

「一日くらいケチケチしなくてもいいんじゃないの。すぐ日本であなたを独占することになるのよ」

「彼は個人的に今日一日暇をくれたんだよ。この忙しい最中に。焼き餅やくことないよ」

彼女は私から体を離して言った。「酷いこと言うのね。どうしてあなたなんか好きになったのかしら。そんな扱い方してほしくないわ」

「ごめん」。私は彼女に近づき、両手で抱いて言った。彼女は柔らかく、温かかった。それが、私が急いでいる、もう一つの理由だった。「正直言うと、戻ったあと時間が欲しいんだ」

「やめて。時間はあるわ」。彼女は私の胸に顔を埋めた。私を見てはいなかったが、約束するような声だった。

「ジェイ、あなた、おばあちゃんに会えるのは今日が最後なのよ。あなた、時計見ながら入って行って、スービックの水兵みたいな見下した口の利き方したら、おばあちゃん気を悪くするわ。もし気を悪くさせたら取り返すのに何年もかかるわよ。もしかすると永久にだめよ」

「僕はそんなことしないよ」

「彼女は大体このことが気に入らないんだから。判ってるでしょ」

「気に入らせてみせるよ」

彼女はまた私から離れて、川の方に向かった。私はそのあとについた。彼女がこれほど思いつめているのは、それまで見たことがなかった。

「無理ね。もし長生きして、孫を見て、私たちがまだ一緒で、これが、アメリカの兵隊がフィリピンの女にまた嘘ついた、っていうんじゃないことが判れば、幸せになるかもしれないけど」

「君を幸せにしてみせるよ」

彼女は突然私の手を取って、川の方を見た。目は遠くを見ていて、悲しそうだった。「私は今でも幸せだわ」

我々はそうやってしばらく立ったまま川を見ていた。突然彼女の顔が明るくなり、雲の後ろから太陽が現れたように気分が変わった。彼女は川を指した。「あれ、私たちの渡し船だわ！」

川の中に、アメリカ海軍が「パパ・ボート」と呼ぶ小さな水陸両用の上陸用舟艇が、対岸からゆっくり動いてくるのが見えた。そばにいたフィリピン人たちが興奮してお互いに話し合いながら岸の方へ動き始めた。その中の一人は大きな水牛を落ち着かせながら、鼻輪に結びつけた縄を引いていた。

我々はジープに戻って、ゆっくりと岸を下った。パパ・ボートが舳先を岸に近づけ前面の乗降用ランプを降ろした。エンジンはまだ動いていて、艇長は川の流れにさからって艇を静めようとしていた。艇長は米海軍水兵だったが、身振りで私にジープを先に乗せるよう指示し、他の連中には待つように怒鳴った。私が車を前進させると彼は艇の重心点に止めさせようと注意深く誘導した。それから彼は水牛を引いている少年に合図して、この大きな動物を船尾に連れて行かせた。その後、数人のフィリピン人が乗り込んで来て、艇に掛ける重さが均等になるように、分かれて立った。

デビナ・クララと私はジープから降りて、二人でそのそばに立っていた。パパ・ボートはいったん後進すると今度は注意深く前進を始め、ゆっくりと対岸に向かった。艇は喫水すれすれだった。デビナ・クララは私の手を強く握っていた。転覆が怖かったのだ。水牛は恐怖で目を赤くし、艇の動きと共に首を左右に動かせていた。若いアメリカ兵艇長はデビナ・クララの豊かな胸と引き締まった腰を物欲しげな目で交互に見ていた。しかしこの男以外に、二人のあからさまな親密さを眺めたり話題にする人はいなかった。事実、このパパ・ボートに乗っている何人かの人たちはお互いに品定めはしないことを暗黙裡に、即座に決めたのだ。

我々の横に近くのジャングルから来たらしい小さな山岳民族の女がいたが、彼女は赤ん坊に乳をやりながら、男の子の手をつかんでいた。男の子は私が初めて見る白人であるかのように珍しそうに私を見ていた。やせた灰色の猿が女の肩に坐って、胸を彼女の後ろ髪に押しつけていた。猿の片手は切り落とされていた。もう一方の手で猿は女の髪の毛の中から虱を探してはキャンディのように食っていた。女は考えることに疲れたようにぼんやり川を見ていた。ジープの反対側にはフィリピン人の老夫婦が平然と立っていて、その隣に、十代後半と思われる、たくましい、丸顔の娘が立っていた。娘は明らかに彼らの娘だった。結婚指輪はしてなかった。彼女はどう見ても日本人との混血と思われる赤ん坊を抱いていた。彼女は赤ん坊を抱きよせてはキスしていた。赤ん坊がニッコリすると夫婦はかわいらしくて仕方がないというふうに赤ん坊を見た。

デビナ・クララは一人一人の顔を調べるように皆を一分ほども眺めていた。それから早口でタガログ語をしゃべり出した。何を言っているのか、私には見当がつかなかった。始めのうち彼らは真面目に聞いていたがすぐ笑い出して彼女に答え始めた。対岸に着いたとき、彼女と皆はお互いに何年もの知り合いのようだった。

パパ・ボートが岸に乗り上げ、ランプが降ろされた。我々はジープに乗った。ランプから出掛かったとき、デビナ・クララが私の腕を取って、やさしい顔でニヤリとした。

「ジェイ、待って！」

「何を？」と私が聞いた。

「あの人たちをスービックに連れてくのよ」

「誰を？」

「皆よ？」

「そうよ！」と言って彼女が笑った。「水牛とあの子以外はね。あの子はここに住んでいるの。だからジープ止めて！」

不承不承、私はジープを止めた。彼らは泥だらけの急な崖を、滑ったり、笑ったり、お互いに呼び合ったりしながら、よじ登ってきた。まるで愉快なゲームでもしているようだった。それから彼らは慌ただしく後部座席に重なり合うように乗り込み、赤ん坊と猿のためにも場所を作ってやったりした。

私はまた彼女の方を向いた。「どういうことだい？」

「いけないの？」。彼女は相変わらず優しく微笑みながら言った。そして、若い母親がジープに乗り込みやすいように混血の赤ん坊を受け取った。「ほら、余裕はあるわよ。スービックは遠いのよ」

「そうだね」と私は皮肉っぽく言って道路に出た。私は道路の出っ張りにぶつかってデビナ・クララの新しい友だちの半分をなくさないように、ますます慎重に運転した。

「全くおっしゃる通りだ」

「皮肉ね」と彼女がからかった。我々の後ろで彼らはジープに乗るのが人生最高のスリルであるかのように大はしゃぎだった。「私、皮肉について考えてたの。自己防衛のためのユーモアよ。普通、憤りから始まるのよ。そう思わない？　自分の車のすき間をいっぱいにして、どうして憤ることがあるの？」

「判った、判った！」。私は彼女が優しく説明する理屈に負けて、クスクス笑った。私はもう数分走ったところで彼女を見て、聞いた。「舟の上であの人たちに何話したんだい。どうして皆笑い出したんだ？」

彼女は私の顔に触った。後部座席のお客さんたちに見せる幸せのしぐさだった。「こういうときはお互いくつろいで、悲しいときは助け合わなくちゃって言ったの。マリアに――あの子の名前よ――赤ちゃんのお父さんを愛しているかって聞いたの。彼女悲しいって。だけど愛していたって。私も悲しく思うかもって、言ったわ。その人死んだんですもの」

「だって皆笑ってたぜ」と私が言った。

「そうね」とデビナ・クララが言った。「私がこう言ったからよ。私にはスペインの血が入っていて、アメリカ人を愛しているって。私を無視する猿を連れた山岳民族の人を見たり、半分日本人の赤ちゃんを連れたホヤホヤのお母さんを見たりしている間に、アメリカ軍の舟が川を渡らせてくれているの。だけど皆フィリピン人。判る、この意味？　皆愛し合ってるとも言ったの。皆同意したわ。山岳民族の人も。こんな混沌とした世の中にも愛はあるの。神様がこういうことを起こさせてくれる、愛って何なんでしょう。それが何であっても、誰と分かち合うために神がもたらしたまうにしても、ありがたく思わなくちゃ。恥ずかしいことじゃないわ。美しいことだわ、違う？　皆友だちになったのよ」

私は彼女が私の顔に触っていたと同じように彼女の顔に触った。彼女はタガログ語で早口に何か言った。後部座席で彼らが優しく笑うのが聞こえた。私に何かやれ、と言っているようだった。そのとき車の流れが遅くなったので、私は体を傾けて彼女の唇にキスした。

「気をつけて、ぶつかるわよ！」

「デビナ・クララ、愛してるよ」

彼女は笑いながら私を押し戻した。「それならおばあちゃんに優しくして」

スービックに近づくと、高い丘や木の繁った低い丘の中を曲がりくねった道に入った。時おり道端に猿が現れた。このジャングルでは、アーカンソーでリスが出るのと同じように自然の光景だった。丘がなくなると道は一連の小さな村落の間を走った。フィリピン人たちが椰子の葉で葺いた小舎でのんびりしていて、我々が通ると物珍しげに見た。子供たちは手を振ってチョコレートやガムをせがんだ。

道がまた曲がると急な下り坂になった。はるか下に大きなスービック湾が見えた。ここは日本軍の占領期間を除けば、一八九八年以来アメリカが海軍基地として使っていた。何十隻もの軍艦や兵員輸送船が停泊していた。スービックに近づくにしたがい、脇道や小舎に米軍の水兵や兵隊の姿がしだいに増え、最後は圧倒的に多くなった。彼らは帽子をアミダに被り、だらしなく歩いていた。大声で笑い、ずるそうなニタニタ顔を見せる若いフィリピン人の女たちに札を振って見せていた。

こういう娘たちは金と夢を追って近隣の州からスービ

ックに繰り出すのだ。若い連中は水兵の嘘を信じ、中年の連中は札の色で、悲しみを癒すのだ。もし幸運にももっと長生きできた連中は、同じ夢を抱いて同じ州から出掛ける娘たちに、本当は椰子の実を採ったり田植えをしたりしていた方が幸せだった、と諭すのだ。

私にはこういうことはすべて判っていた。しかし、我々が乗せてやった人たちが礼を言いながら降りて行き、何十ものいやらしい目がデビナ・クララに注がれると、彼女は自分がそういう女の一人だと思われたかのように顔をこわばらせた。

イサベラ・ラミレスがデビナ・クララの祖母だ。彼女は四人の召使いと、湾を見下ろす雄大な丘の上の、塀に囲まれた二階建ての大邸宅に住んでいた。前世紀が終わる頃からずっと、ラミレス家はアメリカ海軍との商売で栄えてきた。イサベラの夫、フィデルは戦争中に亡くなったのだが、若い頃海軍基地に果物や野菜や肉を納めることから始めた。その後建設業に手を伸ばし、基地の拡大と共に有数の土建業者となった。彼はスービックで外出許可を取った水兵たちのがさつな振る舞いから子どもたちを隔離するためマニラの学校へやり、週末は家で自分の仕事を手伝わせた。デビナ・クララの父親が家業を引き継ぎ、戦争が始まる頃にはマニラ港にまで拡張していた。商売のよりどころであるスービックは絶えず混沌としていて、それが幸いすることもあったが、常に脅威でもあった。そこからラミレス一家は極めて重要な教訓を学んだ。彼らはそれを一家のすべての女性に、胸がふくらみ、腰幅が広くなり始めた最初の日に叩き込んだ。だから誰もが知っていることだった。デビナ・クララが、祖母が私が日本へ行く前に必ず会いに来いと言っていると伝えたとき、それを話してくれた。「フィリピンでは、アメリカ人に惚れるということは、いつかは捨てられる、ということだ」

「私、アイス・スケートしてみたいわ」。祖母の家に向かって車を走らせていると、デビナ・クララが言った。

「あなた、どう思う?」

私は笑い出した。

「何のことだい?」

「アイス・スケートよ」と彼女が言った。「昨夕アメリカ病院で映画観たのよ。ソニヤ・ヘニー。とても有名なスケーターよ。おもしろそうだわ。彼女の動きに男たちが夢中になるの。強そうな脚してて、きれいな衣裳つけて」

「君の方がよほどきれいだよ」

「脚強くないもの」

「素晴らしい脚してるよ。感心してるんだ」

「彼女、まつ毛長いわ」。彼女はそう言って私の反応を探った。「私まつ毛ないの。気がつかなかった？」

「もちろんあるさ」

「長くないわ」

私は彼女の手を取って言った。「心配なの？」

彼女は祖母の家の方を見ながら私の手を握った。もうすぐそこまで来ていた。一瞬嵐が通り過ぎるかのように絶望感が彼女の顔をよぎった。

「ええ」

イサベラ・ラミレスの邸の、高くて黒い門の所に、十代の少年がぼんやり坐っていた。我々の車が近づくと彼は飛び上がってニコニコしながら彼女に手を振った。二人は声を掛け合い、少年が重い鍛鉄の門扉を滑らせて開き、我々を中に入れた。

「おばあちゃん、何時間も待ってたのよ」。ジープから降りようとするとデビナ・クララが言った。「橋が壊れてたって、あの子に言っといたわ」

「フィリピン時間はどうなったんだい？」。私は、下働きの少年がジロジロ見ているのに、わざと彼女の手を取って言った。

「子どもたちを待っているときは別よ。そう思わない？」

「君、その場その場でいいかげんなこと言うんだね」

「今日はね」と彼女が微笑んだ。「それって、罪悪かしら？」

彼女の祖母の邸は、我々がスービックへ来る途中目にした椰子の葉葺きの小舎を基本にして、その周りを煉瓦や石で囲ったスペイン風とフィリピン風を混ぜ合わせたような、壮大で美しいものだった。高くて急な斜面の屋根は、葉で葺かないで、スペイン風のタイルで覆われていた。二階は一階より小さく、周囲はすべてポーチになっていて、寝室から出られるようになっていた。ポーチの上の優雅な木製の軒が、精緻に彫刻された花模様で建物を飾っていた。

イサベラ・ラミレスは突然玄関に現れた。滑らかな肌と豊かな胸をしていた。白髪まじりの髪はきつく後ろに引きつめ、頭の上にまとめてあった。金のネックレスと対のブレスレットを着け、鮮やかな色のサテンのドレスを着ていた。彼女の唇を見れば、決断を下すことに慣れていること、そして既に私についての決断を下し始めているこ とが判った。事実、彼女は岩をも砕きそうな目で私を見ていた。

イサベラは我々に近づいてデビナ・クララを抱いたが、私はその鋭い眼差しにたじろいだ。彼女はすぐに和やかになって、孫娘をいとおしそうに抱いたまま、その風で乱れた髪をいじりながら、口紅やイヤリングのことでからかった。デビナ・クララは祖母に抱かれたまま私の腕を探ると、彼女ら二人の世界に引きずり込んだ。

「おばあちゃん、ジェイ・マーシュよ」

「ええ」と、彼女は堅苦しそうに少し微笑んだ。「知ってるよ」。そして身振りで玄関を示すと、デビナ・クララに言った。「お入り」

イサベラは私を好きにならない、あるいは信用しない理由に事欠かなかったし、私が彼女の家に入った瞬間からそれは明らかだった。湾からのそよ風で、この壮大な丘の上の家の内部は涼しかった。広大なマホガニー材の階段が二階へ連なっていた。私は古い陶器や木製の工芸品の間を通って、彼女のあとについて居間に向かった。そばの台所で、イサベラと同じ年頃の、背中の曲がった小さなコックが豪勢な昼食を作っていた。その女とデビナ・クララは嬉しそうに手を振りながらタガログ語で挨拶を交わした。

我々は居間に着いた。コックが自分で搾った緑色のマンゴ・ジュースと、ジャスミン茶の茶瓶を持って来た。私はすぐジュースを飲んで、お茶をすすり始めた。我々は神経質に三角形に坐り、それぞれ他の二人を注意深く眺めていた。テストがほとんどの場合あからさまに行われないこの国で、私は既に失敗したと感じた。

やっと私は咳払いをして微笑もうとした。

「きれいなお宅ですね」と私が言った。「本国の私の家族の物よりよほど立派です」

イサベラは礼を言うふうに頷いた。「召使いはいるの?」

「おりません」と私が答えた。「けれども、召使いになったこともありません」

「あんたマッカーサーの召使いだろ」と、イサベラは感心もしないで言った。

「副官よ」とデビナ・クララが言い張った。「将軍が成功するのに必要なのよ！　召使いじゃないわ」

「デビナ・クララにはいつも召使いがいたんだ。召使いなしに生きていけるはずはないよ」

「おばあちゃん」と、デビナ・クララは無理に微笑みを浮かべて、割り込もうとした。

「うちは皆とても仲がいいんだ。デビナ・クララが遠くに住むなんて、考えられないよ」

「おばあちゃん」

しかしイサベラは話の腰を折らせようとしなかった。彼女の言葉は火山のように流れ出した。「デビナ・クララは若いんだ。それにあんた、あんたも若い。私はこれ、つまり、自然の力がいけないとは言いません。だけど、お判りだね。私はこんなことを四五年も見てきたんだ。目新しい話じゃない。この辺じゃどこにでもある話だ。私だって昔アメリカ人を愛してると思ったことがあった」

「おばあちゃん！」とデビナ・クララは祈るように顎の下で両手を組み合わせて、笑いながら言った。

「そんな話、初めて聞いたわ」

「デビナ・クララ、あんたがそんな気になると困るからだよ」。イサベラの目が遠くを見つめ、思い出が甦ってきたようだった。「ウェズリー・アレンっていった。お互いまだ恋人同士とは言えなかったけど、彼は私を愛しているって言った。戻って来るって。私は待った。信じていたんだよ。そして帰って来なかった」

デビナ・クララは手を伸ばして祖母の手に触った。それで老女は慰められるどころか、気を取り戻したようだった。「だけど私は彼がいなくなったのでありがたい人生が送れたんだ。私たち、今はもっとアメリカ人との経験を積んでるよ。いろいろ判ってる。アメリカ人はどういうわけかフィリピンの女に惹かれるんだ。私にはよく判らない。ところが彼らは国に帰ると、恥に思うんだね。アメリカの女がそう思わせるのかね。判らないね。どうでもいい。フィリピンの女がアメリカの男に弱いのは確かだけどね。もしかすると神様のしわざかね」

「そうよ」とデビナ・クララが何か期待するように言った。「神様のしわざだわ」

「だけど、どうでもいいよ」とイサベラは結論を出すようにキッパリ言って、まっすぐ私の目を見た。

「あんたがどこかへ行って、帰って来るなんて、信じませんよ。デビナ・クララを何千マイルも遠くに連れて行くなんて。行き着く先は私たちのことを理解しない、こっちも向こうを理解しない国なんだ。信じられないよ。この子はきれいだ。教育も、多分あんたよりよほどあるよ。何年もジェスイット派の家庭教師をつけたんだから。こういうこと、アメリカ人に判るかね。この子の肌の色しか見てないんだからね」

「だけどおばあちゃん」とデビナ・クララの顔に新しい期待感が走った。「この人ここにいたいって言うのよ。私たちと一緒に住みたいって！」

彼女は長いこと、正面切って、ためらわずに、私の目や口もと、脚の組み方まで、何かを読み取ろうとするかのように、眺めていた。

「どうしてここにいたいのかね？」

「ここが好きなんです」と私が言った。

「暑いし、雨は多いし」と彼女は異議を唱えるように言った。

「僕はアーカンソー出身です。そういうのは慣れてます」

「家族はどうなってるんだい？」

「父と妹は戦争の前に死にました。弟は戦死しました。母はカリフォルニアに住んでますが、自分の生活を持っています」

「イタリア人と住んでらっしゃるのよ！」と、デビナ・クララは私が独立していることの証明みたいに言った。

「とすると、あんた、うちの商売やりたいのかね？」。私はイサベラの質問の中に、デビナ・クララに対する私の関心が金目当てではないかという猜疑心を感じ取った。

「もし私を使いたいとお考えであれば、の話です」と私は言った。「また、私にやらせたいとお考えの仕事を、自分でもやりたいと思った場合、ということです。私は職探しは心配しておりません」。彼女が徐々にぐらついてきた、もしかすると私を信じ始めたらしいことが判った。「私は南カリフォルニア大学を卒業しました。非常にいい大学です。マッカーサー将軍の下で働いていて、仕事をやろうと言ってくれる人に大勢会いました」

「マッカーサーはこの国では顔が利くからね」とイサベラが言った。「彼を好きなフィリピン人は多いよ」と彼女は私を注意深く見ながら言った。私にはこういう単純な言葉の中にテストが隠れているのが判っていた。

「あんた、彼のこと、どう思うの？」

「もちろん、天才です」。彼女の目を見つめながら私は言った。「しかし非常に難しい人です」

「マッカーサーを理解するようにしなくちゃ」と彼女は艶っぽく言った。「ほめられるということは重荷になるのよ」

「逆に、彼はそれが好きなようですが」

「そうだね」。彼女は面白くて微笑みそうになるのを抑えるように言った。「だけど台の上に上らされたら一生恐怖を感じて生きていかなくちゃならないんだよ。下ろされるのは屈辱だからね」

「彼は自分が下ろされることなど考えたことはないと思います」

「もちろんあるよ」と彼女が言った。彼女はやっと、おおっぴらに微笑したが、その目には私の正直さに対する敬意が少し表れていた。

「彼はあんたが思っているより人間的だよ。日本人は彼をバターンとコレヒドールで台から引きずり落としたんだ。これからまた上がって、そこに居続けなくちゃ。そうしなけりゃ彼の人生は無になってしまう」。彼女はまた私を眺めたが、眉毛が興味ありげに曲がっていた。「あんた、彼があまり好きじゃないように聞こえるね」

「尊敬しています」

彼女は考え深そうに頷いたが、何らかの結論に達したようだった。「あんたは批評するにもほめるにも、とても用心深いね」とイサベラが言った。「たいていのアメリカ人はそうじゃないけどね。だから私もあんたには何でも話そう。フィリピン人が皆マッカーサーが好きなわけじゃないよ。彼に失望している者も多いんだ」

彼女は抜け目なさそうな目で私をしばらく探っていたが言葉を続けた。「私の亭主は日本人に殺された。その道の先でね！　息子はジャングルで三年彼らと闘った。それで、マッカーサーはマニラで復活したら、そのあとどうするんだい？　大物の友達の面倒は必ず見るさ。ロハスだとか他の、おおっぴらに日本に協力した連中を恩赦にさえするよ」

ロハス。彼女の言葉に私は驚いたが、論理は判った。戦前、ひどく人気のあったマニュエル・ロハス・イ・アキューニャはマッカーサーのお気に入りで、米国陸軍の将官待遇にまでしてもらった。彼は前大統領マニュエル・ケソンの寵児で、ケソンは亡命中に死ぬ前にロハスを自分の後継者として発表していた。しかし戦争が彼の清新なイメージを変えてしまった。彼が日本人に利用されたのは一部事実だが、積極的な協力者となっていったことが証拠づけられた。そしてマッカーサーは、自分の名声を使ってロハスや他の大物フィリピン人をあらゆる法的追及から守ったのである。

「恩赦にはしていません」と私は弱々しく答えた。「彼らは裁判にかけるべきではないという声明を発表しただけです」

イサベラは嘲笑した。

「マーシュ大尉さん、マッカーサーは彼らの責任を追及しないんだよ。彼らはこれを利用するよ。決して忘れなさんな。彼らはいい家の生まれなんだ。普通のフィリピン人は彼らが怖いんだよ。反対したら何されるか判らないからね。戦争が始まったとき上院議員だった連中の八割がラウレルの傀儡政権で日本人に仕えたんだよ。彼らは甘やかされた地主で全く働いたことがないんだ。闘うっていうことが判ってない。知ってるのはテニスとパーティやることだけだよ。私の亭主や息子の苦しみなど、奴らにとっちゃ何でもないんだ。彼らが支配を続けるんだよ」

彼女がこういう話をする動機が判らないので私は黙っていた。やっと彼女は私を促すように言った。「あんた、マッカーサーには気をつけなさいよ。特に今度の立場のね。彼は権力崇拝者だよ。自分の都合次第であんたなんかほっぽり出すよ。これが私の言いたいこと」

「私は彼からいろいろ学びました」。私はやっと言った。「彼があれほど固執しなかったらフィリピンは自由にならなかったでしょう」

頭の中を幻想が駆けめぐっているかのように彼女はクスクス笑った。「自由だって？　マーシュ大尉。彼の腐敗した友人たちがまたこの国を動かすのよ。どっちにしても、あんたは戦前の彼を知らないんだから。彼の旦那衆は大目に見ていたし、小者たちはそういうのが好きだった。だけど、残りの私たちは、彼が元帥の制服着て気取って歩くのを見ちゃ笑ったものさ。自分でデザインしたんだよ、ね。金モールに金ピカの勲章つけまくった詰め襟だよ。自分のことがそんなに大事なのかねえ。それでも日本人に敗けたじゃないか。多分ロハスを許すことで自分を許してるんだよ」

「ジェイは将軍にとって、とても大事な相談相手なのよ」。デビナ・クララが前かがみになり、私の手を取って、口をはさんだ。「完璧な日本語も話せるの」。彼女は私の手を握りしめた。「ジェイ、先週日本の代表団がマニラに来たとき、あなたが降伏文書の言葉を直したこと、おばあちゃんに話しなさいよ」。私が話し出す前に、彼女は坐り直し、証拠でも提出するかのように、私の肩に手を廻した。「ジェイは国際的な大事件を予防したの！」

　デビナ・クララはいささか劇的過ぎたが、不正確でもなかった。その前の週、日本政府代表一六名がマニラに飛んで来たとき、私は通訳として働いた。側面に「BATAAN《バターン》」の文字が書かれた米軍のC–54で到着したのは、マッカーサーの指示で、日本降伏の条件と、東京近郊の厚木基地への彼の到着の準備とを討議するために来た日本代表団だった。マッカーサーは、これから自分が張り合い、そして取って代わろうとする天皇のやり方を考えていたので、自ら彼らに会うことは拒否して、ウィロビー将軍を出迎えにやり、サザランド将軍に交渉をまかせた。

　我々は戦火の跡も生々しい市役所で夜を徹して働いた。日本側がアジア全域の詳しい地図と部隊のリストを引き渡した。サザランドが、正式降伏の手順と我が軍の厚木到着のための兵站業務に関するマッカーサーの指示を説明した。彼らは既に全部隊の歴代指揮官の記録が必要だということを議論していたが、それは戦争責任という、嫌な問題への第一歩だった。

　これらはすべて予想されていたことなので順調に進んだ。しかし、サザランドが天皇の名によって公布される降伏文書を彼らに手渡すと、日本側責任者である河辺中将はその紙が燃え出したかのようにテーブルに落とした。

　ワシントンの国務省が起案したこの文書は、天皇が自分のことを、普通の謙虚な日本人が使う「私」という言葉で表すこと、としていた。天皇は、歴代天皇がそうだったように、必ず「朕」という言葉を使っていたが、これは中国語から来たもので天皇だけが使う言葉だった。天皇が自分のことを「私」と言うのは、世界に対して、また、自分の国民に対して、今や自分が一般国民より少し上でしかない、と発表するようなものだった。日本代表団を侮蔑するという晴れ舞台に立っていたいつも不機嫌なサザランドにとって、これはそれほど不愉快な話ではなかった。しかし、この席の外務省代表である岡崎勝男はサザランドに、「これは最も重大な問題である。いかに重大か、私には説明できない」と抗弁した。

サザランドが会議の中断を決め、私が問題をマッカーサー将軍の所へ持って行くと、彼はいつも通り、ウィロビーとコート・ホイットニーとで会議中だった。将軍は事態を即座に理解した。

「天皇を国民の前で辱めるようなことはしない」と彼は言った。「我々は八〇〇〇万人の国を数千人の軍人で治めようとしているのだ。つい数週間前は、日本の男、女、子供までが、我々を迎え撃つ覚悟でいたのだ。たとえ、鉄の熊手を抱えたまま死んでもだ。あらゆることが天皇の手助けなくしては不可能なのだ」

彼は私を見て頷いた。これは彼の最大の賛辞だ。「ジェイ、よくやった。河辺将軍に、陛下に朕という言葉を使っていただくことは、私が自ら主張したということを、必ず伝えるように」

私がこの話をしている間、イサベラ・ラミレスはやさしく微笑していた。私が話し終わると、彼女は笑って、全部前から判っていたというように、片手を振って言った。

「それがダグラス・マッカーサーだよ。言った通りじゃない。これから日本に行くとなると、今度は天皇を拝むんだろうね」

また私は黙っていた。やっと彼女はこの話が私に対する不信感を再確認したかのように、横目で私を見た。「それで、あんたは日本へ行くんだ。マッカーサーに日本へ連れて行かれたら、どうやって私たちと暮らせるの?」

「陸軍には残りません」と私が言った。「マッカーサーは私が日本語を話すから日本に連れて行くんです。占領の初期だけ私が必要なんです。だけど私は予備役です。戦争は終わりました。永久に私を使うわけにはいきません。半年以内に除隊になるはずです」

私は手を伸ばしてデビナ・クララの手を取った。イサベラに面と向かうときだ。「私はここに戻って来てデビナ・クララと一緒になりたいんです。ラミレスさん。心の底から申し上げているんです。それで二人が幸せになれるんです」

「マーシュさん、あんた幸せって判ってるの？」。彼女が台所の方を向いて、コックに小さく頷いた。「あんたはとてもいい青年だよ。それで、私がデビナ・クララの判断力を信じていることも判ってほしいね。だけど私は人生からいろいろ学んだ。間違いをするときは大体本人には判らないこともね。何年もたってから振り返って見て判るんだね」

デビナ・クララは小さなテーブル越しにイサベラの手を取った。「おばあちゃん、私この人を愛してるの。よく考えてのことよ」

「お前はいつも考えてるんだから」と、イサベラはデビナ・クララの手を軽く叩きながら言った。「考え過ぎだよ」

「そう、呪われてるのね」。デビナ・クララは軽く笑った。「だけどおばあちゃん。本当の愛なの。風みたい――真実は。目には見えないけど、あることは判るの。ジェイにも同じことを感じるの」

イサベラはデビナ・クララの手を離したが、証拠を検討している裁判官のように黙り込んでしまった。コックが湯気を立てている食事を持ってきて傍らのテーブルに置いた。米と肉の混ぜ合わせで、野菜と肉汁がついていた。美味しそうな匂いがした。私は長旅のあとで腹がへっていた。デビナ・クララは椅子に坐ったまま体を動かし、食卓を見ているふりをしながら私を盗み見した。彼女が話の成り行きに満足していることは私にも判った。彼女が椅子の中で動くと胸がサテンのブラウスにくっつき、腰がスカートを張らせた。こんな緊張で凝縮した時間に私は彼女が欲しくなった。五フィートしか離れていないのが、永遠のように遠く感じた。

「食べましょうか」

イサベラは立ち上がって、ゆっくり食卓の方へ歩いた。我々はそのあとに従った。扁平な顔のコックがまめまめしく給仕をしてくれたが、私にもっとたくさん取れというように、微笑しながら頷いた。イサベラは静かになって、再び私にお説教しようとはしなかった。食事をしながら我々は彼女の夫、フィデルのことを話した。彼がビジネスの天才だったこと、家からちょっと行った所で、戦友をゲリラに殺された日本兵の手で、即決で処刑されたことなど。それからイサベラは息子のカルロス、つまりデビナ・クララの父のことを誇らしげに話した。私は前に聞いた話だったが、彼はビジネスをマニラにまで拡張し、それから、父の死後ジャングルに入って執拗に日本軍と闘ったのだ。彼女の言葉にはさらに強い意味合いが隠されていたのだ。

「私たちは誇り高い。私たちには能力がある。私たちは日本人だけでなく、スペイン人にも、そう、アメリカ人にも屈服しなかった。そして私たちは栄える。一度軍服を押し入れにしまって戦争が過去のものになったら、あんた、私たちに何をもたらしてくれると言うの？」

確かに彼女は正しかった。一体俺は何なのだ。父や、それ以前の二〇〇〇年間の先祖と同様に、未知の世界に飛び込んで来て、持ち物といえば、両耳の間の脳だけで、何でも欲しがる。自分の孫娘を、放浪の民ケルト族をつなぎ止める戦利品か何かのように持ち去って、遺伝子上の大混乱の中に放り込もうという、よそ者以外の何なのだ。私には答えられない。だから黙っていた。

夕食の後、彼女は中庭からジープまで送ってくれた。彼女は詫びるかのように、強くデビナ・クララを抱いた。私は弱々しくそばに立っていたが、やっと握手しようとして手を伸ばした。彼女は足の先から頭のテッペンまで私を眺めたが、やがて両手で私の手を取って、何秒かの間、きつく握った。そして驚いたことに、身を寄せて私を抱いた。

「あんた、なかなかいい人だよ。ジェイ・マーシュ。本当に帰って来るの？」

私は興奮のあまり、思わず彼女を持ち上げてしまった。デビナ・クララはそれを見て嬉しそうに笑った。

「できるだけ早く」と私が言った。「マッカーサーの許可が出次第」

私は彼女を地面に降ろした。我々がジープに乗り込むと彼女は微笑んだが、まだ許可の一部を保留しているふうだった。「あんたが帰って来たら」と彼女は言った。「また話し合おう」

マニラに戻る間、私はこれほど幸せそうなデビナ・クララを見たことがなかった。ジープの中で彼女は小さい頃祖母に教わった歌をたくさん歌った。私は彼女に、父が人生を通じて引用し、荒涼とした片田舎の行き止まりの沼地ででも彼を支えた、大仰な詩や諺を暗誦してみせた。我々は背中の曲がった小女のコックが作ってくれた弁当を食べた。そして私は二人が結ばれたと思った。

広い川まで来ると、橋はもう修復されていた。我々はちょうど暗くなった頃マニラに着いた。私が部屋を借りていた邸に戻ると我々はプールで一緒に泳いだ。お互いに追いかけたり、水の中で手足をからませ、ふざけてお互いの秘密で神聖な場所に触ったりした。私の部屋で彼女の長い手足と引き締まった胸が暗がりの中から近づいて来た。私はこれが初めで最後のように彼女をむさぼった。

そのあと私は彼女の滑らかな体とほっそりした脚から、美しい成熟した乳房を撫で、そして、顔を彼女の豊かな、細い髪の中に埋めた。私は彼女の体のすべてを記憶にとどめようとした。我々はまどろみ、そして彼女がまた始める。彼女は私のすべてを自分の中に取り込めば日本に行くのは私の幻影だけだと思っているかのように、私に触り、体を押しつけた。

我々はまた眠り、目が覚めたときは夜明けだった。もしこれを知ったら彼女の父は怒り狂い、母親は必死になって祈るだろう。しかし悪いのは壊れた橋だ。数日、もしかすると数時間以内の別れが永遠のように思われた。私が日本から帰って来られるまで、二人が一緒でいられるのはこれが最後だった。

彼女を家に送っていく途中、彼女が突然不機嫌になって泣き出したので私は驚いた。サン・ミゲルへ向かう、戦火に荒れた静かな早朝の道を走りながら、彼女はほとんど口をきかなかった。ジャスミンの香りが漂って来ると私は悲しくなった。この香りが私の人生に幸せとロマンスをもたらしたのだ。私は本当にここに残りたかった。マニラはもう私の住むべき場所になっていた。

彼女は私の心の中を探るように見て、私の腕を握った。

「あなたが本当に行ってしまうなんて思わなかったわ。どうやって、さよならを言えばいいの？」

「僕は、さよなら、てのが嫌いなんだ。絶対言わない」

彼女は私の腕から手を離すと、背中をそらせて頭を座席の上端にのせた。眠ろうとするかのように目を閉じていた。「いつ帰って来るの？」

「判らない」

彼女は目を閉じたまま、ためらっていた。私には、彼女が勇気を奮いおこして、大きな難しい質問をしようとしているのが判った。「あなたがいつ帰って来るのか、どうすれば判るの？」

「僕が君を探すよ」

彼女は深く息を吸った。「あなたの言うことが本当かどうか、どうすれば判るの？」

彼女の言葉を聞いて私は驚いた。私は彼女の方を向いた。彼女は目を閉じたままだった。涙が彼女の滑らかな頬を伝ってこぼれた。やっと私はイサベラが言っていた、きつい言葉を理解した。自分の人生が一週間後どうなっているかもしれないのに、何を約束できるのだ。

「デビナ・クララ、愛しているよ。ここにいたいんだ」

「どうして私に判るの？」

自信が剝ぎ取られたように、私はパニックに襲われた。

「どうして疑ったりするんだ？」

「あなた日本なんか見たこともないじゃないの。もし気に入ったらどうなるの？」

我々は彼女の家に着いた。彼女は坐ったまま動こうとせず、私から目をそらしていた。私は何かもっと力強いことを言いたかった。すると彼女はこちらを向いて激しくキスし、私を抱きしめていたが、突然私から体を離した。

「ジェイ、信じてるわ。待ってるわ」

彼女は突然ジープから飛び出して家の方に走って行った。私はあとを追いたかったが、招かれもしないのに朝の五時に彼女の家に入ったり、母親や弟たちが集まって来て見ている、もしかすると二人の間に入ったりするかもしれない、そんな所で彼女を宥める、などと思っただけで大変だった。とうとう私は午後また来ようと決めながら、走り去った。

しかし、その日の午後、私はもはや、皆で住んでいた快適な邸にはいなかった。私はクラーク基地で、厚木へ飛ぶマッカーサーが必要とする莫大な量の装備や資料の準備を監督していたのだ。私はずっとデビナ・クララのことを思いながら、目録を作り、準備し、点検し、再点検した。ニューギニア、レイテ、ルソンと転戦する間に、こういうことの手順が判ってきたし、正確に事が運ばれないとマッカーサーは絶対容赦しないことが判っていた。彼女に連絡する方法などなかった。私は走り書きで、君を愛している、日本に着き次第手紙を出す、と書いてクラーク基地から投函した。

翌朝には、もう私はいなかった。

第六章　厚　木

ウィンストン・チャーチルは、マッカーサーの護衛もつけない厚木着陸と、横浜での最初の日々を、「第二次大戦中で最も勇敢な行為」と呼んだ。疑いなく、最高司令官の、日本の心臓部への着地は現代史における一つの偉大な瞬間と言ってもよい。しかしチャーチルは君主用語の「朕」のことなど何も知らなかった。実際には、我々は最初に日本の土を踏んだアメリカの占領部隊ではなかった。

一九四五年、八月二十八日、四五機のC–47から成る先遣隊が厚木に到着、正式な占領が始まったのだ。滑走路に着陸した最初の米軍機はわざと本部ビルから最も離れた所に駐機し、兵士たちは銃を構えたまま降りて来た。しかし敵対行為など、日本軍司令官の頭の中にはなかった。彼はトラックで駆けつけて来て彼らにおだやかに挨拶したが、顔には神秘的とも言える忍耐力を浮かべていた。彼はロシア海軍の駐在武官を一人連れて来ていたが、それは異民族間の緊張をほぐすためだった。通常の儀礼交換が終わると、彼は米軍の将校たちに昼食を出したが、白いテーブルクロス、ワインに果物という、完璧なものだった。

米軍側は早々と昼食を済ませると仕事に取り掛かったが、その正確さと速さは日本側を驚かせた。その日の夕方までに、ボロボロになって飢えた五〇〇〇人の連合軍捕虜が解放され、近くの海岸の沖に停泊中の米軍艦に移された。そして、横浜の北にある品川捕虜収容所の、一人のサディストの医者が、残虐な実験を施した容疑で拘留された。

翌日は一日中C–54が厚木になだれ込み、二秒ごとに離着陸した。その間、第一一空挺師団が防禦体制を取り始め、それも日暮れには完了した。同じ日の午後、コレヒドールで連隊旗を失って面目をなくした第四海兵連隊が横浜に上陸した。上陸用舟艇の最初の一団は、ある白髪まじりの皮肉な海兵隊軍曹によれば、「先陣争いでマッカーサーをやっつけてやろう」という提督たちだった。そして、我々の、かつての敵軍を驚かせたのは、三十日の朝までには、厚木と横浜港の間に新しく一五マイルの石油輸送管を敷いてしまったことだった。

しかし、これは手始めに過ぎなかった。日本人と、世界の目がマッカーサーに注がれるのだ。そして、メイン・イベントをどう演出するか、彼ほどよく知っている者は他になかった。

八月三十日、我々はマッカーサーの専用機C－54でマニラを出発したが、彼はその機体、機長の窓のすぐ下に、予想できたことだが、「BATAAN」と書かせていた。時間が過ぎて行くまま、単調なエンジンの音を聞きながら無味乾燥な軍用機の中にいると、私の魂は冥界をさまよい出した。一方では、本当に自分がフィリピンを去りつつあることが信じられず、一方では、そこにいたことも信じられなかった。国を出てから三年も経ち、もしかすると永遠に戻ることがないかもしれないことも考えられなかった。オーストラリア行きの輸送船に乗ったときの自分は誰だったのだ。思い出すことさえできなかった。あと数時間もすれば自分はニッポンという古い王国に、その国のエネルギーを活用し、その方向を転換させる責任をもった男と一緒に、着陸しているのだ。寒くてつまらない狭い空間の中で、サンドイッチを食い、まずいコーヒーを飲んでいる傍らを、世界一の権力をもつ男が、体が触れそうな通路を、コーン・パイプで指しながら、弁護士で政策顧問でもあるホイットニー将軍に最後の指示をわめき立てている。この俺は誰なんだ。

俺は誰だ。ジェイ・マーシュ。綿の刈り取り人、苺や野菜の穫り入れ人、チャボの飼育人、父親の最大の贈物といえば、彼の死によって家族が自由になり、貧しさから抜け出せたことだった。親父、僕のことどう思う？　アーカンソーでは鍬を使う力しか認められなかった運動選手としての素質が、カリフォルニアでは大学にまで入れてくれたのを見たら。そして、もう一人の息子を奪った戦争が僕に報いてくれたことを知ったら。

これは公正な取引じゃない。それでも、絶え間ないエンジンの音を聞いていると、父も弟も天国で幸せにしているような気がした。

そして、マッカーサーは誰になったのだろう。ここ数日で彼に微妙な変化が生じた。我々は彼のことを公には将軍というのはやめ、最高司令官と呼び始めたが、これは彼の新しい肩書き、連合国軍最高司令官の略語だった。彼は明らかにこの呼び名のニュアンスが気に入ってい た。これが、特に日本人から見れば彼を他の軍人とは違う地位に置くからだ。大臣が大勢いるように、将軍も大勢いる。しかし、神様が一人しかいないように、最高司令官は一人しかいない。そして天皇も一人しかいない。

我々は沖縄に立ち寄った。厚木に着いたばかりのアイケルバーガー将軍から無線で、横浜のニュー・グランドホテル周辺に防禦線を構築中との連絡があった。同時に彼は超国家主義者グループに将軍の暗殺計画があるかもしれないという、新しい噂も報告してきた。アイケルバーガーは安全を確保するため我々の到着を二日延期するよう進言した。

情報の責任者ウィロビーも同じ考えだった。「天皇暗殺を企てた者がいるという報告もあります。そうなると、閣下はどういう標的になるかもしれません」

「ナンセンスだ」とマッカーサーは笑って、全員機に戻るよう命じた。「天皇の命をねらう者などいない。私をねらう者もいない。失望したり、反逆的な日本人は騒いで見せるだろうが、そのあと自殺する。諸君、信用したまえ。私は、東洋のことは知っているのだ」

沖縄からの飛行中、神経質に歩き廻っているのは他の連中で、マッカーサーはくつろいで眠っていた。関東平野上空で富士山に近づくと、全員がその美しさに見とれた。そこでホイットニー将軍がマッカーサーをそっと起こした。富士を見ると最高司令官は長い間会えなかった友人にめぐり会ったように微笑した。

「懐かしい富士だ」。彼の目は思い出で、優しくなった。「これを見ると父を思い出す。この瞬間、ここにいてほしかった！　私は四〇年以上前、ウェスト・ポイント卒業直後に彼と登ったんだ」

我々に共通しているものがある、と彼の言葉を聞いたとき、私は思った。このただならぬ旅が我々二人に死んだ父親のことを考えさせたのだ。

マッカーサーは伸びをして、あたりを見回すと、ホイットニーや他の将軍が拳銃を身につけているのに気がついた。その途端、武器を指差して顔をしかめた。「お前たち、そんな物、外せ。向こうが我々を殺す気なら、拳銃など持ってどうなる?」。彼らはきまり悪そうに肩帯を外し始めた。マッカーサーは席から立ち上がり、このことで興奮したのだろう、歩き廻り、指差しながら、説教を始めた。

「絶対忘れるな！　やり直しはきかないのだ。私の言うこと、私のやることの一つ一つを日本人は微に入り細を穿って詮索するのだ。私のパイプの持ち方さえ将来の手掛かりを探して私を分析し論議するのだ。手掛かりか何かのように、だ。そして東洋では、恐れを見せないものが王なのだ。全く恐怖心をもたない者が彼らを最も感心させるのだ！　他の何者でもない！　外に恐怖心を表さず、内に沈着を保つ！　行動するときは、確信をもて。これがアジア流なのだ。お前たちでも私でも、一度でも、一瞬でもためらえば、一切がやり直しだ」

彼は腰を下ろし、古い革製の煙草袋を取り出し、お気に入りのコーン・パイプに葉を詰め始めた。

「だから皆落ち着け。私に同行する者に銃の携行は許さん。平時に上級将校が銃を携行するのは恐怖心の現れだ」。彼はホイットニーにウインクして見せた。「コート、メルボルンからの道は長かったな。もう終わったぞ。これがご褒美だ」

機が降下を始めた。下の野原に先遣隊が設置した厚木滑走路の進入路を示す赤い標識が見えた。C－54は滑らかに着地したが、すぐに跳びはねたり横揺れした。滑走路の大きな割れ目や修理したばかりの爆弾の穴で急に速度が落ちたのだ。格納庫の横を通ると、そこにはもうアメリカの国旗が立っていた。格納庫の中から米軍の陸軍兵や空軍兵がこちらに手を振っていた。駐機場には既にプロペラを外された何百という銀色の神風機が整然と並んでいた。

C－54は管制本部ビルの近くに止まり、エンジンを止め始めた。本部ビルの前に、千人もいようかと思われる人々が待っているのが見えた。アイケルバーガーは軍楽隊まで空輸しておいたので、彼らが我々の機のそばで待機していた。最後のプロペラが回転を止めると、機内の不気味な静けさの中、整備兵がお互いに声をかけながら車輪止めをはめたり操縦士に声をかけたりする声が聞こえた。機の後方で機上輸送係が側面ドアを開けた。整備員がタラップを素早く運んで来てドアに取り付けた。そして陽気にマッカーサーに呼び掛けた。

「閣下、準備完了致しました。日本へ、ようこそ」

ドアの所でマッカーサーは一瞬立ち止まり、穏やかに微笑しながらパイプに火をつけた。彼はこのニキビだらけの丸顔の空軍兵士の胸を突っついた。

「坊主、この瞬間を覚えておけ。我々はここで歴史を作っているんだ」

そして彼は外に出た。

マッカーサーがタラップを降り始めると記者の一群が走って来て機の後部に集まった。カメラのシャッターが音を立て、フラッシュが光った。軍楽隊が壮快な行進曲を演奏し始めた。彼は数段下で劇的に立ち止まったが、明らかにこの歓迎ぶりに感じ入っていた。さらにシャッターが切られる中、彼はトレードマークであるコーン・パイプをくゆらせながら、かの有名なサングラスを掛けたまま、征服した景観を調べるかのように、あちらを向いたり、こちらを向いたりした。彼は老練の政治家同様、シャッター・チャンスを心得ていた。これは確かにご褒美だった。三年少し前、日本軍がコレヒドールを砲撃し、自分が見捨てた兵士たちが降伏しかけているのに、屈辱の中、哨戒艇で逃げ出しながら、このような偉大な瞬間が来ることを予期しただろうか。アイケルバーガー将軍がタラップの下で待っていた。二人は派手に笑いながら敬礼し、握手し合った。それから二人は軍楽隊の所へ行って礼を言い、歓声を上げている陸軍や空軍の兵士たちと握手をした。私がマッカーサーの後からタラップを降りて行くとアイケルバーガーの副官の一人が私を見つけた。マッカーサーとアイケルバーガーが行ってしまうと、この若い少佐は私をターミナルビルの方へ連れて行こうとした。

「君、マッカーサー将軍の通訳だろ」

「その一人です」と私が答えた。

「こっちでちょっと問題があるんだ」

ターミナルビルのすぐそばで今まで見たことのないような醜い車が四〇台、長い列を作って我々を待っていた。先頭に古ぼけた赤い消防車が駐車していた。その消防車の後ろに少なくとも一〇年は経っていると思われるボロの米国製リンカーンが止まっていた。その他の車はほとんど木炭自動車だったが、これに比べて、リンカーンは実に優雅に見えた。それぞれの車の中に、制服を着た運転手が忠実に正面を見つめたまま坐っていた。

一〇人ほどの正装をした日本人が車のそばで二列に並んで憂鬱そうに待ちながら、マッカーサーが記者連中やお祝いを言いに来た人たちをかき分けながら歩いているのを眺めていた。彼らの先頭に、モーニング・コートに山高帽の小柄な男が堅苦しく、直立していた。明らかに彼がリーダーだった。私はそちらへ向かいながら、動きもしないのに、これほど活気のある人には会ったことがない、と思った。いわば、エネルギーを発散させているのだ。年は六十代のようだった。真っ白な眉毛が彼の見開いた、驚いたような目を際立たせていた。長くて曲がった鼻の下に、濃くて白髪混じりの、ヒットラーのようなチョビひげがあった。彼は一度にあらゆることを理解しようとするかのように、丸い金属縁の眼鏡の奥から見ていた。あたかも双眼鏡で新しい、混乱した戦場を眺めているようだった。

私が近づくと、この日本の高官は明るく微笑した。私が自分の探していた者だということを直観的に判ったのだ。正式な紹介のやり取りもしないで、彼はアイケルバーガー将軍の副官に、もう行ってもいい、というふうに顎をしゃくると私に日本語で話しかけた。

「で、あなた日本語を話されるんですな」と彼が言った。

「はい」と私が答えた。「ジェイ・マーシュ大尉です。マッカーサー将軍の下におります」

「ああ、そう」。彼が山高帽を取ると薄くなった白髪混じりの頭のてっぺんが見えた。そして、そこそこの敬意を示すように、かすかにお辞儀をした。「あなた、我々の言葉が非常にお上手ですな。私は内大臣木戸幸一です。天皇陛下のご命令でマッカーサー将軍をお迎えし、我が国に歓迎申し上げるために来ました」

私は驚きを抑えてお辞儀を返した。この祝賀と混乱の真っ只中で人知れず立っている、この小ざっぱりした男こそ、天皇に仕える文官の最高顧問なのだ。私は既に、ウィロビーの話から、木戸が侯爵であり、二〇年以上もの間、天皇の信任が厚く友人であること、などは知っていた。子供の頃から天皇は木戸のことを一番上のお兄様と呼んでいた。特別な親愛の情を表す言葉だ。そして木戸は一九四〇年以来、戦時中を通じ、文字通り玉座の側近として仕えていたのだ。首相や将軍は、木戸が不可侵の壁の中で囁く一言の助言で出世し、没落したのだ。天皇自身が車で厚木に来ることがないのであれば、彼の協力的姿勢を示すのにこれ以上強力なシグナルはなかった。

しかし協力的であることは卑屈になるということではなかった。木戸はアイケルバーガーの副官を無視すると、私がまるで彼に直接仕えているかのように私に指示し始めた。彼は混乱したような顔つきで首をかしげて軍楽隊の方を指した。そこではマッカーサーが相変わらず選挙運動中の政治家のように群れをかき分けて歩いていた。

「我々の通訳が連れて行かれたんです」と内大臣が言うと、お付きの者どもがうやうやしく頷いた。「何のためでしょうかね。記者連中と話すのでしょう。マッカーサー将軍の正式歓迎会が準備してあるのですから、あなたの助力が必要です」

マッカーサーとアイケルバーガーがゆっくりこちらに向かって来た。私が彼らをつかまえようと動きかけると木戸は私の腕をつかんだ。

「最初に」と木戸は、私に指示するのが当然のように言った。

「車のことを話します。あなたの上司からは五〇台の注文がありました。ルメイ将軍（訳注・米国空軍の将軍。絨緞爆撃の考案者）と彼の爆撃隊をほめることになるかもしれませんが、五〇台は見つかりませんでした。四一台しかありません。横浜は遠くはありません。一五マイルです。四一台で足りなければ、二往復すればできます」

「最高司令官に伝えます」

「はい」と木戸が言ったが、我々が今マッカーサーをどう呼んでいるかを本能的に気づいたように、その眉毛が曲がった。「それから、陛下のお望みで、道中必要な警備体制は完了していることもお伝え下さい」。彼は謀り事でもあるかのように微笑を見せた。「最高司令官は陛下のご歓迎に満足されると思いますよ」

マッカーサーは私が日本人高官と一緒にいるのを見ていたが、我々の方にやって来た。それを見て木戸の目はさら大きくなった。彼はまた混乱したような顔つきになったが、私にはそれが彼が行動を取る前に自然に見せるものだということが判りかけていた。彼が古臭い洋服を着た一人の属官に一言何か言うと、その中年の男はタ一ミナルビルの方へ走って行った。マッカーサーとアイケルバーガーが我々の所に来たときには、もうその属官は木戸の横に立っていて、何か期待するように微笑みながら、搾りたてのオレンジ・ジュースのグラス一ダースばかりをのせた盆をマッカーサーの顎の下に差し出した。

「ジェイ、どうなっとるのか」

マッカーサーは私の前に立っていたが、この瞬間を楽しんでいるように、顔が明るかった。盆を持った男以外のすべての日本代表団員が、腰より低く、同じ角度でお辞儀をした。お辞儀は低ければ低いほど、より多くの敬意を表すのだ。彼らのお辞儀は、それ以上低くするとアスファルトの道路にぶつかるくらい低かった。

「オレンジ・ジュースのようであります。閣下」

彼は苛立ったような目で私を見た。「ジェイ、ふざけているのか?」

「いいえ、閣下」と私はすぐ立ち直って言った。「あれのことをおっしゃっているものと思いまして。こちらが内大臣木戸侯爵であります。天皇に最も近い顧問であります。天皇の命令で閣下に挨拶するために来られたのであります」

マッカーサーはしばらく、深くお辞儀をしている木戸を見ていたが、丁寧に頷いた。「それは陛下にはお優しいことだ」

「しかし閣下、私にはジュースが若干気になります」

「何が?」

「中身が何か、判りません」

「彼に聞けばよかろう」

「私には、その、果たしてそれが、本当は何なのか」

マッカーサーは気短そうに言った。「聞いてみろ」

「はい、閣下」。私はどぎまぎしながら言った。「そうするところでありました」

私はお辞儀をしている木戸の肩を叩いて、顔を上げさせた。内大臣の嬉しそうな微笑とやたらに生き生きした目を愚鈍と見間違え、最敬礼をへつらいと見間違えるのは容易だったろう。その瞬間、私はもしかすると自分もその間違いを犯しているのではないかと思った。

私は日本語に切り換えた。「最高司令官は陛下のご厚意に感謝しております。そして司令官はそのオレンジ色の液体は何かと言っております」

木戸が早口で何か言うと、代表団全員がお辞儀をやめた。彼は属官にもう一度盆をマッカーサーに差し出させた。「河辺将軍によれば米軍機で沖縄からマニラへ向かう途中、オレンジ・ジュースが出されたそうで、また、サザランド将軍との打ち合わせでもオレンジ・ジュースが出されたそうで。打ち合わせのあとの朝食でも――」

「オレンジ・ジュースが」と私は笑いを抑えて言った。「判りました」。私はマッカーサーの方に向き直って言った。「河辺将軍から、アメリカ人は皆オレンジ・ジュースが好きだと聞いたそうであります」

「まあ、私には全米国人の代弁はできないが、私は好きだ」とマッカーサーは、かつてはパプアの酋長にだけ取っておいた慇懃無礼な微笑みで木戸を見た。「大いに感謝する、と言ってくれ」

マッカーサーがグラスに手を伸ばすと、ウィロビーが前に進んだ。「閣下、ご注意を」

「何のことだ」とマッカーサーが言った。

「毒かもしれません」とウィロビーが言った。

さっき合流したばかりのホイットニーが疑わしそうに木戸を指した。「たくさんあります。まず一つ彼らに飲ませましょう」

マッカーサーは彼らを馬鹿にするように首を振った。「諸君、機内で私が何と言った」。彼はグラスを差し上げ、黙って木戸と目を合わせて飲みほした。「ほら、君たち」と彼が言った。「オレンジ・ジュースを飲んだらどうだ」。ウィロビーとアイケルバーガーとホイットニーは、きまりが悪そうに盆の上のグラスに手を伸ばした。

「車は四一台しかないそうであります」。将軍たちが素直にジュースを飲んでいる間、私は話を続けた。「しかし彼は二度に分ければよいと言っております。そして、天皇が閣下の警備を手配したとも言っております」

「天皇の用意する警備など要らん」とウィロビーが小言を言った。「どういうつもりなんだ？　信頼できるのか？」

「本当なら役に立つじゃないか」とマッカーサーが言った。「そこの所は間違えるな」。マッカーサーがグラスを盆に戻すと属官がまた最敬礼した。将軍はこの小さい男に嬉しそうに微笑んだ。期待以上に楽しかったのだ。「さて諸君、ホテルに向かおうか。ジェイ、木戸さんに礼を言っておいてくれ。それから陛下によろしくと、な。近くお会いしたいものだ」

私は木戸の方を向いた。「最高司令官は大臣のご配慮に大いに感謝しております。そして陛下のご厚意に感謝しております。これからホテルに行きたいとのことです」「結構」と木戸は自分が責任者であるかのように言った。「その時間ですな」

マッカーサーとアイケルバーガーは、完全に古ぼけた消防車のすぐ後ろに駐車している古いリンカーンの方へ歩いて行った。ウィロビーが二人を追いかけて行って、マッカーサーとまじめに話し込んでいた。木戸が彼らに合流するかのように動きかけた。「私どもも最高司令官に同乗したいのですが。許されるものであれば」

マッカーサーとアイケルバーガーとウィロビーは明らかにこの絶対的な勝利の瞬間を楽しみながら車に乗り込んでいた。私には本能的に、マッカーサーが木戸をどういう位置に置こうとしているのか、そして、それは彼らと同じ位置ではないことが判った。天皇の最高顧問はしかるべく最高司令官を厚木に出迎えてもダグラス・マッカーサーを横浜まで送り届けるようなことはないのだ。天皇だけには許されるものかもしれなかったが、この旅では天皇でさえ先頭の車に乗れるかどうか、私には判らなかった。

「誠に申し訳ありませんが、」と私は内大臣を隊列の後ろの方にある車に導きながら言った。「それは許されません」。そして我々はゴトゴト音を立てている木炭車に乗り込み、カビ臭い、ブラシをかけたばかりの後部座席に腰を沈めた。

横浜へ向かって、古くて当てにならない、赤い消防車の後を、我々のボロ車の滑稽な隊列が出発した。消防車のサイレンが哀れっぽく鳴り続けた。車が数分ごとに故障するときだけサイレンがやんだ。その後を我々の木炭自動車の行列がシュウシュウ、ポッポ、ガーガー、すり減ったガスケットでバックファイアを起こしながら走った。しかしこれらが戦争の最後の爆撃から助かった最善の物だったのだ。歴史上、恐らくカルタゴ以外に、偉大で意欲的な国家がこれほどのガラクタになったことはなかった。

しかしいったん空港の外に出ると、冷え冷えとする、しかも荘厳な光景が現れた。今でも、私はそれを思い出すと息が止まりそうな畏敬を感ぜずにはいられない。我々の前、道の両側に、焼けつく太陽の下、見渡す限り、日本軍の歩兵が、数フィート間隔で並んでおり、近くの丘から遠くの曲がり角まで続いていた。同じ革靴とカーキ色の軍服、同じような銅色の皮膚、カーキ色の軍帽の下の真っ黒な髪、光る銃剣をつけ、構えの姿勢で突き出されている小銃の列が絶望的な虚無感をただよわせながら、野原や、かつての都市の残骸を凝視していた。

何マイルも何マイルも、我々は二列に並んだ、硬直し、汗だらけで、笑いもしない歩兵の間を走った。彼らは微動だにしなかった。彼らはあたかも天皇自身が通って行くかのように我々から目をそむけていた。木戸の話では横浜に着くまでに三万人の兵士の間を通ったということだったが、彼らは身動き一つしない儀仗兵であると同時に新しい最高司令官を歓迎し警護するためのものだった。彼らを見ながら、マッカーサーが今、悲鳴を上げながら走る消防車の後の車から外を見ながら何を考えているか、私には判った。我々の世紀のシーザーが、現代のガリアに入城しているのだ。

古い車の中で隣に坐っている木戸内大臣が私の不思議そうな視線に気づいた。彼は、この壮大な舞台を考え出したのは自分だというように誇らしげに微笑した。彼を見て私はすぐ彼がやったのだと思った。

「以前は陛下のためだけでしたがな」と木戸が言った。「今は最高司令官にもですよ。陛下の贈り物です。マッカーサー将軍にお伝え下さい」

「陛下の贈り物ですって？」

「さよう」と木戸は当然のことのように言った。「陛下の、最高司令官に対する謝意の表明です」

「伝えます」と私は言ったが、あまり自信はなかった。

「アメリカ側の見方について河辺将軍から非常によい報告を受けました」。木戸は説明するように言った。「前向きなことは結構なことですな。これについては私がかなりの間工作していたのですから」

「どれについてですか、内大臣？」

「名誉ある平和ですよ」と内大臣は、馬鹿げた質問だというように答えた。「戦争を終結し、しかも陛下のご尊厳を保持する方法ですよ。私は一年以上毎日これを考えていたのです。河辺将軍によれば、マッカーサーはこれを理解しているそうですな」。彼は大げさな身振りで窓の外の、長い兵士の列を指した。「特に朕という字を保持して下さったことについて将軍に感謝しています」

「朕」か。私はマニラの将軍の部屋で起きた激しい議論を思い出した。マッカーサーの介入がなければ、天皇は公に自分のことを屈辱的な「私」と言わなければならなかったろうし、その地位を引き下げ、自分だけでなく祖先まで辱めることになっただろう。マッカーサーは天皇の君主としての特権を守ったのだ。そしてこの歓迎は、最高司令官を満足させ嬉しがらせはしたが、服従の行為というよりも、謝意の表現だったのだ。

マッカーサーは征服された兵士たちの長い列の前を走りながら、間違いなく有頂天になり、東洋人の心理を知り尽くしている自分に満足していた。しかしマッカーサーの到着だけで内大臣が厚木へ来て、何万人もの兵士が道路脇に並んだわけではなかった。天皇の勅命だった。最高司令官が天皇を汚辱から守る限り、決して日本で危険な目に遭うことはない。マッカーサーがこれを認めることはないだろうが、彼には前から判っていたのだということを私はこのとき悟った。

横浜に近づくに従って、我が軍の爆撃による破壊は、ほぼ完全に行われたように見えた。窓外に見えるものは、埃っぽい廃墟、板で窓をふさいだ小さな店、厳粛に並んでいる兵士たちの肩ごしに、珍しそうに我々を見る老若男女だった。ゴミの山が道に溢れていた。電気や水も止まっていた。三月に焼夷弾爆撃が始まってから、この道から二〇マイルの東京までの間で数十万人の人が死んだのだ。私としては、マニラ大虐殺の恐るべき代償は既に支払われたと思わざるを得なかった。

外の光景を凝視していると、私の考えが判るかのように木戸はまじめくさって頷いた。「国民には非常に酷だった。最高司令官が東京へ直行しないでまず横浜に行かれるのは賢明なことですな。最高司令官は深い理解力をお持ちだ。我々は感心しております。極めて賢明な方だ。一週間もすれば東京に来ることができるでしょう。正式な終戦の儀式が終わってからの方がいいでしょうな。我々は新しい状況にゆっくり慣れていきますよ。いろいろ準備しなければならないことが多い。安心させてやらなければならない者も多いし」

周囲の巨大な廃墟に目を奪われながら内大臣の話を聞いていて、私は彼の確固たる自信に呆れざるを得なかった。ここは打ちひしがれた国なのに、この男は打ちひしがれていない。もしマッカーサーが征服者としての植民地総督ではなく、外国訪問中の高官であれば、彼のハッキリした言葉遣いや判断は適切だったろう。ここで私は気がついた。彼はこれまで「降伏」という言葉を一度も使っていない。彼が言っているのは「終戦の儀式」であり、「新しい状況」だ。日本人の使う言葉の中に「降伏」という字はないのだ。彼らの頭では「降伏」の概念は理解できないのだ。西洋人の言う「降伏」を議論するためには、木戸は恥辱に触れざるを得ない。だから彼はそれを持ち出さなかったのだ。最敬礼、武器の放棄、行進、連合軍指導者たちの仲間同士の祝い、等々にかかわらず、日本人自身は内心降伏したとは思っていないことが私には判った。

そして私は二週間前に放送された天皇の詔勅の文章を思い出した。宮廷で使われる古い言い廻しでぎごちなく放送しながら、天皇は不思議なことに、戦争について後悔する様子を見せなかった。彼が国民に告げたのは、「朕は日本の自衛と東亜の安定を真摯に願ったから米・英に宣戦したのであって、他国の主権を侵害したり領土の拡大を意図したのではなかった」ということだった。彼は「戦局が必ずしも好転しない」ことを嘆き、「敵」が「残虐なる新型爆弾」を使ったことを非難した。彼はまた「東亜の解放に向けて常に帝国に協力してきたアジアの同盟国」に感謝した。そして彼は来るべき占領における国民の行動について「物事を不必要に複雑化させるような感情の発露は厳に慎むこと」を諭した。そのようなことは彼の究極の目的を妨げるからだ。「朕は耐え難きを耐え、忍び難きを忍んで、未来の世代のために偉大な平和への道を開く決心をした」のだ。

普通の言葉で言えば、歴史上最も悲惨な戦争が終わろうとしているとき、天皇は日本が過ちを犯したことを否定し、再び将来への準備をせよと国民に告げたのだ。横浜へ向かいながら内大臣を眺めたり、彼の話を聞いていると、これらの言葉が新しい意味合いをもってきた。日本の民衆は衝撃を受けていたかもしれないが、強烈な忠誠心と信じ難い思考力をもった彼らの指導者たちは、新しい平和の時代に盲目的によろめきながら入って行くわけではなかった。マッカーサーとウィロビーには計画があったが、それは天皇を利用して日本を統治しようというものだった。しかし木戸と天皇にも彼ら自身の戦略があるだろう。ラジオ放送の中で、天皇は神聖な使命に着手した。それは将来の世代のために日本と天皇制を手つかずに残しておくことだった。彼らはそのためにマッカーサーを利用しようとしているのだろうか。もしそうだとすれば、こうやって彼の虚栄心に訴えることは適切な第一歩だ。

我々は横浜の海岸公園地帯に到着した。すぐ我々の滑稽な輸送隊列は、古いエドワード朝のニュー・グランドホテルの前で止まった。タキシードを着た年配の男が、古臭いリンカーンから降りて来たマッカーサーに深々と頭を下げて挨拶した。木戸がこの男がこのホテルの長年の所有者、野村洋三だと教えてくれた。私はマッカーサーと他の将軍たちが宿泊設備の手配などで自分を必要とすることが判っていたので、急いで車から出ようとした。しかし内大臣はしつこく私の腕を引っぱった。

「ジェイ・マーシュ大尉!」。眉毛をつり上げ、いつものように驚いたような顔つきで、木戸が言った。「あなたが日本語が上手で、何をしなければならないか、よくご理解になっているので助かります。我々は協力し合う必要があります。最高司令官から陛下にお伝えすることがあれば何なりと私に言って下さい」

私は彼と握手した。「将軍に伝えます。内大臣、いつでもおっしゃってください」

「何でも話せますな。そうでしょ?　あなたと私とで。本音でね」

私は、なぜ彼が自分のような若輩の下級将校と親しくなりたいのか測りかねて彼の目を探った。私がマッカーサーの幕僚の一人だということが彼にとって何らかの意味があるのだということは判った。そして木戸にとって、少なくとも一人、直接話し合いのできるアメリカ人を見つけた、と天皇に報告することが必要だったのだろう。

私は彼の呼びかけに少し気をよくして、同意するように肩をすくめた。背後でホイットニー将軍が私の名を呼んでいた。上級将校のチェック・インを手伝えというんでいた。木戸はこれに気づいて満足そうに微笑した。緊急の用件で将軍に呼ばれたことで私の身分がさらに向上したようだった。

「内大臣、自由にお話しになりたいのであれば、私も自由にお話しします」

「本音でですな」

「そうです」と私が言った。「腹蔵なく」

「素晴らしい！」。彼は活発な輝く目で一度にあちこちを見ていたが、すべての出来事を記録、吸収して天皇に報告するつもりのようだった。「ではこれで私は帰ります。近く連絡します！」

木炭車はほとんど人通りのない道を、のそのそ走って行った。木戸は後部座席から我々が長年の友人であるかのように手を振った。それから私は急いでホテルの中に入った。ロビーは一番いい部屋を取ろうとする将軍やその副官たちで大騒ぎだった。その混乱の真ん中で、マッカーサーはホイットニー将軍と立ったまま静かに話していた。傍らで野村氏と、お辞儀をしている四人のメイドが、ホテル最高のスイートに案内しようと待っていた。

常に専制的なマッカーサーは厚木からの自動車行進の間も帝王のように振る舞っていた。私が二人に近づくと彼は上機嫌で、目は満足感で輝いていた。

「コート、君、今までに夢が実現したことがあるかね」

「何という日でしょう」とホイットニーが言った。「こんなことは想像すら、したことがありませんな」

私はマッカーサーの注意を惹こうとして咳払いをした。「閣下――」と私は切り出した。「失礼致します、閣下」

「ジェイ、何だ」

「閣下、木戸内大臣から私に、道路脇の兵士たちは天皇の贈り物だ、とお伝えするように、とのことであります。そして――」

彼は私が反逆者であるかのように、凍るような目つきで私を見た。「マーシュ大尉、このホテルにいるアメリカ人で日本語の判る者は何人いると思うか」

私は当惑して、息を飲んでから言った。「はい、閣下。これからお世話いたします。ただ内大臣からの情報をお耳に入れようかと思いまして。彼は大変な有力者であります」

「もう違う。そうじゃない」

「閣下、私はかなりの時間彼と話しました。彼は毎日天皇に直接会っております」

木戸と天皇の直接の関係を思い出すとマッカーサーは急に活気づいて、ホイットニーを抜け目なさそうに見た。「ジェイ、彼はお前とだけ話したのか？」

「さようであります。私が日本語を判ることに感心しておりました。彼は――対話を続けたいようであります。

閣下から天皇にお伝えしたいことがあれば、私が彼に連絡するとよい、と言っておりました」

「こちらにはこちらのやり方がある」。マッカーサーが肩をすぼめて言った。「しかし、彼との接触は保つように。あらゆる情報が必要だからな」

「逐一報告しろ」とホイットニーが念を押した。「政策決定は我々だけで行うのだからな」

「閣下」と、私は自分の若さ、ぎごちなさ、身分の低さを感じながら急いで同意した。「私は自分の能力をわきまえております。政策決定する立場にはありません」

マッカーサーは鋭い目つきで私を見た。「よく言った、マーシュ大尉。お前が興奮するのは判る。しかし、私には政策決定のため二人将軍がついておる。それに、言っておくが、私は東洋では四〇年以上の経験があるのだ。我々は天皇に失礼なことはしたくはない。しかし同時に、若い大尉たちに日本でどうすればよいのか、判っているとも思わせたくないのだ」。ここで彼はロビーに溢れかえっている仲間割れの騒ぎを見渡してから、私が熱心過ぎる子供であるかのように、優しく微笑んで言った。「それはさて置き、連中のチェック・インを手伝ってやってくれんか？」

「かしこまりました。ただいま」

私は急いでフロント・デスクの長い列へ行って、本当にせよ、そう思い込んでいるだけにせよ、自分の地位にふさわしい部屋を取ろうと争っている騒々しい将校たちを手伝ってやった。マッカーサーが私の忠告を退けるのは当然だ。そんなことは、私は心配しなかった。俺は何者でもない。それは知っていたし、認めもした。しかしその瞬間私は、ダグラス・マッカーサー将軍が、自分がニューギニアからマニラまでの道のりで仕えてきた、輝かしく、自己中心主義の指導者ではなくなってしまったことを感じた。

それはあたかも、日本の最終的な敗北によって彼自身が解放されたかのようだった。彼はついに人間の限界という壁に登り、その向こう側で独り自由になったのだ。彼は前人未到の荒野に入り込み、永遠に続く自分の未来に向かって走っている最高司令官だ。未来は自分が作るのだ。このように未知の世界に突き進もうとする開拓者に対し規則を作ろうとする者がいるだろうか。下は私から上はトルーマンに至るまで、彼に対し、誰の言うことを聞けとか、どういうふうに日本を統治せよとか、言う者は誰もいないのだ。

私にはあまりいい感じがしなかった。私はそういう彼を見たくなかったし、彼のことを知り過ぎるのも嫌だった。私にはマニラの単純さが懐かしかった。あそこでは、戦争のない世界は、夢見るだけのもので、実際に住む所ではなかった。

第七章　横　浜

二日間というもの、ニュー・グランドホテルのフロントで、米軍や連合軍の将校を階級別に仕分けし、誰がより良い部屋に入るか、優先権を決めるのが私の任務になっていた。言い争いには事欠かなかった。一日中、一晩中、そして次の日まで、九月二日東京湾のミズリー艦上で行われる降伏式典の準備のため、高官たちがなだれ込んできた。そして八月三十一日の夕方、私はいかにマッカーサーがほめそやしたり、あるいはクモの巣の張った押し入れに押し戻して自分との関係を断とうとしてもできない幽霊を彼に差し出した。

ウェインライトだ。

マッカーサーがコレヒドールを脱出するとき、あとの指揮を託したこの中将は、茶色いクルミ材の杖に寄り掛かって、トボトボとホテルのロビーに入って来た。髪は真っ白でフワフワしていた。顔はやせこけて細かった。目は傷のついたへこんだ頰から突き出し、見慣れないロビーの空間をうつろに探っていた。コレヒドールでの屈辱的な降伏の後、ウェインライトは戦争の残りの年月を、フィリピン、台湾、最後は満州の日本軍捕虜収容所で過ごした。彼は四日前ソ連軍によって解放されたばかりだった。彼は米軍機でマニラに運ばれ、そこで身体検査と散髪をした。カーキ色の軍服が彼のやせ衰えた体に合わせて特別に仕立てられた。彼と、シンガポールで山下に投降した英軍司令官、アーサー・パーシバルはミズリー艦上の特別ゲストになるのだ。

私は、数人のカメラマンに後をつけられながら、ゆっくりフロントに歩いて来た、この不運な将軍の顔が判らなかった。最初私は年とった第一次世界大戦の司令官が過去の武勲に対し何か特別な栄誉を受けに来たのかと思った。私はフロント・デスクの持ち場を離れて、ロビーの中央まで彼に会いに行った。

「将軍、今晩は」。私は彼の襟についている三つの星に気がついて、言った。

「閣下、チェック・インされるのでしょうか?」

彼はのどの奥から低い声を出したが、囁くようにかぼそかった。「マッカーサー将軍を探しているのだが」

「かしこまりました。最高司令官にはどなたがお探しと申し上げればよろしいのでしょうか」

「ウェインライトだ」。彼は私がその名前を知っているのか、と尋ねるような目つきで私を見た。「ジョナサン・M・ウェインライトだ」

「ウェインライト将軍?」。私は驚きを隠せなかった。この、杖に寄り掛かった年老いて衰えきった男がウェストポイントではマッカーサーの四年後輩で、その副官だったとはとても思えなかった。

「どこかで会ったかな」。彼は私の顔を思い出そうとして、細い目で私を見た。

「バターンで一緒だったか?」

「いいえ、閣下。しかし、お目にかかれて光栄であります」

「マッカーサー将軍はどちらか?」

私は彼を静止するように両手を挙げた。「ここにいらっしゃってください、閣下。すぐ戻ります」

マッカーサーはホテルの食堂で、その日二度目の夕食を始めたところだった。私は彼のテーブルに近づいたが、食事の邪魔をすることだけでなく彼の反応も不安だった。というのは、よく知られたことだったが、マッカーサーはバターンの汚辱を消し去るのに懸命だった一方、オーストラリアへの脱出後、自分が捨てたウェインライトには優しくなかったからだ。事実、常にバターン防衛を実際に指揮したのは、マッカーサーというより、ウェインライトだった。籠城中マッカーサーがコレヒドールの比較的安全な暗くて冷たい地下道を出てバターン半島の兵士たちを訪れたのは一度だけだった。砲撃を指揮し、戦列を視察し、蚊と皮膚病と赤痢に悩みながら、止まることを知らない日本軍の前進に抵抗して死んで行く米軍やフィリピン軍兵士の絶望的な顔を見ていたのは、ウェインライトだった。そして、最後に取り残されて敗北という冷酷な現実に直面したのも、ウェインライトだった。

日本軍が、閉じ込められ、見捨てられたバターンの防衛者を壊滅する中、餓死も免れないほど食糧が底をついてきたとき、安全なオーストラリアから本国政府に対し「小官出発後物資の節約がなおざりになったことはもちろんあり得る」と無電で報告してウェインライトを侮辱したのはマッカーサーだった。そして、日本軍がバターン半島に群がり、今や全く補給を絶たれたコレヒドールに直接攻撃を始めたとき、ウェインライトに対し「敵に対する攻撃を準備し実行せよ」という夢のような指示を出し、「いかなる状況下にあっても降伏にはあくまでも反対する」と主張したのはマッカーサーだった。

そして、日本が圧倒的劣勢にあるコレヒドール防御陣に対し、一日当たり一万八〇〇〇発の砲撃を撃ち込んだ後、突撃し、降伏を余儀なくさせたときに、「ウェインライトは一時的に均衡を失い、敵軍に利するかもしれない」という無線報告をしたのもマッカーサーだった。彼のコレヒドールからの脱出後、ジョージ・カトレット・マーシャル将軍が、脱走という汚点を消すための宣伝としてマッカーサーに名誉勲章を授与することを提案したが、長い間、ウェインライトが留まって闘ったことに対して同じ栄誉が与えられることの主な障害になったのがマッカーサーだった。マッカーサーに言わせれば、ウェインライトの行為はこの偉大な栄誉に値しないし、彼が降伏したという事実はこの神聖な勲章をないがしろにするものだった。

私がそっと最高司令官に近づくと、彼はステーキを切っているところだった。「閣下、お客様です」。彼は肉を噛みながら、夕食の邪魔をされたことをとがめるように、黙って皿から目を上げた。「閣下、ウェインライト将軍です」

彼が噛むのをやめたとき、その目には万華鏡のように感情が交錯したようだった。呑み込みながら彼は食堂の入り口の方を透かして見て、ゆっくりとコップの水を飲んだ。それから素早く椅子から立ち上がると、ロビーの方に大股で歩いて行った。

ウェインライトはロビーから我々の方にゆっくり歩いて来たので、二人の将軍は食堂に入った所で顔を合わせた。マッカーサーはためらわずにかつての部下を抱き、その傷ついた目に微笑みかけ、カメラのフラッシュを浴びながら、持ち前の魅力を存分に見せていた。ウェインライトは懸命に微笑しようとしていたが、三年以上にわたる不安は重過ぎた。

「最後に会ったとき、私は最上のシガー一函とシェイビング・クリームを二缶やったな」とマッカーサーが軽く言った。

「閣下は戻って来ると言われました」とウェインライトが言った。「その通りやられましたな」。彼は口をつぐんで首を振った。

「将軍」と彼が言った。「申し訳ありません。我々は最善を尽くしたのです」。

「どうした、ジム」とマッカーサーはウェインライトの昔の仇名を使って言った。「判っている。ずっと判っていたぞ」

ウェインライトは絶句した。彼の思いはまだ泥まみれの一九四二年にあった。汚名にまみれ、日本軍の獄舎を転々としながら降伏という屈辱のことをいつも考えていたのだ。彼には、マッカーサーの世界はもう一九四六年で、もしかすると、とっくに戦争も終わった一九六四年かもしれないということが認識できなかった。彼はもう一度言いかけた。

「私は二度と指揮官にはなれないでしょうな」

「ジム」とマッカーサーが言った。「よく聞いてくれ。君の軍団はいつでも君の望みのままだ」

「将軍——」とウェインライトが言った。それきり彼は何も言えなかった。涙を止めることができなかったのだ。

マッカーサーが父親のように、ウェインライトの骨ばった肩に手を回して立っている間、泣いている彼を見ながら、私は自分でもよく判らない不公正感に襲われた。それは単に私が若かったということかもしれない。偉大な勝利と災難が説明のしようもなく、同時にもたらされる、そして勇気が一人の者を破滅させるとき、逃走が別の者を王者にすることをこれほどハッキリ見たことは一度もなかった。私はマッカーサーに対しても公正でありたかったが、ウェインライトが重荷を負い、不可能な戦いを闘い、耐え難きを耐え、忍び難きを忍んだのだ。ここにその本人がいて、自分や他の者を置き去りにし、死、飢餓、虜囚の苦しみを与えた張本人に許しを乞うているのだ。

もしかすると、逆になっていたかもしれない。この二人はお互いにそれほど異質ではなかった。ウェインライトの方が知性では下で、軍人としては上だったが、マッカーサーと同じような家柄に育った。彼の祖父は南北戦争当時北軍の海軍士官だったが、一八六三年ギャルベストン湾の戦闘で戦死した。伯父は一八七〇年、メキシコの海賊と闘って死んだ。父はウェストポイントの卒業生で、アメリカ先住民との戦争や米西戦争に従軍したが、一九〇二年、ちょうどウェインライトが士官学校に入学した年に、マニラで戦死した。マッカーサー同様、ウェインライトも士官学校ではファースト・キャプテン（訳注・最優等生）に任命されたが、卒業直後フィリピンで実戦を経験し、第一次大戦でも激しい戦闘に参加した。ウェインライトがその英雄的行為に対して授与された勲章の一つは武勲十字章で、一九四二年日本軍のリンガエン湾上陸直後、軍を率いて北部ルソンからバターン半島に、苦戦しながら後退した作戦に対するものだった。

マッカーサーと違ってウェインライトは極めて誠実だった。そして、マッカーサーと違って、徹底的に忠節を尽くした。ウェインライトは、もしマッカーサーが一九四二年、彼の意見を取り入れて、もっと早くバターン半島に移動していれば、何万トンもの食糧・弾薬を持ち込むことができただろうし、また、そうしていればオーストラリアのマッカーサーから戒告されることも、ましてや降伏や死の行進もなかったであろう、と言うことはできたのだ。しかしウェインライトは真の軍人だった。彼は生涯、自分の上官を非難するようなことは一言も言わなかった。

私はマッカーサーの笑顔の中に安心感を感じ取った。彼は直観的に、ウェインライトがそのようなことは絶対しないことをその場で悟ったからだ。しかし私はまた別のことを感じ取った。ウェインライトの弱々しい顔つきと白髪をじっと見つめ、それから、半分あの世へ行って帰って来たような目を見たとき、マッカーサーは自分の居心地が悪くなるような鏡を見ていたのだ。もし、あのとき逃げていなければ、また、この年でウェインライトの耐え忍んだ苦境を乗り越える力があったら、ここに立っているのは彼自身なのだ。生きているウェインライトを見るたびに、自分の失敗だけでなく、置き去りにされた者の中でも最も運のよかった者に降りかかった悲運を思い出すことになるのだ。

もし、「ヤセ」のウェインライト、あるいは山下奉文のように部下と踏みとどまっていたら、この瞬間マッカーサーはどこで、どのような姿で立っているのだろう。これは決して無意味な、あるいは不公正な質問ではない。一九四二年、アイゼンハワーですらマーシャル将軍に、マッカーサーが踏みとどまって闘うことを進言した。しかし、マッカーサーは、世界の前で、白髪で打ちひしがれた体にしわくちゃの軍服をまとい、かつての苦境を改めて理解してもらう必要もなしに、新しいシーザーになったのだ。コレヒドール籠城中、マッカーサーの夢はケチ臭く、戦争が終わったら前と同じ給料と恩典で、再び元帥として雇う、という約束をフィリピン大統領ケソンから取り付けていた。今や彼は日本の降伏を受け入れ、古い歴史と力をもつ国を統治する準備をしていた。

「杖、」とマッカーサーはウェインライトの脇を指して言った。「それは私がやった物じゃないのか、マニラで?」

「はい、閣下」とウェインライトはマッカーサーが覚えていたことに気をよくして言った。彼の目は取り戻すことのできない過去を追っていた。「戦前です。私に、儀礼杖がいるのではないかと、おっしゃいました」

マニラ。それは歌のように我々に特別なロマンスを感じさせ、私でさえ心が乱れた。戦前の生活の思い出がおもりに彼らの間に吊り下げられたかのように、二人とも頭を垂れた。数秒間どちらも口をきけなかった。やがてマッカーサーが自分のテーブルの方を見て言った。

「食事中だ。一緒にどうかね」

嬉しそうな微笑がウェインライトの顔に浮かんだが、彼は首を振った。

「いえ、閣下。ご遠慮します」。マッカーサーの言葉で大きな重荷が降りたように、ウェインライトは突然憔悴し切ったふうに見えた。「お差し支えなければ休みたいと思いますが」

マッカーサーは私を指して言った。「ジェイ、ウェインライト将軍に必ず最高の部屋を手配しろ。スイートだ」

「私はスイートなど」とウェインライトが含み笑いをした。

「ジェイ、スイートだぞ」とマッカーサーが念を押した。「今入っている奴を追い出しても、だ」

「かしこまりました」と私は言った。

マッカーサーはまた父親のようにウェインライトを抱

いた。「戦艦では君に特別な席を用意しよう。日本人が降伏文書に調印するとき、君を正面から見るようにな」

「お招きいただいて恐縮です。閣下」とウェインライトが答えた。「最後に私がそういう式に出たときは立場が逆でした」

マッカーサーはウェインライトから手を離したとき、明らかにたじろいでいた。それから彼はゆっくり食卓の方へ戻って行った。

私はウェインライトの方を向いて、ロビーを指した。

「閣下、どうぞ」

我々はウェインライトの杖の動きに合わせてゆっくりと歩いた。

「大尉、誰も追い出したりしないぞ」。食堂から出るとき、彼が言った。「私は三年間、箱の中に住んでいたんだ。スイートなどに入ったら拘禁性ノイローゼになる」

「いい部屋をお取りします、閣下」

「すると、お前はマッカーサー将軍に直接仕えているのか」。彼はデスクの方に、とぼとぼ歩きながら尋ねた。

「さようであります」

「お前は運がいいぞ」。レストランを振り向きながら彼が言った。「彼と一緒なら地獄の底まで行く。そして戻って来る。実際、今そうしたばかりだが」

私はウェインライトのためにきれいなスイートを見つけ、ホテルの従業員にちゃんとした食事を持って来させた。一時間経った。マニラの本部から一通の電報が入った。それには「至急。連合軍最高司令官、乞必見」と上書きされていた。それを見ると私は直観的に、もう一人の、はるかに危険な幽霊が現れて、神性化に向かって心地よい歩みを続けているマッカーサーに立ち向かうことになると思った。

山下奉文将軍は今なお、バギオ近くの北部ルソン山岳地帯で防御を固めた砦から日本軍を指揮していたが、日本政府がミズリー艦上で降伏文書に正式調印したことを確認すればただちに九月二日投降する旨、マニラに無線で通告してきたのだ。

もう夕食が終わってからだいぶ経っていた。マッカーサーは自分のスイートでウィロビー、ホイットニー両将軍を前にして、上機嫌で歩いていた。このところ何日も、この三人は終日、大男ウィロビーが、完全とは言えなくても注意深く作成した情報報告を分析したり、マッカーサーの代わりに日本政府と交渉する際にホイットニーが取るべき方針を検討していた。最高司令官はミズリー艦上でどのような大演技をやればいいか、ほとんど一日中考えていた。私は部屋に入りながら彼を見て、彼が初めて、自分が置かれる歴史上の地位を確認したな、と思った。

私は彼のスイートにためらいながら入って、ドアのすぐ内側で止まった。彼は父親みたいにウィンクして言った。「ジェイ、もう寝る時間は過ぎたんじゃないのか?」

私は顔を赤らめ、微笑み返したが、いつもながら彼の宮廷の道化師を演じるのが嬉しかった。「自由のための魂は決して眠くはなりません」

「本物の解放者みたいな口を利くなあ」。ホイットニーが黄色い用箋から目を上げて軽口をたたいた。

ウィロビーが強いドイツ訛りのしゃがれ声で言った。「マーシュ大尉、重要なことか?」

「さようであります」。私は電報を差し出しながら答えた。「至急。最高司令官乞必見とあります」

私がウィロビーに電報を渡すと彼は素早く読んでマッカーサーに渡した。

「閣下、お気に召すまいが」

将軍は長い間電報を見ていた。まるで彼はそれらの文字のはるか彼方、大海原の先のジャングルの中で最強の敵が降伏の準備をしているさまを探ろうとしているかのようだった。そうすれば今何が起こっているかが完全に理解できるかのように。それから彼はホイットニー将軍に紙を渡し、また歩き出した。

「彼は切腹すると思っていた」。マッカーサーは苦々しげにつぶやいたが、顔には失望の色が浮かんでいた。

「彼の場合は、名誉ある意思表示ということになったでしょうな」とウィロビーが同意した。「責任を取るということです」

「彼には警告したはずだ」。マッカーサーは新しい感情をむき出しにして、鋭い声で言った。「レイテ上陸後直ちに警告した。放送で。書類で。間違いなく彼は、捕虜や無辜の市民たちに与えたいかなる危害についても、責任を取らされることを知っていた」。突然彼は指を上に向け左右に振り、顎を上げた。「軍人は味方であれ敵であれ、弱者を保護せねばならないことは古くからの戒めだ。非武装の者もだ」

　マッカーサーは、これから自分が取ろうとしている行為を世界に向けて正当化するかのように、具体的になってきた。「それなのに何が起きた？　偉大なるマニラ市は略奪され、貴重な歴史的建造物は破壊された。一〇万人の無辜の民——しかもクリスチャン——その多くは女子供、こういう人たちが殺戮されたのだ。このような残虐行為が公衆の面前で行われたことはめったにあるまい」。彼は賛同を求めるかのように二人の将軍を見た。「今彼が正装に勲章をつけた姿で刀を引き渡そうなどというのは口にも出せない汚辱だ」

「山下の行為はポツダム宣言の罰則要求に該当します」。法律家であるホイットニーが、持ち前の事務的な口調で言った。「閣下、それはもう作業リストに入っております。我々の最初の責任の一つです。戦争犯罪人の一斉検挙。これは私がやります。東京で店開きした瞬間から」

「私は彼をこの国に帰らせたくないのだ」

　彼の話し方は言葉の残忍さを一層強調した。彼が「この国」と言ったとき、日本が今や自分の領土であって山下は危険な破壊分子だという、まるで自分の所有権を主張するような感じを出した。

「フィリピンで裁くこともできます」とホイットニーは肩をすくめて、マッカーサーの反応を探るような目つきで見た。「若干創造的な法手続きが必要ですが、まあ何とかなるでしょう。犯罪はあそこで行われたのです。証人もあそこにおります。実際、いろいろ考慮するとマニラの方がいいでしょう。自分たちの目の前で大物犯罪者が裁かれるのを見れば、フィリピン人の気も晴れるでしょう」

「絶対に、だ」とマッカーサーは続けて言った。彼は立ち止まって、これは絶対的な命令だというような顔つきで二人の将軍に言った。

「絶対ですな。筋書きの一部ですな」

　ホイットニーは頷いて用箋に目を落としたが、その部分を特記するように書き込んだ。「法務関係者とも話を始めます。すぐやります」

　ウィロビーはマッカーサーの気分を判断するように、その渋面を探った。それから彼は賛成して言った。「閣下が山下将軍の帰国をご懸念になる理由はありません。

必ず彼は有罪となります。法務部が裁判をフィリピンでやるよう手配いたします。それから彼は死刑になります」「遺体の送還は許される」とマッカーサーは結論のように冷たく言った。二人の将軍は真剣に受け止めて頷いた。

マッカーサーが今度は私の方を向いて、黙って私を見つめながら、選択肢を口には出さずに熟考していた。彼に、黙想するような目つきで見られていると私は不安になってきた。「ジェイ、フィリピンへ戻れ。明朝だ。時間を無駄にするな。バギオへ行け。私が方針を決める前に彼が何を企んでいるのか知りたいのだ」

私は混乱していた。「企み、とおっしゃいますと？」

マッカーサーの頭は私には理解できないほど複雑な権力・政治・世評の世界を激しく行き来していた。彼は山下のことを、まるでこの日本の将軍が大きな権威と影響力をもっているかのように話している。何を言おうとしているのか見当がつかなかった。「そうだ、ジェイ。何を企んでいるかだ。投降の、まあ儀式みたいなものがあるな。それから裁判がある。彼は発言の機会を与えられるし、聞いてももらえる。ではなぜ投降するのだ。何を言いたいんだ。自分が死ぬことも知っている。恥を知る日本人なら、彼の立場に置かれれば、それを受け入れて自決するはずだ。死期を遅らせる理由があればともかく。一体何なんだ。死期を遅らせて戦争について声明でも出すのか。日本の将来についてか？」

マッカーサーは一瞬躊躇したが、私はその目の奥に、彼がいつも言っていたのとは逆に、結局マレーの虎を打ち負かすことができなかった、この一年の彼の欲求不満を思い出した。「それとも私についてか？　何なんだ？」

私にはマッカーサーの懸念を推し量ることはできなかったが、その瞬間彼は非常に不安そうに見えた。戦争の主役たちが群がり、多くの言葉が語られているときに、山下奉文将軍が何を言いたいのか、なぜそんなことが気になるのか。

「私は公式連絡の中では、これについて一言も触れてもらいたくない」と彼は続けた。「山下を、アジアに駐留している米軍人の半数の話題にもさせたくもない。マスコミに彼の運命を議論させたくない。しかし私は今何が起きているのかが知りたいのだ」

将軍は厳しい目つきで私を見た。「山下がジャングルから出て来るとき、そこにいろ。私の代わりに山下と会え、秘かにだ。日本語で。それで私に彼の意図が判るはずだ」

私には相変わらずマッカーサーが何を言っているのか見当がつかなかった。「なぜ彼が自決しなかったか、ということでありましょうか？」

「なぜ今でも生きているのか、ということだ」。最高司令官は何か双方の解釈に差があるかのように言った。

「かしこまりました。ご報告致します」

私はそれきりにした。ウィロビーとホイットニーは最高司令官の語調を完全に理解して、黙ったまま賛成するように頷いた。私は、残りは山下に会えば自然に判ってくるだろうと思った。

将軍は突然私を退去させた。

「ジェイ、マニラで遊んでるんじゃないぞ。計画を立てねばならん。山下に会ったら直ちに戻って来て、直接私に報告しろ」

第二部

——一九四五年九月〜一九四六年二月

第八章　バギオへ

「本日、銃砲は沈黙した。一大悲劇は終わった。偉大なる勝利が勝ち取られた。もはや空から死が降りかかることはない。海は通商のために使われ、男たちは白昼堂々と歩く。全世界が平和となった。聖なる使命は完遂された。私はこれをジャングルの中で、海岸で、また太平洋の底深く、永久に横たわる人たちの、もの言わぬ唇の代わりに皆さんに伝えているのである。私は、自ら破滅の瀬戸際から救おうとした、その未来に挑戦すべく帰郷の途にある何百万の無名戦士の代わりに語っているのである……」

マッカーサーの詩的な韻律は、中央コルディエラ山脈の険しい岩山や不毛な峰々からの跳弾のように谺し、平坦で空しく聞こえた。我々は、米国軍艦ミズリー号で正式の降伏が行われている東京湾から別世界のように遠く、また、標高で一マイル高い、北部ルソン島のアシン・バレーにいた。しかし調印式の模様はラジオで世界中に生中継され、この辺鄙な前進基地でも、トラックに据えたスピーカーから聞こえてきた。

私の背後で何人かの米軍やフィリピン軍の兵士たちが将軍の美辞麗句にかすかな歓声をあげたが、他の者たちの最大の関心の的はこれから現れようとしていた。全員の目が神経質に正面の山々の割れ目に注がれていた。我々は、何カ月か前に山下奉文将軍が最後の防御陣を構築すべく撤退するときに通って行った、ベサング峠の絶壁の裂け目を凝視していた。何度か攻撃や包囲が試みられたが、日本軍は米軍やフィリピン軍をベサング峠に寄せつけなかった。それは長く、細く、いわば山下のテルモピライ（訳注・スパルタ軍がペルシャ軍に大敗したギリシャの山道）だった。

私のそばで、西太平洋方面司令官、ウィルヘルム・スタイヤー中将が派遣した数名の高級将校が不安げに考えごとをしていた。山下将軍は峠を通ってスタイヤー将軍の幕僚たちに投降することに同意していた。その後はこの日本軍司令官をトラックと航空機でバギオ市まで送り届けるのが彼らの責任となり、山下はキャンプ・ジョン・ヘイでスタイヤー将軍本人に投降することになっていた。

ブルート・ペトルラキス大佐は私の横に立って不安げに山下が現れるのを待っていた。ひょろ長く、白髪のペトルラキスは第三二歩兵師団の連隊長の一人で、両世界大戦に従軍した。私はマッカーサー将軍自身の代理として投降に立ち会うので、彼は私の前線訪問の案内役を命じられていた。彼の部隊は何カ月もこの日本の将軍を追いかけていた。そうしているうちに、彼は将軍の戦術の巧みさを警戒すると同時に、感心するようにもなった。

ペトルラキスは時計を見て、峠の方を透かして見た。「ここへ来て降伏するなんて、彼らしくないな」と彼が言った。

「必ず出てまいります」と私が答えた。「恐らく自分のラジオで調印式の模様を聴いているのでありましょう。彼からの連絡では、政府が確実に調印するまでは投降しないことを匂わせておりました。それまで戦争は正式には終わらないのであります」

マッカーサーの歴史的な演説は山々に谺し続けた。これは彼にとって最高の瞬間だった。私は自分がそこにいて目撃していないのが残念だった。私は彼が戦艦の甲板で、史上かつてない伝説的軍人――アメリカ・イギリス・フランス・オーストラリア・中国・オランダ、さらにロシアまで――の大集団の中に立っている姿を想像しようとした。彼らが一九四二年の暗い月日から、全連合軍の陸軍・海軍・空軍と海兵隊を率いてきたのだ。彼らは上機嫌で、ひしめき合いながら、中には数十年のつき合いになる旧友に甲板上で呼びかけているのだろう。

そして将軍の前に、小柄で気むずかしい顔をした外務大臣重光葵に率いられた十一人の日本代表団がいる。重光が主席代表になるという知らせは最高司令官を驚かせた。正当な調印者は首相である東久邇宮稔彦親王のはずだ。しかし東久邇は天皇の叔父で、天皇は何ぴとといえども皇室の一員が屈辱的な文書に調印することには強硬に反対していた。重光外相は年をとっており、隻脚で、体も弱かった。だから日本人から見れば、皇室に代わってこの前例のない屈辱を引き受けるには適当な候補者だった。適切な時機に、平和の到来と共に政府から放り出せば、彼はこの恥辱と共に隠居所に入り、それをこの国の過去のものとしてしまうだろう。

マッカーサーの言葉は激戦地であった、ここコルディエラ山脈では異様に響いた。「異なる理想や思想にかかわる争点は世界中の戦場において既に決着がつけられた。したがって我々が論議・論争すべきものではない。我々が全世界の大多数の人々の代表としてここに集まっているのは、不信・悪意・敵意からではない。それは、勝者・敗者共々、我々がまさに達成しようとしている神聖な諸目的のために立ち上がるためである。双方が本日ここで取り交わした同意を忠実に実行しなければならない」

「私の心からの願い、それ即ち全人類の願いは、この厳粛な式典により、過去の血と殺戮の中から、よりよい世界が、信頼と理解に基づく世界が、そして、人間の尊厳とその最大の願望、自由・寛容・正義の達成に捧げられた世界が生まれることである」

「連合軍最高司令官として私は任務を遂行するに当たり、正義と寛容を旨とし、かつ、降伏の条件が完全、即刻、忠実に満たされるためにあらゆる必要な手段を講じることを表明する」

等々。「寛容」を今彼は約束している。「正義」「至高の尊厳」私は、これらの言葉と自分にこの任務をもたらした個人的な動機との間にどういう関係があるのか、考えずにいられなかった。最高司令官が私をここに派遣して山下将軍が自決よりも投降を望んだ理由を見つけさせようとしたのは、寛容と正義と至高の尊厳のためなのか、それとも隠された恐怖心なのか。

「幽霊と闘っているようだったぞ」とペトルラスキは、前方を見ながら、用心深そうに言った。「銃砲を持った幽霊だ」

「マッカーサーの演説が終わりました」。私が言った。「書類に調印しているところであります。戦争が正式に終わり、彼は司令部から出て来るでしょう。間もなくまいります」

「一目見たいものだ」とペトルラスキが話を続けた。「大男だそうだ。確かに利口だ。我々はあの野郎をルソン島中追いかけたんだ。歩兵八個師団と第一騎兵師団、第一一空挺師団、個別に三戦闘部隊、それに多数の組織ゲリラを使ってだ。大勢殺してやった。それなのにだ。俺は三〇年近く陸軍にいるが、あんな奴は見たことがない。俺たちのケツをグジャグジャにしやがった。それでも捕まえることができなかった。俺たちに放り投げる物は何かあったのか。兵隊だ。それだけだ。空軍もなければ海軍もない、援軍もなければ補給もない」

峠の方を窺っているブルートの厳しい、茶色の目を見て、私は彼や彼の兵隊たちに共感を覚えた。日本軍の損害も大きかったが、山下の強固な防御陣は最後の九カ月だけで、陸軍航空隊の死傷者を含めた太平洋戦線の全米陸軍損耗人員の四割を占める損害を与えた。山岳地帯のジャングルでの長い戦いは別の損害ももたらした。我が軍の戦闘以外――疲労・疾病・事故――による損害は戦闘によるものの二倍に達したが、これは異常な現象だった。

〝虎〟は我が軍の兵士たちを消耗し尽くした。

七月五日マッカーサーはフィリピンが「完全に解放された」と宣言した。山下に対する彼の戦いは「長期の作戦において、数で優った地上軍が数で劣った相手に完全撃破された、極めて数少ない例の一つ」だというのだ。山下を出し抜いてやりたかったマッカーサーはしらばくれて、狡猾にも「長期の作戦」について語り、「地上軍」だけを比較することによって、空軍力と海軍力による総合戦力においては自分の方が優っていたことを表に出さなかった。マッカーサーは、戦争中を通じて、数的に劣勢な地上軍が自分より大きな敵軍を征服した最大の実例は、山下自身の短期作戦によるシンガポール攻略であることを知っていた。

一九四二年初め、この光輝に満ちたマレーの虎は攻略不能といわれた英国植民地を背後から手中に収めた。マレー半島の四百マイル北の海岸に上陸し、次々と容赦なく前哨基地を取りながら進軍した。彼の兵士たちは時には自転車に乗り、奇妙な日本版「ナチス電撃部隊」となって進んだ。山下は自軍の弱みを見せずに脅しをかけ、市中心部の際まで攻め寄せた。英軍の余りにも早くて驚くべき降伏は世界中、特にアジア中に響き渡った。シンガポール戦の英軍並びに豪州軍捕虜は日本軍によって、西洋、特に白人兵は日本人に劣る証拠として、はるかハノイ、ソウルの市街までも行進させられた。日本国中、特に一般の兵士たちの間で山下は真の国民的英雄となった。

我々の背後のスピーカーが止んだ。少し小高い所や、トラックの荷台にいた数十人の兵士たちがベサング峠の方を指しながら興奮してしゃべり出した。谷間で動いているのは、軍服を着た男たちが崖の間を蟻の行列のようにこちらへ向かって来るものだった。

ブルート・ペトルラキスは双眼鏡を目にあて、峠の岩山を数秒間左右眺めていた。「来たぞ」と彼が言った。彼はニヤッと笑った。「奴だ。写真通りに大きな不細工な顔だ。驚いたな、先頭だ。部下の先頭を堂々と歩いて来るぞ！」

少数のジープとトラックが一列になって、第三二師団の隊列から日本軍の方へ向かった。ペトルラキスと私は兵一班と共にトラックの荷台に立って、石ころだらけの道をゆっくり峠へ進んだ。戦争が正式に終わったとはいえ、兵士たちは万一を考えて、トラックが苦しそうな音を立てながら動く間、神経質に前方を見ていた。

日本軍に近づきながらペトルラキスは一人の下士官に冗談を言った。「チェンバース、油断するな。平時に最初の犠牲者になりたがる奴はいないだろ」

「大佐、そんなことはあり得ません」。引き締まった顔つきの、歴戦の班長が答えた。彼はM－1ライフルを日本軍の背後の岩山の方へ構えていた。指はぎごちなく、引き金に当てていた。「自分がここまでやって来たのは棺桶に入るためではありません」

しかし意外なことは起きなかった。一列になった米軍車両は壊れた道をゆっくり進んで行き、第三二師団の最前列からますます離れて行った。日本軍の一隊が峠を過ぎ、間もなくトボトボ歩きながら、狭い谷間の道の向こうの端にさしかかった。そして、ついに両者は、二カ月間彼らの陣地を隔てていた、砲撃の穴だらけの中間地帯に近づいた。

我々一行は停止した。歩兵がトラックから跳び下り、直ちに道路脇へ出て、双方が会う場所の外辺部を固めた。兵士たちが歩いた場所の近くには石だらけの道に不発の砲弾やロケット弾が転がっていた。スタイヤー将軍の使者たちは下車して、神経質そうに路上に集まった。ペトルラキス大佐と私はその中間にいて、日本軍が近づいて来るのを魅せられたように眺めていた。

ペトルラキスは大男の山下が堂々と我々の方に歩いて来るのを見ると軽く口笛を吹いた。彼は興奮してニヤリと笑った。「あれ見てみろ！」

彼の隣に立っている私の胸も高鳴った。ペトルラキスもそうだったろうが、山下将軍が近づいて来るのを見ると、私は考えてもみなかった妙なスリルに圧倒された。私はマッカーサーのもつ雰囲気に慣れていたが、長い間我々が単に敵として考えていたものの具体像を今、初めて見ているのだ。ファンファーレも、斥候さえもなしに、粛々と我々に向かって来るのは、驚くべきシンガポール攻略の原動力、我が軍を何カ月もの間、ルソンの洞窟から洞窟へ、尾根から尾根へ追い回し、悩ませた男なのだ。

このたくましく堂々としている将軍は通常の丈の上衣に勲章をつけ、革の長靴をはき、布製の戦闘帽を被っていた。荒れた石だらけの道を歩いて来る彼の左手には権力の象徴である将校用の軍刀があった。彼は猪首で、肩はがっしりしており、身長は少なくとも六フィート二インチはあった。私が自分より背の高い日本人を見るのは初めてだった。大きな頭は剃ってあった。彼の顔は、いかなる感情をも――恐怖心も傲慢さも、期待感も後悔も――示さない仮面のようだった。彼の後から歩いて来る十数名の上級将校たちは途方に暮れた小人のようだった。

彼は我々のそばで止まり、息をついた。そして、道端で自分を捕獲しようとして待ち構えている米兵たちを、査閲するかのように眺めた。「そうだ」と、私は彼らの顔と軍服を冷静に眺めている山下を見て「これこそ真の軍人だ」と思った。

そして山下は探していたものを見つけた。スタイヤー将軍の使者である准将が彼に向かって歩み寄った。山下は、中間で止まった。この米軍人の前で直立して敬礼し、軽く頭を下げてから自分の軍刀を手渡した。彼が日本語で話すと、すぐ、眼鏡をかけ、おだやかな声で話す将校が彼の後に進み出て通訳した。

「『勅令により私はここに軍の指揮権を放棄し自身を貴下の管理下に置きます。部下には武器を置き貴下の決定に従うよう命令してあります。戦争は終わりました。彼らはこれ以上闘いません』と将軍は言っております」

山下から刀を受け取りながら米軍の将軍は驚いて彼を

見た。「君、完璧な英語を話すね」と彼が言った。「訛りも全くない」

「私は浜本正勝大佐です」。通訳は自分が注意を惹いたことに当惑したかのように内気に微笑んで言った。「ハーバード大学二九年卒であります」

「山下将軍は他に何か言いたいことは?」

浜本は将軍に尋ねようともせずに首を振って言った。「ここではありません。終わったのです。彼は刀をお渡ししました。部下を正当に扱ってほしいとのことです。他に言うことはありません」

我々は直ちにトラックとジープに乗った。投降した日本軍人たちは別々のトラックやジープに分乗させられたが、山下だけは准将のジープに乗った。そして我々の小さな護送隊が出発、前に来た危険な山道を一五マイル戻り、我々マニラから来た者たちが夜明けに到着したバガバグの小さな空港へ向かった。山下は我々のトラックの前を行くジープの助手席にいた。米軍の准将がその真後ろに坐っていた。武装した護衛兵が准将の横にいたが、山下の投降の仕方を見ると、護衛など不必要に思われた。山下は何時間もの旅の間、顔を動かそうともしなかった。

我々はバガバグで二機のC-47に搭乗し、数分以内に出発、キャンプ・ジョン・ヘイの旧総督邸で行われる正式降伏式のためバギオに向かった。キャンバスの座席が機体両側の長さいっぱいに取り付けられていた。輸送機の中で私は山下の真正面に腰掛けたので膝が触れ合いそうだった。一時間もかかるバギオまでの飛行は、マッカーサーの命令通り内密に彼と話をする最良の機会だった。

機は果てしなく続く山並みの方へゆっくりと上昇して行った。私は前かがみになって日本語で話しかけた。「閣下、私はジェイ・マーシュ大尉です。マッカーサー将軍の幕僚です。命令で横浜から……、敬意をお伝えするためにまいりました」

山下は即座に、判っている、というふうに微笑した。「それは将軍にはご奇特なことで。あんたが我々の言葉を話されるとは有り難いことですな」。彼が気楽そうに通訳の方を見たが、まるでカクテル・パーティーで冗談でも交わしているようだった。「もしかすると浜本大佐とはハーバードでのお知り合いかな」

浜本と私はぎごちなく微笑み合った。二人とも将軍ほどくつろいではいなかった。「いいえ、そうではありません」と私が答えた。

山下は公然と私の潜在意識を調べるかのように私の目を見据え続けた。「マーシュ大尉、あんた情報将校でしょう」

「いいえ」。私は少し驚いて言った。「私は最高司令官の幕僚の一人です」

「戦場の敵に、こんにちは、を言うにしては、横浜からはえらい道のりですな。そう思いませんか」。〝虎〟の生き生きした眼差しに私は狼狽した。

「最高司令官は周到な人物ですから」

「私はマッカーサーを研究しましたよ」と山下が言った。「彼はレイテ戦以来、私のことをいろいろ言ってきましたな。彼は私が好きじゃない、と言っても不当ではないでしょう。個人的にね。軍人として、の話じゃなく」

私は彼の直截さに驚いた。しかし考えてみると、その直截さが戦争中の彼の長所だったのだ。事実、彼がパーシバル将軍につぶやいた、たった一言でシンガポールが陥落したのだ。「イエスかノーか」。交渉もなし。議論もなし。降伏するのか、闘うのか。そして包囲された英軍司令官はその場で投げ出してしまったのだ。

「私は単なる大尉であります」と私は、また、判ってるぞ、と言わんばかりの山下の微笑を見て抗弁した。「最高司令官は自分の個人的感情を私に分け与えません」

「私にもしないな」と山下が言った。「しかしこの問題について言えば、それがどんなものか、知るのは難しくはない」

「最高司令官の個人的見解について話すのは私の仕事ではありません。つまりアメリカ陸軍で言うところの、自分の給与等級以上の事項です」

「あんた非常に利口だ。言うことに慎重だ。政治家になった方がいいかもしれないね」。彼は微笑を絶やさなかった。「あまり時間もないからお互い正直に話そう。そう思わんかね。なぜマッカーサーはあんたを寄越したのかね。何を知りたいのかね。マーシュ大尉、知りたいことは私に聞いてみなさい。ほら。聞いてごらん。はるばる来たんじゃないか」

〝虎〟にそれほど近く坐っていると、私は彼の肉体的な存在感と心地よい率直さに圧倒された。彼は恐れていなかった。この極めて屈辱的な時に至っても私が予期していたような、追従的な二枚舌は使わないし、私が目撃したような、ずる賢く計算高い木戸内大臣のようなへつらいも見せなかった。私は自分の中で彼に対する温かい気持ちがふくらんでいくのを感じたが、それは期待も希望もしていなかったことだった。

「彼は私に閣下の――心の状態についてお尋ねせよ、と言ったのです」。私はやっと答えた。

「私が正気だということはすぐ判る」

山下は優しく笑いながら自信ありげに言った。「大尉、私は長い間軍人としてやってきた。戦前宮中に策謀があった時代には宮廷のそばで仕えていた。私自身以前メッセンジャーの役を果たしたことがある。天皇陛下や他の方々のために反対派を探ったりしたのだ。一九四〇年には陛下のためにドイツまで行って七カ月滞在した。いわゆる聞き役をして、我々の選択肢についてご報告申し上げたのだ。だから、あんたも安心しなさい。嘘はつかんから」

「閣下、お話がよく判りませんが」

彼は肩をすくめた。「ではもう少し判りやすくしてあげよう。マッカーサー将軍はあんたを、私の話を聞かせるために寄越した。そうだね。彼は私について、通常の通信手段では伝えたくないことを知りたがっている。部下や、もしかすると競争相手に見られるかもしれないからな。自分の情報将校にさえ議論されたくないことだ。何か個人的なことじゃないかな」

私は窓の外の密林に覆われた山々を見ながら、考えをまとめていた。幼稚にも私は山下を操ってやろうと思っていたのだ。しかし彼は完全になぜ私がここに来たかを見抜いていた。そうなると判りにくい質問などする必要はない。

それでも私は真っ向から聞くのは避けていた。「最高司令官は他の何人かの日本軍司令官は戦争に敗れたとき、投降よりも切腹の方が名誉ある行為だと判断したことを知っております。これは太平洋のあらゆる所で起こりました」

直ちに山下は私が何をしようとしているのかを理解した。彼は面白がっているようだった。「名誉を守るためには他に方法がなかった。彼らは敗けたのだから」

「閣下、とおっしゃいますと？」

彼はしばらくC−54の窓の外、自分が六カ月前に撤退先とした未開の山脈を眺めていた。間もなくバギオに到着する。彼はかつてここに本部を置いていたが、その後圧倒的な我が軍によって次第に洞窟に追い込まれ、最後はベサング峠の反対側に防御陣を敷くことになったのだ。

「私に与えられた命令は連合軍の日本本土進攻を遅らせることだった。なるべく多くのアメリカ兵を釘づけにしておくことだ。なるべく戦闘を長びかせることだ。私は命令を守った。今でもやってるだろう、もし止めようという陛下のご命令がなければ」

彼の言葉に私は驚いた。たった今刀を引き渡し、拘置所に向かっている男の口から出たのだ。彼の顔は相変わらず平静で、あくまでも自信に満ちていた。そして私には彼がこれらの言葉をマッカーサーに伝えさせたいのだ、ということが判った。

「ご自分は敗けなかったということですか？」

「敗北をどう定義づけるのか。私は自分が敗けなかったと言っているのだ。私は戦争が正式に終結した後に刀を引き渡したのだ。最後の攻撃をし、最後の一発を撃ってからだ。私は部下を見捨てなかった。私は戦闘中に投降してはいない。だから私は今でも名誉を維持している」

私に微笑みながら話を続けようとする山下の態度には神秘的な忍耐力が感じられた。そして私はマッカーサーの懸念を理解し始めた。戦闘中に部下を見捨てなかったという山下の説明はマッカーサーを慎重な言い方でやっつけるものだった。戦争が正式に終わるまで投降を拒否したことによって彼の高潔さと威信が保たれたのだ。日本人なら容易に理解できる、単純で議論の余地のない明確な言葉から途方もない力が感じられた。

マッカーサーは今、征服者としての摂政、青い目のショーグンとして日本にやって来た。彼の威信はその武勇にかかっているのだ。マッカーサーは、日本人は器用だが野蛮で迷信深い民族だと、好んで言っていた。こういう考え方だと、彼の権力の基盤は、日本人が彼を絶対権力をもつ半神半人か、天皇と同等、あるいは天皇に取って代わる者として見るか否かにかかっている。山下はシンガポールでイギリス軍を完全かつ迅速に征服した。彼は戦争が終わるまでマッカーサーの軍隊をルソンの山の中に釘づけにした。もし彼が生きて日本の土を踏むようなことになれば、その恐ろしいほど素朴な自信が、目に見える対抗勢力の芽を生み出し、さらには最高司令官の権力に反対しようとする者たちに再興の機会を与えるかもしれない。

「マッカーサーにそれを伝えろとおっしゃるのですか?」

山下は、どうでもいいというふうに肩をすくめた。

「マッカーサーに何を言えなど、私は決して言わない。戦争は終わったのだ。マッカーサーは私をしたいようにすればよい。しかしマーシュ大尉、私は命令を遂行した。だから、終戦の勅命に従ったことで名誉を失うことはないのだ」

「マッカーサーに伝えます」

「そうしたければね」

彼は私にちょっと手を振って、向きを変えると浜本大佐と静かに話し始めた。他に言うことはなかった。C－54はバギオに向かって急に降下を始めた。重装備した一隊が〝虎〟をキャンプ・ジョン・ヘイに連行するため待ち構えていた。そこで彼は正式に投降するのだ。そして二日以内に、マニラ近くのモンテンルパ刑務所に収容されるのだ。

「閣下、彼は自決しませんでした。なぜならば自分が敗けたと思っていないからであります。したがって名誉も失っておりません」

こんな簡単な言葉に含まれた真実はダグラス・マッカーサーの頬をひっぱたくようなものだった。彼は私の前を歩きながらパイプを噛み、それを口から出すと、それで何かを指し示すように前後に動かした。「彼の軍隊はレイテで潰滅した。援軍輸送船は沈没した。彼はリンガエン湾の海岸線から北方へ追っ払われた。バギオからも追っ払われてさらに北へ、山中に追い込まれた。そして、そこに隠れていたのだ、戦争が終わるまで!」

「マッカーサーが脱出に成功するまでコレヒドールのトンネルにいたようにか?」。私は最高司令官が苛立って歩いているのを見ながら、この考えを吹き払うことができなかった。「閣下、彼はそれが自分の任務だったと言っておりました。我が軍を破ることではなく、我が軍を食い止め戦争を長引かせることであります。そして任務は遂行したと言っておりました」

「マーシュ大尉、彼は降伏したんだぞ。刀を引き渡したのだ」

「天皇の命令を受けてからのことであります。そして戦争が正式に終結してからであります」

マッカーサーはいつもの冷静さを失ったように厳しい目つきで私を睨んだ。私は心臓が止まるかと思った。すると彼は私をあざけるように静かに言った。「ジェイ、彼の代弁者になったのか？」

私は最高司令官の眼差しを見て、無力に肩をすくめた。

「私は単に彼の見解を述べているだけであります。閣下のご命令は彼の意図を探ってこいとのことでありました。自分は最善をつくしたと思っております」

「彼にマニラ虐殺のことは聞いたか？」

私はしくじったと思い、当惑を押さえながら唾を飲んだ。「いいえ、閣下。あまり時間がありませんでした。閣下がお知りになりたかったのが……」

「もういい」とマッカーサーは忍耐力を取り戻して言った。「私が知りたかったのはそれだ。ジェイ、よくやった。頼んだことは調べてくれた」。彼は向きを変えて、何か期待するようにホイットニーの方を見た。

「軍事委員会の設立に取り掛かっております」。ホイットニーはキューに応えるかのように言った。「早期の裁判を準備致します」

「早くやれ」とマッカーサーは言って、またゆっくりと歩き出した。「全世界にこの恐るべき邪悪な行為を知らせねばならない。戦争のことを忘れてしまわないうちに」。彼はもう私には用がないかのように、話題を変えた。私の簡単な報告は明らかに彼の最大の関心事が何であるかを証明したのだ。彼は今度はウィロビーを指した。

「ジェイに調べさせる会合のことを話してやれ」

「マーシュ大尉」とウイロビーは肉太の手を上げて話し出した。「日本の議会が明日開かれる。臨時国会と称している。天皇が演説することになっている。我々も招かれているが、最高司令官の正式な東京入りは五日後だ。それより先に我が軍の高官が、たとえ半日といえども東京に入ることは賢明だと、私は思わない」

「いい考えだ」とマッカーサーが口を挟んだ。「私も全く賛成だ。私が東京に入るときは、儀式ばった荘厳さと、完全な変化を感じさせる必要がある」

「しかし、何が行われたか、正確な報告が入手できれば我々の準備に役立つ」とウィロビーが続けた。「あまり、公的な意味で、重みのない者からのだ。日本人が最高司令官の代理と思うような者は困る。あまり早くから彼らの顔を立てるようなことはしたくない。彼らが何を言おうと不問に付すようでな。しかし、誰か、彼らの文化と言葉を理解し、彼らの言うことに洞察を加えて報告してくれる、信頼できる者がそこにいれば役に立つ」

「ジェイ、お前が適任だ」とホイットニーが賛成した。明らかにあらかじめマッカーサーに推薦してあったのを繰り返したのだ。「お前の洞察力は空港から一緒に乗った、天皇の顧問、例の――」

「木戸です」と私が言った。「木戸侯爵、内大臣であります」

「その通り」とホイットニーが彼らが既に議論したことを確認するようにマッカーサーを見て言った。「事実、お前の名前を日本側に出したら木戸は飛びついてきたぞ。彼はお前が使えると思っているんだ」

「使えるとおっしゃいますと?」

「私と非公式に意思の疎通を図るためだ」とマッカーサーが言った。「うまくいけばすぐれた外交手段だ」

「かしこまりました」。私はマッカーサーが気に入ったように頷くのを見て、前日の山下奉文の論評を思い出した。そして私は自分の年齢や階級を超えた大きな権限を与えられたと思った。自分は聞き手として信頼されたのだ。

「完全な報告が必要だ」とウィロビーが言ったが、その鋭い目つきは私の心中を見透かしているようだった。「天皇の機嫌がどうか。議会の他の連中は? 彼らが何を考えているのか。こっちは何を考えねばならないのか」

ホイットニーは私にちょっと微笑んでみせた。「彼には彼がお前を使っていると思わせておけ。ジェイ、できるか?」

「光栄であります」

「メモは取るな」とウィロビーが言った。

「は?」

「メモは取るな。こちらから行った者が懸念のあまり議事録を取っているなどと思われると立場が弱くなる」

「いればよい、大尉」とマッカーサーは明るい気分に戻って言った。「顔を見せてやれ。頷いて微笑していろ。最高司令官の代わりに、挨拶に来た奴に、よろしくとでも言っておけ。とりわけ、私の代わりにいかなる政治的発言も判断もするな」

「駆け引きできるか？」とホイットニー将軍が尋ねた。

「駆け引きですか？」

「まあ聞け」とウィロビーが私の、さっきの直観を裏打ちするように言った。「人間の知性に代わるものはない。何が起こっているかを見て、彼らが、お前からこちらに報告させたいと思うことを聴いてこい。それだけだ。聞いたことを報告しろ」

「鴨のように、でありますか？」

「何だと？」

私は微笑した。「池の鴨は静かに、のんびり水面に浮かんでおります。しかし水面下では必死に足をかいております」

ホイットニーは寛大に笑った。「よし、ジェイ、鴨のようにな」

私が部屋を出ようとするとマッカーサーが呼びかけた。「ジェイ」

私は立ち止まって振り向いた。「はい、閣下」

「マニラでは女友達に会ったか？」

私はその機会を逃したことを思い出して少し悲しくなった。「いいえ、全く時間がありませんでした」

マッカーサーは寛大に笑った。それが満足感からなのか、同情心からなのか、私には判らなかったが、私に一層親近感をもったらしいのが判った。

「それは世界の出来事の中で大きな役割を果たすときに誰もが払わねばならない代償だ、判るな。もう一つの教訓だ。ジェイ、何事にも代償はつきものだ」

第九章　帝国議会

私には、敗北したカルタゴの、荒れ果てた土地を二輪戦闘馬車で走り廻るとか、ジャングルで間違った道に入り、かつて栄えた古代文化の遺跡にただ一人迷い込むことがどういうものなのか、よく判る。瓦礫の中から家を掘り起こすのを一瞬止めて、通り掛かった私を眺める何千もの、ボロを着て何も言わない日本人がいなければ、ジープで横浜から東京へ向かう私は、そのどちらかをしているようだった。そしてこの荒地の中を走りながら私は自分の感情の高ぶりを抑えかねていた。戦前は、ひと目東京を見ることが私の大きな夢の一つだった。マッカーサーの、肩書きもない特使として日本の国会の臨時会議に行くために、荒廃した東京を通って行くのは幻想のように思えた。

我々は早過ぎた。私は運転手に国会へ行く前に宮城の周りを走るように言った。市街の中心に近づくと瓦礫の山は少なくなった。中心まで来ると、それはなくなった。人力車が静かな通りに現れてきた。ときどきバスが通り過ぎた。所々で木炭車を見かけた。結局、木戸内大臣はすべての木炭車を横浜に持って来たのではなかったのだ。さらに重要なことに、我が軍の爆撃機がここには注意を払ったことが明らかだった。

突然堀や橋のはるか向こうに宮城が見えてきた。ここから数マイルの所で何十万という人が三月に始まった焼夷弾爆撃で殺されたのだ。国中で二〇〇万世帯以上が破壊された。しかし天皇の住まいを通り過ぎながら、私は濠の石垣は一つも焦げていないことに気がついた。

敷地は直径約一マイルのほぼ円型の広大なものだった。ヨーロッパでいう大宮殿ではなくて、深く繁った竹や背の高い老木の並木の間にある一連の建物や庭園だった。石造りの櫓が敷地の角、濠の向こうの端の上に浮かび上がっていた。それらの曲線の屋根が古い歴史を物語っていた。

この島国の首都の中心に、天皇は自分の忠良な国民を完全に破壊した爆撃とは無縁に暮らしていた。櫓や塀の奥深くには宮殿、神殿、天皇が好んでくつろいだ生物学研究所や、午後の散歩を楽しむ池があった。その池の近くに、彼が毎日祖先を拝みに行く神殿があった。

数分後私は目的地に着いた。国会議事堂は宮城の南西半マイル弱にあり、そこから赤坂地区が始まった。国会以外にもここには政府の役所や首相官邸もあった。ワシントンであればキャピトル・ヒルとも言うべき所だった。

私はジープから飛び下りて議事堂に向かいながら小さな勝利感を感じた。東京入りに関してはマッカーサーに勝ったのだ。日本語の話せない四人の新聞記者を除けば、この臨時議会のために議事堂に入ったアメリカ人は私だけだった。三〇人以上の記者たちが、入り口で武器を預けるように言われたのを断って、外で疑わしそうに見ていた。私は彼らの疑念を耳にすると、内心おかしくなった。彼らは日本人が何をすると思っているのだろう。彼らを一網打尽にして捕虜収容所にでも放り込むとでも言うのか。彼らはマッカーサーの基本的な訓戒を破っている。「東洋では恐怖感を見せない者が王者である」

私は一人で建物に歩いて行き、大会議場のある階に入ると、神経質に微笑んでいる受付に名を告げた。私が記帳するとこの老人はすぐに判り、顔を輝かせた。そして躊躇せず日本語で話しかけてきた。

「マーシュさん。ここでお待ち下さい。ほんのちょっと」

私が答える前に彼は薄暗い廊下の奥の事務室へ急いで行った。彼はすぐ走って戻って来たが、その後ろを目を輝かせながら木戸幸一侯爵がやって来た。内大臣は上品な灰色のウールの背広を着ていた。彼は先日の午後、穴だらけの厚木の滑走路で私を見つけたときのように貪欲な目つきをしていた。私の所まで来ると彼はかすかにお辞儀をした。

「マーシュ大尉。重光外相から、お出でになると聞いてました。最高司令官があなたを代理として派遣されたのは結構なことで」

さあ、駆け引きが始まったぞ、と私は思った。

マッカーサーにとっては、それは前日重光が横浜のホテルに来て議論したときに始まっていた。最高司令官は、女性に選挙権を与えることや、日本の憲法改正を強く望むことを示唆した。また、彼は、日本側が望むなら、武装解除や戦争犯罪人の逮捕も委せてもよい、と言った。加えて彼は間接的に、もし日本側がこれらの義務を適切に履行するならば、餓死寸前の国民のために食料をもたらしてもよいとも言った。

事実マッカーサーは、武装解除は日本政府が実施しなければうまくいかないと信じていた。そして彼は既に躍起になってワシントンに対して内密の要請をしていた。「食料を送れ。然らずんば弾丸を送れ」。しかしマッカーサーと日本側の双方とも、お互いが檻の中でつながれていて、生き残るためには相互依存しかないという振りをしながら、同時にうわべは慇懃に相手の内心を探り合っていた。

天皇が厚木でのマッカーサー歓迎で判らせたかったのは「私の威厳を守れ。そうすれば協力を続ける」ということだった。次第に見えてきた一連の脅しの一つは、外務大臣に対するマッカーサーの微妙な警告、「協力を続けろ。さもなくば国民は飢えをあなたのせいにするぞ」ということだった。あるところまでは双方とも正しかった。それ以上は、双方とも、こけおどしだった。双方ともこれは判っていた。しかし、どこまでが相手方の本音で、どこから、こけおどしになるのかはお互いに判らなかった。

私も木戸にお辞儀した。「内大臣、同席させていただいて光栄です。ご存じのように最高司令官は多忙ですので。しかし、我々に関係ないことではありますが、こういう重要な行事は我々としても無視できない、というのが彼の考えでして」

「もちろんですよ」と木戸が答えた。話しながら、彼の手と頭は動き続けた。分厚いレンズの金属製のふちの眼鏡をかけた彼は、今までしっかりしまい込んでおいたエネルギーを放出するかのように、目をあちこちに向けていた。「ではこちらへ来て私と一緒に坐って下さい」

彼が私を誘うであろうことは判っていたが、まず辞退することが必要だった。「ご親切は有り難いのですが、内大臣、私は傍聴席で結構です」

「とんでもない」と彼は言った。「あなたは私のお客ですよ。議事をご説明しますよ」

「日本語はよく判りますので」と私は答えた。

「知ってますよ」と木戸が言った。「あなたの専門知識を馬鹿にするつもりはありませんが、これは言葉の問題ではありません。何が起こっているか、です」

あまり気が進まない振りをして見せたのだから、ここらで同意するのがいいだろう。「判りました。お言葉に甘えて、ご一緒させていただきます」

「誠に結構」と木戸が言った。眉毛を曲げ、企みでもあるかのような微笑を浮かべた。「知っておかれた方がいいでしょうが、我が国の文化では、特に政治家の間では同じ言葉が別のことを意味することがありますよ。明確な言葉でもね。そういうときのためにおそばにいましょう」

「いやあ、よく判りました」。私は内大臣について、一般とは別の席へ向かった。

木戸はその日かなりの「腹芸」があるだろうということを教えていたのだ。字句通りの解釈とは全く違う意図をもつ、中には虚勢も交えた言葉が使われるだろう。見せかけと現実を選り分けるのは経験豊かな観察者でなければできない。私は木戸を完全に信頼していたわけではなかったのだ。私は木戸を完全に信頼していたわけではなかったが、木戸と、もしかすると天皇自身も、最高司令官が自分たちに対する行動を取らないうちに、見せかけの部分の影響力を弱めたかったのだ。

「ゲーテお読みになったことありますか」と私は席に近づきながら聞いた。

「ゲーテ？　ドイツの文学者ですな。もちろん」。木戸は私に席を勧めながら皮肉そうな微笑を浮かべた。「ご存じのように、ここのところ何年もドイツとはある種の関係がありましたからな。ゲーテを読むのも私の仕事でしたよ」

「ゲーテには洞察力がありました」と私が言った。

「さよう。大した人物です」

「彼は書いています。ドイツでは、丁寧になった者は嘘をついているのだ、と」

一瞬、いつもの、大きく開いた木戸の目に、私に非難されたかのような驚きが浮かんだ。そして彼は笑い出した。「なかなかいいですな、マーシュ大尉。あなたはお若いがいい教育を受けられたに違いない。マッカーサー将軍にとって大事なわけがよく判りましたよ」
「私はマッカーサーにとっては何でもありません」と私は言い返した。彼の、判ってるぞというふうな微笑を見ると、私がマッカーサーとの親しさを否定するたびに彼の目には逆に親しさが大きく見えたのだ。木戸にとっては、こういう私の簡単な言葉自体、自分の重要性を強調するための、偽りの謙遜、一種の腹芸だった。

国会議員たちが縦列を作って、憂鬱そうに指定の席に向かって歩いて来た。これらの長老や皇族の多くは伝統的な着物を着ていた。他の人たちは軍服を着ていた。洋服の人たちもいた。これが日本の上流階級だが、まだ二日前の降伏の屈辱感をにおわせていた。ほとんどの人は口を利いていなかった。彼らは議場の正面、これから間もなく天皇が坐る玉座の方をぼんやりと見ていた。それまで話していた人たちは声を落とし、何かを待ち構えるような静けさが部屋に満ちた。

木戸は身を寄せて私の肩に触った。仲間としての振る舞いだろう。彼も小声になっていた。「我々はマッカーサーが我々の立場を理解しておられるのが嬉しいのですよ」と彼が言った。「終戦式典の彼の演説に我々は皆鼓舞されましたよ。陛下はあれを国中の新聞に全文掲載することを命じられましてな。マッカーサーは評判が高いですよ。国民は彼を敬愛してますぞ」

木戸は指を一本上に向け、マッカーサーの演説を引用しながら私の反応を調べようとした。「正義、寛容、至高の尊厳を目指せ。戦争では多くの忌まわしいことが起きる。我々は過去に生きるべきではない」

「あれは立派な演説でした」。私はホイットニーの指示を守ろうと努力して、口ごもりながら言った。「内大臣、今日ご一緒させていただいて幸せです。これまでも日本の文化は尊敬していましたので」

「それなら、今は日本人にとって大変な時期だということはお判りでしょう。長い間準備をしてたんですよ」と木戸が続けた。

「どういうふうにですか?」

「苦しみがどういうものか理解する必要があります」と木戸が答えた。彼は一瞬しゃべり過ぎたかな、というように躊躇した。「私たち、何でも自由に話し合うことにしましたな」

「内大臣、もちろんですよ」

「そう」と木戸が言った。「私たちは他の人が思っているより似通っているんですよ。つまり、両方の政府のエリートのことですがね。世界主義者です。ゲーテもトルストイも読みましたな。世界も見てきました。しかし本来の文化は？　それほど似通ってはいませんな。例えば、あなた東京の爆撃をどう思いますか。破壊された地域でなくて、破壊されなかった地域のことです」

「日本の国宝は破壊しないというのがアメリカ政府の決定でした」。破壊・殺戮はやむを得ないとしても、この方針は堅く守られたのだ。「京都は爆撃しなかったようにね」

「その通り」と木戸は興奮して言った。「両国の王族は、戦争はいくら激しく闘っても、最後はお互いに尊敬することが必要だということを理解する必要がありますな」

「内大臣、アメリカに王族はいませんよ」

「それは言葉の意味論上の問題ですよ」と木戸は肩をすくめた。「しかし、あなたも最高司令官も趣旨はお判りのはずです。そこでお尋ねしたいのですが、普通の日本人が、何カ月も爆撃が続いたのに宮城や神社にはほとんど落ちなかったことを、どう思ってるとお考えですか？」

「内大臣、私には判りません。どう思ってるのですか？」

「ジェイ・マーシュ大尉、何も思ってません。何も。そうなることは判っていましたからな。お判りかな。自分は死ぬかもしれない、庶民は皆焼き殺されるかもしれない、しかし、天皇陛下には絶対危害は与えられない、ということですな」

木戸の言葉は私には面白かった。私はこれまでそんなことは考えたことがなかったが、彼の論理はもっともだと思った。日本人にとって宮城を爆撃しないという我が軍の決定は、魔術のしわざか、あるいは、天皇の力は爆弾を遠ざけるほど大きいことを示す神の介入によるものだったのだ。

「ですから、私たちは彼らと一緒に終戦の準備をせねばならなかったのです。早過ぎれば彼らは犠牲を払ったのに裏切られたと思ったでしょう。彼らが内心望んでいる、その時にしかできなかったのです。犠牲は払った、しかしこれ以上犠牲にはなりたくない、と彼らが思った時です。ですから、それが来たのは、彼らの苦しみがあまりにも大きくなり、陛下がご自身は安泰であらせられたのに恥辱は一身に引き受けようとご決断になり、国民を苦しみから解放された時なのです。終戦のご決断は陛下のご慈悲によるものです。ジェイ・マーシュ大尉、同意されますかな」

「同意？」と私は思った。木戸の論理は強力で深みがあり、しかもアメリカ人が学ぶ思考方法とはあまりにも異質なので、私は彼が本気なのかさえ判らなくなった。

「内大臣、面白いお考えです」

「そう、面白いでしょ？　しかも大切なことだ！」と彼は真剣になってきた。「私は自分でもこれは一年以上手掛けてきたのですから！」

「一年以上？」

「そう」と彼が言った。「サイパン陥落以来ですよ。そのとき既に我々は戦争には敗けることが判っていた。しかし生き方を変えるわけにはいかなかった。ロシアは助けてくれるはずでしたが、彼らはいつも我々を裏切ってきましたからな。外部からの助けが少なくなるほど、将来のためには犠牲を完全なものにすることがなおさら重要になってきたのです。誰もあとになって我々のやり方が不十分だったなどと言うわけにいきませんから。しかしいったん犠牲が完全なものになれば、それが陛下が国民を苦痛から解放なさる時なのです。私は平和主義者ですよ、ジェイ・マーシュ大尉。陛下もです」

私は木戸の言葉に啞然とした。サイパンの次にグアムが来た。そして、テニヤン、ペリリュウ、フィリピン作戦、硫黄島、沖縄。そして、関東平野の都市の大部分を焼き尽くした焼夷弾。そして広島。そして長崎。犠牲が完全なものになることを確かめるとは？　適切な時期を待つとは？

木戸は私の顔つきを見て、私がまだ口にしていない質問を予期したようだった。「我々は平和のために大いにやりました。しかし国民を裏切ることはできない。彼らの犠牲が完全でなければ、そう簡単にマッカーサーを歓迎していないでしょう。それとも戦いを続けたとでも？お判りでしょ」と内大臣は肩をすくめて言った。「戦争は成り行きに委せることによって陛下は国民をマッカーサーにお渡しになったのです。なぜならば、結局我々は秩序を維持し、共に働かねばならないからです」

木戸の言葉に私はますます混乱した。彼の言う「我々」

とは誰のことだ。

私にはそれを尋ねる機会がなかった。突然議場が静まり返ったからだ。すぐに天皇自身が正面の演壇に向かって歩いて来た。彼の歩き方を見て私は何年も前に読んだことを思い出した。裕仁は祖父明治天皇から特徴ある歩き方を受け継いでおり、戦前西洋からの特派員の何人かが不敬にも「天皇式すり足」と呼んだ歩き方をしなければならなかった。逆に多くの日本人は特徴的な足どりを崇敬する明治天皇との直接的関係の象徴として見ていた。

着物や軍服やタキシード姿の全議員が深々と頭を垂れた。木戸は天皇の姿を見るや否や起立して同じように最敬礼した。天皇は演壇まで行き、そこで議員たちに礼をし、数秒後にマイクロフォンに向かった。彼は皇室用の刺繍を施した濃い色の詰め襟の海軍の軍服を着ていた。軍服からはすべての勲章が外されていたが大勲位章だけが左胸につけられていた。私は何年も戦争中のアメリカ側の宣伝ばかり聞いていたので、彼が話を始めようとして立っているのを見ると、姿勢がよく、細面で、よく手入れされた細い口髭を生やした美男子なので驚いた。

裕仁が話し始めると、その声は、ゆっくりしていたが、かん高く、皇室特有の発音だった。「我々は新しい状況の下で負うべき責任について議論することが肝要である」と彼は話し始めた。「昨夜朕は重臣たちを宮中に呼んだ。我々は戦争の終結を祖先と天照大神にご報告した。新しい時代が始まったが、古い時代が終わるのではない。我々は先に逝った人々の犠牲を無駄にしないように振る舞わねばならない」

一同は聞き入っていた。天皇の静かで単調な言葉から大きな説得力を感じたのだ。私にはすぐ、彼が西側が報道しているような弱々しく、世の中を知らない人間ではなく、また、国民と無関係なヨーロッパの王族とは違うことが判った。操り人形のような王や儀式用の飾り物ではないことも思い知らされた。彼は宮中の神殿から戻り、モーゼがシナイ山から持って来た十戒の現代版を日本の指導階級にもたらしたのだ。

「我々は自分たちが一定の理解に基づいて敵対行為の終了を受諾したことを忘れてはならない」と裕仁は続けた。「朕は日本人を含むすべての者がこの取り決めを遵守することを期待する。朕は臣民を信頼しており、ポツダム宣言の条件を平和裡に遵守すること、また、相手側も施行に際しては注意を払うこと、を知っている。それによって、再建と国家体制の維持が可能になるのである」

天皇は息をついで、臣民一人一人の顔を覗くように議場を見た。私は彼が言おうとしていることの間接的な力に驚嘆した。ここでも彼は「降伏」という言葉を使わなかった。彼は日本人にポツダム宣言を守ることを命じながら、同時にアメリカ側に対して、天皇制には手をつけない約束をしたではないか、ということを思い出させていた。事実上彼はマッカーサーに対し、もしアメリカ側が約束を守らなければ、将来日本人にそうそう平和的な行動はさせない力を自分は持っているのだ、と警告しているのだ。

さらに彼は続けた。「朕は臣民と共にある。彼らの喜びも悲しみも分かち合うことを常に望んでいる。朕と臣民の結びつきは常に相互の信頼と愛情に基づいてきた。それは単に伝説や神話に基づくものではない。それは天皇が神であり、日本人が他民族より優秀で世界を支配する運命を負っているという誤解に基づくものではない」

私は彼の話をどう理解すればよいのか判らなかった。天皇は臣民に対して、彼らが嘘を信じて闘ったと言っているのか。私はそうは思わなかった。彼は、支配者と従属者の結びつきは、部外者が議論したがっている神性や優越などというものより大きい、と言っているのか。そうかもしれない。彼が伝説と神話と誤解について話しているのは、絶えず日本の体制を笑いものにしている外国報道機関をそれとなく揶揄にするためなのか。多分。あるいは、ここでは何か、多くの外国人には理解できないであろう、〝腹芸〟が行われているのか。

私には判らなかった。しかし、彼の言葉に静かに同意したかのように、多くの者、隣席の木戸さえが頷いていた。

天皇は一枚の紙を差し出し、「朕は臣民のために和歌を作った」と言った。議場が期待でざわめいた。皇族が自分の真意を三一音節の詩で伝えるのはよく行われていることなのだ。そして天皇は読み始めた。

ふりつもるみ雪にたへていろかへぬ
松ぞををしき人もかくあれ

いい教育を受けている議員たちは秘かに感嘆の声を洩らし天皇に最敬礼した。彼らは天皇の言葉の意味するところを正確に理解した。自分たちは松の森なのだ。占領軍は雪で、一時的に彼らの枝を白くしているだけなのだ。しかし春が来て、夏が来る。雪は解けて消えてしまう。そして、松の森はさらに強く不滅となり、そのまま残るのだ。

天皇は答礼して、あとは何も言わずにゆっくりと、すり足で議場を出て行った。彼が立ち去るまで議員たちはお辞儀を続けていた。

「それで、首相ですが」天皇が見えなくなると木戸が言った。「彼が言うことも私たちは議論する必要がありますな」

「内大臣がお望みなら」

「そうです」と内大臣は真剣に言った。「必要ですよ」

今度は、天皇の叔父である東久邇宮が演壇に立ってお辞儀をした。彼は日本の降伏後首相になったばかりだった。私がウィロビーから聞いていた話では軍歴三一年の陸軍将官で、そのうち七年間は情報将校としてヨーロッパに駐在した。彼は多くの点で裕仁とは逆で、スピードの出る車、フランス人の愛人、陰謀好き、などで知られていた。一九三〇年代、多くの暗殺事件、日本のさらなる拡張主義に反対する穏健派へのテロの一部であった脅迫行為ともかかわりがあった。一九三七年、彼は中国の都市に対する日本軍の初期の爆撃を指揮した。一般に信じられていたところによると、裕仁は、降伏に反対している連中に対して彼が皇族の一人としてもっている影響力を考慮して、嫌がるのを説得して平和時の最初の首相にしたのだ。東久邇がいなければ、過激派は天皇による終戦の決断をくつがえす企てが起きたかもしれない。

東久邇は協力的な気分にはなさそうだった。彼はシングルのカーキ色の軍服を着ていたが、たくさん持っている勲章はすべて外してあった。年は六〇に近く、背は低く、髪は薄く、平らな顔つきは厳しかった。壇上の彼からは傲慢に近いずぶとさが感じられた。演説を始める前に、彼は無念さを隠そうともしない顔つきで、議員を見渡した。そして殿下は最初から感情をむき出しにした。

「こういうことになってしまった」と、殿下は話し始めた。彼が議場を見渡しているとき、私は彼に見据えられているような気がした。「今日、一〇万人の外国人兵士が我々の神聖な地を占領している。さらに増えるのだ。世界中で解説者が、日本が他国の領土を奪ったのは間違ったことだと言っている。道義的に間違っている、と。邪悪であると。このような侵略行為は国家として取るべきではないと」

首相が仲間の指導者連中を見る顔つきは、こういう議論はすべて愚劣だと信じているようだった。「では、今日我々の敗北を祝っている国々の行為はどうなるのか。確かに我々は荒廃した中国の領土を押さえた。しかし大英帝国や、ポルトガルさえ我々の前に同じことをしたのではないのか。一体、阿片貿易や租界の強要で中国を荒廃させたのは誰だったのか。しかり、我々はシンガポールとマレーを取った。しかし誰からだ。シンガポール人からでも、マレー人からでもない、イギリス人から取ったのだ。しかり、我々はインドシナを取った。しかし我々はベトナム人やカンボジア人から取ったのか。それともラオス人からか。違う、我々はフランス人から取ったのだ。我々はフィリピンをフィリピン人から取ったのではない。アメリカ人からだ。しかも彼ら自身五〇年足らず前に、フィリピンをスペイン人から取ったのだ。我々はボルネオ、ジャワ、スマトラを誰から取ったのか。それらの国の人々からではない。オランダ人からだ。オランダとイギリスによってソーセージのように二つに切られたニューギニアはどうか。我々がこれらヨーロッパの支配体制を駆逐したとき、パプアやニューギニアの人々は侵されたと思ったであろうか」。悔悟の情を見せない東久邇は怒ったように拳を上げると演壇を叩いた。「いや、彼らはそう思わなかった。我々の神聖な使命は、アジアの名においてアジア人の領土を取り戻すことであった。それを白人の支配から解放するためであった」。

議場の何人かが、殿下が露骨にかつての目的に触れたので、席でモジモジしていた。彼はそれを見てあざ笑った。「どうしたのだ。私が話しているのになぜ床を見ているのだ。私は間違っているか。この話をするのも恥ずかしいのか。これらの領土はいずれ返還されたであろうということを忘れてもいいのか。解放が我々の目標だったのだ。協力が我々の目的だったのだ」

大きな感情の流れが議場を前後に走った。多くの議員がごく最近までの大きな野望を抑制しようと努力していた。多くの人は明らかに、首相はこのように公然と挑発するようなことを言ってこれからどうするのだろうと、訝っていた。たった二日前、マッカーサーがミズリー艦上で、寛容・正義・尊厳の名において雄弁をふるったばかりだ。まさしく今日、天皇はマッカーサーの演説を全国の新聞に載せることを命じていた。一体首相は何を達成したいのか。

東久邇は話をやめ、二、三回息を深く吸うと、仲間の指導者連中の顔を挑むように見つめた。そして話を続けた。

「我々はこの戦争に敗れた。しかしこの戦争は歴史的に培われてきた国際的行動基準に則って行われたのである。我々はそれらをどこから学んだのか。それらはまず一世紀近く前、ヨーロッパ人とアメリカ人によって押しつけられたのだ。私はここに、皇族を代表して敗戦の責任を取る。しかし我々は同時に警告を発しておく。ポツダム宣言他の連合軍声明によって定められた戦争責任に関する規則は歴史の危険な書き換えである。我々はこれらの規則が慎重に適用されることを要求する」

議場内を囁き声が流れた。殿下がこのような警告を公然と口にするのは、間接的にとはいえ、少なくとも天皇本人から出たものと解釈せざるを得なかったからだ。東久邇は話を続けるに従い、ますます怒りに燃えてくるようだった。

「新しく、また、不公正な概念が我々に押しつけられている。我々の名誉ある指導者たちが、歴史を通じて国家間で行われてきた行動を取ったということだけで『戦争犯罪人』の汚名を着せられているのだ。領土を力で取ることが犯罪か。だとすれば、我々が最近解放した領土を取ったイギリス・フランス・オランダ・アメリカの指導者たちを誰が裁いたか。誰もいない。彼らは互いに競い合い、争ってさらに多くの領土を取ったのだ。日本はどこが違うのか。何も違わない。我々の指導者たちが犯罪行為を行ったなどとは絶対認めない」

議員たちはゆっくりと頷いたが、その多くは混乱しているようだった。戦争には敗けた。彼らは屈辱を受けている。連合軍は上陸した。日本は文書に調印した。マッカーサーには一方的な権力が与えられた。これ以上何を認めるとか認めないとか言うのだ。私が彼らを見渡していると、木戸が秘かにこっちを窺っているのを感じた。彼は安心させるかのように私の腕に触った。

「あとで説明しますよ」と木戸が言った。

東久邇首相は気を静めてきた。自分の演説の感情の高ぶりで消耗したのだろう。彼は議員たちを安心させるかのように片手を彼らの方に振った。「我々は我々の同意する分野においてのみ、あらゆるレベルで協力する。しかし戦争は極めて明解な条件の下に終結したのである。そして我々は、国際的な行動規準に従って行動していた指導者たちを辱めることは許さないのである」

東久邇宮が演壇から歩き去ろうとしたとき、議場中に囁き声が流れた。彼はある者たちを元気づけ、またある者たちを混乱させたが、大多数の者はこういう演説になることが判っていたかのように、頷き合っていた。木戸はまた私の肩を叩いた。彼の顔は明るかったが、何かの懸念を隠そうとしているのは明らかだった。

「お話をしましょうか」と内大臣が言った。「ご一緒にどうですか」

彼が席から立った。私は横浜に戻り次第しなければならない報告のことを考えて躊躇した。「他の演説はどうするんです?」

彼は軽蔑するように議場を指して言った。「何でもありませんよ。水資源、道路建設、発電所。政府など」。内大臣は笑った。「修飾語以外、みんな同じですよ」

私は彼の後について暗い廊下を通って、さっき彼が私を待っていた小部屋に戻った。中に丸い会議用のテーブルと椅子が四つあった。テーブルの中央には飾り気のない灰色の陶器の茶瓶と湯飲みが二つ置いてあった。壁は灰色で飾りはなかったが、ただ一つ、我々が入って来た入り口の反対側に大きな菊の紋が付いていた。右手の壁には閉ざされたままの扉があったが、奥の部屋に通じているのだ。

木戸が腰を下ろした。私は自動的に彼の正面に坐った。木戸は注意深く茶をついだ。茶はやたらに熱かった。誰かが我々の議場を出る時刻を正確に知っていて、我々が部屋に入る直前に茶瓶をテーブルに置いたのだ。

「最高司令官にはあの演説は気にされないよう、お伝えいただきたいですな」と内大臣が言った。「あれはあれで必要だったんですが、あまり大げさにお考えにならない方がよろしいでしょう」

「マッカーサー将軍に報告します」と、私は外交的にしていようと努力しながら茶をすすった。「しかし質問が出るでしょう。何といっても演説したのが総理大臣ですし、記者も大勢いましたよ」

「いや、日本の記者はこちらで何とかします。彼らはこういうことは理解していますよ。こちらの通訳はそちらと一緒に働いてますし。他の連中は心配ありません。殿下が首相でいるのも長くはありませんから」

木戸は私の個人教師であるかのように、無理やり微笑を見せながら言った。「よろしいですか。我々はいろいろな役割を果たしているんです。非常に多くの準備をしたんです。殿下が首相になられたのは、皇族が国民に対して戦争責任を取るためだけにですよ。将来に向かって動き出すときには彼はいなくなります」

「内大臣、我々はもう将来に向かって動いているんです。昨日のマッカーサー将軍の演説の基盤はそれです」

「そう、そう」と内大臣は片手を振って言った。「しかし、あなた、判っていただきたい。あれは必要だったんです。我々は、我が国民にですが、いくつかのことは忘れさせないようにしなければならない。陛下がおっしゃったように、新しい時代は過去を無視すべきではないのです」

木戸は私の眼差しから、私が迷っているのに気づいた。「ジェイ・マーシュ大尉、我々は過渡期にあるんですよ。殿下はご自分の意見をおっしゃればいいのです。そうでないと難しいことになります。しかし結局、彼はいなくなります。外務大臣も同じですよ。重光もすぐいなくなります。歳とってますからね。彼は終戦の文書に署名したのです。すぐ内閣を去ります。屈辱と一緒にね。他の――」

木戸は私の背景を買いかぶり過ぎ、また、自分の考えをハッキリ言い過ぎたかのように、口をつぐんだ。「他の連中は別の任務を与えられます。それぞれの役割をね。それが大事なんです」

私は最高司令官の聞き役としての任務が気に入っていたので、これを聞いて嬉しくなった。そして好奇心を抑え切れなかった。「内大臣、あなたの役割は？」

「私？」。木戸は、もう知っているのだろう、というふうに軽く笑ってみせた。「私の『義務』は陛下を利用したり辱めようとする者たちからお守りし、助言することですよ。私の『役割』？　他の者の役割を決めることです」

我々はお互いの目を何秒か見ていたが、木戸が肩をすくめた。「ジェイ・マーシュ大尉、我々の文化は極めて厳密です。例えば、東久邇宮は首相ですが、もし彼がミズリーで調印されたら、それは、事態を不安定にしかねなかった。マッカーサーはこういうことをご存じのはずです。彼は『朕』という言葉の重要性も知っておられたのだから」

木戸の微笑を見ていると私の心は、双眼鏡で見ている目標に焦点が合っていくように、ハッキリしてきた。もちろんだ、と私は思った。首相の言葉はマッカーサー宛の、特に日本の最高指導者たちに累が及ぶかもしれない戦争責任に関する、信号だったのだ。そして、他の皇族でなくて、東久邇を選んだのが木戸だった。殿下は与えられた役割を果たし切った。木戸は彼の発言は無害だったと私に言い含めたそうだったが。

私は湯飲みをテーブルに置いた。「内大臣、戦争犯罪は追及されますよ。皆知ってることです」

「そう、知ってます。しかし皇族は別です」

私は彼の直截さに驚いた。「皇族ですって?」

「天皇陛下。御従兄方。御叔父方。この方々は犯罪は犯しておられません。そういう方々を告発するのは玉座に対する攻撃以外の何物でもない」

木戸は鋭い目つきで命令するように言った。私は他に何を言えばよいのか判らなかった。もう帰る時間だ。

私は立ち上がった。「内大臣、貴重なご意見ありがとうございました」

「いや、どういたしまして」。木戸は立ち上がり、自分の言いたいことは十分伝わったな、というふうにちょっとお辞儀をして、いつもの外交的な態度に戻った。「近いうちに東京に来られるのですか」

「四日後です」と私が言った。

「そうですか。東京に住むようになったら、一度夕食にお招きしたいですな。自分の言葉でいろいろお話しできるのは助かりますよ。最高司令官も公式会談以外から我々の懸念をお耳に入れられることが大事だと思いますよ。違いますか」

私はかすかにお辞儀をした。公に議論しなかったので我々の関係は強くなったのだ。

「名誉なことです。マッカーサー将軍の許可があれば、のことですが」

「もちろん」と彼は顔を輝かせて言った。彼にとってマッカーサー将軍の許可ということは、将軍がこの非公式なコミュニケーション手段を認めることを意味するからだ。「完璧なお答えですな。マッカーサー将軍はあなたを顧問にされて、幸せですよ」

「内大臣、私は顧問なんかじゃありません。私は――」

「そう」。私の隠された役割という秘密を二人だけが知っているかのように、木戸は気短そうに微笑して見せた。

「判ってますよ、判っています」

私はこの日の歴史的な重みを横浜へ戻る車の中で受け止めていた。太陽が東京の広大な廃墟の彼方に隠れようとしていた。光線が埃の中を差して来ると町が夜明けの・・もやのように美しいピンク色のパステル調となった。私は仏陀の教えを思い出した。彼の影響力は東アジアの文化と、それぞれ固有の特性を失わせることなく、混合して行ったのだ。「泥の中から美しい蓮が育つ」と仏陀は言った。そして東京の廃墟の埃の中から、間もなく、ピンク色に輝く復興の後光がさすのだろう。

首相の怒りに満ちた演説が私の頭の中を駆け廻っていた。あのような大胆さに私が困らないわけがないではないか。もしドイツの指導者が第三帝国の降伏後一週間もたたないうちにあのような反抗的な主張をしたらヨーロッパはどのように反応しただろうか。

同様に重要なことだが、私は自分の目で、法律や勅令よりもはるかに強力に日本の社会を導いてきた裕仁天皇の威厳と、目立たないながらも進行中の変化を目撃したのだ。天皇と木戸内大臣はその簡単な演説と、また、東久邇宮の痛罵を通じて、戦争犯罪追及の限度についての彼ら自身の見解を含む戦後の関係に強大な標識を立てたのだ。茶を飲みながら木戸があまりにも滑らかに、しかも直截に伝えたいことを強調したので、私は呆れて首を振っているうちにニュー・グランドホテルに着いた。

闘いは始まっていた。マッカーサーは日本の憲法と、それと一緒に、生活様式を変えるのに躍起になっていた。日本側は抵抗し、同時に、戦争犯罪の分野における全面的な責任は認めないだろう。そして、私は、闘いが始まっているこのとき、双方が秘かに配備している武器を知っているのは自分だけだ、ということに気づいた。マッカーサーは王座に対する生まれながらの尊敬の念をもってやってきたのだが、天皇の本当の力はまだ理解していない。天皇と内大臣は本当の意味で、ダグラス・マッカーサーのずる賢さを知らない。

そして俺は？　ホイットニーが私を信頼したのは正しかった。私は新しい職分を見つけたのだ。私は外交の精妙さと虚構が気に入った。私は生まれつき自然に微笑むことができるし、二枚舌も使える、半分嘘を混ぜることもできる。私は耽溺していた。

惚れ込んでいた。

第一〇章　東京へ

ガーベイ神父はグランドホテルの食堂の中央のテーブルに一人で坐って、もの思いにふけっていた。もう九時を過ぎていて、彼が唯一の客だった。もっと面白いことに彼は素面だった。私は入って行って彼の向かい側に腰を下ろした。

「ジェイ、疲れてるようだな」

「ええ。だけど、あんたもひどいですよ」

私は部屋の向こうにいるタキシードを着た給仕に手を振って呼んだ。彼が来たので私はこの小さな老人に日本語でビールを一本注文した。やたらに大きい瓶だ。彼は私の日本語の流暢さが嬉しいように微笑むと、深々とお辞儀をしてからビールを取りに走って行った。

「それには異論のある女性が何人かいるぞ」。ガーベイ神父は不思議なことを言った。「とにかく、何を言いたいんだ」

「それはですね、僕は明日には回復してますが、あんたは相変わらずひどいということですよ」

「私はそれにも異論があるな」と彼はやっと微笑んで言った。「君が回復しているという部分だよ。ジェイ、連中にこき使われてるんだろ」

私は元気を取り戻した。「とんでもない。僕が今日何を見たと思います？　この一〇日間どこにいたと思いますか。マッカーサーが日本に着いたとき、そこにいたんですよ。僕は天皇の最高位の助言者と同じ車に乗ったんですよ。そして今や彼の、いわば裏口のメッセンジャーなんですよ。山下がジャングルから出て来るのを見たし、彼が投降したとき、話を聞いたんです。マレーの〝虎〟本人とですよ。差しで！　今日は天皇が議会で演説するのを聞いたんです。こともあろうに日本の天皇ですよ。この僕が。苺摘みで綿刈りの、糞・アーカンソー・ケンセット出身の」

「そういう悪態をつくと可愛くないな」。ガーベイ神父は全く感心しないでつぶやいた。彼は私を咎めるような目で見た。「それでデビナ・クララはどうだった?」

「知りません」。私は現実に戻って答えた。

「知らないとはどういうことだ。マニラに行ったんだろ。彼女に会いもしなかったと言うのか」

「マッカーサーが許さないんですよ」

ガーベイ神父は自分の肩に向けてツバを吐いた。古くからアイルランドにある王権に対する侮辱の仕草だ。

「マッカーサーもそこにいて、君のジープを運転して、君の行動をいちいち監視してたと言うのか」

ビールが来た。給仕がグラスをテーブルに置いたが、私は瓶を彼の手から取って、ラッパ飲みを始めた。

「神父さん、僕はジープで厚木へ行って、C-54で沖縄へ行って、マニラへ行って、C-47でバガバグへ行って、トラックでバサング峠へ行って、山下が山から出て来るのを待って、トラックでバガバグへ戻って、C-47で山下をバギオまで連れてって、マニラへ戻って、C-54で沖縄から厚木へ行って、ジープで横浜へ戻って来たんですよ。ときどき寝る努力はしましたがね。全部を三日でですよ」

「最初にマニラに着いたときに彼女に知らせておいてバギオから戻ったときに一時間ぐらいやりくりして会うことができたんじゃないのか」。ガーベイ神父の目は遠くを見ていた。「私ならそうしたがね」

「神父さん、どういう意味です?」

彼はちょっと私を見たが、当惑しているようだった。そして彼はまた遠くの方を見た。「意味はただ、君は彼女を愛しているのか。それとも、もう——お遊びはやめということにして彼女の人生を台なしにすることに決めたのか」

他に何を言うのかと思って私は彼の顔を見た。彼の言葉は深刻で、それを言わせる何かもっと奥の深いものがあるに違いない。しかし、彼の言ったことは間違ってはいなかった。

「いいですよ、神父さん。認めますよ、僕は怖かったんです。別れるとき彼女があまり感情的だったんで。時間しか会う時間がないなんて言ったら、どうなったと思いますか。どんな目に遭うか。罪悪感と涙。彼女に答えることもできないし、約束もできない。今そんなことはやってられません。他にいろいろ——」

「へえ、ひどい目に遭うのが怖いんだ」とガーベイ神父が言った。彼はまた私を見て、裁判官が意見を言うように顎をなでた。「それで、君は自分が彼女をどんな目に遭わせているか、考えたことがあるのか」

「僕は彼女をどんな目にも遭わせてませんよ。マッカーサーが僕たちを嫌な目に遭わせてるんです」

「これはまた、忠節なるお言葉だな。自分は勇敢な男で、罪はすべてマッカーサーにあると言うんだ。彼女を無視する正当な理由になるわけだ」

「神父さん、どうしたんです」

「君こそどうしたんだ。冷たいじゃないか。権力だとか歴史とかにのぼせ上がってるぞ。やめた方がいいぞ」

私はまたビールを一口飲みながら彼を見つめた。それから肩をすくめて、無理に微笑して見せた。

「すみません。あんたの方が正しい。彼女が恋しい」

「君は死ぬときに」彼は自分で判っているとも思えないようなことを言い出した。「天皇の演説を目撃したなんてことは考えないぞ」

「マッカーサーは考えるでしょ」

「君はマッカーサーじゃない。しかも、それがどうしたと言うんだ。君が考えるのは、誰が君を愛していたか、だ。それに君がどう対処したか、だ」

私はついに諦めて手を挙げた。「私が間違ってました。いいですね。まあちょっと休ませて下さいよ。三日間ほとんど寝てないんですよ。何か他の話しませんか」

「いいよ」とガーベイ神父が言った。彼は言いたいことを言ったので私を許すように微笑した。「今度は、テッド・ウィリアムスが来年四割打つかどうか、議論するか」

給仕が私の注文を取りに、また現れた。私はガーベイ神父の皿を見た。「きょうの晩飯は何です?」

「ビーフとヌードルだ。マッカーサー以外はね。それともスパムにするか?」。ガーベイ神父は話をやめて、私が嫌な顔をするのを待っていたが、私はそんな気分ではなかった。すると彼が言った。「彼のために卵一つ発見したって話聞いたかね」

「聞きましたよ」。私は給仕に食事を持って来させながら言った。日本に着いた最初の朝、最高司令官は卵を注文した。必死になって探した揚げ句、横浜中に卵が一つしかないという報告を受けた。「横浜中で一つというのは信じられませんがね」

「それをサテンのクッションに乗せて持って来たそうだ」

「神父さん、僕は鶏を飼いながら育ったんですよ。雌鶏が一羽いれば、二羽はいます。普通雄鶏が一羽います。雌二羽いれば四羽。一羽でビクビク暮らしている雌鶏は大体卵なんか一つも産みませんよ。判りますか」

「いいよ」と言ってガーベイ神父は肩をすくめた。「あえて議論をするとだね、一〇羽いたとしよう。いや、一〇〇羽にしよう。それで、横浜に何百万人が住んでるんだい。十分な卵とは言えないな」

「将軍は理解力もあるけど感受性も強いことで知られてるんです。ロマンチストなんですよ、あんたみたいに」

「急にきついこと言い出したな。思いやりはなくなったのか。ジェイ、戦争は終わったんだ」

「多分ね。あんた、僕が今日議会で見たこと知らないんだ」。我々はしばらく黙って坐っていた。「日本の名誉ある伝統では、敗者は低姿勢を取り謙虚さと無力さを見せること、知ってますか。そうすれば馬鹿役を演じながら復讐の機会を待てるんですよ」

「へえ、今度は復讐か」。ガーベイ神父は神に直接話し掛けるように片手を挙げ、首を振った。「昨日の敵が復讐の準備か」。彼はテーブルに身を乗り出した。「君、横浜の町歩いてみたか。我が軍の爆撃で何もなくなったんだ。あの人たちには何もないんだ」

「それには異論ありません」

「じゃ何を言いたいんだ」

「彼らが飢えていないなんて言ってませんよ。卵の話が信じられないだけですよ」。私は話題を変えようとした。「まあいいや。神父さん、飲んだらどうですか」

ガーベイ神父は弱々しくニヤッとした。「ジェイ、妙な感じなんだがね、日本に来てから酒はあまり欲しくなくなってね」

「そりゃ残念ですね。あんた酔っ払ってる方が僕は好きなんだけど」

彼は私の不敬が気に入ってかすかに笑った。「私は長い間、酒を飲むことが自分の弱さだと思って困っていたんだ。君には尊敬してもらってもいいがね」

「あんたを尊敬してるなんて言ったことありませんよ。好きだって言ったんです」

「神の従者の一人にそういうことを言うのは罪悪に当たると思うがね」

「ここじゃ違います」と私は冗談を言った。「日本には宗教上の罪悪なんかないんですよ。神父さん、忘れないで下さいよ。混乱させたくありませんから」

「罪悪が存在しない？　じゃ我々は天国に来たんだ」

「とんでもない。彼らが信じないだけですよ。わきまえておいて下さい」

ガーベイ神父は私の言ったことが大いに気になったらしく濃い眉毛を寄せた。「ジェイ、君今日は機嫌が悪そうだな。フィリピン人についてそんなこと言ったことはないじゃないか。彼らもアジア人だぞ」

「彼らはクリスチャンですよ。クリスチャンは罪の概念を認めます。罪は個々人の良心の問題です。人と神との間の問題です。死ぬときに責任を取らされるのです。日本人を動かすのは恥の概念で、良心ではありません。良心は内向的です。恥は外向的です。問題は、自分がグループの一員として尊敬され続けるかどうかです。ここで責任を取る、しかも後でグループのメンバーである先祖にも責任を取る。罪の意識によって取るべき行動が明らかになる。ルールがありますからね。一方、恥は永遠です。罪は許される。しかしどうやって恥を振り払うんですか。恥は永遠なんです。そこで聞きたいんだけど、どっちの力が強いと思いますか」

ガーベイ神父は尊敬を深めたように私を見た。「深遠だな、ジェイ。どこで覚えたんだ」

「カズコっていう女の子ですよ。カリフォルニアで、五年前です」

「じゃ君はこういうこと詳しいんだ」。彼は半分からかうように言った。「だけど、それと、鶏と卵に関係あるのかね」

「大ありですよ」。私は木戸内大臣とのやり取りを思い出しながら言った。「もし罪の概念がなければ嘘の概念もない。絶対的な意味合いではね。我々が嘘として咎めることが日本人にとっては、グループのためになるなら、気高い行動であり得るわけですよ。グループに対する義務を果たせないことが恥となるんです。しかもここじゃ、そのグループというのは家族国家です。不忠者は排除されるんです」

ガーベイ神父は食事を突っつきながら考えていた。

「たった一個の卵に、『最高司令官』はえらいショックを受けたんだぞ」。彼はマッカーサーが東欧の皇太子か何かになったように、その新しい肩書きを皮肉っぽく言った。「彼は昨日横浜市にトラック二一台分の食料をやったんだ」

「じゃ、寂しい一個の卵は目的を果たしたというわけですね」

「それから、日本の食料を食ったアメリカ軍人は軍法会議にかけるそうだ」

「その通り。横浜市はまた勝ったわけです」

ガーベイ神父は私が彼のロマンチックな物語をぶち壊しているとでも言いたげに私の顔を見つめた。「君はもっと自分の皮肉癖を抑える努力をしなくちゃな」

「だけど神父さん。マッカーサーはその卵を飢えた横浜人に返したんですか。それが知りたいなあ」

「もちろん食ったさ。彼はマッカーサーだぞ。それがどうした」

「彼はアメリカ軍人ですよ。日本の食料を食ったんだ。彼の軍法会議はいつやるんです?」

ガーベイ神父は薄笑いをして私を見ていたが、目がだんだん大きくなって、とうとう声を立てて笑い出した。

「ジェイ、今日一日大変だったんだな。東京まで行って、お偉いさん方とな」

「神父さん、本当はすごく面白かったんですよ。陰謀やら、まるっきり反対に取れる言い廻しとか。僕はこれをやるために生まれてきたような気がしますよ」

「へえ」と彼は言った。「嘘をついたり騙したり盗んだりするのが面白いんだな」

私は笑った。「盗みなんかしませんよ」

給仕がビーフとヌードルを持ってきた。早朝以来初めて口にする食事だった。私はガツガツ食った。数分後また給仕がビールを持ってきたので、私は瓶からひと息で何口も飲んだ。それを眺めている彼は、最近発見した素面の世界のおかげか、どことなく清潔で高尚に見えた。

それから彼は肩をすくめて言った。

「ジェイ、何かやたらに奇妙なことが起こってるようだが、君はそう思わないかね」

「僕もそう思いますよ。あんたが思ってるよりずっと奇妙ですよ。僕はときどき、せりふは全部書き上がっているのに自分だけ脚本を持ってない芝居の最中にいるような気がして。我々が何をやるか決めても、その前に彼らがもうそれを考えていて、準備をしていて、次に何をやるかまで知っているような感じですよ」

「ジェイ、戦争に敗けたからといって彼らが馬鹿になったわけじゃない。しかもここは彼らのホームグラウンドなんだ」

「やっと意見が一致しましたね」。と私が言った。「彼らは絶対馬鹿じゃありませんよ」

ガーベイ神父は私が料理を平らげビールを飲むのを、考えごとでもするかのように見ていた。そしてホテルのロビーの方を向いた。

「ちょっと歩いてみようか」

私は興味がなかったので首を振った。「今日は駄目です。クタクタなんですよ。東京往復して、議会へ行って、上の階で一時間、マッカーサー将軍、ウィロビー将軍、ホイットニー将軍に尋問されて、ここでビール一本飲んで」

彼はしつこく言った。「君に見てもらえると私の勉強になることがあるんだ。君にも——面白いかもしれないし」

私には彼が何か奥の深い知的な考えと闘っているのが判った。「神父、一体何なんです？」

「淫売屋だ」。彼は格別の感情も見せずに言った。彼は私が驚いて笑い出すのを見ると椅子から立ち上がって、怒ったように腕を振った。「ジェイ・マーシュ、私は溺れたわけじゃない。その当てこすりみたいな馬鹿笑いは勘弁できんぞ」

「まあ僕には関心がないんで」

「そりゃあ、ないだろうよ」。神父はテーブルに沿って歩き出した。「君は美人と恋している、婚約もしている。しかし見ておいた方がいいと思う」

「神父さん。言いにくいんですが、以前何回か淫売屋に入ったことはあるんです」

「ここのは違うぞ」

もう晩《おそ》かった。港の周りの暗い道路は人も車もなく、たまにアメリカ軍のジープやトラックが通り過ぎるだけだった。ガーベイ神父と私は下を流れる掘割の汚水の臭いに顔をしかめながら、灯りもなく、壊れたままの歩道を歩いた。あたり一帯でコオロギが鳴いていた。今年は冬が早いのだろう。道端の家々の前に、遠くまで、提灯が蛍のように光っていた。頭上には大きな月が輝いていた。

通り過ぎて行く車や、町中の角に建てられた歩哨舎からアメリカ兵の笑い声が聞こえてきた。そばの家の開いた窓から煙が静かに流れ出していた。暗く静まり返った家々の中でご飯やお茶を作る炭火が光っていた。それぞれの壊れた部屋の物陰から黙ってこちらを見ている顔があった。彼らは腹を空かして、静かに待ち望んでいるのだ。彼らは、一度も征服されたことのない自分たちの町に一時住まいしているとんまな外国人の掌中にあって、どういうことになるのか、まだ判らないでいるのだ。戦争末期のマニラもそうだったが、荒れ果てた外国の道路を走るアメリカ軍の車両や兵士たちは私の生活のリズムの一部になっていた。

何丁か行くと、歩道は次第に小グループのアメリカ兵たちで混んできた。我々を追い越す者、逆方向に行く者、いずれも勝者が獲物をあさるように上機嫌な足取りで歩いていた。頭をもたげ、両手をポケットに入れ、興奮した声で話していた。我々のことは全く気にしなかった。

ガーベイ神父は港の端にある、大きな薄暗い建物を指差した。

「あれだよ」と彼が言った。

我々は道を渡って建物へ向かった。「マッカーサーはこんなこと知ってるんですかね」

「報告したよ」と神父は肩をすくめて言った。そして突然弁解するように言った。「しょせん私の義務だからね」

「それで、何て言いました?」

「ゴチャゴチャ言ってたさ。彼が言うには、兵隊たちは長い間ジャングルの中にいたんだ、セックスは人間の自然な営みの一つだ。やめさせようがない。自分が父親から学んだ最大の教訓は、実行できないような命令は出すな、ということだそうだ」

道を渡って建物の前に来た。「神父さん、残念ながらその理屈にはかないませんね」

「そんなつもりで言ったんじゃない」。彼の顔がこわばった。「宗教上の問題じゃあない。軍事上の問題でさえない。まあ見てみろ。どう思う?」

アメリカ兵がひっきりなしに出たり入ったりしていた。入り口の上の看板に、英語で、キチンとした文字が書かれていた。

『横浜レクリエーション・娯楽協会』

ドアの中は、カーペットの敷いてないコンクリートの床で、灯りは薄暗かった。入った所に、胸までの高さの木製のフロント・デスクがあった。この受付デスクは多分この間に合わせの建物のために本物のホテルから持ってきた移動式のバーなのだろう。建物自体最近まで工場だったようだ。デスクの反対側に階段があって、四階まで部屋が密集している。私の立っている所から幾つかの部屋が見えた。どうやら最近薄っぺらな竹と紙の壁で仕切ったようだった。

受付の向こうは陽気な雰囲気だった。クスクス笑いながらデスクのそばで待っている不器量な日本女性たちの間をアメリカ兵が何十人も歩いていた。彼女たちは簡素な木綿の着物を着ていたが、滑らかな肌や丸みは体にまとわりついている布の上からも十分窺えた。夢中になった兵隊たちが冗談を言ったり、からかったりしながら、お気に入りを探していた。別の女たちが明らかに満足した兵隊たちと階段を下りて来たが、中にはたった今恋に落ちたと言わんばかりに手を握っているのもいた。帰る兵隊、来る兵隊。入って来てこのアジア女性の宝の山に大喜びして叫ぶのもいた。待っている女、歩いている女、「ハロー」と「グッバイ」の手を振る女。

そうだ、平和が日本にやって来たのだ。酒なし、喧嘩なし、嫉妬なし、少なくとも今までのところは、横浜レクリエーション・娯楽協会はとても楽しい所だ。数日前降伏式のあったミズリー号の甲板に比べればよほどいい。

灰色のウールの背広を着た小柄な四十代の男がデスクの後ろに立っていて、その横にもう少し年のいった女性のアシスタントがいた。女は茶色の着物を着ていて、大きな帳簿に念入りに記録を書き入れていた。男は我々を見ると顔を輝かせて微笑した。彼は群がっている女たちを呼ぶように手を振ると、英語で我々に話しかけてきた。

「今晩は、お二人さん。いい娘《こ》がいますよ。何でもござれ、文句は言いません。アメリカ式のやり方を覚えたいんですから。三〇分五ドル、OK？　OK？」

「判るかね」とガーベイ神父が言った。

「どうしてこんな所に連れて来たんです？　どういうことなんです？」

私は呆れてデスクのこちら側に立っていた。日本人が降伏してから三週間も経っていない。我々が横浜に来てから一週間も経っていない。我々は厚木に着く前に、上流階級は妻や娘たちを山に避難させて、中には悪い連合軍兵士に出会ったときのために青酸カリを持たせた者もいる、という報告を受けていた。それなのに今我々の目の前にいるのは、スラムや農村やあるいは普通の淫売屋からかき集めてきて赤毛の野蛮人の情欲のはけ口として組織された、脚の曲がった、ごつい顔つきの女たちだ。

組織された。これが違いだ。見えない手でかき集められ、提供されたのだ。スービック軍港の女たちのは、行き当たりばったりで、何かいいことはないかといった、いい加減な気持ちでやっていることだった。こちらのには計画性があり、努力が見られる。この淫売屋は運がよくてできたのではない。それどころか、これは政府が作ったのだ。改装した建物。完璧な英語の看板。それに、微笑みながら私の腕を引っ張って可愛い子ちゃんの所へ連れて行こうとしている親爺。廃墟から立ち上がった、この贈り物は誰からだ。

「どの子がいいですか。ねえ。五ドル、文句なし」

「君なかなか英語がうまいね」と私が言った。我々が話していると一人の兵隊が選んだ女とデスクへ来て助手に金を払った。年のいった助手の女性は金を受け取ると帳簿に金額と女の取り分をきちんと記入した。そして慣れた手つきで女に階段を指差した。

「私が英語しゃべるの、驚きました？」と彼が聞いた。

「ボストン大学に行ってたんですよ、二年間」

「ボストン？」とガーベイ神父は感心して言った。

「ボストン大学、知ってますか？」

「私の母校だよ！」

「へえ、もしかすると同級だったかも」。親爺はまた女たちの方を指差した。「あんたは四ドルだ。文句なし。同窓会割引」

「馬鹿者、私は神父だぞ！」

また、兵隊。また、女。また、勘定。また、取り分。また、階段へ。数人の兵隊が用が終わって宿舎に戻るとき、我々の横を通った。その中の一人が私の肩に触った。

「へえ」と兵隊が言った。「将校だぜ。ここは下士官・

兵クラブだと思ってたよ」。十数人の兵隊が一斉に笑った。ガーベイ神父と私もお楽しみに来たと思ったのだろう。

親爺は初めて我々が将校であることに気がつき、しかもガーベイ神父の襟の十字架にも気がついた。彼は混乱して顔をこわばらせた。私は日本語で話しかけた。

「僕たちはマッカーサー将軍に仕えてるんだ」と私が言った。「心配しなくていい。お宅の繁盛ぶりを調べに来ただけなんだから」

「うへえ」と言って彼は最敬礼をした。「ああそう、あそう」

「この建物はいつからホテルになったの？」と私が尋ねた。

彼は誇らしげに微笑んだ。「ほんの一〇日ですよ。大急ぎでやりましたよ。前は弾薬工場だったんです」

「そりゃあ、よかったね」と私が言った。「そんなに早く改装できて、女性も調達して。物不足で大変なのに」

「はい」と彼は誇らしげに答えた。「大変協力してもらったんですよ。適当な経験のある女たちが必要でしたからね。大事な事業でしたよ」

「それで従業員は何人？」

「三〇〇人以上ですな」と彼が答えた。「だけど一度にじゃありませんよ。接客用の者だけじゃありませんから。掃除もやるし、タオルの洗濯もシーツの洗濯も、水も持って来なくちゃならないし。清潔で恥ずかしくないレクリエーション協会を運営するのに一生懸命です」

助手の前の行列は五人になっていた。かつて北ルソンのジャングルで山下の軍隊に向かって銃を運んでいた手は、木綿の着物に何気なく隠されている柔らかい肌をつかむのだ。

「それで商売はうまく行ってるんですか」

「はい、もちろん」と言って彼は帳簿の最下行を見た。「今日のお得意さんは二一九五人。一人五ドルで、となると、一万九七五ドルですな」

ガーベイ神父は呆れて男の顔を見た。その毛深い眉毛の背後で彼が自分には許されない世界の、二一九五回の交接の偉大さを計算しているのが私には判った。

「それでその金はどこへ行くの？」と私が聞いた。

「協会ですよ」。男は居心地が悪そうだった。私が深入り過ぎたようだった。

「で、協会の持ち主は誰です？」

彼は素早く助手の女を見るとまた私を見て言った。

「ええと、協会が協会の持ち主です。すみません。ご質問の意味が判らなくて」

さらに兵隊が入って来たり、出て行ったりした。彼は私に最敬礼すると英語に切り換えて言った。

「うちらはやたらに忙しくて。マッカーサー将軍には万事オーケイだとお伝え下さい」

ホテルへ戻る間我々は口をきかなかったが、近くまで来るとガーベイ神父が感心したように首を振って私の肘を突っついた。「君の鋭い洞察力のおかげで矛盾を理解した。我々から見れば二一九五回の姦淫行為だ。罪は許されるとしてだ。彼らにとっては、大勢の幸福のために二一九五回貢献してるんだ。ご加護と言うべきか。私は間違ってないかね」

「それにかなりの現金ですよ」と私が言った
「そうだ」とガーベイ神父が言った。「それに現金だ。横浜だけでな」

「どういう意味です？」

「二、三日で東京入りだぞ」

「それで？」

「先陣はかの有名な第一騎兵師団だ。堂々たる行進をやるんだ」

「最高司令官の計画ですよ」

「敵に撃たれるようなことはないだろうな」

「いいえ、日本軍は東京から完全に――多分明日、撤退しますよ」

「東京は大都市だぞ。人口はニューヨークくらいあっていうじゃないか」

「大体ね。というのは、あれだけの爆撃で正確には判らないんですよ」

「となるとかなりの数になるな。何だっけ、私の同窓生だという紳士の――友情と協力とか何とか」

「神父さん、違いますよ。確か、正確に言うと、レクリエーションと娯楽でしたよ」

「そうだった」と神父が言った。「レクリエーションと娯楽だ」。彼はしばらく黙って歩いていた。「助言が要るんだ」

「私のですか？」

「そうだ」。彼は自信なさそうに私を見上げた。「神父として、私はこれをどうすればいいのかね？」

私は笑った。もう真夜中だ。ホテルに着いていた。

「神父さん、祈るんです」

「祈る。それだけかい」

「祈るんです」と私は答えた。「無駄でしょうがね」

九月六日、ホイットニー将軍はマッカーサー将軍より先に東京に入った記者たちを市街の外へ出してしまう手配をした。理由は「新聞記者が占領の先に立つのは軍の方針にそむく」というものだった。九月七日、日本の正規軍は、近衛兵一個師団を残して、すべて東京から北へ撤退した。

近衛兵たちは私服を着るように命じられた。彼らはマッカーサー黙認の下、宮城を護るために「秘密裡に」東京に留まったのだ。いったい宮城を誰から護るというのか、双方とも認めなかったが、マッカーサーのこの行為は、彼と天皇双方の顔を立てた。マッカーサーはその与えられた大きな権力をもってしても、選抜された私服姿の兵士たちを留まらせることは止められなかっただろう。そして、オハイオ出身の子供っぽい顔をした二〇歳のMPの判断次第で、誰かがお濠を渡って、無防備な玉座に近づいたりしたら、天皇は世間に何と言われるだろう。

九月八日の明け方までに、長年マッカーサーのお気に入りだった第一騎兵師団がこの巨大都市の端に集結した。この道を通って最高司令官が横浜からやって来るのだ。我々は一〇時頃には彼らと合流し、ボロ車の行列の中、その後について行った。将軍の正式入城だ。

太鼓が鳴り響いた。ボロ車の行列がバック・ファイヤーを起こしながらノロノロ進んだ。兵士たちは桃色の靄と見渡す限りの瓦礫の中を格好よく行進した。見すぼらしい日本人たちが道端に集まって見物し、中には用心深そうに手を振る者までいた。そして、口には出さないが猛烈な準備作業がマッカーサーと天皇との間で続けられていたのだ。

天皇が自分の出迎えのため厚木に寄越した三万人の兵隊が見せつけた、静かではあるが恐るべき天皇の力を忘れられないマッカーサーは、日本政府に対し、今度はアメリカ人だけの行進にすると指示したのだ。何万人もの見物人に見られながらの東京入りは、彼の象徴的な権力の、最初の見せ場だった。将軍は儀式がアジア人に与えるインパクトの大きさを理解していた。自分の権力を初めて公開するに際して、自分が日本側の警備に頼って新居入りするといった印象は与えたくなかったのだ。

それでも帝国政府の手は、静かな群衆や崩れた建物の中に隠されていたとはいえ、我々のすぐそばにあった。市街近くまで哀れな音を立てながら来た将軍の車はついに故障して止まってしまった。運転手が外に出てエンジンを調べようとした瞬間、十数人の目つきの鋭い私服警官が群衆の中から現れて車を取り囲んだ。彼らは一切口をきかず、冷徹で、動じず、周囲だけを睨み、隊列の後ろの方から別の車が来るまで、怒り狂っている将軍を護っていた。

高い塀に囲まれたアメリカ大使館は官庁街や、宮城からもあまり遠くない赤坂地区の霊南坂にあった。第一騎兵師団はそこまで来ると、次は、議事堂や、濠と塀に囲まれた宮城の周辺を含め一帯に陣を敷いた。リトル・ビッグ・ホーンの戦いでカスター将軍とともに軍旗を失ったことで知られている第七騎兵隊の儀仗兵は後に残って大使館に入って行った。我々もマッカーサー将軍とアイケルバーガー将軍に従って入って行った。

我々は何も掲げられていない旗竿の下に集まった。庭の向こう側には、ホイットニーによって一時的に東京から追い払われ、まだ腹を立てている報道陣が今まで以上に皮肉な態度で群がっていた。ラッパが鳴った。いつでもどこにでもいるカメラマンたちがシャッターを切り始めた。そして、マッカーサーが旗竿まで歩き寄り、敬礼しているアイケルバーガーの前に立った。彼の言葉の調子そのものが、カスターと共に死んだ時代から戻って来たようだった。

「我が国旗を掲げ、東京の太陽の下、栄光に翻させよ。抑圧された者の希望の象徴として。また、正しき者の勝利の前触れとして」

宮城は手に入れることができなかったので、マッカーサーは東京で二番目に素晴らしい邸、アメリカ大使館を住居にすることに決めたのだ。大使館は四年近く閉鎖されていたのだが、有能な従業員を募集したり訓練するのは難しくなかった。彼はそんなことを聞く必要さえなかった。命令も広告も出さないのに、戦前ここで働いていた人たちが、一人また一人と見慣れた裏門から入って来て、仕事についたのだ。彼らに着る物を与える必要もなかった。彼らは茶色の着物の制服を気密性の高いトランクに入れて大使館の屋根裏に置いて行ったのだ。

皿類は食器棚に納められ、リネン類は押し入れに、清掃用品は物置きに納められていた。大した手間も掛からず、明るく礼儀正しい、有能な日本人従業員の手によって、大使館は昔の活気と輝きを取り戻した。まるで戦争という不愉快なことによる中断などなかったように。

最高司令官は第一生命ビルを本部に選んだ。六階建てのこのビルは東京で堅牢な高い建物の一つだった。一九二三年の関東大震災以後、それ以上の高い建物を造ることは制限されていた。さらに重要なことは、この白い柱の、大理石と御影石の建造物は宮城の南東の端から道一本隔てた所に位置していることだった。天皇とマッカーサーは目と目を交わせるくらいの近さで日常の仕事ができるのだ。

そして普通の日本人は第一生命ビルからマッカーサーの権力を感じるのだ。このビルの中で何十年もの間日本の政治的陰謀がうごめいてきた。つい数週間前、和平派の活動拠点でもあったこのビルは東部軍管区の本部でもあった。その警備施設は国中に例のないもので、火事や地震、それにマッカーサーは気にしなかっただろうが、暗殺に備えて脱出孔まであった。

私などあまり身分の高くない者には、独身将校用の宿舎に改装された、伝統的な旅館があてがわれた。私は衣服嚢を三階まで運び、暗い廊下を通って、東京での我が家になる小部屋まで行きながら、スリルを感じていた。マッカーサーは手に入れたばかりで、もしかすると最後のものになるかもしれない邸に落ち着こうとしている。他の将軍たちも間もなくそれぞれの邸を見つけるだろう。ガーベイ神父は私の所から一マイル以上離れた場所だった。私が皆から離れて旅館に住むことになったのは自由へのキップを手に入れたようなものだった。私はもう、マニラ出発以来初めてのプライバシーを楽しんでいた。私は今や本当に日本に来て、ここでやっと一人になれたのだ。

私の小さい部屋には既に洋風のベッドが入っていて、木製の移動式衣装棚とマホガニーのデスクもあった。よく気がきくもので、デスクには読書灯と便箋五枚と、古い羽ペンまで置いてあった。ペンはデスクに埋め込まれたインク壺に入っていた。インク壺には墨汁がいっぱい入っていた。私がここに住んでいる間、インク壺は毎朝いっぱいにされ、紙は正確に五枚になるのだ。

バスルームは二つの小部屋になっていた。一つは便所だった。もう一つには小さな流しがあって、その上に最近従業員がつけた円い鏡が下がっていた。流しの隣に、床を掘って作った、胸まで浸かりそうな風呂があった。

マッカーサーの基準で見れば大したことではない。しかし、アーカンソー州ケンセットの、トウモロコシの葉を詰めたマットレスや、夜中に使う溲瓶や、戸外の井戸のポンプに比べればよほどよかった。

私は疲れ切ったまま、帽子を取り、衣服嚢を床に放り出し、ベッドに横になった。頭がもうろうとなってきた。このまま寝たら何週間も眠っていそうだった。ここ数日の信じられないほどの緊張から解き放たれ、これまで自分が受けていた圧迫感がどれほど大きかったのか、初めて判った。

この数日はまるで妙な夢で、眠ってしまえば今度起きたときが現実なのではないかとも思えた。母と弟を抱いて別れを告げ、オーストラリア行きの輸送船に乗り込んでから何十年も経っているような気がした。そして、デビナ・クララが私の腕から抜け出し、ジャスミンの生え繁った小径を、暗くなった家へ走り去る姿を見てから何年も経っていたようだった。本当はどのくらい経っていたか。二週間も経っていないのか。

その日の朝横浜を発つ前に受け取った郵便二通を私は制服の胸ポケットから取り出した。ベッドに横たわったまま封を切った。一つは母から、日本が降伏した日のもので、「もしお前がまだ生きてるとしたら」死なずに済んでよかった、と書いてあった。戦争が終わりかけていたので彼女は軍需工場での仕事を失っていた。だけどイタリア人と結婚することになったので喜んでおくれ、とも書いてあった。私は翌朝羽ペンと日本の紙を使って手紙を書くことにした。僕は実際まだ生きてるけどすぐには帰れそうもない、と。

二つ目はデビナ・クララからで、四日前に出したばかりだったが、私の最高司令官直属という上書きのおかげで早く配達されたに違いない。「私はずっと考えていました」と彼女は書いていた。「あなたが帰って来ることを信じています。もしあなたが私を本当は愛していないのに愛していると言ったとしても、あなたが得することは何もないのですから。あなたは思い出と一緒に私のすべてを手にしたのです。それはあなたが帰って来なくても変わりません。ただ、あなたが嘘をついていたのなら、思い出が安っぽくなるだけです。もしあなたが私を捨てる気ならスービックで簡単にできたはずです。祖母の反対が強過ぎる、だから別れるしかない、と言えばよかったのです。だけどあなたはそうしませんでした。ですから本当に私を愛してくれているのだと思います。これは間違いないと思います。私はあなたを愛し続けます」

私は彼女が愛おしくなって微笑した。「このことを考えてくれていたのだ」。私は手紙を胸に当てた。これが彼女の顔で、今その頬から絹のような長い髪を撫でているのならいいのに。私は彼女ほど非凡で直観の強い人に会ったことがなかった。理論的で、私が言ったことよりも、言わなかったことから私の気持ちを判っていたのだ。

ガーベイ神父は正しかった。私は自分がマニラで彼女に会おうともしなかったことは裏切りだったと思った。私は文字の中に彼女の指を探すように、手紙を顔に当てた。そして眠ってしまった。

第一一章　戦犯リスト

　これはマッカーサーらしくなかったが、彼は第一生命ビル六階の角にある広くて立派な部屋を部下に与えて、自分はあまり東京のいい景色も見えない、中の方の部屋を使った。幕僚の多くは不思議に思ったが、私はこの電話もないクルミ材の壁板をめぐらした部屋に入った途端、なぜ彼がここを選んだかが判った。彼が毎朝パイプのタバコを押し込みながら大きな窓の所まで行くと道一本へだてた所に宮城前広場が見える。かつて東京ローズが彼はここで縛り首になると言った所だ。

　私がそっと部屋に入ると、彼は全くその通りのことをしていた。引き締まった、驚くほど若く見える顔で何か当惑の色を見せながら歩き廻っていた。彼はいつも、一ダースばかりのパイプが置いてあるパイプ棚から、お好みのコーン・パイプを取るのだが、今もその細い手の、よくマニキュアされた指でタバコを何となくパイプに押し込んでいた。外は雨だった。窓の下の電柱の根元で輪タクの車夫が二人、しゃがんで、煙草をやり取りしたり、雑談をしたりしていた。水をはね返しながら、馬車や人力車や木炭車やアメリカ、イギリスの軍用車が往き来していた。下の歩道をアメリカ兵が日本娘の腰に手を廻し、相合い傘で歩いているのが見えた。我々が東京に入ってからたった一〇日だというのに、「レクリエーション・娯楽」も既に来ていたのだ。

　宮城前広場は、堂々と伸びた枝の松、スズカケ、竹、杉などがよく手入れされていて、小さな森となっていた。マッカーサーはそのまま外を眺めていたが、雨が木々の枝に降りしきり、広場はかすんで見えた。桜田門の前に古いバスが一台やって来た。黒っぽい格好をした十数人が急いで降りて来ると、門の奥にいる、見えない天皇に対して深々と頭を垂れた。それから一斉に第一生命ビルの方を向くと、見えない最高司令官に、それほど深くない お辞儀をした。彼らはずぶ濡れになったまま急いでバスに乗り込むと、走り去った。

マッカーサーもそれを見ていた。私には彼が満足して微笑みそうになるのを抑えているのが判った。彼は今や日本では非常に評判が良かった。彼が公に何か言うと、新聞は一語一句正確に報道した。日本人なら誰でも彼の名を知っていたし、未来への希望として受け止めていた。彼の名を自分の子供につける女もいたし、中には彼の子供を産みたいという手紙を出す女さえいた。時には小学生の団体がどこからともなく現れると、日米両国の国旗を片手で振ることもあった。

一九四五年九月十八日になっていた。私には信じられなかったが、我々がマニラで河辺将軍と、やつれて、恥を忍んでいるような代表団を迎え、カメラが何百万のコオロギのように音を立て、石がアラレのように車に投げつけられ、そしてマッカーサーが「朕」の尊厳を守った、あの日からひと月しか経っていないのだ。

二日前、トルーマン大統領が、既にドワイト・アイゼンハワーにやったように、ブロードウエイの花吹雪パレードをやるから帰って来るように、との電報を寄越していた。マッカーサーは、一九三七年の新婚旅行以来一度も北米大陸の土を踏んでいなかったが、大統領の招待を断った。その理由が大統領を怒らせた。「もし私が数週間といえどもアジアを離れれば、米国は東洋を見捨てたという話が太平洋地域に広まるであろう」

本当の理由はそれほど壮大ではなかったが、同じくらい横柄なものだった。

戦争は終わった。しかし、それは単なる序幕だ。今や東京で完全な偶像となっているのに、その場限りのニューヨークの紙吹雪など、誰が欲しがると言うのだ。歴史的大人物になったのに、なぜ、かつては自分の部下だったアイゼンハワーの跡をたどって、単なる英雄になり下がらねばならないのだ。今やマッカーサー自身が祖国の準統治者になったというのに、その敵でもあり味方でもあり、いわば洗練された貴族仲間だったルーズベルトが死んだおかげで偶然大統領になった、カンザス市出身の洋品店屋の親爺、田舎者のトルーマンのために、演説したり式典に出たりして時間を浪費する必要が誰にあるのだ。

そして、他にも理由があった。アジアの改造に何年かかるだろうか。もしかすると、一九四八年の大統領選挙に出馬するかもしれないし、そうなれば堂々と帰国しなければならない。何でトルーマンなんかと一緒にニュース映画に出なければならないのだ。

私は相変わらず外を見ているマッカーサーにそっと近づいた。彼の目は憧れるように宮殿の方に釘づけになっていた。彼は天皇が毎日その奥の神殿に祈りに行くことを知っていた。私は、将軍が何のために宮殿を眺めるのか、また、天皇も毎朝目を覚ますと、マッカーサーを見ようとして秘かにこっちを覗いているのだろうか、と思った。歴史上、二人の最高統治者がそれぞれ目の届く所で、異なった種類の権力を持ち、同じ一つの国の運命を握りながら、しかも相手を殺そうともしないで坐っている、などということがあっただろうか。私はそうは思わなかった。

こういう場合、私は彼の思考を中断して怒りを買わないよう、声を掛けないことにしていた。私は部屋の中に入り、辛抱強く、全く同じ形の使い古された椅子に腰掛けているホイットニー将軍とウィロビー将軍に目礼した。彼らの椅子は同じように傷だらけの長い革張りのソファの両端で向かい合っていた。二人の間に長いマホガニーのテーブルがあった。部屋の反対側、オニックスの時計と将軍のパイプ棚を置いた本棚の前、彼専用の回転椅子がデスクの後ろにあった。

デスクの上には万年筆一本とペーパーナイフが一つあるだけだった。未決・既決の書類箱は両方とも空だった。まだ朝の九時にもなってなかった。将軍は仕事熱心だが細心でもあって、もう一〇〇通以上の手紙と束になった公電には目を通してあった。毎朝のように、書類はもう仕分けされ、各担当に処理が指示されていた。

私はまだ立っていた。マッカーサーの部屋の椅子は坐れと言われるまで誰も坐らなかった。やっと彼は私に気がついた。

「ジェイ、どうした?」

「閣下、法務将校がお見えであります」

マッカーサーは楽しい夢を見ているところを乱暴に起こされたかのようにホイットニーの方を向いた。「コート、はっきり言っておくがね、この手続きは全く不快で、逆効果を招く」

ホイットニーは大柄なウィロビーをチラと見ると首を振って、立ち上がると最高司令官のそばへ行った。「お気持ちはよく判りますが、これは極めて重要な問題で、一日も放置しておくわけにはいきません」

「放置できない問題は山ほどある！」とマッカーサーは怒鳴って、また窓の前を歩きだした。彼はパイプに火をつけるため、ポケットからマッチ箱を取り出した。「これから長い冬になるんだ。私は三五〇万トンの食料を必要としているのだ。私に必要なのはそれだけだ。三五〇万トン、ということは七〇億ポンドの食料だ。私が改革を実行するならば、即刻やらねばならん。シャーマンがアトランタ進軍の前にグラントに言ったことは知ってるだろ。『迅速は成功の鍵だ』」

彼は歩くのをやめた。彼がパイプに火をつけるのを見ながら、私には彼の莫大な量の日常作業とそれよりもさらに偉大な欲望の両方の大きさが理解できた。彼は国一つを武装解除しようとしていながら、同時に食料を与えようとしていた。彼はその国の政府との関係を作りながら、同時にそれを監督するための巨大な二つ目の官僚組織を作ろうとしていた。彼は既に、日本の憲法を、戦争を放棄し、女性を解放し、報道・労働組合・宗教を自由化するように書き換えることを公約していた。彼は農地改革に着手することも公言していた。最も議論を呼んだのが彼の約束した財閥解体で、それは長年にわたる少数の一族による経済の寡占だった。

一方、連合国にとっての最優先課題は何だったか。戦争犯罪だ。この問題はマッカーサーから見れば、戦後の復興の手助けにはならない。

パイプに火がつくと彼はまた歩き始めた。「これはややこしいことになるぞ。私に今必要なのは単純性だ」

「そうです」とホイットニーが溜め息をついた。この、将軍の主席政治顧問は、口には出さなかったが、助けを求めるように、ウィロビー将軍を見た。

しばらくするとウィロビーは咳払いをしてから、ドイツ訛りの強い低い声でゆっくりと話し出した。「我々の戦犯委員会は他の連合国からおびただしいプレッシャーをかけられております」と、この情報専門家が言った。「世界中が我々に責任の追及を要求しております。特にオーストラリアと中国が天皇本人の裁判を強く要求しております」

マッカーサーは腹立たしそうにパイプを振った。コーン・パイプはもう消えていたので彼はまたポケットのマッチを探った。「そんなものは何の役にも立たん。むしろ我々の邪魔になるだけだ」

「閣下、この問題は取り上げないわけにはまいりません。そうしないと悪化します」とウィロビーが言った。

「私がいつそんなことを言った?」。マッカーサーはウィロビーに面と向かって、まるで法廷か記者会見で話しているように言った。「取り上げなかったとでも言うのか。最初の仕事として戦犯委員会を作ったではないか。杉山元帥は死んだじゃないか。逮捕しようとしたら夫人と一緒に自決したではないか。東條大将は、自殺し損なって腹に弾丸一発入れたまま、入院中ではないか。これらは逮捕を恐れてのことなんだぞ」

「つまらん一発でしたな」。ホイットニー将軍が失敬なことを言ったが、マッカーサーに睨まれて黙ってしまった。「ボス、その辺の日本人の冗談です。彼らに言わせれば、東條が男なら、サムライの刀で腹を切ったはずだと」

「コート、つまらん冗談だ」

ウィロビーとホイットニーは下を向いた。二人ともどんなとき黙っていた方がいいか、よく知っていたからだ。マッカーサーは私に頷いて見せた。

「よし、通せ。片づけよう」

私は部屋を出て、将軍の法務スタッフ三人と戻って来た。先頭にいたのは、いかつい顔をした禿げ頭の大佐で、妙なことだがサミュエル・ジニアス(訳注・天才)という名だった。三人は皺だらけの革のソファに肩を並べて坐ったが、私は立っていた。ジニアス大佐は書類挟みを開いた。助手は二人とも少佐で、メモ用紙を膝の上に置いて、大佐が話し始めるのを注意深く見ていた。

「閣下、いいニュースが幾つかあります」とジニアス大佐が話し始めた。「杉山元帥と東條大将のことで、日本側も我々同様に驚いております。彼らは、戦犯の逮捕について事前に我々が内閣と相談するのであれば、こちらが指名する容疑者は出頭する、と言っております」

「どういうふうにやるのだ?」。マッカーサーが相変わらず窓際に立ったままパイプを吹かしていた。

「我々がまず連合軍拘置所と呼ぶ所を指定します。そうしますと容疑者たちが日本警察に出頭してきますので、彼らが拘置所に連行致します」

「最高司令部が内閣と『相談』するとは、どういうことだ」

ホイットニーが口を挟んだ。「閣下、それは問題ありません。我々が彼らに指示するだけです。彼らの面子でそういう言葉を使ったんでしょう」

「『相談』は削除しろ」とマッカーサーが言った。「相談というのは自分より大きな力を持つ者とすることだ。我々は『通達』するのだ。『調整』もしてやる。彼らが望むなら、『相談』しに来てもいい」と言って彼は肩をすくめた。「実際もっと早くからやればよかったな」

少し気楽になったジニアス大佐は二人の少佐がメモを取っているのを見ながら言った。「閣下、ご指摘の通りであります」。彼は書類挟みの中の紙をめくった。「他にもいいニュースがあります。杉山元帥の自宅を捜査しましたところ、彼の日記を発見しました。今翻訳中でありますが、なかなかいい情報が含まれております」

マッカーサーは警戒するような顔つきになった。

「何に関してだ?」

「戦時中の、最高レベルでの会議であります」とジニアス大佐が言った。「誰が出席したか。誰が何を進言したか。杉山は真珠湾のかなり前からサイパン戦終了まで陸軍の参謀総長でした。我々は誰がいつ何を知っていたのか、天皇から下の者に至るまで、判りつつあります」

将軍はいつものように歩いていたのを突然やめて、回転椅子の方へゆっくり歩いて来た。彼は椅子を引いて、腰掛けた。彼が会議中に腰掛けるのを見るのはこれが初めてだった。彼が不意打ちを食らったのは明らかだった。

「個人的に言うと、」マッカーサーは話し出した。「理由はともあれ、死んだ者の日記を読むのは気が重い」

天皇の名が最高司令官をギクッとさせたのだ。私は彼の真剣な顔つきを見て、今言ったことは典型的なマッカーサー式の時間稼ぎだと思った。もし杉山の日記が天皇についての議論を拡大するようなものでなく、自分に都合のいいものであれば、気が重くなることなどあり得ない。「日記というものは法廷ではどういう役に立つのか?」

「閣下、これはただの日記ではありませんぞ」。ジニアスが両隣の助手を見ると、彼らは自信ありげに頷いた。

「どうやら日本の上層部は会議で実際何が起こったか、

克明に記録するために日記をつけていたものと思われます。誰が何を何のために言ったか？　誰が反対したか？　反対の理由は？　脅迫や政治的失脚から身を守るためでしょう。陰謀、裏切りは彼らのシステムの一部でありま す」。ジニアス大佐の顔は狩りに出ている犬のように活気を帯びてきた。「したがいまして、多くの出来事について、戦時中の一日ごとに、どういうふうに決定がなされたか判りつつあります」

「私はもちろん法律家ではないが」とマッカーサーが言った。「記憶によれば、日記は証拠として認められないのではないか。伝聞のこともある。自分のことを書くときは誇張するものだ。細かいことまで覚えられるものでもない。敵の悪口は書く。日記に書いてあることが事実かどうか、誰にも判らん」

「他の日記も見つけて照合します」とジニアスは直ちに答えた。彼はゆっくり息を吸うとしばらく止め、それから両手を上に挙げるとフラストレーションをぶちまけ出した。

「閣下、ドイツ戦が終わったとき、我が方は莫大な量の証拠を押収することができました。ドイツ語に堪能な者たちが、それを読んで分析したのであります。ここでは向こうが自発的に出してきたものしか情報がありません。妙なことだとお思いになりませんか。我々は日本の漢字の微妙なニュアンスまで読み取ることのできるアメリカ人を超勤までさせて探しております」

「立ち入り検査をして書類を押収するなど簡単なことじゃないか」

「書類とおっしゃいますと？」。ジニアス大佐は信じられないというふうに見えた。

「彼らに言わせれば、陸軍省の文書部は爆撃で書類を全部焼いてしまったそうです。海軍省も全焼したと言っております。作戦年記、重要会議議事録――みんな焼失したとのことであります」

「我が軍の爆撃でか？」

「と彼らは言っております」とジニアスは皮肉っぽく言った。「うまくできた話です。我が軍の爆撃で。宮城から道一本隔てた所で。驚くほど正確な爆撃ですな。事実、この五月、宮城の中の建物が一つ、我が軍の爆撃が終わってから『三時間』後、焼けてしまいました。筋向かいの陸軍省から飛んできた燃え殻が原因でした。燃え殺というのは、お判りですか、閣下、陸軍省の記録です。それで彼らが提出して来る記録、正確かどうか知る手だては全くありません。ハッキリ申し上げて、彼らはかなり前から敗けることを知っておりました。議事録がなければ、彼らが出して来る資料など簡単に改竄されております。したがいまして、皮肉に聞こえるかもしれませんが、日記でも他の資料と照合すれば、立派な証拠になるのであります」

マッカーサーは椅子から立ち上がって、また歩き出した。「こんなことは最初から判っていたはずだ。だから私は最初から全員の責任追及に反対していたのだ。こんなことをして何の役に立つ？　いくら我々がエネルギーを費やして鬼ごっこをしても双方が面子をなくすだけではないか」。彼はジニアスを睨んだ。「大佐、いつまでこんなことをするつもりか」

ジニアス大佐は書類挟みの中をめくった。彼は完全にくつろいでいた。口振りも学究的になった。「閣下、我々は戦争犯罪の三つのそれぞれ異なる分野に対処しております。我々のリストもその区別を反映しております。第一は、不埒ではあるが告発が最も容易なものとお考えになっておられるもの、個々の事件、個人的残虐行為とも呼べます。例えば我が軍の捕虜を非人道的な実験に使った医師がいたという報告もあります。意図的に豆乳や尿を血管に注射したとのことであります。健康な者から血漿を採るために意図的に出血させ死に至らしめたこと。日本軍将校が我が軍の飛行士を料理して臓器を食ったという報告もあります。日本の秘密警察が上海のブリッジ・ハウスで西洋人男女を裸のまま檻に入れていたという報告も受けております。こういった事柄であります」

「そうだ」とマッカーサーが言ったが、明らかに嫌悪感を見せていた。「そういうものは言うまでもなく個々人の責任を追及すべきである。彼らを法廷に引きずり出すことは日本人にとってもいい教育になる。続けろ」

「かしこまりました」と言って、ジニアス大佐は禿げ頭を撫で、顔をしかめて書類を数ページめくった。「第二の分野は少々困難ですが重要性は変わりません。大量残虐行為とも言えるものの責任であります。日本軍が数日、数週、統制不能となり、その結果無辜の民が大規模に殺戮された場合であります」

「南京虐殺のようにな」とマッカーサーは突然苦い思

い出に、怒りを表した。

「さようであります」と大佐が言った。「それに南京であります。マニラの倍の酷さでありました。南京では一カ月に二〇万以上の一般人が殺されました。何千人という女性が犯されました。赤ん坊が銃剣で突き刺されました。こういう行為は南京に住んでいた西洋人たちによって目撃されましたが、彼らはその後日本軍に抑留されました。マニラ、南京の主な問題点は、上官は部下の行為に対しどこまで責任を取らねばならないか、ということであります。我々がいくらこれらの行為そのものを責めても、法律においては指揮官の責任は簡単な問題ではありません。彼らがこれらの行為を命令したとすれば規準は一つ、謀殺であります。もし彼らが公然とやるに委せていれば別の規準、無謀な殺人となるでしょう。もし彼らが怠慢で、本来知っていなければならないことを知らなかったとすれば、第三の規準、不作為の殺人となるでしょう。殺人の規模も罪の大きさに影響致します。これらを整理するのは容易ではありません」

「マニラは違う、影響しない」とマッカーサーが言った。

「ある意味では、おっしゃる通りであります」。ジニアス大佐は最高司令官の言葉の辛辣さに無頓着に言った。「山下将軍は、部下の幕僚もそうでしたが、投降したその日から我々の尋問に対し極めて協力的でありました。我々は彼の指揮に関して、一日ごとの信頼するに足る記録を作成中であります。同じことを南京について行うことは困難でありましょう。現在のところ、南京にいた師団長のリストさえ入手しておりません」

「古いキリスト教徒の町マニラの略奪、罪のない女性や子供たちへの暴行の、一日ごとの記録を作成しろ」。マッカーサーが皮肉っぽく言った。「そうすれば、協力的とやらの山下大将にも付け加えることがなくなる」

ジニアスは驚いたように最高司令官をチラッと見たが、また書類に目をやった。「かしこまりました」

最高司令官はいつになく活気があって、熱心に自分の言い分を主張した。「それに、南京との違いはもう一つある。それを見逃してはいかん」。彼は回転椅子に戻って、片手でその背もたれを握った。「あれは八年前に起きたことだ。第二次大戦といわれるものはまだ始まっていなかった。アジアの二つの古い国がお互いにぶつかり合っただけだ。そのやり方は西洋人にはよく判らんが、彼らは双方とも相手の考え方をよく判ってやっていたのだ」

ジニアス大佐と二人の少佐は、判らんといった顔つきで最高司令官を見てから、お互いに顔を見合わせた。そしてジニアスは肩をすくめると、困り切ったように、言った。「閣下、申し訳ありませんが、ご趣旨がよく判りません」

「君は、猿を脅すために鶏を殺す、ということが判るか」

ジニアスはまた黙ったが、首を振って言った。「いいえ」

「中国人と日本人なら判る」。マッカーサーはまた窓の所に戻って、雨に濡れた宮城の方を見た。「中国は巨大な国だ。人口はほぼ一〇億人。どうやって外国の軍隊に征服できる？　大目に見てやるつもりはないが、日本軍が南京でしたことは中国人の闘志をそぐためのメッセージだったかもしれん。我が軍の東京爆撃とあまり変わらん。断っておくが、私はこの二つを比較などしておらん。発想を言っているだけだ。しかし、マニラは違う。全く理由のない邪悪な行為だ」

「誰からのメッセージでありましょうか。政府のどの辺りからの。現地司令官でしょうか。首相でしょうか。それとも天皇でしょうか」。ジニアス大佐はジッと将軍を見つめていた。「二〇万人の罪のない中国人が強姦され、銃剣で刺され、射撃訓練の標的となり、生き埋めにされ、あるいは他のグロテスクな方法で始末されたのであります」。ジニアスは静かに話していたが、その顔つきは声の冷静さとは逆だった。「かなり大きな鶏になりますな。閣下、お言葉ですが、私にはそれも邪悪な行為だと思いますが」

「ジニアス大佐、我々は告発しているんだ」。マッカーサーのにべもない言葉は彼の権力を表しており、また口には出さなかったものの、自分が完全な責任追及以外の何かを考えている証拠に使うな、という警告でもあった。しかしこのやり取りは明らかに三人の法律家を震え上がらせた。「私は何か逆のことを言ったか？」

「いいえ」

「それでよし」

ジニアスは片手で顔をぬぐうと、また書類に目をやった。「我々は告発しております」

「よし」とマッカーサーが言った。「続けろ」

「かしこまりました」。ジニアスは書類の解説を始めた。

「我々が調査中の三種類目の戦争犯罪は最も漠然としておりますが、同時に最も広範にわたるものであります。したがいまして最も論議の対象となるものでありまして、我々はこれら容疑者をA級戦犯と呼んでおります。犯罪は、いわば、国家レベルの非道――戦争そのものを告発することであります。その中には、『侵略戦争遂行のための共同謀議』、『平和に対する犯罪』のような項目があります。東條大将はその一例であります。戦時中首相でしたから。もう一人は当然杉山元帥です。その他もおります」

「その他」という言葉が部屋の中に重苦しく垂れ込めた。将軍は横を向いて、窓外の、雨に濡れた宮城の小さな森を眺めた。ウィロビー将軍とホイットニー将軍はマッカーサーが突然考えごとをする場合の身の処し方を心得ているので、微動だにしないで坐っていた。ジニアス大佐と二人の少佐はソファでモジモジしながらメモを書いたり、お互いの書類を指したりしていた。私はと言えば、椅子を持って来いとも言われないので、整列しているときのように体重を左右の足に移しながら、立っていた。

「極めて慎重にやる必要がある」。マッカーサーは宮城の奥の方を見ながら言った。「大佐、誤解しないでほしいが、これはすべて過去のことだ。戦争行為における政府上層部の一日ごとの意思決定は、私の考えでは、犯罪ではない。私もポツダム宣言の内容は知っている。しかし我々は狭量な反論などしてはいられない。私は毎日未来と取り組んでいるのだ。未来だ。判るか？　私は世界の半分以上の人口を有する地域の福祉と安全保障を確立するために働いているのだ」

「閣下」とジニアス大佐が言った。「よく判っております」

沈黙が流れた。ジニアス大佐がソファから立ち上がると二人の助手も立ち上がった。彼は書類挟みを閉じた。マッカーサー将軍はジニアスがもういなくなったかのように反対側を向いた。そのとき私はジニアスの目に一瞬何かが光るのを感じた。アメリカや英国の法律家によくあることだが、相手がいかに強くとも、上司からいかなる圧力が加わろうとも、譲らないものは譲らないという態度だ。ジニアス大佐は判っていた。そして彼の目は、判っていないのはマッカーサーの方だ、と言っているようだった。

「しかしながら、もしこれらA級容疑者が直接、猿を脅かすために鶏を殺すことを命令していた場合はどうなりますでしょうか。元帥閣下、どう言えばよろしいのですか?」

マッカーサーは素早く大佐の方を向いた。大佐は微笑して、その動きそのものが大佐に対する警告だった。その動きそのものが大佐に対する警告だった。これ以上自分にできることはないというふうに両手と両方の眉毛を上げた。

「では」とジニアスは自分が会議を終わらせるかのように言った。「お時間を賜りましてありがとうございました。私どもは本日のご指示を実行致します。二三名の容疑者につきましては既に逮捕の許可が出ております。そのほとんどは、申し上げましたように、第一の分野であります。ただ今ご認可いただきました――」。彼は自分のメモを見ながら注意深く言葉を選んで言った。

「――日本政府との逮捕に関する『調整』も直ちに着手致します」

ジニアスは深く息を吸った。私には彼の目の輝きと薄笑いから、彼がこの瞬間を楽しんでいることを何とか隠そうとしているのが判った。「他の者につきましては、今のところ何人がA級に入るのか、また、天皇が含まれるのか、明らかではありませんが、逐一ご報告申し上げます」

「天皇は含まれん!」とマッカーサーが怒鳴った。「いかなるリストといえども、公表する前に、お前は私に相談するんだ。大佐、判ったか?」

「閣下の直接のご命令で?」。ジニアス大佐はマッカーサーの視線を受け止めて静かに尋ねた。

「聞くまでもない。大佐、お前には国際問題の政策を決定する権限はない」

「ございません」と大佐が言った。「しかしながら私は法曹の一人として義務を遂行せねばなりません」

「お前の義務は私の部下の一人として義務を果たすことだ」

「これは非常に複雑な状態であります」。ジニアスは将軍に一歩も譲らずに言った。「今私には二つの役割があります。私は法曹としての倫理的責任は必ず果たします。

また、閣下のご命令は遂行し、そのつどご相談申し上げます」

私が法律家たちを部屋から連れ出すのを、マッカーサーは傲然と見ていた。私にはドアを閉めた途端マッカーサーが怒り狂うであろうことは判っていた。しかしサム・ジニアス大佐が同じように怒ろうとは思っていなかった。

この太った法律家は他人に聞かれないように二人の助手を待たせておいて、私を廊下の暗がりに引っぱって行くと私の胸をこづいた。

「大尉、一体どうなってるんだ。俺は自分の仕事をしようとしているだけだ。俺は日本人だけじゃなくマッカーサーとも闘わなくちゃならんのか」

私は大佐の威勢のよさが好きになっていたので微笑みそうになるのを抑えて言った。「大佐、彼が言おうとしたのは、もし天皇の戦争犯罪責任を追及すれば、国中が鎌や包丁で我々に襲いかかって来て、細切れにして海に放り投げる、ということです」

「へえ、そうかい」と大佐は皮肉っぽく微笑した。「それじゃあドイツでも同じことが起こるというわけか」

「日本はシステムが違うんです。ときどき形は変わっても、何千年もそれでうまくいってるんです。少数のトップが悪事を指示したのではありません。日本人がやったことはすべて国としての合意の形を取っているんです。つまり国全体でやった、ということです」

ジニアスは不思議そうに首を振った。「お前も奴らにいかれたか。人類学者など要らん。本当の違いを教えてやろう。それほど複雑なことじゃない。こっちには、日記だとか他の文書だとかを完全に解読できるほど日本語のできる奴が一人も、一人もだ、いないんだ。第一こっちには文書もあまりない。そこなんだ。奴らは要するにドイツ人より利口なんだ」

「多分そうでしょう」と私が言った。「もしそうだとしても、現実問題としては、大佐はそれでおやりになるしかないのではありませんか？　最高司令官だけが告発に関する権限を持っているのですから」

ジニアスは平然と私を見た。私は、マッカーサーにまた一人腹の坐った有能な敵対者ができたと思った。ただ違うのは、今度の場合それが彼自身の部下だということだった。

「私には他の連合国と同じように武器があるんだ」とジニアスが言った。「我々は何も真空の中で働いているわけじゃない。彼は気まずい思いをしたくないんだろ？裏切り者と思われたくないんだな？」。彼は不愉快そうに言った。「南京大虐殺もあんなに小さめに言うとは、信じられん」

私は廊下の向こうを見て、誰にも聞かれていないことを確かめた。

「大佐、一つ意見を申し上げてよろしいでしょうか」

彼はふざけたようにニヤリとした。「将軍の雑役夫のお言葉か」

「極秘にです」

「いいね」とジニアスが言った。「雑役夫兼臆病者か」

「自分の仕事が好きですから」

「そこで躊躇するのは判る。聞き出すのが私の仕事だ。君は私の依頼人であって、法曹の倫理観によって完全に守られている」

「そりゃ、おっかない話です」。我々は、友好的な相互理解に達したのでクスクス笑った。「第一に」と私は続けた。「直接天皇を狙ってはいけません。マッカーサーを怒らせるだけです。お気に召さないかもしれませんが、それは変わりません」

ジニアスは皮肉っぽく眉を上げた。「第二は？」

私はニヤリとした。「はい。二番目は大いに興味あるところでして。もし日記をお探しなら、内大臣のを押収されてはいかがでしょう」

「誰だ、それは？」。ジニアスは顔を輝かせた。

「木戸幸一侯爵です」。私はほとんど聞こえないくらいの小声で言った。「彼は長年天皇に最も近い顧問でした。他の連中が日記をつけていたんなら彼だってつけていたはずです。彼は戦争についての決定のすべてに関係していたんです」

「天皇の隣でか？」

「すぐ隣です。ずっと」

「内大臣か。やらせよう」。ジニアスは私の肩を叩いて、別れの手を振った。「大尉、またちょくちょく会おう。『雑役夫』は取り消す」

「一向構いません」。私もニタリとした。

「私は将軍の小使いですから」

彼が行ってしまうと、私は自分をほめたくなった。世界問題を操るのがこれほど楽しくなるとは思わなかった。

その後の五日間にわたって、ジニアス大佐のリストにあった二三人の容疑者は、全員日本側警察によって何事もなく引き渡された。東久邇宮は、木戸内大臣の言葉を借りれば、日本が『未来に向かって進む』時だと天皇が決めるまでは首相として留まっているのだが、あるインタビューの中で「アメリカ人よ、真珠湾を忘れてはどうか？　我々日本人は原子爆弾の惨禍を忘れてやってもいいのだから」と言って本土のアメリカ人を憤激させた。この天皇の叔父は記者に対して戦争犯罪人は既に日本側によって告発されていると言ったが、質問に対しては一人の名も出すことができなかった。ニューヨーク・タイムズのハンソン・ボールドウィンは、議論の余地はあるものの、国中で最も影響力の強い軍事評論家だったが、マッカーサーが天皇を、占領のための若手パートナーとして受け入れた、と言って非難した。九月二十日、ジョージア州選出上院議員、リチャード・ラッセルは、上院で天皇を東條元首相同様、戦犯として裁く決議を提案した。

しかしそれは高いレベルでの騒音に過ぎなかった。一番大きなニュースはジニアス大佐が私の小声の忠告を聞き入れたことだった。九月二十三日、憲兵と法律家の一隊が内大臣の自宅に現れ、彼の日記を押収したのだ。その二日後、木戸が私に電話をしてきた。前に話したように、自分の気に入りの料亭で夕食でもどうかと言うのだ。翌日の夕方、私はホイットニー将軍の許可を得て、木戸幸一との夕食に出掛けた。

もちろん、話を聞くために。

第一二章　ヨシコ

私は東京の中心部の混雑した埃っぽい道を若々しく気楽に大股に歩いていた。低い煉瓦造りの建物が木造の掘立小屋や連合軍の爆撃でできた瓦礫の間に、所々立っていた。昔東京が城下町だった頃の主要な道路はなくなってしまって、細い道やさらに狭い露地になっている。電線がハナシノブのように私の頭上に垂れ下がっていた。

小春日和で暖かく、風があった。間もなく陽が沈む。低く市を覆っているピンク色の積雲の彼方、南の地平線の上に美しい三日月が見えた。私は途切れることのない、埃っぽい、無表情の人の群れの中を歩いた。彼らは暗い色の着物や軍服やボロをまとっていた。一九四五年の東京は埃そのものだった。雨がやみ、陽がさしてきた。埃は彼らの髪に入り込み、衣服にくっつき鼻孔や肺にこびりつく。彼らは他人のプライバシーを侵すまいとするかのように、正面を見て歩いていた。私は彼らの歩く姿を見て、その秩序を重んじる気持ちに驚いた。彼らはこの人口過剰の町に住み慣れているので、この混雑の中でも他人と体が接することは稀だった。私の右手では、ビルの焼け跡の中で、復員したばかりの兵隊が一人で竹の笛を吹いていた。彼はまだ制服姿で、軍用の雑嚢を尻の下に敷いて坐っていた。カーキ色の軍服は色褪せてほころびていたが、キチンとした着方は古参兵の誇りを感じさせた。私が彼の前を通ると、彼は私を大きな目で追った。私は彼に黙って頷いた。彼は笛を吹き続けながら私に頷いた。彼はどこで従軍したのだろうかと、笛を吹くのを見ながら私は思った。このような嘆きのメロディを奏でる彼の人生から失われたものは何なのだろう。

私は木戸内大臣から教えてもらった住所を探すのに、何度も立ち止まって尋ねなければならなかった。戦争の被害がなくても東京の町はよく名前が変わり、表示もほとんどないのだ。何人か、クスクス笑いながら教えてくれた若い女たちが確かにここだと言った場所に辿り着いたが、そこはとても料亭には見えなかった。特徴のない正面は両隣の建物と変わらなかった。窓もなければ看板も提灯もない。妙なことに席を待つ客の列もなかった。

ここでいいのかな？　私は躊躇して、狭い木製の戸を眺めた。木戸の話ではこの建物の中に東京で最高の料理屋があるはずだった。私は、もしかすると間違っているのではないかと思いながら、戸を開けた。

中に入ると湿っぽいセメントの土間だった。他には全く何も、電球一つさえなかった。しばらく立っていると暗がりに目が慣れてきて、妙に何の臭いもしない廊下が建物の奥につながっているのが見えてきた。私には、今までここに人が住んでいて、食事を作ったり、息をしたり、煙草を吸ったり、汗をかいたりしたのか、いや、永いことここを歩いた人があったことさえ想像できなかった。私は鼠や蜘蛛のいる古い城の地下牢にいるように薄気味悪かった。廊下は右に曲がってから今度は左に曲がっていた。廊下の突き当たりに薄暗い灯りがあって、もう一つ戸があるのが見えた。私は戸の所まで来ると、そこで身じろぎもせずに立っていた。中からは何も聞こえてこなかった。私は恐る恐る戸を開けた。

そこは別世界だった。自分は不思議の国に迷い込んだアリスになったのか。部屋は竹の屏風で仕切られていて、派手な色と暖かい電灯に輝き、ハープに似た琴という楽器が歓迎するように奏でられていた。肉を調理する匂い、蠟燭の燃える匂い、あでやかな香水の香りがした。

香水の主が私の前に立っていた。手足が長く体の引き締まった五〇歳くらいの女性で、入った所にある、小さな噴水の横に立って私を待っていたのだ。噴水の水は床照明に輝きながら奥の方へ流れていた。流れの終わるあたりに数人の日本人が席入りを待っているのが見えた。そこで判った。この複雑なエリート社会では正面の入り口は見せかけに過ぎないのだ。秘密の小道、秘密の言葉、秘密の握手の仕方、秘密の社会を知っていなければ、埃まみれの大衆の目を避けて出入りすることはできない。

女性は金色の絹の着物を着ていた。髪をきつく後ろに束ねていたので滑らかな肌と高い頬骨が目立った。彼女は表向きの顔つきとは違う色っぽい目つきで私を見た。彼女は私の顔が判ったらしく、微笑を浮かべると丁寧にお辞儀をした。

この大きな部屋は明るくて暖かかった。客を歓迎するかのように地味だが美しい絵が幾つか、入り口との仕切りになっている大きな漆塗りの屏風に描かれていた。若くて美しい芸者が三人、彼女の後ろで、同じように微笑みながら同じようにお辞儀をしたが、その目つきから私が誰だか知っていて、私が来ることも承知していたことが判った。

私は軽くお辞儀をして日本語で話しかけた。「内大臣木戸幸一侯爵にお会いしに来たのですが」

私が自分たちの言葉を使うのを聞いて、年輩の方の女性は個人的にお世辞を言われたかのように優雅に微笑んだ。三人の芸者は手で口を隠して嬉しそうに笑った。

「日本語お上手ですこと」と女性は言うと、もう一度、今度はさっきより深くお辞儀をした。私は普段は皮肉っぽいが、このときは嬉しかった。

「いえ、始めたばかりです」。彼女に同意するのは失礼だと思ったから、私はそう言った。

ある部屋の前で一人の芸者がひざまずいて私の靴を脱がせた。もう一人がスリッパをはかせた。彼女らは美しかった。よくしつけられていた。これは彼女らの専門的職業なのだ。何百年も引き継がれてきた、女らしさを学び、発揮し、礼儀正しく、自尊心を持ち、注意深く相手を喜ばせる。これを表に出さずに快楽を高めるのだ。彼女たちがひざまずいて、私の靴の大きさや、ふくらはぎの筋肉のことをふざけて話しながらクスクス笑っているのを見ていると、自分でも快楽的な気分になってきた。

年かさの方の女が部屋に入ったので私はあとについて、木戸内大臣が待っている部屋の方へ行った。他の客は皆日本人だった。彼らは竹と紙の仕切りの向こう側で、それぞれ少人数で四角いテーブルを囲んで坐っていたが、身なりもよく、楽しそうに食事をしていた。私に気づいた者は少なかった。彼らは仕切りの外には何物も存在しないかのように、お互いにヒソヒソ声で話していた。昔話や秘密を話しているのだろう、時々頷いたり、押し殺したような笑い声を洩らしたりしていた。

私が歩いていると、一つのテーブルからきつい目つきで見られているのに気がついた。いい身なりをした、木戸くらいの年輩の男が四人いた。赤くなった顔と濡れた目から、私には彼らが今日はもう十分すぎるくらい飲んでいることが判った。彼らの目つきから強い敵意が感じられた。その一人が、私に日本語が判ることを知らないで、しゃがれ声で言った。

「まだ終わっちゃいないぞ。絶対終わらん。百年かかってもやっつけてやる」

「百年が何だ」と隣の男が言った。

「我々にとっては一瞬だ。奴らにとっては歴史の半分だ」

その向かいにいた男が私を見て言った。「鬼畜米英」。鬼畜米英か。

私を案内していた女は私が彼らのやり取りを聞いたことに気づいて青くなった。彼女は私が足を遅くしたのを見て、何も聞こえなかったように、身振りで先を急がせた。

「こちらへ、どうぞ」

私は立ち止まって彼らを睨んだ。私はもちろん傷つけられた。最高司令官が何度も何度もワシントンに電報を打ち、七〇億ポンドの食料を要請している最中に、いずれ鬼畜米英はやっつけるなどと話しながら豪華な料亭で食事をしているとは、何という奴らだ。

私は彼らのテーブルの前に立って軽くお辞儀をしてから日本語で言った。「皆さん、今晩は。マッカーサー将軍の代理の者です。皆さんが今日いい食事をされたことを報告すると将軍は喜ぶと思います。将軍は皆さんのご多幸を祈っております」

彼らは驚いて顔を見合わせたが、当惑と怒りを隠すように大きな微笑を浮かべた。突然、彼らは私が友達ででもあるかのように私に向かって頷いた。

「ああそう。ああそうですか」

「まあまあ」と香水の利いた、滑らかな肌の女主人がまた奥の方を身振りで示しながら言った。「遊んでらっしゃるだけなんですよ。日本語の遊びはご理解いただかないと」

「誤解なら失礼しました」と私は微笑して酔っぱらいにお辞儀をした。我々は両方で嘘をつき、お互いに相手が嘘をついていることを知っていた。「私はつまらん野蛮人で、お国の習慣がまだよく判りませんので」

私は歩き出したが、この不思議の国の客たちが全く気に入らなかった。

一番奥の人目につかない部屋で木戸内大臣は一人で待

っていた。彼は神経質に行ったり来たりしていたが、私はそれを見てマッカーサーを思い出した。前に聞いていたように、木戸は身だしなみがよく、薄手の上衣とウールのズボンを着て、赤い絹のネクタイを締めていた。彼は私を見るなり、双眼鏡のように丸くて分厚い、金属枠の眼鏡の奥に、わざとらしい驚いた表情を見せた。私には、今までの経験から、彼の驚いたような目つきは、私に会うと自信がなくなるという振りをして私を安心させるための狡賢いやり方だということが判っていた。

彼は歩み寄って来てお辞儀をした。「マーシュ大尉、よく来てくれました。どうぞ、どうぞ。お坐り下さい」

もう火鉢の上に茶瓶があって湯気を立てていた。木戸はくつろいで絹の座布団に坐ると、すぐ私と、自分にも茶をついだ。彼は茶をすすると、おだやかさと力を取り戻したようだった。彼はあぐらをかくと、明るく、大らかになった。この狭い場所では、私が占領軍だとか、招待の目的もよく判らないとかは、どうでもよかった。私は彼の文化の中に取り込まれていたし、彼は私より年上だし、向こうが招待してくれたのだ。

「日本語がお上手で、影響力のあるアメリカ人とお知り合いになれて、私は運が良かったですよ」と、彼は私の坐る座布団を指差しながら言った。「あなたは確かに私より頭がいい。私はお国の言葉は一言も判りませんから」

私もすぐくつろいで坐り、茶をすすった。「運よく少し教育を受けたもので。それでも苦労しています。しかし、内大臣は歴代天皇陛下の相談相手でいらっしゃったわけですね」

「いやどうも」。彼は答えながら何か調べるような目つきで微笑した。「しかし、その若さでマッカーサー将軍に仕えておられるのだから。将軍は陛下以上の力をお持ちですからね」

お互いに微笑したりお世辞を言い合いながら、二人とも注意深く儀式をしていることが判っていた。あることを言いながら、本当は全く別のことを考えている、いわば腹芸を演じているのだ。日本では力のある者二人が向かい合うときは、自分の方が力が弱いと相手に思い込まさねばならないのだ。このやたらに廻りくどい文化においては、自分の方が弱いふりをすると、相手はこちらの実力を気にする。そして万一相手がこちらの言うことを信じて本当にこちらの方が弱いと思ってしまえば自信過剰になって、結局敗けることになる。そうやって敗けたとしても、最初から相手の力には一目置いていたのだから、面子を失うことはない。

木戸は私に判ってもらえて嬉しいというふうに、くつろいで茶をすすっていた。私は続けて言った。

「マッカーサー将軍は偉大で有力な人です。それに比べれば私など何でもありません。まあたまに耳の役はしますが。しかし内大臣は陛下の知恵袋でいらっしゃいますからね」

「いやいや」と木戸が否定した。「陛下は大変聡明な方で、私など必要とされませんよ。たまに不忠な策士からお守りするのが私の務めなわけで。しかし、ジェイ・マーシュ大尉、あなたが将軍の耳ということは、いろいろな意味で、脳でもあり口でもあるということですよ」

私はまた少し茶をすすって、微笑みながら手を横に振った。「ご存じのように将軍は誰にも脳だとか口だとかの役はやらせません。私は、まあ彼がその気になれば読むという程度の参考書みたいなもので。しかし内大臣、陛下の門番として、誰が陛下にお目に掛かってもいいか、誰は駄目だとか、お決めになるのは究極の権限でしょう」

内大臣はニヤと笑って、おっしゃる通りだと言わんばかりに頷いた。「しかし、あなたのお歳で、よく勉強しておられる」

私はお愛想には答えずに首を振った。「私なんか薄っぺらなものですよ。底が知れてます」

「とんでもない」と木戸が答えた。そして何か重荷を背負っているかのように眉をひそめた。「それに、策略家が拝謁を申し出ると私などの手に負えません。全く。かえって、陛下のご仁徳を悪用し損なった者が私の敵になるだけで」。内大臣はわざとらしく溜め息をついた。

「まあいいでしょう。過去のことですから」

私は永年の友人を元気づけるかのように微笑した。「内大臣、それはご謙遜が過ぎます。あなたの影響力は少しも変わっていません。例えば、議会を見学したときにお話ししたことです。陛下は内大臣を頼りにしておられるようにお見受けしましたよ」

木戸はお互いの位置づけに満足したように気楽になって微笑した。「あなた大阪弁混じってますか?」

「もしかすると」と私は答えた。

私は座布団でくつろぎながら驚きを隠して言った。カズコの一家は確かに大阪から移住してきた。私が最初に日本語を覚えたのは彼女とその母親からだった。しかしあれはずいぶん前の話だ。大学生の頃のんびりと会話を勉強した後、一年間陸軍外国語学校で学び、その後二年間日本軍捕虜の尋問をやって、ちゃんとした話し方になっていたはずだ。木戸はよほど耳がいいのか、あるいはいまだに素晴らしい情報機関を持っていて、私自身やカズコの家族のことまで調べ上げていたのだろう。どちらもあり得ることで、どちらにしても、感心させられる話だし、親しみを感じさせる話だ。

「大阪は素晴らしい商人の町ですが、残念ながら兵隊は弱かった」。彼は二人が共謀者にでもなったかのように、内部情報を打ち明けるのを楽しんでいるようだった。「まあ、例えば北海道みたいに農民出身で寒い土地で頑強に育つのとは違うんですな。そうそう、あなたには隠さずにお話ししているんですよ。大阪の連隊はやる気がなかった、中国に対してもですよ。今だから言えますけどね」

三人の芸者が音もなく入って来て、入り口で漆塗りの下駄を脱ぐとすり足で近寄って来た。我々の横でひざまずくと、前菜を並べた。私のすぐそばに坐ったのは、私にスリッパをはかせながらふくらはぎの筋肉のことを言った女だった。彼女は青い絹の着物を着ていた。私より少し若くて、繊細とでも言おうか、やせていて美しかった。彼女は先の尖った象牙の箸を細い指でこともなげに使った。彼女の黒い、微笑みを浮かべた目には温かみがあった。彼女の体が私に触れそうになったとき目を見ようとすると彼女は目をそむけた。木戸は私が何も言わないのに私の気持ちを先取りして言った。

「この子は京都の出身です」と木戸が聞かれもしないのに言った。「よく教育されていますよ。音楽もうまいし、武術もたしなむし、生け花はプロですよ。この店では本当によくできた芸者しか使いません。ヨシコというんですよ。どうです、お気に召したでしょう」。彼がしゃべっていると彼女は立ち上がって竹の扉の方へ戻って行った。「きれいな人ですね」と私が言った。私の言ったことが聞こえたので彼女は外に出ながら振り向いて微笑した。「だけどご本人の前でそんなことを言えば彼女も当惑するでしょう。第一、僕は婚約してますし」

「マーシュ大尉、当惑などしませんよ。喜びますよ。今日び、マッカーサー将軍の耳の役をしておられる方に美人と言われれば、これ以上嬉しいことはありませんよ。しかもこんな若い美男子に言われればなおさらですよ」

木戸は私が一瞬見せた弱みを握って尊大に言った。「日本では力のある男は誰でも細君以外に女がいるんです。それが当たり前なんですよ。才能と責任が大きければ多いほど、もっと女も要るんです。ちゃんと女房の面倒を見ている限り、構うことはありません。こういうことはよく理解しているんです」

「きれいな人ですね」。私は木戸の、あからさまにけしかけるような言葉が急に不安になって、同じことを繰り返した。「だけどさっき申し上げたように私には力なんかありませんから」

木戸は私が本気で否定しているのを、腹芸と思ったらしい。彼は前菜を突っつきながら言った。「あなた、日本語を勉強されて、マッカーサー将軍に仕えておられるということは、いいお家のご出身なんでしょうな。もしかするとお父様が外交官で、あなたもアジアは長いんじゃありませんか。それともお父様が将軍のお知り合いで？」

「父は亡くなりました」

「それはお気の毒に。戦争ですか？」

「いいえ、綿畑で死んだんです」

木戸は混乱して何と言っていいか判らなくなり、困ったような顔で微笑した。「綿畑ですか？」。何か秘密が隠されているかのように言った。明らかに彼は私が冗談を言っているのか、あるいは、私が彼には理解できないほど知的で、遠廻しに言っていると思ったのだ。

「父は事実天才でした」と私は木戸に面子をなくしたと思わせたくなかったので続けて言った。「実際マッカーサー将軍に仕えたことがあるんです。フランスで、第一次大戦でした」

木戸はやっと私を日本の階層制度に当てはめてみて理解したらしく、この説明で大いに満足した。私の言ったことは全くの嘘でもなかった。父はアロイシアス・D・マーシュ一等兵としてフランスで従軍したし、たまには将軍から一〇〇マイル以内の所にいたかもしれないのだから。

「そうですか」と木戸が言った。「するとあなたは士族のご出身ですな、将軍と同じように」

「それだけじゃありません」。私は自分の家系を書き直すのが楽しくなって来た。「私たちは二人ともアーカンソー生まれなんです。アーカンソーからは偉大な戦士が輩出しています。北海道みたいなもんですかね」

「偉丈夫なんですな」と木戸は私を励ますように温かい目つきで微笑してみせた。「判りますよ。しかも極めて聡明だ。お二人とも。よく判ります」

「内大臣、ご自身はどうなんですか。聞くところによると、あなたは陛下の〝お兄様〟の筆頭だそうで」

木戸は私がこのことを知っているのがよほど嬉しかったらしい。分厚い眼鏡の奥で遠くを見るような顔になった。「私の母は皇族の出でした。美人でしたよ。私の父は、本当は養父ですが、木戸孝正といいます。その父は一八六二年天皇様の御為に死にました。それで一家は宮中のお覚えがよくなって。私は陛下が四歳の時からお世話してきました。お仕えしてきたんです」

「四歳の時からですか？」

「そうです」と木戸が言った。「父は皇孫のお住居の責任者でした。陛下の最初の養父だった川村純義《すみよし》提督が突然亡くなったときに建てられたものです」

「陛下はご両親と別居しておられたんですか？」

「そのときはね。川村提督は数マイル離れた麻布で簡素な生活をしておりました。陛下は一つになられた後、そこへ移られたのです。非常に伝統的なご一家で。世継ぎの宮はご幼少の時に質素な環境でお過ごしになるのがこの国の伝統なんですよ」

私はいろいろ勉強したつもりだが、こういう話は初めて聞いた。天皇の幼年時代の生活など西洋では誰も、学者でさえほとんど知らなかった。内大臣の話を聞いているうちに私はドキドキしてきた。彼は私に自分の人生について話すことでマッカーサーの理解を深める一助にしたかったのだろう。

「そこで」木戸は私がこの話に魅了されているのを直観的に知って、話を続けた。「陛下が我々の所に来られたとき私は一五歳でした。陛下は母君と週に一、二回会われました。父君は当時皇太子であらせられましたが、ときどきお出でになって、赤坂御所にお連れになり、一晩ご一緒に過ごされたりしました。それ以外は我々と一緒に、父の指導下におられたわけです。私が一番上の

〝お兄様〟というわけで。他にもお兄様はいましたよ。陛下と遊んだり、面倒を見てあげたり、勉強のお手伝いをしたり。東久邇――」

「首相ですか?」

「もちろん」と木戸は何も考えずに言った。「叔父に当たられますが、〝お兄様〟のお一人です。朝香宮――」

今日の午後ジニアス大佐がウィロビーに説明した戦争犯罪の中で出て来たばかりの名前ではないか。朝香宮については悪い話が多かった。「朝香? 陸軍の将官じゃありませんでしたか?」

「そうですが」と木戸は今度は用心深く答えた。「もう一人の叔父君です」

「中国で従軍されましたか?」

「そうです。師団長でした」

「南京ですか?」

「そう、他の場所でも」。木戸は今度は私を注意深く見たが、明らかに次に出るであろう質問を避けたそうだった。「仲間には近衛公もいましたよ」と木戸は懐かしそうに笑った。「一番若かったんですが、生意気なティーン・エイジャーでしたよ。皆でしょっちゅう、からかってやりました。しかし陛下よりは年上でした。藤原家ですよ。頭がよくて忠実な方です」

「近衛!」。私は驚きを抑え切れずに言った。「彼は日本が中国と戦争を始めた時の首相でしょ!」

「そう、藤原家は二〇〇〇年以上も天皇のごくおそばに仕えてきたのです」

「こういう、重要人物が陛下の〝お兄様〟だったんですか?」

「もちろん。他にも何人か」。内大臣はこういう直截さには慣れていないのだろう、気持を抑えようとしていたが、侮辱されたようだった。「おかしいですか? 我々は皆天皇家の一員なんです。一緒に育ちました。国の歴史を学び、未来を考えるのは我々の義務です。ロシアに勝ったばかりでしたよ。ご存じでしょ、一九〇四年旅順港の戦い。よく議論しましたよ、世界における日本の役割、欧米によるアジアの植民地化。陛下のご統治をお助けするのも我々の義務でした。ジェイ・マーシュ大尉、前菜もっといかがですか?」

木戸は私の質問を遮ると、幾つかの前菜を試すような振りをして私を無視したまま黙ってしまった。彼は必死に考えていたのだ。目と手はせわしなく動いていた。間違いなく彼はある使命を帯びてここに来たのだ。彼自身、いやもしかすると天皇のために。私には彼が、あまりにも多く、あまりにも早い時機にしゃべったことを後悔しているのが判った。

三人の芸者が温かい酒の入った徳利を持って戻って来た。彼女らが我々の横に坐ってお酌を始めると木戸はすぐまた快活になった。我々は乾杯を始め、女たちは何度も盃を満たした。

「ご健康を祈って」と木戸が言った。

「未来のために」。私は自分の盃が満たされると言った。

「偉大なるマッカーサー将軍のために」

「聡明なる陛下のために」

「一つお教えしておきましょう」と四回目の乾杯の後、木戸が言った。「日本では決して自分でお酌をしてはいけません。芸者がいなければ相手のお酌をしなさい。そうすると相手があなたにお酌します」と木戸は厳しい目つきで言った。「何事もあまり物欲しそうにやらないことです、日本ではね。もうご存じのことでしょうが」

「内大臣」、私は五杯目の盃を手にしながら答えた。「貴重なご忠告を頂戴したり、このように直接お話しできる機会もいただいて、本当に有り難いと思います。このような特別な所にお招きいただいて光栄です。お礼の乾杯を」

木戸は盃を上げて、私が彼の好意の裏を見透かしていることや、次の裏口外交へ進もうとしていることを知っているぞというふうに微笑した。「どうも、どうも。ここにお出で下さったご好意と勇気に乾杯。周りは日本人だけですからな」

「そんなこと何でもありません。東京はどこへ行っても日本人しかいませんから」

酒は湯のように滑らかで、麻薬のように恐ろしかった。私の感覚は鈍くなってきて、集中力を維持するのに大変だった。木戸は盃を置きながら楽しさを抑えるような感じで私を観察していた。私にとどめを刺す準備をしていたのが、その時が来たと決めたのだ。「二人で一緒にやっておられるんですよ。お判りでしょ。そうでなくちゃ、いけないんです」

「誰が、何を、ですか？」

「もちろん陛下と将軍ですよ。占領の実行です。国の統治です。将来へ向かって進むことです」

私は注意深く彼を見た。いくらこれが非公式だとしても、こんなことをこんなにハッキリ言うとは大胆過ぎないか。戦争が終わってからひと月も経っていない。これが天皇が最も信頼している人物の口から出ているのだ。

「内大臣、そういうことは気をつけておっしゃった方がいいのではないでしょうか」

彼は微笑した。いつものように明るい顔で、落ち着いていた。「いやあ、気を悪くしないで下さい。あなた方が勝って、マッカーサーが全能の権力を持っておられることは知っております。とりわけ、世界が日本を憎んでいることは承知しています。ですから我々はあなた方なしには何もできない。しかしですよ、ジェイ・マーシュ大尉。日本国内では、あなた方も我々なしにはあまり何もできないことは知っていただきたい」

「私は、マッカーサー将軍が陛下のご厚情に感謝していることをよく知っております。しかし彼は絶対的な権力を持っていて、なおかつそれを非常に重要なことだと考えております。これはそちらでお調べになるまでもありません。そんなことをされれば彼は自分を守るためにも思い切った手を打たざるを得なくなりますよ」

木戸は静かに言った。「判っています。議論するつもりもありません。誤解なさらないでいただきたい。私は友人としてお話ししているだけなんですから」。彼は優しく笑った。「それとも酒のせいでしょうかね。これは私の個人的な見方ですが、もし陛下が支持をおやめになり、国民がそれに従うと、将軍はどうされますか。軍隊を一〇〇万人増員しますか？　誰を攻撃するんです？　もう一つ原爆を落としますか？　どこで？　誰に対して？」

木戸の言うことは私には不思議に思えたが、本人は話の焦点を明確にしたので気楽になったようだった。帝国政府は一カ月餌をチラチラさせてきたが、今や針をつける準備ができたのだろう。木戸は私に、権力を分かち合うのでなければ協力はしなくなる、と言っているのだ。

「内大臣、もう違います。昔は昔です。陛下ご自身が国民におっしゃったでしょ。私は議会におりましたよ。神ではないとご自身でお認めになりました」

「日本では新しいやり方が始まっても、昔は昔とはならないのです。それは判って下さい。マーシュ大尉、こういうことを考えて下さい。陛下がおっしゃったから国民は陛下が神ではないと信じるようになるのなら、今度は陛下が、あれはお前たちを苦しみから救うために言っただけだ、とおっしゃれば、国民はまた、天皇は神に近い存在と思うようになるでしょう。あなた方のキリストは復活できることを示すために人間としての死を受け入れたんじゃありませんか？」

微笑している木戸の顔の皺から、彼が子供の知力を試すかのように私をからかっていることが判った。彼は自分の言ったことを否定するように両手を挙げて言った。

「いや、今のは公正ではなかった。そういうつもりではありません。どちらにしても天皇はあなた方西洋人の神とは違います。我々は陛下があの演説をなさる前に確かめました。正確な言葉をお使いになることが大事でしたからね」

彼は何か証拠を提出するような目つきで私を見て言った。「宮中は非常に幸いなことにアメリカ生まれのご友人をお持ちなんです。ウィリアム・メレル・ヴォリスです。ヴォリスをご存じですか？」

「いいえ、思い出しませんね」

「なかなか立派な人ですよ、ヴォリスは」と木戸が言った。「カンザスの生まれで。あなたがご出身のアーカンソーに近いんじゃありませんか。彼は一九〇五年に日本に来ました。それから大金持ちになったんです。メンソレータムという軟膏を売ってるので有名なんです。非常によく使われている品ですよ。一柳子爵の娘と結婚して日本人となりました。彼はクリスチャンで近江兄弟社というキリスト教運動の創始者です」

「ヴォリスですね」。私は思い出した。「横浜で最高司令官に会いたいと言ってきました」

「そうです」。木戸は私がヴォリスを覚えていたことと、マッカーサーに接触しようとしたことを知っていたのに感心して言った。「最高司令官はあのとき極めて多忙でした」

「極めて多忙」と私は同調したが、それは嘘だった。マッカーサーが日本で最も有名なアメリカ人に会うのを拒否したのは彼のスケジュールとは全く関係がなかった。それどころか、拒否の方針は断固として変わることはなかった。マッカーサーが彼について触れた言葉の中で、一番ましだったのが「利敵協力者」だった。

「そこで」と木戸は話を続けた。「我々はヴォリスになぜアメリカ人は天皇陛下の神性をそれほど強く否定するのかと尋ねたんです。彼は西洋の辞書の神の定義を見せてくれました。我々はそれを研究しました。我々、特に陛下は、天皇はそういう神ではないと考えたのです。天皇の神性は『神』の概念にあるのです。お判りかな。日本では、あらゆる物が『神』を所有しています。石でも木でも。しかし、天皇がお持ちになるのが一番多いわけです。日本人にはそれが判っています。それが変わることはありません。陛下が平和をもたらすために腹芸をされたとしても」

「とすると、陛下のお言葉を聞いたアメリカ人は陛下が嘘をつかれた、と思うわけですね」

木戸は私の言うことが理解できないというふうにイライラして言った。「嘘をつくことには関係ありません」

私は何か言おうとしたが、数週前自分がガーベイ神父に長々としゃべったことを思い出した。「おっしゃる通りです。私の単純な見方を申し上げただけです」

「まあどうでもいいことです。我々は敗けたんです。そちらの条件はのみます。しかし、明日、来年、一〇年後、何が起きますか。日本人から見れば、陛下が西洋の神についておっしゃったことは陛下の神性を変えたりしません。陛下に従って行くのです。マーシュ大尉、私は何もあなたと議論するつもりはありません。私の見方に過ぎないんだから。しかし、考えて下さい。日本人は二〇〇〇年信じてきたことをひと月で放り出せますか？イチかバチか、やってみますか？」

酒のせいで私の頭はクラクラしてきて、骨がだるくなってきた。しかし、木戸は私だけでなくマッカーサーにも挑戦状を叩きつけたのだ。彼に答えるのは私の義務だ。

「内大臣、私が申し上げたいのはただ一つ、陛下は公にマッカーサーと対決されるべきではないということです。そんなことをされても何にもなりません。全部を失ってもいいとはお考えにならないでしょう？」

私の答えが彼の答えと同じだったらしく、木戸は大いに満足したようだった。「大尉、前に言った通りです。我々は共同でやっているんです。どちらも危険をおかすわけにはいきません。どちらが負けるかというようなことではないんです。そんなこと意味がありませんよ。調和を保ちながら一緒に働く、これが日本式のやり方です。

あなた方は今や我々を抱き、我々もあなた方を抱いた。これこそ未来です。この瞬間から我々は切り離すことができないのです」

青い着物のきれいな芸者が入って来て私の横にひざまずき、料理を並べた。木戸は私が彼女をじっと見ているのに気がついて嬉しそうに微笑した。「どうです、ヨシコはあなたの理解のお役に立ちますよ。まあ、あなたと彼女と一緒にね。我々はお互いに結ばれているんです」

食べている間、木戸は黙っていた。食事は素晴らしかった。私にはつい最近空襲で焼き払われた町でこのような物が手に入ることが不思議だった。しかし、木戸や他の上層階級は飢えていなかったのだ。噂では彼は戦時中も上等の肉を手に入れていて、自分だけでなく何匹もの番犬にも食わせていたそうだ。

東京中が飢えているとき彼は番犬に餌をやっていたと思うと、酔いが醒めそうだった。木戸は愛想のいい人ではあるが、本心は私の友人になろうとは思っていないことが私には判っていた。

「内大臣、戦争犯罪人として裁かれる人たちのリストがありまして、あなたも載っています」

「そう、知ってます」と木戸は表向き平静に答えた。「報復ですな。私の個人的な日記まで押収しましたよ。全く浅はかなことで、結局無意味ですがね。そう思いませんか？　私は悪いことなど何もしてません。私は一年以上前から和平工作をしていたのです。しかし、未来のために必要であればどんな運命でも甘んじて受け入れます」

「陛下も近くそのリストに入れられるかもしれません」

「さっき言ったでしょう。それは大変な過ちですよ」と彼が言った。「陛下と皇族方を辱しめてはなりません」。彼の顔が引き締まった。そして私は初めて今日の夕食会の核心に触れたと思った。

「それは私が決めることではありません」

「大尉、それは判っています。しかしさっき話し合ったでしょ。私の日記を読む。大いに結構！　我々の会議の記録を調べる！　陛下は一年以上も前、サイパン陥落の時から和平工作の先頭に立ってこられたのだ！」

「アメリカの同盟国が陛下の裁判を要求しているのです」

「それは聞いています。アメリカ政府内でも揉めていることも。マーシュ大尉、復讐が必要なことは我々も理解している。しかし、警告しておきますが、陛下や皇族が裁判にかけられるようなことでもあれば、国民は蜂起しますぞ。本当ですよ。日本人は大変感情的になることがありますからね」

臆面もなく挑戦的なことを言う木戸の顔つきから、私は単なる空威張りではないと思った。「私はマッカーサー将軍の代弁をするわけにはいきませんが、将軍はあなたの論理、少なくとも陛下のことについては、理解すると思います」

木戸は料理を突っつきながら私の顔色を探り、気を引くようなことを言った。「マッカーサー将軍は山下大将に非常に強い関心をお持ちのようですな。彼もリストに入っていると想像しますが」

「リストの上の方です。内大臣、私はマニラで行われたことを見ましたが、あれほど酷いものは忘れることはできません」

「そうです」。木戸は一瞬うやうやしく視線を下げた。彼は妙に芝居がかってきた。「我が軍は時折自分勝手なことをして我々の名を辱しめました」と言いながら謀りごとでもあるような微笑を浮かべて私を見た。「山下は日本では評判がよくなかったんですよ、ご存じの通り。我々も好きではありませんでした。癖が強くてね」

私は予期していなかった、この突然の言葉に驚いた。

「日本で一番人気の高い将軍だったと思っていましたが」

「大衆の間ではね。宮中では違います」

木戸は座布団の上でもじもじしながら私の視線を避けていた。手は忙しそうに箸を弄んでいた。彼はヘマをやったので、考えを整理し直そうとしているように見えた。しかし突然私の頭に浮かんだのは、彼が酔ったふりをしていて、私に何かの申し入れをして、もし私が気を悪くしたらすぐ取り消すつもりだ、ということだった。

彼は言葉を選ぶように咳払いをしてから言った。「シンガポールのあと彼は非常に人気が高まりました。彼はいつも独断的で、お追従を言われて天狗になったんです。彼はいつも参謀本部の考えに反対していました。彼は一九四〇年にはドイツにいたし、陸軍の機械化を強力に支持していたんです。真珠湾以前には、我が軍の機械化が完了するまではアメリカと戦うべきではないと主張していました」

「山下が真珠湾に反対した?」

「そうですよ」。木戸はそんなことは常識だというふうに不思議そうな顔で私を見た。「彼は戦争に負けることを予見していました。勝つための唯一の方法は、ジャングルで闘わずに素早くオーストラリアに進攻することだ、と言っていましたよ」

「オーストラリア?」

「そうです」。木戸の顔は突然興奮と屈辱でゆがんで見えた。「奇襲をかけ、一挙に降伏の条件を呑ませる、シンガポールのように。豪州軍は世界中に散らばっていましたからね。我々はそんなことはしたくなかったんですが、大衆は賛成していました。我が軍が各地の島のジャングル戦でやられるようになってから、彼が問題になってきたんです」

木戸は我々がエリートとしての責任感を共有しているというふうに私を見た。「彼は庶民の出ですからね。信奉者が大勢いて、それが有害でした。だからシンガポールの後、中国へ異動させられたんです」

私には彼の言うことが判らなかった。「どうしてですか?」

「大尉、さっき言ったでしょ。人気が高くなり過ぎたんですよ。しかも参謀本部の方針に反対だったんです」。木戸は気楽そうに肩をすぼめた。「問題は彼が方針に反対したことではありません。方針が間違っていたんですから。問題は彼の傲慢さですよ。彼の——独立性というか。言ったでしょ、山下は癖が強くて、今でもそうですがね。彼が日本に帰って来て我が軍がいかに闘ったかなどと話し出したら、また問題になりますよ」

「問題って、誰のです?」

「皆のですよ」

私には彼が何を言おうとしているのか正確に判っていたが、それを彼の口から言わせたかった。「内大臣、誠に申し訳ありませんが、私の日本語は自分で思っていたよりうまくありません。ご説明いただけますか?」

木戸はしばらく私を注意深く見ていた。提案はなされたのだ。彼にも私にも判っていた。宮中は山下大将の立場には大した関心はなかったし、その処刑にも異存はないのだ。彼は判り切ったことをくどくど言って私の釣り針に引っ掛かるようなことはしなかった。そして、私の質問をはぐらかして言った。「私はただ、マッカーサー将軍が大変賢明な方だという点であなたに同意しようとしただけで。彼は常に壮大なお考えをお持ちです。将軍には、日本人が山下大将の下で行われたマニラの残虐行為を遺憾に思っていることを知っていただきたい。大尉、私はあなたに同意しているだけですよ」

酒を飲み、料理を食べながら一人の偉大な将軍の生命を取引することは、控えめに言っても私にとっては今までに考えてもみないことだった。私には何をすればいいのか、何を言えばいいのか、全く判らなかったが、提案は承ったし、上に伝えるということだけは判らせておくべきだと思った。「マッカーサー将軍はマニラで行われたことを考えるとき大変感情的になります。あの町と人々を愛しているのです。あれだけ多くの人が計画的に殺され、暴行され、撃たれたのを見るということは彼の人生の最大の悲劇でした」

「罪は償わねばなりません」。木戸は食事を終わっていた。「私が言っているのは、この件について我々はマッカーサー将軍のお考えを理解しているし、支持もしているということです。将軍と陛下が一緒におやりになれば恩恵を受けるのは日本人ですから」

食事が終わった。二人が立ち上がろうとしたとき、木戸は私を押しとどめるように片手を挙げた。彼は一番大切な知らせを最後に取っておいたのだ。「陛下は一度最高司令官を訪問したいとおっしゃっています。ジェイ・マーシュ大尉、そろそろお二人がお会いになって、直接ご一緒に働かれる時期でしょう」

「マッカーサーに伝えます」とお互いにお辞儀をしながら私が言った。

「早い方がいいでしょう」と内大臣が言った。「お二人の関係を邪魔しようとする輩が大勢おりますからな」

「それも伝えます」と私が言った。「いろいろ貴重なご意見、ありがとうございました」

木戸は当惑したような顔つきを見せて言った。「大尉、酒の上での話ですよ。将軍のためには一生懸命やります。それしかありません。陛下はそうお決めになっております」

一時間後私はホテルの部屋に戻って来たが密造酒みたいに強い内大臣の酒のせいで、まだフラフラしていた。私が歯を磨き始めたとき階段を上って来る下駄の音がして、それから、ためらいながら戸に触る音がした。私は急いで口をゆすいだ。戸の向こう側で何が待ち受けているのか、すぐ判ったからだ。

私が戸の所まで行って開けると、ヨシコがそれを待っていたかのように立っていた。彼女は微笑むと、自分を見ている私の顔が見たくないかのように、はにかんで俯いた。彼女はまだ着物姿で、長い髪は頭の上に束ねていた。彼女は両手で木製の箱を持っていた。引き締まった肌、ピンクの花びらのような唇、しっかりした腰と脚。彼女は本当に美しかった。彼女はわざと控えめにしていたのだろうが、かえってそれが彼女を一層魅力的にしていた。

箱には幅の広いピンクのリボンがかけられていた。彼女はお辞儀をしてからそれを差し出した。彼女の声は優しく、滑らかで、よく日本の女性が有力な男と話すときに使う、高い調子で囁くように聞こえた。

「ジェイ・マーシュ大尉さん。お詫びに参りました。お食後をお出しするのを忘れて、内大臣から大変叱られました。それで何か甘い物をお届けするように、とのことで」

彼女はお辞儀を済ませると、それでも少し顔を下げたまま、微笑しながら、私が彼女の真意を理解しているのか確かめるように上目遣いに私を見た。彼女はいい匂いがした。本当の優しさが彼女の目から感じられた。私は寂しかったし、少し酔っていた。彼女は手を伸ばさなくても触れるほどそばにいたし、私の体中がうずうずするほど美しかった。

私はしばらく彼女を見ていたが、彼女がいることよりも、それに対する自分の反応に驚いていた。どうしてこういう感情が抑えられないのだろう。私は別の女と熱烈な恋をしている。それなのに勝手気ままに純潔な関係を放り出し、道を外して、ヨシコを自分の部屋に入れようとしているのだ。

彼女は部屋に入った所で下駄を脱いだ。そして微笑みながら私の横をすり抜けた。そのとき彼女の左の腰と肩が私に触れた。その瞬間私は彼女をつかみたかったが、誘惑にも儀式が必要で、台本通りにやらなければならないことに気がついた。これは現実なのか、そうではないのか。しかしそんなことはどうでもよかった。二人ともこれから何が起ころうとしているのかは判っていた。二人の人間が、口には出さなくても、恋人になろうとするときほど、気分の高まることはあるまい。

そうだ、戦争は本当に終わったんだ。横浜がどうした。レクリエーション・娯楽協会は素晴らしい青い着物を着てお菓子を持って、ジェイ・マーシュ大尉の上に舞い降りて来たのだ。

すぐ着物の用はなくなった。彼女は箱を私の机に置くと、風呂場に入って来ると着物を丁寧に脱いだ。すると彼女が身につけているのは腿の半ばあたりまである木綿の下着だけだった。彼女は私を無視して、床より低く作られている湯舟のそばにひざまずくと蛇口を開けて湯を出し始めた。湯が溜まり出すと彼女は立ち上がって私の所に戻って来た。彼女は小悪魔的で、しかもはにかんだような微笑を見せた。彼女はお辞儀をすると正面から私の目を見た。

「内大臣はあなたにお風呂の本当の熱さを覚えていただきたいと申しておりました」

私はこの日初めて誰はばかることなく、大笑いしてしまった。酒のせいだったかもしれない。風呂の湯は本当に熱くなければならない、とは全く日本的だ。動作にしろ感情にしろ、極端でないものは受け入れられないのだ。

「じゃ温かいお風呂は駄目なの？」

「駄目です！」。彼女は眉をつり上げ、口を手で隠して笑い出した。

「じゃあ熱いお風呂は？」

「駄目です」と彼女は笑いながら言った。

二人で笑っているとお互いに初めて気が楽になってきた。彼女はもう芸者ではない。私はもう大尉ではない。日本人でもなければアメリカ人でもない。垣は取り除かれた。彼女は女だ。仮面を外して私を愛した女だ。そして私は男だ。彼女の虜になった男だ、少なくともこの瞬間は。彼女はもう単なるお使いではない。私はもう――何だろう。生身の贈り物の受取人か。木戸の諜報組織の標的か。結婚を約束した女の裏切り者か。

何であろうが、もう手遅れだ。どうでもよかった。もはや我々以外の世界はなかった。湯は出しっ放しで部屋を湯気で暖めていた。彼女は肉感的な下着を着ただけで数インチしか離れていない。下着は彼女の突き出した乳首にまとわりついていた。腰の下までしかないので彼女の引き締まった長い脚が見えた。そしてお互いに、仕事より大事なことがあるというように声を出して笑った。どれくらい大事か、誰も知らない。起こることは起こる。そしてそれは楽しいことなのだ。湯舟が四分の三ほど溜まった。彼女は蛇口を締め、タイルにひざまずくと、湯を指して言った。

「さあ、お入りになって」

私はまだ軍服のズボンと白いTシャツを着ていた。私は疑りぶかく風呂を見て、ニヤリとした。「熱過ぎるよ」

「熱過ぎません！」。彼女は色っぽい目で私を見た。「ジェイ・マーシュ大尉さん、もう晩《おそ》いんです。お酒の飲み過ぎでフラフラなんでしょ。お脱ぎになるの、お手伝いしましょうか」

「とんでもない」と言いながら、私はその考えが面白くてニヤリとした。自制心などどこかへ行ってしまった。私には彼女に触られでもしたら風呂などどうでもよくなることが判っていた。「風呂なんか大事なの？」

「そうですとも！」。彼女はまた上品に手で口を隠しながら笑い出した。「ジェイ・マーシュ大尉さん、あなたって、おかしな方ね」

「ジェイって呼んでほしいんだけど」

彼女は、私の言ったことが嬉しかったのだろう、顔を赤らめて、タイルにひざまずいたまま、軽く頭を下げた。彼女の眼差しから、彼女が私を好きになりかけているのが判った。「ありがとうございます。その方がよければ。ジェイと呼ばせていただくなんて、嬉しいわ」

「じゃ、君のこと、ヨシコって呼んでもいいの？」

「もちろん」。彼女は私の名前を、甘い物を舌で転がすように試してみた。「ジェイってどういう意味なんですか」

「美人が好きな男」

彼女はクスクス笑った。私はすぐ服を脱いだ。意外なことに、彼女は私が興奮したままの裸の体で近づくと目をそらした。彼女はまた湯舟を指して、私に入らせようとした。私は片足を入れた途端に引っ込めた。湯は煮えくり返っていた。

「ウァー、熱い！」

彼女は目をそらしたまま、また笑って、たしなめるように言った。「熱くありませんよ！」

彼女は突然立ち上がって、サラリと下着を脱ぎ落とした。彼女は二フィートも離れていなかったが、それでも私を見ようとはしなかった。私は彼女のそばに立ったまま、そのほっそりした体、意外に豊かな胸、両腿の合わさる所にある小さな三角形の恥毛から目を離すことができなかった。

彼女は向きを変えると、ためらいもしないで熱い風呂に入った。片手に石鹸を持っていた。彼女は顔を後ろにそらすと、首から肩、脇の下、それから乳房と、それぞれ丹念に洗って行った。彼女はまだ目をそらしたまま私を呼んだ。

「ジェイ、入らなくちゃ駄目！」

私が彼女の後ろの方にひざまずこうとすると、彼女は突然私に熱い湯をかけ始めた。私が悲鳴を上げると彼女は笑いながらもっと湯をかけてきたので、私はとうとう湯舟の中の彼女の後ろに入ってしまった。私はすぐ彼女の体に手を廻し、腰から乳房の方へ撫でていった。彼女を引き寄せて頬から唇へキスしていくと彼女も長い間私にキスしていた。

やっと彼女が体を離すとちょっと私の目を見て、度を越したかのように俯いた。「あなたのような柔らかい唇、初めて」。彼女は全く意外に思ったようだったが、低い声でくつろいだように言った。「前に廻って頂戴」

「え？」

「前に廻って！」

彼女は深い湯舟の中で、慣れた物腰で私の後ろに廻ると私を自分の膝に乗せるように脚を少し曲げて、私の体に石鹸を塗り始めた。二人は一五分ばかりそうしていた。彼女はゆっくり私の髪を洗い、体中の隅々まで洗った。彼女は湯舟の栓を抜き、それからまた湯を入れながら私と一緒に坐っていた。彼女は黙ったまま長い指で私の体をマッサージしてくれた。強い熱気が私の骨の髄まで浸み込むようで、体中の力がなくなっていった。彼女の指で揉まれていると、背中から首から腕から脚から、あらゆる筋肉がほぐれていった。彼女が湯舟から出してくれたときには、私は雑巾のように搾り切られたような気がした。私の頭は熱気でぼうっとしてしまい、涅槃をさ迷っているようだった。

二人が何時間愛し合ったかは覚えていない。今考えても、あれはゆっくりとした弦楽、チャイコフスキーのセレナーデみたいなものだったことしか思い出せない。彼女は私に触り、キスをし、微笑し、私の手と体を誘い、最後は喜びで喘ぎ、うめいた。彼女は務めを果たしにきたのだったが、着物を着て私に別れのキスをしたときには、明らかに彼女の中の何かが変化していた。嬉しがる振りをすることは誰にでもできるが、彼女の顔を見ればその気持ちが本物だということが判った。

「ジェイ、ありがとう。またお会いしたいわ」

私はうとうとしていた。彼女は私にキスするとシーツを私の首の所までかけ、音もなく部屋から出て行った。ベッドに横たわったまま いると、階段を降りて行くヨシコの下駄の音が聞こえた。木戸か誰かの所に帰って行くのだろう。そして私は自分に何かが起きたことを悟った。

何か力強いことが。そして多分いけないことが。

第一三章　大使館

「これは、これは、これは」。私がサム・ジニアス大佐の散らかった部屋に入ると彼が言った。「スパイの大将のお出ましか」

「大佐、申し上げたでしょ、私はスパイじゃありません」

「お前はよく微笑するし、生活も心地よさそうだし、日中はハッキリ説明できなさそうな仕事をしてるし。ということは、お前はスパイか淫売かの、どちらかだ」

ジニアスの後ろに坐っていた二人の少佐はこっちを見ると顔を見合わせてクスッと笑ったが、すぐに私を無視して仕事に戻った。私の任務が何であろうと、彼らの頭にあるのは戦争犯罪人を捕まえて起訴することだけだった。彼らは真剣だった。

私は彼の机の前にあった木製の椅子に気軽に腰かけた。「大佐、溺れている法律家を助ける方法、ご存じですか」

「いいや」。大佐はニヤリとした。「どうするんだ？」

「助けないんです」

「焦点をずらそうとしているのは明らかだ」と彼は鼻であしらった。「もしスパイでなければ、大尉の分際で、どうして天皇のマッカーサー表敬訪問の手配などできるんだ？」

話は将軍の幕僚の間ですぐ伝わり、私はそこそこ有名になっていたのだ。木戸との夕食の翌朝、私はマッカーサーと天皇が会った方がいいという木戸の話をホイットニー将軍に報告した。一時間も経たないうちにホイットニーからマッカーサーもこれには関心を持っていると言われて、私は木戸に「非公式」に電話を入れた。東久邇宮首相と、最近病気がちの片脚の老人重光に代わって外務大臣になったばかりの吉田茂が、将軍に直接申し入れを行ったのだ。そこで今日、九月二十七日、天皇は最高司令官を、その住居であるアメリカ大使館に訪れることになっていた。

マッカーサーはそのことで興奮していた。東アジアの歴史を見れば、面子から言って、嘆願する側が玉座を訪れなければならない。そして今、私の、酒も入った外交術の結果、天皇が彼の所へ来ることになったのだ。

「大佐、前に申し上げたでしょう。私は単なる小使いです。体重二〇〇ポンドの伝書鳩と考えて下さっても構いませんが」

「スパイの方が聞こえがいいぞ」。禿げ頭のジニアスは疲れ切ったように言った。「とにかく、お前に見せる物がある」と言って彼は私の膝に書類挟みを放り投げた。「これ読んでみろ。俺はもう頭にきた」

黙って坐っていた二人の助手は顔を上げて、私が書類挟みを開けるのを注意深く見ていた。ジニアスは熱心に話していたが、いつもの辛辣さは変わらなかった。「説明してやろう。お前と内大臣様がご馳走食ったり天皇の健康に乾杯している間に、お前の親分はフィリピンでの戦争犯罪を扱う軍事評議会を設立するという指示を出したんだ。ということは、我々が東京でやろうとしている戦犯裁判から山下の件だけ切り離すということだ」

「彼は山下をフィリピンで裁判にかけたいと言ってました」と私はジニアスから受け取った一〇〇ページもありそうな書類をめくりながらつぶやいた。

「そうだろう。しかしだな。あっちのは法廷ですらないんだぞ」とジニアスが言った。「我々はここで裁くために、国際軍事法廷を作ろうとして綿密な作業をしている最中だ。歴史に残るような奴をな。全部まとめるのに、あと半年はかかる。一一カ国の著名な民間の判事が構成するんだ」。彼はよく聞けと言うように私の肩を突っついた。「『判事』というところが大事なんだ。法科大学院を出て経験を積んだ者の中から厳選するのだ」

「発想は判ります」と私はそっけなく言った。「大佐には意外かもしれませんが、アーカンソーにもそういう人たちはいます」

「そうだろう」と言ってジニアスはニヤリとした。「しかしフィリピンは違うんだ。少なくとも山下大将の場合は違う。マッカーサーはフィリピン戦争犯罪委員会というのを作った。言葉の使い方を見ろ。『委員会』だぞ、司法制度の範疇外だ」

「しかし『犯罪』という言葉を聞くと私は法律を連想しますが」。私は皮肉な微笑を顔に出さないように気をつけて言った。「法律違反ですか。法廷がなければ、誰も戦争犯罪で裁くわけにはいかないでしょ」。私は躊躇した。「つまり、私は法律家じゃありませんが、非合法という感じがします」

「ちょっと待て」とジニアスが言った。「彼は将軍どもを大勢ひと部屋に入れて、あん畜生を縛り首にしろと命令する気なんだ」

「しかし、どっちみち、彼に山下を縛り首にするだけの証拠がないわけではありません」と、私はマニラ戦の後で見た惨状を思い出して言った。

「じゃあ、十分な証拠があるんなら、なぜこんなことをするんだ」

ジニアスはさっき私に渡した書類をめくっていたが、マッカーサーのフィリピン戦争犯罪委員会設立指令のページを指した。彼は助手たちをちょっと見て言った。「ある法律家が、と言っても俺たちじゃないが、一九四二年の大統領布告を探し出してきた。ここだ、読んでみろ、いや、俺が読んでやる」。彼はそのページを抜き取ると声を出して読み始めた。「戦時において合衆国、あるいはその属領または領土に侵入し、戦争法を犯した交戦中の敵は戦争法規に則り軍事法廷の管轄下に置く」

「だけど戦争は終わりましたよ」と私が言った。

「よく気がついたな。木戸さんの――何か旨い物食いながらか」。ジニアスは私の後ろめたさにヨシコの引き締まった体の影を見たかのように、いやらしい目つきでニヤッとした。「しかし彼らはこう言ってる。山下はもちろん『交戦中』で、フィリピンすなわち合衆国の領土に『侵入』した戦時において、だ。しかも正式調印が行われていない今日、我々はいまだに交戦中だ。彼らはうまく解釈している。布告は有効だ」

「大佐、全くです。うまい。なぜ我々一般人が弁護士を嫌うか、少しはお判りになったでしょう」

彼はブツブツ言った。「これは序の口だぞ。法科大学院で教わったことを思い出した。白を黒と言いくるめるんだ」

「だから嫌われるんですよ」

「判った、判った」。ジニアスはページをめくった。

「これ見てみろ。マッカーサーは自分自身をこの委員会の唯一の召集者に任命した。ということはだ、彼だけが判事選定の監督を行い、証拠提出・討議の手続きを定め、証拠の有効性を決める権限を持っているということだ。言い換えれば、彼は入り口は完全に固めた」

彼はまたページをめくった。「彼はまた、自分だけに調査結果を見直す権限を与えた。ということは、彼だけが――おい、ここだ、判決を承認、軽減、延期あるいは変更できるんだ。最後の所、聞いたか？　判決が気に入らなきゃ変えさせることもできるんだ。つまり出口も固めたと言うことだ。そこで最初の仕事として、スタイナー中将が委員会に対し山下大将告発を指示するように命じられた」。ジニアスは息をついた。「実際彼らは二日前に山下を告発した」

「彼は山下大将が好きじゃないんです」と私は弱々しく言った。「個人的に、ということですが」

「彼はこの件については病的だと言ってもいいな」。ジニアスは二人の助手を見たが、お互いに内心で笑っているようだった。そして私を見た。彼の顔はマッカーサーの執務室での報告を終えたときと同じように挑発的だった。「しかし、こっちにはもっと広範囲の問題がある」

私はちょっと考えてから言った。「天皇ですね」

「勘がいいな。だが慌てるな」とジニアスが答えた。「お前のボスは山下が嫌いだ。彼はマニラの虐殺に取りつかれてるんだ。しかし、本当に彼が嫌がってるのは南京虐殺を問題にすることだ。考えるのも嫌なんだ。吐きたくなるくらいだ。どうしてだ？　第一に、彼はあれが自分の問題だとは思っていない。我々が参戦する前に起きたことだからな。第二、あれはアジアの二国間で片をつけるべき問題だと思っている」

「鶏と猿ですね」

「その通り」とジニアスが言った。「お前よほど猿の話が気に入ってるようだな。第三は、あれは皇室にとってまずい話になりかねないからだ」

「彼はそんなことは許しません」

「ああ、許さん。第四、もう終わるからな、来年の春、東京で国際軍事法廷が稼動するまで、マスコミや同盟国に戦犯を何とかしろと騒ぎ立てられるからだ。そこで彼はどうする？」。ジニアスは私の膝の上の書類挟みを指して言った。「彼は奴らに生肉を放ってやるんだ。これ以上適役の男はいない、と思ってるんだ」

私は注意深く書類挟みを持ってページをめくったが、何も読んでいなかった。そしてサム・ジニアスの顔を見上げた。「どうしてこんなことを私に?」

「マッカーサーはお前の言うことは聞くらしいからだ。そうでなきゃお前をスパイにはしないだろ。俺には彼が何を考えているか判ってるぞとお前から言ってやったらどうだ」

「私の話なんか聞きませんよ。私はただ彼のために聞き廻っているだけで。大佐、えらい違いですよ。それにそんなこと言ったたって意味ありません。彼が大佐を恐れているとお思いですか」

ジニアスはちょっと私を見ていたが、同意するように頷いた。「判った、お前の言う通りだ。俺は下っ端だ。大尉、それじゃ彼は何を恐れているんだ」

私は考えてしまった。ダグラス・マッカーサーが、恐れる? 「彼は何にも恐れていないと思いますが」

「天皇は?」。ジニアスは事もなげに言った。

「いいえ、私はそうは思いません。つまり、天皇を利用したいと思うかもしれません。天皇を友達にしたいとは思うかもしれませんが。しかし恐れるということはないでしょう」。私はまた考えて言った。「何を恐れるか? 多分、失敗することでしょう」

「俺は天皇だと思う」とジニアスが言った。「一時間もしないうちに二人が会見するんだ」

私は時計を見た。「そうでした。失礼します」

私が部屋を出ようとしたとき、ジニアスが、からかって言った。「気が変わったよ。マーシュ、お前はスパイじゃない。ほどほどに低級な淫売だ」


毎朝のことだったが、マッカーサーは、あの滑稽なチャップリン風の、厚木から横浜までの行列の話を聞いたマニラの金持ちの友人から贈られたピカピカの一九四一年型キャデラックで出勤した。彼の朝の儀式はもう東京では有名だった。白いヘルメットを被ったMPのオートバイに先導されて、元帥の五ツ星の旗とプレートを付けたリムジンがゆっくりと走る。車が霊南坂を下りて来ると直ちに日本の警官が第一生命ビルまでの交通を全部止めてしまう。通常将軍は午後早く同じ道を逆に通って大使館に戻り、昼食を摂って昼寝をしてから第一生命ビルに戻り、夜遅くまで仕事をした。しかしこの日は二時間仕事をすると大使館に戻った。

彼が戻って来たとき、私と一〇人ほどのスタッフが大使館の正門のそばの車寄せで待っていた。キャデラックが門に入った所で止まると、彼は右後ろのドアから降りて来た。彼は元気よく歩き出したが、彼が活気づくと普段より背が高く見え、肉体的にも力強く、若くさえ見えた。彼はほとんどこちらも見ないで大使館の玄関へ大股で歩いて行った。

我々が敬礼すると彼は答礼しながら事務的に言った。「ジェイ、三〇分しかないぞ。写真は一枚、会見後だ。お前が同席しろ。他の者は一切入れるな」

私は驚いて尋ねた。「私がですか？」

「マシュバー大佐は咽頭炎だ。今日通訳をできるのはお前だけだ」

彼はいつものような糊のきいたカーキ色の軍服で、勲章を一つも着けていなかった。私は慌てた。私も同じ軍服だったが、将軍に正装に着換えろと言われても宿舎に戻る時間がなかった。

私は彼の後ろから声をかけた。「閣下、軍服はいかが致しますか？」

「着てるじゃないか」

「閣下、お召し換えにならないのですか？」

「何が判らんのだ。私の言葉か、私の判断力か？」

他の将校たちが笑い出したので私は狼狽した。

「いえ、どちらでもありません。では、カーキの軍服で」

「カーキだ」。マッカーサーは玄関の階段を小走りに大使館の中へ入っていった。

最高司令官の姿が見えなくなるとホイットニー将軍が大声で笑って言った。「ジェイ、お前アーカンソーのどこのド田舎から出て来たんだ」

「将軍は一日三回着替えをなさるんです」と私が抗弁した。

「判らん奴だな」。とホイットニー将軍が言った。「彼は理由があってカーキを着てるんだ」

私は突然マッカーサーの抜け目なさを思い出して、頷いた。天皇に会うのにカーキの軍服だ。それで私には、マッカーサーがこの会見と、その後に続く写真撮影の両方から何を期待しているのかが判った。木戸内大臣と私が料亭で話し合ったのとあまり違わないが、最高司令官と天皇は深刻な話に立ち入る前に、彼らなりの腹芸をやろうというのだ。そして私にはマッカーサーが会見の写真を日本中の新聞に掲載を命じることも判っていた。いつもの服装でいることによって、自分の飾り気のなさを見せ、近寄り難さと専制的な人柄を印象づけようというのだ。軍歴を示す飾り物など一切着けないことによって、自分の現在の権力が単に軍人としての功績だけでなく、個人としての英知に対して与えられたものであることを世間に判らせるのだ。

これを考えながら私はデビナ・クララの祖母が笑いものにしていたフィリピン軍元帥時代のマッカーサーの軍服、白い詰め襟の上衣に黒いズボン、胸には数々の勲章、金色の肩綬、おまけに軍帽の金のモール、などを思い出した。あの頃は、戦争に怯えるフィリピン人たちの多くはマッカーサーの派手な戦士姿を喜んで見ていた。今日マッカーサーは同じ細心さで考えた結果、簡素なカーキ姿で、穏やかに天皇と、そして世界の前に立つのだ。

新しい役割ができた。毛沢東やホー・チ・ミン同様、聡明で、半ばパジャマ姿の雑種の儒学的指導者、マッカーサーだ。

私はホイットニーを見た。「閣下、私一人ということになりますが」

「彼が言っただろ。目撃者は要らん。双方とも通訳各一名。マーシュ大尉、それだけだ」

私は思わず含み笑いをしてしまった。「内大臣が心臓麻痺起こします」

「素晴らしい」とホイットニーの背後からサム・ジニアス大佐が馬鹿にするように言った。「そうすると彼を裁判にかける必要がなくなるわけだ」

「ボスはこれはあくまでも私的なものにすると言っている」とホイットニーは私に警告するように念を押した。「同席者が多いほど、天皇にプレッシャーが掛かるんだ。プレッシャーが大きいほど、外交上まずいことが起きる可能性が大きくなる」。彼は肩をすぼめて言った。「会見はメッセージだ」

「会見はメッセージか」とジニアス大佐はニタニタした。「うまいですね、ホイットニー将軍、外交官になるつもりはなかったんですか?」

ホイットニーは負けずにかすか微笑んで言った。「君、私がこの三年間何していたと思う?」

ジニアスは戸惑ったような振りをして、赤いだんご鼻をこすった。「我々にとっては、どこかで戦争があったと思いますがね」

一〇時一分だった。若い軍曹が大使館の玄関から飛び出してきてホイットニー将軍に叫んだ。「閣下、本部から電話が入りました。天皇の一行が桜田門を渡ってこちらに向かっているとのことであります」

警笛の音が聞こえた。大使館の白い石塀の向こう側に数台の車が坂を上って来る音がした。そして門がゆっくりと開けられると古いダイムラーが見えてきた。第一次大戦時代の代物であるドイツ製の車が音を立てながら大使館の敷地に入ってきた。驚いたことに、天皇は先頭の車の後部座席に冷静に坐っていたが、その隣に、いつものように驚いたような目をした木戸内大臣がいた。その車と、あとに続く三台の車が隊伍を組むようにゆっくり入って来ると、一斉に停車した。すぐ侍従や護衛や事務方が車から出て来た。彼らは滑稽とも言えるほどかしこまって天皇の車へ駆け寄ると二列に並んだ。天皇のドアが開けられ、木戸のドアも開けられた。彼らが深く頭を垂れて地面を見ている中を、天皇はゆっくり車から降りて二列に並んだ人たちの間を歩いていった。

三週間前議会では穏やかで、しかも力強かった天皇と対照的に、今日は背が低く、内気に、そしていくらか呆然としているように見えた。彼はしばらくお辞儀をしている二列の臣下の間に立って、これからどうすればいいのか、迷っているように大使館の建物を見ていた。おびえているようでもあり、動揺しているようにも見える天皇の物腰は彼が意識的に、日本人の言う「低姿勢」、つまり相手方の同情を買うための所作をしているのではないかと私には思えた。彼は国会演説のときは優雅に仕立てられた海軍の制服を着ていたが、今日は下位の侍従が着た方がいいような、だぶついた戦前のモーニングコートを着ていた。縞ズボンをはき、シルクハットを持っていた。

木戸は一人の通訳を天皇のそばに行かせて、自分は天皇に何か囁くと大使館の方を向かせた。天皇は頷いて、玄関の方にゆっくり歩き出した。歩きながら身震いしているように見えた。玄関の石段の最下段の所で、マッカーサーの上位補佐官の一人、ボニー・フェラーズ准将が待っていた。天皇はフェラーズに近づくと、はにかむように西洋流の握手をしたので、准将は驚いた。

この握手で雰囲気が一挙に打ち解けたようだった。我々は天皇と侍従たちに近寄った。握手と神経質そうなお辞儀、微笑や笑い声が交錯した。お互いに相手の身分や、あるいは相手が何を言っているのか判っている者はほとんどいなかった。ただ、誰もがこの庭で歴史が作られていることを知っていた。

私は急いで、天皇のそばに立っている木戸の所へ行った。彼は一人っ子の卒業式に来た親のように満足気に微笑していた。彼は私を見ると軽く会釈した。

「ジェイ・マーシュ大尉、おはようございます」

「内大臣、お話があります。申し訳ありませんが、会見に出席できるのは――」

「判ってますよ」と木戸は気にする様子もなく手を振った。「陛下のご希望です。結構なご決断です。我々は昨日長時間議論したのです」

彼の答えに私は驚いた。我々が聞いていた話では、天皇は自由討論の席では自分の意見は言わず、最後に天皇としての判断を示すということだったから。私は天皇が会見中木戸に自分の意見を代弁させ、対決に至るような深刻な問題から無縁でいられるようにすると思い込んでいたのだ。

「内大臣、陛下とご一緒でなくてよろしいんですか?」

「稽古は十分されましたよ」と木戸は言って、私を用心深そうに見た。「突然何か起こることはないでしょうな」

「私以外誰も同席しません」と私が答えた。

「素晴らしい!」と木戸は明るい顔になった。彼は相変わらず私と最高司令官の関係を誤解していることに気づかずに喜んでいた。

天皇はゆっくりと石段を上っていった。我々も歩き出すと木戸は私の肘を取って、押し殺したような声で話しかけてきた。「我々はあまり出席者が多いと不必要な政治がらみのことまで話し合うことになると考えたのです。それでは危険が大き過ぎます。二人の支配者だけで話し合う方がいいのです」

「二人の支配者」。私には木戸の言い方が気になった。私が二人の対等性を自動的に認めると思っているようだったから。

私は通訳の手伝いをしなければならないので彼から離れてグループの先頭に行こうとした。木戸は背後から静かに声をかけてきた。「ヨシコは気に入りましたか？」。彼は二人の秘密だというような目つきでニヤリとした。

私は彼の質問に驚き、当惑した。木戸の、あれは自分の物だという口振りが、私には不愉快だった。私は答えないで先を急いだ。

天皇は段を上り切っていた。私はそばに行き、私の同年輩の猪首の背の低い通訳に自己紹介した。通訳が微笑すると乱杭歯が見えた。熟練した英語で、カリフォルニア大学ロサンゼルス校の出身だと言った。

「あなた、南カリフォルニア大学でフットボールやってたでしょ」と言って彼はニヤリとした。「同じ町の旧敵だ。そう、思い出しましたよ、テールバックのジェイ・マーシュだ。二世のガールフレンドがいたでしょ。大胆でしたね。日本人学生の間じゃ評判でしたよ」

「あなたたちの誰にも会わなかったというのも不思議ですね」

「こっちが遠慮し過ぎたんでしょう」と言って彼はまた微笑した。

私も微笑んだが、木戸が食事中に言った自分の大阪訛りを考えながら、この通訳の本当の学歴が判らなくなった。もしかするとこれは全くの偶然かもしれない。あるいは、もしかすると彼らは私のことを調べ上げていたのかもしれない。まあ、どうでもよかった。いや、もしかすると、よくなかったかもしれない。

双方の代表団員がロビーで数分間話を交わしていた。するとホイットニー将軍が私を突っついて、応接室へ続く廊下を顎で指した。

「最高司令官」とホイットニーが大きな格式ばった声で叫んだ。私にはそれが天皇の耳に向けられたものであることが判った。

全員が静かになった。キューを待っていたかのように突然マッカーサーが部屋から出てくると、一瞬立ち止まって、高貴さを見せつけるような姿勢でロビーを眺めた。彼は言っていた通りカーキの軍服を着ていた。天皇は圧倒されているようだった。彼は謙虚にマッカーサーを見ると、ゆっくりと近づいた。彼は迷っているように、また躊躇した。彼はぎごちなく背後の木戸にシルクハットを渡した。それから数歩前に進んで最高司令官の前に立ったが、その姿は小さく見えた。

それはまさしくマッカーサーの最高の瞬間だった。最高司令官はそれを楽しむように大仰に微笑した。アメリカ人でこれを判っている者は少なかっただろうが、私は彼が何を考えているのか正確に理解していた。この簡単な身振りによって歴史は三回作られたのだ。まず天皇の方から面会を申し入れた。天皇は自分の側近たちをマッカーサーの〝王座〟へ連れて来た。そして今、天皇の方から最高司令官に挨拶をするために近づいたのだ。

「陛下！」とマッカーサーは自分で出せる最高の、温かいバリトンの声で言った。彼の声には勝者の喜びが感じられたが、天皇の手を取って応接室の方へ誘おうとする姿には真摯な深い敬意が現れていた。私にはその瞬間天皇がくつろいだことが判った。

裕仁の通訳と私は二人の後について、天井の高い応接室に入った。中は涼しくて湿っぽく、不気味なほど静かだった。濃い赤色の厚手のカーテンが、上の方が丸くなった窓の両側から壁全体を覆うように垂れ下がっていた。頭上には大きなシャンデリアが下がっていた。竹のような植物を植えた鉢が五、六個部屋の角に置いてあった。

マッカーサーが天皇を部屋の中央にある、布張りのコロニアル様式のソファに案内すると、軍靴の踵が板張りの床に音を立てた。我々の背後でドアを閉める音がした。マッカーサーは天皇をソファに誘い、自分もその一方の端にくつろぐように腰を下ろした。天皇ももう一方の端に腰かけた。私と天皇の通訳はそれぞれ、お互いの支配者の傍らの、コロニアル様式の木製の椅子に腰かけた。

最高司令官はアメリカ製のシガレットを天皇に勧め、天皇がそれを口許に持っていくと、ライターの火をつけて差し出した。煙草に火をつける裕仁の指は震えていた。試すように吸っているのを見ると、彼は常習的な煙草のみではなさそうだった。彼はぎごちなくソファに腰かけて煙草を吸いながらマッカーサーを注意深く見ていたが、マッカーサーは気楽にソファにもたれたまま父親のような優しい目つきで天皇に微笑んでいた。それから、これはあとで聞いたのだが、二人はちょうど三八分間話していた。

「私は一九〇五年、ご祖父君にお目にかかったことがあります」とマッカーサーが話し始めた。「日露戦争直後のことで、私は一時的に父親の副官として極東を旅行中でした。明治天皇は非常に印象的な方でした。そのとき陛下にお目にかかれなかったのは残念でしたが、随分昔のことで、陛下はまだ坊やでいらっしゃったでしょう」

「はい」。天皇は尊敬する祖父の名が出たことが嬉しかったようだ。「昔のことです。しかし当時から私は軍人一家のマッカーサー家のことは知っておりました」

私には腹芸が始まったことが判った。

「ありがとう」とマッカーサーは天皇のお世辞に対する満足感を隠そうともせずに言った。「事実、父は偉大な軍人で、偉大な人間でもありました。陛下のお許しを得て申し上げますと、父と私は米国史上唯一、親子で名誉勲章を授かった者でありまして、私は父から多くを学びました。けれども、陛下のご家系のように大昔から責任ある立場におられたこととは全く異なります」

「ありがとう」と天皇が言った。私には彼の物腰が既に変化し、気楽になっていることが判った。「しかし、世界中の国の信頼を受けて、日本に来られ、我が国民と共に、より良い未来のために働かれること――これこそ究極の責務ではありませんか」

「大きな責務です。けれどもこの状況下、不可能なことではありません」とマッカーサーは大声で言った。「私はいつも日本民族の力について話してきました。陛下の臣民の協力は非常に心暖まるものでした。私はこの責務に取り組んで以来、日本人が国の再建に立ち向かおうとする熱心な姿勢に驚いております」

「いやいや」。天皇は満足そうに微笑して言った。「国民は占領軍と一緒に働くことを誇りに思っております。事実、ここ数カ月の閣下の軍人たちの親しみやすさと立派な振る舞いがよい例です」

「はい」とマッカーサーが言った。彼の目が偏執的な嫉妬の色を見せた。「私どもに反対する者が言っていたのとは逆に、我々双方お互いにうまくいっていると思いますが」

彼は二人をさらに親しくさせるような、ある懸念を分け合うように、大仰に眉をひそめた。「ご存じのように、私は陛下の国民の協力に感銘を受けましたので占領軍の兵力を削減することにしました。国務省に対して、五〇万から二〇万にすると申し入れたのです。こういういいニュースは歓迎されると思っておりました。しかるに、ですよ。私はアメリカの新聞や、臨時国務長官ディーン・アチソンからこの決定に対して猛烈な批判を浴びているのです」

天皇は、よく判るというふうに何度も頷いて言った。

「ああそう、ああそうですか」

マッカーサーは抜け目なさそうに天皇を見て言った。

「私はよく、甘過ぎると言われるのです」

「ああそう」と天皇はまた溜め息をついた。私は、彼がマッカーサーに同情しているのを見ながら、本当はもっと個人的なこと、つまり相変わらず彼を戦犯として裁けという声のことを考えているのではないかと思った。

「私はあなたのような聡明で理解力のある方が我々と働くために日本に派遣されたのは幸運だったたということを、国民を代表して言っているのです。マッカーサー将軍、もっと大きな問題になり得る事柄がたくさんあります」

結論の出ないことを二人は何分も話していた。私はマッカーサーと天皇がお互いにのんびりとお世辞のやり取りをしているのを見ながら、この二人の貴族は敵対者ではなくて、従兄弟か戦友なのではないかと思わざるを得なかった。やり取りしているうちに二人はさらに打ち解けていき、しまいには本当の友人同士のように見えてきた。

避けられないことだったろうが、マッカーサーはやっと戦争について触れた。しかし彼は考えつく限りの肯定的な言葉しか使わなかった。「陛下は終戦のために重要で決定的な役割を果たされたと伺っておりますが。そうなさったことは感謝に堪えません」

天皇は真剣な顔つきになった。彼の唇は手入れされた口ひげの下ですぼまった。彼は坐り心地悪そうに体を動かした。膝の上の両手を秘かに握りしめていた。腹芸は突然終わったのだ。何らかの直接の対立なしに戦争を語ることはできない。

「終戦については多くの者が努力しました」と天皇は謙虚に言った。彼の声は緊張していたが、確信に満ちていた。「そして、心からお話ししますが、私は西欧列強との戦争は望んでいなかったのです。英国王室に対する宣戦布告を認可したとき私は辛かったのです。私が二〇年前皇太子として訪問したとき、本当に親切にしてもらいましたから」

マッカーサーはしばらく黙っていた。天皇の面子を損なうことなく、戦争責任の問題に触れるための言葉を探しているようだった。彼の話を聞いて、私は彼が天皇に対し、誰か他の者、特に東條元首相を非難する余地を与えているのが判った。

「時には君主にとっても悪しき進言の圧力に抵抗することが困難な場合があります」

驚いたことに天皇は同意しないというように首を振った。「我々の方針が正当化できないものだということが私にはよく判りませんでした」。裕仁は顎を上げ、将軍の目を見て真剣に言った。「マッカーサー将軍、正直に言いましょう。今でも私には歴史家が我々の開戦をどう見るか、判らないのです」

マッカーサーは驚いて黙ってしまった。私はもう二年以上彼に仕えてきたが、彼が答えに窮するのを見たのは、これが初めてだった。天皇は視線を変えて、私を見た。宮中ではこういう場合、誰かが彼を手伝うのだろうが、天皇は私が将軍の考えを察して彼の代わりにそれを婉曲に説明するのを期待しているようだった。

やっと天皇は私にはそのような権限のないことに気がついて、話を続けた。彼の言葉は的確で、下稽古してあるようだった。この瞬間のために木戸内大臣は彼に準備をさせていたのだ。そして彼は初めて臨時議会の演説のときと同じ力強さと確信に満ちた声で話し始めた。

「マッカーサー将軍、私がこの会見を希望したのは自分をあなたが代表される国々の判断に委ねるためでした。私の下の者によってなされたいかなる政治上、軍事上の決断も、責任は私一人にあります。戦闘中のいかなる行為もです」

マッカーサーは言葉を失っていた。どういう力が彼を黙らせたのか、私には判らなかった。彼の顔は私がよく見た、第一生命ビルから宮城の方を眺めているときの顔と同じだった。彼の目には憧れと、間違いなく尊敬の念が現れていた。私は彼が王制主義者であり、ロマンチストであることを知っていた。もしかすると彼は畏縮させられたのだろうか。彼はさっき、四〇年前裕仁の祖父に会ったことをさも懐かしそうに話していた。それはアメリカにとっては永劫だが、日本人にとっては一瞬だ。彼は天皇のもの柔らかで気取らないように見える顔を眺めながらその先祖たちの力を感じ、声を聞いているのだろうか。彼は自分が今していることが、キリスト生誕の六〇〇年前から、親から子へと、一二四代続いてきた支配者としての血統を危機に陥れるのではないかと、心理的な重荷を感じている。もしかすると、おそらく天皇本人同様、恐れているのだろうか。

天皇は淡々と話を続けた。「私は殺されることを恐れてはいません。けれども私は忠良な助言者であった者たちに対する復讐に加担することによって祖先を辱めることはできません」

マッカーサーは天皇に同意するように、まじめくさって頷いて言った。「私は戦時中政府のために政策決定した人々を戦争犯罪の故をもって処罰することは好みません。私は声を大にしてこれに反対してきました。しかしご理解いただきたいのは、私が外部からの大きな圧力に対処しなければならないことです」

「私としても玉座は守らねばなりません」と天皇は遠回しに言った。「先週私は近衛を京都に遣りました。彼の一家は二〇〇〇年以上宮中の助言者だったのです。もし私が退位したとき、どう取りはからえばよいのかを検討させたのです。近衛の考えでは私が仁和寺に隠居するのがよいのではないかと」

「退位されるのですか?」。マッカーサーは驚いて言った。

「用邸がいい住居になるのではないでしょうか」。もう話を締めくくる時間だと思っているかのように天皇が言った。「皇太子が即位すればいいのです」

マニラでまだ戦争が行われている頃から、私は何十回も戦後処理の会議に出ていたので、マッカーサーの頭の中には無数の質問が湧き出していることを知っていた。

彼とウィロビーの戦略の基本は、天皇を通じて日本を統治するために彼を権力の座に着かせておき、もし問題が解決不能となった場合は権力の座から降ろすという、脅迫のための人質として使う考えにあった。ところが今や天皇は完全にテーブルを引っくり返して、自分の名誉を守り、玉座の継承を確保するために引退を考えているというのだ。

私はそういう前例があることも、また、これが重大な警告であることも知っていた。昔の日本では、ある有力な将軍が天皇の考え方を無視すると、天皇は退位して、子供の中で気に入っている者に譲り、自分は京都で隠居となり、全精力を傾けて将軍追放の陰謀にふけることがあった。マッカーサーは強大な政治的・軍事的権力をもって、事実アメリカ人の将軍になったのだ。もし天皇がその公式の権力を捨て、協力をやめれば、彼が生きている限り、国民の忠誠の対象は分割されてしまう。

私はふと思いついた。もしかすると、天皇がマッカーサーを必要とする以上に、マッカーサーは天皇を必要とするのではないのか。

そして天皇とその側近も同じことを考えたのではないか。だから裕仁は貧相な身なりをして、この応接室の外の世界には優しそうな顔を見せている。我々の背後で扉が閉まると、彼はルーレット台へ近づき、持っているチップを全部積むと冷静に回転させる。ひるみもせず静かにマッカーサーの顔を眺めている天皇を見ると、私が初めて議会で彼を見たときの判断が正しかったことが判った。これはベルベットの手袋をはめた鉄の拳だ。彼の静かな物腰は臆病ではなく、恐るべき自信からきているのだ。

マッカーサーがまばたきをした。この件、天皇の勝ちだ。「そのようなことは必要ありません。陛下が個人的に責任を追及されることは絶対ありません。お約束します」

最高司令官は寛大そうに片手を振って言ったが、その顔は感動し切っていた。「陛下、ご自身のお生命にかかわるかもしれないことでありながら、そのように責任をお取りになろうとするお気持ち、私は骨の髄まで感じ入りました。陛下は生まれながらの帝王であらせられ、私の在任中は天皇でいらっしゃいます。いや、それ以上に、陛下は国民の福祉を第一にお考えになる、真の指導者でいらっしゃいます。今日私は天皇陛下だけでなく、日本の随一の紳士にお目にかかることができました」

「それは嬉しいお言葉です」と裕仁が言った。彼はそういうお世辞より他のことを考えているようだった。最高司令官を見る彼の顔は判読できない仮面のようだった。「しかし、さっき言いましたように、私は忠節を尽くした者たちのことが気懸かりなのです」

「各件とも十分な配慮をもって取り扱われます」とマッカーサーが約束した。「しかしながら自己の利益のために陛下に対し悪しき助言を行った者を処罰することは差し支えありますまい」

天皇はそれでも虚ろな目でマッカーサーを見ていた。「私は悪しき助言を受けた記憶はありません」と彼は注意深く言った。

私はこれは結局ルーレットではないと思った。それどころか、この二人の駆け引きの天才がやっているのは嘘つきのポーカーの世界選手権だった。双方とも相手の手の内を知らないのに莫大な金を積んでいる。

「これは法制度の下で検討される問題です」。最高司令官は安心させるような言葉を切り札にしてちょっとした譲歩を手に入れた。「けれども私は、日本の政治制度の中で重要な役を果たしている人たちを一番よくご存じなのは陛下であると信じております。したがいまして、時折、これにつきましても、他の事柄につきましても陛下のお考えを承りたいと思います」

「私にできることなら何なりとお耳に入れます」と天皇が言うと、マッカーサーはやっと微笑した。「そして、内大臣、侍従長ともいつでもお使いください」

「堅くお約束します」とマッカーサーが言った。彼はソファから腰を上げながら、私に顎をしゃくって、カメラマンを連れてくるように指示した。それから裕仁の方に向き直って言った。「陛下は日本の天皇であらせられます。それは決して変わりません。君主にふさわしい栄誉はなくなることはありません」

カメラマンが撮った写真は翌々日日本中の新聞に掲載された。その写真では、洋服を着た小柄な天皇の横で大男のマッカーサーが気楽にズボンの腰ポケットに手を入れて立っている。二人の後ろにソファや応接室の壁や厚手のカーテンが写っている。この写真を見た人は、天皇がダグラス・マッカーサーの神のものでもない神風の中を漂流し、どこの国にいるのか判らなくなってしまったと思ったかもしれない。

しかしその日晩くなって、最高司令官はワシントンの統合参謀本部に注意深く言葉を選んで会見の概略を電報で報告した。それはいつものように自分をほめる言葉で溢れていたが、最後に、天皇自身が書いたかもしれないような勧告が書いてあった。天皇がすべての戦争責任を一身に負うと言った以上、日常の業務遂行に責任のあった政治家たちを告発しなければならない理由はない、というのがマッカーサーの言い分だった。

統合参謀本部からはすぐ返事が来た。彼らのメッセージはそっけなかった。まるでサム・ジニアスが書きそうな文言だった。

「直ちに戦争犯罪人の告発を開始せよ」

第一四章　南　京

「マッカーサー閣下、事実はこういうことであります」

サム・ジニアス大佐は縦三フィート、横二フィートの白紙を載せたイーゼルの横に立って、マッカーサーが歩き廻っているのを見ていた。彼は右手に長い棒を持っていた。いつも彼のそばにいる少佐の一人がイーゼルの反対側の小さな椅子に腰掛けて、ジニアスの指示があればページをめくる用意をしていた。いかつい顔をしたこの法律家が棒で紙を叩くと少佐がページをめくる。彼の声はまるで裁判の冒頭陳述をしているように力強かった。

「一九三七年夏、日本陸軍は重要な港湾都市である上海で膠着状態に陥りました。揚子江の上流一七〇マイルにある首都南京への日本軍の進攻を阻止すべく蔣介石が華北から移動させた中国軍の一〇分の一の兵力でありました」

マッカーサーは突然口を挟んだ。「大佐、私はこの間ずっとアジアにいたんだ。この間の戦争の歴史教育など全く不要だ」

ジニアスの顔は禿げた頭のテッペンまで赤くなった。顎が引き締まった。一度息を深く吸うと、ゆっくりと吐き出した。私は彼のそばの、最高司令官の古ぼけた革製のソファに腰掛けていたが、彼がこういう干渉を予想していたこと、そして、そんなことではやめないぞという決心をしていることが判った。

「これは単に戦闘行為に関するものではありません」とジニアスが答えた。「これらの行為に関する政治的な前後関係を検討せねばなりません。すべてが一体となっておりますから前後関係からご覧になる必要がありますす。私は閣下の法律顧問の一人として申し上げているのでありますから、よくお聞き下さい」

マッカーサーは歩く速度を落とした。彼はソファに坐っているホイットニー将軍の方をちょっと見ると、今度はホイットニーのそばでお気に入りの革の椅子に坐っているウィロビー将軍を見た。ホイットニーとウィロビーは黙ってマッカーサーに頷いた。これは彼らが長年の付き合いで身につけた信号だった。彼らが瞬間的に見交わした眼差しから、私には、この微妙なA級戦犯の責任追及という分野では、マッカーサーは米国陸軍法務局所属の法律家、サミュエル・ジニアス、あるいは他のいかなる法律家をも統制していないことを自覚していることが判った。

彼はまた、この問題について甘過ぎるというマスコミの攻撃をこれ以上受けたくなかった。もし最高司令官がジニアスの強い警告を無視すれば、この頭にきている大佐は、密かに洩らすか、義務の一部として公然と行うかはともかくとして、マスコミや議会に怒りをぶちまけるのではないか。マッカーサーは法律上の選択肢についての簡単な報告だけでそのような危険を冒すほど間抜けな政治家ではなかった。

「大佐、なかなかいい点をついておる。ここにいる者は全体像が判っておらんからなおさらだ。続けろ」

「かしこまりました」。ジニアス大佐は最高司令官の意図的なお世辞を無視して言った。「では続けさせていただきます」

彼はまた棒で紙を叩いた。次のページには上海と、首都南京へ続く揚子江の、大ざっぱな地図が書いてあった。「日本政府は、揚子江沿いにその周辺の郡部に大損害を与えながら進軍し最後に首都を取るのが最も効果的だと考えたのであります」

「日本軍部のことだろ」とマッカーサーが訂正した。

「政府であります」。ジニアスは、睨み続けるマッカーサーを見ながら強調した。政治・軍事の区別は、A級戦犯問題にとっては最大の要点だった。「彼らの戦略は、残虐と威嚇をもって中国人に対し、蔣介石を見放し、いわゆる抗日運動を止め、日本が樹立する新政府側につけ、ということを悟らせることでありました」

マッカーサーはまた素早くホイットニーとウィロビーを見ると、ジニアスに頷いてみせた。「その点は保留しておこう。大佐、続けろ」

「かしこまりました。続けます」。彼はイーゼルの方に向きを戻して言った。「先日おっしゃったときはよく理解できませんでしたが、まさしく、猿を脅かすために鶏を殺すということであります。非常に大きな国でありますな、閣下。それを征服するにしては比較的少数の軍隊であります」

「大佐、続けろ」。マッカーサーがしつこく言った。

「かしこまりました」とジニアスが言った。「仰せの通りであります。続けております」。彼が紙を叩くと助手がページをめくった。次のページにはたくさんの四角形の中にそれぞれ名前を入れた、複雑な日本政府の組織表が書いてあった。

ジニアスはその中の一つを突ついて言った。「近衛公爵は代々天皇に仕える顧問の中で最高の地位にあり、この一五年間は天皇の個人的な相談相手でもありましたが、一九三七年六月首相に選任されました」。彼はここで静かにマッカーサーをからかった。「誰に選任されたのでありましょうか。裕仁によって、であります」

彼は別の四角形を叩いた。「八月十二日、天皇の叔父、東久邇宮が航空本部長に任命されました。誰によってでしょうか。裕仁であります。まさしく翌日、日本は自らが批准した、非戦闘員を意図的に殺害しないという国際条約を破棄し、上海市内外のスラムに対する爆撃を開始したのであります」

また、別の四角形を指して言った。「八月十五日、長年中国との友好関係の促進者として知られていた松井岩根大将は天皇によって現役復帰させられ、中支那方面軍司令官と上海派遣軍司令官という名目上の任務を兼務させられました。誰によってでしょうか」

マッカーサーは懸命に怒りを抑えていた。彼はこの横柄で短気な法律家を指差した。本能的にジニアスが何を考えているかを知っていた。またそれが全く気に入らなかったのだ。「大佐、名目上の任務ではない。指揮権だ」

「彼は老人で結核を患っており、退役しておりました」とジニアス大佐が言った。「甘く見てやっても、彼らは他の人間、他の手段を使う前に、この老人にちょっとやらせてみた、ということでしょう。私は大将自身の戦争責任を免罪にするつもりはありませんが、説明が終われば私が何を申し上げようとしているか、お判りいただけると思います」

「では終わらせろ」とマッカーサーが命令した。

「かしこまりました」とジニアスが答えた。「まさしく終わらせようと努力しているところであります」。彼が棒で紙を叩くと助手が次のページを開いた。それから上海の地図の周りにある幾つかの四角を指しながら言った。「八月二十三日、現役復帰後わずか八日、松井は自分の作戦を立てる時間もないまま三万五〇〇〇の新部隊と共に上海に上陸しましたが即刻窮地に陥りました。その理由の一部は、近くに英軍、米軍、仏軍が駐留しておりまして、松井はそれらと戦闘状態に入ることを避けるために、慎重に行動せねばならなかったことであります。しかしながら、その最大の理由は、彼がこれら人口密集地区を進攻するに際し、冷酷になり得なかったことであります。ここであります」

「冷酷というのは主観的な用語法だ」とマッカーサーが口を挟んだ。「彼が失敗したのには別の理由もあっただろう。お前が言っているのは作戦上の問題だ。判断力の問題でもある。統率上の失敗だ。統率上の失敗は本来政府の失敗ではない」

「最後の点はおっしゃる通りであります」。ジニアス大佐は説明の焦点をずらそうとするマッカーサーの意図に、うんざりして言った。「しかしながら、同じ政府の政治家がこの失敗を甚だ不満に思ったのであります。九月初旬、天皇は中国戦の、逐日の展開を把握するため、宮中に大本営を置くことを許可しました。十月には、天皇は国民に対して、日本は中国に重大な反省を促し、アジアの平和を速やかに達成するために軍を派遣する、という詔勅を公布しました。マッカーサー閣下、詔勅ですぞ。重大な反省を、です。どういう意味でしょうか。それをお考えいただきたいと思います」

マッカーサーは黙っていた。ジニアスが頷くと助手がページをめくった。大佐はイーゼルの方を向くと、上海から南京までの揚子江デルタの周りを棒でなぞった。幾つもの黒い矢印が南京に向けて書いてあった。「十一月初旬、日本軍は二つの陸海合同の大作戦を開始しました。一つは上海の北、一つは南、いずれも市を迂回して南京へ進攻しました。既に松井老将軍に対する抵抗で身動きのできなくなっていた中国軍はこの、実によく実施された両作戦に完全に翻弄されました。優秀な軍隊でした。切り倒して焼き払う。お判りでしょうか。特殊攻撃部隊と言えるかもしれません。徹底的にやりました。上陸のあとに続いたのが計画的な略奪でありました。この挟撃作戦による罹災者の数は一八〇〇万、上海から南京への進撃による中国人死者は四〇万近くになりました」

「誰が計算したのだ?」とマッカーサーが頑固に言った。

「中国側であります」とジニアスが冷静に答えた。「算出するには中国側が最もよい立場にあったものと思います」

「この部分はマニラの悪行を思い出すな」と、マッカーサーは戦術を変えて言った。「マニラについては既に司令官の責任を追及しておる。そこで、自分の軍隊がこういう凶悪な犯罪を犯しているとき、松井大将はどこにいたのだ?」

「いや、話はまだ凶悪犯罪まで行っておりません、閣下」。ジニアスの優しい茶色の目が勝ち誇ったように瞬いた。「しかしそのご質問に対する答えは極めて興味のあるものであります。先ほど申し上げましたように、松井大将は、病気持ちの老人でありながら、天皇に仕えるため、現役復帰という名誉を与えられたわけであります」

この法律家は手にした棒で上海の近くの一カ所を指した。「日本軍が揚子江沿いに進撃している間、彼は蘇州の野戦本部で結核発熱のためベッドに横たわっていたのであります。松井は南京陥落後そこへ行く機会がありましたので、暴行や虐殺をやめさせなかったことについての責任はあります。しかし、それらの行為は松井の命令によるものではありませんし、彼は蛮行の責任者でもありませんでした。十一月二十七日、天皇は松井大将を実戦の責任から外し、昇格という形をとって兼務を解き、方面軍司令官に専任したのであります」

ジニアスはまたマッカーサーに嫌味を言った。「かつての閣下のオーストラリアにおける西南アジア方面軍司令官の立場に似ておりますが」

「大佐、私は戦時中部下の行為にはすべて責任を取ってきた。常に、だ。記録を見れば明らかだ」

「ウェインライト将軍がそれをお聞きになると気が休まるでしょうな」

マッカーサーは歩くのをやめると今にも爆発しそうな顔でジニアスを睨みつけた。私はそれまでこれほど反抗的な軍人を見たことがなかった。もし例外があるとすれば、二年前マッカーサーと議論して勝ったときの「ブル」ハルゼー提督だけだろう。しかしジニアスは極めて慎重に狙いを定めていた。ウェインライトはマッカーサーが何年もの間邪魔してきた議会名誉勲章を受勲したばかりだったが、そのウェインライトを見捨てたり非難したことに言及し始めると、逆にマッカーサー自身にとって打撃となる。また、彼がよくやるように不愉快な、あるいは能率の悪い将校を即決で解任することもできなかった。間違いなくジニアスはマッカーサーを公然と窮地に立たせるだけの頭と情報を持っている。そんなことをすれば、彼は、最高司令官は政治上の戦争犯罪追及に熱意がないというマスコミや他の同盟国の怒りに拍車を掛けるだろう。

しかし実際には睨みつけるだけで十分だった。ジニアス大佐はまるまる五秒間凍りついていた。それからこの野暮ったい法律家は居心地悪そうに肩をすくめると、相手を安心させるような微笑を浮かべた。「失礼致しました、閣下。ただ今の発言は関連性がないということで撤回致します。趣味が悪かったかもしれません。とにかくここで重要な点は天皇が松井を実戦の指揮から外したということであります。そして南京包囲軍の最高司令官には……、天皇の叔父、朝香宮が任命されました。誰によってでありましょうか」

マッカーサーはまた言い返した。「しかし松井大将は相変わらず全体の司令官だ。大佐、それを見落としてはいかん」

ジニアスは一束の紙を取り上げ、親指でめくりながら言った。「閣下、それは松井大将の犯罪行為の問題ではありませんが、彼の場合、恐らく犯意というより不注意に対する責任と言えましょう。松井大将が無関係であったことは既にかなり明らかになっております。問題は誰が実際にこれらの行為を命令したか、であります。さらに高位のレベルでの犯罪であります。そこが焦点となります。A級戦争犯罪とはまさしくこれを指すのであります。より高位のレベルでの犯罪であります。この場合なぜ我々は、より高く、見なければならないのでありましょうか」

ジニアスは探していた紙を見つけた。彼はちょっとマッカーサーを見上げると、読み始めた。「松井は事実、軍を南京市外に撤退させ、慎重な交渉の後入城せよ、という布告を病床から出しております。彼は南京の占領は――ここを引用致します――中国人の前で『燦然と輝き、彼らに日本に対する信頼を持たせる』ような形で行うべきである、と言っております。彼は全軍に対し、南京入城は『世界の関心を惹くであろう』と警告しております。南京は国際都市でありました。蔣介石とその政府がさらに三五〇マイル上流の漢口に撤退後も、多くのアメリカ人、ドイツ人、イギリス人が南京に残ったのであります。松井は文書をもって、占領は――ここも引用します――『絶対略奪することなく』行うことを命じております」

ジニアスはさらに何枚かめくって、別の書類を見つけた。「朝香宮――天皇の叔父――には別の考えがありました。彼は南京を包囲している麾下の部隊に対し『極秘、要廃棄』とする命令を出しました。極めて簡単な命令であります。すなわち『捕虜全員を殺すべし』であります」

大佐はまた、棒で紙を叩いた。助手がページをめくった。それにには出来事、日付などが分類して書いてあった。

「その後何が起こったかは」とジニアスが言った。「極めて正確に記録されております。南京大虐殺は十二月十四日に始まりました。それは全世界の抗議にもかかわらず、衰えることなく六週間続けられました。それは組織的かつ意図的に行われました。少なくとも二万人の女性が、中には死ぬまで、繰り返し強姦されました。二〇万以上の非武装の市民が殺戮されました。閣下、単に殺されたのではありません。忌むべき謀殺であります。面白半分撃ち殺す。銃剣術の訓練に使う。刀で首をはねるにはどうすればよいか。首だけ出して生き埋めにして、サッカーボールのように蹴る。塹壕の前に並ばせて機関銃で撃つ。あまりの酷さに、ドイツの実業家、ジョン・ラーベ氏は日本陸軍の蛮行について長文の報告をヒットラーに送ったほどであります。考えてもいただきたい！ナチまで吐き気を催しました。それは近衛公爵が天皇に対し、このようなことは蔣介石を失脚させようという日本政府の方針にとって役立っていない、ということを認めるまで続いたのであります」

「私の聞いているところでは、あれは軍の暴走だった」。マッカーサーはあくまでも事件を皇室から切り離そうとして言った。「酔っ払いの乱行だ」

「六週間もですか？」とジニアスが言った。「それだけ長いこと酔っ払ってるには、大変な量の酒が要りますな。しかも、一〇万人が二〇万人を偶然的な混乱の中で殺せるなど、想像できませんが、いかがでしょう？」

「マニラではやったぞ」
「やったかもしれません。我々はそれも調査しております。しかしマニラでは日本軍は包囲されていたのでありますす。彼らはもうおしまいだということを知っておりました。どっちみち自分たちは皆死ぬのだとも思っておりました。しかし、閣下、南京にいたのは勝ち誇った軍隊でした。蔣介石を川上に追っ払ったばかりでした。閣下、戦勝者である日本軍が六週間も兵士を統制できなかったという例がありましたでしょうか？」
マッカーサーはついに限界に達した。「大佐、私は辛抱強く聞いてやった。もう昼食時間だ。要点を言え」
「かしこまりました。直ちに要点に入ります。昼食が待っております。これです」。ジニアスが棒で紙を叩くと助手が紙をめくって最後のページを出した。それには幾つかの名前が書かれていた。彼は棒で名前を叩いた。
「閣下、お気に召さないとは思いますが、避けて通るわけにはまいりません」
そこにあったのは、マッカーサーが最も恐れていた名前、彼の占領政策を取り返しようのないキリモミ降下に陥れるであろう、名前だった。
裕仁
近衛
東久邇
朝香
「まず松井から始めます」とジニアスが言った。「なぜ彼の名前がここにないかというお尋ねがあると思うからであります。ここにないのは、彼には告発さるべき理由がなく、また、告発されることもないからであります。十二月十七日、虐殺が最悪の状態にあるとき、松井は朝香宮一行の先頭を栗毛の馬に乗り入城式を行いました。市の中心部において彼は、天皇のための万歳三唱の音頭を取りました。彼は当日夜上海の本部に戻りましたが、その場にいたことは事実であります。そういう事柄は彼には隠していたのかもしれませんし、あるいは彼は目撃していながら、手を打つにはあまりにも自分が無力であることを知っていたのかもしれません。しかしながら、軍司令官として彼は知っていたか、もしくは、知っていなければならなかった。彼にはそれなりの義務があったのに、それを遂行しませんでした」

「その通りだ」とマッカーサーが同意して言った。「弱者と無辜の民を保護することは戦場における指揮者の神聖な義務である」

「私は実際松井にはいささか同情しております」とジニアスが言った。「彼がそういうことをする意図は持っていなかったことは記録からも判ります。彼は常に日本と中国の盟友関係を支持しておりました。想像できますか、この病気でヨタヨタした老人が乗馬で南京市中を行く、すぐ後に朝香宮が続き、旧友で、中華民国の事実上の建国の父、孫文の陵墓の前を進んで行くのです。その間日本兵が市内で暴行・略奪を行っていたなどということが?」

「私はそんな同情は感じない」とマッカーサーが言った。「旧友の思い出のためにも殺戮をやめさせるべきだったのだ」

「閣下、全くであります。しかし彼に立ちはだかる問題はこれであります」と言いながら彼は何度も紙を叩いた。「宮中に大本営を置き勅令を出した天皇。懲罰的侵略の直前に首相に選ばれた世襲の相談相手。天皇の叔父の一人で、終戦と共に首相となった男――方針が変更されて無辜の市民に対する爆撃が始まった前日に航空本部長に任命された者と同一人物であります。もう一人は南京を占領し壊滅させた地上軍の司令官、松井の後を馬で行進した男」

ジニアスは自分の言っていることが理解されるまで待つかのように、ちょっと黙った。それから裁判の最終弁論を行うようにまた話し始めた。「閣下、問題は南京虐殺が国際裁判を必要とする戦争犯罪であるか否かではありません。それは明らかであります。むしろ問題は、即ち閣下並びに我々にとっての問題は、日本の最高レベルにおける政治的意思決定機関が、意図的かつ意識的に計画・実行された大量殺戮に対してその責任を追及されるべきか、ということであります。国策遂行の手段として、であります。閣下、それが問題なのであります」

部屋は静まり返った。ジニアスは白いハンカチで額の汗を拭くと、左右の足に交互に体重を移しながら反応を待っていた。マッカーサーは大佐の主張を分析し、何か目に見えない基準と照らし合わせるかのように、顔をしかめてこの法律家を見ていた。そして、やっと彼が言った。

「大佐、お前の言うことは、これまでのところは感情的だが説得力はある。しかし、帝国政府の仕組みにはほとんど触れておらん。もちろんこの三人の皇族は無関係というわけにはいくまい。天皇が戦時において重要な地位にある者を頼りにすることは歴史上よくあることだ。それは判っておる。南京で何が起きたかも判っておる。しかし、それしか判っておらんのも事実だ。これらの布告や任命が即、日本兵の蛮行の原因になったと言えるのか。それとも何か他のことが作用していたのか。我々の文化では理解できないことがあったのか。何か現場レベルで突然発生したのか。我々には判らん」

「閣下、大いに判っております」とジニアスが静かに言った。「お言葉を返すようでありますが、私にはこういうことも判っております。もし閣下が、東條大将在任中、真珠湾からそれ以降計画・指揮したことについて彼を裁判にかけられるとなりますと、これらの者も告発するに十分な証拠はあります」

マッカーサーは躊躇せずに反論した。「真珠湾は日本を直接挑発したこともない西洋諸国家に対する、いわれなき一連の侵略行為、新しい戦争の始まりだった。私にとっては――あえて言うが――真珠湾が太平洋における第二次大戦の始まりだったのだ。日本軍は既に何年も中国で戦争をし、さらに拡大しつつあった。南京は主として我々が参戦する以前から続いていたアジア人同士の問題であった。とするならば、我々から見て、この戦争はいつ始まったのか。我々は阿片戦争における英国の行為も審理すべきなのか。あれも中国で起きたことだ」

ジニアス大佐はしかめっ面をして反抗した。「閣下、南京大虐殺は真珠湾と同じ体制下、ほぼ同じ者どもによって行われたのであります。それはわが同盟国、中国に対して行われました。犯罪者どもは正義の裁きを受けるべきであります」

「大佐、正義は追求する。しかし区別はつけねばならん」

最高司令官は黙ってジニアスの顔を確かめるように眺めてから、窓外の宮城の方を見た。「他にも問題がある。日本の天皇が政策決定に参加し、あるいはその際助言を受けた、複雑かつ歴史の産物ともいうべき状況を法廷で説明することなど、お前にしても私にしても、考えられるか。私はそうは思わん」

ジニアスは何も答えずに静かにマッカーサーの顔を見ていた。やっとマッカーサーが彼の方を向いて、話を続けた。「天皇は絶対に告発されない。そのようなことをして、天皇と、あるいは我々自身を笑いものにしてはならない。政治的な事柄についてはまだ問題があるかもしれん。お前の分析を待とう。軍事的な事柄については、他にない」

ジニアスはマッカーサーを睨み返していたが、助手に頷くと助手はメモを取り始めた。「軍事的事柄とおっしゃるのは松井大将のことでしょうか?」

「その通り」

ジニアスはマッカーサーが言おうとしていることを正確に理解して、頷いた。彼は体中のアドレナリンを使い果たしたように疲れていた。「かしこまりました。彼を告発して本件は法廷に審理させます」。彼はもっと何かを期待するように待っていたが、また最高司令官に嫌味を言った。マッカーサーの口から言わせたかったのだ。

「他の者は一切?」

「他については既に話したではないか」。マッカーサーは顔をしかめて、無表情なウィロビーの顔を見てから、ホイットニーを見たが、ホイットニーは同じようなしかめっ面をしただけだった。「現在のところ、法的手続きを取るに十分な証拠がない」

「かしこまりました」とジニアス大佐は言うと助手に向かって頷いた。少佐はイーゼルから紙を外し、イーゼルを折り畳み始めた。「マッカーサー元帥、お時間ありがとうございました」

「いや何」と将軍が答えた。「諸君、よくやった」

「それから、ご指示のありました追加情報が揃い次第またまいります」

「大佐、何のことだ?」。マッカーサーはジニアスから向きを変えかけていたが、再び彼の方を向いて言った。

「閣下は十分な証拠がないと言われましたので、私が見つけてまいります」。ジニアス大佐は、散々ぶちのめされながら次の壮絶なラウンドを知らせるゴングに応えて観客を興奮させているボクサーのように、脚を少し開いたまま正面から最高司令官を見ていた。眉毛を少し上げ、唇は微笑を押し殺すかのように堅く結んでいた。息づかいは浅く速く、そのたびに胸が動いた。

大佐はアドレナリンを取り戻したようだった。私には彼の目の輝きから、マッカーサーが問題を抱えていることと、そしてそれは南京のことだけではないことが判った。最高司令官の尊大さと巧妙な猫かぶりが大佐の何かに火をつけたのだ。公正感か、それとも単なる競争心か。それはどうでもよかった。しかし火であることは間違いなかった。ジニアス大佐は調べ上げ、考え抜いてきた。彼は自分が調べたことが真実だと信じていた。彼の狙いは、朝香、東久邇、近衛にあった。そして当然、天皇だった。

マッカーサーはゆっくりと大佐に頷いて言った。「今日は、これでよし」

「失礼致します、閣下。楽しいご昼食を」

ジニアス大佐が出て行くとドアが静かに閉められた。マッカーサーはこの辛辣な大佐が反撃を加えるために部屋に戻ってくるのを待つかのようにドアの方をしばらく見ていた。彼は、今や有名な天皇と一緒に撮った写真のように、ズボンの後ろポケットに手を入れたまま、傲然と立っていた。しかしその顔は怒りに燃えていた。

それからホイットニーの方を向いて言った。「ジニアス大佐にどこか他の場所で重要な任務につかせてやるのは難しくないと思うが。例えば、ニューギニアの戦争被害申し立ての評価とか」

ホイットニーは、どういうとき、マッカーサーの言いなりにならずに、うまく捌くかを本能的に知っていた。「ボス、アイディアとしては良くないですな。奴をテントから追い出して、中に小便かけさせるんですか。中に置いといて外にさせるんでなくて」

「奴にそんなことはできんだろう」

「どうしてです？　奴をニューギニアに移せば、自分の将来はないものと思いますよ。彼が欲求不満をぶちまければ面白がって聞く連中は大勢います。冷遇されてきたと思う奴らは復讐を考えますよ。こういうことを申し上げては何ですが、閣下は日本人に甘過ぎるといってかなり非難されてます。ボス、本国だけじゃありません。フィリピン、オランダ、フランス、オーストラリア、イギリス。皆失望したと大声で騒いでおります。閣下が戦犯問題に強硬な態度を取られるのかどうか、疑っております。閣下の元部下の法務官が、彼らと同じ考えを持ったので解任されたなどと言い触らしたら、揉めること必定です。揉めごとがあれば新聞が売れるんですから。新聞はそれで儲けるんです」

「そうだな」

マッカーサーは例のように窓のそばを行ったり来たりし始めた。我々は辛抱強く黙って待っていた。今彼にとって我々は存在していないことが判っていたから。本棚に置かれたパイプ棚の上のオニックスの時計が一時を指した。マッカーサーは昼食時間に遅れていた。私は彼が歩きながら時々こちらを見ているのに気がついた。すると彼が薄笑いを浮かべて言った。

「我々の自由になるのは何だ?」

我々は彼が何を言い出すのか判らずに、ぼけっと彼を見た。しばらくするとホイットニー将軍が皮肉っぽく微笑しながら肩をすくめて言った。「まあ大抵のことは、ですな。何をお望みですか」

マッカーサーは両手をポケットに入れると、立ち止まってこの首席政治顧問を見て言った。「山下だ。いや、彼の場合は――問題の解決だ。今すぐにだ」

ホイットニーはおどけて言った。「閣下、彼をまず裁判にかけるのはいいアイディアでしょうな」

「絶対だ」とマッカーサーはホイットニーの皮肉を無視して言った。「裁判は私がいつも考えていたことだ。しかし東京裁判と違って、これは私の考えによる裁判だ。私の委員会、私が招集する。私の裁判官、私が任命する。私の訴訟手続きで私が事実認定をする。私が審査し、私が決定する。開かれた裁判だ」

彼の頭は素早く回転していた。彼は、今度はゆっくりと歩き始め、常に彼につきまとい、しかも霊感を与える宮城の広場や建物の方を見た。彼はそれからウィロビーに向かって言った。「マニラで起きた恐るべき事柄を全世界に示し、フィリピン人に十分な慰めと、気持ちの上での復讐の機会を与える裁判だ。日本人に対して、彼らが英雄として尊敬したいわゆるマレーの虎が、実はキリスト教の古都マニラの無辜の市民を虐殺した殺し屋だったことを判らせるのだ。この蛮行の規模を我が同盟国とアメリカ国民に知らせ、戦犯裁判は私自身が責任をもって行っていることを知らせるのだ。私が要求し、私が命令して行う裁判だ。いつやるんだ?」

ウィロビーは自分のメモを見た。私はこの忠誠心の塊りがマッカーサーの熱っぽいおしゃべりをどういうメモにしたのか、落書きでなければ、美辞麗句の一般論くらいではないか、と考えていた。

私は自分のノートに三語書いていた。「南京――裕仁――サム・ジニアス」

やっとウィロビーがマッカーサーを見上げて言った。「彼は既に起訴されております。こうしている間にも準備は進んでおります」

「裁判だ。いつやるんだ」とマッカーサーが同じことを言った。

「それは調べませんと」とウィロビーは弁解がましい顔で最高司令官に答えた。

「山下大将が投降してから、まだひと月しか経っておりません」と、ホイットニーが口を挟んだ。「ボス、立件するには時間がかかります。彼を尋問し、外部の証拠を集め、正規の告発を行い、証人を揃え――」

「私の法廷だ」とマッカーサーがホイットニーの説明を遮った。「何が起きたかは判っておる。誰が指揮していたかも判っておる」

「それは調べます」とホイットニーはメモを取りながら溜め息をついた。

「いや、それはいい」とウィロビーが言った。「私が電報を打とう」

「駄目だ」とマッカーサーが口を挟んだ。「こういう重要なことは普通の通信手段でやるべきではない。微妙で、急を要する」。マッカーサーは私に向かって言った。「マーシュ大尉、この件どうなっているのか、進捗状況はどうか、報告書を作ってくれ。マニラへ行け、今すぐだ。向こうの法務官に会え。私が考えているような迅速な裁判に障害があるとすれば、それは何か、調べてこい。私のことは何も言うな。だが私が関係していることは感じさせろ。お前はそういうことがうまくなってきたからな。ホイットニー将軍とウィロビー将軍が裁判についての現地への通達を手配する。しかし、お前は私が何を期待しているかを強調してこい。我々が何を期待しているかを十分判らせろ。何を期待しているか、それはスピードだ」

マッカーサーの指示を聞きながら私は強烈なスリルに襲われた。それはマッカーサーにも、天皇にも、山下にさえも関係なかった。『また、マニラに行かされるのだ』。

ホイットニーはマッカーサーが話している間、彼の判断に同意するように何度も頷いた。今度は彼が言った。「いいアイディアです、ボス。法律家を派遣されれば、帰って来るのは法律用語だらけの退屈な報告書だけです。タイミングだとか、他の――諸々のことなど怖がって触れません。私を派遣されますと、向こうの誰かが、多分新聞でしょうが、閣下が裁判に介入されたと言って騒ぎ出します」

「私の裁判だ」。とマッカーサーが言った。「介入する権利がある」

ホイットニーが笑って言った。「まあ、そう大っぴらにしなくても」

マッカーサーは無視して言った。「私は法律家は行かせん。彼らはいつも他の法律家に相談して、ジニアス大佐のように、自信満々、容疑を拡大して帰って来るだけだ。コート、君は行かせんよ、ここで私のためにやってくれていることははるかに重要だ」

今度は三人が一斉に私を見た。私は懸命に微笑をこらえて言った。「荷造りはできております」

ホイットニーは首を振りながらニヤリと笑った。「今回は私の旧友、カルロス・ラミレスに会いに行っても構わんだろう。それに、彼の娘と一晩つき合ってもな」

「すると、彼女はまだお前のことを待っているのか?」とマッカーサーは突然優しくなって言った。

「閣下、手紙からはそう思います。そう願っております」

「お前まだ東京で恋人ができないのか?」

「いいえ、閣下。私は結婚を待っております」

「もう二週間もあればね」といつもは口数の少ないウィロビーが言った。「どこかの芸者がこいつをやっつけますよ」

「運がいいな」とマッカーサーがふざけて言った。

彼らは私を笑いものにしていたが、私は平気だった。彼らの不自然な冗談は、私が役に立つ、少しは重要性のある餓鬼として認められてはいるものの、私は彼らの仲間ではなく、その宮廷のメンバーには到底なれないことを悟らせるためのものだった。私は喜んで彼らの言う通りになった。彼らの仲間になどなりたくなかったからだ。私は内心彼らのことを笑いながら微笑して見せた。彼らのやることは私にとっていいこともあれば悪いこともあった。私は既に、考えもしなかったほどの得もしていた。

「明朝一番に出発致します」

「今日中だ」とマッカーサーが言った。「厚木から連絡便が出る。それに乗せてやる」

彼はまた歩き出した。私のロマンスのことで含み笑いをしているうちに新しい考えが湧いたのだろう。彼らしくない嫌味な笑いを浮かべるのに私は気がついた。

「もう一つやってきてくれ。ジェイ、山下大将がどこの刑務所で腐っているか知らんが、行って見てきてくれ。別に特別な用はない。ただ見てこい。楽しんでこい。ダグラス・マッカーサー将軍は今天皇と一緒に日本の再建に取り組んでいて忙しいのだが、お加減はいかがかと聞いておりました、と言ってやれ」

「かしこまりました」

理由は判らないが、将軍は私に向かって、子煩悩な父親のように微笑んで言った。「お前は年と経験の割には大いに信頼できる。私の役に立っているので満足しているぞ」

「閣下、ありがたいお言葉、恐れ入ります」

「昼食に遅れた」と最高司令官が突然言った。「では、諸君」

そう言うなり、彼は大股で部屋を出て行った。

第一五章　懺悔

私も遅くなっていた。昼食にではない。

私は静かに埃と秋の木の葉の中を歩いていた。湿っぽい風の臭いに嫌な予感がした。一区画も先から、灰色の午後の空に、四〇フィートもありそうなゴールポストのような形をした靖国神社の鳥居が見えてきた。敷地の周りの木々が風に吹かれると、落ち葉が降りかかって来た。私は鳥居をくぐって、石灯籠の列の間を通って本殿に近づいた。急勾配の屋根の、古めかしい木造の建物だった。すぐ私は、うろたえて動き廻る無数の鳩の中を歩いていた。これらの鳩は靖国で餌をもらってここに住んでいるのだ。靖国は連合軍の爆撃を免れた歴史的建造物の一つだったが、そこは明治維新以来戦死した軍人の鎮魂の場所となっている。本殿に納められた名簿のそれぞれの人の名と、亡くなった所と日付が書かれている。名簿は神聖なものとされ、第二次大戦だけでも二〇〇万人近くの名が追加された。

平日の午後だったが、境内には何百人もの人がいた。私はガリバーのように彼らを見下ろしながら歩いているうちに、途方にくれてしまった。多くの復員兵が故郷に帰る途中、親戚や戦友に祈りを捧げるために立ち寄っていた。彼らは茶色の外套を着て、全財産を詰め込んだ重そうな袋をかついでよろめきながら歩いていた。着物やもんぺ姿の老若の女性が神殿の所に着く前から、熱心にお辞儀をしていた。彼女らの顔は尊敬の念に溢れていた。日本人たちは私の存在に全く反応を示さなかった。まるで私がいないようだった。

七〇フィートもある大鳥居が神殿への入り口を守っていた。これは日本最大の青銅の鳥居なのだ。私はそこまで来て立ち止まったが、落ち着かなかった。ここで彼女に会うことになっていたのだ。それから、やっと、彼女が別の三つの入口の一つから、こちらへ歩いて来るのが見えた。境内の他の人たちと全く対照的に、彼女は美しい白い着物を着ていた。長い髪の毛は後ろでまとめ、頭の上でしっかり編んであった。明るい赤の口紅で彼女の滑らかな顔は人形のようだった。彼女は意味ありげに私の方に歩いてきた。肘は体の両側に、両手は腰の前で結んでいた。彼女はこのあと二人が周囲の人たちに咎めるような目で見られることを知っているように、顎をちょっと下げていた。

彼女は私のところまで来るとお辞儀をした。微笑むと唇が秘密をにおわせるように曲がった。目は楽しそうに私を見つめていた。「今日は、ジェイさん。会って下さって嬉しいわ」

私は彼女に頷いてから、周りを歩いている真面目な顔をした人たちの方を見て言った。「気を悪くしないかな」

「そんなことないわ、喜びますよ。そんなこと、構わないでしょ。内大臣のご希望でここに来ていただいたんですから」

このような人中で体が触れ合わないように気をつけながら、二人は本殿に通じる白い砂利道を歩いた。そうか、と私はまた思った。内大臣のご希望か。

私はヨシコを可愛らしく思っていたし、彼女が私を好きになってきていることも判っていた。しかし私は自分の立場をわきまえていた。木戸がこの可愛らしい贈り物を使って私を『捕らえて』から、私を自分の主な『資産』と見ていることは間違いなかった。私はマッカーサー将軍の耳代わりになっている一方、日本政府の巧妙な情報収集組織の一部と見なされているのだ。日本人は昔から現場レベルでの情報収集にたけていた。そして今のように重要な転換期にあっては、バーの女からタクシーの運転手、さらに高度のスパイに至るまで、あらゆる機会をとらえて情報を集め、それをこの家族国家の利益のために使うのだ。

私についていても同じだということは判っていた。神殿に近づくと私の足は止まってしまった。私の前で、参拝者が黙って列を作り、静かに順番を待っている。私が足を止めたのは恐怖感ではなかった。自分がこういうことをしていいのかという思いと、尊敬の念からだった。戦争は終わった。彼らは敗けた。しかし私は今この国の神聖な場所に立っているのだ。私はまた、終戦を告げる天皇の放送を思い出した。『子々孫々に至るまで、一つの家族として栄える』。地球上、日本ほどの家族国家はないのだ。そしてここにその先祖たちが住んでいるのだ。

「大丈夫」と彼女は私の手を取って列に並びながら言った。「喜びますよ」

ヨシコの洗練された着物を見、彼女が私に日本語で話しているのに気づくと、行列の人たちは迷ったような、それに少し面白そうな顔つきで私を見た。それからよく判ったような顔をした。これは普通のアメリカ兵が近くの「レクリエーション・娯楽協会」の女とくっついているのではない。日本語の判る将校が京都の一流の芸者に案内してもらっているのだ。彼らは本能的にヨシコには任務のあることが判ったのだ。そして彼らの不思議そうな顔が私を受け容れるような微笑に変わった。

二人が本殿に着く少し手前で彼女が長方形の水槽から柄杓で水を汲み、私の両手にかけると、周りの人たちが不思議そうに見ていた。それから我々は神殿の前に立ち、死者の魂を呼び起こすために二度手を拍った。私は彼女と並んで、戦争のために亡くなった人たちのために祈り、深く頭を垂れることが恥ずかしいとは思わなかった。私は一瞬死んだ弟のことを考えた。そして彼にもこのように厳粛に思い出してもらう方法はないものかと思った。国のために全力を尽くし、理由をつけては死ねと命ずる指導者の言うことを聞くのが兵士の宿命なのだ。我々の参拝が終わると、黒い喪服を着た年輩の女性が着物にくるまった赤ん坊を抱いたまま神殿の方を向かせた。彼女は赤ん坊の両手を合わさせ、お辞儀をさせるようにその体を前に傾けた。私はそのとき、外部の何ものも、たとえますます強くなっていく最高司令官ダグラス・マッカーサーの力をもってしても、このお辞儀のもつ意義を壊す力はないと思った。

我々が本殿をあとにして歩き出すと、いつものように敏感なヨシコは彼らを見る私の眼差しに気づいて静かに言った。「内大臣はあなたもここへ来れば日本のことがよく判るとおっしゃってました」

「君は誰にお参りしたの?」と私が聞いた。彼女は秘かに私の腕に触れて言った。「父です。それに兄二人」

「亡くなったの?」

「ええ。父は中国で。兄の一人はソロモン群島で。もう一人は——」と言いかけて彼女はとまどったように私を見た。「神風特攻隊でした。沖縄沖で。今年のことです」

歩きながら私は彼女の顔を見た。彼女は小さい頃から感情を抑えるように厳しく訓練されてきた。しかし今日の参拝で彼女は心が揺さぶられたようだった。

「僕の弟もだ」と私が言った。「去年」

「お気の毒に」とヨシコが言った。

歩きながら彼女が大胆にもまた私の腕に触れると、そばにいた復員兵のグループがこちらを睨んだ。彼らの咎めるような目つきを見て、私にはヨシコも彼女なりの神風の使命をもっているのだと思った。彼女が私に愛されているのは名誉なことだと木戸が言ったところで、占領が始まったばかりだというのにアメリカ軍将校とベッドを共にした女と結婚する日本の男がいるだろうか。

「ヨシコ、僕もだ」

我々は境内のはずれに来た。私は立ち止まり、冷たい青銅の鳥居の下で見つめ合っていた。

彼女の目から私は義務感以上のものを感じた。

「今晩会ってもらえる?」

「いや」と私は言った。「フィリピンに行くんだ」

「いつお帰りになるの?」

恋人同士の会話でなら単純なこの質問も今は複雑だった。彼女は単に恋人として聞いているのか、それとも木戸内大臣に完璧な報告をするためなのか。いつものように、答えは多分両方だった。

「判らない」と私は答えた。

フィリピンの一言が私を降り始めそうな雨のように冷たい現実に引き戻した。私は自分が彼女から遠ざかろうとしているのを感じた。私の体までが拒否しているように思えた。

「ジェイさん。寂しくなるわ」と彼女が言った。背を向けて立ち去ろうとする姿を見て、私は彼女が心からそう言ったのだと思った。

私が乗るC－54は重要な郵便物や人物を運ぶ連絡便だが、真夜中に出発することになっていた。沖縄の嘉手納基地で給油し、朝マニラに着けばすぐ仕事に取りかかれる。同じような連絡便がマニラを深夜出発し、逆コースで厚木に着く。この連絡便は夜間飛行だから、重要な任務を帯びた将校たちは機内で仮眠をとり、マニラか東京で終日働き、必要なら翌朝本部に戻ることができた。そのようなピストン輸送は一九四五年十月にはもはや不必要だったが、戦争中南西太平洋で行われた方法は平和になっても続けられていた。

私は宿舎に戻り、大急ぎで荷造りをして下に降りた、厚木までは車で二時間しか掛からないが、私には出発する前にしなければならないことがあった。デビナ・クラに会うのが怖かったのだ。ガーベイ神父の助けが必要だった。

第一騎兵師団は大使館からそれほど遠くない所にある旧日本陸軍のかなり広い施設を接収して使っていた。閲兵場の周りを低い平屋根の兵舎が取り囲んでいて、長年東京防衛軍の本部として使われていた。小さな建物の一つで、以前は教室として使われていたものが、今は教会になっていた。運転手がその前でジープを止めたので、私は飛び降りて、急いで中へ入って行った。従軍牧師の助手は髪の毛の長い、ひょろ長い男で、机の向こうに坐って、細い指でボンヤリとピンク色の頬ぺたのニキビを掻いていた。戸口の上には、今は亡き帝国陸軍の漢字の注意書きが釘で打ち付けたままだった。机の上には米軍の野戦用電話機が置いてあった。牧師の助手はこの神聖な場所にふさわしくない、スーパーマンの漫画を読んでいた。

「ガーベイ神父は？」と私が尋ねた。

彼は今教会として使われている教室の方を指した。

「列について待って下さい」と彼は面倒くさそうに言った。教室の外で一〇人以上の兵隊が静かに立っていた。私は早くガーベイ神父に会いたかったので彼らの横を通って部屋の方へ行った。彼らは私の大尉の襟章に気がつくと、私が将校風を吹かせていると思ったのだろう、辛辣な目で私を睨んだ。

「ご免。飛行機に遅れるんだ」

「そうだろう。俺は裕仁だ、か」と一人がつぶやいた。もう一人の兵隊はもっと露骨だった。「大尉、神様にゃ、あんたの階級は判りませんぜ。司祭に相談するときは告白の一つにしたらどうです」

「軍曹、やかましい！」。私は気まずさをごまかして怒鳴った。「俺は命令を受けて来たんだ」

部屋の奥の隅に、ガーベイ神父は厚い布を天井から床まで吊して仕切りにしていた。そのこちら側に若い兵隊が坐っていた。兵隊は孤独で迷っているようだった。彼は頭を下げ、両手を脚の間に垂れたまま、前かがみになっていた。ときどき頭を上げるとカーテンに向かって囁いた。司祭が答えるたびに彼は何度も頷いた。カーテンの向こうでガーベイ神父が彼の告白を聞いていたのだ。

やっと彼は終わった。彼は立ち上がると、重荷を下ろしたような、それでも今までより幸せになったふうでもなく、立ち去りかけた。私は急いで歩きながら彼と頷き合い、カーテンの前の椅子へ行って腰を下ろした。

私はしばらくカーテンを見ていた。何をすればいいのか判らなかった。私はそれまで懺悔をしたことがなかった。しかし、何かを、すぐしなければならなかった。私はもう腰掛けている。部屋の入り口から順番待ちの兵隊たちが私を睨んでいる。皆、腕を組んでいた。その目つきから彼らが階級をかさにきて、列の先頭にとび込んだ私のことを怒っているのが判った。私のことを横暴なクソ野郎だと思っていることは確かだった。

時計の針は廻り、厚木は待っている。カーテンの襞を見ていると突然気がついた。私はカーテンの向こうにいる司祭が誰だか知らないのだ。ガーベイ神父でなかったらどうするんだ。

「ガーベイ神父」と私が言った。「あんたですか？」

「我が子よ」とガーベイ神父は聖職者の声で言った。「我々は神の御許で会っているのだ。そういう質問はするべきではない」

彼の声を聞くと私は嬉しくなってニヤリとした。「神父さん、僕ですよ。ジェイです」

カーテンの向こうでは何の音もしなかった。私は心配になってきた。ガーベイ神父から見れば私はカトリックでもないのにやって来た。彼は立ち上がってカーテンを引きずり下ろして私をプロテスタントの地獄に放逐するのだろうか。少なくとも我々の友情はこれで終わるのか。するとと彼がクスクス笑うのが聞こえた。

「ジェイ、私は前から君が隠れカトリックじゃないかと思ってたんだ」

「神父さん、大問題なんです。助けて下さい」

カーテンの向こうで溜め息が聞こえた。「どんな大問題だ。これは懺悔の時だ。ジェイ、大勢待ってるんだ」

「僕は今夜マニラへ行くんです、厚木から。出掛ける前にハッキリさせておきたいんです」

「どんなことだ」

私は息を呑んだ。「姦淫です」

彼は黙ってしまった。それから何か音がした。彼がうなったのか、笑いを押し殺したのか。「君もとうとうやられたか」

「とても複雑なんです。個人的なことでもあるし、義務もからんでるし」

「それはいつもそうだろう」

「職業上の義務です」

「ここは日本じゃないのか」

「神父さん、皮肉屋になりましたね。ひと月も経ってないんですよ」

「それにしても何というひと月だ」。彼はちょっと黙った。彼が椅子の上で動く音がした。「三〇分待てないか?」

「どうしてです?」

「彼らは罪を負って私に会いに来たんだ。放っとくわけにはいかん。懺悔を済まさせてくれ。それから君と厚木へ行く。その方が話がしやすい」

私は青くなった。「こんなこと、運転手の前で話せませんよ」

「じゃあ私が運転する。これでも免許は持ってるんだ」

彼はおかしくなってきた。「あんたの運転がお説教と同じだったら、厚木には着きませんよ」

「私の説教を最後に聞いたのはいつだ? 田舎者の異教徒のくせに」

「神父さん、言い過ぎですよ」

私は立ち上がった。懺悔者の行列はさらに長くなっていた。大勢が部屋の向こう側から私を睨んでいた。彼らには私の懺悔は聞こえなかったのだが、私の明るい顔を見ると一様に不思議に思ったらしかった。私は行列に割り込んだだけでなく、懺悔者らしく見えないという違反まで犯したのだ。

「じゃあ三〇分、表で」

「表のどこだ?」

「僕の顔が判らなかったら、カーキの軍服で緑色のジープの横に立っているのが僕ですよ」

「緑の濃さは?」とガーベイ神父がふざけて言った。

三七分後ガーベイ神父は片手に帽子、片手にキャメルを一箱持って教会の建物から小走りに出て来た。私に近づきながら、彼の目は輝いていた。彼は私に厳しくしようとしたのだろうが、駄目だというふうに人差し指を振りながらも、顔には微笑を浮かべていた。私に会えて本当に嬉しかったのだ。

「私が面倒みないと自分がどんなことになるか、判っただろう」

私が運転するというのに、ガーベイ神父は司祭としての日常作業から解放されるいい機会だとばかりに自分でやると言い張った。彼の運転の腕はお説教と同じ程度だった。そのうち私はこれで厚木に着ければちょっとした奇跡ではないかと思い始めた。東京の町には人力車や荷馬車や軍用トラックやジープが溢れ、至る所に人が歩いていた。我々の周りは多くの建物の再建のために建設作業員がごった返して働いていた。

ガーベイ神父はゆっくり動く他の車を追い越したり、一緒に走ったり、ギアを入れ換えたり、ブレーキを踏んだり、アクセルを踏んだり、こっちの人には怒鳴ったり、あっちの人には手を振ったり、実に乱暴な運転をした。私には彼の運転が気にならなかった。彼がこんなに楽しんでいるのを見るのは初めてだった。

横浜の近くの運河には、かつては石炭や材木や農産物を運んだ、ずんぐりしてペンキも塗ってない艀がたくさん浮いていた。ルメイ将軍の焼夷弾で何十万という家が焼き払われた後、艀が住宅になったのだ。それにも人が溢れていた。その人たちは日本人に「水上生活者」と呼ばれていたが、艀や泥に覆われた岸から我々を眺めていた。今にも雨が降りそうな暗い空の下で、髪に布を巻いた女たちが甲板にひざまずいたり、しゃがんだりしていた。彼女たちはうら寂しくぶら下がっている洗濯物の間で、炭火で夕食を作っていた。通り過ぎるとキャベツを煮る匂いや魚を焼く匂いが下水の臭いと一緒に流れてきた。

雨が降り始めた。冷たかった。道路は今度は鉄道の線路沿いになった。幾つもの薄汚い駅を通り過ぎたが、町はまだ続いていた。大勢の人が忙しそうに汽車に乗ったり降りたりしていた。これらの通勤者は軍隊のように真剣だった。車両に入り切れないほど詰め込んでいた。ドアが閉まって取り残された人たちは窓から出入りしていた。窓からも入れなかった人たちは連結器に乗った。

それはすさまじいエネルギーだった。天皇と最高司令官のもたらす運命がどのようなものであれ、国を挙げてそれに取り組んでいるのだ。その人たちの横を走りながら私はマッカーサーに対する尊敬の念を新たにした。虚栄心、偏執性、復讐心、権力に対する追従などいろいろなことはあるにしても、マッカーサーにはこのようなエネルギーを燃え上がらせる聡明さがあるのだ。これほどの人物でなければ、こういうエネルギーをわざと押さえつけ地下に潜らせ、それが結果的に国民の怒りや、もしかすると反乱を招いたかもしれないのだ。

車もまばらになってくるとガーベイ神父が言った。

「それで君は姦淫の罪を犯したんだな。そしてこれから愛する女性に会わねばならん」

「神父さん、言葉の使い方がうまいですね」

「言っただろ。言葉を使うのが私の職業だ。しかも最近この種の話はちょくちょく耳にしている」。彼はちょっと私を見ると、また道路に視線を戻した。「一回以上か?」

「一回以上です」

「終わったのか?」

「多分違います」

「愛しているのか?」

「必ずしも」

「どうしたんだ、馬鹿者」

「判りません」

「判らんとは何だ?」

「どうして僕があんたに会いに行ったと思うんです?」

「私をじらすためだろう」。私には彼がその肉づきのいい頬に浮かんで来る微笑を隠そうとしているのが判った。「私をからかってるんだ。どこの国へ行こうが愛人ができるということを見せたいんだろ。典型的なテネシー野郎だ」

「神父さん、僕はアーカンソーですよ。それに、これは笑いごとじゃないんです」

「へえ、良心があるんだ。悪くない」。彼はまた私を見て言った。「どうするつもりなんだ?」

「彼女は内大臣が僕のところに送り込んできたんですよ。彼は僕の彼女を見る目つきに気がついたんです。最初は、追い返すと彼女に恥をかかせるんじゃないかと思って」

「へえ、追い返せなかったんだ。可哀そうな坊やだ。

人助けのために寝てやったんだ。永遠の謎、ジェイ・マーシュ的宇宙観。アジア的恥の概念対キリスト教的罪の観念、ということかい」

「そんなとこです」と私が言った。「もしそのまま帰したら彼女を傷つけたでしょう。任務に失敗したことになるんですから」。私は肩をすくめた。「判ってもらえないでしょうけどね」。彼は何も言わなかった。「他にもあるんです」と私が言った。「これからも会わなくちゃならないんです。二人とも任務があるんですから。双方のためのメッセンジャーになったんです」

「なるほど」。ガーベイ神父はもっともらしい顔をして言った。「彼女が持ってくるメッセージは、内――」

「内大臣です」

「そうそう」とガーベイ神父は皮肉っぽく言った。「で、君は彼女を通じて彼にメッセージを送る」

「大体は僕は聞くだけです。情報はウィロビー将軍とホイットニー将軍に伝えるんです」

「占領軍の双子の兄弟か」

「失礼じゃないですか」

「ジェイ、私は神父だ。彼らに敬礼する必要もないんだぞ」

「あなたは僕のことを非難しますがね、あなたにも謙遜の気持ちがないんです。あなた日本に来てから変わりましたね」

「君を救済しようとしているのに邪魔する気か」

私は弱々しく微笑した。彼は僕のことを知り過ぎていた。「すみません、神父さん。困りましたね。とにかく、僕は続けなくちゃならないんです。かなり役に立ってるんです」

「そうだろうとも」と神父は言ってまた私を見た。「それでメッセージを伝える唯一の手段は、君と彼女が――」

「姦淫ですか?」と私は助けてやった。

「そうそう。姦淫だ」

「いや、必ずしも」

我々はマッカーサーの日本進駐の最初の日に通った厚木からの道に出た。走りながら私はあの滑稽な輸送隊や、内大臣のモーニング姿や、天皇が歓迎の印として寄越した汗だくの歩兵の列を思い出した。この五週間にあまりいろいろなことが起こったので、あれは子供の頃の出来事のように感じられた。突然私は悲しくなった。

「会うと、そうなっちゃうんですよ。僕には止める力がないんです。彼女は本当に——可愛らしくて、優しいんです。しかも僕は自分勝手に会うのをやめるわけにはいかないんです。仕事の一部ですから」

「今度はヒモか」

「神父さん、僕は何も自慢しているわけじゃありません。だからあなたに会いに来たんじゃないですか」

「もしかすると君は本当はデビナ・クララを愛していないんじゃないのか」

「愛してます」

彼女の名前が出た途端、私は別の世界、憧れていた調和と幸福に満ちた土地のことを思った。一日も経たない中に彼女の許にいるのだ。このことは彼女に隠しておけるのか、できないときはどう説明すればいいのだ。

「マニラか、不思議な時代だったな」とガーベイ神父は静かに、熱を入れて言った。「戦争の衝撃だ。孤独と恐怖だ。朝になって陽が上ると前夜の雨が蒸発して木や花や、土までが匂い出す。恋に落ちることの喜び」。私は彼の顔を見て、これは彼が今まで見せたことのない本心だと思った。ガーベイ神父もマニラで恋に落ちたのだろうか。夜ごとに飲んだあの酒は誘惑を断ち切るためでなく、それに身を委ねたからなのか。突然私は多分彼自身恋に落ち、だから彼の忠告は私が考えたよりも賢明で悲しいものなのだろうと思った。

「そうでした。いい時代でした」

「だけど、終わったんだ。ジェイ、同じではあり得ない。取り戻すことはできない。だから君の将来も別の所にあるかもな」

ジープは穴だらけの道路をはね上がりながら走った。日が暮れてしまった。雨が冷たかった。私は、冷え切った空気からもうすぐ冬だと思った。私は何年かぶりに顔がしびれるのを感じた。そして突然、昔父のためによく薪を運んだことを思い出した。父は、農民詩人とでも言うか、こういう情況を表すのに「氷雨風」などという言葉まで作った。それが今、日本で我々に降りかかっている。

ガーベイ神父はヘッドライトをつけた。すぐそこが厚木基地へ行く道だ。角を曲がると空港ターミナルが見えてきた。数時間後には離陸して、夜明けには暑い、香りに満ちたマニラの空気を吸っているのだ。それは私にとっては、サンタモニカの桟橋に立って清々しい潮風を吸うよりも、冷たい雨に濡れた牧場のそば、墓碑もない父の墓の前に立つよりも、本当の帰郷になるのだ。

「違います、神父さん」と私は言った。「僕の将来はマニラにあるんです」

「判るよ。羨ましいな」

私を見る彼の目に、私は初めて真実を感じた。ガーベイ神父の輝かしい過去もマニラにあったのだ。しかし彼は私と違って、神を捨てずにそれを取り戻すことはできないのだ。そして彼の言葉には別の意味合いもあった。彼は我々二人について言っているのだ。

「そこで生きていきたいのなら、君の将来にとっては、それが一番いいんだ。ジェイ、その女性には真心を尽くせよ。すべてを捧げる勇気を持てよ。それができないと君は一生みじめな男になるぞ」

第一六章　義父

本当に行動的な人によくあることだが、将来私の義父になろうとしているこの男も、人に勘違いさせるような、温和な顔つきをしていた。カルロス・ラミレスの頭は私の肩までもなかった。腕や脚の筋肉は年に似合わず隆々としていた。男にしては多過ぎるほどの装飾品を身に着けていた。髪を不自然なまでに真っ黒に染めていた。絶え間のない微笑はひと癖ありそうで、しかも相手に取り入るためのように見えた。私は彼を見ていて、その即座に浮かべる微笑も、派手な指輪やネック・チェーンや金のブレスレットも、横柄そうな声までも、計算されたカモフラージュ、カルロス流の腹芸なのではないかと思った。こういうのを見て、多くの人、特にアジアでの経験の少ないアメリカ人は彼の粘り強さと抜け目なさを見損なうのだ。

二人で彼の家のテラスに立っていると、彼は人を安心させるような微笑を浮かべながら私を眺めていた。日が暮れたばかりだった。一時間前暖かい雨がかなり降って、町を洗い流し空気を清々しくしたので、今は涼しく風もなく静かだった。私は自分が愛することになってしまったこの国のリズムと自然の美しさに幸せを感じながら、彼の横に立っていた。ここには東京の土埃と喧騒はなかった。暗くなった庭の先の小さな池にたくさんの睡蓮が浮いていた。そばの木の枝から美しい蘭の花が垂れ下がっていた。我々の周りにはカラチュチの花が咲き乱れ、香りが一面に漂っていた。サンパギータの白い花が近くの門の上でアーチとなっていた。私は心穏やかだった。マニラは心を癒してくれる麻薬のようだった。

カルロスが私にぬるいスコッチの入ったタンブラーを渡してくれた。彼はゆったりした白いバロングを着ていた。この袖の長い、腰まである伝統的なシャツを着ると彼は一層小柄に見えた。彼は私を見上げて言った。「ジェイ、お帰り、と言ってもいいのかな」

「ラミレスさん、ありがとうございます。東京から来ると、ここは天国みたいですよ」

「そのうち戻って来てずっといるんだね」

「もうすぐです。私は予備役の将校ですから。マッカーサー将軍は私を永久に東京に置いとくわけにはいきません」

「だがデビナ・クララの話だと、君は随分重要な仕事をしてるそうじゃないか」

お世辞を言われて私は微笑した。「正直言いまして面白かったです。天皇との私的な会見にも立ち会いました、つい先週です」

「裕仁本人かね！　明日はまた山下大将だね」。彼は注意深く私を見て言った。「そうすると、マニラに帰ってきて個人経営の仕事をするなんてのは退屈じゃないかね」

彼の目は正直に言え、と言っているようだった。「私はマニラが好きなんです。自分の土地のような気がします。いろんなことも勉強してますし、お役に立つと思います」

「君はいろんな才能を持ってるな」。デビナ・クララの父親が言った。彼の口から出るとそれは大変なほめ言葉だった。カルロス・ラミレスは、見知らぬ暗い裏通りを歩かねばならない場合はそばにいてほしいタイプの男だった。もっとハッキリ言うと、見知らぬ暗い裏通りで待ち伏せしていてもらいたくないタイプの男だった。この小柄なフィリピン人はフォックステリアのような人生を生きてきたのだ。極めて忠実で、恐れを知らず、絶対降参しない。年は五五だが、自殺願望者ででもなければ彼の誇りを傷つけ、特に家族を侮辱することなど誰が考えるだろうか。

この角ばった体格の、オロンガポ出身の男は若い頃、父親の代貸しとしてスービック湾から始めた荒っぽい商売を徐々にマニラまで伸ばしていった。多くのフィリピンの寡占事業は何世紀にもわたってスペイン人と良い関係を作ってきて財をなしたのだが、ラミレス家は一九世紀末アメリカ海軍がスービック湾にやって来てから成功したのだった。彼らは頭を使い、荒っぽいこともやり、そして邪魔する者はヤクザだろうと、政治屋だろうと、商売敵だろうと、乱暴なアメリカ水兵だろうが、真正面から闘って富を築いてきたのだ。

一九四五年になっても、カルロス・ラミレスが二十代の頃中部ルソンで一番のバナナ・ナイフの使い手だったことは有名だった。しかも彼はそれを使うことをためらわなかった。

彼は注意深く私を観察していた。話をしながら彼が片手でまだ若々しい額に触ると、眉毛のすぐ上にナイフで切られた古い傷跡があった。わざとかどうか、彼は成功への道のりの跡を見せたのだ。「それで君はアジア人の下で働けるのかね」

彼が何を言おうとしているのか判ったので私は微笑した。「私はアジア人の女性と結婚するんです。子供はアジア人です。アジア人の下で働くことが気になるわけがありません。その人を尊敬していれば、です」

彼の目が楽しそうに光った。私には、彼はそれを聞きたかったのだということが判った。「ジェイ、この国の女を好きになるアメリカ人は多いが、男を尊敬する奴は少ない。我々の体の大きさから弱虫だと思うんだろう。我々が微笑むのは彼らが怖いからだと思っている。ネクタイをしていないから上品じゃないと思うんだ」

彼は胸をはって誇らしげにニヤッとした。「私が弱虫で怖がりで知恵がなけりゃ、アメリカ人相手の商売でこんなにもうけられるわけがないだろ。こんな家にも住めないぞ」

「あなたは私の家族の誰よりもお金持ちですよ」。私は本気で言った。「あなたとお父さんのお二人だけでおやりになったんですから大したものです」

庭で、私が初めてデビナ・クララに会ったときにいた召使いの少年が今日は白い上衣を着て、大きな牛の脇腹肉を火の上で廻していた。家の中では他の召使いたちが食事の支度をしたり、バーをこしらえていた。カルロスの一番下の息子は家を離れて学校へ行っている。あとの二人はもう結婚しているがこれから来るのだろう。ラミレス夫人、デビナ・クララ、二人の叔母と二人の妹は二階で着替えたり化粧をしている。間もなく夕食会の客、ラミレス一家と仲のいい二〇人以上が到着する。彼らは私が戻って来たことを祝ってくれるのだ。私は実際戻って来たのだから、カルロス・ラミレスにしてみれば安心して娘と私の婚約を発表できるのだ。

「君には私と働いてほしいんだ」と彼が突然言った。「ただ家族ということだけじゃない。マッカーサーの幕僚だったんだから私の商売にもきっと役に立つ。米軍との仕事をどんどん増やすぞ。この国の建設事業で政府と交渉するときも役に立つ」

「生意気なようですが、私も交渉術はかなり身につけてきました」と私が言った。「必ずお役に立つと思います」

カルロスと私はスコッチの入ったタンブラーを挙げて乾杯した。彼の微笑が、まるで二人が冗談を交わしているかのような、親しさと皮肉っぽさを感じさせた。

「ジェイ、楽じゃないぞ。それは覚悟してもらいたい。昔からの大地主の一族でなければ、フィリピンではあらゆることが戦いだ」。彼は皮肉っぽく首を振った。「東京は毎日どんどん変わっていくというのに、どうしてこの国は変わらないのかね」

「変わってきたのではないでしょうか」と私は躊躇しながら言った。「自治政府の時代は終わりました。フィリピンは自由です。七月四日には共和国になります」

「そんなことは本当の変化じゃない。その共和国を動かすのは誰だ？」

私には答える暇がなかった。彼の視線が突然私の背後に移ったからだ。彼は本当に誇らしげに相好をくずして言った。「ああ来た。親として言うのも何だが、君、あんなにきれいなもの見たことがあるか？」

振り向くとデビナ・クララがゆっくりと我々の方に歩いて来るのが見えた。突然浮かび上がった彼女の姿を見て、私はなぜか、タクロバンでフランギパーニの木の下に立っているコンスエロ・トラニを思い出した。金色の袖なしのドレスを着ていたので彼女の淡褐色の腕は輝くように見えた。顎を上げて、自分を意識しているふうに歩いて来た。豊かな黒い髪の毛は頭の上で束ねてあったが、肩まで垂れていた。長い金のイヤリングが彼女の滑らかな高い頬骨を際立たせていた。暖かく、恥ずかしそうな眼差しだった。私がこんなに早く戻って来たことが信じられないかのように微笑みながら近づいて来た。

彼女は父親より少し背が高かった。我々に近づくと彼女は父親の頬にキスした。それから自然に私の横に来て、そっと私の手を取った。

「今ジェイに、除隊したら私と働くように言ったんだ」

とカルロスが言った。

「違うわ」と彼女が言った。「聞こえたわ。またロハスをやっつけようと言うんでしょ」

「ロハスだけじゃない」と父親が面食らって言った。「あいつらみんなだ。ジェイがここでやって行くのならまずフィリピンの政治力学を勉強しないとな」

「ということは彼らが相変わらず権力を持ってるっていうことじゃない」と彼女が言った。「仕事のためにはそれと共存しなくちゃね」

「新しい政府か」とカルロス・ラミレスが不満そうに言った。「新しい共和国だとさ。前と変わるもんか。マッカーサーならやれたかもしれんが、彼は他へ行ってしまった。腐敗の臭いが相変わらず国中を覆っている」

彼女はまた私の手を取って秘かに握った。彼女の話しぶりから、父親は彼女のことを、こういう事柄については対等に見ていることが判った。「マッカーサー、マッカーサーですって。お父様、彼がフィリピンに腐敗を持ち込んだわけじゃないわ。彼があの人たちに権力をやったわけでもないの。あの人たちは生まれた時から自分の曾祖父がスペインの総督の指輪にキスして以来他のフィリピン人より上にいる当然の権利があると思ってるのよ」

「そうだ」とカルロスが言った。「しかし彼は奴らを保護したんだ。奴らは俺たちがジャングルにこもって日本軍相手にゲリラ戦をやっている間、日本に協力していたんだ。奴らは、二つの外国が戦争をしている間フィリピンのことだけ考えていたと言いやがる。じゃあ何のために俺やお前のお兄さんは苦しんだんだ。お前のおじいさんは何のために死んだんだ。奴らは権力の座に留まるためなら、何でもやるんだ。スペイン人と働く？　問題ない。アメリカ人とは？　もちろんだ。日本人は？　自分たちの権益さえ守ってくれるのなら、結構。独立を目指す政府に協力する。もちろんだ。政府内にいる限り変化は票でつぶすことができる。彼らは相変わらず金持ちでいられる。だから独立しても何も変わらない」

「私だってあの人たちが正しいなんて言わないわ」と彼女は父親をなだめるように言った。「だけど、聞きたいのはお父様、どうしてマッカーサーを責めるの？」

「彼にはやめさせることもできたんだ」とカルロスは頑固に言った。「マッカーサーはあんなに長くこの国にいたんだぞ。いろんな意味でフィリピン人になってたんだ。彼とロハスは兄弟みたいだったじゃないか！　彼が戻って来たとき何と言った。敵に協力したフィリピン人は徹底的に調べ上げて処罰すると言ったじゃないか。何度も何度も言ったぞ。ところが調べてみるとほとんどが自分の旧友だったんだ」。彼はどうしようもないというふうに肩をすくめた。「これがフィリピンだ。友人には別のルールがあるんだ」。

「お父様、それじゃ私たちは自分の友人を見つけなくちゃ。変えられないものにいつまでも腹を立てていても何にもならないわ」

「デビナ・クララ、口答えはやめなさい」とカルロスはイライラしたように言ったが、デビナ・クララの知識と聡明さを見せびらかしているようでもあった。「お前を何年もカトリックの学校へ行かせたのは間違いだったよ」

今度はわざと不満げな顔つきをして言った。「こんなに教育があって、独断的な女とどうやって暮らして行くのかね」

私が微笑むと、彼女はまた私の手を握った。

「彼女の生徒になります。私よりはるかに知識があります」

彼はちょっと黙っていたが、いたずらっぽく私を突いて言った。「ホイットニー将軍知ってるか？」

「毎日一緒です」

「彼はフィリピンに莫大な投資をしてるんだ。旧家に友人も多い。ホイットニーはマッカーサーにも影響力があるんだ。考えてみろ。ケソンとマッカーサーがコレヒドールからオーストラリアへ逃げたとき、ロハスはこの国の金塊を持ち出してどこかに隠したんだ。何百万ドルもするんだ。その後この金を見た奴がいるか？　いない。だが、ロハスはその場所を知ってる。そしてホイットニーはロハスの強力な支持者だ。もしかすると、ロハスとホイットニーはややこしい取引をしたかもしれんぞ」

私は本能的にそんなことはあり得ないと思って首を振った。一九四五年十月、フィリピンはなくなった金塊の噂で持ちきりだった。私が着いてからも、人々は会えばこの話をしていた。マッカーサーの金塊だという者もいたし、山下のだという者もいた。ロハスなら十分あり得たし、あるいはなくなってしまったのかもしれない。しかし、ホイットニーとは……。

「ラミレスさん、ホイットニー将軍にはそんな力はないでしょう」

「君の情報は大事だが、多分情報不足だろう」。デビナ・クララの父親は慇懃だった。

「君はマッカーサーの幕僚とはいっても下の方だ。ホイットニーの実力は判ってないだろう」

「お父様」と彼女が命令するように言った。「やめてちょうだい。そんなこと、私たちに意味ないわ」

「はい、はい。デビナ・クララは常に正しい」と言いながら彼はタンブラーを挙げ、私と謀りごとをするかのようにウインクしてみせた。「ロハスとその友人で金持ちの反逆者たちのために。奴らとはうまくやっていかねばならん。奴らを撲滅する日までは」

「お父様！」

「冗談だよ」。しかし彼の訳知り顔の微笑を見ると、私には彼が冗談だとは思っていないことが判った。彼は今度は私に向かって言った。「新聞によるとマッカーサー将軍と天皇は親友になったそうじゃないか」

「お二人で一緒にやっておられます」。私は漠然と言った。

「親友になるよ。それがマッカーサーのやり方だ」とカルロスも漠然と言った。

「彼の責任は重いのです」と私は答えた。

カルロスは私の答えに満足したらしく、励ますように私の肩を叩いた。「なかなか賢明な答えだ。君は忠実だ。いいことだ」

我々はしばらく黙ってスコッチを飲みながら召使いが牛肉を焼くのを眺めていた。デビナ・クララは私の背中を優しく撫でていたが、やがてその手を私の肩に廻した。二人の間のこの音もしないメッセージのやりとりを見て、カルロスは自分のことのように幸せそうだった。彼は私たちの所まで来ると、小さな傷跡だらけの両手でそれぞれの肘を取り、向かい合わせた。完全に認めたというしるしなのだろう。

「お母さんの様子を見て来よう」と彼が言った。

「窓から見てるんじゃないの」とクララ・デビナが言った。我々三人が上を見ると、ラミレス夫人は確かに、腕組みをして二階の寝室の窓から我々を見ていた。

「じゃ私は窓の所まで行こう」と言ってカルロスは微

笑みながら家の方へ行った。

二人はすぐそばに立っていた。彼女に香水は要らなかった。空気が香りに満ちていた。庭では召使いの少年がこちらを見ないようにしながら、ニヤニヤして脇腹肉を廻していた。彼女は両手で私の手を持っていたが、私の体を自分の腿のつけ根に触るように秘かに引き寄せた。彼女はその間も私を見つめたままだった。

「ずっと考えてたんだけど、」と彼女が言った。「あなたとならどこにでも住めるわ」

「どこでも住めるけど、僕はマニラで君の一家と働きたいんだ」と私が言った。「君さえよければ」。お互いに言葉は少なかったが多くのことを言っていたのだ。

彼女は私の心を確かめるように、顔や首をしげしげと見ていた。「あなたの顔忘れちゃったわ」

「たった六週間だよ」

「ほら、ジェイ、軍人の見方って残酷なのよね。六週間というのは私たちが一緒にいた時間の一五パーセントなのよ。あとどのくらい待たなくちゃいけないの?」

彼女は半分冗談を言っているようだったが、私はその声からただごとではなく急いでいるような気配を感じた。私の目から何か罪悪感を見て取ったのか、私の体から言い訳がましい緊張を感じたのだろうか。

「デビナ・クララ、そんなに長くならないよ。クリスマスまでに大丈夫だよ」

「クリスマス!」と彼女が言った。「あと三カ月よ」。彼女は少し考えていたが、頭を私の胸に埋めた。「三カ月の間にいろんなことが起こるわ」

確かに何かが彼女を悩ませていた。しかし私にはそれが何であるか判らなかった。私は背後の窓から秘かに見られているのが判っていながら、彼女を抱き、額にキスした。

「もう半分来たようなもんだよ。時間なんてすぐ経つよ」

「そうは思わないわ」と彼女はまた私を見上げて言った。「日本のどこがいいの?」

彼女の質問で私は神経質になった。「何もないな」

「何かあるでしょ」

私は以前の会話を思い出して、からかった。

「これテストかい?」

「テストはあからさまにはしないって言ったでしょ。

何か言いなさいよ。日本のどこが一番いいのよ」

「日本の一番いいところはね、君から離れていると自分がどれだけ君を愛しているかが判ることだ」

彼女はふざけて私を叩いた。彼女はまた明るくなった。利口そうに微笑した。「それは答えじゃないわ。逃げだわ。嬉しいけどね。だけど言ってちょうだい。あなた日本のどこかが好きなのよ。顔つきや立っている姿にも力を感じるわ。あなた前より強くなったわ」

私は彼女の天才的な直観に驚いた。私の顔を見ただけでこの六週間で私がどれほど変わったかを見抜いたのだ。彼女の言っていることは憶測でも策略でもなかった。彼女は何事にも確信を持っているのだ。道を選びつつ待ち伏せのあるなしの判る男もいれば、野球のバットを振った瞬間ボールがどっちへ飛ぶかが判る男がいるように、それは彼女の本性の一部だった。

「彼らは僕を信頼してきたんだ」と私が言った。彼女が言ったようなことを考えるのは初めてだった。「マッカーサーや他の連中だよ。彼らはよく私を重要な任務に送り出した。僕はウェインライトがマッカーサーに許されて泣くところも見た。山下がベサング峠で投降してくるのも見た。日本の天皇にも会った。彼の顧問たちとも交渉した。この僕が、信じられるかい。飛行機にも乗った。車にも乗った。船にも乗った。デビナ・クララ、大物だけの個室にも入った。僕は歴史を見たんだよ。しかもそれが作られる前に！」

彼女はまた私の顔を調べるように見た。「あなた、赤ちゃんすぐ欲しい？」

私は自分の言葉に酔っていた。彼女の質問は風船を刺すピンのようだった。「何だい、突然？」

一瞬彼女は私の反応に驚いたようだった。彼女は目を丸くさせた。両手を挙げて言った。「私、あなたに感心しちゃったのよ。ちょっと考えただけ」

私は元に戻った。「ごめん、大きな声出して」

彼女は私が安心させるように抱くと驚いて笑った。「ジェイ、考えないわけにいかないの。私たちのマニラの家はあなたの言う、大物たちの部屋とはとても離れてるわ」

やがて客たちが来始めた。デビナ・クララと私がテラスに立っていると、カルロスがそれぞれのカップルを連れて来て、初めて正式に私を将来の義理の息子として紹介してくれた。彼は嬉しそうに、私がダグラス・マッカーサー将軍の特別任務を終え次第自分と働くのだということを何度もしゃべった。時間が経ち、スコッチのタンブラーが行き来するにつれて、最高司令官に対する私の功績を語る彼の話も大きくなっていった。夕食が終わる頃には、私つまり、最高の教育を受け、数カ国語を操る元全米フットボール・チームの選手、ジェイ・マーシュ大尉はマッカーサーの右腕で、もし私がマニラに帰ってきてラミレス一家の一員となり、息子たちと対等のパートナーになり、後継者の一人になると、日本の将来が危機に瀕するだろうということになってしまった。

とても愉快だった。デビナ・クララは笑ったり、ふざけたりしている間も、マホガニー製の長い食卓の向こうから私に意味ありげな視線を送って来た。陽気にしゃべりまくるカルロスの大げさな話をまともに信じる人はいなかったが、誰もがカルロスの私への愛情と信頼は十分理解した。マニラのビジネス界では、ラミレス家にもう一人競争相手が参加すること、その男はちょっと変わった名字だが、その男のためなら、かの恐るべきカルロスは何でもやる、という話がすぐ広まるだろう。

その晩、私はこの家の客用寝室に泊まった。きちんとしたシーツを敷いたダブルベッドに横たわり、立派な陶器や骨董品に囲まれて自分の幸運を感じていると、少年時代のトウモロコシの葉を詰めたマットレスや溲瓶《しびん》を思い出した。豊かな国から貧しい国へはるばるやって来て、アジア人の一家の一員となることでやっと富を手に入れるきっかけができたのだ。父はアーカンソーの反対側に何があるかなど知っていただろうか。妹は病気で死ぬ前に一瞬でも贅沢を味わったことがあるだろうか。弟はノルマンディで機関銃弾に倒れる前に古い教会を少しでも見る機会があったのだろうか。母はサンタモニカの小屋でイタリア人と同棲していて幸せなのだろうか。太平洋のはるか反対側の、自分にはふさわしくない安らぎの場所で私はうたた寝をした。いや神に感謝していたのだ。

家が異常なほど静まり返った。二部屋離れた先から少し酔ったカルロスの平和ないびきが聞こえて来た。すると、突然私の部屋のドアがゆっくりと開いた。薄暗い光が射し込んで来ると、デビナ・クララが優雅にそっと入って来るのが判った。彼女は音を立てずにドアを閉めた。裸足で、ゆったりとしたサテンのローブをまとっていた。

豊かな長い髪の毛は肩から背中へ垂れていた。彼女が私に近づいて来るとローブの前が開いた。私のそばまで来るとそれが床に落ちた。

「愛してるわ」

彼女は囁くように言うと裸のまま私のベッドに入ってきた。彼女を引き寄せると、かすかにサンパギータの香りがした。彼女にキスしながら、夕食の後で彼女の母親が面白半分にこの素晴らしい花で彼女の髪に冠を編み込んでいたのを思い出した。彼女は大胆にキスを返した。正式にはまだ世間の作法は守らねばならないのだろうが、もう父親が我々の婚約を発表したのだから、こうやって彼女が真夜中に私の部屋に来ることは許されるだろうと私は思った。

「音立てないで！」

彼女は私の上に跨ると、ゆっくり私の両手を取った。彼女は黙って私の目を見つめ、からかうように微笑みながら、私の手を自分の引き締まった腹に当て、円を描くように触らせていた。私は彼女の腰をつかんだ。私が握ると彼女はのけぞり、乳房が私の目の前の暗がりの中で揺れた。彼女は私の手を取って自分の胸に当てた。そのまま彼女は私の最後の瞬間を遅らせるかのようにコントロールしながら私の手を動かしていた。私は彼女の乳首を揉んだ。彼女はうめいた。そして力尽きて私に覆いかぶさった。

こういうときのデビナ・クララを表現するには、豊かさ、温かさ、正直さとしか言いようがなかった。唇、乳房、私の体に触れる彼女のあるゆる所の豊かさ。皮膚だけでなく、体の中からほとばしり出るエネルギーや、私をつかみ、締めつける手と脚や、開いたり閉じたりする目の温かさ。私が想像もしていなかったような感情の正直さ。

ヨシコが私に近づいたのは私を満足させようという義務感からだった。彼女はすぐ私を好きになったが、所詮は自由の身になれないし、二人の関係も幻想の域を越えることはないという、重荷と安心感を同時に持つ、籠の鳥だった。デビナ・クララは全く無防備で、ローブを脱ぎ、私をその豊かで官能的な乳房に引き寄せた瞬間、心も体のようにさらけ出したのだ。彼女はこれからの人生が私に愛されるのか破滅に導かれるのか、そのようなことには構わず、すべてを私の前に投げ出したのだ。

最後に私は彼女の上になった。彼女は喜びのあまり小声を出した。すぐ私も、考えられないほど激しく喘ぎ、身を震わせていた。彼女を引き寄せ、眠りに入りながら、私にこれほど充実感を感じさせてくれる人は他にいないと思った。

だから私は彼女を愛したのだ。本当に、だから私は今も彼女を愛しているのだ。

第一七章　モンテンルパ

私はモンテンルパ刑務所には前に来たことがある。二月、マッカーサーがマニラから三〇マイル南のモンテンルパに赴き、わが軍の捕虜を解放した日、同行したのだ。ここで彼は自分がオーストラリアに逃げるときに見捨てた兵士たちの顔を初めて見ることになった。もっと正確に言えば、彼の逃亡後も戦いを続け、バターン半島からの死の行進にも耐え、捕虜生活を生き抜いた者たちの顔だ。バターンとコレヒドールで闘い、マッカーサーの逃亡後ついに降伏して捕虜としての恐怖や残虐行為を経験した者の四〇パーセント以上が日本軍の収容所で死んだのだ。

マッカーサーがここで見た兵士たちの顔は現場の指揮官たちさえ悪夢の中でしか見ないであろうほどの形相をしていた。半死半生の、驚いたように突き出た眼は不思議そうにマッカーサーを見ていた。彼らは不自由な足を引きずりながらヨタヨタと歩いた。やせこけた首に頭がやっと乗っかっているようだった。肋骨は浮かび上がっていて数えられるほどだった。鎖骨はとび出していた。制服はボロボロで汚らしいガーゼのようになっていた。

彼らは、かつてはマッカーサーの誇り高い兵士たちだった。彼は兵士たちを見舞うと、砲声を聞きたいと言って運転手に前線へ連れて行くよう命じた。彼は復讐の時が来たと称して最前線の兵士たちのさらに前へ出た。そこは日本軍の機関銃の射程内だった。彼は命を賭けていたのだ。しかし私には彼が敵に立ち向かったのは復讐のためではないことが判っていた。それは自責の念からだった。三年前、彼は確かにワシントンからの命令で戦線を離脱した。しかし事実、彼は部下を敵の砲火の中に置き去りにしたのだ。そして、殺されるか、あるいは許されるまで、何度も何度も敵の砲火に身をさらすことが、彼にとって唯一の贖罪だったのだ。彼の良心と精神はキリスト教なものとアジア的なものが混ざり合ってできていた。彼は無謀にも前線に出るたびに自分のアジア的応報を試し、その後で、キリスト教の神がさらに大きな任務を与えるため自分を生かしておくのだと考えたのだ。

マッカーサーが解放されたばかりの刑務所を視察している間、幽霊みたいにやせた男が私に、自分は軍曹だった、と口数少なく言った。彼は背が高く、眼は乾いていて、囁くような小声しか出なかった。髪の毛は長年の捕虜生活で白いものが目立った。年を見分けるのは不可能だったが、三〇から五〇の間だったろう。軍曹は私に、自分をここまで生き長らえさせた精神的な支えを見せたい、と言った。彼が私の袖を引っ張ったとき、申し訳ないことに私は彼の捕虜生活の汚れで自分の洗濯したての野戦服が汚れるのではないかと思って少し後ずさりした。私が好奇心と言うよりも申し訳ないという気持から彼について荒廃した建物の裏へ行くと、汚らしく、臭いのする場所があった。

軍曹はそこから一本の木を指したが、それは遠くから見ると派手なピンクやオレンジ色の花から、トロピカル・ドリンクを連想させた。美しくて豪華だった。彼はそれをジョシュアの木と呼んだが、私には今でもその理由が判らない。

軍曹はベッドに放置され、死ぬのを待っている間、その木の美しさから元気を取り戻したのだと言った。この憎悪の時代にあの木が繁っているからには、自分も生き残れる、というのが彼の理由だった。彼が力を取り戻したとき、その木の所まで歩いて行くと、それは枯れ木だった。彼が花だと思っていたのは花ではなかった。ジャングルで繁殖する大きな虫が昼は枝に群がっていて、夜になると、増え続けるアメリカ兵の屍体を喰っていたのだ。

それでもこのしゃがれ声の軍曹は、このグロテスクなものには彼にとって意味があったと言った。「死は生まれ変わって、醜い美になるのです」と彼はこれまで心の中で何万回も練習してきたかのように厳かに言った。「しかし、美といえども死によって育つのです。お判りですか？　私は帰還したらこの木の絵を描いて居間に飾ります」

今でも彼が何を言いたかったのか、なぜ残りの人生で毎朝起きてはこの恐ろしい出来事を思い出させるものを見たかったのか、私には判らない。しかしこれが当時のモンテンルパ刑務所だった。そこではゴキブリほどの大きさの昆虫が枯れ木に群がっては、アメリカ兵の腐肉を喰って生きている。それは、名誉の戦死よりも降伏の道を選ぶことによって孫子の代まで恥をさらすことを承知の上で、家族に自分がまだ生きていることを知らせたい兵士がいる、などということを理解できない日本陸軍からの贈り物だった。

モンテンルパ刑務所はアメリカ軍の手によって消毒され、清潔になった。アメリカ軍はこの施設を、仲間の大多数を戦争で失った約五万人の日本兵の復員管理のために使っていた。そして私はモンテンルパで再び山下奉文に面会することを命じられてやって来たのだ。もしサム・ジニアスを信じるとすれば、南京での皇族の犯した罪はマニラでこの庶民の大将によって贖われることになるのだ。この考え方に同意しなくても、いわゆるマレーの虎が日本に帰って何らかの舞台に立つかもしれないと思うだけでマッカーサーも宮中も恐怖に陥ることは間違いなかった。マッカーサーは人のいない自分の執務室ではっきり言った。山下が日本に帰るとすれば、灰となって陶器の壺に入ってであろう。

しかしあのとき私はそういう現実を残念には思わなかった。私はマニラの破壊や死体の山を見た。デビナ・クララの家族からも無意味な殺戮の話を聞いた。退却する日本軍が狂気の沙汰を尽くしたのだ。これらは単なる戦闘の結果ではなく、意識的な大量殺人だった。

私の使命の一つは、山下大将のアメリカ側弁護士を表敬訪問、つまりはるか東京にいる最高司令官の存在を感じさせる、というマッカーサーの命令だった。マッカーサーの表向きの理由は特別委員会の召集手続きを議論し、裁判の準備が順調に進んでいることを確認することだった。これに関係している軍人にとっては、彼の微妙なメッセージは明らかだった——マッカーサー将軍は山下を殺したがっている、しかも、急いでいるのだ。

マッカーサーはさらに私に対して山下大将の健康と生活状況も調べるよう命令していたので、私はこの二つを同時に行う手配をした。山下の主任弁護人、フランク・ウィザスプーン大尉が私にモンテンルパで事件の説明をしてくれることになっていた。

ウィザスプーンは刑務所の中の小さな礼拝堂が、大きさから見ても秘密を保つにも、これ以上の場所はないということで、そこで会うことになった。彼は細身の三十代前半の赤毛の男で、学者風の細い手をしていた。私が礼拝堂に入って行くと、彼は壁の大きな十字架の下の説教壇に平然と坐っていた。キリストの像がまだ十字架に打ち付けられているままだった。それを見て私はカトリック教会に来たのだと思った。プロテスタントでは十字架しか示さないからだ。我々のような普通のバプティスト派は田舎の小さな教会でキリスト像を架ける余裕がなかったのだが、理屈をつければ、キリストはそもそもそんな所にいるべきではない、なぜならば、彼は十字架から外されると洞窟に運ばれた後、死の世界から復活し、岩屋から出て、消え去ったのだから。

彼は私を見ると立ち上がって近づいて来た。彼は握手をしながら私を鋭い目つきで上から下まで眺めた。何か手掛かりを得ようとするようだった。ウィザスプーンは職業軍人ではなく、山下裁判に関係しなければフィリピンを離れる予定だった。人の話では、彼はハーバード法科大学院の出身で、戦前ボストンでは名うての法廷弁護士だった。私の手を握ると彼は明らかに金と権威を感じさせた。

「早速本題に入ろうじゃないか」。私が信徒席に坐ると彼が切り出した。「こりゃ、もう完全にグシャグシャだ」

彼の方が年上だったが、我々は同じ階級で、どちらも職業軍人ではなかったから、長たらしい挨拶は不要だった。私は脚を組みながら書類鞄を抱いた。私は彼のぶっきらぼうさがおかしくて笑ってしまった。「サム・ジニアス大佐知ってますか？」

「何で知ってなくちゃならないんだ」

「二人ともよく似てるから。彼は最高司令官の幕僚で戦争犯罪追及の責任者なんです。あんた今言ったことは彼の意見と同じですよ」。

ウィザスプーンは感心もしないで言った。「それじゃ、そいつは脳味噌半分ぐらい持ってるんだ」

「彼は山下も来年東京で他の容疑者と一緒に裁かれるべきだと信じています」

「『裁く』なんて簡単に言ってくれるな、大尉。法廷でか？」

私は気をつけて聞き返した。「それがあんたの仕事でしょ?」

ウィザスプーンは怖い目で私を睨んだ。

「法廷かと言ったんだ」。彼は怒って両手を振り上げた。「いいか、俺は長いこと、いつでも国に帰れたんだ。戦争は終わったんだ。国に帰ればいい仕事が待ってるんだ。一週間前まで何をやってたと思う? 家をぶっ壊されたとか豚を殺されたとかいうフィリピン人の苦情の始末をしてたんだ。そこで突然、やたらに複雑な殺人事件の弁護人をやれと言われたんだ。断れるか?」

ウィザスプーンは無関係な標的に対し弾丸を浪費する機関銃になったかのように一瞬黙った。彼はまた私をねめ廻した。「大尉、いったい君はどういう資格で来たんだ? こんなことやって俺のためになるのか? それとも世間話でもしに来たのか?」

私は率直に言ってやろうと思って、さり気なく肩をすくめた。「僕は大尉です。マッカーサーは元帥です。あんたに会って万事うまく行ってるか確かめてこいというのが彼の命令です。だけど僕の言うことを信じるかどうか、保証はできません」

「俺を脅かすために君を寄越したんだろ」

ウィザスプーンは怒り狂っていた。私はすぐ感じとった。もしマッカーサーが自分の言いなりになる弁護士を使って早いところ裁判をやってしまおうと考えたのであれば、彼の法務部はとんでもない人選をしたのだ。彼に睨まれていると私は肩を押さえつけられているように身動きできなかった。

「もしこれが正式な軍法会議なら、上官による不当な干渉だ。非合法だ」

「だけど」と私が言った。「マッカーサーは誤解を避けるために僕を寄越したんです。彼は山下大将を裁判にかけ、早く決着をつけたいんです。あんたがメッセンジャーを撃つというなら結構でしょう。僕は単なる南カリフォルニア大学のランニングバックで、ラジオで真珠湾のことを聞いて陸軍に志願したんです。船酔いが嫌なんでね。それだけですよ。マッカーサーが行けと言えば行く。報告しろと言えば報告する。何が合法で何が非合法だか、そんなこと知りませんよ。あんたより背は高いかもしれませんが、脅かしてるとは思えませんがね」

「いいこと言うね」とウィザスプーンがつぶやいた。「完璧な将軍の小使いだ」。床に唾を吐きそうな勢いだった。

私は彼をなだめようと思って大げさに溜め息をついてみせた。「個人的感情はやめようじゃないですか。あんたを持ち上げて二つに折ることもできるんだ。しかし、そんなことしてもお互いのためにならない。問題があるんなら言ってください。彼に伝えますよ」

彼はまだ怒っていた。「君はマッカーサーの何だというんだ。彼は俺がやってることを君の口から聞く必要などない。何のために法務部があるんだ。しかし訳があって君を寄越した。馬鹿じゃないからな。言ってみろ、何しに来たんだ」

「彼に言われたから来たんです。最近そうやって生きてるんです」。私には初めて会う男がなぜ一人で怒っているのか判らなかった。私は帰ろうとして立ち上がった。「言っときますがね、あんたダグラス・マッカーサーにとっての自分の重要性を過大評価しない方がいいですよ。あんた国へ帰れば有名な弁護士かもしらんが、軍隊じゃただのつまらん大尉だ。僕と同じでね。マッカーサーは中将だって震え上がらせることができるのに、何でわざわざ僕を使ってあんたを脅そうとするんです？　あんたマッカーサーに近づきたいんならお世話しますよ。あんたにそんな気があるとは思わないけどね」

「判った。多分あん畜生は本当のことを知りたいんだろう。大尉、奴に言ってやれ」。ウィザスプーンは挑むように顎を上げた。眼は燃えていた。「こう言ってやれ。俺はただのつまらん大尉かもしれん。しかし奴を恐れてはいない。いいか。俺は昇級したくもなければ国に帰ってから何かやらせてもらおうとも思わん。だから奴は俺に手出しはできん。俺に与えられた仕事は重大な容疑を受けた男を弁護することだ。俺の依頼人が垂れ目で坊主頭のジャップの大将だろうが何だろうが、関係ない。国の連中が俺が裏切り者で、彼を無罪にしようとしてると思っても構わん。どっちみち連中は弁護士は嫌いなんだ。よくある話だ。言ってやれ」。私にも私なりの山下についての疑問はあったが、私は妙な満足感を感じた。私はダグラス・マッカーサーを大いに尊敬してはいたが、三年近く仕えてきて、彼のあまりにも崇拝されたいという妄想が鼻についてきてもいた。今まで裏でブツブツ言う声は何度も聞いたが、私に向かってこうハッキリ言う将校は初めてだった。

「判りましたよ」と私は皮肉っぽく微笑して言った。「あん畜生の部分だけ削って、言っときますよ。他には？」

私はウィザスプーンをおとなしくさせるどころか逆に勇気づけてしまったらしい。「いや、削るな。他にもあるぞ。言ってやれ。俺は一〇年近く刑事裁判の被告人の弁護をやってきた。奴がやってるのはデッチ上げだ。大尉、俺たちはアメリカ人だ。俺たちは容疑者をアメリカの司法制度で裁こうとしてるんだ。これは深刻な事件だ。山下の命がかかってるんだ。この戦争では大勢死んだ。命は安かった。しかし戦争は終わったんだ。マッカーサーに言ってやれ。山下を殺したいんならなぜ俺たちの陰に隠れてるんだ。どうしてここへ来て奴の頭に一発食らわせないんだ」

手続きの観点からいえば私にもウィザスプーンが何を言ってるのか大体判ったが、それでも彼がなぜそれほど怒っているのかが理解できなかった。私はまた肩をすくめた。「彼は裁判にかけられるんです。あんたのことはいろいろ聞いてましたが、山下大将はあんた以上の弁護人は望めないでしょう。すみません。僕は法律家じゃないんで、僕には判らない」

「それが問題なんだ」と言ってウィザスプーンは歩き出した。「君は法律家じゃない。マッカーサーもだ。これは法廷じゃない。奴は軍事『委員会』を召集したんだ。法廷、では、ない！　奴が勝手にちょっと作っただけだ。戦争が終わってひと月しか経たないのに、将軍を五人集めて作った委員会だ。その中の一人でも国の新聞に、ジャップの将軍に対して甘かったなんて書かれたい奴がいるか？　しかもその中に法律家は一人もいないんだぞ！　通常の軍法会議なら法解釈について裁判官に異議を申し立てようというときに、それさえいないんだ。冗談じゃない。奴らの一人でも証拠採否の規則が判ってるのか？　認容、関連性、判っとるのか？　マッカーサーだけが奴らの行為を審査する権限を持ってるんだ。奴らが最高司令官のご機嫌を損ねて将来を台なしにすると思うか？　奴は伝統的な証拠採否の規則を無視してきた。検察チームをフィリピン中に送り出して戦争中の日本軍の残虐行為について一つ一つ情報を集めさせている。弁護団を任命したのは『三日前』だぞ。山下の罪状は六五件、それで数週以内に裁判を始めろと言うんだ。これは一体何なんだ？　言ってみろ！　何なんだ！」

　ウィザスプーンは立ち止まった。彼は私から向きを変えて、十字架のキリストを見上げた。彼は完全に動揺していて、息遣いが荒かった。これは高い金を取る弁護士の姿ではなかった。迷い抜いた一人の男の戦いだった。私も迷っていた。

「大尉、マニラを見ましたか？」

「ああ、見た」と彼は言った。「しかし誰がやったんだ？」

　ウィザスプーンは振り返って私を見て言った。「これは複雑な容疑なんだ。奴らも山下が自分で手を下したとは言ってないんだ。山下が日本軍の司令官としての義務を果たさなかったことを追及してるんだ。彼の行動が部下に残虐行為をさせたに等しいと言うんだ。これは戦争法規に関しても極めて複雑な問題だ。我々は前例のない分野に入ろうとしているんだ。指揮官は部下の行為にどこまで責任を取らねばならないか、ということだ」

「僕は多少日本の文化について知ってますが」

「ああ、そうだったな」。彼は怒ったように歩きながら言った。「君はなかなかの言語学者だってな」

「蹴とばしますよ」

「やってみろ」と彼は言った。「マッカーサーに咎められることもないだろう」

「気に入りますよ」

「俺もそう言ってるんだ」

「これだけは判ってるんです」と私は彼の皮肉を無視して言った。「これは上からの命令でやったことですよ。日本兵だって上官からやってもいいと言われなきゃ、あんなに酷いことはしなかったでしょう」

「そうかもな」。ウィザスプーンは勝ち誇ったように薄笑いを浮かべて言った。

「しかしだ、それが山下の部隊だと誰が言ったんだ？」

　彼の思惑通り、私は不意打ちを食らって驚いてしまった。彼は礼拝堂の窓を指した。その向こう側は暗くなりかけていたが、刑務所の建物がまばらに見えた。「山下は既に軍をマニラから撤退させていたんだ。彼はマニラを無防備都市として宣言して戦闘を中止したんだ。彼は軍に対し文書で残虐行為を禁止したんだ。文書でだぞ。あれが起きているとき、彼はアメリカ軍一二師団と闘いながら中部ルソンへ移動してたんだ」

「大尉、マニラにも兵隊はいましたよ。僕もそこにいたんだから。随分殺しましたよ。死体も見たし」

「君、自分じゃ日本通だと思ってるんだろうが、山下の兵隊は見てない。君が見たのは水兵と陸戦隊と、取り残された奴らが少しいただけだ。そいつらは誰も山下の指揮下にはなかった。誰も、だ。一人も、だ！　彼らの指揮官は岩渕とかいう提督だ。岩渕は東京の軍令部から港湾設備を破壊しろという命令を受けた。だから彼らはマニラに残ったんだ。山下は彼らがまだマニラにいることを知って無線で、撤退しろとまた命令したんだ。しかし岩渕は無視した。東京から別の命令を受けてたからな。山下は部下のやったことでこれから絞り上げられるわけだが、実際にやったのは岩渕の部下の畜生どもだ。だがな、岩渕は死んじまった。お宅の将軍の役に立たなくて済まんな」

私は、熱心な法廷弁護士にはよくあることだが、ウィザスプーンも突然『依頼主病』になったのかと思った。私は少し皮肉っぽく言ってやった。「四日間でよく調べたもんですな」

「そりゃ別の話だ」。私はまた彼を怒らせてしまった。

「検察側はもう一カ月も山下を調べてるんだぞ。弁護人抜きでだ。山下には浜本という補佐役がついてる。完全な英語をしゃべる奴だ。どうやらハーバード二七年の卒業らしい。俺の少し先輩になるな。戦前日本に帰ってゼネラル・モータースで働いていた。検察は全部調べ上げた。奴らでさえ、俺が今言ったことは否定してないんだ。俺と同じで、どうでもいいと思ってるんだ。この裁判——裁判と言えるとしてだが——いや、この非合法で弁護人もいない『委員会』が世間にどう思われるか、判るか。茶番劇でなきゃ何だ！」

ウィザスプーンの言葉に驚いて私は黙ってしまった。私には法律の細かいことは判らなかったが、彼が怒り狂って事実関係をしゃべりまくるのを聞いていると自分まで責められているような気がしてきた。私は静かに言った。

「マッカーサーに伝えます」

「役に立つだろうな」。ウィザスプーンは大声で笑って皮肉を言った。「奴はこのどたばた喜劇の人形使いだ。まあ、言ってやれ。やったら奴が何と言ったか教えてくれ」

もう他に言うことはなかった。「僕は山下大将に会えという命令を受けてるんで」

「君を待ってるぞ」と言って、ウィザスプーンは窓の外の山下の建物を指した。「衛兵が入れてくれる」

私が歩きかけると彼が言った。「もう一つある」

私は振り向いて言った。「何です？」

「今から言っとこう」

ウィザスプーンはすごい目つきで予言するように言った。「遅かれ早かれ、東京でアメリカ兵が酔っぱらう。征服者の英雄気取りで街に出る。日本の女を強姦する。誰かが止めに入る。喧嘩になってそいつを殺してしまう。そうなると、君の親分が作ろうとしている判例によれば、親分が首をくくられることになるんだぞ。やった兵隊じゃない、マッカーサーだ！　そりゃ奴はそういうことのないように適切な指示を出しておきました、と言うだろうが、もしここで我々が、部下の行為の責任を指揮官に取らせると、この後マッカーサーは部下の一人一人と同罪になるんだ。大尉、俺たちはここで何をやってるんだ？　戦争中酷いことをやった奴が大勢いる中で、一人の男のことでアメリカ合衆国としての信用をなくしているんだ。一体全体、何をそんなに急ぐんだ？」

私はちょっと彼を見ていた。私には答えが判っていたが、ホイットニーが言ったように、私はテントの中にいて、外に小便をしているのだ。ウィザスプーンに教えるのは自分の首をまな板に乗せるようなものだ。

「サム・ジニアスに聞いたらどうです」

「何かいいことあるのか？」

「多分何も」

「これから山下をどうしようというんだ？」。ウィザスプーンの声には何かを守ろうとするような気持ちが表れていた。

「将軍がよろしく伝えろ、ということで」

「そうなるとやつは本当のクソ野郎だな」

「私のボスですよ」

私はやり切れない気持ちで鞄を抱くと礼拝堂を出て、陰気くさい、静かな建物に向かった。

私は山下奉文大将の部屋に入ると戦闘を連想させるような複雑な臭いを感じた。火薬の臭いではなく、陽に焼けたキャンバスや安物の煙草や、衣服や寝台や板張りの壁にしみついた汗が混ざり合った、兵隊の臭いだった。

私を案内してくれた衛兵は、山下が前の年の十月フィリピンに赴任した直後、クラーク墓地の滑走路のそばで米軍機の機銃掃射を受け、溝に飛び込んだところ、それが下水だったので、臭い軍服を着たまま指揮を取った、という話をした。彼はアメリカ軍の優秀さを面白半分自慢したつもりらしかったが、私は山下が小さな野戦用デスクの向こうから立ち上がって私の方へ挨拶しに近づいて来るのを見て、別の感じを受けた。

私の方に歩いてくる男の態度はさっきの話にふさわしかった。山下大将は平静で、外見のむさ苦しさや他人の判断などに左右されない内面的な平和を感じさせた。そのとき彼の軍服は汚れたが、彼は自分のことは後廻しにして、そのまま指揮を取ったのだ。マッカーサー将軍はあれほど優秀なのに、偏執狂的に他人の判断に与える自分の力を気にかけるので、彼なら戦闘の最中でも体を洗って着換えただろう。それは単に衛生上の気遣いだけでなく、そんなみっともない姿を写真に撮られたり、部下の将校に見られたくないからだ。

彼が私に挨拶したとき、初めて会ったときと同じように落ち着き払っていた。彼は軽く頭を下げると、たった一つしかない椅子に掛けるよう、手で指示した。私が坐ると彼はからかうように微笑した。

「やあ、マーシュ大尉、また会いましたな。多分マッカーサー将軍は私がまだ生きてるので失望してるでしょう」

大将は軍用寝台に腰を下ろし、待ち構えるように私を眺めた。たった一言挨拶しただけで彼は私が会いに来た目的を見透かしていた。私は驚くよりも、彼の穏やかなユーモアのセンスで気が楽になった。彼が招待主のようだった。格好つける必要などないのだ。二枚舌を使ったり、あてこすりを言う意味がどこにある？

「閣下、彼はそれは現実として認めております」。私は室内を見廻してから彼に言った。

「お元気そうですね」

彼は肩をすぼめた。「私は非常に優遇されている、この状況下としてはね。正直言うと、今の状況には大いに迷惑しているが」

「容疑についてはウィザスプーン大尉から聞いております」

「とんでもない話だ」。彼は私を見据えて言った。隠しようのない困惑で彼の全身が動いた。「ああいうことが行われていたことを、私は知らなかったのだ。命令を出したたし」

「裁判になります。そこでおっしゃってはいかがですか」

「ウィザスプーン大尉もそれはハッキリ言っていた」。彼は落ち着きを取り戻して言った。「もっとも、あまり楽観的ではなかったがね」

私は真剣だった。「マッカーサー将軍は、閣下がご自分にかけられた容疑の深刻さを理解しておられることを確認したいのです。彼は、ご希望があれば別の者の法律上の助言を得られてもよいとも言っております。日本人弁護士でも構いません。東京から呼ぶこともできます」

馬鹿馬鹿しい光景が私の頭に浮かんだ。不似合いな洋服を着た東京の弁護士が、日本全体がダグラス・マッカーサーの前にひれ伏しているというのに、戦後のどさくさの中で、大虐殺について、アメリカ将軍五人を相手に、通訳を通じて論争するほど、馬鹿げたことはないだろう。二人とも同じことを考えて、思わず笑い出した。そして私はこの、もったいぶらない男が好きになってしまった。

すると今度は山下がまじめな顔になった。

「しかしあの容疑は理解できない。もっと具体的に言ってほしいと言った。ウィザスプーン大尉が要請してくれている。私の罪状は指揮官としての義務の遂行を怠ったということだ。私は、どこで、いつ、と聞いた。私は義務の遂行を怠ったことなどない。記録を調べてもらいたい。シンガポール陥落後、パーシバル将軍の投降兵たちが適正に取り扱われるようにした。私が満州に戻された後、方針が変わったのだ。私の方針は違った。私はこういうことで宮中にもよからぬ報告をされたんだ」

「どうしてですか？」。私は好奇心に駆られて尋ねた。

「戦場で部下の残虐行為を黙認した将校を処罰したからだ」と山下が答えた。「辻政信大佐、彼は私の部下だったが、宮中に近かった。かつては陛下の末弟、三笠宮の教育に当たったこともある。彼は私のことで政府にまで文句を言った。大勢の役人が、東條もそうだが、私が自分の部下の将校まで裏切ったと言った。しかし、大尉、私はヨーロッパの軍隊で訓練を受けた。こういうことに対する西欧の見方は理解しておる。バギオで私の管理下にあった米軍捕虜や一般人に聞いてもらいたい。彼らから聞けば判る。昨年十二月、私は最後の決戦場となる地域から彼らを避難させるために貴重なガソリンを使ったのだ」

私は、木戸内大臣と飲んだ晩のことを思い出し、好奇心を抑え切れずに尋ねた。「閣下は本当にオーストラリア侵攻を提案されたのですか?」

大将は皺だらけの顔に、懐かしそうな微笑を浮かべた。煙草を取り出すと火をつけて、戦車砲弾の薬莢で作った灰皿にマッチを放り投げて言った。「一体、誰に聞いたんです?」

「木戸幸一です」

「あんた、内大臣に会ったのか?」

「ええ、何度も」

山下は皮肉っぽく言った。「クソ爺、どうしてる?」

「抜け目ないですな」と私が言って、二人とも笑ってしまった。我々が何かを共有していることは明らかだった。「何かあるんでしょうが、あの人は閣下を恐れていますよ」

「私は陛下のお立場を悪くするようなことは言いたくないが」と山下は注意深く言った。「陛下によからぬ助言をする者は少なくない」

二人とも黙ってしまった。彼はゆっくりと煙草を吸っていた。彼の視線は昔の思い出の中をさ迷うように遠くを向いていた。私はまた好奇心を抑え切れずに尋ねた。「閣下は本当にオーストラリアを占領できたとお思いですか?」

〝虎〟の眼が光った。私には彼の心の中では、彼はこの瞬間、モンテンルパの臭くて蒸し暑い独房ではなく、勝利に沸き返るシンガポールにいるのだということが判った。あの大勝利が、西洋の軍隊が大会戦で裏をかかれることなどあり得ないという考えを完全にひっくり返したのだ。彼は自信に満ちた目で静かに私を見た。

「まず判ってもらいたいことは、一九四一年七月私が七カ月のドイツ出張から帰国したとき、すべての戦争計画の凍結を進言したことだ。私は欧州戦線を見てきた。もし日本が欧米列強と戦っても非常に深刻な劣勢に立たされることは明らかだった。我々には優秀な戦車も長距離砲もレーダーもなかった。私が言われたのは、即時開戦は不可避だということだった。作戦関係者の多くが、米軍も英軍もアジアでは脆弱で、大体欧米列強にとってアジアは重要ではないと主張した。陛下が決断を下されたので私は自分の任務を遂行した。後ろを振り向くようなことはしなかったのだ」

彼は一瞬躊躇したが、何か調べるような目つきで微笑した。「どうして木戸はオーストラリアのことをあんたに言ったんでしょうな？」

「閣下はあまりにも独断主義だった、とおっしゃっていましたよ」と私は答えた。「危険だと。東條がそれをさせなかったのはまともな判断だったとお考えのようでした」

大将は皮肉っぽく笑った。彼はどう見ても東條を崇拝してはいなかった。「では、日本軍をすべてジャングルの島に投入して、攻撃されるか迂回されるのを待ちながら病死したり餓死したりさせるのがまともな判断なのか。ご存じのように日本人はきれい好きなんでね。ジャングルには向かないんだ」

彼は煙草を薬莢の中で押しつぶすと肩をすぼめて言った。「シンガポールの後、オーストラリアを取ることは可能だった。既にバリもチモールも取っていた。海軍はオーストラリアの北部沿岸に達していた。一九四二年二月にはダーウィンを攻撃し、湾内の艦船一〇隻を撃沈、航空機約二〇機を破壊した。わが方に損害はなかった。本国に残留していた豪州軍正規兵はわずか七〇〇〇。他の豪州軍は大英帝国のためにヨーロッパ、アフリカ、インドで闘っているか、捕虜になっていたのだ。アメリカ軍はまだ到着していなかった。同月下旬、私はオーストラリア進攻の指揮を取ろうと申し出たのだ。いい加減な計画ではなかった。やろうと思えばダーウィンに大軍を上陸させ、鉄道と高速道路を使ってアデレードからメルボルンまで一挙に攻略することができた。その後直ちに第二波を東海岸に上陸させてシドニーを攻める。山本提督はこの案に賛成だった。あれをやっていれば我々は時間をかけずに勝ち、戦争は終結しただろう。後になってあれほど多くの兵士をジャングルで失うこともなかっただろう。東條と彼の上司はこの計画が気に入らなかった。だから私は東京での賜暇なしにそのまま満州へ転属させられたのだ。彼らの手でフィリピンに転属させられるまで満州にいた」

彼の顔を眺め、確信に満ちた説明を聞いていると私にもハッキリしてきた。勝ち負けはともかく、この男のビジョンと戦略的判断力はマッカーサーのそれに匹敵する。そして、もし彼が正規の裁判を受けるために東京に帰ることができれば、彼の指導力と、成功はしなかったものの、彼の戦略は多くの日本人の共感を呼ぶに違いない。

我々はしばらく黙って、彼が言ったことが可能だったかどうか考えていた。私は他に言うことがなかった。マッカーサーは私に彼の様子を見てこいと言った。私はそれは、もう済ませた。私はこの瞑想的な男の存在や、フランク・ウィザスプーンの怒り狂った大演説にまだ圧倒されていて、居心地が悪かった。

デスクの上に、切ったばかりの爪が幾つか置いてあった。山下は私がそれを見ているのに気づくと気楽に微笑んで冗談のように言った。

「私には軍人としてのジレンマがあるのだ。あんた何かいい知恵ないかな。我々の習慣では火葬になる前に爪と髪の毛を家族に送るのだが、ご覧の通り私は毎朝頭を剃るんだ。毎日これをやってると家内に送る髪が手に入らん。しかしこれをやめたり、一部分だけ剃り残したりすると自尊心をなくしたかと、部下に思われる」

彼は相変わらず微笑していた。私も一緒に微笑していた。この問題で我々二人の仲間意識が強くなったようだった。それは二人の間で解く謎だったのだろう。「閣下、裁判の結果をご覧にならないと」と私はやっと言った。「その必要はなくなるかもしれません」

「大尉、こういうことは率直に話すべきだ」。彼は微笑みながら言った。「ま、しかし、待った方がいいんだろう。私が髪を伸ばしていると法廷で馬鹿に見えるからな」

「もう失礼せねばなりません」

「マッカーサー将軍に伝えて欲しいんだが」

「閣下、どのようなことでしょうか?」

「自分の名誉にかけられた容疑が理解できないということだ」。私の網膜を通して、頭の中を行き来する考えが読み取れるかのように、彼は私の目を見続けていた。

「申し伝えます」。私は自分の今までの考えがくつがえされるのを感じながら言った。

「ありがとう。こういうことが判らなくても、マッカーサー将軍も同じ軍人だ。私を好きではないことは知っている。もしかすると――こんなこと言っていいのか――

私に嫉妬しているのではないかな。しかし彼にも真の軍人の心は判るはずだが」

「はい、判っております」と私は言った。「本当にこれで失礼しなければなりません」

彼に借りた椅子から立ち上がると彼も寝台から立ち上がって頭を下げた。「あんたに判ってほしいんだが、私は死ぬことを恐れてはいない。日本にはこういう言葉がある。生は一代、名は末代。私は死ぬ。覚悟はできている。しかし面目を失ったまま死んだなどと後世に伝えられたくはないのだ」

「判っております」。私は薄暗い部屋を出ながら彼に手を振りながら言った。「マッカーサーに伝えます」

私はマニラへ戻る車の中で憂鬱だった。あと数時間でデビナ・クララの腕の中にいることを考えても、いつもと違って心は晴れなかった。それというのも、私にはすべてが判っていた、特にダグラス・マッカーサーの本当の動機が判り過ぎるほど、判っていたからだ。

サム・ジニアスは間違っていなかった。彼が作った宮中内の共謀者リストを無視して、南京事件への関心を他に向けることは、マッカーサーにとっても、天皇にとっても大切なことだった。しかし、山下奉文が日本に送られ、数カ月以内に東條大将や他の者たちと同じ軍事法廷に立って陳述を行ったときの衝撃の大きさは、最高司令官にとっても天皇にとっても耐えられるものではあるまい。死のうが生きようが、山下は、太平洋戦争中のいかなる人物も影が薄くなるようなビジョンと威厳と功績を持つ国家的英雄としてその名を残すのだ。

そう、他のいかなる人物も、だ。帝国政府は自分たちの戦争政策がそもそも間違っていたという山下の予言の正しさに永久につきまとわれるだろう。さらに重要なことに、ダグラス・マッカーサーは節操のある輝かしい実戦の将軍としての山下の名声を決して損なうことはできないのだ。だから山下はフィリピンに留まらされ、彼の栄誉をなきものにすることしか頭にない、法律家でもない職業軍人たちによって裁かれることになるのだ。

第一八章　熱海

木戸幸一侯爵は石段を登るのに苦労していた。山腹に沿って何千段もあった。それがスラロームのように折り返しては、松の老木の間や、落葉樹の大きな葉の日陰の中を上っていった。両側には石灯籠が小型の街灯のように並んでいた。

頂上の近くまで来た。空は雲一つなく、駒鳥の卵のように青かった。空気は乾いていて、長いこと吸った覚えがないくらい新鮮だった。眼下には熱海の海岸に打ち寄せる波が光り、その先は果てしない海原だった。南の方を見ながら私は、海が暖かくなり、その色がトルコ石のように濃緑になり、飛び魚が跳ねるようになり、やがてルソン島に到達するさまを想像していた。しかし木戸の頭の中では、海は南ではなく、はるか西の方にあった。彼は南京を語るために私をここに連れて来たのだ。彼は二〇段ほど登るたびに立ち止まっては、深く息を吸っていた。いつもながら気取り屋の彼は、今日は腿の辺りがふくらんでいて、下が細くなっている英国式の乗馬ズボンをはき、茶色のウールのセーターを着ていた。よく磨いた膝までの革の長靴をはいていた。その日の朝、彼が私を迎えに宿舎に来たとき、私はその奇抜な格好に思わず笑ってしまった。しかし私が笑ったので内大臣は気をよくして相好をくずして微笑した。西洋貴族の漫画みたいに見えても一向構わないようだった。

木戸はさらに息を吸った。顔面蒼白となってきた。山頂に近づくにつれ、彼はますます幽霊のようになってきた。私には彼の気後れの理由が肉体的なものだけではないことが判ってきた。もう何回か角を曲がると何か私を驚かすようなものが待っているのだ。

「内大臣、大丈夫ですか?」

「もちろん大丈夫ですよ」と彼が答えた。背中がこったのだろう、彼は顎を突き出すとまた息を吸った。「ジェイ・マーシュ大尉、私が立ち止まるのは健康のためですよ。ここの空気がきれいだから肺を洗ってるんです」

「そう思ってましたよ。埃だらけの街から来ると実に気持ちがいいですね」

「来てよかったでしょ」。木戸は上を指して言った。「すぐそこですよ」

彼は腹を決めたように下を向くと歩き出した。私はまたその後について歩いた。彼はまだ我々がどこへ行くのか何も話してなかった。彼は抜け目なくお追従を言うように、ただ、私にも判る、と言っただけだった。キリのない石段を登って我々はさらに山頂を目指した。山頂は狭くなっていたが、向こうの方から、竹筒を手で叩く低くて暗い音と、それに合わせて歌う悲しげな高い女の声がかすかに聞こえてきた。この寂しい山の中で聞くと、その音楽と女の声は木立や岩の中から出て来て、穏やかな風の中を舞うようだった。

やっと石段が終わった。平坦な所へ来ると砂利が敷き詰めてあった。木戸は立ち止まるとまた息を吸ってから、私に向かってちょっと頭を下げた。彼は音がしてくる方の丘を指した。

「さあ、やっと着きましたよ。ご覧なさい」と彼が言った。

私はためらったが、彼が指差す方へ向かって、若い松の木立の中を歩き出した。音楽と歌は、見えない手がボリュームを上げて行くように、大きくなってきた。木立の向こう側の開けた所に神社が見えてきた。神社はこの山に自然に溶け込んでいるように見えた。拝殿の前に濃い色の硬い台木材で作った建物は低くて横に長かった。拝殿の前に台があって、その上に多くの名前の書かれた参拝者名簿が置いてあった。社の軒からは何本もの派手な色の紙が凧のように垂れていた。死者の魂を安らげるためのメッセージを送っているのだ。

神殿の入り口は開いたままで、窓も扉もなかった。中の壁には中国における日本の戦いの記念品が飾ってあった。町や野営地や戦死した兵士の写真、軍服の切れ端、上海から揚子江沿いに南京に至る日本軍進攻を明示した地図など、数限りなくあった。部屋の中央祭壇の前で、女性が一人、白い座布団に正座して竹筒を抱いて歌っていた。彼女は顔を動かさずに、私が近づくのを見ていた。

彼女は巣を守る雌狼のように、用心深そうで、しかも後に引く気配も見せなかった。彼女は白い着物と赤い袴を着けていた。彼女の白髪混じりの長い髪は腰まで垂れていた。私にはすぐ、彼女がこの神社の巫女であることが判った。このような人里離れた所でも死者に哀悼の気持ちを捧げないことは恥ずべき行為だと思ったので、私はヨシコに教わった通りにした。

この外国人のやることを見て、老女の顔に驚きと同時に恐怖が浮かんだ。しかし、やっと山頂に着いて私の後に来た木戸を見ると彼女の戸惑った表情は消えた。彼女は微笑むと音楽を止めて床に鼻がつくほど低く頭を下げた。

「木戸侯爵内大臣様」と彼女はそれまでと同じ節回しで歌い出した。「またお出でいただきまして誠にありがとうございます。私どもの先祖と松井石根の家族に成り代わりまして御礼申し上げる次第でございます」

木戸は自分の身分を誇示するようにちょっと頷いただけだった。

「アメリカの友人をお連れしたよ」とだけ彼が言った。「マッカーサー将軍の幕僚で日本の文化を理解しているのはこの方だけだよ。南京の罪滅ぼしのために私たちが何をしてきたかを判っていただきたくてね」

彼女は顔を上げると、私の心の中まで覗き込むかのように、しげしげと見つめた。彼女の老けてくすんだ目が一瞬光った。「アメリカの人に会うのは初めてです。大きいですね。髪の毛が赤い！　けれど、内大臣様、私たちのことを理解するのには若過ぎるのではございませんか？」

「その前にだね、この方は私たちの言ってることは全てお判りだ」。木戸の言葉に彼女は困惑した。「あんたが思ってるよりお年上だよ。今お参りされたところを拝見しただろ。お話になるのを伺ってごらん。外国訛りはないよ、少し大阪弁が入っているくらいだ。この方はもう陛下のご会見に同席されたのだ」

陛下と会見、という言葉を聞くと彼女はまた深く頭を下げ、しばらく床を見ていた。彼女は顔を上げて私を尊敬するような目つきで見たが、木戸は続けて言った。

「神様は不思議なことをされるものだ。私はこの方が二〇〇〇年の間日本人で、二四年間アメリカ人だと思っている。陛下のご先祖が最高司令官の日本理解を助けるために遣わされたのだ」

　厳しい顔つきでこういうことを言っている木戸を見て、一体彼は私に腹芸としてしゃべっているのか、それとも巫女にいいかげんなことを言っているのか、私は考えてしまった。しかし私は彼が本気で言っているのではないかと思ってぞっとした。

　彼女は彼の話を信じていた。彼女はまたしばらく私を眺めていたが、今度は私に向かって深く頭を下げた。

「さようでございますか。そう教わっております。そういう不思議なことは起こるのです。よくおいで下さいました。今夜はあなた様を遣わされた霊のためにお祈り致します」

　熱海の街の背後に聳えるこの山の社に、二人と一緒にいると、私は突然力が湧いてくるのを感じた。私は頭の一部で、木戸が話し、巫女も同意した幻想を信じたいと思っていた。結局、我々は霊について何が判っているというのだ。その瞬間、山から一陣の風が吹いてきた。目には見えないが、風は冷気や熱をもたらし、村から村へ埃や花粉を運ぶエネルギーを持っている。魂だって同じように過去の世代のエネルギーと記憶を運び続けるのではないのか。もし日本人が本気で神風、つまり、一度ならず二度まで、一二七四年と八一年に、中国から侵略して来た大艦隊を撃退した、神聖なる風のことを信じるのであれば、神が遣わした霊が若いアメリカ人の体内に宿っていると思ってもかまわないのではないか。

　そうかもしれないし、そうでないかもしれない。私から見れば、もし霊が日本を救うためにアメリカ人の体内に入ったとすれば、アーカンソー東部の荒野ではなくて、もっとましな所でやった方がよかったはずだと思わざるを得なかった。しかし、それはどうでもよかった。

　内大臣が本気で言ったのか、それともあのような不気味なお世辞で私を操ろうとしているのかは別として、彼は自分のために、わざと私の存在に意味合いを与えようとしているのだ。彼は私を選び、奇妙な芝居が展開しようとしている。

　私は老婆にお辞儀をして言った。「私は内大臣に招かれてきただけです。しかし、内大臣のご信頼には感激しておりますし、あなたがこの社におられることにも畏敬の念を感じております」

「本当に」と、彼女は木戸を見て言った。「訛りがありませんね」
「いや、まだ下手です」と私が言った。「でも判ってい
ただいて恐縮です」
「そうですか」と彼女は微笑みながら木戸を見て頷い
た。私がちゃんとお世辞に応える方法を知っているのが
気に入ったようだった。
私は周りの空間を指して言った。「ところで、あなた
はこの山頂で、お一人で何をやっておられるのですか？」
「泣いているのです」と彼女が言った。
「誰のために？」
「南京で亡くなった人々のためです」
「いつからここで？」
「一九三八年からです」。彼女は海のはるか先、南京の
ある西の方を見て言った。「もう七年以上になります。
毎日、夜明けから夕暮れまで。これは私の社です」
「どうして泣くのですか？」
「私の務めだからです」と言って彼女は壁一面に飾ら
れた記念の品々に目をやった。「私ども一族の務めでも
あります」
私は彼女が内大臣に挨拶したときのさまを思い出し
た。彼女は松井石根一族を代表して彼を迎えたのだ。
「あなたは松井大将のご一族ですか？」
「はい」。彼女は静かに答えた。「彼のために泣くので
す。彼は高潔な者でした。立派な人でしたが、誤解され
てまいりました。中国の人々の友人でした。私は汚辱を
消し去り、将来を浄化するために泣くのです」。彼女は
ゆっくりと向きを変えると、また歌いだした。
私は一瞬混乱してしまった。サム・ジニアスは、松井
が現役復帰させられて中国に派遣されたこと、着任と同
時に結核のため入院したこと、「昇進」と称して事実上
解任されたこと、などを話していた。そして天皇の叔父
で南京城内で軍の指揮を取った朝香宮のことも言ってい
た。
「でも、松井大将は南京では指揮を執らなかったでし
ょう？」
彼女は答えずに歌い続けた。
木戸が一歩前に出た。「いや、執った！」
彼女は完全に我々を無視して、竹筒を叩きながら歌い
始めた。木戸は私の腕を取って社の反対側に連れて行っ
た。

「まだありますよ。ぜひ見て下さい」

我々は下草の生えた小径を数百フィート歩いて行った。左手は絶壁になっていた。何千フィートも下に熱海の海岸が見えた。木戸は前方を指したが私には何も見えなかった。大きな石の列の先を曲がると突然大きな像の足元に来ていた。

「観音です。判りますか?」と木戸が尋ねた。「慈悲の仏様です」

私はしばらくそれを眺めていた。それには日本の芸術の特長である精緻さがなかった。釉薬の割れ目から土台の黄色い粘土が見えていた。それでも周りの山や眼下の海などの景色の中で、息を呑むような霊気を発していた。この仏は崖の上からはるか西の方を見ていた。神社で歌っていた巫女は贖罪のために涙していたのだが、この観音像は永遠に海の彼方、南京を見つめているのだ。

「これは一九三八年に造られたのです」と内大臣が言った。「さっきの神社と同じ年です。ここは松井大将一族の土地です。これは彼の日本人と、そして中国人へのお詫びのしるしです。この像の半分は日本の粘土でできているのです。あとの半分は揚子江の堤から持って来たものです。あの不幸な出来事のあと袋に詰めて運んで来たのです。両方の土が完全に一つになるまで混ぜられました。ちょうど二つの国が、異なってはいても、からみ合っているように。この仏像はこうしてできたのです。ジェイ・マーシュ大尉、判りますか。私の言っていることが」

「と思います」。私は圧倒されてしまって他に言う言葉がなかった。

「では伺いますがね」。木戸は私の目を見ながら、ぶっきらぼうに言った。「我々は恥ずべき国民ではありません。名誉を重んじます。あなた方の言う戦犯裁判ではもう我々自身でやったこと以上の何ができるんですか?」

それには答えがあるはずだが、私には判らなかった。しばらくすると彼は仏像の反対側を指して言った。

「こっちです」

私は彼について曲がりくねった石だらけの道を二〇ヤードほど歩いた。そこから山側に曲がると、白い亭があった。その中のベンチに小柄な老女が坐っていた。彼女は我々を見ると立ち上がって胸の前で両手を合わせてお辞儀をした。頭を剃り、黒い着物を着ていたので彼女が尼僧だということが判った。彼女は観音の世話をするためにこの山頂に来ているのだ。私も両手を合わせて老女にお辞儀をした。彼女は穏やかに微笑むと傍らの井戸へ行って、桶に水を汲み始めた。

「判り切ったことでしょ」。我々が吹きさらしの山頂の亭のひさしの下に立っていると、木戸が言った。私は尼が黙って水の入った茶碗を渡してくれたのでお辞儀をした。私が木戸に話しかけている間、尼は彼にも茶碗を渡した。「内大臣、お国には判り切ったものなど何もないと思いますが」

木戸は私の反応に得意気にクスリと笑った。「そうですか。では教えてあげましょう。マッカーサーに、検事たちは朝香宮の件で間違いをしていると言って下さい」

彼は水を飲むと、断言するように言った。「お判りのように、連合軍との戦いが始まる前に、南京の責任は取ったのです。ポツダム宣言だとか戦争犯罪裁判だとかいう話は当時全くなかった。今日ご覧になって、我々は既に何人かの日本兵がやった不幸な出来事については十分考えたことがお判りになったでしょう。朝香宮は無関係だということもお判りになるはずですが」

「証拠があります」と私は答えた。「検事たちは多量の書類を調べました。個人の日記も含めて」

「日記ですって！」木戸は笑った。「私のも、ね。日記なんか当てになりませんよ。私は日記には、しょっちゅう嘘を書いてますよ」

「そちらの記録の大部分は焼失されたようですが」と私はそっけなく言った。「ルメイ将軍（訳注・米国空軍の将軍、絨緞爆撃の考案者）の焼夷弾には極秘文書を直撃する特殊装置でもあったんでしょうかね」

「米軍の爆撃は実に効果的でしたよ」。木戸は私の皮肉を無視して言った。「しかし最近新しい文書が見つかりましてな。明日お渡ししましょう。それを見ると陛下の叔父君が南京におられたのが式典のためだけだということは明白です。南京攻略祝賀のために陛下の代理を務めた、それだけです！」

私には、木戸の関係者が「見つけた」という「新しい文書」が、サム・ジニアスの集めた証拠を否定するものであることは疑う余地がなかった。そして、当方の捜査官たちが判別に苦労しているのは、新しい文書という物が捏造ではないかということだった。日本の組織は実によくできていた。もしこれらが日本側に有利なものであれば、彼らは何週間も前に提出していただろう。

私は猜疑心をにおわせるように首を振って言った。「こちらには文書がたくさんあります。内大臣の日記を含めて。その中に、殺戮が上からの命令だったことを示唆するものがあります。実行を確認するために宮が派遣されたのではないか、ということも」

「完全な誤解だ！」と木戸は溜め息をついた。

「いずれにせよ、法廷は新しい文書を検討すると思いますが」と私は遠回しに答えた。

「我が国の憲法では、宮は告発できないことはご存じですか？」

私は笑いをこらえて言った。「では、法廷はそれも考慮するでしょう」

「私は真剣なんですよ！」

尼は内大臣が水を飲み終わったのを見て、また両手を胸先で合わせて彼の前に来た。彼はぶっきらぼうに茶碗を彼女に渡した。「私がこれを言ってるのは、連合国が我々の政治制度に手をつけないという前提で終戦に同意したからです。明治憲法では、天皇陛下の大権の行使については国務大臣がその責任を負うのです。朝香宮は単に陛下の名代として南京に行かれたのです」

「彼が殺戮を命じたことが立証されたら？」

木戸は私を馬鹿な生徒でも見るような目つきで見て顔をしかめた。「言ったでしょ、しておられません！　ありもしないことは立証できないでしょ。万一戦場で誤った命令を下されたとしても告発できません。南京では陛下の大権によって守られていたんですから。我が国の憲法はそうなってるんです。松井大将には判っていました。だから喜んで責任を取ったんです」

私には信じられなかった。「とおっしゃると、天皇や一族の人が法を犯したときは他の人が責任を取るんですか？」

「その方たちが法を犯すなど、あり得ないことです」と木戸が言った。「今言ったでしょ、これが我が国の憲法なんですよ！」

「内大臣、最高司令官は憲法を改正してるんです、ご存じでしょ」

木戸は頑固そうに海の方を見ながら言った。「マーシュ大尉、それについてもお話ししなくちゃなりませんな。

すぐにでも。マッカーサー将軍はこういうことに極めて熱心ですが、一人で憲法を変えることはできませんよ。それはご存じです。将軍は提案はできます。しかし政府が受諾して陛下が同意されなければ駄目です」

「彼は改正については非常に強硬です。もちろん陛下のご同意を得て、ということですが」

「そのうち判るでしょう」と木戸が言った。彼がイライラしているのは確かだった。「それについても我々、あなたと私で、やる機会があるでしょう。今日じゃありませんが」。彼は私をこの山中の社に連れて来た目的を思い出して言った。「今は、南京事件の責任問題は七年前に議論してあることを忘れないでいただきたい。それは我々も問題にしました。日本は一家族なんです。陛下はご地位を濫用して臣下を傷つけられるようなことはなさいません。大御心を悩まされるでしょう」

「しかし叔父君はどうなんです？　内大臣、こう言っては何ですが、朝香宮には何かと噂がありますよ」

木戸は溜め息をついた。「過去を変えることはできませんよ。ジェイ・マーシュ大尉、陛下の叔父君を告発するなど大変な間違いです。そういうことは他にも影響を及ぼしますよ。マッカーサーに伝えておいて下さい」

「そうします」。私は自分の茶碗を老女に返した。私はこんなことを木戸と話す必要はなかったのだが、これについては彼に最高司令官という味方がいることを知っていて、聞いてみた。「山下大将はどうなんですか？」

「松井大将と同じですよ」

「残念ながらそれは事実と異なります」。私はモンテンルパの汗臭い独房で会ったときの山下の力強さを思い出して言った。「山下大将は自分に責任があるとは思っていません。ああいう容疑は侮辱だと断言しています」

「言ったでしょう、彼は危険なくらい独断主義だ」

「内大臣によろしく、とも言ってました」。私はいたずら半分言ってやった。「内大臣のことをクソ爺と言ってました」

「へえ！　だから言ったでしょ。山下奉文は私より年上ですよ。よくそんなことが言えたものだ！」

木戸が突然不愉快になったのが面白くて私は笑った。「少なくとも彼は内大臣のことを危険なくらい独断主義とは言ってませんでしたよ」

内大臣は私の機知が判ったかのように微笑した。「ジエイ・マーシュ大尉、うまいこと言いますね。なかなか頭がいい。まあそれはどうでもいい。最高司令官は山下の件は切り離したんでしょ。あれは今やアメリカ軍の問題です。彼の運命はマッカーサー将軍だけが決めるんです、違いますか？」

私はこの話はもうやめようと思って肩をすくめた。木戸は山下が嫌いなようだったが、言っていることは正しかった。マッカーサーは特別軍事委員会を招集し、裁判をフィリピンでやることで、これ以上日本人の間で議論にならないよう、またその司法権が及ばないようにしたのだ。

私は時計を見た。「もう帰った方がいいんじゃありませんか。東京まで時間がかかりますから。まず山を下りなくちゃなりませんし」

「いや、帰りは問題じゃありません」。内大臣は急に明るくなって言った。「どっちみち、熱海に寄らなくちゃなりません。ちょっと用があるんでね」

私はあやうく舌打ちするところだった。早く木戸と別れて東京に戻りたかったのだ。「内大臣、私は一週間以上留守にしてたんです。最高司令官の用がだいぶ溜まってるんです」

「なに、時間は取りませんよ」

我々は山の麓に向かう、曲がりくねった急な石段の方へ歩き出した。すぐ我々は神社の所へ来た。巫女は座布団に坐って長い髪に触っていた。私は別れの挨拶に手を振った。彼女は微笑すると髪を肩の後ろに廻してから竹筒を取り上げた。そして、木立の中を吹く風とともに彼女が歌い始めるのが聞こえてきた。

木戸は何やら謀りごとがあるようにニヤッとして、私を肘で突っついた。「夜中には帰れますよ。私が用をしている間、あなたに楽しんでいただく手配をしましたが、お差し支えないでしょうな」

我々が熱海に着いたときはもう暗かった。月が背後の山にかかっていた。見上げると、松井大将の神社のそばに立っている仏像が月の光に照らされていた。星が一つ、また一つと輝き出した。街はもう静かだった。曲がりくねった狭い通りの両側にひしめき合っている旅館や建物の前に提灯が下がって、長い列となっていた。それが我々の走る道を黄色く照らしていた。

我々の南と東の方から、満潮の波が砕ける音が聞こえて来た。海草や死んだ貝の臭いのする潮風のしぶきが風に乗って飛んで来た。やがて左側に海が見えてきた。夕闇の中、海岸を歩く何人かの人影があった。海鳥が空や海辺で遊んでいた。はるかかなたに桟橋が一つあった。中古車の揺れ、もの寂しい秋の風で流れて来る海の臭い、知らない街の暗い建物、遠くの桟橋の影など、なぜか私はサンタモニカに着いた最初の晩を思い出した。あれはたった一〇年前のことだったのに、過去の人生は記憶の中でさえ手の届かないほど遠いもののように思えた。天皇の車の中で、彼に最も近い相談相手が隣でまどろんでいる。自分がかつてアーカンソーからカリフォルニアへ逃げ出したという事実の方が、天皇の先祖によってマッカーサーを手助けするために派遣されてきた、という木戸の夢みたいな話より現実味に欠けているようだった。

珍しい、しかし静かな熱海の景色を眺めていると、もしかすると二度と母に会えないのではないかという気がした。これでおシマイ、めでたし、めでたし、であろうがなかろうが。私はアジア人になってしまった。私の未来の一部は提灯に照らされて車窓の外を流れている。残りは、マニラの官能的な花の咲き乱れた蒸し暑い庭で辛抱強く私を待っている。私は他のもの、農民だとかセールスマンだとか哲学者になっていたかもしれない。それが真珠湾でぶち壊されたのだ。しかし、必ずしも嫌なことではなかったが、私は真珠湾で生まれたとも言えるのだ。私は自分がこうなってしまったことを不幸だとは思わなかった。

車が古い旅館の前で止まった。建物の背後は海の見える崖だった。その下に洞窟があった。波が洞窟に当たると、冷たい水しぶきが空高く舞い上がった。木戸と私が車を降りると海水が霧となって降りかかった。

「わあっ」と内大臣が声を上げた。彼は歩きながらセーターにかかった水をはたいた。「これ、スコットランドのウールですよ。最近じゃめったに手に入らないんです。まあ、いいでしょう。いい兆しだ。ジェイ・マーシュ大尉、いい兆しですよ」

旅館の玄関の戸が、我々が着く前に開いた。宿の主人の老人が我々の着くのをそこで何時間も待っていたようだった。彼の後ろにヨシコが青い着物姿で半分体を隠すように立っていた。彼女は私を見ると何か期待するような眼差しで微笑んだ。お辞儀をすると私の手を取って迎え入れた。

「ジェイ・マーシュ、よくいらっしゃいました」

彼女は美しかった。彼女の目を見ればこれから何が起こるのかが判った。彼女は善と、そして悪の化身だった。それが私のジレンマだった。彼女によって自分の力強さを感じる瞬間、私は自分が恥ずかしくなるのだ。ガーベイ神父には理解できないだろうが、私はヨシコに責任を感じた。こんなことになったのは、彼女ではなくて私のせいだ。私の目つきから彼女が選ばれたのだ。彼女が私を満足させていることが木戸に判るかどうかで彼女の将来が決まるのだ。

「やあ、ヨシコ。今日はまたきれいだね。どうして熱海に?」

彼女は口元を隠して微笑みながら言った。

「週末はときどきここに、くつろぎに来るんです」

私は内心木戸を呪いながら微笑して言った。「じゃあ食事は一緒だね」

私には、中に入ればどういうことになるか、判っていた。彼女が一階下の個室に連れて行く。彼女が障子を開けると暗闇の中に荒々しい洞窟が見えて、潮風の匂いが入ってくる。岩をくりぬいて作った深い風呂がある。彼女がそっと着物を脱ぐ。私も自然に服を脱いで、熱い湯に身を沈める。彼女も私と一緒に風呂に入り、私が熱気と彼女の指の力で感覚がなくなるまで洗ってくれる。彼女は湯の中で私にビールや酒を飲ませてくれる。そして布団に誘い込んで、私のエネルギーが尽き果てるまで愛してくれる。

こう考えていると心が躍った。けれども後ろめたさの方が大きかった。まあ、それは構わなかった。旅館に入ってしまうと、どうしようもなかった。これが私の宿命だった。これが現実だ。ヨシコではなくて私の方が淫売になっていた。私はマッカーサーの密使、マッカーサーへのメッセンジャーだった。本当に重要かどうかはともかく、完全には理解し難い任務があった。この重荷から解放されるまでは、心ならずも楽しんでいる快楽が私の報酬なのだ。

木戸は入り口で止まっていた。彼は時計を見て言った。

「私の用は二時間で済みますから。その間ゆっくり夕食を楽しんで下さい」

彼女はひざまずいて私の靴を脱がせた。私のくるぶしをつかむ彼女の手には力が入っていた。彼女のうなじや背中の柔らかい線を見ていると、私は心ならずも既に興奮していた。「内大臣、二時間で結構です」

「そりゃあ、いい」と彼が言った。「熱海がお気に召すとうれしいですな」

彼女は靴を脱がすと立ち上がってまた私の手を取った。下の個室へ行く階段まで来ると、波が近くの洞窟に流れ込み、砕け散った。神秘的な海底の王国に連れて行かれるような気持ちだった。

階段を下り始める前に、私はまた木戸の方を見た。彼は手を振ると車に乗り込んだ。そのもの知り顔で我が物顔の微笑を見て、私には自分が彼を憎んでいることがハッキリした。自分にも責任があることは否定できなかった。しかし、自分に何が起ころうと、日本を去る前にあの恩着せがましい薄笑いは二度とできないようにしてやると心に誓った。

第一九章　人　質

「お前がいない間に面白いことがあったぞ。といっても、おかしいんじゃない、奇妙な、ということだ」。私が法務部の部屋に入って、サム・ジニアス大佐の前に腰掛けるなり、彼が言った。二人の助手は第一生命ビルの外で会議に出ていたので部屋には彼しかいなかった。彼は両肘を散らかった書類の上に突き出していた。彼は前かがみになって、両手で顔や頭をこすっていた。軍服は汗まみれでしわくちゃで、まるで前夜はそれを着たまま寝たみたいだった。彼は、クラスで一番よくできる生徒が二番目の生徒に見せる「僕、プリンストン大学に受かったんだ」式の薄笑いを浮かべて私を見ていた。

私は彼の罠にかからないように気をつけながら微笑してやった。「大佐、そんなふうに髪の毛を引っ張るの、やめた方がいいですよ。国に帰るまでに禿になってしまいますよ」

「いやだね」。彼は今度は勝ち誇ったような笑顔になって言った。「言っておくがな、俺はあの将軍閣下のところから出ていくときには大体このくらいの毛はあるはずだ」

「転属ですね」

彼は首を振った。しかし私はそれほど的外れのことを言ったわけではなかった。「占領に不可欠」というハンコを人事カードに押されて日本に残されている我々少数の者以外は、マッカーサーについて日本まで長い旅をしてきた連中はもういなかった。戦争が終わってまだ二カ月も経たないというのに、占領軍のほとんどは米国から着いたばかりの、海外経験のない連中だった。増える一方のマッカーサーのスタッフの半分はワシントンから続々と到着する、物珍しげで何も知らない民間人だった。彼が第一生命ビルの中で創り出している官僚組織は膨張するばかりで、部内電話帳だけでも二七八ページになろうとしていた。

「いいや」とジニアスが言った。「そう簡単には行かせてもらえんさ。しかしだ、俺が何を手に入れたか教えてやろう。『答え』だよ」。あっけに取られる私の顔を見ると彼はさらに体を乗り出して言った。「パズルだよ。やっと解決した。最後の答えが見つかった」。

彼は私をじらすように一枚の紙を取り上げた。「お前、弁証法知ってるだろ。哲学だ。つまり、正、反、合だ」

「ええもちろん。例えば陰と陽みたいなもんでしょ」

「マーシュ、下らんこと言うな。お前はもう確実にアジア人だな。ま、とにかく、これでつじつまが合う。爺様が何考えてるか判ったぞ」

「そりゃ結構ですね。大佐は一時間後にまた報告しにいくわけですから」

彼はわざと驚いたように目を動かせた。「お前、俺が懐かしくなったんで会いに来たのかと思った」。彼はなおも私を挑発するかのように乗り出して言った。

「三番目、知りたくないか?」

「前の二つも知らないんですよ」

「知ってるさ。南京と山下だ。一番目、彼は南京事件の真犯人を追及しないで済ませるためなら何でもやる。二番目、彼はロープと枝ぶりのいい木を見つけて、山下をぶら下げるためなら何でもやる。とすると、あとは何だ?」

私はジニアスの立場から見てやろうと思って、しばらく彼を見ていた。東京に戻って最初の朝だ。頭の中はまだ、マニラやデビナ・クララ、熱海や木戸やヨシコ、山の中の社、いい香りの庭、煙草臭い獄舎、海岸の熱い風呂、夜風の流れてくる寝室のサテンのシーツ、私にふさわしくない女性たち、いつの日か何らかの方法で支払わなければならない代償、などで混乱していた。

三番目？　この人は何を言いたいんだ？「ええと、そりゃ判りません。天皇でないことは確かですけど」

「当たってもいるし、外れてもいる」。ジニアスは自分の謎を楽しむように言った。「彼が天皇を追及しないという点では当たりだ。しかし、天皇に無関係という点では外れだ。おい、ここは日本なんだぞ。マッカーサーが好むと好まざるとにかかわらずだ、天皇に無関係などというものはない。彼の考えはこうだ。よく覚えておけ。

第一に、彼は天皇を南京問題から切り離すことによって恩に着せる。第二に、宮中は山下を国外に置いといて本格的な軍事裁判にかけないというマッカーサーの考えに同意する。つまり双方がお互いに恩を着せ合うんだ」。彼は、簡単なことじゃないかというふうに両手を挙げた。

「それで、二つ足してみろ、何が残る？」

「山下は死にます。朝香宮は死にません」

「もっと大きく考えろ！」。彼はまだ納得のいかない私の顔を見て言った。「お前、算術はあまり好きじゃないな。残るのは純損失だ。勘定が合わないんだ。南京では天皇の勝ちだ。山下では一勝一敗。じゃあマッカーサーは何を狙う？」。彼は私の返事を待たずに言った。「彼も勝たなくちゃならん。実際、ずっとこれを考えていたんだ。天皇は彼に借りがある」。ジニアスは教師のような口ぶりになってきた。「どこで勝つつもりだ？」

私は熱海で木戸と交わした会話を思い出した。「新憲法」

彼は勝ち誇るように私を指して言った。「大当たり。正しくその通りだ。厚木到着以来言ってきた大改革だ」

「厚木じゃありません」。私はレイテ上陸以来、夜ごとに蒸し暑い中で彼がしゃべっていたことを思い出して言った。「タクロバン以来ですよ。七項目の計画です。報道の自由、婦人参政権、財閥解体、軍国主義の排除、労働運動の自由化——」

「判った、判った」。ジニアスは元気になって言った。「まあ、そういうことだ。つまりだ、『私があんたと家族を戦争犯罪追及から守ります。その代わり私があんたの国を変えるときは応援して下さい』というわけだ。ところが、天皇の方はそれが公正な取引だとは思っていない。取引したくないんだ」

私の頭はやっとスッキリしてきた。「前に言いましたが、天皇が大使館で彼に会ったとき、私が通訳したんです。彼は天皇を怖がってましたよ。この目で見たんです。天皇は目つきはキョトンとしてるけど、なかなかのタフガイですよ」

「だってお前、マッカーサーに怖いものは何もないって、言ってたじゃないか」

「そう長く怖がっていたわけじゃありません。二人とも」

「偉大な人物の出会いか」。ジニアスは馬鹿にしたような顔で上を見た。「床は血まみれだが、取引は成立した。やれやれ、こりゃあ将来世界中で歴史の時間に教えるだろうな」

彼はまた気難しい目つきで私を見て言った。「醜悪な現実に話を戻そう。今こうなってるんだ。お前がいない間にマッカーサーは憲法に手をつけ始めた。ＪＣＳ一〇という指令を出した。いわばテストケースだ。明治憲法を書き換えるものではないが、占領中彼がその気でいる間は、こっちが優先するんだ。公民権、政治、宗教に対する制限をすべて撤廃した。政治犯を釈放し、特別警察を廃止した。彼は新聞はどんな記事でも自由に掲載することを発布した。この言葉どうだい。王様が使う言葉だ。ただし最高司令官にケチをつけない限りにおいてだ」。彼はまた、ニヤリとして言った。「それにだ」

「彼らはそれが気に入らなかったんです」。私にはジニアスが話をどっちに持って行こうとしているのかが判ってきた。「だから東久邇首相が辞任したんですね。マニラで読みましたよ」

「その通り」とジニアスが言った。「マッカーサーは目に見えない一線を越えたんだ。翌朝東久邇、覚えているか、三七年に、南京大虐殺に先立って市民を爆撃したときの航空本部長は、宮城に駆け込んで辞職した。見ものだったぜ。新聞も大騒ぎだ。まあ芝居なんだがね。宮中はこれ以上譲歩しないというジェスチャーだ。マッカーサーの神性は認めても天皇を批判することは許さんのだ。日本人はどう取る？」

「そこで新しい首相が登場するわけです」

「幣原だ」。ジニアスは面白そうに笑った。「幣原男爵と言うべきかな。新しい、というのは、とても正確とは言えんな。死ぬのを忘れたかと思うくらい歳とっている。一九二〇年代と三〇年代初期は外務大臣だった。職業軍人連中は彼のことを腰抜け爺と呼んでた。彼の主な仕事は日本が戦争準備をしているときに、日本は平和主義国家だと宣伝することだったからだ。その彼でさえ、この新しい指令が出たあとじゃ首相になどなりたくなかった。裕仁も彼のご機嫌をとって、やっと引き受けさせたらしい」

「面白いですね」と私が言った。「私は内大臣と丸一日一緒でしたが、そんなこと何も言ってませんでしたよ」

彼は鼻で笑った。「お前、のぼせるんじゃない。お前、頭はいいかもしらんが、相手は大物ばかりなんだぞ。彼らにすればお前なんか情報源の一つに過ぎん。お前ここにいなかったじゃないか。お前が知らなかったことをなぜ木戸がわざわざ説明しなくちゃならないんだ？」

「それはですね、私は二〇〇〇年の間日本人だったんですが、天皇家の先祖がマッカーサーの日本理解を手伝うように私を派遣したからですよ」

「何を下らんことを言ってるんだ」

「木戸に聞いて下さい」と私は笑って言った。「だけど、どうして幣原を選んだんでしょうね」

「どうしてだと思う？　マッカーサーのやることを遅らせるためだ。協力を拒否するんだ。若竹がしなうようにな。そうすると最高司令官が堪忍袋の緒を切らせて爆発する。日本側が何インチか前に進む。幣原はまた引退できる。恥は一人で背負って、死ぬときは墓まで持って行くんだ」それもそれほど先の話じゃないな」

私は感心して尋ねた。「どうしてそんなことご存じなんですか？」

彼は笑った。「戦犯容疑を受けそうな連中の事情聴取をしてるといろんなことが判ってくる。彼らがお互いに裏切るということじゃない。ただ彼らは宮中の陰謀についてしゃべるのが楽しいんだ。あれは国家的娯楽だな」

彼はこのあとのマッカーサーとの会議の準備をするようにデスクの上の書類をかき集めながら言った。「それで先週幣原がマッカーサーのところへ来た。お前のボスは明治憲法で変えたい部分のリストを渡した。幣原は歯をくいしばって蛇のように息を吸う。宮城へ戻って、放ったらかしておく。何日か経ってマッカーサーがホイットニーを幣原のところへ行かせる。日本側が理解できないのならお手伝いしましょうか、というわけだ。幣原はホイットニーに、そろそろ改正を検討するための委員会を任命することを考えてもいいのかな、と思い始めたところだと答える。ただ、それをやると自由主義者と保守派との間で行き詰まりになって少なくとも二、三カ月は何もできません、というわけだ。マッカーサーはやっとまやかしに気がついて怒り出す。幣原をまた第一生命ビルに呼んで脅かす。すると爺さんが笑い出す。本当だぞ。腰抜け爺かもしらんが玉は持ってる。マッカーサーにお辞儀をして言うんだ。私が役立たずだとお思いなら戦犯リストに入れて裁いて下さい、とね。それで昨日、最高司令官は自分で新憲法を書くと発表した」

「そりゃ彼ら喜ぶでしょう」。私には直感で判った。「それこそ彼らが待ち望んでいたことですよ。自分たちで明治憲法を書き換えるなんて、自分たちの名も先祖の名も汚すことになりますからね。彼らは我々が指名する戦犯容疑者を自分たちで逮捕しないのと同じです。彼らは容疑者を探して、どこへ出頭しろと言うだけです。それと同じです。マッカーサーがやりたきゃ自分でやるより仕方がないんです」

「その通り」とジニアスが椅子でグッタリしながら言った。「この辺りはもう無茶苦茶だったぞ」

私は驚いたまま坐っていた。「とすると、このあとの会議の目的は私以上にご存じなんですね」

「ああ」。ジニアスは時計を見ながら言った。「お前の鋭さには感心するよ」。彼はまた、「僕プリンストン大学に受かったんだ」みたいな薄笑いを浮かべた。「見通しはこうだ。俺の情報源によれば、言っとくが信頼できる筋だ、お前のボスは皇族の大物を拘束するぞ」

「じゃ大佐にとってはいい話で」

「俺は頭にきている」

「じゃどうして笑ってるんです？」

「彼には答えが必要なんだ」。彼はまた時計を見て言った。「もう行かなくちゃ。マッカーサーは時間にうるさいからな、知ってるだろ」

「ジニアス大佐、実に神秘的になられましたね」

「梨本宮って知ってるか？」

ジニアスが立ち上がった。私も立ち上がりながら考えた。「何か神社に関係ありそうですね」

「いいぞ。彼は伊勢神宮、お前も知ってるように日本で一番神聖な神社だ、そこの宮司だ。七十一歳で皇族の中でも年長だ。東久邇と朝香の兄に当たる。誰に聞いても、害のない陽気な男だと言う」。ジニアスは不快そうに言った。「皇族の中で最も戦犯容疑の対象になり得ない人物だ。彼は告発されないぞ」

「じゃあ大佐、どうして彼を逮捕するんですか？」

「彼は絶対告発されないからだ」

「大佐、大変な策略家になられましたね」

「お前のボスがだよ」

我々は最高司令官の執務室がある階へ上る階段の方へ

歩き出した。私は完全に混乱していた。階段の所まで来ると彼は私の肘を突ついた。

「それで親友よ、よく聞け。俺は今日中に帰国の荷造りだ」

「転属を上申するんですか？」

「俺のような地位を自分から辞めさせてくれなどと言う奴がいるか。他の業務につけるようにするんだ。俺が正面切って彼らのやることに反対すれば俺は抹殺されてしまう」

我々は六階まで上り、マッカーサーの部屋に通じる暗い廊下を歩いて行った。「私には判りませんね。何が大佐を崖から突きとばしたんですか？」

「言葉の選択が素晴らしいぞ、お前は。小使いは迷い、俺は崖から転げ落ちる」。部屋に近づくと大佐が言った。「こう言っとこう。俺は彼の政治顧問ではない。俺の言うこと判るか？　俺は一人の将軍が政治目的のために正義を無視するのを手伝うために手を挙げ、宣誓をして法律家になったわけじゃない。我々は今二〇万人の虐殺された人たちの話をしてるんだ。俺の義務は、正義を追求するか、しからずんば、事件の担当から外してもらうかだ」

我々は部屋の前で立ち止まった。私は片手をドアノブにかけた。「大佐、もう一度。どういうことなんです？」

彼はにこやかに私の背中を叩いて言った。「お前、自分の足を撃ったり、戦闘中に塹壕から手だけ上に出して、名誉の負傷を稼いだ兵隊の話、知ってるか？　俺のやること見てろ」

そして彼は中に入った。

「閣下、おはようございます」

「ジニアス大佐か、入れ」

いつもの顔ぶれの幕僚たちがいた。今まで何度となくこの陰気くさい部屋で通常の会議を開いていたから、それぞれが古くさい家具のしかるべき場所に坐った。ゴリラのようなウィロビー将軍はお気に入りの肘掛け椅子に坐って、しかめっ面をしながら書類をめくっていた。ホイットニー将軍は革張りのソファの反対側に坐っていて、私を見ると長年の友人のように秘かにウインクした。サム・ジニアス大佐は片腕で書類を抱え、いかにも疲れたような顔つきでドアのそばに立った。ダグラス・マッカーサーは宮城を見下ろす窓の前を行ったり来たりしながらパイプに煙草を詰めていた。

マッカーサーはいきなり要点に入った。「私は天皇を脅したいのだ」。彼はズボンの右のポケットからマッチを取り出しながら言った。「今度の首相の抵抗はこうでもしなければどうしようもない。私は裕仁に皇族は守ると約束したが、それは国政に関して彼が完全に協力するという暗黙の了解があったからだ」

「ボス、狙いは何ですか?」。ホイットニーはサム・ジニアスを見ながら尋ねた。

「目を覚まさせたいのだ」とマッカーサーが言った。「彼が戦犯容疑にかからないのはひとえに私のお陰だということを理解させたいのだ」

「どうすればよろしいのでしょうか?」。ウィロビーはマッカーサーに水を向けるように、また尋ねた。

突然私の頭の中で警報ベルが鳴った。私にはサム・ジニアスの正しかったことが判った。マッカーサーが自分の主宰する会議中に二度も口を挟ませるなど、ほとんどあり得なかったからだ。私はこの会議には仕掛けがあることを感じて不安になってきた。

「誰か、彼に近い者を投獄したいのだ」と最高司令官が言った。

「実にご聡明、珠玉のお言葉であります!」。サム・ジニアス大佐は初めて聞いたような顔をしてニヤリとした。彼はエネルギーを抑え切れないかのように、靴のつま先で、ほころびたカーペットを突つき出した。「閣下、喜んでやらせていただきます。リストに不足はありません」

マッカーサーはパイプに火をつけながら、冷たい目つきでジニアスを見た。彼は急に不機嫌な顔になった。「大佐、前にも言ったが、君のリストは気に入らんのだ」

警報がまた鳴った。さっきより音が大きく、明確だった。三年も仕えていると、私にはマッカーサーの会議のやり方が判っていた。誰もがマッカーサーは話の腰を折られるのが嫌いなことを知っているのに、ホイットニーが矢継ぎ早に質問するというのは、この会議はあらかじめ筋書きができているということだ。しかしその目的は何だ? 私はサム・ジニアスのことを考えた。戦争犯罪に責任ありと思われる者を探し、それらを告発することだけを任務とする、この野暮ったい法律家をマッカーサーが露骨に嫌がるということは、天皇だけでなく、ジニアスもマッカーサーに狙われているということだ。しかし彼はマッカーサーはあることをやりたかった。そしてジニアスのリストも気に入らなかった。ところが彼は、ジニアスがあらかじめこのことを考え抜いてきたことを知らなかったのだ。

ジニアスは危険に気がつかないようにまた、ニヤリとした。彼は一歩前に出て、典型的なマッカーサー式の待ち伏せに近づいた。「もし裕仁を起こしたいとのお考えであれば、私は彼を寝かしつけた連中の一人一人について確実な証拠を持っております。今日にでもその中の五、六人告発して、不公平だなどと言わせません」

「私は、脅したいと言っただけだ」とマッカーサーが結論を出すように言った。彼は警告を与えるような目つきでジニアスを睨んだ。マッカーサーは、この皮肉屋の法律家をニューギニアに転属させようと思い、私がマニラに出張させられることになった、あの会議のときの気分をまだ引きずっているようだった。

ジニアスは不思議そうな顔をした。彼は手掛かりを探すように最高司令官の顔を眺めながら言った。「東久邇宮と朝香宮を、個別にでも同時にでも告発すれば天皇は絶対怖がると思いますが。閣下、間違いありません」

「君も知っているように、それは問題外だ」とマッカーサーがぶっきらぼうに言った。「彼らは天皇の叔父だ。私は約束したのだ」

「閣下は叔父たちは告発しないと天皇に約束されたのですか？」。ジニアスは信じられない、と言わんばかりの顔をした。「そう致しますと、お言葉ではありますが、閣下が何をお望みなのか、判りかねます」

サム・ジニアスの言葉には強烈な欲求不満の気持ちが込められていた。三〇秒の間にこの法律家の表情は恍惚とした楽観から隠しようのない侮蔑感に変わった。それを見ると、私には彼が打とうとしている博打と、それに伴う、とんでもない危険が何であるかが判った。マッカーサーが彼を酷い目に遭わせるのは確かだ。今から二分以内に彼の将来は破滅するか、少なくとも劇的に変化するのだ。私は前にもそういうことが起こるのを見たことがあった。機関車が向かって来るように、目に見えている。

ウィロビーが前かがみになって聞かれもしない意見を

言ったが、それが私の懸念を裏打ちした。「ジニアス大佐、君は過去にも最高司令官に失礼な振る舞いをした。言葉遣いに気をつけた方がいいだろう」。

ジニアスは、なぜ急にこんなギスギスしたことになったのか、訝しがるように、他の四人の顔を交互に見た。「閣下、私は失礼はしていないと思います。私は法律家であります。悪いニュースをお伝えするのは私の義務であります」

「大佐、君は法律家であると同時に軍人だ」とホイットニーが言った。「私もそうだが」

「私は法曹の一員であります。一定の義務があります」

ホイットニーは下品な馬鹿笑いをした。「それならニューヨークに帰ってポン引きでも告発した方がよかろう」。マッカーサーの首席政治顧問は自分の椅子から最高司令官を見上げて言った。猟犬が撃ち落とされたウズラをくわえてご主人の足元に持ってきたような感じだった。

「コート」とマッカーサーは見せかけの同情を示して言った。「ちょっときつ過ぎるぞ。ジニアス大佐、続けろ」

ジニアスは恐ろしい目つきで最高司令官を睨んだ。一線は越えた、後には引けない。「お聞き下さい。私は閣下のご命令に従って証拠を集めてまいりました。閣下が誰に何を言われたとしても朝香宮は告発すべきであります。彼が南京大虐殺の指揮を取ったという証拠は固めております。彼は一九三七年のクリスマスから三八年の二月まで南京城内におりました。その間に大虐殺が続いたのであります。彼がいなくなったとき、それが止みました。この意味がお判りになりますか？」

「それは前に聞いた」。とウィロビーが言った。

ジニアスは書類挟みの中から古ぼけた新聞の切り抜きを取り出した。「これです。ニューヨーク・タイムズの会見記事です。一九三七年十一月二十九日上海発。ハレット・アベンド記者が南京から戻ったばかりの松井大将に会っております。アベンドによれば松井は『好感のもてる、痛ましさを感じさせる』ような老人です。松井はタイムズ紙に対して、『南京における朝香宮の行為が皇室の名望に影響を与えることを懸念している』と話しております。どうして彼がそんなことを言ったのでしょうか？」

「多分影響を与えたんだろう」。ホイットニーは、気にもとめずに肩をすくめて言った。

ジニアスはホイットニーに唾をかけそうな顔つきで睨んだ。彼はもう一枚の紙を取り出した。「これは三八年一月十一日付、松井から朝香宮の参謀長宛のものです。『朝香宮殿下が貴軍の指揮官であるから、非合法な行為は中止、軍紀は厳正に維持されねばならない』と警告しております。これが何を意味するか、お判りですか。松井は文章をもって、宮が指揮官であると述べ、非合法な行為が行われていることを認めたのであります！　私にこれ以上具体的に示せ、と言われるのですか？」

マッカーサーはパイプを吸いながら首を振った。「それで、もし朝香宮を告発すると、どうなるのだ？」

「それは、まず第一に、彼は死ぬまでロープにぶら下がっていることになりますな」とサム・ジニアスが言った。「これ以上の適任者はおりません」

「そういうことを言っているのではない」とマッカーサーが言った。

「多分違うでありましょう。では助けていただきたいのですが、マッカーサー閣下、何をおっしゃりたいのですか？」

それ来た、と私は思った。あとに続く衝撃を考えて、私は目を閉じかけた。彼らは彼をやっつけた。判らん。彼が彼らをやっつけたのか。ジニアスは不服従の限界を踏み外した。それはマッカーサー自身四〇年以上やってきたことだが、彼の部下でそれをやって、何秒かでも首がつながっていた者はめったにいなかった。今度の場合動機が何であれ、私にはジニアスは生き残れないことが判っていた。

マッカーサーは大佐を睨んでいたが、突然もう関係ないというように手を振って言った。

「大佐、行ってよし」

「は？」。ジニアスは驚いたようだったが、彼の優しい目には突然後悔の念が表れた。しかし、手遅れだった。マッカーサーはこの瞬間、また一人、本国に送り返したのだ。

「いろいろな意見に感謝する。頭に入れておこう。もう行ってよい」

「どこへ、でありますか？」

「行けと言ったんだ」

ジニアスはやっと事態を理解したように溜め息をついて最高司令官に背を向け、書類をまとめ出した。そのため他の連中と違って私には彼の顔が見えた。ジニアスは薄笑いを抑えているようだったが、何か最後に言いたいことがありそうだった。そしてついに言った。

「閣下、あなたは、この男を告発しなければ卑怯者となりますぞ」

マッカーサーの視線が大佐の背中に食い込んだ。彼の面前で、彼の人生を通じて、もちろん私が仕え出して以来、こんなことを言った者は一人もなかった。「私のことを卑怯者だなどと言う者はおらん！ そういうことはこっちを向いて言え」

ジニアスはゆっくり向きを変えて、胸をはろうとした。この元帥の前では、彼の態度そのものが見すぼらしく軍人らしくなかったし、大体地位が違い過ぎるので、この対決がそもそもあり得ないことだし、滑稽でさえあった。しかし、ジニアスはしつこく言った。

「マッカーサー閣下、何を恐れておられるんです？ 名誉勲章もあり、星五つお持ちの方が？ 何が怖いんですか？」

ホイットニーが割って入って、大佐に指を突き出して言った。「ジニアス大佐、貴様の不服従は大目に見てきた。貴様がこの問題にのめり込んでいるのは判る。しかしマッカーサー閣下に対してそういう口の利き方をすることは軍律違反だ」

「コート、落ち着け」。マッカーサーは歩くのをやめていた。彼の観点から言えば、待ち伏せは成功した。二度目の警告弾は発射してある。もしジニアスがマスコミに不満をもらせば、担当事件に取りつかれた、無礼で感情的な法律家として暴露されるのだ。「ジニアス大佐、いい仕事してくれて感謝している。君には本国で適当な仕事が見つかるようにしてやろう」

「それだけですか？」。ジニアスは憤慨していた。

「あと一言言ったらリーブンワース基地の刑務所に入れてやる」。ウィロビーが詭りの強い口調で断言した。

「いや、そうは行きませんよ」。ジニアスは公然と挑発するように言った。「天皇の叔父が大量殺人者だと言ったばかりに軍法会議にかけられた法律家のことを新聞に書き立てられるなんてことはお嫌でしょう」

「軍法会議にかけるなどと誰が言った？」とウィロビ

ーが言った。

「そういうことです。かけないでしょう」。ジニアスは部屋から出ようともしないで、両手に書類を抱えてドアの所に立ったまま言った。彼はまた、マッカーサーに向かって言った。「私はオード基地がいいです」

「オード基地？」とマッカーサーが言った。

「サンフランシスコはこの時期、快適ですからね」

マッカーサーはホイットニーに言った。「ジニアス大佐をオード基地に転属させろ」

ホイットニーは頷くとメモを取った。ジニアス大佐は皆の顔を見るとソファの前のテーブルに書類挟みを放り投げた。「私にはもうこんな物必要ありません。どうせ押収してしまうんでしょうがね」

「いいぞ、サム」とマッカーサーはこの一〇分間の激しいやり取りなどなかったように言った。「実際、私には必要なのだ。それで、オード基地ではうまくやれ」

「ノース・ビーチからちょっと外れた所に気に入りのバーがあるんです。私が閣下に乾杯するとき、そんな所にお出でになりたくはないでしょうがね。では閣下、失礼します」とサム・ジニアスが言った。そして彼はドアを叩きつけるように閉めると同時に、マッカーサーの部下でもなくなった。

待ち伏せは、双方にとって完璧だった。サム・ジニアスは自由を得た。そして消えた。私は自分の過去の一部が彼とともにドアの外へ行ってしまったようで、妙に悲しかった。私には朝香宮が絶対告発されないことが判っていた。事実、その後何十カ月も続いた裁判で彼は証人としてさえ出廷することはなかった。

ホイットニーはさりげなく書類挟みを取り上げて自分の書類の下に入れた。この書類は間違いなく、サム・ジニアスのように消え去るのだ。彼は私に向かって静かに言った。「大尉、お前はこの不服従の一件の証人だ」

ホイットニー将軍は別の種類の警告弾だった。私はここで大物たちと同じ部屋にいたことにするのか、それともどこかへ、といってもどこだ。ロサンゼルスか？　私には、マッカーサーが私をどこに飛ばそうとするのか、それともマニラで私の将来を台なしにしようというのか、全く見当がつかなかった。私は心の一部では、勇気を奮い起こしてジニアス大佐を弁護し、彼の正しさを説明する、そして彼と一緒に部屋を出て行きたかった。だけど、彼と一緒に——どこへ？——何しに？　私はこの巨大なパズルの、小さなつまらない一片に過ぎない。見物できただけでも幸せと言うべきなのか。

　私は今見たばかりの、計算しつくされた速さで起こったことに震え上がっていた。「かしこまりました」

「このやり取りを木戸に報告しろ。天皇の耳に入るようにな」

「かしこまりました。明晩夕食が一緒になっております」

「今日やれ」とマッカーサーが口を挟んだ。「天皇はこれを知っておかねばならん。我々がやっている他のことも理解するためには」

　私は唾を飲んだ。「かしこまりました。今晩会います」

「全部話すんじゃないぞ」とホイットニーが言った。「最高司令官は朝香宮の告発を防ぐために介入された、とだけ言っとけ」

「かしこまりました」と私は素早く言った。私はマフィアのメッセンジャーになったかのような、薄気味悪さに襲われた。「その通り申します」

「それで」とマッカーサーは情報の責任者であるウィロビーに向かって言った。「梨本宮の方はどうなっているのだ」

「彼は完璧な人質です。もしジニアス大佐が——」と言いかけてウィロビーは私を注意深く見た。「我々のことを皇族に甘過ぎるなどと言って非難した場合、梨本宮を留置しておけば奴が過度に感情的で判断を誤ったことの証明になります」

「それで天皇を脅すことになるんだろうな」

「なります」とウィロビーが保証した。

「非常に強力なメッセージになります」

「それで彼を告発するのか？」

「もちろんしません、閣下」と言ってウィロビーはまた私を脅すような目つきで見た。「我々は彼が一九三七年中国へ出張し、帰国後部内で軍人の行為について相談したことを示します。それが留置の理由になります。しかし彼は無実です。南京の近くに行ったこともありません」

「じゃ逮捕しろ」とマッカーサーが命じた。

「今日にでもやれます」とウィロビーが肩をすくめて言った。「今日中には巣鴨行きです」

やっと私にはサム・ジニアスの正しかったことが判った。

マッカーサーには人質が必要だったのだ。しかもその人質は、天皇がマッカーサーの憲法改定の要求を呑み次第釈放できる者でなければならないのだ。朝香宮を告発すれば、結果は、まあ間違いなく有罪だ。しかも、裁判での証言は、南京作戦の開始とともに宮中に設けられた大本営まで巻き込むことになる。天皇自身大本営からこの作戦の展開を見ていたし、その日その日の重要な決定に参画していたのだ。それをもってして天皇は戦争犯罪人になるのか？　中国とオーストラリアはそう信じている。そしてサム・ジニアスも同じ考えだった。マッカーサーにとってもきわどい話だった。

陽気な老人である梨本宮を数カ月巣鴨に入れておくことはマッカーサーの打つ手としては大胆なものだった。それは暗黙の脅迫となるのだ。マッカーサーは自分の新憲法を認めさせるための人質として梨本宮を押さえておくことによって、一方では自分の権力を見せつけ、また一方では法廷に東久邇と朝香の行為を詮索させないことを天皇に保証するのだ。天皇の地位は安泰となり、マッカーサーはその叔父たちの南京大虐殺の責任を追及して天皇の地位を危うくするようなことはしない。

パイプをくゆらせながらマッカーサーは長いこと窓外の宮城を見ていた。二〇年前、裕仁はあの奥で神聖な儀式をへて即位したのだ。三種の神器の一つ、知識の鏡といわれる物の完全な複製をうやうやしく覗き、太陽の女神の顔を見ることで彼女の知恵を授かったといわれる。青銅の鏡の実物は二〇〇〇年以上たった今でも、伊勢神宮の奥深くしまわれている。

今日の夕方までにはこの神社の宮司は巣鴨プリズンの便所を清掃しているだろう。

天皇はいずれ取引に応じるだろうと私は思った。マッカーサーが変えようとしているものはしょせん日本の民族精神の表面を引っ掻くだけのものでしかない。

「これでどれくらい時間が稼げるか？」とマッカーサーが尋ねた。

ウィロビーとホイットニーは大胆でずる賢い計略の効果を計算するかのように、黙ってお互いに顔をしかめていた。やっとホイットニーが答えた。「ボス、それは天皇次第です。彼がすぐに反応することはあり得ません。

そんなことをすれば、叔父を留置場から出すために憲法改定に同意したということがハッキリし過ぎますから。私の考えでは、梨本宮がしばらく入っていれば皇室に対する大衆の同情は強くなるでしょう。しかし一方、留置が長くなれば、それだけ、正式に告発しろという外部からの圧力も強まります。ですから、まあ、数カ月でしょう。天皇がもっと早く行動を取れば別ですが」

「それでどうなる?」

「それは、ですね」とホイットニーが考えながら言った。「もし計画通りに行けば——私は行くと思いますが、閣下の憲法改定は終わり、天皇の叔父は伊勢に戻り、我々の元同盟国は閣下が戦犯問題に甘いと言ってまた騒ぎ出すでしょうな」

「私はそうなるとは思わんな」とマッカーサーが言った。

彼は窓際から離れて、今度は貪欲そうな目つきで私を見た。私は、また仕事をやらされると思った。「ジェイ、山下裁判はどうなっているのか。いつ終わるのだ?」

「終わる、とおっしゃいますと?」、私は仕方なく肩をすくめて言った。「今週開始の予定でありますが、弁護人側はもっと時間をくれと言っております。検察側は山下大将の容疑を新たに数件加えた模様であります。裁判開始までにそれらを調査する時間は到底ありません」

「下らん」とマッカーサーが言った。「本件の重要性は判っている。マニラの焼け跡を見れば何が起こったか誰にでも判る」

彼はまた歩き出した。パイプの火は消えていた。彼はそれを片手で持ってホイットニーを指しながら早口で言った。「マーシュ大尉をまた派遣しろ。私の伝言を文書で軍事委員会の長——シカゴから着任したばかりの少将、名前は何だったかな——彼に届けさせろ」。

「レイノルズであります」とホイットニーが答えた。

「そうだ、レイノルズ将軍だ。兵站が専門だ。何をやらなければならんか心得ておる。急がねばならんのだ」

彼は私に向かって言った。

「私の言ってることが判るな。急ぐんだ!」

第二〇章　裁　判

ラッセル・B・レイノルズ少将はフィリピン戦争犯罪委員に任命された五人の将官中最上位で、議長という正式の肩書きを与えられていた。この太った厳しい顔つきの職業軍人が委員会のスポークスマンで、しばしば行われる公式発表や、世界中から降って沸いたようにマニラに殺到した報道陣対策の責任者だった。彼は「裁判長」としても指名されていた。ということは、彼が証拠採用、裁判の進行や技術的な問題一切を決める立場にあるということだった。彼はこの委員会を主宰する命令を受けた瞬間からダグラス・マッカーサーの所有物になっていたと言っても過言ではなかった。裁判が始まる前日、私が彼の執務室に入ったときから、彼は自分の服従心を隠そうとはしなかった。私の汗ばんだ手の中に、ホイットニーが最高司令官のために起草した手紙があった。指示された通りに私は少将の秘書や補佐官を通さず、直接彼の部屋に入り、手紙を手渡した。

手紙は簡単だったが、慎重な言葉遣いだった。マッカーサー将軍は、容疑が追加されているので裁判の開始が遅れているというのは遺憾である、この件に関して弁護側がさらに時間を必要とするというのは疑問である、と要点だけ述べていた。そして最後に、この裁判の準備は既に時間を取り過ぎている、と書いてあって、締めくくりは「急げ」ということだった。

「急げ、か」。レイノルズ将軍は手紙の最後の部分を声を出して読むと、気軽に頷いた。そして私を見るとまた頷いた。

「はい、閣下」

「マッカーサー将軍には万事順調と報告しておけ」と彼は機械的に言った。

「は？　それだけでありますか」

私は内心、彼がマッカーサーが馬鹿なことを言ってると思ってくれることを期待していた。ヨーロッパでも日本でも、もっと適正に構成された軍事法廷が準備だけにでも一年近くかけようというのだ。正式の降伏から二カ月経っていないというのに、最高司令官がもっと急げと圧力をかけてくるのは異常だと思わないのか。絶望的に両手を挙げて、しかるべき準備なしに自分の義務を果たすことは不可能だ、と私に言いたくないのか。この身分の低い私に対して、自分が詐欺みたいなことをさせられている怒りをぶつけ、あるいは少しでも同情をひこうとする気はないのか。

私は彼の前で、彼が結局は今受け取った命令に従わざるを得ないとしても、椅子から立ち上がってがなり立ててくれないかな、と思っていた。

ところが彼はもう一度静かに頷くと机の上にあった書類挟みに手紙を入れた。

「準備はできた」とレイノルズ将軍が言った。「今朝リハーサルはやった。設備は最高だ。報道陣には十分説明してある。証人も全員揃っている。予定通り開始だ。マッカーサー閣下にはご懸念には及ばない旨、報告してくれ」

これこそ本物の兵站専門家だ。私は彼の無表情な顔を見て思った。補給列車は満載で目的地に向かっている。日本の将軍を絞首台に送るというよりも携帯食糧を前線に送るような感じだった。「かしこまりました。お伝えします」

私と一緒にドアの所まで歩きながら、彼は私の身分に似合わない、ご機嫌をとるような口調で言った。「君は戦争初期からマッカーサー将軍と一緒だったそうだが?」

「三年になります」

「大変名誉なことだ」

「偉大な方であります」

「偉大なアメリカ人だ。東京に帰ったら、私がくれぐれもよろしくと申していたとお伝えしてくれ」

「かしこまりました」

ドアまで来ると将軍は立場上不具合かのように躊躇して言った。「大尉、晩飯の予定はあるのかね?」

「はい、ございます」

私のようなマッカーサーのはるか下位の部下の一人に

過ぎない者が平気で招待を断り、それを許すということはこの将軍の力のなさを表していた。

フランク・ウィザスプーンはカマボコ兵舎を利用して造ったジムでサンドバッグを撲っていた。サンドバッグは兵舎の低い天井から鎖でぶら下がっていた。それは戦争中飲用水を消毒し貯蔵するのに使った布製のリスター・バッグという奴に砂を詰めた物だった。山下の弁護人は上半身裸で、ハーバード大学の深紅のショートパンツに野戦用の緑の靴下、醜い軍隊用の運動靴という格好だった。

彼はとてもボクサーには見えなかった。胸の筋肉がない。腕を伸ばすとき顎を上げている。あれではすぐノックアウトを食らってしまう。両手が低過ぎる。バッグの周りを廻りながら足をどうすればいいのか判らないらしかった。経験のあるボクサーならストレート・パンチを食らわせるところを、彼は手首を曲げて横から打っていた。しかし一発撲るたびに恐ろしい顔をした。

私は将校食堂に夕食を食べに行く途中だったが、ジムのドアが開いていてウィザスプーンの姿が見えた。私は立ち止まってドアに寄りかかり、笑いをこらえながらしばらく彼を見ていた。やっと彼が私に気づいた。彼はうなりながらもう何発か殴ると私の方を向いた。

「こいつが君のボスだと思ってやってるんだ」

「向こうの勝ちですよ」

「クソッ」。ウィザスプーンは息を切らせながらみっともなさを隠すように言った。ガーベイ神父なら喜んで彼を救済しようとしただろう。彼には謙虚さというものが全くなかった。「マーシュ、俺は脳味噌で闘えばもっと強いんだ」

「だといいですね。でなけりゃ、あんた食っていけませんよ」

「きいた風なこと言うな」。彼はグラブを外して私に放り投げた。「偉そうなこと、言うじゃないか。やってみろ」

私はゆっくりグラブをはめながらバッグの上の鎖を調べた。「こんなこと私にやらせたくないでしょ」

「へえ、スーパーマン気取りか」

私は肩をすくめて彼に向かってニヤリと笑いながら、バッグに跳び込んでダブル・ジャブを食らわすと、バッグが揺れた。そこへ右フックを食らわすと鎖が切れてしまった。バッグは一〇フィートばかり離れた所で重量挙げをしていた中尉二人のそばまで飛んで行った。彼らは驚いて声を上げた。

「すげえ」。ウィザスプーンが言ったが、本当に感心したらしかった。「こりゃ、あまり、怒らせないほうがいいな」

「もう手遅れですよ」と私が言った。

「前にやったことあるのか?」

「そういう育ちなもんでね」

「将軍の走り使いにしちゃすごい」

「いつもそれだけやってるわけじゃないんですよ」。私はグラブを外しながら言った。

「教えて上げましょうか」

「できるわけないじゃないか。バッグがぶっ壊れた。俺は何もこれで飯食おうってんじゃないからな」。彼は緑色のTシャツを着ながらまた何回か深く息を吸った。「もうやめるとこだったんだ」。彼は歩き出すと、私を誘うようにドアの方へ顎をしゃくった。「こんな所へ何しに帰って来たんだ?」

「晩飯でもおごろうかと思って」

「隣の部屋だ」。彼はニヤッとして言った。「この辺じゃ、今日できます物はスパムだな」

将校食堂に入ると、このやせた大尉は私の前で行列に並び、それからテーブルを見つけた。私が自分の盆を持って近づくと、彼はこれから何の話になるのかが判っているようにうなった。ウィザスプーンは裁判の準備で疲れ切っていた。数週間前初めて会ったときより一〇歳も老けて見えた。私が席に着くと彼はもうスパムを頬ばっていたが、やっと飲み込んで言った。

「実はな、君が戻って来たということは聞いてた。レイノルズ将軍に会ったんだろ」

「やる気はありそうで」。私は肉を切りながら言った。

「裁判官らしく見えるぐらいです」

「見かけが当てになるか」とウィザスプーンが言った。

「法科大学院に一日も行ったことのない奴に重大犯罪の裁判長が勤まるか。証拠をどう判断するんだ。あいつだけじゃない。あの委員会に法律家は一人もいないんだぞ」

「そういえばこの前もブーブー言ってましたね」

「古い話で関係ないと言うのか?」。ウィザスプーンは食べながら言った。「軍にもそれぞれ専門というのがあるんだ。この事件の核心は実戦における特殊な混乱だ。あいつらの中で実戦に参加した奴は一人もいないんだぞ。レイノルズに至っちゃ、戦争中アジアにいたことさえない。シカゴの第六軍務管轄部隊で、イリノイ、ウィスコンシン、ミシガンの兵站を見ていたんだ。アメリカ中西部で補給部隊が爆撃喰らったなんて話、聞いたことがないがな」

私は彼の皮肉に同感して頷いた。「最高司令官はそういうことは問題にしておられないようで」

「するものか」。ウィザスプーンはまた怒りをあらわにして言った。「彼の委員会は完璧だ。少将が三人に准将が二人。彼らの将来はマッカーサー次第だ。我々が山下を虚偽の証言から守ろうと思って異議を申し立てても、法律家じゃないから理解すらできない。実戦の経験がないから、山下の置かれた立場で考えることもできない。だから、証拠がどうであろうと誰も山下の側につこうとはしない」

私はウィザスプーンの理屈に逆らうことはできなかった。マニラの奪回では一〇万人のフィリピン人が殺された。防衛していた日本軍の残虐行為には多くの目撃者がいた。本国では国中が勝利に沸き返っていた。公園の名がマッカーサーに変えられ、彼の銅像が建てられていた。そのマッカーサーが山下をアジアにおける戦いの大量殺人の張本人として名差しているのだ。この五人の、とても資格などありそうもない将軍の中で、最高司令官に歯向かったり、苦労した兵隊や大衆の気持ちを逆なでする者が一人でもいるだろうか。もしそのようなことをしたら、そいつはこの惑星のどこで働き、どうやって生きて行くというのだ。

「妙な感じですが」と私が言った。「山下は自分の裁判に無関係のようですよ」

「どういう意味だ?」

「自分でも判りません」と私は食事をもてあそびながら言った。「感じがするだけです」

「その感じを判らせてやろうじゃないか」とウィザスプーンが言った。「レイノルズ将軍は昨日追加の告発状二本を送って来た。昨日だぞ。裁判の始まる二日前だ。容疑が二、三件増えるくらいかと思ったんだが、なんと五九件だ。新容疑が五九で明日裁判が始まるんだ。六四件から一二三件に増えたんだ。その一つ一つに別の場所、別の人間、別の証人がからんでくるんだ」

ウィザスプーンは非常に情緒的な男だった。だからこそ戦前法廷弁護士として成功したのに違いない。彼は両手を顔の前で私に向かって振りながら言った。マッカーサーが委員会を作ったときの指令書で書いた言葉をそっくりそのまま使って。被告人は裁判に先立ち、自分にかけられた容疑がいかなるものであるかを知る権利を有する、のだ。俺はレイノルズに聞いてやった。マッカーサーがあれを書いたとき、二日前でいいと思ってたのか。五九件が二日でいいなら一五分のどこが悪い。事前は事前だからな。我々は伝統的なアメリカの法の概念、つまり、公正、品格、正義に基づいてやることになってるということを彼に話してやったんだ。何と言ったと思う?」

「急いでるんだ」と私が言った。

「偉いね」とウィザスプーンが言った。「東京から来るメモを書いてるのは君か?」

「僕は配達するだけですよ」

「レイノルズ将軍はこう言うんだ。審議延期は『緊急かつ不可避な理由』が認められる場合にのみ認められる、とね。だから俺は聞いてやった。五九件の新容疑の準備をさせてもらえないとなると、これ以上の緊急事態はないだろうって。裁判の二日前に俺が容疑を知らされるなんて、これ以上不可避な理由はあるまい。それで、彼が何と言ったと思う?」

「時間が最重要課題だ、でしょ」。私はスパムを平らげながら当てずっぽうを言った。

「そうだ。彼の言うには、初めの六四件を議論しながら後の五九件の準備をすればいいじゃないか、だとさ」

ウィザスプーンは細い指で赤い髪の毛をかきむしりながら、どうしようもない、というふうに首を振った。「いや、待てよ。明日始まると、週に六日、終日、中には夜までスケジュールが入ってる。ということは、日曜日と、夜の『自由』時間に追加の容疑を調べたり、証人に面接したり、犯罪が行われたと言われる場所を見たりして、彼らが縛り首にしようとしている男の弁護を準備すればいいんだ。同時に、もう裁判所に取り上げられている六四件の準備を前日にやればいいんだ」

彼は声を立てて笑った。「今、裁判所って言ったかな。悪かった。誇張し過ぎた。自分の職業を侮辱した。そういうことをしちゃいかんと常々判ってはいるんだが。とにかく、これは――まあ上品に言うと――ハリケーンの中でスカンクが屁をこくぐらい簡単なことだ。今弁護人は三人いる。四人目は任命されたが入院中で当分出て来ない。もう一人は既に連邦最高裁判所に上告するにはどうすればいいのか、調査中だ。事実上評決はもう出ているんだからな」

「評決ですって?」

「いいぞ、判ってきたな」と言って、ウィザスプーンはひと息入れた。そして人を気楽にさせるような微笑を浮かべながら私を見つめていた。「そこでだ、大尉。一つ非常に大事な質問をしてもいいかね」

彼は自分の食事にはほとんど手をつけていなかった。私の皿は空っぽだった。私は煮えくり返るほど熱いコーヒーを飲んでいた。私は悲しくなってきた。彼の言うことが山下奉文大将をぶち込む話というよりも、自分の子供っぽい純真さがなくなっていく話のように聞こえたからだ。ウィザスプーンの苦々しい言葉がコーヒーと食堂の匂いと混じり合って、私はニューギニアからレイテへ進むナッシュビル号の夜の士官室で感じた寂しさを思い出していた。あれから一年しか経っていないのか。

「こちら様に質問がおありのようで」と私はからかった。「何です?」、私はコーヒーカップを置いて尋ねた。「君、これまでにもマッカーサー将軍がこれほど妙な振る舞いをしたのを見たことあるか?」

「それは複雑な問題で。証人宣誓しましたかね」

「真面目に聞いてるんだ」。彼はふざけるな、と言いたげに首を振った。「あの男の頭の中はどうなってるんだ?」。ここで白ばくれるのも気が引けた。「すみません。あんた、僕と将軍との関係や僕の能力を過大評価してますよ。将軍は非常に複雑な人なんです」

「俺が知りたいのは」と、彼は人影もまばらになった食堂を見廻し言った。「ダグラス・マッカーサーはどうかしたのか、それとも俺には判らんことが起こっているのか。俺は馬鹿じゃない。それは頭に入れとけ。人間性は勉強している。法廷弁護士として人の動機を探って稼いできた。人間の欲望を駆り立たせたり、恐怖を和らげたり、馬鹿げた行動に走らせたりする隠れた衝動とは何なのか。これが俺の専門だ。いいな。マッカーサーについてもかなり読んだ。いいことも、批判もな。彼が山下を好きじゃないことは俺も知っている。マニラがどれほど好きかということもな。しかし、だ。彼はアメリカの英雄だ。歴史に残る。その資格はある。それが今や、全日本軍の中で最も尊敬すべき一人の男に対して公式裁判の名を借りた殺人罪を犯そうとしてるんだ。良心にもとらないのか？」

「大尉、僕はマッカーサーの従軍牧師じゃありませんよ。彼の良心など全く判りません」

「よせよ」と彼が言った。「答えになっとらん」

私はこれまでに参加してきた会議や自分の内心の苦しさを打ち明けることができれば、と思った。しかしウィザスプーン大尉が山下大将の弁護人であるという事実は無視できなかった。彼に何か言えば、それが裁判の段階で使われたり、もしかすると私自身が弁護側証人にされるかもしれない。それよりも何よりも、あの大物たちの会議の内容を部外者に話すなどあり得ないことだ。

「大尉、お役に立てません」

「もう立ったよ」とこの直観の鋭い弁護士が言った。彼はちょっと微笑んだ。「君のことはもう判った。マーシュ、君は結構忠誠心がある。何もなければ、はっきりそう言うはずだ」

彼は食事に手を出しながら私の反応を待つようにこちらを見ていた。

「何だ、返事もしないのか。大したもんだぜ」

「仕事が大事なんで」

彼はうなると、ゆっくり食べながら、もう行けというふうな目つきで言った。「楽しんでもいるんだな」


山下奉文大将の裁判はマニラ中心街にある米国高等弁務官の壮大な邸宅で行われた。この裁判が世界中の関心を引くことを見越して、舞台装置に目の利くレイノルズ将軍は、これからも続くアメリカの存在感と力を示す象徴としてこの建物を最大限に利用したのだ。レイノルズは長方形のテーブルを大広間の正面に据えた。その先は、天井から床まであるフランス窓が七つあって、熱帯の芝生からマニラ湾が見晴らせた。窓とテーブルの間に五脚の回転椅子があって、委員たちが坐ることになっていた。中央の椅子の背後にはアメリカ国旗とフィリピン自治政府の旗が立ててあった。レイノルズは委員席の前に記録係と通訳のために一つずつ机を用意した。右側に、山下奉文が弁護人フランク・ウィザスプーンと坐る席、左側に検察官の席が設けられていた。

　広々として穏やかな湾を背景にしたこの舞台の前の大舞踏場には三〇〇人の傍聴人用の椅子があり、映画カメラマンやラジオ・アナウンサーを含む何十人もの報道陣が山下の最期を見て、それを伝えるための最高の場所としてバルコニーが提供されていた。前から二列目まではＶＩＰや有名記者や、裁判中いつでもフラッシュ撮影をしてもいいという許可を得ている写真班のための特別席となっていた。

　レイノルズはこの裁判が世界に向かって最大限に露出されるように、との最高司令官の希望に徹底的に応えた。彼はそれぞれの机にマイクを置き、天井と壁にスピーカーを付けた。バルコニーの映画カメラのために壁に沿ってスポットライトを置き、天井からも強力なライト六個を吊して、窓際にしつらえた舞台に向けていた。ライトがつくと舞台のあたりは猛烈な暑さとなり、部屋全体もジャングルのように焼けつきそうだった。

　それは一九四五年十月二十九日だった。そのちょうど一年前、我々はレイテ湾の戦いを栗田提督の判断ミスのおかげでかろうじて切り抜け、タクロバンに上陸したのだった。マッカーサーがフィリピンに戻って来た最初の夜、ナッシュビル号へ帰る上陸用舟艇の中で、雨に濡れながら、我が軍の砲撃で燃えている炎を見ているとき、勝ち誇ったように私に言ったことを彼は実現したのだ。一年以内には東京にいるぞ。彼は雨上がりの月光の中でそれを予言したのだ。

　我々はそれ以上によくやった。もう東京に来ていたのだ。我々は旗を立て、勝利を宣言したが、我々自身の過ちにも気づき始めていた。今我々は歴史の一部を書き直し、足跡を変えようとしている。複雑な事柄を単純化し、何十万という悲劇の責任を一人に負わせようとしている。法律やマニラや戦争行為などと関係なく、一人の悪者を作り出そうとしているのだ。

　南京だ、裁判の初日、私は一番前の特別席に坐りながら思った。それで俺はここにいるんだ。東久邇、朝香、近衛、木戸。それに明治憲法。

　マッカーサーの希望通り、山下裁判はフィリピンだけでなく世界中の注目を浴びた。午前八時ちょうど、憲兵が邸宅の玄関を開けた。前二列とバルコニーには既に記者やカメラマンたちが陣取っていた。何分も経たないうちに、法廷は日本占領時代の忌まわしい思い出を抱えたフィリピン人で満席になった。その後の五週間も同じだったが、邸宅の庭は、もし途中で出て行く傍聴人がいればそのあとに入り込むというつもりで待っている何百人もの人でごった返していた。

レイノルズ将軍と部下たちがすぐ入って来て、堂々と席に着いた。それから弁護人たちが入って来た。そのすぐ後を、山下が裁判中事実関係の正確さを確認するために同席を許された二人の日本軍将校と共に入って来た。それから、日本軍の手による恐ろしい経験を陳述する証人が続々と入って来ることになるのだ。

天井灯がついた。カメラのフラッシュが光る。レイノルズ将軍が、無表情に、被告人に対するアメリカ合衆国の申し立てを朗読した。告発は短く、しかもその性格上あいまいだった。「日本帝国陸軍大将山下奉文は一九四四年十月九日より一九四五年九月二日に至るまでの間、マニラその他フィリピン群島の各地域において、日本軍指揮官として、部下を統率する義務を怠り、アメリカ合衆国並びにその同盟国及び保護領の市民に対する残虐行為その他の犯罪を犯すことを看過し、戦争法規を犯した」

観客がざわめいた。カメラマンたちが歴史に残る写真を撮り続けた。軍事委員会の将軍たちは議論したり、得意がったりした。弁護人たちは反論を始めた。証人たちが待合室に集まり、間もなく大衆の涙を誘うことになるのだ。しかし、この部屋を支配しているのは、姿勢を正し、微動だにせず、黙って坐っている一人の男だった。

山下は命令された通り、帝国陸軍の一張羅の軍服に四本の従軍略綬、長靴に拍車という出で立ちだった。腰掛けていても彼は同席している二人の将校より首一つ分高かった。体格がよく、顔は肥えていて首も太かった。頭は相変わらず剃っていたので、凄みがあった。私は彼を見ていて、火葬のあと夫人に送る髪の毛を取っておけたのかと思った。

彼を眺めながら私は何度も、モンテンルパ刑務所で会ったときのことを考えていた。山下は一言も発せずに、この場を圧倒していた。異常な力を発散させていたからだ。彼は死ぬことを恐れていなかった。その覚悟が、警護のアメリカ兵や記者たちにまで、彼のカリスマ性を感じさせていた。彼は投降した瞬間から静かに、死ぬ準備をしていたのだ。しかし死後の名誉を守るために裁判を受けることにしたのだ。

検察側が冒頭陳述を行った。彼らは最初に、一二三件の戦争法規違反の調書を提出した。それは日本軍が「バタンガス州における一般人の意図的殺戮」を行ったこと、「暴力行為、残虐行為、殺人」の詳細から、「宗教的建造物の破壊」にまで及んだ。

検察側は山下大将が、これら一二三件中ただの一件についても、それを実行し、または実行を指示したとは言わなかった。彼らが主張したのは、大将が部下を統制する義務を果たさず、その結果大規模な残虐行為が行われた、ということだった。彼らによれば、今法廷で問題になっているのはまさしく「犯罪が行われた時点で適切な措置をとらなかった山下の個人的責任」だった。

山下のためのウィザスプーンの冒頭弁論は、モンテンルパ刑務所の礼拝堂で初めて会ったとき彼が私に話したことを言い尽くしていた。軍人の行為についての欧米流の考え方を心得ている山下は、シンガポール陥落後イギリス兵を公正に取り扱ったこと、その方針が彼の満州転属後変更されたことを主張した。彼は在フィリピンの全軍に対して、一般市民と捕虜に対する不当な取り扱いを禁止する旨、文書で命令した。彼はマニラを破壊から守り、北部の守備を固めるため陸軍を撤退させた。あとマニラに残ったのは主として、東京からの別の指揮系統に属する海軍だった。山下は彼らに対し、マニラを破壊するよりは市から撤退することを命じたが、海軍の指揮をとっていた岩渕提督は東京から異なる命令を受けていたので山下の命令に従わなかった。米軍捕虜について言えば、山下は米軍のルソン島上陸と同時に捕虜に一カ月分の糧食を与えて釈放するという命令をあらかじめ出しておいたことを東京の上司から咎められていた。

ウィザスプーンの冒頭弁論は実に理論的だった。彼は委員会の面々を、侮蔑感をあらわにして睨みつけながら言った。「着任したばかりの指揮官が、南に有力な敵の進攻を受け、北にも敵が迫っている状況下で苦戦を強いられている最中、この広大な国で統制を保つことができるなど、本気で言える者がいるでしょうか。とりわけ、これらの残虐行為はこの種の問題に関するコミュニケーションが不可能な時期に、不可能な場所で行われたのであります。有線通信は遮断されておりました。日本軍の無線は最良の状態でも我が軍の最悪の状態より劣っておりました。そして無線は重要な作戦目的にのみ使われていたのであります。山下大将がこれらの行為について知ることは物理的に不可能でありました。しかのみならず、これらの行為の実行者がそれをわざわざ大将に報告するなどと推測するほど愚劣なことはありますまい！　彼の具体的な命令に背いて行ったことでありますから！」

ウィザスプーンは席に着いた。彼の熱弁は空虚に響いただけだった。天井灯からの熱は耐え難かった。ニュース映画の撮影が続き、フラッシュがたかれた。委員たちは頷いたり、汗をかいたり、欠伸をしたりした。山下はまばたきもせず姿勢を正して腰掛けていた。見物人は首を伸ばしたり、ひそひそ声で話したりしていたが、この感情的な冒頭弁論の法的、あるいは道義的な問題点など全く理解していなかった。証人たちはこの大舞踊場の中でざわめきながら、傷跡を見せたり恐ろしい経験を証言する出番を待っていた。

それきり、何日もの間山下の名が言及されることはなかった。証人たちは次々にやって来て、冷静に坐っている被告人から二〇フィートしか離れていない席で、口にするのもはばかるような蛮行について詳しく話した。強姦され銃剣で刺されて放置され死にかけた思春期前の娘たちが醜い傷跡を見せた。歳をとった男たちが、壕の前でひざまずかされた友人や家族が銃剣で刺された後、無感情に壕に蹴落とされるさまを話した。母親たちが我が子がもぎ取られ、撃たれる様子を述べた。強姦された者、刺された者、撃たれた者、子供を殺された親、親を殺された子供、夫を殺された妻、妻を強姦された夫、皆日本兵の手に掛かったのだ。一生忘れないという目つきで、彼らは恐ろしい光景の写真を震える手で差し上げて見せた。

レイノルズ将軍や他の委員たちは、実行犯が事実上全員既に死亡していることなど問題にもしなかった。山下奉文は放り込まれた部屋で、カメラがマニラ虐殺を描写している間、毎日毎日、何時間も坐り続けた挙げ句、外に連れ出されて殺されることになるのだ。初日が終わったとき、アメリカの記者たちでさえ、裁判の見え透いた仕組みと、既に明白な結論について文句を言った。しかし、その理由は誰にも判らなかった。本当の謎を彼らは見ていなかったからだ。

裁判の進行を見ていると、私は自分がどんな人間になってしまったかを、残酷なほど正直な鏡で見ているような恐怖感に襲われた。数日前、サム・ジニアスは私にその鏡を覗いて見ろと言ったが、私は逃げた。しかし、今、二つの顔を持つというローマ神話に登場するヤヌースが生身の人間としてそこにいるという現実からは逃げようがなかった。それは、裁判が進行する間、決然と平静を保つ山下奉文と、永遠に怒り狂うフランク・ウィザスプーンの顔だった。

鏡の中にあるのは何だ。俺は誰だ。ポカンとした顔。他の者の権力のために使われる道具。平静でもなければ怒りもしない、ただ他人の言いなりになるだけの小使い。それには三年かかった。毎日大物を間近に見た。歴史を作りだしている者たちに自分の価値を認めさせ、それを誇りに思った。私の若さでは理解できないような問題に取り組むマッカーサーを見てきた。私は喜んで彼のビジョンのために奉仕した。そうしているうちに、自分のビジョンをなくしてしまった。

サム・ジニアスとフランク・ウィザスプーンは何かのために闘っていた。私は結局何かのために闘うこともなかった。

私はその日の裁判が終わらないうちに大舞踊場を出た。デビナ・クララの家に向かってジープを走らせながら、私は完全に混乱していた。最高司令官が非常に大きな、歴史的な重荷を負っていることは否定できなかった。また、日本という昨日までの敵国の素晴らしいエネルギーを制御する能力を備えた者が、彼以外にいなかったことも疑う余地はなかった。しかし私が高等弁務官邸の大舞踊場で見たものからは無益な邪悪の臭いしか感じられなかった。「無益」という思いが私を苦しめた。寛容と人類の道義のための、正義の戦いに勝ったとはいえ、政治的な便宜や個人的な嫉妬で人を殺す権利は誰にもないはずだ。

クララ・デビナの家に近づきながら、私はサム・ジニアスやフランク・ウィザスプーンのような勇気が自分にないことを悔やんでいた。多分彼らは職業上の義務としてそういうことができたのだろう。私には判らなかった。判っているのは、自分にはその勇気がないということだけだった。

そして、もう一つ問題があった。それはマニラの夜の暗闇の中で、猫のように音もなく忍び寄って来た。それはサテンのローブに包まれていて、私のベッドにまとわりついてきた。それはデビナ・クララがローブを脱いでシーツの下に入って来るのと一緒に私に近づいてきた。その日の夕方、私は彼女の目から心配事を感じていた。無邪気にも、私は彼女がヨシコのことに気づいたのかと思った。しかし彼女の心配事は彼女の内部、胸の下の方にあったのだ。

彼女の父親はアメリカ海軍と二つの建設事業の交渉をするために一週間スービックに行っていて、その間祖母の家に泊まっていた。母親は廊下の向こうの方、叔母は私の部屋の真下で寝ていた。月の光が窓から差し込んでいた。庭から漂ってくる風の香りが心地よかった。デビナ・クララが私のベッドまで来たとき、私は驚いた。彼女の夢を見ていたからだ。

夢の中で私は熱海を見下ろす山の中を一人で歩いて、観音像の所まで来ていた。仏の顔を見上げると、それはデビナ・クララになっていた。彼女ははるか彼方の南京ではなく、山裾の方を見下ろしていた。その視線を追うと、そこには海岸で洞窟に連なる宿屋があった。冷たい波が岩に当たって砕け散っていた。庭に青い着物姿のヨシコがいて、仏像の横に立っている私を見上げていた。彼女の顔は波しぶきに濡れ、唇は陽に輝いて、幸せそうだった。私の後ろから、年老いた巫女が社の中で筒形の楽器を叩きながら祈る寂しげな声が聞こえてきた。しかしそれは松井神社ではなかった。ジェイ・マーシュ神社だった。そして夢の中で、私はその像はマニラの泥と東京の土を混ぜて作ったものだと思った。巫女は私のことを悲しんでいたのだ。

デビナ・クララは裸で、温かく、滑らかだった。ベッドに入って来ると彼女は私に体を合わせた。私はすぐ興奮したが、彼女は私にキスをしないで、私の首元に顔を埋めた。彼女は泣いていた。

「ジェイ、私のこと愛してる?」

「もちろん」

「どれくらい?」

「心の底から」

私は彼女の顔をそっと引いて自分の目を見させた。

「どうしたんだい?」

彼女は私の目を見ながら私の両手を取ってゆっくりと自分の腹に触らせた。「もっと早く言おうと思ったんだけど」

私はその瞬間、完全に目を覚ました。「何？」

「赤ちゃんができたの」

驚いて黙ってしまった私の顔を彼女は探るような目で見ていた。そんなことあり得ない、と私は思った。不可能だ。今は駄目だ。まだ駄目だ。俺たちは結婚していない。住む家もない。どの大陸に住むのかさえ判ってない。

「本当かい？」と私はやっと言った。

「そんな酷いこと言うなんて」。彼女は枕に顔を埋めて涙を隠していた。「あなた、私のこと愛してないのよ」

「愛してるよ、デビナ・クララ」

「どうしていいか判らないわ。誰に話せばいいのかも。私たちどうするの、ジェイ？」

目の前が真っ暗になった。私はこれまで大物たちと同じ部屋で歴史を動かしたり書き換えるような問題を扱ってきた。しかしこの瞬間、私には女のことや、自分の人生をどう設計するかということさえ判っていなかったことを初めて自覚したのだ。どうすればいいんだ？　月の光の中で、私には答えが見つからなかった。マッカーサーには東京に帰れと言われている。飛行機は六時間以内に発つ。デビナ・クララはこの秘密を――何日抱きかかえていたのだろう？　彼女を放っとくことなどできるわけがない。

彼女は自分自身の思い出に裏切られたかのような目で私を見て言った。

「ジェイ、言ってちょうだい。私たちいつ結婚するの？」

考えても返事のしようがなかった。私は彼女の目に現れた恐怖感に巻き込まれていた。

「除隊を申し出るよ」と私が言った。「東京に戻り次第そうする」

「返事になってないわ」

彼女は泣きやんでいた。彼女は感情も豊かだったが鋭敏でもあった。今危機に瀕しているのは彼女の人生だったが、撮影用のライトに照らされているのは私だった。

〝外国人は必ず行ってしまう〟。心の温かい、人を信用するフィリピン女性の間で何万回も言われてきたことだ。彼女の中には赤ん坊がいる。隣に寝ているアメリカ人は明日は日本、そして何日かすれば、ロンドンだかロサンゼルスだか、どこかへ行ってしまうかもしれない。

「デビナ・クララ、君がいいと言えばいつでも」

「あなたの答え、気に入らないわ」

「テストはいつもあいまい」というのが彼女の信条だった。私はテストに失敗したと思って、なすすべもなく彼女の隣に横たわっていた。

彼女を愛しているのに、私は混乱し腹立たしかった。

「じゃ君の筋書きは?」

「ひどいこと言うわね」

彼女はまた泣いていた。ベッドに腰を掛け、足を降ろして、行きかけていた。私は彼女を引き寄せて言った。

「ごめん、デビナ・クララ、愛してる。どうすればいいのか判らないんだ」

「ジェイ、他に女がいるの?」

彼女は私の方を見ていなかった。上を向いている彼女の顔は月の光に照らされて神々しいように輝いていた。それを見ていると私はまた夢の中で彼女が月の光に乗って消えて行くのではないかと思った。

「どうしてそんなこと聞くんだい?」

「どうして答えないの?」

「答えなんか要らないからだよ」。その瞬間、私は彼女に対する自分の愛には望みがないと思った。そして自分ばかりでなく、到底拒否できないものを私に押しつけた木戸幸一侯爵を憎んでいた。「聞かれたから言うけど、答えはノーだ」

彼女は長いこと月明かりの中で私の顔を見つめていた。そして、手で私の唇に触れて言った。

「信じるわ。信じたいからよ」

私が彼女を引き寄せようとすると、彼女は私の肩を押し返して体を離した。彼女は私の額にそっとキスするとベッドから離れて、ローブを拾い上げた。彼女はローブをまといながら私の顔を見ていた。

私は彼女が欲しかった。「行ってしまうの?」

「ええ」と彼女が言った。「正直言って、今あなたと愛し合う気にはなれないの。正直でいることが純粋の愛なの。ジェイ、そう思わない?」

彼女ほど自分の感情を明澄に分析することのできる人は他にいなかった。だから彼女の名前ほど適切なものもなかった。デビナ・クララ。神々しい(デバイン)清澄さ（クラリティ）。

「そう」と私が言った。「愛してるよ」

「いつ帰ってくるの？」

「すぐだよ」と私が答えた。「いつ結婚しようか？」

彼女は秘かに決断したような目で私を見つめて言った。

「考えとくわ。帰ってきたら話し合いましょう」

第二一章　秘　密

まだ暗かった。開けたままの窓の外から、ジープが灯りのない道を走って来て邸の前でブレーキをかける音が聞こえてきた。運転手がエンジンを止めて、ドアを叩きつけて閉める音がすると、今度はまた、妙に静かになった。家の中では皆眠っていた。私一人もう起きて、ひげを剃り、荷造りを済ませていた。私は雑嚢を持ち上げると軍靴の固い踵がマホガニーの床板で音を立てないように気をつけながら、デビナ・クララの寝室の方へ歩いて行った。前夜は二人の人生の考え方を突然変えてしまった現実問題を考えて眠ることができなかった。私はその間も彼女が恋しかった。私は彼女の部屋のドアの所で立ち止まり、暗がりの中で彼女を探した。ベッドはふくらんだ枕やサテンのシーツで散らかっていた。ベッドの向こうに星の光が差し込んでいた。かすかな風で白いレースのカーテンが揺れていた。突然彼女が動いた。彼女は枕を二つ重ねて上半身を起こしていた。彼女は目を覚ましていて、私を見た。

「気持ちが悪いの」と彼女が言った。

「すまない」

「つわりなの。だけどお母さんにも言えない」

私は彼女のベッドに腰掛けて、抱き寄せた。外で運転手がまた音を立ててドアを閉め、エンジンをかけ、ライトをつけた。私にしびれを切らしているのだ。私はもう少し強く彼女を抱いた。

「男の子よ」。彼女は顔を私の胸に埋めて言った。尋ねるような口調だった。「つわりは男の子のしるしだって、おばあちゃんがよく言ってたわ」

ジープのラジオが鳴り出した。「残って何かしてあげたいけど、行かなくちゃならないんだ」

「どんな名前つけたい？」

「考える時間がないと」

ラジオの音が大きくなった。鼻声で失恋や冷たい心を怨むカントリー・ミュージックが鳴り響いた。家中が目を覚ましてしまう。

「あなた、いつも行かなくちゃならないって言うのね。いつもどこかへ行ってるわ」

「すまない」と私はまた言った。「僕は自分の生活を思い通りにできないいんだ」

私は彼女をもっときつく抱いた。彼女は突然私を押し離して、自分が決めたのだからそれでいい、というふうに言った。

「ジェイ、急がないと。飛行機に遅れるわよ」

「戻って来るよ、すぐ」

「多分ね」と彼女が言った。

そして彼女は向こうを向いて、寝るようなふりをした。

厚木へ戻る連絡便は夜明けにニコラス基地を出発した。私は憂うつな思いで新品のC－54に乗り込んだ。ジープに乗ったとき運転手がくれた魔法瓶のまずいコーヒーで気分が悪くなっていた。寝不足で瞼が重かった。私はもう気持ちよさそうにいびきをかいている大佐の隣に坐って、シート・ベルトを締め、この先自分に何が起きるのか考えようとした。頭に浮かんでくるのは、月の光を受けて窓の格子が縞模様の影を落としているベッドで、香りのする微風に吹かれながら私の手を自分の腹に当てているデビナ・クララの姿だけだった。涙で濡れた彼女の顔や、口には出さなかったものの彼女の簡単な質問に隠されている非難の気持ちを思うと、私までつわりのような気分になった。

機上輸送係がC－54の狭い通路を歩きながら人数を数え、コックピットに向かって出発の合図をした。明るくなってきた空の低い所に月が沈みかけていた。機が滑走路に沿って動き始めた。俺はまた彼女を置いてきた。今度はお腹に赤ん坊がいるんだ。

俺たちはまだ結婚していない。しかしそれは問題ではない。彼女は俺を心の底から愛していた。俺を信頼していた。俺たちは精神的にも肉体的にも一体になった。彼女は自分の中に俺を受け入れ、二人で新しい生命を創ろうとしているのだ。彼女は真夜中に難しい質問を出してテストをした。そして俺は失敗した。

私は自分が彼女を愛しているだけでなく、ひどい目に遭わせているのだと思った。私が単なる彼女の寂しさだと思っていたものは、彼女にとっては逃れようのない恐怖感だったのだ。私の口約束以外、彼女には何があったのだろう。私は外国に住んでいる。他の女と寝ている。もしかすると私はカリフォルニアだかアーカンソーだか——フィリピンを出たことのない彼女にとってはどこであろうと単なる地名に過ぎない所——に帰る、あるいはマニラに戻ってさよならも言わずに、永久に日本で住むことになるかもしれない。彼女は世界が変わり戦争が終わる前から、もしかすると二度と会えない男の哀れっぽい口約束を信じて、その男の子供と一緒に待ち続けてきたのだ。

そして自分はどうなんだ。ある夜世界が変わり、俺は突然別の自分を発見した。自分が東京で栄光にひたっているとき、デビナ・クララの人生は不安と恐怖で押し流されてしまった。ジェイ・マーシュの将来とデビナ・クララ・ラミレスの尊厳が崩壊しようとしているときに、俺は何の資格があって、ご馳走を食ったり、利口ぶった会話をしたり、日本の将来などを考えていたのだ。

選択の余地はなかった。除隊して一生マニラに住む時が来たのだ。

輸送機が滑走路の端で順調に離陸した。私は除隊を申し出るためにまずコートニー・ホイットニー将軍、次にマッカーサー本人に言う言葉を考え始めた。自分はどっちみち予備役で「占領の遂行に不可欠」というハンコを人事カードに押されるような身分ではないことを言おう。この極めて異常な三カ月、歴史が書き換えられ、日本の将来が平和裡に定められる間、自分なりの務めは果たしたと思うこと。閣下の信頼を賜り、これほど多くの歴史的な事業に参画させていただいたことは名誉の限りであること。しかしながら、これにて除隊の許可を賜りたい。

C−54はマニラ湾の上空で突然風にあおられて少し揺れた。眼下には、遠い日の夢のように、戦争の傷跡も生々しい街が広がり、何本もの長い直線の道路は、ボロの小型バスや輪タクや、中には幾つかの米軍ジープもあって、混み始めていた。湾の中ではもう漁船がバターンやキャビテの沖に向かってのろのろと動いていた。湾の出口に何百万という砲弾で破壊されつくしたコレヒドール島の涙のような形が見えた。マニラに別れを告げるときはいつも郷愁を感じるものだが、特にこういう、夜明けに寝不足で過去を思っているときはそうだった。

眼下の景色が遠ざかるのを見ながら、私は感謝祭までには絶対マニラに戻る決心をした。それにはまだ三週間ある。軍の通常のやり方でそれが可能だろうか。胸が高鳴った。できないわけがない。問題はどうやって脱出を交渉するかだ。脱出。この言葉が突然、人目をはばかるような、異質で、あり得ないことのように感じられた。マッカーサーから離れることはまるで家出をするようなものだ。

それは家を捨てるだけでなく、マッカーサーがそのために育ててくれ、また自分でも気に入ってきた天職を捨てることだった。この三カ月の経験から、私には、楽しくて、利口ぶった二枚舌や、歴史とのかかわり、異国の文化との触れ合いなど、自分は外交の世界で生きるために生まれてきたのかと思うくらいだった。自分でもこういうことには生まれつき才能があって、長くやればやるほど成功すると思った。私はダグラス・マッカーサーに仕えることで大人になったようなものだ。一度この味を知ってしまうと、カルロス・ラミレスのためにどんな仕事をしようと、日本での仕事ほどの知的な満足感や感情的な興奮はとても得られないことは明らかだった。

まあ、それでもいいや、と私は思った。決着はついたのだ。選択の余地はなかった。デビナ・クララは俺の子供を身ごもっている。これほど簡単な事実はない。それでも私にとっては楽な話ではなかった。フランク・ウィザスプーンが正しかったのかもしれない。私は自分の仕事が気に入り過ぎていたのだ。

他にも考えなければならないことがあった。私には自分の身分の低さにもかかわらずマッカーサーが私の要請に抵抗することが判っていた。将軍は身近で仕える人間を手離そうとしない傾向があった。三年間彼は私を調べ、選び、試し、その結果、信頼するようになった。私は選抜されて、部屋に入ることを許されたのだ。今でもさらに大きな任務のために養成されているのだ。

厚木に着いたときから、私は彼が必要とする間は日本に留まることになると言われ続けてきた。マッカーサーの性癖から見れば、それは何年間をも意味していた。事実、ウィロビー将軍は一九三九年からマッカーサーに仕えてきたし、ホイットニーはもっと長くマッカーサーと親しかった。一度マッカーサーの信頼を受けた者、一度彼の部屋に入り、彼の私的な考えを聞き、彼の天才的策略を目撃することを許された男（彼は女とは決して会わなかったから、それはいつも男だった）は、ダグラス・マッカーサーの宿命を達成することを本分とさせられたようなものだった。特に、マッカーサーが木戸内大臣を通じて天皇との間に非公式のコミュニケーションを保とうとする間は、私は交替させてもらえないだろう。

そして最後にもう一つ、私の除隊にマッカーサーが抵抗するであろう理由があった。私の身分の低さが彼を傷つけるかもしれないのだ。

あとになって私に判ってきたことだが、この、表には出さない大変な恐怖感は、身近の部下に私的な考えを話してしまった権力者に共通するものだった。私は自分が目撃してきたことの重要性と危険を感じていた。私はごく内輪の話や秘密の考えを聞いてしまった。我を忘れて虚栄心を爆発させる姿も見てしまった。つまり、ホイットニーがよく冗談に言っていた「犯罪知識」を私も持ってしまっていたのだ。こういう個人的な問題がからんでくると、彼は私に対して永遠にしゃべるなという命令を出すわけにはいかなくなる。私の将来が共有の秘密に左右される間は、私は絶対人には話せない。私の人生がダグラス・マッカーサーとの関係で形作られていくのであれば、彼を裏切ることは絶対できない。しかし、もし彼に対する忠誠心を持ち続ける義務を負わずに、しかも自分の評判を落とすことなく、うまく彼から逃げ出せれば、彼は私が生きている限り、自分の名声に対する脅威になり得ると思う。

だから、もし突然マッカーサーに除隊の希望を話せば、彼は神経質になり、私に傷を負わせてからでないと許可しないかもしれなかった。第一生命ビルの誰もいない執務室で面と向かって彼に話すときは、自分の評判を落とさずに、彼の束縛から逃げ出せるよう、あらゆる知恵を使う必要があった。

ルソン島沿岸の水を張った田んぼが徐々に遠ざかって行った。飛行機の客室は機が上昇するに従って涼しくなって行った。水平飛行の高度に達すると急激に震動した。隣の大佐は二日酔いだった。彼は目を覚ますとよろめきながら前方へ歩いて行って金属製の容器から生ぬるいコーヒーを紙コップに注いでいた。私はマニラの息苦しくなるような現実から一九四五年の日本のおとぎ話の世界に運んでくれる魔法の機械に乗っているような気持ちで坐っていた。

何もない海の上を飛ぶ飛行機の単調なエンジンの音にまどろんでいると、突然私は目の覚める思いをした。サム・ジニアスは私に方向を示してくれたのではないか。

私は目を開けて、声を立てて笑った。隣の席の大佐はコーヒーを飲んでいたが、気味悪そうに私を見た。なぜジニアスがマッカーサーを不意打ちにしたのか、やっとハッキリ判った。あの短気な法律家がなぜ何週間もかけて地ならしをしてから不意打ちを食らわせたのか。

考えれば考えるほどハッキリしてきた。ジニアスはマッカーサーの発火点を私よりよく知っていたのだ。彼は最高司令官の勝手な法解釈に嫌気がさして、私と同じように脱出することにしたのだ。ジニアスはマッカーサーがどの時点で自分を邪魔者であるだけでなく脅威であると判断するかを心得た上で、計算しつくしたのだ。そして自分自身をクビにさせるように仕組んだのだ。

単なる転属願いでは、自分の失敗を認めることになる。問題は、最高司令官の命令にあるのではなく、それを遂行する能力に欠けるサム・ジニアスにあることになってしまう。そうするとマッカーサーの方が有利になる。ジニアスをどこへでも転属させることができるのだ。大佐の適性調書に勝手なことが書ける。さらに、ホイットニーに命令して、戦犯問題に無関係なことについても大佐の仕事ぶりや私生活についてまで短所を「発見」させることさえできる。そしてジニアスは駄目だということにしておいて、堂々とクビにすることができるのだ。マッカーサーから見ればこういうことをする十分な理由ができる。この法律家の評判を落としておけば本当の理由は表に出ないし、マッカーサー批判は単なる個人的な恨みだと思われる。

今や歴史上の人物になろうとしている元帥が、一人の部下の幻滅から身を守るために、そのような極端なことをするだろうか。これには私が考える必要もなかった。山下もそうだが、マッカーサーは自分の真の遺産は名声だと考えていた。彼の長年の敵対者であり、しかも彼が秘かに尊敬していたフランクリン・ルーズベルト同様、彼は外向きの自分の顔を操作することにかけては達人だった。無実の山下奉文の容疑を捏造し冷然と縛り首にしたり、コレヒドールの陥落を声高に、あの献身的なスキニー・ウェインライトのせいにするような男なら、何とでも理由をつけてジニアスを除隊させることくらい平気でやるだろう。

しかし、ジニアスは先手を打って一撃を加え、大胆に頭を使って自由の身となったのだ。彼は自ら勝負に出て、自分の評判を賭けてマッカーサーに正面から立ち向かった。彼は迅速に攻撃することによって勝負を自分のものにした。言外の警告や、自分の評判を傷つけようとする策略をうまく処理したのだ。彼は自分の将来の問題を公にさらけ出すと同時に自分を守るために、いわば矢筒に毒矢を残しておくように多くの秘密を貯め込んでいたのだ。それは自分から使うためではなく、マッカーサーが何かしようとしたとき、かえってやぶ蛇になるようにだった。

しかしそういうことにはならなかった。ジニアスはうまく逃げ出した。彼にはそのあと、日本の戦争責任を証明したと言われる、見世物の裁判の検察という単調な仕事を二年間（訳注・いわゆる東京裁判は一九四六年五月開廷、同四八年四月結審）もやる必要がなくなった。日本がいやな冬に襲われているとき、砂漠からの暖かい風を受けるオード基地の秋は素晴らしい。週末にはお気に入りのサンフランシスコのバーで、マッカーサーのために乾杯したり、いや、マッカーサーを肴にして飲むことができるのだ。後に残った法律家たちや彼の後任となった何も知らない民間人が皇族の名が一切含まれていない偽造書類に基づいて任務を遂行するのだ。

サム・ジニアスはやってのけた。

私はこれについて何度も考えた。マッカーサーの心の中で、ジニアスが読み取り、私が読み損なったのは何なのだ。やっと私は思いついた。ジニアスは最高司令官の二つの致命的な弱点を利用したのだ。それは誰でもが知っていることだった。そしてよく話題になっていた。まず、マッカーサーは力を見せつけられると尻込みする傾向があった。ひと月前、天皇は大使館での二人きりの会談でそれを証明した。他にもいた。マッカーサーは常に忠実であったウェインライトが名誉勲章を受けることを何年も邪魔し続けたと言われるが、当時下院議員だったリンドン・ジョンソンが敵地の上空を——乗客として——

飛んだというだけで銀星賞を与えることに何の後ろめたさも感じなかった。彼はこの国で英雄的行為に与えられる、上から三番目の勲章を、有力政治家であるジョンソンがひと言欲しいと言っただけで、戦闘地域への旅行記念か何かのように与えたのだ。

第二に、マッカーサーは自我意識が強く、常に崇拝されていなければならなかった。サザランド将軍の場合のように、マッカーサーは自分に対する崇拝が続く限り、傲慢な権力の濫用も大目に見た。しかし自分に対する献身と隷属を公言しない者を身近に仕えさせようとはしなかった。崇敬がやんだり、追従がやんだとき、彼は他の方を見た。そして彼が他の方を見たとき、これらの崇拝をやめた連中は、何か身を守るものを見つけない限り、彼のスタッフから離れる瞬間、散々な評価を受けることになる。もちろん彼が自分の名声を守るためだ。

サム・ジニアスは、決して他人に話せない秘密が、最後は自分を守る、と読んだのだ。そして私はジニアスよりはるかに多くの秘密を知っていた。私は秘密が語られるのを聞き、秘密が作られるのを目撃した。実際、自分でそれを発見することも多かった。これらの秘密が私を、歴史上の影響力としてではないが、自分の将来を決める上で、マッカーサーと同じ位置に上げてくれるのだ。

飛行機が単調に東京へ向かう間、私は不安を感じていた。自分が何をしなければならないかは判っていたが、その無鉄砲さは考えたくもなかった。もしデビナ・クララを救わなければ、一生自分の顔を鏡に映して見ることはできないだろう。そのためにはまず、まだ生まれてもいない外交官としての人生は終わったことを覚悟しなければならない。そして、内大臣との関係を絶たねばならない。そうすればどう見ても「占領遂行に不可欠」ではなくなる。

そして最後に、ダグラス・マッカーサー将軍に不意打ちを食らわせなければならない。それも、彼に、彼の方が私に不意打ちを食らわせたと思わせるように、上手にやらなければならないのだ。

第二二章　神　父

ガーベイ神父は小さな薄暗い部屋で、淡褐色の軍用トランク二個に制服や記念品を詰めていた。部屋はウイスキーと煙草の臭いがした。私の方を見た彼の目は、普段のにこやかな青い目ではなく、落ち着きがなかった。小さな肉厚の手で白髪混じりの頭をかくと、目を押さえた。

「おやおや、神様もたまには祈りに応えて下さるんだ。ジェイ、出掛ける前に君に会いたいってお願いしてたんだぞ」

「マニラから戻ったところですよ。神父さんが出て行くってことは聞いてましたが、帰国ですか？」

「とにかく、帰るんだ。一日前に命令を受けた」。彼は羨ましさを隠そうともせずに尋ねた。「ところでマニラはどうだった？」

「蒸し暑くて」。それ以外の話は複雑過ぎて、どこから始めればいいのか判らなかった。「どこへ行くんです？」

「除隊だ」

彼は寂しそうに微笑した。彼の視線は私を素通りして私の背後を見ていた。「アナポリスにジェスイット派の修養場があるんだ。海軍兵学校の川の反対側だそうだ。一年かそこら、魂が矯正されたと判断されるまでいるんだ」

彼は当惑したような薄笑いを浮かべて私を見ていた。魂の矯正が何を意味するのか、二人とも判っていた。彼は上司にマニラでの事柄を話したのだ。彼は
「あんたの魂はちゃんとしてますよ。いつも言ってるでしょ、僕が信頼する神の使徒はあんただけだって」

「そうだ。おかげで自分がどうなったか考えてみろ」

「叱らないで下さいよ。僕は自分のやってることを誇りに思ってるわけじゃないんですからね」

「君を叱るなんてことはできん」。彼は向きを変えて、

またトランクを詰め始めた。「アナポリスには一度も行ったことがないが、修養場から川を見下ろして船や向こう岸の水兵を見ていれば必ずホームシックになる」

「神父さん、海軍も嫌いなんですね」

「前に言っただろ、海軍は好きだ。船に乗るのが嫌なんだ」

「じゃあ、川の向こう側にいるなんて完璧じゃないですか。船を眺めて昔のことを思い出して、しかも乗らなくてもいいんですよ。私が会いに行きますよ。ワインを飲んでシガーを吸いましょうよ。向こう岸の船を見ながら昔話でもしましょう」

彼はクスッと笑って言った。「ジェイ、マニラに住んでてそんなことできるか?」

「ときどき帰国出来ないわけじゃありませんよ。それともあんたの修養が終わったとき、こっちへ来てもらえるかもしれないし」

「そうすれば自分の修養の度が最終的に判るな」

小さな脇机に、上等のウイスキーが三分の一ほど空になって置いてあった。「アイルランド人の愛人」と、水兵たちは強い酒のことを冗談半分呼んでいた。しかしガーベイ神父の場合、まさしく言葉通りで、あまりにも残酷だった。彼はいつまでも神に仕えようと努力した。一杯や二杯の酒で彼を咎めることが誰にできるだろうか。特に、このジェイ・マーシュ。秋の夜更けを熱い酒、熱い風呂、柔らかい唇の芸者に満たされているとき、身ごもった婚約者が辛抱強く待っている。親友のガーベイ神父は味気ない軍隊用寝台で、あまりの忘れ難さに告白し許しを乞わねばならなかったほどの思い出と闘っているというのに。私にはできなかった。

「神父さん」。私はウイスキーを持ち上げて言った。「これ空けちゃいましょう」

「ジェイ、素面のうちに言ってしまえ」

私はウイスキーを注いだ。「その気になりませんね」

ガーベイ神父は荷造りをやめてベッドに腰掛けた。彼はそばにあった木の椅子を指しながら言った。「彼女にバレたんだろう」

私は素直に腰掛けたが、答えなかった。彼は首を振ると同情するように微笑して言った。「そりゃ、教会で告白するより難しいだろうな。私の場合は弱さだった。愛だ。君はどうなんだ」

「彼女には話してません。彼女に聞かれて、嘘をついたんです」

「しかし彼女は知っている。君の顔にそう書いてある」

「そうです」。私は彼のウイスキーをもう一杯飲み込んで言った。「ではですね、神父さん、彼女が知ってるんなら、どうして話さなくちゃならないんですか？」

「君は自分のやったことを正当化しようとしてるんだ。こんな罪を心にしまったまま一緒に人生を送っていくことができると思うか？」

「彼女がもう知っていることを話せば彼女の痛みが大きくなるだけじゃありませんか？」

「君は怖いんだろう。正直でいなければ愛は得られないぞ」とガーベイ神父が言った。

私は不意をつかれて仕方なく言った。「彼女も同じことを言いました。怖がる、ということではなく、正直ということでしたが」

「ジェイ、彼女は君が思っているより勇気があるぞ」

「彼女ほど勇気のある人はいません。初めて会ったとき判りました。そこら中爆弾が落ちて来るというのに、馬車の横で道端にいたときでしたが」

「そうだ。また戦争の話になるな」とガーベイ神父が言った。「戦争が好きになったのには罪悪感を感じる。しかし人生でこれほどいろいろなことを考えさせられることは他にはないな」

彼は荷造りを終わりかけていた。アジアでの三年間が二つの軍用トランクに詰め込まれていた。彼は人生のすべてをキチンと箱詰めしてしまったように寂しげにトランクを見ていた。「私はときどき、夜このベッドに横になって暗い天井を見上げては考えていた。つい数カ月前まで一人の日本軍将校が同じように天井を見つめながら、眠れないまま、終わりを待っていた。爆弾に当たるのか、火傷で死ぬのか、降伏するのか、考えていたのだ。そして自分に問いかけた。一体こういうことは本当に起きたのだろうか。ときどきなぜそれが終わらなければならなかったのか、残念だった」

トランクのそばでコオロギが一匹鳴き始めた。ガーベイ神父がクスッと笑った。「とうとう、あいつをつかまえることができなかったよ。おかげで何週間も寝不足だ。こんな調子じゃ、トランクに飛び込んで私と一緒に修養場に行くかもな」

彼はコオロギを見ていたが、私には彼が日本のことも修養場のことも考えていないことが判っていた。私はもう一杯飲んだ。

「神父さん、一つ白状しなくちゃならないことがあるんです。僕の人生で最高の瞬間だったのは、マッカーサー将軍がタクロバン占領に成功して全国にラジオで演説したあと、上陸用舟艇でナッシュビル号に戻る途中、マッカーサー将軍の顔に雨がかかるのを見たときです。とうとうやった。我々は戻って来た。残っているのは戦争に勝つことだけ、そして世界中の間違っていたことがすべて正しくなることでした。判りますか？　彼は実に嬉しそうだった。なぜだか知りませんが、僕はそれまで、あんなに純粋な気持ちになったことはありませんでした」

「純粋というのは繊細なことだ。長いことアジアにいて、しかも純潔を保つのは無理だ。結局キリスト教の土地じゃないんだ」

「神父さん、僕は彼女のことを言ったわけじゃありません。僕は彼女ほど立派なクリスチャンにはとてもなれませんん」

「私も彼女のことを言ったわけじゃない」

「じゃ何を言いたいんですか？」

彼は肩をすくめて言った。「何で私は君にいちいち説明しなくちゃならないんだ？」

私はまた数杯飲んだ。胃袋がおかしくなり指先が鈍くなってきたのに、頭は逆に冴えてきて、心が痛んだ。私は突然何もかもが嫌になった。我々二人の未解決の問題、ガーベイ神父のウイスキーを半分飲んでしまったことも含めて。

「明日一本買っときますよ」

「判らん奴だな、私は明日いなくなるんだぞ」

「じゃ今晩一本買います」

「そんな必要ないさ、ジェイ。私なら大丈夫だ。ウイスキーなんて、一瞬の弱さだ」

「彼女に子供ができるんです」

「そうだろうと思っていた」。正面から私を見つめて言う言葉は優しかったが、命令のように聞こえた。「ジェイ、神は君に話しておられるのだ。恐れずに聴くべきだ」

「努力します、必ずします」。私は時計を見た。「行かなくちゃ。仕事があるんです。お別れを言いたかっただけです」

彼は立ち上がり、私も立った。彼は照れくさそうにちょっと私を見ると両手で私の手を取り、しばらく私の目を見たまま、しっかりと握っていた。「もう終わったことだ。どう考えればいいのか判らん」。彼の言葉は神秘的だったが、私は彼の悲しみを感じ取った。「戦争は酷いものだ。しかし感情を鮮明にする。あれほど好きになるとは考えても見なかった」

「神父さん、手紙くれますか?」

「ジェイ・マーシュ、君のことはいつも祈ってるよ。成功してくれよ」

言ってはいけないことだと私には判っていたが、二人の間に底知れない心残りが濃い香の煙のように漂っていた。二人だけで見えない墓の前に立って別れのときを待っているようだった。ついに私は黙っていられなくなった。「神父さん、あんた恋をしてるんでしょう。何とかできないんですか?」

彼は目頭を押さえて横を向いた。「私は多分いつも恋をしているんだろう。しかし私は神父だ。それが神に与えられた天職だ。他のものになるのは不可能だ。祭服を着ているとき、神の喜びを感じるのだ。それで私にできることはただ一つ、この種の愛がいかに強大なものかということを理解させて下さったことを神に感謝することだ。こんなことは全く判らなかった。神は愛の美しさゆえに私を罰し賜うたが、私を神父として成長させて下さったのだ。今や私は情熱がいかに強く人を惹きつけるか、孤独であることがいかに人を傷つけるかが判るようになった。一人きりでいることが何を意味するのかを本当に理解するためには、誰かと一緒にならなければならない。人に仕えるときのためになる。他の人には決して知られることのない私の悔悛だが」

彼は話しながら困惑してきたようだった。しゃべり過ぎたという感じで私から目をそらした。私は何かしてやりたいと思ったが、そんなことを口にする立場にないと感じていた。

「神父さん、本当に彼女を愛してるんですね。解決の方法はないんですか?」

「ない」と彼は平静さを取り戻して言った。「もう心は落ち着いている。私は宇宙の単なる一員に過ぎない。しかし我々一人ひとりが義務をもっている。私は自分の義務を心得ている。こうして夢は消えるのだよ、ジェイ。こうして犠牲も生まれるのだ」

私はもう行かなければならなかった。私はがらんとした部屋でコオロギがガーベイ神父のためにセレナーデを歌っているのを聞きながら外に出てドアを閉めた。私は一生このような立派な友人、正直な男に出会うことはないと思った。

第二三章　近衛

木戸内大臣を見つけるのに二時間以上かかった。雨が降り始めていたが、風で叩きつけられて、道路はもう泥沼のようになっていた。私はジープで、彼が夜行きそうな所を探し廻っていた。この二カ月で馴染みになった料理屋やクラブで彼のことを尋ね廻った挙げ句、六本木のある邸でやっとつかまえた。木戸幸一はいつも動き回っているようだった。この活発な侯爵は東京の上流社会の夜の世界でもかなりの大物だった。

私はこの邸に一度来たことがあった。そこでの夕食の席上、木戸はある男、辻大佐とだけ言ったが、シンガポール攻略のとき山下大将に仕えた、という人物に紹介してくれた。木戸が同意を示すように頷いたので、辻は自分が戦前天皇の一番下の弟三笠宮の教官をした関係で宮中に近しかったと言った。彼は自分が皇族に対する影響力を使って日本陸軍の最優秀部隊を揃えて進攻の準備をしたことや、イギリス軍に対する主要な攻撃は、山下ではなく自分がやったのだ、ということなどをしゃべりまくった。辻に言わせると、山下は彼の宮中との親しい関係が気に入らなくて、その後、攻撃中にある病院で一般市民が死んだとき、腹いせに自分を罰したとのことだった。辻は山下の不忠の数々を宮中に報告して、復讐してやった、とも言った。

辻は頭が良くて、神秘的で、山下よりかなり若かったが、今でも山下に敵意を持っていた。食事が終わる頃には、木戸が山下は不忠だったからいなくなってもよいという宮中からマッカーサーへのメッセージを強調しようとしていることが明らかに判った。私がこの日の会話をマッカーサーに報告すると、彼は辻の話を山下の軍人としての評判が誇張されていたことの証拠として解釈したようだった。しかし私から見れば、辻の自慢話は、山下が自分の部下の残虐行為を罰したことの証拠となり、さらには山下裁判の不公正を裏づけることになるのだ。私がモンテンルパ刑務所で山下と会ったとき、彼も、自分が宮中の不評を買ったのは辻という将校のせいだと話していた。

そこで辻の言い分は、我々のそれぞれが信じたいと思っていることに基づいてイメージを形成するロールシャッハ・テストとなった。そして大佐そのものが影の姿、部外者には到底入り込めない日本の制度の象徴だった。辻にもう一度会えとマッカーサーに言われたが、そのとき木戸は辻とは連絡が取れなくなったと言った。その後何年も経ったベトナム戦争中、私が見た外交関係文書の中に「辻政信大佐」という人物が秘密の使命を帯びてラオスに出掛けたまま行方不明になったという記述があった。彼はその後も姿を現していない。

しかし、部外者には日本の本当の核心に入り込むことができないとしても、私は木戸のおかげで、すぐそばまで近づくことができたのだ。

私は邸の塀の横の細い道に駐車した。雨はもうやんでいた。近所の家から炭火や食事の匂いが漂って来た。私が門を開けると大きな犬が猛烈に吠えかかってきた。犬が檻に入っていることを思い出して、私はそのまま飛石伝いに玄関まで行った。

前に来たとき木戸はここが友人の妾宅だと言った。彼はその友人が誰だとは言わなかったが、私には邸と妾の両方とも自分のものだという、彼なりの自慢の仕方だということが判った。

この邸に住む、色白で手足の長い女性が秘密めいた微笑を浮かべながら玄関を開けてくれた。彼女は膝まである厚手の部屋着を着ていた。私よりかなり年上だったが、若々しく幸せそうな顔をしていた。私が入ると彼女は深々とお辞儀をした。すぐ私が判ったのだ。私もお辞儀をして、うやうやしく彼女の手を取った。彼女が誰の妾であろうと、ここは彼女の家なのだから。

「今晩は」と私が言った。

「こんな時間にお邪魔して済みませんが、非常に大事なことがあって内大臣にお会いしなければなりません。こちらにいらっしゃいますか?」

彼女はもう一度私の手を握ると、ひざまずいて私の靴を脱がし始めた。「ジェイ・マーシュさん、またお出でいただいてありがとうございます。内大臣はあなた様がお入りになるのをご覧になっていましたよ。お会いできるので喜んでおられます。今ローブをお召しになっています」

木戸が突然彼女の後ろから現れた。彼は青いパジャマの上に黒い絹のローブを着ていた。彼は軽くお辞儀をすると笑いながら言った。

「ジェイ・マーシュ大尉、あなた立派な探偵ですな。でなければ、私は自分の行く先々で見えないアメリカの護衛を受けてるんですかな」

「尾行されている可能性はありますね」と言って私はニヤリとした。「しかし、そちらの秘密警察の方が私なんかよりよほど詳しいと思いますよ」

木戸は手振りで私を奥の間に招き入れた。彼は私の前を歩きながら冗談を言った。「しかしご存じのように最高司令官は特高を廃止されましたからな」

「そうですね」。私は部屋に入りながら言った。「それで今は何という名称でやってるんですか?」

彼は私の愛想を受け入れるように嬉しそうに笑ったが、質問には答えなかった。女性は一言も口をきかずに部屋の中を片づけていた。彼女は部屋の中央にある低いテーブルの両側に座布団を二枚置いた。テーブルの脇の火鉢がここでの唯一の暖房だった。我々が坐ると彼女は部屋の障子を閉め、床に鼻がつくくらいお辞儀をすると後ずさりに部屋を出て行った。

木戸はやたらにくつろいで見えた。彼は女性が置いていった煙草盆から煙管を取り上げると、火をつけた。彼がそうしている間、私は部屋を見廻した。床の間に美しい生け花があり、趣味のいい山水画が掛けられていた。精緻な木製の格子の入った障子窓があった。そして部屋の入り口の上に、豪華な漢字を書いた額が掛かっているのが目にとまった。日本人にとって自分の家に飾る額は大変重要なのだ。それが自分の信念を微妙に表現する方法であることが少なくない。

「立派な額ですね」。私は煙草を吸っている内大臣に言った。「この前お伺いしたときの物とは違いますね」

「よく見ておられますな、ジェイ・マーシュ大尉。しかし、前にも申し上げたように、それは私の額ではありません。ここは私の家じゃありませんからね」

「何て書いてあるんですか?」

木戸はあぐらをかいて、くつろいでいた。そのいたずらっぽい微笑から私には彼がまたからかっているのが判った。「残念ながら友だちの額を声を出して読むわけにはいきません。我々は客なんですから」

「そういう習慣があるとは知りませんでした」

木戸は注意深そうに私を見て言った。「この友人というのがときどきひどく腹を立てる奴でしてね。戦争で多くを失ったんですよ」

「それは判ります」

「判りますか？」彼はゆっくり煙草を吸いながら言った。女性が静かに入って来て低い小さなテーブルに盆を置くとすぐ出ていった。盆の上に茶瓶が一つと湯飲みが二つ、それにアラレの入った小鉢が二つあった。「お注ぎしましょうか？」

「内大臣、私にも注がせて下さるなら」

「なかなか勉強が早いですな」。彼は私に茶を注ぎながら言った。「しかし今日のところは私が主人ですから、自分のは自分で」

私はニヤリとした。バレたぞ。「だけど、ここはあなたのお宅じゃないんですから、主人とは言えないでしょ。お互いに注ぎましょう」

彼もニヤリとしたが、分厚な眼鏡をかけた目は驚いているようだった。そして私に茶を注ぎ始めた。「まあ今は私がこの家を使ってるわけですから。あなたが正しい。額をお読みしましょう」

私は湯飲みを取り、茶をすすって、お礼のしるしに頷いて言った。「それはもう結構です。失礼しました。好奇心もなくなりましたし」

「どっちみち、あなたに嘘をつくことはできますよ。あなた漢字は駄目だから」

「全く漢字は駄目です」と私が言った。「しかし内大臣、こんなことで嘘をついていただくわけにはいきません」

「なるほど」。我々は茶をすすりながらお互いの腹を探るように顔を見合っていた。木戸はまた一服吸って言った。「私の友人は孫子を尊敬していましてね。孫子、ご存じですか？」

「知ってます」と私は答えた。「二〇〇〇年以上昔の偉大な戦略家です。しかし中国人ですよ」

「そう」。内大臣は溜め息をついた。「いつも二〇〇〇年前でいつも中国人の話になるんです」。彼は壁の額を見て言った。「何も難しくするつもりはありません。簡単な引用です」

「しかし内大臣のお宅にあるんですから、深い意味があるんでしょ」

「私の家じゃないって言ったでしょ」。木戸はニヤッとした。「ま、読んでみましょう。劣勢と見せかけ敵を欺くことに始まる。あらゆる戦術は敵を油断させせよ」

私は木戸に微笑してみせた。彼は私がこの引用に驚いたり、もしかすると腹を立てるだろうと思ったのだ。しかし私には彼のことがよく判っていた。「お友だちはなぜ孫子を引用しなくちゃいけないんですか。内大臣のご意見を聞けばいいんじゃないですか?」

「そうかもしれませんな」と木戸は肩をすくめて言った。「しかし額は有名な人物の引用で、霊感を与えるものでなければなりません。私など、単なる門番ですよ」

「全く違います、内大臣。陛下を除けばあなたは日本で最大の権力者です。私は確信しています」

彼は注意深そうに私を見た。彼にはこんなに露骨なお世辞は根拠のない話だということが判っていたし、私が理由もなしにそんなことを言うわけがないことも判っていた。我々の間に緊張感が走った。そして突然雰囲気が変わった。

「あなた、マッカーサーのことをお忘れですよ」

「いずれ春が来る。雪は松の枝から解け落ちる。そのうちマッカーサーは帰国します」

「そのあと別のマッカーサーが来ますな」

「いいえ、別のマッカーサーが来ることはありません」。私は彼を見据えて言った。「合衆国には日本を支配する気なんかありません。我々が必要とするのはパートナーです。植民地ではありません。しかし内大臣、そちらには大きな問題が二つあります。あなたと陛下がマッカーサーの憲法改正に抵抗すればするほど、彼の滞在が長引きます。そして、戦争犯罪人の捜査に手間取るほど、陛下を裁判にかけろという外部からの圧力が強くなります」

「そうですか」。彼は珍しく真剣な目つきで私を見た。「我々はこれについては話し合いました」。彼はしばらく煙草を吸ってから言った。

「ところで山下の裁判はどうなっていますか?」

「内大臣、あの裁判は恥です。彼は絞首刑になるでしょう。しかしこれだけは申し上げておきましょう。それと政治的戦争犯罪とは関係ありません。山下は戦地の指揮官でした。我々の同盟国は日本政府の責任追及を要求しているんです」。私はもう一度彼を見つめた。「ところで梨本宮は巣鴨の生活を気に入っておられますか？」

「陛下は仲のいい叔父上の収監を大変気にしておられます」と木戸は即座に答えた。「ご立腹といってもいい。しかし陛下は怒りなど超越しておられます。ジェイ・マーシュ大尉、あんたにはお世話になったから個人的にお話ししておきましょう。陛下は極めて協力的です。国民の苦しみを止めるために実に大きな犠牲を払われました。しかし梨本宮が告発されれば、退位されて京都でマッカーサーの妨害をされるお覚悟です」

「そんなことにならないよう、我々は協力し合う必要があります」と私が言った。

「いつもながら、貴重なご忠告、ありがたいと思います」と内大臣が言った。

「たった一つ解決方法があります」と私が言った。

「ぜひお聞きしたいですな」

「我々はどんなことがあっても陛下と皇族の方々を守らねばなりません」

「その通りです」。と木戸はまた煙管に火をつけながらもっともらしく言った。

「しかし世界から見ればまだ決着のついてない問題があります。結果的に非道な行為を引き起こすような進言を行った陛下の側近の者が責任を取らされなければ決着はつきません」

彼は煙管を吸いながら私を注意深く眺め続けていた。火はもう消えているのに彼はそのまま吸っていた。「東條大将は告発されましたね」と、彼はやっと言った。

「側近とは言えません。身分もそれほど高くありません」

「彼は総理大臣でした」

「彼を選んだのは誰ですか、内大臣？」

我々は何秒か黙って顔を見合わせていた。木戸は煙管をそっと盆に置くと手を伸ばして茶瓶を取って言った。

「お茶いかがです？」

「いえ結構です。お差し支えなければシガレットを吸いたいんですが」

私がシガレットを取り出すと彼はマッチで火をつけて

くれた。通りすがりのジープに庭の犬が吠えかかった。

家の他の場所でコオロギが鳴き出した。私はガーベイ神父のことを思った。彼は恋に陥ったことを悔い改めるため帰国する最後の夜を今、軍隊用のキャンバス製寝台で送っているのだ。木戸は一瞬部屋の入り口の額を見上げた。私はまた一息シガレットを吸った。すると彼は溜め息をついて言った。

「近衛家は二〇〇〇年以上も天皇家の顧問を務めてきました。しかしあなたの話では彼は守られませんな。皇族ではありませんから」

「彼は良くない助言をしたんです。そして良くない決定がなされた。彼は告発されるべきです」

「それで私は?」彼の言葉は考えがまとまらないように途中で消えてしまったが、質問にはなっていた。

「陛下とご一族を守るためには……」と私は彼の驚いたような目を見返しながら言った。「梨本宮は伊勢神宮でのお務めにお戻りになることが許されるべきでしょう。我々の同盟国は陛下の追及を口にしなくなるでしょう」

「我々がそういう申し入れをすべきだとおっしゃるのですか?」

「個人的にですね。私を通じて。それはお考えになった方がいいですよ」

内大臣は深く息を吸った。それから立ち上がった。私はシガレットの火を消して立ち上がりながらテーブルの向こうにいる木戸を眺めていた。彼はちょっとお辞儀をすると出口の方を指した。彼の顔には決意が浮かんでいた。声は一オクターブも低かった。

「確かですか?」。私はかがんで靴を履きながら頷いた。私は自分で考え抜いた、木戸を刑務所に入れるというアイデアが気に入っていた。しかし私には、木戸が天皇に対して絶大な影響力を持っていたこと以外、何も確信がなかった。もう一つ判っているのは、デビナ・クララとの危機的な状況の一部は、私の欲望をうまく満たしてくれた木戸のせいだったということだった。そして、私がダグラス・マッカーサーから自由になれるかどうかは、この中世的な共生関係から自由になれるかどうかにかかっているのだ。

「内大臣、残念ながら、確かです」

私は靴を履き終わった。彼は玄関を開けてくれて、私が外へ出ようとするとお辞儀をした。「では陛下にご相談申し上げましょう」

「ご賢明なご決断です。おやすみなさい。お友だちによろしくお伝え下さい」

「友だち?」

私は秘密を分かち合うようにウインクをした。「この家の持ち主ですよ」

彼は暗い顔で微笑して見せた。「そうそう。機嫌の悪い男でしてね。おやすみなさい、ジェイ・マーシュ大尉」

私はジープに向かって歩きながら口笛を吹き始めた。暗闇の中を運転しながら、私は非情な外交術を身につけさせてくれたダグラス・マッカーサー将軍に感謝した。もし彼の許可も取らずに私がこういう問題を交渉したことがばれれば、最初の船で本国送還となることも判っていた。

艦内営倉にぶち込まれて。

第二四章　内大臣

「閣下、おはようございます」。

「ジェイ、おはよう」。私がマッカーサーの執務室の古い革製のソファでコート・ホイットニーの隣に腰掛けようとすると、将軍は私を見もしないで言った。「レイノルズ将軍はもちろん私の言うことがよく判ったんだろうな」

抑え切れないほどの怒りが込み上げたが、私はうやうやしく頷いた。「将軍は周到な準備をしておられました」。しかし私はそこでやめることはできなかった。「閣下、ご存じのようにこれは大変な悪夢になりつつあります」

「悪夢？」。最高司令官は鋭い目つきで私を睨んだ。

「まぎれもないサーカスであります。犬と子馬のショーであります」

「お前、まさかマニラでそういうことは言わなかっただろうな」

私は如才なく振る舞う気になれなかった。自分がなすべきこと、蒸し暑い照明の中での、見せかけの訴訟手続き、疲労困憊、結婚していないのに父親になる。これらの思いが一度に湧き上がって来て、今まで持ち続けてきたうわべの態度をかなぐり捨てたい気持ちに襲われた。

「滅相もありません、閣下。私など一言も言う必要がありません。他の者が皆言っておりますから。特にアメリカのマスコミです、もし閣下が新聞をご覧になっていなければ、でありますが」

彼は私にまた反論させようとでもするかのように注意深く観察しながら言った。「将軍はなかなかいい仕事をしているらしいが」

私は穏やかに言った。「それは閣下が何をお望みかによって異なります。レイノルズ将軍はよく訓練された腰抜けであります」

「腰抜け？」。チャールズ・ウィロビー将軍が、いつも坐る椅子から私を睨んで言った。「どういう意味か判らんが、侮辱のように聞こえるが」

「そのつもりであります」

「お前、米国陸軍の将軍のことだぞ」

「ウィロビー閣下、それが問題の一部ではないでしょうか。これが終われば彼は必ず昇進されると思います」

ホイットニーとウィロビーは私が呼び込まれるまで、一時間近く最高司令官と話し合っていた。私が部屋に入ったとき三人はいつになく上機嫌だった。彼らは今私が不気味な体臭を放っているかのように顔を見合わせていた。私はそれまで面と向かってダグラス・マッカーサーに反対したことがなかった。そして対立の姿勢を和らげようと思ったが、手遅れだった。私はこういう会議に何百回も同席してきたので、ここで後ずさりして非礼を詫びたりすれば三人が私に覆い被さってきて、反撃の機会が全くなくなってしまうことが判っていた。マッカーサーは私をあざ笑い、自分の言いたいことを言い、私の情報は仕入れるが意見は聞こうとせず、そして私を退席させるだろう。そして多分またマニラへ行けと命令するだろう。

三年間宮廷道化師の役をやってきたがついに男として、マッカーサーに正面から立ち向かう時が来たのだ。私が言うことを彼が気に入るわけがない。しかも私にはサム・ジニアスのような恐るべき巧妙さがないことが自分でも判っていた。しかし私はこの部屋を出、あるいは彼の仕事から外された後、おべっか使いのロボットだったなどと思われたくなかった。

マッカーサーは気を取り直したが、それでも歩きながら不思議そうに私を見ていた。「お前はレイノルズ将軍に失望するようなことがあったかもしれない。それに、お前の率直さは評価する。しかし全体に、訴訟は非常に前向きに行われていると聞いている。フィリピン人は完全に支持しているし――」

「閣下、私はいつでも山下裁判についての完璧な報告をさせていただくことができます。しかしながら、一つ極めて重要なことが発生いたしました」

彼は歩くのをやめて私を見たが、明らかに苛立っていた。私は初めてダグラス・マッカーサーに口答えしたのだ。しかも彼が話しているのに口をはさんだのだ。

「私は昨夜内大臣に呼ばれました。彼らは取引したいと考えております。閣下は彼らが何を差し出そうとしているか、ご存じになった方がよいと思います」

私は古ぼけたソファに腰を下ろしたまま彼の方を向いた。私を見下ろしている彼の顔色が変わっていった。このいくらかのやり取りで、彼にとって私は別の生き物になっていたのだ。私は彼の視線を受け止めてはいたが、内心恐ろしかった。もはや彼の保護は完全になくなり、私は生まれて初めて突然父親に反抗したティーンエージャーのように心細かった。

「ジェイ、何が言いたいんだ？　この会議の目的は私が山下裁判の報告を受けることだ。それに日本政府についてのお前の任務は明確に制限されているはずだ」

「閣下、私には——」

今度は彼が口をはさんだ。「まだ終わっとらん！　お前には彼らと交渉する権限はない。我々の考えを彼らに話す権限も与えてはおらん。お前は聞き役だ。お前の任務は調べたことを我々に報告することだ。もし日本政府の代表者がお前に交渉ごとを持ちかけたら、ホイットニー将軍に廻すのがお前の任務だ」

「閣下、先方はホイットニー将軍に持ちかけたくなかったのであります」

「そんなことは彼らが決めることではない」

私は彼を睨みつけて言った。「私はそういうことを彼らに言う立場にはありませんでした。閣下、私は決断しなければならなかったのであります」。もう後には引けなかった。これ以上怖がることもなかった。「彼らはこの情報を私経由にすることを主張しました。これはホイットニー将軍の問題ではありません。閣下に直接申し上げねばならないのであります」

ホイットニーがソファの向こう端から素早く口を入れた。私がマッカーサーの幕僚になってから彼に怒鳴られるのは初めてだった。「俺の問題ではないとはどういうことだ。何を言うか、大尉。お前は厳密な命令を受けているのだ。こういう問題は極めて微妙であって、青二才の大尉が勝手にいじくり廻すことではない。一国の将来がかかっているんだ。大したことじゃないと思ってるかもしれんが、お前は俺の権威を無視しておる」

ウィロビー将軍は苛々していた。彼は椅子から身を乗り出し、今にもテーブルに飛び乗って私を襲おうとしているかのようだった。「その通りだ！　物事には手順というものがある」。彼はひどいドイツ語訛りで言った。「お前はマッカーサー閣下に直接ご報告する立場にはない。問題点を精査し、各種対策を議論し、それから方針を定めて閣下のお時間を頂戴するのだ」

ウィロビーの手続きに従うとか、ホイットニーに日本側との公的な話し合いをさせるとかが私自身が取るべき最初の手続きであることは判っていた。日本のシステムの複雑さそのものが私の言うことを頑強に否定する者からの防禦壁ではあったが、いずれホイットニーには私が勝手に木戸に会いに行き、自分で提案をしてきたことが判るだろう。私は、山下大将の裁判が終わり次第、フランク・ウィザスプーンに自分の弁護を頼み込んだ方がいいのではないかと思い始めた。また私は自分にこのようなドン・キホーテ的な道を考えつかせたサム・ジニアスを恨めしく思い始めていた。

しかし逃げ道は一つしかなかった。「ホイットニー閣下、私は閣下の権威を無視したりしてはおりません。内大臣は日本政府の最も高いレベルからの話を持って私のところにやってまいりました。天皇自身の、であります」。

裕仁の名を聞くとマッカーサーが考えごとをするように目を閉じた。「私にどうしろとおっしゃるのですか？　彼をそのまま追い返すわけにはまいりませんでした。特に木戸とのつき合いを続けろとおっしゃったのは閣下でありますから。マッカーサー閣下のお耳に達する前に閣下にご報告すれば噂になります」

この最後の言葉がホイットニーをさらに激昂させた。「貴様、この俺がそんな不謹慎なことをするとでも言うのか！」

「とんでもない。しかしながら、もし私が閣下のお部屋にお持ちすれば誰が立ち聞きするか判りません。従いまして自分で判断せざるを得ませんでした」

彼らは不意をつかれたのだ。狼狽していた。この巨人たちが黙って私を見つめているのを見ると、私には自分がどれほど彼らに信頼されていたかが判った。私は何年もの間彼らの間に礼儀正しく坐っていたのだが、今や突然成人になったように彼らの目に映ったのだろう。道化師のジェイ、小使いのジェイ、聞き役のジェイ。それが突然自我を確立して複雑な交渉の主役になろうとしている。彼らは一種の恐怖を感じたのだ。

ホイットニーは私に指を突きつけて言った。明らかな脅迫だ。「俺に個人的に言えばいいのだ。政治問題は俺が決断する」

「閣下、通常ならおっしゃる通りであります。しかし私はおかげで大変難しい立場に置かれました。閣下にご連絡する時間はありませんでしたので、お任せいただけるものと判断致しました。やりたくてやったわけではありません。閣下、私は常に任務を果たしてまいりました。常に、であります」

「コート、もういい」とマッカーサーが言った。「それについてはこいつが正しい。ジェイ、お前も落ち着け」

マッカーサーも穏やかになって、二人の方を向いた。これは、しかし、必ずしも私を支持しているわけではなかった。彼はつい一週間前、サム・ジニアスに作業を続行させておきながらその直後彼を日本から叩き出したのだ。「我々が部内の手続きを論じているとき、こいつに天皇の最高顧問が提案を持って来たのだ。少なくともこいつの話は聞いてやる必要があるだろう」

「ありがとうございます、閣下」

「マーシュ大尉、私に礼を言うな。ほめてやったわけではない」とマッカーサーは冷たく言った。そして私に向かって言った。「それで彼らは何が欲しいんだ？」

「彼らは提案をしておりまして、閣下はそれを受諾されるべきだと私は思います」。私にはホイットニーが私の生意気な態度にまた立腹したのが判ったが、構わず話を続けた。「閣下、お望みのものが手に入ります。そうなさるべきであります」

ウィロビーが腹に据えかねるように言った。「もう一度言っとくぞ。お前は情報提供者だ。聞き役だ。お前が提案を受け入れるべきだと思おうが、どうしようが、我々には関心はない」

私は顎を上げて正面から彼の目を見た。私はもう怖くなかった。身分にも束縛されなかった。恩も感じていなかった。私はこの部屋に自分の居場所を確保し、彼らに忠節を尽くし、献身してきたのだ。私は最高司令官の幕僚たちに中世の宮廷の雰囲気を感じさせていた縄張り争いや脆弱な自負心のぶつかり合いに嫌気がさしていた。これについては彼らより私の方がよほどよく知っていたのだ。

「閣下、私は閣下のご信任を受けて、日本で天皇に次ぐ権力者と秘かに連絡を取っておりましたが、私が解決策をお持ちするとただの書記扱いされる。妙なことだとお思いになりませんか。私は単なる耳ではありません。解決策があります。お知りになりたくはないのですか?」

マッカーサーは私の顔の表情、手や体の動きを仔細に見ていたが、それまで四〇年以上もやってきたこの種の話し合いと照らし合わせて私に何が起こったのか考えているようだった。私には彼が私について知らなかったことを何か発見したのは判ったが、それが何で、なぜであるかは判らなかった。

「構うな」と、マッカーサーはホイットニーとウィロビーに手を振って黙らせた。「よし、ジェイ、言ってみろ」

「閣下、単純なことであります」と私は切り出した。

「実に単純な解決策であります」

「日本に単純なことなど一つもない」とホイットニーが口をはさんだ。

「コート」とマッカーサーが命令するような口調で言った。「とにかく聞いてやれ」

私はホイットニーに向かって言った。「ホイットニー閣下、誠に失礼ですが、閣下はフィリピン通でいらっしゃるかもしれませんが、東京はマニラとは違います。閣下、私は戦争が始まる前から日本について勉強しておりました。この国の文化がいかに複雑であるかは、閣下よりよほどよく心得ております」

私の息づかいは荒くなり、脈搏は上り、腋からは汗が流れていた。しかし私はずっとホイットニーの目を見つめていた。ついに彼が目を伏せた。

私はマッカーサーに向かって言った。「閣下、閣下は二つのことをお望みであります。一つは憲法改正、一つは天皇や皇族を巻き込むことなく政治的戦争責任の問題を解決することであります。特に朝香宮、ご存じのように彼は明らかに有罪であります」

「我々にはやることがたくさんあるのだ」とウィロビーが言った。「それに言っとくが、この天皇の親族の話は最高機密だぞ!」

「ウィロビー閣下、判っております。しかし私の申し上げていることが真実でないとおっしゃることができますか?」。私はウィロビーに面と向かって言った。「閣下、私は長年会議に同席させていただいております。議論は聞いております。閣下のお使いもやりました。メモも取りました。莫大な量です。閣下のご意図を私が知らないとでもお思いですか?」

さあ、やってしまったぞ。言ってやった。「メモも取りました」。この簡単な言葉は、私が彼らの秘密を知っているだけでなく記録まで持っていて、この先永遠に私が彼らにとって協力者になるか脅威になるか、という警告なのだ。それは彼らが決めることだ。

「話させろ」とマッカーサーがまた命令した。

「ありがとうございます」

今度はマッカーサーも私が礼を言ったことに皮肉を言わなかった。私は気を取り直して話し始めた。「では、二つあります。梨本宮をしばらく拘置所に入れておかれるのがよいと思います。いずれ憲法改正には成功されます。今や天皇はそれは大した代償だとは思っておりません。個人として申し上げれば、閣下のご方針の抜け道を見つけるのは彼らの得意とするところでありますからあまり極端なことにはなりません。表向きは閣下の改正案を実施しますが、中身は相変わらず日本のままであります。それが数千年来の彼らのやり方であります。ご存じですか、有名な茶の湯も彼らが中国から持って来たものであります。しかし彼らはそれを日本のものにしました。中国人ですらそのことはもう知りません。閣下の憲法についても彼らは同じことを致します。多少時間はかかりますが、彼らはそれを吸収し、加工し、精練して、自分たちの気に入らない部分は蒸発させてしまいます」

今度はマッカーサーがキッとなって有名な大声での講義を始めた。「マーシュ大尉、これについてはお前が間違っている。これは間違いなく史上最も自由主義的な憲法だ。我々の占領の中で最も重要な成果だ。我々は旧体制の灰の中から彼らを救っているのだ。この憲法は日本人に彼らが知らなかった自由と権利をもたらすのだ」

ここで彼は言葉を使い果たしたように突然話をやめて、他の二人と一緒に私を見ていた。私にもっと言わせたかったことは明らかだった。

「さようであります」と私はまた気を取り直して言った。「私はただ、日本側から見た考えをご説明しただけであります」

「彼らが『個人として』ものを言うか」とホイットニーが言った。

「ごもっともであります」と私が答えた。「個人的に、ではありません。『文化として』ということに致します。肝心な点は次の通りであります」。私はこれ以上話を脱線させられないように二人の将軍を無視してマッカーサーの目だけ見て言った。「閣下は皇族を一人人質にされましたが、あれは非常に効き目がありました。しかし憲法改正だけのために梨本宮を取引材料にされても、何が残るでしょうか？　大したことはありません。日本の憲法にアメリカの言葉が入るだけです。梨本宮はいずれ伊勢神宮に戻って八咫の鏡の番をしているでしょう。我々の同盟国は閣下が戦犯問題を十分処理しておられないと言って相変わらず騒ぎ立てます」

「いいや」とマッカーサーが言った。「山下を有罪にすればそれは解決する」

「閣下、そういうわけにはまいりません！」。私は冷静さを保とうとしたが、山下奉文大将を取引材料としてこともなげに言うマッカーサーに対し急に腹が立った。「そうは行きません。それだけでは。山下裁判は閣下にとってうまくいっておりません」

「それは私が聞いている話と違う。大尉、彼は有罪になるんだ！」

「もちろんなります。閣下がお喜びになることも判っております。しかしあれはとんでもないただの余興になっております。それだけの話です。私が申し上げようとしていることとは神かけて無関係であります」

マッカーサーは農奴に平手打ちを食らわされた王様のように驚いて、明らかに腹を立てて言った。「私の目の前で主の御名をみだりに口にするな」

私は喘いでいた。両手は震えていた。ホイットニーとウィロビーは私の頭がおかしくなったかのように、めったにないことだが共通の怒りを表してお互いの顔を見ていた。私は深く息を吸った。

「申し訳ありません。お詫び申し上げます」

マッカーサーは腕時計を見た。私には彼が時間など気にしていないことが判っていた。

「大尉、全部言え」

「かしこまりました」

こういうことを言っていると、南京事件での朝香宮の責任を追及することがいかに重要であるかを必死になってマッカーサーに説得するサム・ジニアスの姿が目に浮かんできた。私には今や自分が断崖絶壁にぶら下がっていることが判っていた。しかも私の不意打ちはうまくいっていなかった。もしかすると彼らはジニアスの奇妙な振る舞いから勉強したのかもしれない。私はそれに考えつかなかったのだ。それとも要するに私が彼ほど利口ではなかったのか。あるいは、ジニアスは実際オード基地などに行きたくなかったのに、彼に起こったことを私が完全に読み損なったのか。しかしもうどうでもよかった。今さら方向転換する方法はないのだ。

「閣下、もう一度ご説明申し上げます。もし閣下が梨本宮と憲法改正を引き換え材料にされるだけですと政治的戦争犯罪の問題が未解決のまま残る可能性が極めて高くなります。山下大将を有罪にしてもその問題は解決しません。彼は現地指揮官で、平民であります。東條大将を来年正規の軍事法廷で裁いても、解決にはなりません。彼は宮中によって首相に選ばれた一将軍に過ぎません。もし閣下が天皇を守ろうとされるのであれば、誰か玉座に近い者を告発されねばなりません。しかし閣下が皇族を告発されるのがお嫌であれば、残るのは二人であります。閣下、これであります！　二人であります。つまり、先祖代々天皇の助言者であった近衛公爵、そして内大臣木戸幸一であります」

三人はしばらく黙ったままお互いの顔を見ていた。私は彼らの答えを待ったが、体は汗でびしょ濡れだった。私が彼らに新しい思考材料を与えてしまったか、彼らが頭の中で私の棺桶を準備しているか、のどちらかだった。

そこで私が言った。「閣下、二人であります。他にはおりません。抱き合わせになさるべきです。その二人と、梨本宮と憲法の交換であります。それで完了であります。全部手に入ります。憲法は改正され、閣下は天皇に最も近い助言者を告発された、ということになるわけであります」

「で、容疑は何だ?」。マッカーサーは窓の外の宮城の方を見ながら言った。

「戦時中の、すべての天皇の意思決定についての責任であります。木戸の日記は押収されたわけですから、それを利用なさるべきであります。木戸と近衛は天皇に悪しき助言を与えました。彼らが閣僚を選んだのであります。彼らがアジアを全面的な殺戮の場とする政策を承認したのであります。閣下、どちらかであります。天皇がやったか、彼らがやったか」

彼らは黙っていたが、驚きながらも承認したしるしだと私は思った。私にこんな知恵が働くとは思っていなかったのだろう。三人の将軍は長いこと黙ったままお互いの顔を見ていた。それから、やっとホイットニーが尋ねた。

「彼らがこれをお前に話しに来たのか?」

「木戸が提案を持ってまいりました」と私が言った。

「分析は私が致しました」

私はこのちょっとした嘘が気に入った。木戸も自分でこれを言いたかったのではないか。彼にとって嘘は、それが恥をかかないためのものなら、嘘ではなかった。そして彼は誰にもまして、天皇に恥をかかせたくなかったのだ。つまり私は極めて日本的なやり方で、真実を語ったのだ。「彼らはこれが皇族を救う唯一の方法だということを理解するに至りました。ご存じのように彼らは皇族を守るためには命を投げ出す覚悟でおりますから」

「彼らはそれを公式に言って来るのか?」。ホイットニーが疑り深そうに尋ねた。

「彼らは天皇には公式に話しております」と私が答えた。これは多分間違いないだろう。私が木戸の妾宅を出るときの彼の様子から判っていた。「けれども閣下、彼らは仲間の一人たりとも戦犯容疑者としてアメリカ側に引き渡すつもりはありません。それはお判りでしょう。彼らの見解は、政策上戦争犯罪を犯した日本人は一人もいない、国家は一家として集団的に行動した、そして、もし政策上の戦争犯罪で一人の日本人を告発すれば、国全体を告発することになる、ということであります」

「こんなことは直接我々に言ってくるべきだ」とホイットニーが言った。

「言ってまいりました。昨夜の話し合いがそれでありま す」。私は彼の落ち着かない目を見ながら言った。

「ホイットニー閣下、彼らはこういうことを閣下のスタッフには決して持ち込みません。情報がまずく扱われたり、自分たちが皇族の有罪性を認めた証拠として使われて面子を失うことを恐れているからであります。これで、証人もいなければ証拠書類もありません。彼は私が日本の将来の進路を助けるために天皇家の先祖から派遣されてきたものと信じております」

「阿呆な奴らだ」。ウィロビーが突然笑いながら言った。

「アヒルのジェイか。先祖から送られてきた精霊か」と言ってホイットニーが笑った。

「マーシュ大尉、お前をここに派遣したのは私だと思っていたが」と最高司令官が冗談を言った。

彼らは私が天皇家の先祖からの使命を帯びてやって来たという話が面白かったらしく、何秒かの間笑っていた。しかし私は一緒に笑わないで、話を続けた。「私はお三方に彼らが信じていることを信じていただきたいとは申しておりません。自分自身について申し上げれば、民間人としてマニラに送り返されれば大変有り難いと思っております。しかし先ほどのは重大な申し入れであります。私見を申し上げるならば、これによって梨本宮を釈放した場合に出てくるであろう非難をかわすことができるのであります」

マッカーサーは私に向かって満足そうに微笑した。まるで私が、かつては反抗的だったが今大学を首席で卒業した息子か何かのようだった。彼の顔を見ると自分の気持ちが誇りで高ぶるのを抑えられなかった。奇跡が起きたのだ。自分があれほど強硬にやったからこそ彼の完全な信頼を勝ち取ったのだ。

「素晴らしい考えだ。恐ろしいジレンマに対する完璧な答えだ。ジェイ、他にやることは?」

私は息を吸った。彼を見つめて、自信をもって言った。

「彼らを告発なさることであります」

「それだけか?」

「彼らも覚悟しております」

マッカーサーはよくやるように、火の消えたパイプをもてあそびながら、濠の向こうの宮城を見たまま、しばらく歩いていた。それからホイットニーを指して言った。

「彼らを告発しろ」

ホイットニーの気分が急に変わった。彼は私を見るとウインクまでして見せた。私を許してやるという意味なのだろう。彼は忙しそうに用箋に書きながら微笑さえ浮かべていた。

「ボス、大胆なご決断です」

「そうだ」。マッカーサーはまた私に向かって言った。「判った。ところで山下裁判はどうなった。お前は他の連中とは違って明らかに熱が入っとらんな」

私は口を引き締めて、腰掛けたまま姿勢を正した。最後の挑戦だった。「私の気持ちは前にお耳に入れました。

閣下、私は辞めたいのであります」

「どういう意味か？」

「除隊したいのであります。もう限界であります」

私を見る彼の目つきから私には彼が頭の中で計算しているのが判った。私の坐り方、私の手の置き場所、彼を直視している私の目から、あらゆるニュアンスを汲み取ろうとしていた。彼はそばで映画カメラが廻っているかのように胸をはり、顎を持ち上げた。しかし私はごまかされなかった。彼の目を見て、私には彼が何を言おうと、内心自分の負けを認識していることが判った。

「マーシュ大尉、敵の敗将に判断を下すのは容易ではない。しかし、これほど残忍冷酷な記録が公衆の目にさらされたことはめったにない」

「閣下が訴訟記録をご覧になれば、そういうことはおっしゃらないと思います。閣下は間違った者の首を吊ろうとしておられます。今は誰もが感情的になっております。戦争が終わるときはいつもそうであります。南北戦争においてグラント将軍はリー将軍が敗けたからといって絞首刑にしようとはしなかったではありませんか」

マッカーサーは不快感で口をひん曲げて言った。「リー将軍は無辜の市民の殺戮を容認などしなかった。歴史のあるキリスト教の都市を破壊することもなかった」

私は深く息を吸ったが、言うことは言ってしまった。

「それにつきましては、ジョージア大虐殺やアトランタの焼き討ちを考える必要があろうかと思います。しかしながら、あれは北軍でありまして、シャーマン将軍は勝利者側でした。従いまして我々はそれに触れるべきではなかったかとも思いますが」

私は早く彼を怒らせて、私を馘首させて、追い出させようとした。サム・ジニアスは個人感情を入れた途端に追い出されたのだ。しかしなぜか最高司令官は自分を抑制していた。彼はからかうような微笑を浮かべて言った。

「面白い指摘だ。しかし大尉、お前は危険な橋を渡っていることを忘れるな。私の父はあの進軍に参加したんだからな」

「十分存じております。私はとやかく申しません。しかしながら父君は母君と結婚されることによって平和を得られたのではないでしょうか。南軍のお嬢さんでしたから」

驚いたことに、マッカーサーは私が彼の家族のことを知っていたのが嬉しかったらしく、さらに派手に微笑した。彼は遠くを見るような顔で言った。「彼女の家族にとっては大変な悲しみだったことも言っておかないとな。しかしそれがアメリカ精神なのだ」。彼は無理やり話を現代に戻そうとするかのように口をつぐんだ。「ま、しかし、民間の仕事に就きたいというのも判る。それで、ジェイ、将来どうしたいと言うのだ?」

「閣下、マニラに戻りたいのであります。ある一家の事業に誘われております」

コート・ホイットニーが身を乗り出して会話に加わった。「ボス、ラミレス一家ですよ。いい一族です。建設や食品業をやっております。スービックとマニラで大いにやっております」

「あの娘か。そうそう、覚えてるぞ」。マッカーサーの目つきが優しくなった。また思い出と夢を追っているのだろう。もし彼が別の任務を与えられ、別の血筋を引いていれば、どうなっていたのかを。

「まだ彼女のことは忘れていないんだな。この芸者の国で。彼女と結婚したいんだな。ところで彼女の名前は?」

「コンスエロであります」

彼は明らかに驚いたようだった。彼は私がなぜそう言ったか知っていた。それは個人的な悪ふざけだったが、もしかすると隠された脅迫になったかもしれなかった。一瞬彼の顔に辛い思い出と、漠然とした嫉妬と恐怖感が浮かんだ。しかし私だけにそのわけが判っていた。私しか知らないことだったから。それから彼は優しく微笑して言った。

「面白い名前だ」

「実は、それはミドル・ネームでありまして」と私は嘘をついた。「デビナ・クララと申します」

彼は私をしげしげと見ていたが、やっと自分と同じ知能程度の人間として認めたようだった。「お前は立派な実業家になるぞ。だが忠告しておくが、フィリピン人の家族経営に参加するときは彼らより低い地位にはつくな。そんなことをすれば彼らの社会で尊敬されなくなる」

私はそんなことを考えたことがなかった。彼がどのくらい親身になって言っているのかは判らなかったが、もしかすると本当かもしれないと思った。「ありがとうございます。いろいろ考えてみる時間もいくらかあろうかと存じます」

「考えてみる時間が必要なら、そうさせてやろう」。マッカーサーはもったいぶってホイットニー将軍に言った。「コート、ジェイをフィリピンに送り返す必要があるな。いずれ山下裁判で行かねばならんのだから」

私はガックリきた。「けれども閣下、私は除隊したいのであります！」

マッカーサーは微笑するのをやめて言った。「ジェイ、そのうちにな。裁判が終わってからだ。我々に逐一報告しろ――結論が出るまで。日本人に対するお前の鋭い観察眼は評価する。彼らは告発する。あれはしたたかな案だ。ではこれで」。彼はまたもったいぶって微笑しながら、もう行けというふうに顎でドアの方を指した。

「失礼いたします」

私はあまりのことに失望して、ゆっくり立ち上がった。私は彼に不意打ちを食らわそうとしたのだが、逆にネズミ取りに捕まってしまった。山下奉文が生きている限り私は彼の人質なのだ。私がひと言でもまずいことを言ったり、口に出して反抗したりして、それがマスコミに取り上げられた瞬間、私はマニラから呼び戻されて、世界中のどこでも彼の気の済む所へ追いやられるのだ。

私がドアの方に行きかけると彼が呼んだ。

「あ、ジェイ――」

私は振り返った。「は？」

「お前のメモは寄越せ」

また、ネズミ取りだ。私は苦笑いをした。「閣下、もちろんであります」

彼は自信たっぷりに微笑した。何か楽しい秘密があるような目つきだった。「それから、外でソープ・トマスという人がお待ちだ。お通ししてくれないか」

「かしこまりました」

ソープ・トマスはマッカーサーの執務室のすぐそばで椅子に腰掛けて待っていた。背の高い、爽快な顔つきの、歳は六〇ほど、縮れた白髪の男で、私を見て素早く微笑するときれいな歯が見えた。

「失礼いたします。ソープ・トマスさんでいらっしゃいますか？」

「そうですよ」

「マッカーサー将軍がお会いになります」

彼は立ち上がって私と歩きながら言った。「それは素晴らしい」

彼はグレイのウールのピンストに赤い絹のネクタイを締め、私が見たこともないような高価なフローシャイムのウイングチップの靴を履いていた。彼は成功して不動の地位を確立した連中だけが持つ、気楽な自信をにおわせながら歩いた。私は一目で彼が気に入った。

私がドアを開けるとそこにマッカーサーがいた。

「ソープ、久しぶりだな」

「ダグラス、老戦士にしては元気そうだな」

彼らが握手しているところを私が立ち去ろうとすると、マッカーサーが私の肘をつかんで引き留めた。今まで一度もなかったことだが、彼は私の肩に手を廻してソープ・トマスの方を向かせた。

「ソープ、これが最有力候補者だ。私は自分がいいと思わない奴は推薦しないことは君も知ってるだろう。マーシュ大尉はこの三年間、前例のないほどよくやってくれた。ここ数カ月は日本で大変役に立った。日本語も話せる、生まれながらの外交官で、アジアのことを非常によく知っている。位は高くないが、私は自由に日本政府の最上層部と交渉させていたんだ。しかし、じきに彼を失うことになる。陸軍をやめて実業家を志しているんだ」

トマスは自然に私の手を取って、微笑しながら冷静な灰色の目で私を仔細に眺めていた。「君、投資銀行は考えたことあるかね?」

私は嬉しくなったが、同時に、突然のことに驚いて、心構えもできていなかったし、恥ずかしくもなった。私はそれまでそのような報いの大きい将来など考えたこともなかった。私はどうしてよいか判らず、トマスとマッカーサーを交互に見ていた。そしてやっと言った。

「除外したわけではありません」

「アジアはアメリカ資本で様変わりするぞ」とトマスが言った。彼はポケットから名刺を取り出した。私がそれを見ている間、彼はしゃべっていた。「日本、フィリピン、香港、シンガポール! 皆再建を待っているんだ。それを引っ張っていくのがアメリカ企業だ。我々は精力的でアジアのことを判っている優秀な若者を探しているんだ」

「これ以上の男はいないぞ」と言って、マッカーサーは父親のように私の背中を叩いた。

「自分の信用を賭けてもいい」

名刺は「ニューヨーク・バーグソン・フォーブス・グループ、国際投資部門、専務取締役」となっていた。私はゾクゾクするような興奮を抑えることができなかった。私は生まれて初めて裸の女を見たときのように、息が詰まった。ニューヨーク、香港、日本、シンガポール。それにマニラ！　私は投資銀行が何をするのかほとんど知らなかった。結構な暮らしをして、世界中飛び廻り、大儲けをする。

「興味あるかね？」とトマスが聞いた。

ないわけない。デビナ・クララと私の間に何が起ころうと、マッカーサーは私がラミレス一家とマニラで働くことへの不安を私に植えつけたのだ。「あのう、お話を伺うことができれば有り難いと思います」

「君、名刺あるか？」

「ジェイは非常に重要な任務を帯びてマニラに行くんだ」とマッカーサーが言った。「何カ月か行ってることになるだろう。連絡先は判るようにしておく」

「いずれにせよ私もそのうちマニラに行くつもりだ」とトマスが言った。彼はまた私の手を握りながら言った。「電話するよ」

「ありがとうございます」

「素晴らしい！」と、この不思議なほど親切で優雅な男が言った。

私は最高司令官の部屋を出ながら天にも上る気持ちだった。私はホイットニーが秘かに浮かべた薄笑いを無視してドアを閉めた。暗い廊下に沿った部屋では戦後の作業のためにワシントンから続々と押しかけてきた連中が働いていた。それらの部屋の前を通りながら、私が仕掛けた幼稚な不意打ちに対してネズミ取りを三回も仕掛けたマッカーサーのことも気にならなくなっていた。

私は完全にうまく脱出したわけではなかったが、完全に敗けたわけでもなかった。私は当然嬉しかった。木戸は告発されて拘置所に入れられるだろう。私はまだ陸軍にいるがマニラに行くことができる。事実私は自分のメモを引き渡すことになり、山下大将のエセ裁判の苦しさを胸の底にしまい込むことになり、一生沈黙を守ることにもなるのだ。

けれども私には、マッカーサー将軍の推薦のおかげで、ソープ・トマスが自分に大金持ちで権力を持つ男になるチャンスを与えてくれることが判っていた。

第二五章　大森

私はもう三〇分も、第一生命ビルの正面階段で冷たい夜風の中を待っていた。私は広場の向こう側、木の生い茂った、ほとんど灯りもついていない宮城の方を見つめていた。宮内省の方にかすかな灯りが見えたが、他は真暗闇で、動くものは何もなかった。木戸は一〇時半と言っていたし、彼は普通、気に障るほど迅速だった。私は寒さに肩を縮めながら時計を見た。もう一一時近かった。私は階段の前をポケットに手を入れたまま、行ったり来たりした。木戸の気が変わったのだろうか。

そのうちやっとヘッドライトが見えて来た。二台の車が迷路の中のネズミのように木立の中を動いて来るところだった。私の胸が高鳴った。この私の悪知恵で、今歴史が作られているのだ。私は急いで車の方へ行った。彼はアメリカ側に出頭するときは私に一緒に来てほしいと言っていた。

車に近づくと木戸のために天皇が自分のダイムラーを使わせているのが判った。木戸は今や、かつて厚木から横浜までマッカーサーと随員たちが木炭自動車の行列でやって来たときよりもはるかに堂々と、格好よく拘置所入りをやろうとしているのだ。木戸は先頭の車の後部座席に坐っていた。窓の中に、彼の制服とも言うべきモーニングに縞ズボンという、いつもながら優雅な姿が見えた。彼は中に入って隣に坐れというふうに手を振った。

「時間はたっぷりありますよ」。私が乗り込むと、彼は遅刻の詫びもせずに言った。

「大森はそんなに遠くはありません」。暗闇の中でも彼の目は光っていた。「それにしても、ジェイ・マーシュ大尉、どうして真夜中に着くようにしたんですか?」

「マッカーサーが今日中に出頭させるようにと言ったからです」。私が答えた。「内大臣になるべく多く時間を使っていただこうと思いまして」

「そうですか。立派なお心遣いですな」。彼は今でも自分が指揮を取っているかのように言った。「いい兆候ですな」。彼は宮城の方を懐かしそうに振り向いた。ダイムラーは滑らかに動き出し、人通りのない道を急に速度を上げて走り始めた。「ちゃんとお別れを申し上げる機会をいただいてありがたく思ってますよ。陛下もご満足だったと思います」

「内大臣は高潔なことをされているのです」

「ジェイ・マーシュ大尉、私はもう内大臣ではありませんよ。木戸侯爵と言って下さい」。彼は明らかに寂しそうだったが、それを隠すように皮肉っぽい微笑を見せた。彼が酒を飲んでいたことは判った。「それも最高司令官が我々の爵位を剥奪するまでの話ですがね」

「私はこれからも内大臣とお呼びしますよ」

「陛下を侮辱することになりますがね」

「それは失礼、木戸侯爵」。私はあてつけに言った。私は心の一部では木戸が失ったものの大きさに同情していた。「陛下を侮辱するつもりなどありません」

「そうでしょう」。彼は窓の外を見ながら言った。「あなたに限ってそんなことはありません。しかし、私の行為を高潔というのは間違いです。あなた赤心という言葉はお判りですか?」

「一生勉強を続ければ判るかもしれませんが。木戸侯爵、私はまだ若くて未熟です」。彼は私の返事に喜んで、目を輝かせた。「うまい。ジェイ・マーシュ大尉、あなたに会えなくなるのは寂しいですよ」。彼はまた窓の外を見て言った。「私は一生を陛下にお仕えして生きてきたのです。それは私を外から見た姿です。中から見ても同じでなければ赤心があるとは言えません。だから私は喜んでこの道を選んだんです」

我々は暗い人気のない道を、しばらく黙ったまま走っていた。私は後ろを見て言った。「木戸侯爵、どうして車が二台なんですか?」

「陛下のお気持ちです」とだけ彼が言った。彼は遠くを見ているようだったが、今日起きたばかりのことを思い出して誇らしげな顔になった。「今日は長いこと陛下のお部屋でくつろいでいろいろお話ししました。ご幼少の時のことなどもね。ご存じのように私はその頃陛下の一番上の〝お兄様〟ということになっていたんですよ」

「知ってます」

「それから素晴らしい食事になりました。私の――、古くからの友人が大勢来て。いろいろな話が出ましたよ。そう、ジェイ・マーシュ大尉、昔はよかった。ご幼少の時からお仕えすることのできた私の名誉は説明できないくらいです。そして良子皇后陛下は私の――、出発に際して立派な骨董のテーブルを賜ったのです。それにお手製のドーナッツまで」

「侯爵、あなたは幸せな方ですね」

ダイムラーは全く交通のない市街を走っていた。大森はかつては連合軍の捕虜収容所だったが、我々の南にあって、事実あまり遠くはなかった。何分か後、木戸は私を注意深く見て言った。「一つ文化のことでお尋ねしたいんですがね。私の婿はハーバードを出ておりましてな、アメリカ通ということになっております。彼の申しますには、もし私が自分の戦争責任をあっさり認めてしまえば、アメリカ人は私が陛下をお守りしようとしていると思うだけだ。しかし私が責任を認めないで法廷で争えば、何らかの理由で、それは陛下をお守りすることになる、と言うんです。この理屈が私には判りませんが、本当でしょうか？」

私はちょっと考えてから言った。「内大臣、それはあり得ます」

「言ったでしょ、私は内大臣じゃありませんよ」

こんな屈辱的な瞬間でも、彼が取り上げられたばかりの肩書きにこだわるのは、悲劇的でありながら滑稽でもあった。私は微笑を押し殺して言った。「失礼、侯爵。お婿さんが正しいかもしれません。もし簡単にご自分の責任をお認めになれば、アメリカ人はあなたの弁護資料が陛下のご行為を隠蔽するものと疑ってかかり綿密に調べるかもしれません。しかし、一切の責任を否定されれば、アメリカ人はあなたの先、陛下まで追及する必要はないと考えて、犯人探しは他へ行ってやるかもしれません」

「アメリカは全く不思議な社会ですな」。木戸は外を見ながら考え込んでいた。

「各個人は有罪が証明されるまでは無罪を主張する権利を有するというのが我々の考え方です」と私が言った。「自首してきて自分の過ちを認める者などめったにいません」

木戸は突然不機嫌になった。「そんなことでは自分の行為に責任を取らないことを奨励するようなものじゃありませんか」

「しかし、あなたは陛下と叔父方の代わりに責任を取ろうとしていらっしゃるんでしょ？」

「これについてはもう十分話したでしょ！」。彼は私のことをできの悪い学生を見るような目つきで怒って言った。「陛下は国のために責任を取られたのです。しかし皇族が法を犯されることなどあり得ません。いかなる法律もです。だから、あんたの先日の助言が正しかったのです」

「木戸侯爵、私がそんな助言をしたことはアメリカ人には絶対言わないで下さい。最高司令官に告発されたから出頭することにした、とおっしゃって下さい」

「そう、もちろん」と彼が言った。

「最高司令官を守るためです」と私が言った。

彼は私の言ったことの言外の意味が読み取れるような顔をして私をじっと見ていた。私はゆっくり微笑みながら彼を見た。この瞬間、お互いにこの複雑な隠れた真実が判った。そして私には木戸が私にはめられたとは決して認めないことが判っていた。彼は自分を犠牲にすることが苦になっていなかったのだ。これで天皇は守られ、梨本宮は自由の身になる。お別れの食事と骨董品のテーブルとドーナッツまで賜った。自分が悪知恵の利く若造の大尉にはめられたなどと思うわけにはいかないのだ。

「ジェイ・マーシュ大尉、あなた私が思っていたよりよほど頭がいい」

「木戸侯爵、私は日本のために天皇家のご先祖から遣わされて来たんですよ。こういうことになるはずだったんです」

「そう」と彼が言った。その声は穏やかになっていた。「あなたは二〇〇〇年の間日本人だったんだ」。なぜか彼は微笑して窓の外を見た。「私は随分考えましたよ。しかし、どうしてそっちが戦争に勝ったのか、やっと判りましたよ」

我々の前方に大森拘置所の暗くて高い塀がゆっくりと見えて来た。正門の前で何人かの米軍関係者が木戸の到着を待っていた。木戸は彼らを見ると座席でそわそわし出した。そして本心からではなさそうな微笑を浮かべた。恥辱感からだろう、と私は思った。

「私を逮捕するために待ってるんですな」

「そうです」と私が言った。「もうだいぶ待ってるんです」

「ヨシコの面倒見てやってくださいよ」。車が門に近づくと彼が言った。

「どうやって、ですか?」。彼の言葉に私は驚いた。私はここ何日も彼女のことは考えたことがなかったし、彼の言う意味が全く判らなかった。

彼は厳しい目で私を見ていた。「彼女はあなたのために——、一生懸命やったんです。ジェイ・マーシュ大尉。彼女は芸者ですが娼婦ではありません。繊細な娘で、ご存じのように教育もあります。しかしこれからは一生あなたの——、お相手として見られていくんです」

「判ります。だけどあなたが紹介してくれたんですよ。違いますか?」

「確かにそうです。あの晩料亭で、あなたが彼女を気に入ったと思ったんです。光栄なことでした、私にも彼女にも。しかし私はもういなくなります。他の連中は彼女をそういう目では見ないでしょう」

「お国の文化はそうじゃないんじゃないですか?」。私は柔らかく反論した。「多数のために尽くす個人は守られるのでしょ。彼女はあなたに言われて私とつき合っていたんです」

「ジェイ・マーシュ大尉、この国の文化では外国人は十分尊敬されないんです。外国人を愛した女もね」

「私は二日以内にマニラへ行きます。あちらで結婚するんです」

「世の中には義理というものがあるでしょ」

彼は、してやったりというふうに微笑みながら私を見た。ヨシコは私への報酬だったが、今や彼自身への返報にもなっていた。彼はヨシコが東洋流の恥の意識で苦しめられることを話すことによって、この私を西洋流の罪の意識で苦しめようとしているのだ。

「どうすればいいんですか?」

「面倒見てやりなさい」

「どうやって?」

彼は答えなかった。車は遅くなり、やがて止まった。そこにいた憲兵や高級将校の一隊が一斉に緊張し、木戸が車から降りるのを待っていた。彼は優しく私の肩に触れながら微笑んだ。私はそれが心底誠実な気持ちの表れだと思った。

「ジェイ・マーシュ大尉、楽しかったですよ。またお会いしたいですね、この――犠牲の身から自由になったときに」

「私も楽しかったです。内大臣」

「そういう呼び方はやめてもらわなくちゃ」

我々の後からついてきたダイムラーから、タキシード姿の侍従が四人急いで降りてきた。彼らは木戸の側のドアに寄った。その中の年長の男がうやうやしくドアを開けた。四人が深く頭を下げている中を、木戸は車から降りて、自分を拘留しにきた一隊の方を向いた。私は自分の側のドアから出て、アメリカ人の方へ歩きかけた木戸の所へ行った。

驚いたことに、暗闇の中にホイットニーがいた。「うむ、来てくれてよかった」とホイットニーが言った。

「近衛公はこれほど協力的ではなかったぞ」

「どうか致しましたか?」

「自殺した」

「格好よくやったぞ」と、私の知らない、背が高くて顔にニキビの跡のある大佐がホイットニーの横に来て言った。「昨夜彼は自分の別荘で大宴会を開いた。たぶん逮捕祝いのつもりだろう。参加者は皆、彼が完璧な主人役だったと言っとる。客が帰った後、彼は絹のパジャマに着替えて、毒を飲んでからベッドに入ったんだ」

二台のダイムラーは木戸幸一を残して、ゆっくり去って行った。彼は急いで私に日本語で言った。「将軍が近衛と言ったと思いますが、彼ももうここに?」

「いいえ」と私も日本語で木戸に言った。「近衛公は亡くなられたようです」

「そうですか」と前内大臣が言ったが、その悲しげな顔は予知していたかのようだった。「赤心ですよ、もうお判りですか? 彼の一族は二〇〇〇年以上天皇陛下を裏切ることはありませんでした。彼は証言しないと私に言ってました」

「もう大物を中に入れろ」と大佐が口をはさんで木戸を顎でしゃくった。

ホイットニーが一枚の紙を私に渡しながら言った。

「近衛が残した手紙。翻訳の必要がある」

私はチラッと手紙を見たが、木戸に近づいている大佐に言った。

「大佐、ちょっとお待ちを」

私は手紙を木戸に渡した。二人は訳知り顔に微笑し合った。「木戸侯爵、ご存じのように私は漢字に弱いので、公爵のおっしゃりたいことが判るとありがたいんですが」。

木戸はちょっと頭を下げると、手紙を顔のすぐそばに近づけた。そして暗闇の中で声を出して読み始めた。「私はシナ事変勃発以来国政の上で幾つかの過ちを犯した。私は自分の真意は今や友人ならびに少なからぬアメリカ人によって理解・評価されているものと信じている。しかし、勝者は傲り敗者は卑屈になっている。世界の世論は現在興奮の極に達しているが、時が経てば落ち着きを取り戻すであろう。そのとき初めて正しい審判が下されるのである」

「何だって言うんだ?」とホイットニーが尋ねた。

「勝者は傲り敗者は卑屈、とあります」。私が答えた。「それに美辞麗句であります」

「それで自殺したのか? どこまで卑屈になれるんだ?」と、大佐は近衛の名誉ある行為がまったく馬鹿げているというふうに首を振って言った。彼にとってはそうかもしれないと私は思った。

私は木戸に向かって別れのおじぎをした。「木戸侯爵、もうお出で下さい。お元気で」

彼もおじぎをして言った。「ジェイ・マーシュ大尉、会えなくなると寂しいですよ。他の人たちには私たちが理解できんでしょうな」

「お近づきを得て光栄でした」

大佐が木戸の腕を取り、兵隊が彼を取り囲んだ。ホイットニーは私の横で木戸が拘置所の門の中へ連れて行かれるのを見ていた。

「ジェイ、よくやった。近衛のことは気の毒だが、これで一件落着だ」

「ありがとうございました」。私は急に疲れを感じた。このまま何年も眠れそうだった。今でも否定できないが、私はそのとき近衛の死を思い、灰色の冷たい拘置所の塀の中に消えてゆく木戸の姿を見ながら自責の念に駆られていた。

ホイットニーがそばにあるジープを指して言った。

「お前のだ。また明日な」

自分の部屋のドアを開ける前から私には水の流れる音が聞こえていた。中に入ると蒸し暑かった。ベッドはもうできていた。彼女は木綿の下着で、長い髪の毛を背中に垂らし、風呂のそばにひざまずいていた。湯の流れる音を聞き、彼女の細い体の線を見ると私は興奮と恐怖に襲われて、しばらくドアの所に立ちすくんでいた。

私がドアの所でぐずぐずしているのに気がつくと、彼女はこちらに向きを変えて私を注意深く見ていたが、立ち上がると私の方へゆっくり歩いて来た。彼女の背後では湯がまだ流れたままで、湯気が暖房のない私の部屋に霧のように立ち込めていた。彼女の乳首が下着の中で硬くなっているように見えた。彼女が歩くと下着が腿にまつわりつき、豊かな尻が悩ましく見えた。彼女は首を振って前に垂れていた髪を後ろへやった。それからおじぎをして言った。

「長いこと外で待ってたのよ。大家さんがやっと入れてくれたの。ジェイさん、怒らないで」

「うん。外で待つなんて。とても寒くなった」

彼女は私の足元にひざまずくと靴を脱がせ始めた。

「あなたのジープ探したわ。やっと帰って来たのね。一日長かったんだから熱いお風呂に入らなくちゃ」

私は黙っていた。靴が一つずつ脱げた。彼女は立ち上がると私の気分を窺うように見上げた。それから、からかうように言った。「お風呂入りたくないのね」

「ヨシコ、話があるんだ。正直に話し合いたいんだ」

彼女はまた私の顔を見たが、私の真剣なことが判ったようだった。「じゃあ、お湯止めましょうか？」

「そう、お湯止めて」

私はコートを脱いで机の向こうに放り投げ、シャツの襟をゆるめて、ベッドに腰を下ろした。浴室の湯が止まった。ヨシコは私が何をしようとしているのか判らないまましばらく私の前に立っていたが、やがて私の隣に腰掛けた。彼女の目は不安そうだった。

「木戸侯爵が拘置所に入った」

「ええ」。彼女は手掛かりを探すように鋭い目で私を見た。「あの方はもう内大臣じゃないんです。聞いたわ」

「僕は二日以内に日本を発たなくちゃならないんだ」

「ずーっと？」

「そう」

彼女はうつむいた。片手を顎に当て、それから首の後ろに廻して髪の毛をつかんだ。「ジェイさん、私寂しくなるわ」

「僕も」。私はデビナ・クララを裏切っているような気がしたが、本当だった。彼女は私が他にも何か言うのかと探るように私を見ていたが、私の顔からそれ以上何もないことが判ったのだろう。「内大臣、いや、木戸侯は自分が刑務所に行き、僕もいなくなると君が困ることになるんじゃないかって、心配してた」

「私、困ることなんかないわ」と彼女はキッパリと言った。

「彼は君が仕返しされるんじゃないかと心配してるんだ。僕がアメリカ人で、君と愛し合っていたから」

彼女はゆっくりと微笑したが、その目からは、悲しさを現実として受け止めていることが判った。私はそのとき、ヨシコはまさしく神風特攻隊の使命を帯びていたのだと思った。「日本の男は嫌がるわね」

「彼は、僕が君の役に立つことがあるんじゃないかって言ってた」

「ええ」と彼女が答えた。「あるわ」

私は財布を取り出して、開けながら言った。「ヨシコ、僕お金はあまりないけど――」

「いや！」。彼女は財布を閉めて固く握った。「お金なんか要りません」

その瞬間、私には自分が彼女に恥をかかせようとしたことが判った。「ごめん、ヨシコ」。私は財布をしまって言った。「何かできることは？」

彼女は黙ったまま長いこと私を見つめていた。私は大変な力を感じた。そして彼女は決心したように言った。「ジェイさん、ベッドに横になって」

私はためらいながらベッドに横になり、枕に頭をのせた。

「抱いて」。彼女は私の腕の中に入り、頭を私の肩にのせた。彼女はくつろいでいた。目は閉じていた。それから片手で私の腹と胸をさすり始めた。「私、歳取ったら、こういうことであなたを思い出すわ」

二人は長い間、動かずに横になっていた。その後やっと彼女が口をきいた。「もし助けて下さるっていうなら、私があなたを幸せにしなかったことをお姐さんたちに判らせてもらいたいの」

隣で横になっているヨシコは温かくて心地よかった。

私は彼女に対する自分の気持ちを打ち消すことはできなかったが、自分が彼女の人生に持ち込んだ混乱を考えると心が痛んだ。「だって、君のおかげで僕は幸せだった」「いいえ」。彼女は私の顔を見上げて言った。唇には微笑が浮かんでいたが、嘆願するような眼差しだった。「私、自分が恥ずかしいんです。内大臣に言われた通り、あなたを満足させることができなかったんですもの」

私は判ったような気がした。

翌日の午後私は初めてヨシコに会った料亭に行き、あのとき入り口で挨拶した年長の芸者を探した。店はまだ開いてなかったが、彼女はすぐ私に気がついて丁寧にお辞儀をした。

「ヨシコに会いにお出でになりましたの？」

「いいえ、お姐さん。僕はあなたのいるところでヨシコと話をしたいんです」

彼女はしばらく黙っていたが、迷っているようだった。そして調理場の方を指して言った。「どうぞこちらに」

ヨシコは調理場の隣の小さな部屋に五人の女と坐っていた。何人かがヨシコを見て微笑んだが、彼女は私が突然来たことに驚いたふりをしていた。

私はすぐ切り出した。「お姐さん、僕はフィリピンに発ちます。この数カ月皆さん親切にしてくれて、ありがとう。けれども正直言って、失望もしました。今まで内大臣の顔をつぶしては悪いと思って誰にも言いませんでした。ヨシコを僕の——相手として、また、文化の説明役として選んだのは彼なんですから」

姐さんは私がなぜかヨシコに不満をもっていたと思って、厳しい目で彼女を見た。他の女たちの顔に驚きと恐れが浮かんだ。しかしヨシコは私をあからさまに嫌うような目で私を見つめていた。

「断っておきますが」と私は続けて言った。「僕はヨシコは頭がよくて日本の習慣や伝統をうまく説明してくれると思いました。それに美人だと思ったのも事実です。いい男が見つかれば立派な奥さんにもなれます」

皆混乱しきって私を見ていた。私は顔をしかめて彼女を見ながら両手を腰に当てて言った。「内大臣の話と違ってヨシコは僕と愛を交わそうとは絶対しなかった。要するに彼女はアメリカ人が嫌いなんだ」

「まさか！」。お姐さんは顔を柔らげたが、まだ驚いていた。「大尉さん、お気を悪くされたのならお詫びします。でも驚きましたわ。ヨシコも内大臣も、あなた様は喜んでいらっしゃるということでしたから。何があったかは存じませんが、私たちは皆アメリカ人が大好きなんですよ」

「じゃ単に彼女が僕を嫌っていたということだ」と私は結論を出すように言った。「実は、恥ずかしい話だけど、僕は何度もしようとしたんだ。ところがヨシコの方は僕と何もしたくなかったんだ」

他の女たちは嬉しさを隠すように手を口に当てて笑いだした。ヨシコは相変わらず顎を上げ、黙ったまま、私に挑んでいるように見せかけて睨んでいた。お姐さんは顔をしかめてヨシコを見ていたが、目つきは明るく、安心したようだった。

「マーシュ大尉さん」とお姐さんが言った。

「私たちがヨシコの態度を改めさせるようにしますわ」

今や皆私が芝居を打っていることを知っていた。しかし私が店を出る頃には、皆がヨシコを尊敬するような目で見ていた。彼女らには本当は彼女が私を満足させ、私が彼女を気にかけていたことも、彼女の純潔を証明するために出発前の忙しいときにわざわざ彼女の同僚に会いに来た理由も判っていた。私の偉そうな見えすいた嘘で、将来彼女は恥ずかしい扱いを受けることはないのだ。

そう、これで私はヨシコの面倒を見たのだ。しかしジープで宿舎に戻りながら、自分の首尾一貫しないやり方が気になって仕方がなかった。部屋に帰ってマニラ行きの荷造りをしている間も、なぜかガーベイ神父の最後の警告のことを考えていた。「ジェイ、正直でなければ愛は得られないぞ」

そして、私にはデビナ・クララとの問題を解決する方がよほど難しいことが判っていた。

第二六章　聖体拝領

二日後、私はマニラに戻っていた。軍での私の最後の仕事だ。マッカーサーは頭がよく、ときには残酷な男だった。私の鼻先に最も醜悪で、しかも魅力的なニンジンをぶら下げたのだ。私が彼に、あってはならないこと、と話したことが、私にとっての自由への切符になろうとしている。山下奉文将軍が死んでしまえば、ジェイ・マーシュは夢にも思わなかった人生を送ることができるようになる。マッカーサーは私を訴訟手続きに手錠でくくりつけてしまった。私が民間生活に入りたければ裁判の早期決着を望む以外にないのだ。これは彼が得意中の得意とするところだった。私が自由の身になるには、自分が非難した行為が実行されるのを我慢強く待つしかないのだ。

その後の数週が何と早く過ぎたことか。

私の任務と称されるものは、山下裁判の要旨を毎晩東京に報告することだった。そこで私は毎日、焼けつくような暑さの、満員の大舞踊場で容赦なく進行する裁判を見ていた。私が戻って来たときは検察側が論告を終えようとしていた。次から次へと被害者が出て来て傷跡を見せ、日本軍の残虐行為を話した。最後には残虐行為という言葉そのものが空虚に響き、意味も感情もなくなるようだった。最後の子供の証人は手足の傷跡を見せ、最後の老人の証人は家族が殺されたときの模様を話した。フランク・ウィザスプーンが弁護側弁論を始めた。彼は山下の参謀長武藤将軍から始めた。武藤は詳細にわたって、どうしようもないほどの指揮系統の乱れ、連絡手段の不備、補給の欠乏など、山下がフィリピン戦線の指揮官として直面した問題を説明した。ウィザスプーンは武藤の証言を裏づける大量の米軍側諜報や現場の報告記録を提示した。彼が日本から呼んだ七人の性格証人は山下が日本の一般市民の間では極めて評判が高かったこと、彼と帝国政府の間には、戦争を始めるか否か、いったん開戦の暁にはいかに戦うべきか、ということについて、しばしば意見が対立したことなどを述べた。

最後に山下自身が証人台に立って、一一時間に及ぶ反対尋問を含めてまる三日間、メモも見ないで、辛抱強く、説得力のある陳述を行った。すべての尋問を通じて、大将は容赦なく照りつけるライトの下の証人席に威儀を正して坐っていた。汗が顔から首へしたたり落ち、カーキ色の軍服はずぶ濡れになった。彼はときおりテーブルに手を伸ばし、水を飲んだ。それ以外、彼は検察側証人の一人ひとりに対してもそうだったが、尋問者を一心に見つめていた。検察側は彼の背後に大きなフィリピンの地図を用意していた。地図には一〇〇以上の赤丸がついていた。その一つ一つが、主要な残虐行為のあった場所を示していた。

彼の証言は簡明で首尾一貫していた。自分がアメリカ軍のレイテ島上陸のすぐ前に、フィリピンに着任し、軍を引き継いだこと。勝ち目のない相手に対して複雑に移動する軍を指揮していたこと。自分が軍人の行動や民間人の取り扱いについて繰り返し、明解な文書で指示を出していたこと。アメリカ軍のルソン上陸後は、自分も部下の上級将校も遠隔地にある部隊を視察することができなくなったこと。残虐行為の報告は受けなかったが、実際にあったことを知った場合は徹底的に糾弾したこと。

一一時間に及ぶ検察側反対尋問中、戦前経験豊富な法廷弁護士だったロバート・カー少佐は大将の証言の一部分でも撃破することができなかったし、矛盾や誤りも発見できなかった。フラストレーションに陥ったカーは地図を指して言った。

「被告人は当委員会に対してこれら殺人行為について何も知らなかった、また、聞いたこともなかったと言うのですか?」

山下は相変わらず感情を表さずに検察官を見ていた。そして力強く言った。「私はこれらの出来事について聞くことも知ることもありませんでした」

「到底信じ難い」と言ってからカー少佐は思い入れよろしく山下を指して怒鳴った。「あなたさえよければ、機会を与えますから、どうしてこのような殺人行為を知らなかったのか、当委員会に説明しても結構ですぞ」

「どうして知らなかったのか」。この一言が山下裁判のすべてを物語っていた。もし彼が知っていれば彼は直接責任がある。知らなかったとすれば、犯罪的怠慢としてこのような殺戮を起こさせた環境に対して責任があることになる。

山下は同時通訳を通して四二分間にわたり、どうして知らなかったかを詳しく説明した。既にウィザスプーンが説明したことだったが、隔絶され、バギオ周辺の山岳地帯に追いつめられる間に行わなければならなかった軍事的な判断や生身の人間を扱う上での難しさを改めて陳述した。それはある意味では日本軍を追いつめ殲滅したアメリカ軍とフィリピン軍の優秀さを証明するものだった。最後に〝虎〟は深く息をした。彼が感情を表に出しながら話すのはこれが初めてだった。

「私はこのような状況下では最善を尽くしたと信じております。もしそのようなことが予知できたとすれば私はその予防に全力を傾けたでありましょう。今このような立場になければ、私はそういう行為をした者たちに軍法の定める最大の刑罰を与えるでありましょう。私は絶対そのようなことを命令しませんでした。私は上からもそのようなことをせよとの命令は受けませんでした。そのようなことは許しもしなかったし、知っていれば処罰したでありましょう。これについては天地神明にかけて誓います。申し上げたいのはこれだけであります」

カメラのシャッターが切られ、ムービー・カメラが廻った。そして照明灯が消えた。見物人たちは、疲れ切っていて、解放されたように椅子から立ち上がった。山下は憲兵の一隊に連れられて部屋を出て行った。〝裁判〟はついに終わったのだ。残るのは、翌日の午後二時に行われる判決だけだった。

それは十二月六日だった、周年記念に執着するマッカーサーは真珠湾記念日に行う一五分のラジオ生放送の演説の中で判決を朗読させようと企てていたのだ。その夜、裁判の一部始終を取材してきた、アメリカ、イギリス、オーストラリアの新聞記者一二人を対象に、インタナショナル・ニュース・サービス社が無記名投票を行った。裁判で提出された証拠によって山下が有罪になるかどうかという質問に対して、全員が無罪に投票した。

山下に対する判決は素早く出された。そして、誰も意外に思わなかった。十二月七日午後二時ちょうど、大男の山下大将は、事件を審理してきた五人の将軍の席に向かって、不動の姿勢を取っていた。彼は次に起こることを考えている人の群れに背を向け、ウィザスプーンと通訳の浜本大佐の間に立っていた。ラッセル・B・レイノルズ将軍が軍事委員会の事実認定と判決を読んだ。

それは壮大な芝居のようだった。またひとしきり写真を撮る音がした。マイクロフォンの束がレイノルズ将軍の前に置いてあった。彼は咳払いをして、まじめな顔つきになった。彼の背後の窓の向こうでマニラ湾が輝いていた。彼の前の大舞踊場は見物人とマスメディアで満員だった。彼らはひそひそ話をしたり、前の方を眺めたり、静かな興奮を感じながら首を伸ばしていたが、それはまるで芝居の最終場面を待っているかのようだった。

レイノルズは世界中の聴衆を念頭に置きながら、注意深く判決文を読み上げた。「山下大将、当委員会の結論は以下の通りである。すなわち、被告人の指揮下にあった日本軍人によって一連の残虐行為および重要なる犯罪が行われたこと。それらは散発的なものではなく、多くの場合日本軍将校ならびに下士官による組織的な監督の下に行われたこと。その間被告人はかかる状況下で必要な、効果的統制を行わなかったこと、である」

ここで彼はひと息いれ、ゆっくり部屋を見廻してから判決を読み上げた。「したがって当委員会は被告人を有罪と認め、絞首刑に処する」

これが芝居であれば裁判官役のレイノルズの完全な演技に拍手喝采となるところだろう。しかしこれは現実だった。しかし大舞踊場を埋めつくした汗だらけの人々はこの決着に初めて目を覚ましたように静まり返った。山下は黙って頷いただけで、静かに部屋を去った。彼は留置場に戻され、その日の夕方ロス・バニョス刑務所に移送され、死ぬまでそこに留まることになるのだ。

しかしフランク・ウィザスプーンにとっては終わっていなかった。この赤毛の弁護士は激怒してこの建物から飛び出すと直ちに米国最高裁判所に上告した。彼の控訴理由の一つは「マッカーサー将軍は法律を自ら運用し、アメリカ合衆国の法律と憲法を無視したが、そのような権限は議会からも大統領からも与えられていないこと」だった。

マッカーサーは早く山下を始末したかったので、ただちに委員会の判決を認め、週末までに〝虎〟を絞首刑にしようとした。十二月九日、陸軍長官が介入して、マッカーサーに対し、最高裁判所がウィザスプーンの上告に対して判断を下すまで、山下の死刑執行を延期するように「示唆」した。怒ったマッカーサーは法律上は自分の上司である長官に対して無線を打ち返し、その「示唆」を拒否した。彼の言い分は、最高裁判所はこの「純粋に軍事的な」事柄に関し、いかなる司法権も持たない、というものだった。しかし最後に陸軍長官はマッカーサーに対して直接、刑の執行を延期することを命令した。

これで私は少なくともあと一カ月は米国最高裁判所の決定を待ちながらマニラに留まらざるを得なくなった。軍から解放されれば私はニューヨークでソープ・トマスの訓練を受けることになっていた。もっと重要なことは、私が一人で帰国することになったことだ。最後にマッカーサーと会って気分よくマニラに戻って来たときは、こういうことは計画していなかったし、自分で選んだことでもなかった。単なる運命だった。それとも、ガーベイ神父の正直さについての教義がそういう結果を招いたと言うべきなのか。

人はときに、いい知らせには代償を払わなければならない。すべてはソープ・トマスに始まった。マッカーサーの友人であるこの投資銀行家は私がマニラに戻った数日後東京からやって来て、長時間の夕食のあと、自分の会社で働かないかと言ってくれた。カルロス・ラミレスは明らかに地元の商売仲間に対して面子を失った。さらに悪いことに、娘は別として、自分の最高の贈り物を拒絶し、ニューヨークでトマスと働くという私の決断を、自分に対する裏切りと受け取ったのだ。山下裁判が進行するにつれ、私に対する彼の敵意はますます大きくなった。彼から見れば私はもう結婚の誓約をしていたのと同じだった。私は彼の祝福を踏みにじり、一族の正統な一員としての地位を拒否して、彼の仲間うちでの名誉を貶めたのだ。

裁判が終わりに近づいた頃、私は最初の訓練を受けるため一人でニューヨークへ行かなければならないことを知った。そうなるとデビナ・クララを呼び寄せるのに数カ月かかることになる。カルロスは目に見えて疑り深くなり、よく腹を立てるようになった。単なる成り行きに過ぎないことにかこつけて、私がまた自分の一家を操っていると嫌みを言った。私が結婚式の日取りを繰り上げようと言っても納得しなかった。デビナ・クララは彼のお気に入りで、いわば彼の王冠の宝石だった。彼がもう我々の結婚すら望んでいないことがハッキリしてきた。彼の考えでは、我々二人の関係は完全に損なわれていた。デビナ・クララが単なる性のオモチャとして捨てられて、一族がさらに辱められるのか、彼が一生見ることのできないような遠い国に行ってしまうのか、のどちらかだった。突然私は、取っかえ引っかえやって来ては嘘をついて、港を出れば二度と帰って来ない水兵と同じ目で見られていた。彼は突如もう家には泊まらせないと言い出した。明らかに婚約破棄の第一歩だった。

我々にはまだ彼女に子供ができたことを彼に話す勇気はなかった。その晩我々は、月の光を浴び、香りの強い微風を受けながら、彼女の家の庭のベンチに腰掛けて、ますます怒りを新たにする父親にどう話すかを小声で相談していた。二人で寄り添ってヒソヒソ話をしていると、彼はしきりに二階の窓際に来ては不愉快そうに腕を組んで我々を見下ろしていた。私にはなぜなのかよく判らなかったが、デビナ・クララが翌日は日曜日だから今夜一晩中お祈りをすれば明日教会で神様が答えを下さるに違いないと言った。

その夜私は一晩中、短期滞在の将校用宿舎で、眠れないまま寝返りを打っていた。私は彼女が恋しかった。私が彼女がベッドで神様に答えを下さるよう祈っている姿を想像した。そして私は自分自身の問題も抱えていた。私自身の罪滅ぼしだった。私はまだヨシコのことを彼女に話せないでいたからだ。

それから私は今マンレサのジェスイット派修養場にいるガーベイ神父のことを考えていた。彼はマニラでの禁断の、しかも愛おしい夜を思い出しては私のために祈ってくれているのだろうか。私は彼の最後の忠告を無視して彼を裏切ったことになるのだろうか。「ジェイ、神は君に話しかけて下さっているのだ」。彼は本土へ向けて出航する前の晩、私にそう言った。「耳を傾ける勇気が必要だぞ。破戒の気持ちを持ったまま一生を送ることができるか？」　夜が白みはじめる頃、私は彼女に話す決心をした。

そして私は翌朝教会へ向かって歩きながら彼女にすべてを話した。自分の弱さのせいだったこと。最初は酔っていたのとけじめをつける能力がないまま木戸内大臣の罠にかかってしまったこと。あとになっても職責上木戸との関係を断ち切るわけにいかなかったこと。自分で言いながらも、ひねくれた、酷い話だった。自分がヨシコと風呂の中でふざけているとき本心で何を考えていたかなどということは説明のしようがないことはすぐ判った。東京には罪の概念はなく、あるのは恥の概念だけで、自分がしたことの一つはヨシコを恥から守ることだった、など、どうすれば正当化できるのだ。

歩きながら彼女の傷ついた顔を見て、私は彼女に話したのは失敗だったと思った。彼女は恐怖に駆られて黙ったままだった。彼女は私から手を離して、顎を引いた。私は生まれて初めて、むき出しの正直さが必ずしも幸せを呼ばないことや、木戸内大臣にはよく判っていたことだが、嘘が真実よりも正直な場合があることを悟った。私は彼女を失いつつあった。私の目の前から消え去りつつあるのだ。私にできることは何度も何度も、あれは何でもなかったのだ、と繰り返すことだけだった。しかし、それが我々にとってはすべてを意味した。

彼女は私の前を急いで教会に入ったが、腰掛けるときも私の方を見なかった。ミサの間泣き続け、聖体拝領のため前に進むときも、泣きながら、よろめくように歩いた。聖餐台の前にひざまずき、司祭から聖餅を授かるときも、涙を流しながら顔を上げた。彼は彼女の唇に手を差し伸ばしたとき、聖餅を落としてしまった。

もしかすると彼は彼女の涙に気を取られたのかもしれない。彼女はしゃくり上げて唇を動かしたのかもしれない。いずれにせよ、聖餅は教会の床に落ちたのだ。そして汚らしくて恥ずべき前兆のように転がっていた。キリストの体が司祭の手から彼女の口に届き損なって、その足元で埃まみれになった。彼女は祝福を受けられなかったのだ。司祭はすぐ聖餅を拾い上げて、床に触れた所を聖水で清めると外へ持ち出した。フィリピンのカトリック教会のしきたりでは後で正式に埋葬されるのだ。

こうして神は彼女に告げたのだ。神は彼女を拒否し、自分の体が彼女の震える唇に近づいた瞬間、離れてしまった。席に戻るときも彼女は私のことを見ようともしなかった。礼拝が終わるまで彼女はひざまずいたまま、泣きながら祈っていた。教会の外で、少年がカシュウの木の若芽であるカスイを売っていた。相変わらず私を無視しながら彼女はそれを大きな袋に一杯買った。家に帰ると彼女はそれを、召使いたちが午後のおやつ用に作った小エビのペーストにつけては、何かに取りつかれたように、ゆっくりと食べ始めた。

彼女の母親は娘が食べているのを注意深く見ていた。それから、ためらいがちに、どうとでも取れる冗談を言った。「あんた妊娠してなくてよかったね、デビナ・クララ。カスイをあまり食べると流産するっていうわよ」

デビナ・クララは小エビ・ペーストの皿に目を落としたまま何も言わなかった。

しかし狼狽した私の顔がすべてを物語った。彼女の父親は視線を娘から私に移すと怒鳴り出した。私に家から出て行け、と怒鳴った。彼女に荷物をまとめろ、と怒鳴った。召使いに車を出せ、と怒鳴った。私はたじろがず抵抗した。しかしデビナ・クララは突然私を見上げると、ドアを指した。

「ジェイ、行ってちょうだい」と彼女が言った。

「私は家族と一緒にいるわ」

私はうろたえた。「話し合わなくちゃ」

「行ってちょうだい!」。彼女はまた指差して言った。

「行って! 話し合いなんか、そのうち」

私も外へ出たが遠くへは行かなかった。私はジープを横道に停めて、彼らが来たら後をつけようと思って待っていた。すぐ彼らの車がやって来たが、カルロス・ラミレスの方がうわ手だった。車がジープのそばで停まった。カルロスと運転手が降りてきて急いで私に近づいた。カルロスはジープの窓に何気なく寄りかかって、声は穏やかだったが真剣な口調で言った。

「ついてきたら殺すからな」

彼がそう言うと運転手が大鉈を二度ふるって、ジープの前輪二本をパンクさせた。

車が戻って来たときはもう暗くなっていた。私は通りがかりの軍用トラックにタイヤの修理をするため修理工を寄越すよう頼んでから、ずっとジープの中にいた。私はうとうとしていたが、近づいて来る車の音に突然目を覚ました。召使いの少年がどこからともなく現れて門を開けると車が邸内に入って行った。

私の驚きは怒りに変わっていた。何か美しいものが消え去り、私はそれを取り戻したかった。それは自分のものだ。自分の愚かさのために正しく扱わなかったかもしれないが、私はそれを熱愛し、犠牲を払い、それを中心に将来の計画を立てていたのだ。私は邸内に入り片手で少年を振り払って車に近づいた。

彼女は車の中にいなかった。カルロスがゆっくり車から出て来た。彼は怒りで体を震わせていた。彼が近づいて来るのを見て、私は間もなく二人の中のどちらかが死ぬと思った。そして、それが自分であっても構わないと思った。

「彼女はどこだ！」と私が怒鳴った。

彼はそのまま近づいて来た。彼の頭は私の肩までしかなかったが、私の胃に頭突きを喰らわすかのように前に下げた。私は両手を握りしめて拳を作った。私の方が大きくて、強くて、若くて、怒っていて、彼女の居場所を言うまで殴り続けるつもりだった。

彼ほど動きの早い男は見たことがなかった。バナナ・ナイフで私に切りつけ、頬から歯から舌の端まで切り裂いた。頬の傷は口のあたりまで達した。一瞬の出来事で、私が手を上げようとしたときには彼はもうナイフを引っ込めて、手を体の脇に下ろしていた。

私が体を起こし、一歩下がりながら、ショックとほとばしる血に喘いでいるところを、彼は素早く私の股間を蹴った。私は体をかがめ、ナイフの傷に息をつまらせ、股間の痛みに吐き気を催した。彼は私の前に立ち、今度は私を見下ろしていた。息づかいは荒く、目は暗闇の中で憎悪に光っていた。彼はゆっくり近づくと、念を押すように私のシャツでナイフの血糊を拭いた。そしてナイフを折りたたむとポケットに入れた。

「今度ここへ来たら死ぬと思え。冗談じゃないぞ。これまでに俺を笑いものにした奴が一一人、地獄で貴様を待ってるぞ」

私が口を利こうとすると幾つかの歯とおびただしい血が胸に流れてきた。

「愛してるんだ。判ってくれ。カルロス、彼女には俺たちの子供が宿ってるんだ。あんたにも何ともならないんだ！」

「彼女には誰の子供もできない。もうだめだ。誰の子供も、だ」

彼は荒い息づかいをしながら憎悪に燃える目で私を睨んでいた。そうすることによって彼は辛うじて私にとどめを刺さずにいられるのだ、と私は思った。ある恐ろしいこと、数時間前の悪夢のような出来事より悲しいことがあったのだ。別の種類の器具が、体の別の場所に、私の顔の傷よりはるかに無残な傷をつけたのだ。

「この世で一番美しいものだ」とカルロスが続けて叫んだ。言葉で私を刺し続けるかのようだった。「俺が創ったんだ。彼女に何が残ったんだ？　俺はどうしてやればいいんだ？　嘘つきのアメリカ人と、信頼していた医者だ。子供の頃からの知り合いだ」

「彼女はどこだ！　何をしたんだ！」

彼は自分を抑えるように頭を下げたが、向きを変えるとまた私の股間を蹴った。私は崩れ落ちてひざまずいたが、胃から出てくる大量の血を吐いた。

「俺が何をしただと。貴様は何をした？」　彼は私を見下ろして怒鳴った。「貴様の急所を切ってやろうか。それで貴様にも彼女の気持ちが判るだろう。そうだ。いや、そんなことをすれば彼女は貴様を許してしまう。彼女は純粋だから。彼女はそういう娘だ。貴様がまた来たら侵入者として殺す。彼女にも、神様にも判ってもらえるはずだ」

彼は私の傷口に指を二本突っ込み、その手を私のシャツで拭いた。「これでどうだ。貴様の顔で血を流しているのは女のあれだ。逃げることはできんぞ。どこまでもつきまとうぞ。大物銀行屋さんよ、貴様がどこへ行こうと、毎朝起きてヒゲを剃るたびに、鏡を見て俺を思い出すんだ。彼女は毎朝石女《うまずめ》として目を覚ましては貴様のことを考えるんだ」

こうして私の絶望の年月が始まった。私は自分のひどい傷が癒えるのと山下の絞首刑を待つ間も秘やかに彼女の居所を探した。何十通も出した彼女への手紙は返送もされなかったし返事もなかった。彼女が突然姿を消したことは私が最も必要とするときに体の一部をむしり取られたようなものだった。もし彼女が亡くなっていれば私は悲嘆にくれただろうが、我々の悲劇は終わったことになる。しかし彼女が生きていながら全く誰とも連絡を取っていないことを知ったとき、私は最大の罰を受けることになったのだ。毎朝鏡を見てヒゲを剃るたびに。

そう、私はすべてを捨てて一人でフィリピンからニューヨークへ移るつもりでマニラに戻って来たのではなかった。私はダグラス・マッカーサーのようにはなるまいと努力した。そして、残念なことに失敗した。

第二七章　ロス・バニョス

そして最後の時が来た。私には自分がその日のうちにいなくなるとは信じられなかった。

私はマニラを深夜に出発して混雑したハイウエイをキャビテに向かって車を南に走らせた。その時間でも市内の道路は手押し車やジプニー（訳注・ジープを改造した小型バス）や軍用トラックや二輪馬車でごった返していた。すべてがまちまちの速度で走り、割り込み、運転手はクラクションを鳴らしっ放しでお互いに手を振ったり罵り合っていた。そしてそのほとんどが眠そうな、やせたフィリピン人で満員だった。マニラからキャビテへの道は交通が少なかったが、思い出が甦ってきた。道端には一年前の戦争の残骸が散らかっていた。破壊されたトラックやタンクや航空機の骨組みがあちこちに置き去りにされていた。半ばジャングルのつる草に覆われていたが、内部は地元民がハゲタカのようにきれいに持ち去っていた。

キャビテの向こう側は別世界のようだった。もう一マイルも行くと人通りがなくなり、まるで村中が家へ帰って寝てしまったようだった。平和で静かでいい香りがしていて温かかった。私の心は思い出に埋もれて、最後の仕事としてそれらを整理するようにさ迷っていた。私は自分がこういう道端で大人になったのではないかと思った。私は三〇マイル北の、砲撃でやられたハイウェイの端で恋に陥ったのだ。道端の、小さな光が洩れてくるニッパ・ハウスや、その後ろの小屋にいる水牛の臭いはあの頃私の人生の一部だった。四年近く太平洋地域にいると、泥んこのアジアの片田舎を訪れるのが恐らくこれが最後だろうとは思えなかった。

嫌らしい雲が広がってきて月を隠した。私は運転しながら鉛色の空を見上げて身震いした。台風シーズンは終わっていたが、フィリピンではいつ海の方からどしゃ降りの雨がやって来て、あっという間に車輪までのぬかるみにしてしまうか誰にも判らなかった。大雨になれば私はロス・バニョスまで行けないかもしれない。さらにまずいことに、基地には着いても泥の中で足止めをくって、本国行きの輸送船に乗り遅れるかもしれなかった。

しかし雨は来なかった。やっと、道の反対側に黄褐色の看板が突き出しているところに来た。明るい黄色の字が、ここで曲がってジャングルへ入るよう指示していた。ヘッドライトに照らされた文字を見て、私は速度を落として細い砂利道に入った。

ロス・バニョス
米国陸軍刑務所
立入禁止

刑務所への道に入った途端私はうっとうしいジャングルに呑み込まれて、死者の待つ洞窟へ向かって長いトンネルの中を通っているような気がした。闇夜の湿った空気が幌をたたんだジープの中の私にまとわりついた。砂利がしょっちゅうタイヤに食い込んだ。両側の木の枝が道をはさんで垂れ下がり、ゆっくりと風に揺れていた。私は我に返った。一瞬懐古の気持ちが消えた。私はここに楽しむために来たのではなかった。私は仕事に戻って、前方に注意しながら走った。この密林の向こうに刑務所を取り囲む有刺鉄線の塀があるに違いない。

道路が長いカーブになった。その先でジャングルは突然なくなった。数カ月前アメリカ軍のブルドーザーによって整理された宏大な敷地が私の目の前に広がっていた。有刺鉄線の長い列がヘッドライトに光った。何百万という刺が、降るのを忘れた雪のように上を向いて輝いていた。金網の向こうに、風にはためく五〇〇ものテントがぼんやりと見えた。テントの列の間に、ここかしこ、裸電球の光が見えた。動くものは何もなかった。死んだように静かだった。私はロス・バニョスに着いたのだ。

ロス・バニョスはアメリカ軍の監督下にある日本兵を仕分ける設備のうち、最後のものだった。彼らの中には八月の天皇のラジオ放送の後、一斉に投降して来た者たちと、戦争終結後半年の間に、遠隔の防衛陣地から三々五々出てきた者たちだった。多くの者がすでに尋問を受け、シラミの駆除を受けて、故国に送還されていた。しかし、まだ何千人もがアメリカ軍の許可や、あるいは輸送船の順番を待ちながらここに残っていた。

そして今夜ここで山下奉文大将の絞首刑が執行されるのだ。

一九四六年一月七日、最高裁判所はフランク・ウィザスプーンの上告を受理し、二月四日結論を下した。ラットレッジ判事とマーフィー判事の痛烈な反対意見にもかかわらず、最高裁判所は本件に介入することを拒否した。裁判所はまず、「被告人の有罪無罪には関与しない」が、彼をその容疑事実について裁く「委員会の法的権限」を判断する立場にあるとの見解を示した。多数意見は、軍事法廷の判断を「問題となった事実について誤った決定を行ったというだけの理由で」覆す憲法上の権限を最高裁は持たない、というものだった。その結果山下大将の運命は極めて限定された法的技術論にかかることになった。正式の平和条約が調印されるまでは「戦争状態が続く」のであって、マッカーサーには軍事委員会を招集する権限があるのだ。マーフィー、ラットレッジ両判事の反対意見書は怒りに溢れていた。両判事は、マッカーサーに軍事委員会を招集する権限があったとしても、その構成そのものが、山下から、正当な法的手続きによって保護されるという最も基本的な憲法上の権利を奪っている、と主張した。「正当な手続きによる保護を停止すべき軍事上、あるいは緊急の必要性はない」と、最高裁判所判事に就任する前、フィリピン総督だったマーフィー判事は書いた。「しかるに山下大将は、不適切な容疑により、しかるべき弁護のために必要な時間を与えられず、最も基本的な、証拠に基づく審理を受ける権利を奪われ、略式に絞首刑を宣告された。この不必要かつ不適切な性急さには、彼が意識的に戦争法規を犯したことを証明しようという真摯な努力が認められない。彼は自ら残虐行為を犯し、あるいはその実行を命令または容認した罪に問われたのではない。彼がこれらの犯罪について知っていたことさえ立証されなかった。この起訴そのものが、軍事委員会に対し、その望むまま犯罪を作り上げる自由を与えたのである」

マーフィーは後年ベトナム戦争中アメリカ軍司令官たちを悩ませることになる予言をした。「このような手続きは我々アメリカ人にとって恥ずべきことである」と彼は書いた。「今この瞬間の興奮は間違いなく満足させられるであろう。しかしながら陸軍において指揮を取るべき立場にある者は、軍曹から将軍に至るまで、このことのもつ潜在的重要性から逃れることはできないであろう。将来の大統領や、その参謀長と軍事顧問の何名かの運命はこの決定によって定められたも同然である」

　ラットレッジ判事はマーフィーと同じ懸念を表明し、最後に彼自身の、後世への警告を書いた。「自身の自由を確保しようとする者は、自らの敵をも弾圧から守らねばならない。この義務を果たさなければ、それは前例となって、やがて我が身に降りかかるであろう」

　マッカーサーは歯牙にもかけず、最高裁判所の意見を読みもしないで山下の処刑日を決めた。彼は「山下の犯した罪は軍職を卑しめ文明を汚すものであって、永遠に忘れられることのない恥辱と不名誉として残るであろう」と宣言し、山下から「軍服、勲章その他軍人であることを示す一切の物を剥奪すること」を命じた上、刑の執行を二月二十三日午前三時と定めたのだった。

　そして今私は自分の軍歴の中で最も忌まわしい最後の任務を果たすべく、深夜ジャングルの道にいるのだ。それは〝虎〟が死ぬのを見届け、それによって自分が自由になることだった。

　私が営門に近づくと、憲兵が小さな哨舎から出て来てジープの前に立った。白いヘルメットの下の子供っぽい顔がわざとらしいしかめっ面をした。彼はM2カービンを持ち上げるとジープのフロントガラスに向けて突き出した。私は急ブレーキをかけた。このガキのような伍長は間違いなく本国から着いたばかりだった。たった数カ月で戦争に間に合わなかったので、この異国で侵入者を撃ちたくてウズウズしていたのだ。そうでもしなければどうやって手柄話を故郷に持って帰れるのだ。

　私が徐行すると彼が怒鳴った。「おい！　ライトを消せ！」

　私はジープを止めてヘッドライトを消した。彼は運転席側に来て私の顔を懐中電灯で照らした。そして私の階級に気がついた。

「失礼しました、大尉殿」。彼はサッと敬礼して銃を肩に掛けた。

「今夜はいろいろ妙な連中が入り込もうとしておりますので。新聞記者、写真班その他何やかやと処刑を取材しようとするのであります。私は来訪者は全員追い返せという命令を受けておりまして、首吊りは個人的な問題でありますから。マッカーサー将軍、直々のご命令であります」

「そうか。そのマッカーサー将軍の命令で来たんだ」と私は言って、身分証明書と命令書を渡した。それには「観察のため」とあった。

「ウヘェ」と彼は懐中電灯で書類を確かめながら言った。「ジャップの将軍が死ぬのを見るためにわざわざ派遣されたんですか？　大変ですねえ」

「マッカーサー将軍は何でも徹底的にやられるんだ」と私はそっけなく言った。「細部にまで気を遣う方だ。完全な報告書を要求しておられる」

「写真や何かじゃいけないんですかね」と伍長は言ってから気がついた。「いいえ、失礼を申し上げるつもりではありませんでした」。彼は乱杭歯を見せてニヤリとしたが、まだ驚きを隠さずに言った。「大尉殿は直接将軍に仕えておられるんですか？」

「三年になる」と私が言った。「これが最後のご奉公だ。明日は輸送船で出発だ」

「そりゃ、よかったですね。こんなゴミ溜めから出て行けるんですから」。私が黙っているのを同意と解釈したのだろう。彼はますますなれなれしくなってきた。「どうすればマッカーサー将軍に仕えることができるんでしょうね。お聞きしたいもんですね」。懐中電灯が私の頬の傷を照らした。「酷い傷ですね。すげえ。前線でやられたんでしょ」

「伍長、勤務中じゃないのか？」。傷はこの下らない憲兵の知ったことではない。私は彼のなれなれしさにイライラしてきた。こいつはもういい。「仕事があるんだ。書類を返して門を開けろ」

「失礼しました。失礼申し上げるつもりではありませんでした。お判りでしょ」。彼は面食らって私に書類を返すと遮断機を開けた。

私はヘッドライトをつけてギアを入れた。門が開いたので発進した。伍長がまた敬礼した。私は門を通りながら彼に呼びかけた。

「基地司令官に電話して、俺が山下大将に面会に来たと伝えろ。すぐやれ！　マッカーサーの命令だ」

基地司令官はごつい顔の面白味のない大佐だったが、

処刑を前にして今すぐ〝虎〟に会いたいと言う私に対する不快感を隠そうともしなかった。マッカーサーの命令だと言っても、彼は臆することなく自分の権力を誇示しようとした。彼は門のところで私に会うと、気のない態度で自分のカマボコ兵舎の前に駐車しろと命令した。それから私を自分の事務室に入らせると、私を立たせたまま小さな野戦用の机の向こうに腰掛けた。彼はわざとらしく、ゆっくりとフィルターのついていないキャメルを吸いながら私の書類を仔細に確かめるふりをした。感心したふうも見せないで、彼はやっと不満気に同意した。

「何でこんなことで大騒ぎするのか、俺には判らん。大体何人のアメリカ人が戦死したんだ。奴らはマニラでフィリピン女を何人強姦したんだ。赤ん坊何人を刺したんだ。あん畜生は半年前に射殺してしまえばよかったんだ」

彼は拒否するように私の書類を机に放り投げて言った。「浜本はもう起きてるぞ。驚くこたあない。皆起きてる。向こうのテントはガサガサしとるぞ。ワイワイやっとる。爺が死ぬのを知っとるんだ。今会わしてやる」

「通訳は要りません」

彼は意外そうだったが軽蔑するような顔つきで言った。「へ、ジャップの言葉が話せるのか」。私は頷いた。「流暢なのか?」。私がまた頷くと彼がまたあざ笑った。「そうか。本物のアジア人というわけだ」。彼はシガレットをもみ消しながら言った。「いいようにしろ。俺はカンザスに行くのが早ければ早いほどありがたいんだ」

私はお愛想の一つも言ってやろうかと思った。「大佐はカンザスのご出身で?」

「いいや、俺はシカゴだ。ここにいる黄色い奴らを皆送り出したら俺はリーベンワース基地に帰るんだ。もう命令は出ている。刑務所だ、部隊じゃない」。彼は微笑した。「俺はぶち込むのが好きでな。そこへ閉じ込めておくのも楽しくてな」

大佐はいかにも凶悪な顔つきでニタリと笑った。私はこの男はいったい刑務所の檻のどちら側にいるのだろうと思った。私はマッカーサーに対する事後報告の中で彼の問題点に触れてやろうと思った。しかし私はもうマッカーサーに報告書を出すこともないのを思い出した。

私は大佐が天井から下がっている薄暗い裸電球の下で私の顔を見つめているのに気がついた。「大尉、酷い傷だな。一体どこでやったんだ?」

私は時計を見て言った。「大佐、これでいいんですか?　私の身体検査は?　山下大将に脱走用の武器を渡したらどうするんです?」

彼はもう一本シガレットに火をつけた。そしてまたいやらしい薄笑いを浮かべた。「大尉、そんなもの必要ない。あのジャップに武器をやってみろ。その場で二人とも射殺させるぞ。心配するな。ここにいる俺の粒よりの奴らが喜んでやるからな」

蒸し暑い暗闇の中、構内を歩いていると、並んだテントから、かすかなざわめきが聞こえてきた。ロス・バニョスにいるすべての日本兵がさし迫った〝虎〟の死について話していた。彼らは山下の部下だったのだ。少なくともその一部は、レイテからリンガエン湾、そしてはるか北方の山岳地帯まで一年近く死闘を続け、生き残ったのだ。結局彼らは敗北したのだが、山下は圧倒的に優勢な敵に対して、彼らを素晴らしい方法で率いたのだ。彼らは〝虎〟に忠節を尽くしていた。今夜眠れる者は少ないだろう。

山下のテントは構内中央の小高い丘の上にあって、蛇腹型鉄条網で囲まれていた。私が近づくと彼はもうテントの前で待っていた。彼は明るい顔で微笑んで、目も澄んでいたが、これから死ぬことになっているとはいえ、みじめな姿だった。十二月上旬私が会ったときから少なくとも三〇ポンドは痩せていた。頭はいつも剃っていたのに今はボサボサで、白髪交じりの無精ひげを生やしていた。マッカーサーの命令で軍服を取り上げられ、青い古着の米軍作業服を着せられていた。私には、癌病棟から抜け出してきた老人のように見えた。

私は有刺鉄線の中に入りながら日本語で挨拶した。

「閣下、お目覚めでしたか」

彼は面白そうに笑った。「マーシュ大尉。私が首吊りの前に休養を取っているとでも思ったのかね」

私は彼のそばに近づいた。二人はお互いに会釈してから握手した。彼は私の驚いた顔つきから、物音一つしない暗闇の中で彼を点検することで私が当惑しているのをすぐに察知して言った。

「私なら元気ですよ」と彼は私が尋ねる前に言った。「お宅の大佐が自分でやる前に私が自殺するんじゃないかと思って心配してるだけだ。だから私が使いそうな物はみんな没収した。剃刀、爪切り、ペン・セット」。彼は笑って顔を指さした。「眼鏡まで！　私がレンズで手首を切るとでも思ったのかね」

「あの大佐には日本人が理解できないんです」と私が言った。

「私には自殺することはできない」と大将は言った。「それは不忠になる。陛下は投降せよとご命令になったのだ」

「判っております」と私が言った。「けれども彼にとっては違うんです。もし閣下が自決なさいますと彼は面子をなくします。そうなると彼は夢にまで見ているカンザスの刑務所で働けなくなるんです」

「大佐も軍人だ。任務を果たしているだけだ」。山下は、あとは何も気にならないというふうに肩をすくめた。「それから、有刺鉄線の先の方で銃を持ってブラブラしている歩哨の伍長を指して言った。「あの伍長は今や私の甥っ子ですよ。毎晩一時間私が漢詩を読めるように、隠れて眼鏡を持ってきてくれる。私が読んでいる間見張っていて、終わると持って行くんだ」

彼はいたずらっぽく微笑した。「私はときどき、私が読んでるのを見ながら彼が何を考えてるのか、と思いますよ。もうすぐ死のうという日本の軍人が、どうして漢詩など読むんだろう。それを説明してやれるほど、私は英語ができないし。ま、しかし、そんなことはどうでもいい。親切に眼鏡を持ってきてくれるんだから」

歩哨には我々の話していることが判らなかったが、彼の目つきから山下への思いやりが感じられた。私は突然大将を残して歩哨に近づいた。

「剃刀と鋏をくれ」と私が言った。

「大尉殿、そんなことできません」と彼が反抗した。そして神経質そうに大佐のカマボコ兵舎の方を見た。

「急げ」。

「大尉殿、大佐が――」

「大佐なんかくそ食らえだ」と私が言った。「マッカーサーの命令だ」

五分以内に伍長は山下の剃刀と鋏とマニキュア・セットを持ってきた。私は大将のテントの中で時間をかけて彼の髪の毛を切った。そのあと彼はまず顔と、それから頭を剃り、爪を切った。それが終わると彼は切ったものをハンカチで包んだ。そして私に向かって深々と頭を下げ、髪の毛と爪の入ったハンカチを渡した。

「マーシュ大尉、覚えていてくれたんですな。本当にありがとう。マニラからロス・バニョスに移るとき、みんな取り上げられてしまった」

私はハンカチを受け取ってポケットにしまった。口には出さなかったが、これで約束ができたのだ。私は日本の伝統に従ってこれらのものを彼のお骨と共に遺族に送るのだ。

「閣下、お任せ下さい」

「あんた、どうして、わざわざ、こんなものを?」。彼は私のすぐそばに立って私の目を見ていた。外で車の近づく音がした。ジープが二台とトラック一台のようだった。彼を連れに来たのだ、一時間以内に彼は死ぬのだ、と私は思った。

「閣下を尊敬しているからであります」と私は辛うじて答えた。「閣下が不名誉なことは一切されなかったことはよく存じております」

「自分の運命に文句を言うわけにはいかんが」と彼が言った。「しかしこの裁判は理解できない」

「ご存じですか、先週八万六〇〇〇人の日本人がマッカーサーに刑の軽減を求める嘆願書を出しました」

〝虎〟は微笑した。明らかに感動していた。それから肩をすくめて言った。「そんなことで彼が気を変えることはないだろうが」

「そうです」と私は彼を見つめながら言った。「本当のことを申し上げますと、そういうことはかえって彼の意志を強固にするだけであります」

山下は判っている、というようにクスッと笑った。外でブレーキの音がして車が止まった。エンジンはかけっ放しだった。乱暴にドアを閉める音がした。落ち着かない声が飛び交った。彼は私に答える時間もなかった。武装した憲兵が四人、テントの入り口をまくって入って来た。

「今晩は、大尉殿」。目つきの鋭い大男の憲兵が、わざとらしくニヤリとして言った。「それとも、おはよう、ですかな。もう〇二三〇(訳注・午前二時三〇分)ですよ。とにかく、もうご訪問は終わったんでしょ」

「すぐ終わる」と私が言った。

軍曹は気短そうに時計を見て言った。「予定がありますんでね」

「すぐ終わると言ったろう、軍曹！」。私の方が背が高く、筋肉もあり、顔に醜い傷跡があり、臆することは何もなかった。歯を食いしばると恐ろしい形相になった。「五分くらいどうってことないだろう！　彼はすぐ死ぬんだ。いいから出て行け！」

「ええ――はい」

四人は一瞬顔を見合わせたが、後ずさりしてテントから出て行った。厳格な顔で見ていた山下が面白そうにニヤリとした。

「マーシュ大尉、あんたの部下じゃないか。もう少し敬意を払ってやらなくちゃ」

「この際、敬意は関係ありません」

私の言葉に彼は驚いたようだった。突然私の肩に手を廻して、顔を私の顔のすぐそばに近づけた。私は自分より背の高い日本人は彼以外に見たことがなかった。しかもこれほど消耗しているのにテントは彼の力で溢れていた。

「マーシュ大尉、私は敗将だ。間もなく死んで行く。しかし、あんたには親切にしてもらったので、最後に私の考えを話しておこう。もう口を利く相手も、あんたが最後だろうし。だから、これが私の最後の言葉です」

彼は私が同意するのを待つかのように、ここで口を閉じた。私は感動したが、同時に罪悪感を感じて、黙ったまま彼を見ていた。事実、私は自分自身の同情心から彼のテントに来たのだが、命令は彼の処刑に立ち合うことだった。数カ月前彼のために闘うことをやめた私に、彼の助言を受ける資格があるのだろうか。

「大事なことですよ」。彼は私が理解しているかどうか確かめるように見つめながら言った。「敬意ですよ」と彼が付け加えた。「相互のね。自分自身にも。死んだ後に残すのにこれ以上大事なものがありますか？　私はないと思う。なぜ我が軍の将兵が、あれほど多く、降参よりも戦死を選んだのか。命より名を尊しとしたからだ」。彼は私を見つめながら言葉を続けた。「だからマッカーサーはこういうことをしているのです。私の名を汚すために。そうでしょ？」

私は彼の視線を受け止めながら、彼には真実を知る権利があると思った。「マッカーサーだけではありません。宮中もです」

彼は驚くふうもなく、肩をすくめて言った。「ああ、私を死なせたい人は宮中に大勢いますよ。大尉、あんたはこんなことで悩むことはない。もし私が生きて帰って彼らに立ち向かったらどういうことになるか判ってるから」

「おっしゃる通りです。ご存じなんですね。閣下、さようなら」。それ以外言うことはなかった。「変に聞こえるかもしれませんが、閣下のお近づきを得られて光栄でした」

彼は軽く頭を下げた。別れのしるしだった。「陛下のことは悪く思わないでいただきたい」

軍曹がテントの入り口の幕を開けて入って来て、黙って我々の前に立った。その後から大佐が入って来て、敵軍協力者を見るような目つきで私を見た。彼は山下に近づくとシガレットを床に放りつけて靴のつま先で踏みつけた。それから例の嫌な目つきで私を見て言った。

「大尉、首吊りの時間だ。貴様が爺に惚れてるとは知らなかったぞ」

私は彼を睨みつけて言った。「大佐、私は四週以内に除隊です。無礼なことを言うつもりはありませんが、そのうちリーベンワースに行ったらあんたのケツを蹴とばしますよ」

彼は気にもとめず冷然と笑った。「やりたきゃやれ。俺の子分どもが待ってるぞ、粒よりの奴らだ」。彼は山下大将を顎で指して言った。「お差し支えなければ汚れ仕事のお時間だ」

八名のアメリカ軍人と非常に神経質な顔をした浜本大佐が、〝虎〟を絞首刑にするために建てられた台の下に静かに集合していた。将校たちは浜本を無視して、重苦しい暗闇の中で小声を交わしながら待っていた。報道陣はいなかった。その代わりに、西太平洋軍司令官ウィルヘルム・スタイヤー中将付きの広報担当だという三十からみの少佐が山下処刑の公式発表をあとですることになっていた。彼は私が合流すると、将軍の小使いという仲間を得た嬉しさからまとわりついてきた。私は握手をしたあとできるだけ彼を無視するようにした。

正確に午前三時、山下は絞首台の階段を上って台の中央に立たされた。両手は後ろ手に縛られていた。一人の軍人が山下の首に縄を掛けた。〝虎〟はこのような不作法な準備を気にも止めず、平然と暗闇の中のジャングルの方を見ていた。

絞首台の下から、刑務所長の上司であるもう一人の大佐が無表情に声を掛けた。「山下大将、最後に言いたいことがありますか?」

浜本が申し訳なさそうに〝虎〟を見上げて日本語に訳した。山下大将は一瞬大佐を見たが、彼のことは考えていないようだった。彼は深々と頭を下げると、北の方、東京の方角を向いた。今そこでは天皇とダグラス・マッカーサー将軍が平和に眠っているのだ。

「天皇陛下のご長寿とご繁栄をお祈り申し上げる」

上位の大佐が頷いた。その背後にいる収容所長がせせら笑った。軍人が縄を締めた。彼は二歩引き下がって深く息をした。そして、レバーを強く引いた。はね板が落ち、山下奉文大将は突然床穴の下に落ちて、一度跳ね上がると、すぐ、ぐったりと、生命のない体となって、宙吊りになっていた。大将の首は、木製のマネキンの首が折れたように、奇妙に曲がっていた。

それがすべてだった。なぜか私は縄にぶら下がって揺れている大将の体を見て、子供の頃父親が射止めた鹿の内臓を取ってから木に吊るしていたことを思い出した。マレーの〝虎〟はもう人ではなくなった。狩猟の記念品だった。この後、縄から外され火葬にされ、壺に入れられて故国へ送られるのだ。そして私はこの瞬間のことをこれ以上考えても仕方がないと思った。

私が立ち去ろうとすると刑務所長が大声で話しかけてきた。「どうだい、大尉。手際いいだろう」

「全く。大佐、私はもう行きますよ。クソ食らえだ」。何よりも、私は国に帰りたい気持ちでいっぱいだった。

彼は私を放そうとはせず、暗闇の中で笑った。「おい、貴様、どっち側の軍人なんだ?」

「あんたの側じゃないね。言ったでしょ、クソ食らえだ」

広報担当の少佐が後ろから声を掛けてきた。「マーシュ大尉、山下は何て言ったんだ? 最後の言葉だよ、何て言った? 新聞発表しなくちゃならないんだ」

「浜本に聞きなさい」。私はそのままジープの方へ歩いて行った。

私が大佐のカマボコ兵舎に戻る途中、収容所のテントは静まり返っていた。はね板が落ち山下の首が折れる音がテントの中の日本兵たちに聞こえ、一人ひとりが静粛に現実を受け止めたのだろう。それは長い戦いだった。苦々しい終末だった。もう語るべき何ものもなかった。考えるべき何ものもなかったように。〝虎〟は勇敢に死に立ち向かった。そして今自分の先祖と一緒になったのだ。

重い気持ちで暗闇の中をマニラへ向かって走りながら、私は妙な自由を感じていた。それは期待感から来る自由感ではなかった。煩わしさから永遠に解放されるという思い、これ以上自分の無邪気さゆえに降り掛かってくる危険に立ち向かう必要はないという考えが私を自由にした。自分が多くの失敗を重ねながらも生き残ってきたという思いから来る解放感だった。いや、生き残っただけではない。絶えず本能を裏切りながら勝ち抜いてきたのだ。私には輝かしい未来があった。

私は豪勢な人生を手に入れることになっていた。それは自分自身を裏切ったことへの、神にも似たマッカーサーからの報酬だった。

しかし、言い過ぎだったかもしれないとも思った。私は若過ぎて、正しい道徳上の判断ができなかったのだ。私はたびたび、夢見るような良心に駆られて動いたものの、現実に直面しては逃げ出したが、なすべき努力はしてきた。ガーベイ神父は私を救おうとしてくれたが、結局私には木戸幸一の言う赤心がなかったのだ。自分の行動と本心を一致させる聡明さと勇気に欠けていたのだ。生まれつき赤心など持っている者はいない。長年にわたり、考え、努力することで身につくのだ。

いつか、私には、内なる自分と外なる自分の完全な調和が取れる日が来るかもしれない、と思った。しかしいかなる報酬を得ようとも、私は一生、毎朝鏡に映る自分の顔の醜い傷跡を見るたびに、そして毎晩一人でベッドに入るたびに、代償を払わねばならないのだ。私はこれが見納めになるマニラの日の出を見ながら考えていた。俺はもう二十五歳だ。自分の一部は、一六カ月前フィリピン群島東部の焼けつく太陽を初めて見て以来、成長した。そして一部は死んでしまった。そして、すべては終わったのだ。

山下は絞首刑になった。近衛公は自決した。木戸内大臣は拘置所だ。天皇は復讐心に燃える連合国の追及から守られている。朝香宮はゴルフを楽しんでいる。南京大虐殺は大した問題ではなくなった。有能な吉田茂が首相になる準備は着々と進められていた。新日本は未来に向かって進むことができる。そしてついにジェイ・マーシュ大尉はこれらのすべてを過去のものとして、与えられた新しい人生に入ることができるのだ。

終　章――一九九七年二月二十三日　午後

その一

そしてそれは私自身にだけでなく、私を信頼してくれた人々にとっても、豊かで、やり甲斐のある、報いの多い、よい人生となった。バーグソン・フォーブス・グループの一員になってみて、私は自分の外交術と複雑な交渉の能力に合った天職を見いだした気がした。私の判断力は尊重され、東アジアの将来の見通しは信頼され、大事なことだが、私は金持ちにもなった。

私は昇進を続ける間にも、私の人生を決定的に変えてしまった、あの最高司令官執務室での瞬間をしばしば振り返ってみた。私は自分の自由と、デビナ・クララとの将来を手に入れたいばかりにマッカーサーに立ち向かった。そこで私の人生は決まり、成功への道が始まったのだ。成功を収めるたびに私は、もし自分が別の行動を取っていたらどうなっていただろうと自問した。しかし答えはいつも、そんなことは考えるだけ無駄ということだった。私には別の行動を取るつもりはなかったのだから。マッカーサーは私より利口だった。そして多くのことで私は彼の天才の恩恵を受けていた。

誘惑の声がいかに甘いものか。自分自身への約束がいかに空しいものか。永遠にマッカーサーを非難する権利だけを手に入れて彼から逃げ出すことなど、むなしい割に合わない勝利だったろう。私は自分の尊厳の代わりに何を得たのだろう。何だかんだと言っても、私を大事なバトンのようにソープ・トマスに手渡して私に報いてくれた人物を悪く思うことなど許されるだろうか。

確かに、あの最後の会議であのように強くマッカーサーと対立したことが私の人生で最高の転機となったのだ。もしかすると彼はそれまでにも私の能力と彼に対する献身を知っていたのかもしれない。もしかすると彼はそれまで隠していたが、あの日私が見せた胆力に感心したのかもしれない。それより、私は彼を脅すことにも成功したのかもしれない。しかし、どうでもよかった。マッカーサーはドアを開けて、私を秘密の部屋からもう一つの秘密の部屋に導いてくれたのだ。

そしてソープ・トマスは私の本当の恩師となった。彼は投資銀行業の実務を教えてくれ、交渉・外交術を向上させ、癖や訛りまで直してくれたので、一〇年も経つと私は東部生まれで名門校出身として通用するほどだった。そして彼が私に一目置いた理由の根底には、私が彼の親友ダグラス・マッカーサー将軍のために、南西太平洋戦や、日本占領の重要な初期段階を通じて、よく働いたという認識があった。

そして歳月が経ち、マッカーサーのお陰で手に入れた快適な人生によって思い出が穏やかなものになるにつれて、私は誰よりも彼を非難しなくなっていた。事実、積極的に彼を弁護することが私の義務となり情熱となっていた。一九五〇年朝鮮半島が突然戦争に巻き込まれた。彼と裕仁天皇と吉田茂首相の人知れぬ協力関係で奇跡的とも言える日本の復興がなされた後、七十歳の最高司令官は夢のような閑職から突然国連軍司令長官の任務へ追いやられたのだ。ここで彼は実戦の指揮者としての才能を最大限に発揮した。そして、ここで彼は人生で最大かつ最後の敗北を迎えるのだ。

マッカーサーにとって朝鮮はギリシャ悲劇そのものだった。彼が統合参謀本部や多くの者の意見を無視して、危険極まりない仁川上陸作戦を敢行したとき、私は彼の支持者の一人だった。米国史上最も優れた作戦の一つとなったのだが、マッカーサーは北朝鮮軍（朝鮮民主主義人民共和国軍）の補給路をそのはるか後方で分断し、次に南に転じて敵軍を釜山周辺にまで追いつめた。彼がその後北転し、敵の残党を韓国から駆逐した上、中国国境まで追いつめたときも、私は声高に彼を擁護した。

この、まもなく七十一歳になろうという将軍があれほどの闘志で敵を殲滅したことを思えば彼の素晴らしさが一層よく判るだろう。彼はこれらの作戦を綿密かつ徹底的にやりたかった。毎日新しいことを考え、本国に指示を仰いでも明確な返事はなかった。トルーマン内閣は突然の戦争勃発に混乱し、なすすべを知らなかった。中国軍が鴨緑江越えに北朝鮮になだれ込み戦争を拡大し、国中が戦争の行方を議論したときも、それがトルーマンによる最高司令官の突然の解任を早めたときも、私は彼の側にあった。

悲劇は、わずか五年の間に、現場の指揮官たち、マッカーサーにさえ判らないほど根本的に戦争の本質が変わっていた、ということだった。戦争には勝つことしかない、と繰り返し説いていたマッカーサーは新しい修飾語「限定的」という言葉に足かせをはめられたのだ。今や戦闘そのものが限定的な目的をもつに至った。軍は武器の使用を限定される。マッカーサーは知らなかったし我々も長年知らなかったのだが、トルーマン大統領は香港での報復を恐れるイギリスに対して、いかなる状況下でも中国領内に進攻することはないと約束していたのだ。イギリス政府内の共産主義スパイ一味が中国に対して、朝鮮に出兵しても危険はないと伝えた。マッカーサーの中国国境への進攻は中国の介入を阻止するための多くの選択肢の一つだったが、結局は、彼にも最後まで理解できなかったように、彼らが仕掛けた裏切りの罠にはまる結果となった。そして大統領は彼の名を汚し、最高司令官の職を解き、本国に召還した。トルーマン大統領に辱められた彼が、涙で目を潤ませた上・下両院の議員たちの前で行った「老兵は死なず」という雄弁で感動的な演説をした後、私は誇りに思いながら彼と握手をした。一〇年余りの後、彼がウォルター・リード陸軍病院で死の床にあったとき、その五〇年近くの軍歴を通じて彼に仕えた多くの人たちと同じように、私も見舞いに行ったが、それは感傷的で懐古の気持ちに満ちたものだった。

私はグレイのウールのスーツに絹のネクタイ、そしてフローシャイムのウイングチップを履いていて、たっぷり一時間、彼のベッドのそばに腰かけて話を聞いていた。彼はか細い声で二人とも若かった日の、雨の後の蒸し暑いジャングルを照らす月光などの思い出を語った。彼の隣に坐っているだけで私は若くなったような気がした。私は四十四歳、大使に任命されて、赴任のためタイに向かう途中だった。二人で私の新しい任務を話していると彼は息子を誇りに思う父親のように顔を輝かせた。彼の目は生き生きとしていた。時間が迫って来ると彼は時計を見て、腕を伸ばすと、長い間私の腕をつかんでいた。彼がそのような温かい仕草をしてくれたのは初めてだった。

「ジェイ、私たちは立派なことをしたんだ。世界を動かしたんだ」

「さようであります」。私は懐かしさで声をつまらせた。

「確かに」

「お前に言っておくことがある」。彼は注意深く私を見つめながら、震えるような、しゃがれ声で言った。「人生の終末は実に教育的だ。啓蒙的と言ってもいい。それがどうして、もっとよく考えられなかったのか。こうやって坐って生命が遠ざかっていくのを感じていると、自分の人生のさまざまな場面がハッキリ見えてくる。これは妙な経験だ。束縛感と解放感が同時にくる。六〇年前私の身に染み込んだレイテとサマールの熱気と生ぬるい雨を感じるのだ。コート・デュ・シャティヨンの攻撃で泥だらけの塹壕で凍える足、ガスの臭いを思い出すのだ。コレヒドールの暗いトンネルを歩いていると頭の上で日本軍の砲撃の音が聞こえる。太平洋の潮風が顔に降りかかる。風が吹いて艦はイライラした虎のように揺れ動く。また、レイテへ進むのだ。そうだ、レイテだ。そしてマニラ。それから日本へ。私にとって、すべてがひと時に起きた。それに、仁川攻撃の後上陸した日の朝。私は不安で胃が痛くなって、とうとう戻してしまった。私は歴史上最も危険な上陸作戦に兵士たちを送り込んだのだ。彼らは勇敢に闘って国に報いた。すべては遠い昔の思い出になってしまったが、私の心の中には生きている。私が死んでも、国家の思い出として大切に記憶されるのではないだろうか」

それから彼は警告するような目つきで私に言った。そのしゃがれ声にはわけがありそうだった。「しかし他のことは？　歴史の進歩に不可欠な、個人的で、無謀で、時には失敗もする交渉ごとは？　言葉で説明しつくせないことを言う必要もないだろうが、喪失感や欲望や奥知れぬ後悔に一人で浸る時間は？」

彼は年老いた顔に微笑を浮かべた。「ジェイ、私のことだよ。私の問題だ。そして、それに関わった何人かの人たちのことでもある。だからいずれお前の問題にもなる。今はまだ判ってないだろうが、そのうち判る」

「山下大将はどうですか？」私は尋ねた。「閣下、彼の場合はどこに当てはまるのでしょうか？」

彼の目が陰った。この年になっても彼は冷ややかな目つきで見舞い客をゾッとさせることができた。

「お前、あれは絶対忘れないんだな」。彼は顎を上げて言った。「私は潔白な身で神の御許に行くのだ」

彼は私の腕から手を離して我々の最後の会話が終わったというふうに顔をそむけた。私は立ち上がった。

「閣下、お別れです。閣下のことはいつも神に祈っております」

「ジェイ、さよなら」。彼は突然私の方を向いて、いたずらっぽい微笑を浮かべた。このような病の床にあっても私をからかおうとしたのだ。

「聞くのを忘れてた」と彼が言った。「コンスエロはどうしている？」

それは彼の個人的な冗談だった。幾つになっても治らない癖が出たのだ。それもこれが最後だろう。我々二人が同じ感傷的な旅路をたどってきたことを私に言いたかったのだろう。

「判りません」。私は彼の記憶力に驚いたが、突然あの頃のことを思い出させられて、心が痛んだ。事実私は知らなかった。私の答えは同様に挑発的なしっぺ返しだった。「閣下、彼女はどうしておられるのです？」

彼はいつものように平然と微笑して頷いた。私の言ったことが答えになっているふうだった。「ジェイ、終わりとはそういうものだ」。顔はふけていたが、目は優しく力強かった。「誰にも判らんのだ」

全く、最後の話し合いでさえ、辛辣な言葉のやり取りになってしまった。私に何かを教える最後の機会だったかのように。彼と別れた後、私は彼の確信に満ちた言葉に混乱していた。あの第一生命ビルでの最後の瞬間から二〇年以上経っているのに、私が彼の寛大さに負けて妥協したことを、それとなく言われると、私の血は逆流し、拳は硬くなった。彼は、あの時以来私が常に良心の呵責と悲しみを抱えて生きてきたことを知っていたのだ。私はマッカーサーの現実的な見方と恩恵を受け入れたとき、世の中に不可能なことはないと信じる、誇り高き青年ではなくなったのだ。そして私は青春の大志を駆り立てる夢を失っただけでなく、あれほどまでに努力して守ろうとした宝物を壊してしまったのだ。

彼はそれを知っていた。それは彼自身の宿命でもあったのだろうか。ウェスト・ポイント士官学校のバスローブを着て、永遠の時に向かってゆっくりと朽ちて行く彼の輝く目を見て、私はそれだけを感じ取った。彼は私に、ファウストのように取引することを教えてくれた。その意味で私は彼の精神的な後継者になったのだ。二人とも失ったものの大きさを知っていた。二人とも野心と引き換えに大切なものを失う道を選んだのだから。

しかし彼には結局判らなかったことは、私がそういうことにならないよう、どのくらい努力したか、ということだった。その瞬間、私はいつか必ず彼の質問への答えを見つけてやると決心した。

彼女はどうしてる？　彼女はどこにいる？　何をしているのか。私は、どうしても知りたかった。

そして、見つけるのに三〇年かかったのだ。

その二

その女子修道院はケソン市のギルモア・アベニューにあった。一〇〇人ほどの修道女が生活しているこのギルモアの修道院はブロードウェイにあるマウント・カルメル教会から半マイルも離れておらず、教会のそばにはもっと大きなカルメル派の修道院もあった。一九二五年に造られたこの女子修道院は市の一区画を使っていて、白カビで汚れた塀の中には手入れの行き届いた木の散在する庭や、修道女たちが黙想したり祈ったりするための小さな礼拝堂、それに、彼女たちがいずれ自分も入ると思っている墓地や、彼女たちが食事をしたり祈ったり日常の作業をしたり眠ったりするための、二階建ての質素な建物があった。

ギルモア修道院のある場所はなだらかな丘で、香りの高い花や、よく繁った木の多い、手入れのいい住宅地だったが、マニラ首都圏の近代化は容赦なくここへも迫っていた。修道院の入り口の一方にはバーガー・マシンのファーストフード・チェーン店があり、もう一方にはシェルのガソリンスタンドがあった。一区画離れた所に大きな工場が二つあって、一つは乳製品の精製・包装、もう一つはペプシコーラの瓶詰めと首都圏への出荷をしていた。地平線には高層オフィスビルが点々と見え始め、交通量はギルモア・アベニューに入ると増えてきて、最近巨大なショッピングセンターができたオーロラ・ブルーバードあたりは特にひどかった。

しかし、このセント・テレーズ・カルメル会の修道女たちにとっては、一二二六年十月一日法皇ホノリウス三世によってカルメル会が設立されて以来の簡素な生活ぶりは変わっていない。ここにいる人たちは跣足カルメル会だ。彼女たちは黙想する修道女として知られている。彼女らは菜食主義だ。清貧・貞潔・従順の誓いを立て、少数の例外を除けば、厳格な沈黙の掟を守らねばならない。外部からの訪問はめったに許されない。

それぞれの修道女が寝る一人用の部屋は独居房として知られている。大きさは伝統的に九フィートに一二フィート、中にある物は皆同じだ。一つの壁に沿って小さなベッドがある。ベッドの隣に簡素な木製の机があり、その上にランプが一つある。机の下に、木の椅子があって、朝夕の祈りのときに取り出される。ベッドの反対側の壁に沿って簡素な木製の箪笥がある。ベッドの上の十字架像以外、壁には何もない。

修道女たちは毎朝四時半に起きる。五時に礼拝堂に集まって、一時間黙想して祈る。朝食後ここへ戻ってきて、ミサを行う。その後朝の作業をするが、通常洗濯、掃除、料理、庭の手入れなどで、それが終わるとまた礼拝堂に戻って昼食まで正式の祈りを捧げる。昼食の後、少しの間レクリエーションとなるが、このときはお互いに静かに言葉を交わすことが許される。さらにお祈りをした後、作業に戻る。一日の作業が終わると個々に読書をしたり、祈ったりした後夕食となり、さらに黙想して祈り、礼拝堂でお告げの祈りを朗読するがこのときは必ず鐘が鳴らされる。三〇分のレクリエーションの後、一時間以上、正式の祈りを捧げる。その後それぞれの独居房に戻って九時に床につく。

女性がカルメル会に入信するとき、それまでの名前は捨てて、自分の好きな聖人の名二つを選ばねばならない。新しい名前は必ずしも女性のものでなくてもいい。昔の名は決して使われることはなく、彼女の過去が口にされることもない。事実、これらは、特に詮索好きな部外者から守られている。

こういうわけで、私の財力と幾つもの要職にもかかわらず、セント・テレーズ・カルメル会の修道女サディアス・アンソニーを探し当てるのに二〇年以上かかったのだ。そして彼女の居場所が判ってからも訪問できることになるのにさらに七年かかった。この間、特に役に立たない、それどころか、しばしば妨害してきたのが近親者だった。彼らは富と権力を持ち、当然のことながら私よりもはるかに大きな影響力をフィリピンの政府と教会の官僚体制に対して持っていた。私が彼女の捜索を強めた頃には両親は既に亡くなっていたが、私が昔ニューヨークへ去ったことで彼女の一族に与えた嫌悪と憎悪は何十年経っても弱くなってはいなかった。

私はそれまでになかったほどの不安を感じながらハイヤーから降りて、ギルモア修道院の表門から中を見た。私は凍てついたように立ちすくんでいた。よろめく膝で前かがみになり、突然噴き出したアドレナリンで震え出した両手を何とかしようとしている老人の姿だった。庭でゆっくりと午後の作業をしている修道女たちを見ていると、三〇年間考えてもみなかった問いが突然浮かんだ。本当に自分はこの念入りに手入れされた庭の中、鉄の門の向こうで何が待ち受けているかを知りたいのだろうか。

本当のところ、何かを必死になって探す姿はそれを見つけることの恐ろしさを隠すためのものではないのだろうか。

一生懸命探している間、私は実際には起こらなかった過去の夢の中に住んでいたのだ。しかし今や私は過去の産物である厳しい現実と向かい合っているのだ。長袖の、くるぶしまである茶色のローブを着た修道女たちの中に、白いフードで髪も耳も、そしてかつて可愛らしかった首まで隠した、聡明で美しい女性が働いているのだ。彼女は、私にとって今でも人生最大の愛であり、同時に免れられない悲劇そのものだった。

私は、香りの高い花で囲まれた小さな庭の、白い大理石で造られたセント・テレーズ像の下で待っていた。私は彼女が礼拝堂の正面から出て来て中庭越しにこちらを見た瞬間彼女だと判った。彼女は肩から服の前後に垂れた茶色の肩衣の中で十字架像を握りしめていたのだが、私には頭巾に隠された顔の線と革のサンダルを履いた足しか見えなかった。それでも彼女が中庭を見たときの首のかしげ方と、私に向かって来る、しっかりとした足取りは、五〇年経った今も確かに彼女のものだった。

とうとう、彼女だ。

私は言葉を失ったまま、彼女が近づいてくるのを待っていた。気がつくと私はまたマッカーサーのことを考えていた。それは私が彼女と知り合うきっかけを作った将軍としてのマッカーサーではなく、私に恥ずべき誘惑と報酬を与えて彼女と別れさせた最高司令官としてのマッカーサーでもなかった。それは死の床から、この最後の、望みのない数カ月、それでも自分の人生の偉大な出来事を実感できたと、しゃがれ声で私に語るマッカーサーだった。それは現実のように生々しく、しかも、もう手の届かない過去であって、それらについて考えること自体残酷だった。彼女が私に近づいてくるにつれて過去が甦ってきて現在との区別がつかなくなり、彼女も時間を超越して見えた。

もしかするとそれは熱気のせいだったかもしれない。私の膝は震え、頭はもうろうとしてきた。もしかすると歳のせいかもしれなかった。彼女を待つのに時間がかかり過ぎたため、再会を楽しむ時間があまりないことが判っていた。私の方に歩いて来る彼女の目には、ジープに乗った私が初めて彼女を見たときの物怖じしない好奇心と聡明さが表れていた。あのとき彼女は子馬が泥の中に横たわって悲鳴をあげ、周囲では砲弾が炸裂し、召使いの少年が神経質そうに子馬を撃ち殺す準備をしている間、二輪馬車の中に毅然として坐っていた。

そしてそれらが突然私の目の前にあった。二輪馬車の中のデビナ・クララは、胸は締め上げてあっても官能的で、私の名前と認識番号を要求し、説教し、パンパンガへ向かって走りながら勇気について私に説教し、それから自宅の夕食に招いてくれた。スービックへ行くために河を渡る満員のパパ・ボートの中のデビナ・クララ。彼女はそれから笑いながら舟の客の皆を私のジープに乗せ、幸せそうに愛の神秘について語った。デビナ・クララは祖母に、私への愛が確かなものであることを話し、真実も愛も風のように目には見えないが確実に存在すると言った。私の柔らかいシーツの中のデビナ・クララは窓から差し込む月の光に照らされて、私の上になって揺れていた。母親が編んでくれたサンパギータの花冠の残り香がした。私がまた日本へ行くと知って泣き、私が戻ってきたとき、大きくなってゆくお腹に私の手を当てた。彼女は、自分が真実を知ったばかりに、脆くなり、実際にはなかったことまで想像させられ、しかも私の心についてはその一部しか判らなくなってしまった、そして自分の愛を駆り立てた力そのものが二人の世界を永久に壊してしまったのだと考えるように努力したのだ。

年老いた修道女たちもかつては若かったのだ。中には素晴らしい夢を見ながら、それが果たされなかった人もいるのだ。

私は手を差し伸べて言った。「デビナ・クララ」

彼女は私から数フィートの所で突然立ち止まり、目を大きく開いて私の方を見た。「悪いけど、そう呼ぶことはできません。シスター・サディアス・アンソニーと呼ぶのです。あなたに触れることも許されていません。あなたが修道院の規則を守らなければ、私たちは口を利くこともできなくなるのです。そして、あなたには帰ってもらわなければなりません」

彼女は囁きに近い、優しい声でキッパリと言った。私は心配になった。一瞬彼女は本当に私を帰らせたいのではないかと思った。しかし彼女の目は嬉しそうだった。

「僕は待ち続けていたんだ。規則には従うよ」

「そうでしょうとも」

彼女は微笑して言った。その瞬間私には、彼女が私のことを忘れたことはなく、私が行ってしまった日のように鮮明に私のことを憶えていて、しかも私の返事で彼女は自分の思い出が正しかったことを確認したことが判った。

私はどうしていいか判らず、肩をすくめて、坐る所がないかと辺りを見回して言った。「どうしよう？」

「中に入らなくちゃ。規則ですから」

彼女は向きを変えて修道院の建物の方へ歩き始めた。私は忠実に後に従った。辺りは静かで、ギルモア・アベニューを走る車の音がすぐ近くのように聞こえてきたが、俗悪で押しつけがましかった。彼女の後ろ姿を見ていると、私は突然、初めて日本に発つ日の夜明け前の、涙と不安の中の別れを思い出した。私はジープに坐ったまま、草の生えた通路を家の方へ姿を消していく彼女を見ていたのだ。ある意味で、あれは私の人生で最後の清純な瞬間だった。彼女にとってはどうだったのだろう。

我々は両側に柱の並ぶアーチの下を、礼拝堂と修道院の建物を結ぶコンクリートの廊下伝いに歩いて行った。建物に着くと彼女がドアを開けた。そこで初めて彼女は振り返って、私がついて来たのを確かめた。彼女は黙ったまま、それでも私がそばにいるのが嬉しいように微笑しながら、薄暗い灯りのついた、コンクリート敷きの、来客用ラウンジに私を連れて入った。

彼女の幸せそうな姿に、私は悔恨の情に駆り立てられた。私は何十年もの間、この再会を探し求めてきた。しかし私のこの成功の陰には悲劇があった。彼女はこの半世紀の間に、何人と会い、口を利くことを許されたのだろうか。彼女の住居であるこの暗い空間を私の成功や失敗の五〇年が駆けめぐっていた。しかしその五〇年間彼女はここで掃除をし、草花を植え、食事をし、祈りを捧げていたのだ。一緒に過ごせたかもしれない二つの人生が、怒りと誤解によって分裂した原子のように、一つは常に動き回り、他の一つは永遠に隠遁することになったのだ。そして私は一日たりとも彼女のことを考えないことはなかった。

低い壁が面会室を二つに区切っていた。壁の上には刑務所のように格子の仕切りがあった。彼女は壁の向こう側へ行き、普通のことのように木製の格子から私に微笑みかけていた。彼女は十字架像を握った手をまた、肩衣の中にしまっていた。私がゆっくりと近づくと彼女は私の爪先から薄くなった髪まで、体のすべてを取り込もうとするように仔細に眺めた。まるで、自分の黙想と祈りと追憶に明け暮れた人生の残りをスクラップブックにするために写真を撮り続けているようだった。

「ジェイ、私、あなたのこと誇りに思ってるわ」。彼女が、やっと言った。「とても有名になったのですもの」

彼女のほめ言葉で私は言いようのない空しさを感じた。「ずっと愛していたんだ」。私は彼女の顔を見つめて言った。

「駄目。そういうことは言ってはいけないの。規則ですから。それに、私の愛は神に捧げられているのです」。彼女は私の右の頬にある深い傷跡に目を止めた。「そこを切ったの？」

まるで昨日の出来事を聞くようだった。私は何も考えずに自分の頬に触った。毎朝ひげを剃るたびに、傷跡の周りにくると一度手を止めなければならないのだ。そう、毎朝だ。まさしく彼が私に切りつけたとき予言したように、ここで一瞬手を止めて彼女の父親のことを考えなければならないのだ。

「そう」

「見たことなかったわ」

「判ってる」

「そんなことするなんて」

彼女は私を見続けていた。私は彼女が今どう思っているのか、今までどう思っていたのか、手掛かりはないかと思って彼女の顔を見ていた。彼女に尋ねてみたかった。部屋には他に誰もいない。しかし、彼女が繰り返し言うように、規則があった。「どうやって名前を決めたの？」私はやっとそれだけを言った。

「セント・サディアスは失われた大義の守護聖人です」。彼女はそれだけ言って、しばらく躊躇していたが、少し顔を曇らせた。「セント・アンソニーは石女《うまずめ》の守護聖人です」

私の膝と手がまた震えだした。私はどうしても格子の間から彼女を引き寄せて、説明させてもらい、許しを請いたかった。今となっては空しいことだと判っていたが、人生では意図が正しいからといって必ず報われるものではない、そして物事には第二、第三のチャンスがあると思っていても、中には一度しかないこともある、ということが腹立たしくなった。そして、それが消えてしまってから、初めて、それが唯一のチャンスだったことに気がつくのだ。

「彼が僕を切ったわけだとか、君が――病気になったわけは、誤解にあったんだ」と私が言った。「それはどうしても理解してほしいんだ」

「いつまでも苦しむのはやめた方がいいわ」と彼女は言った。「私はもうあなたを許したのです。ジェイ、だからあなたも父を許してやって下さい」

私は落ち着いた。私は知らず知らずに微笑んでいた。ここへ来たのは正しかったのだ。何枚もの衣を身にまとって私の前にいるこの人は、心の優しさも頭の良さも、デビナ・クララに他ならない。この場所で、人生の終幕に近づきながらも、彼女は理論的で、変わることなく、常に傷を癒そうと努めるのだ。二人は通り抜けることのできない木製の格子と、取り戻すことのできない歳月を隔てて見つめ合っていた。外で、教会の鐘が鳴り始めた。もう彼女は行かなくてはならないのだろう。彼女がそばにいること、鐘の音、甘い花の香り、自分の頬の傷をなでている指、二人が愛し合った、その町。それらが、二人の人生を完全に変えてしまった日の思い出とともに今ここにあった。

「彼のしたことは許している」と私が言った。「君は彼の宝物だったんだ。彼には自尊心があった。だけど、彼が君にしたことは許せない」

「お願い」。彼女は私に忠告するかのように言った。

「こういうことはお話ししてはいけないことになっているの」。長い間私は黙っていた。たとえ我々にはそれについて話すことが許されなくても、こうして見つめ合っている二人にとっては生々しい現実だった。

「君のこと探してたんだよ。だけど邪魔された」

「知らなかったわ」

「知らなかったの？」

「ええ」。彼女の目には知らなかったことへの残念さは見られなかった。今さら残念に思って何になるのだ。彼女は永年の疑問が解けたかのように満足そうに微笑んだ。

「だけど、あなたは、こうして、ここにいるわ」

本当にそうだった。あまりにも時間がかかり過ぎたが、私はこうして、目の前に立っている彼女を見ているのだ。このわずかな時間に、我々が失ったものの大きさを確かめるために。彼女は格子の向こうから微笑み続けていたが、手を差し入れて私の手に触れた。この、世間から隔絶された世界では、それはあまりにも大胆な行為だった。

「あなたのために毎日祈っていたのよ。毎日」

私は彼女の指を手に取った。その感触が痛いほどハッキリと甦った。私のなれなれしさに驚いて彼女は手を引っ込めた。「何事にもわけがあるって、本当に信じるの？」と私が尋ねた。

「神様のご意志を探っても仕方がないわ」。彼女は注意深く私を見て言った。「お子さん、いらっしゃるんでしょ」

「うん」。彼女の前で子供の話をするのは気がひけたが、私は答えた。「二人」。私は彼女の満足そうな微笑を見て、私の幸運を喜んでくれているのが判った。「結婚するのが遅かったんだ」。私は深く息を吸った。「随分時間がかかったんだ」

「マッカーサーみたいね」と彼女が言った。彼女は今知ったことで自分の人生の釣り合いが取れたように、幸せそうだった。「あなた知ってた？　コンスエロ・トラニはマッカーサーが死んだ翌年まで生きてたのよ。本当よ！　今でもビサヤじゃ大変なラブストーリーなの。残りの人生を彼女は彼のために祈って、彼のことを思って、彼の魂を見守りながら生きていたのよ。しょせん彼を自分のものにすることはできなかったけど」

私も彼女も寂しそうに微笑していた。私には彼女がコンスエロのことを言っているだけではないことが判っていた。「ワライ・ワライだ」と私が言った。

彼女の顔が輝いた。「あなた、まだ覚えてたのね。あんな昔の話！ そう、あれが私たちの生き方なの。最後の血の一滴まで。最後に息を引き取るまで。最後に心臓が止まるまで。こうして私たちは闘うのよ。祈るのよ。愛し合うのよ」

彼女の声を聞き、話しながら生き生きとしてくる顔を見ていると、私には自分の人生で最も確実なことが判った。「これからも、ずっと愛し続けるよ。ずっと」

彼女の顔が引き締まった。しかしその目に私が見たのは、私を心から愛してくれた少女の姿だった。

「そういうことを言うのは許されません！」

「判っている。だけどこんなに永く待ってたのに、言わないでおくなんて」

外で時計が鳴り始めた。再び鐘が鳴ると礼拝堂から夕方の祈りを歌う女性たちの優しい声が流れて来た。

「主の御使の告げありければマリアは聖霊によりて懐胎したまえり……」

「遅刻だわ」と彼女が言った。その声には義務感が感じられたが、残念そうでもあった。彼女の目は一生忘れられない思い出を吸収するように私を見つめていた。七十も半ばを過ぎればいつ神に召されるか、誰にも判らないのだ。

彼女は私と一緒に歩いて鉄の門の所まで来た。この門が半世紀の間、彼女を隔絶していたのだ。我々の後から鐘の音と歌声が彼女に呼び掛けるように聞こえてきた。私の前方で、ハイヤーの運転手が手を振るとボンネットの上から飛び降り、走ってドアを開けに行った。デビナ・クララは私の傍らに立っていた。もし私が彼女から引き離されて、あの爆撃で破壊され、しかも立ち直りつつある日本の混沌の中に引きずり込まれていなければ、彼女はずっとこのように私の傍らにいたのだ。

「もしマッカーサーがいなければ、私は彼女を失わなかったのだ」と私は思った。いや違う。自分でしたことだ。そして、もしマッカーサーがいなければ、私は彼女に巡り合うこともなかったのだ。

門まで来たとき、私はもう自分を抑えることができなかった。私は向きを変えて彼女を抱いた。規則など、どうでもよかった。驚いたことに彼女は私を抱きしめた。

彼女の体の奥底からうめき声がした。彼女はこの年でもしっかりした体だったが、痩せていた。私はもっと食べて体に気をつけなくちゃ駄目だ、と言おうと思ったが、そんなことは馬鹿げて聞こえるとも思った。

　彼女は私を押しのけようとしたが、私は抱きしめていた。自分が泣いているのを見られたくなかったのだ。

「デビナ・クララ、一生愛し続けるよ」

「私の名はシスター・サディアス・アンソニーです」と言って、彼女は私の腕から身を離した。彼女は私の世話をするように、肩衣で私の目を拭いた。「ジェイ、この名前を覚えてちょうだい。もう行きます」

　私は門の所から、礼拝堂へ戻って行く彼女の後ろ姿を見ていた。「デビナ・クララ！」

　彼女は立ち止まると、叱るように振り向いた。

「君は僕の守護天使だ」

　彼女は悲しそうに手を振った。その黒い瞳には消すことのできない思い出があふれていた。「それは考えてたわ」と彼女が言った。

　そして彼女は離れて行った。そして礼拝堂の中へ消えて行った。

訳者あとがき

訳者はかねがね、歴史教育は現代史から始めて時代毎に逆行して教えるべきだと考えている。日本人が将来の日本にとって何が最も大切かを考える上で必要なのは、二十世紀になってからの日本の、何が悪くて、何が良かったかを学ぶことである。ところが現実には多くの場合、〔捏造された遺物などを含めて〕有史以前のことなどから始めるから、肝心の現代史は学校では時間切れになって、日本人は近代、あるいは現代の日本・世界の歴史を学ぶ機会がない。皮肉な見方をすれば、近代・現代の日本の問題に触れたくないから、わざと時間切れにしているのではないか、とさえ思われる。

訳者自身は少年時代に第二次大戦を経験し、アメリカの占領下に育ち、長じては合計一〇年近く米国生活をし、また、個人的な関心から戦争中の日本とフィリピンの関係に関心を持っていたので、それなりに勉強してきた。たまたま米国の友人から本書“The Emperor's General”を薦められて読んだところ、これがなかなか面白かったので日本語訳を引き受けた次第である。

この作品は原作者が冒頭に言っているように、あくまでもフィクションであって、実在した人物の性格描写・行動、起きた事柄の日時・内容なども、事実あるいは、一般に事実と認識されているものと異なる点があることは理解する必要がある。

訳者はなるべく原作に忠実に翻訳することに努めたので、第二次大戦中、あるいはその前後に、日本内地、中国大陸と太平洋地域で起きた事柄に詳しい読者には納得し難い部分があるかもしれないが、特に前述の点を勘案していただきたい。

小説の訳者の役割は原作をなるべく正確に、また読者に判り易く翻訳することであって、自分の意見をつけ加えることではない。したがって、本来「あとがき」など不必要なだけでなく、場合によっては読者の邪魔になることもあろう。

しかしながら、作品中取り上げられている事柄は五、六十年前のこととはいえ、今日に至るまで議論されているものであって、日本人にとっては極めて身近な問題である。訳者自身もそれなりの歴史解釈はもっているが、翻訳には、当然のことながら私的な解釈は反映されていないことを、敢えてお断りしておきたい。

日本語版の翻訳・出版に際しては、多くの方、特に村上政敏、相澤与剛、甲斐美代子、沼沢洽治、田口嘉圀、山田健二、Evan McIver, Jayjay Caleroの諸氏に大変お世話になりました。お礼を申し上げます。

石川　周三

二〇〇二年五月

著者紹介

James Webb　ジェイムズ・ウエッブ
米国海兵隊入隊。国防次官補、海軍長官、連邦議会委員会顧問を歴任。
のち作家・ジャーナリストに転身。ベストセラー4冊出版。エミー賞受賞。バージニア州在住。

訳者紹介

石川　周三（いしかわ　しゅうぞう）
1931年東京生まれ。東京大学文学部卒。
55年株式会社電通入社。本社ラジオ・テレビ局、ニューヨーク、ロサンゼルス勤務等を経て、85年同社取締役。95年専務を退任し、現在顧問。
訳書『アド・マン』（角川書店）、『ネットワーク』（番町書房）、監訳『欧州のニューメディア』（メディアハウス出版会）など。

天皇の将軍

2002年6月15日発行

著　者　ジェイムズ・ウエッブ
訳　者　石川周三
発行者　井口智彦
発行所　株式会社 時事通信社
東京都千代田区日比谷公園1-3　〒100-8568
電話 03-3591-1111 振替00140-6-85000
印刷所　図書印刷株式会社

ISBN 4-7887-0260-6 C0097 Printed in Japan